JN170565

アンソニー・トロロープ

アリントンの「小さな家」

木下善貞　訳

開文社出版

本書は一八六二年九月から一八六四年四月まで『コーンヒル・マガジン』に連載され、一八六四年にスミス・アンド・エルダーから本のかたちで出版されたアンソニー・トロロープ作『アリントンの「小さな家」』（*The Small House at Allington*）の全訳である。翻訳に当たっては、Julian Thompson 編による Penguin Classics 版と A. O. J. Cookshut 序による Everyman's Library 版とを参照した。註の作成に当たっては、Julian Thompson の註に負うところが大きい。

目次

主要な作中人物

キット・デール　アリントンの先代郷士。故人。
クリストファー・デール　キットの長男でアリントンの現郷士。独身。「大きな家」に住む。
オーランドー・デール大佐　キットの次男。第十九竜騎兵連隊にいた。トーキーに住む。
レディー・ファニー　ド・ゲスト伯爵の妹で、オーランドー・デール大佐の妻。
バーナード・デール大尉　オーランドーの長男。アリントンの後継者と目される。
デール夫人（メアリー）　イザベラとリリアンの母。アリントンの「小さな家」に住む。
フィリップ・デール　キットの三男で、メアリーの夫。故人。
イザベラ・デール（愛称ベル）　故フィリップ・デールの長女。
リリアン・デール（愛称リリー）　故フィリップ・デールの次女。
ジョン・イームズ（愛称ジョニー）　ロンドンで所得税庁に勤務する役人。ローパー夫人の下宿人。
イームズ夫人　ジョンとメアリーの母。ゲストウィックの住人。夫（故人）はクリストファー・デールの友人だった。
アドルファス・クロスビー　ロンドンで委員会総局に勤務する役人。バーナードの友人。マウント・ストリートに住む。
ホプキンズ　アリントンの筆頭庭師。
ディングルズ　アリントンの狩猟管理人。
ジョリフ　アリントンの土地管理人。
フラメッジ夫人　アリントンの雑貨屋。
ハーン夫人　アリントンの前俸給牧師の未亡人。

ボイス師　アリントンの俸給牧師。ディックは彼の息子。
クランプ夫人　アリントンの郵便局長。
セオドア・ド・ゲスト伯爵　ゲストウィック・マナーに住むレディー・ジュリアとレディー・ファニーの兄。牛の飼育に熱中する。
レディー・ジュリア・ド・ゲスト　ド・ゲスト伯爵と一緒に住む未婚の妹。イームズに味方する。
ヴィッカーズ　ド・ゲスト伯爵の執事。
ジェームズ・クロフツ先生　ゲストウィックの若い医者。
グラッフェン先生　ゲストウィックの羽振りのいい医者。
ローパー夫人　バートン・クレッセントで下宿屋を営む女将。ジェームズとアミーリアの母。
アミーリア・ローパー　三十歳をすぎたローパー夫人の娘。
ジェームズ・ローパー　ローパー夫人の長男で、弁護士事務所に勤める。
ジョゼフ・クレーデル（愛称コードル）　所得税庁に務めるジョン・イームズの同僚。ローパー夫人の下宿人。
サリー・スプルース　ローパー夫人のいとこで未婚の老嬢。夫人の下宿人。
オーソン・ルーペックス　ローパー夫人の下宿人。舞台の背景画描き。
マライア・ルーペックス　オーソンの妻。クレーデルと親しくする。
ジェマイマ　ローパー夫人の下宿のお手伝い。
サー・ラフル・バフル　所得税庁長官。
キッシング　所得税庁の課長。
ラヴ　所得税庁の大部屋の係長。
フィッシャー　所得税庁に務めるイームズやクレーデルの同僚。

フィッツハワード　所得税庁長官の個人秘書官。イームズの前任者。セント・バンギー公爵夫人と縁故を持つ。
ラファティ　所得税庁長官の使い走り。
オプティミスト　委員会総局の局長。
バターウェル　委員会総局の次長。
フィアスコー少佐　委員会総局の役員。
ファウラー・プラット　クロスビーの社交クラブの友人で兄貴格。
モンゴメリー・ドブズ　クロスビーの社交クラブの友人。
ド・コーシー伯爵夫妻　ポーロック（長男）、ジョージ（次男）、ジョン（三男）、アミーリア（長女）、ロジーナ（次女）、マーガレッタ（三女）、アリグザンドリーナ（四女）の両親。コーシー城に住む。ロンドンの屋敷はポートマン・スクエアにある。伯爵は不機嫌でけちな痛風持ち。
レディー・アリグザンドリーナ　クロスビーと結婚する。
レディー・ロジーナ　安息日を遵守する福音主義者。独身。
ジョージ・ド・コーシー　持参金を持った石炭商の娘と結婚して極端にけちな生活を選ぶ。
モーティマー・ゲイズビー　レディー・アミーリアの夫。弁護士で国会議員。セント・ジョンズ・ウッドに住む。
レディー・アミーリア・ゲイズビー　モーティマーの妻。
プランタジネット・パリサー　オムニアム公爵の甥で、公爵の跡継ぎ。シルバーブリッジ選出の国会議員。
オムニアム公爵　ギャザラム城に住む。パリサー氏の伯父で後見人。
フォザーギル　オムニアム公爵の事務担当責任者。
レディー・グレンコーラ・マクラスキー　故アイルズ卿の一人娘。パリサーを受け入れる。
ダンベロー卿夫人　グラントリー大執事の娘。夫はガスタヴァス・ダンベロー子爵で、ハートルトップ侯爵家の世継ぎ。

カールトン・ガーデンズにロンドンの屋敷がある。
ハーディング師　バーチェスター聖堂音楽監督。元ハイラム慈善院長。ダンベロー卿夫人の祖父。
グラントリー夫妻　ダンベロー卿夫人グリゼルダの両親。グラントリー博士は大執事で、プラムステッド・エピスコパイの禄付牧師。
アラビン夫人　ダンベロー卿夫人の叔母。夫はバーチェスター聖堂参事会長。
ハートルトップ侯爵夫人　ダンベロー卿夫人のしゅうとめ。シュロップシャーのハートルベリーに住む。
クランディドラム卿夫人　コーシー城の客。
グレシャム　フランク・グレシャムの父。レディー・アリグザンドリーナの叔父。
ハンナ　レディー・アリグザンドリーナの侍女。
フィリップ夫人　クロスビーが住むマウント・ストリートの下宿の女将

第一章　アリントンの郷士

1

　アリントンにはもちろん「大きな家」があった。そうでなければどうして「小さな家」があると言えるだろう？　私たちの物語は表題が示す通り、二つの家のうち重々しさに欠けるほうの家に住む人々に密接にかかわることになる。それでも、貫禄のあるほうの家ともつながりを持つことになる。私はまず「大きな家」とその所有者について少し語っておこう。

　アリントンの郷士はイギリスで今ある郷士が最初に知られるようになって以来、アリントンの郷士だった。父から子へ、伯父から甥へ、一度はまたいとこからまたいとこへ、王笏はデール一族にこの土地を与えてきた。限嗣相続(1)によっても、何か立派な分別か英知によっても、守られていなかったけれど、広大な土地は価値を増すことはあっても欠けることなく、手つかずのまま残った。アリントンのデールの土地は、何百年ものあいだアリントン教区と完全に重なり合っている。郷士という人種はすでに述べたように超人的な英知なんか持ち合わせていなかったし、人生行路を歩むに当たってどんな明確な原理によっても導かれていなかった。それでも、当主たるものは土地を絶対に手放さないという神聖な法に執着を見せた。キット・デールが実際にして見せたように、無益にも版図を拡大しようと試みることもあった。物語の登場人物を紹介すると、キット・デールはアリントンの現当主クリストファー・デールの父だ。老キット・デールは金持ちの女性と結婚したから、周辺の農場をいくつか――ここで土地を少し、あそこで土地を少しという具合に――

買い集めた。そんなとき、彼は政治的影響力と古きよきトーリーの主張を大いに語った。宗教とはあまりかかわらなかった。とはいえ、物語の現時点でこのとき買った農場や小さな土地はみななくしてしまっていた。老キットは第十九竜騎兵連隊の少佐職を手に入れるため——その一流の連隊で次男が自力で出世していた——金銭的に逼迫したとき、買った土地は売り払ったほうがいいと思った。売る土地は彼が手に入れたもので、デール家伝来のものではなかった。キットが亡くなったとき、買った土地で残っていたものもみななくなっていた。クリストファー・デールは相続を完了させるため、手持ちの金を必要としたからだ。買った土地が以前になくなったように、周辺部の土地もなくなった。しかし、デール家の祖父伝来の土地は手つかずのまま残った。

彼らは土地を守ることを宗教とした。この崇拝が着実に守られてきたこと、すなわちウェスタ神(2)の火が炉辺で消されることがなかったところを見ると、デール家が高い原理に導かれることなく人生行路を歩んできたと、私は言うべきではなかった。彼らはみなこの宗教に執着した。新しい後継者は本人がすでに負う以外の不動産上の負債なしに領地に入ってきた。それでも限嗣相続はなかった。限嗣相続の考えはデール家の特殊な精神的志向になじまなかった。それぞれの当主はアリントンの土地を使い尽くす権利を持っているが、使い尽くさない、というのがデール家の宗教には必要だった。私は家の栄光と幸運がすべて一個のガラスのゴブレットに懸かっている家で食事したことがあるのを覚えている。妖精が残したゴブレットの話(3)はよく知られている。ゴブレットが壊されたら、イーデンホールの一家の破滅は動かぬものとなるという話だ。それでも、私はその家の主人からほかの客みなと同じように運命のゴブレットを使って飲むように命じられた。ゴブレットを錠と鍵と詰め物の箱にしまい込んで、家の運命をだいじに守ったら、主人の騎士道精神は満たされなかっただろう。アリントンのデール家についてもそれは同じだった。彼らにとって、限嗣相続とは錠と鍵と詰め物の箱のようなものだった。彼らは伝来の騎士道精神のゆえに、そんなふうに土地をだいじに守ることを嫌った。

私は一族の才芸と業績について重く見ていない。実際、才芸も業績もほとんどなかった。デールはアリントンでは常に王として知られていた。隣の市場町ゲストウィックでは大人物だった。土曜には市場に立って、大麦と牛のことを彼よりも熟知している男たちに独断的に話しているのがしばしば見られた。巡回裁判が開かれるハマーシャムではいつも州の大陪審の一人であり[4]、費用を自腹で出す人として一般に評判がよかった。しかし、ハマーシャムでさえデール家の栄光は徐々に褪せつつあった。というのは、彼らは広く国で著名になることはなく、法学の知識によって大陪審室で大きな評判を取ることもなかった。ハマーシャムを超えて名声を広げることはなかった。

彼らはそれぞれが父から同じ美徳と同じ悪徳を受け継いで、だいたい同じ型にはめられて造られていた。この世の新しいやり方が目に見えぬ磁力によって、やがて訪れる時代のデールを徐々に引き出さなかったら、それぞれが前に父が生きたように生きた男たちだ。彼らは住む時代の精神にかなうようにともかく現代化されるのではなく、父が踏んだ線上の前方にただ引っ張られただけだ。彼らは深く己を信じ、正義の観念にのみ従う頑固な男たちだった。小作人らには厳しかったとしても、小作人らからさえ取り立てて厳しいと思われることはなかった。というのは、ただアリントンの土地に関する規則に従っていただけだから。彼らは妻子には傲慢だったが、限度内に抑えたから、夫の家から逃げ出すデール夫人は一人もいなかったし、父と子のあいだに派手な醜聞もなかった。金に関する考え方は厳格で、受け取るものは多く、払うものは少なくという主義だったのに、けちくさいと思われることはなかった。というのは、自分の費用は自分で払い、教区や州の慈善に金を出したからだ。彼らは頼りになる教会の後援者だった。禄の贈与権を持つケンブリッジのキングズ・カレッジから時々教区に送られて来る新しい俸給牧師を愛想よく受け入れた。それにもかかわらず、デール家は聖職者に対しては物言わぬ戦争を続けており、彼ら俗人の家は聖職者の世界とは必ずしも快い交流を持つことがなかった。

　アリントンのデール家の男たちは大昔からそんな具合だった。私たちの時代のクリストファー・デールも若いころ二つの偶然がなかったら、あらゆる点で先祖と同じだったろう。彼はある女性と恋に落ちて、その女性から頑強に拒絶され[5]、そのせいで独身を通した。それが最初の偶然だった。第二の偶然は父の富に関連して起こった。彼は資産を受け継いだとき、アリントンの過去のデールたちよりも金持ちだと思ったから、州代表の国会議員になろうと考えた。この栄誉を実現するため、ハマーシャムとゲストウィックの人々の言いなりになって一族の古い政治的な立場を離れ、リベラル党員だと宣言した。結局、彼は候補者として打って出ることも、実際に立候補することもなかった。とはいえ、リベラル派の政治家として志願して、失敗した。クリストファー・デールは祖先のみなと同じように、心情的には完全に保守党員だとまわりの人々から知られていた。それでも、この偶然のせいで彼は政治の話題となると不快になり、沈黙し、仲間の郷士らから少し孤立した。

　クリストファー・デールはどちらかと言えばほかの点では一族の平均よりも優れていた。愛した人たちをいとおしく愛し、憎んだ人たちをらちを超えて虐待しなかった。小さな金の問題ではみみっちかったとはいえ、家族の取り決めというような大きな問題では、これからわかるようにずいぶん気前がよかった。彼はうちなる光に従って義務をはたそうと努力し、それによって放縦な生き方から乳離れすることに成功した。高い希望を抱いていた若いころ、そういう奔放に慣れ切っていたからだ。報われぬ恋の問題に関しては、変わらぬ誠意を尽くした。気難しい、飾らぬ、ぎこちない仕方でその女性を愛した。彼女から受け入れられることはないとついに知ったとき、ほかの女性に心を移すことがなかった。これはちょうど父の死の時期と重なった。政治で心を慰めようと努力したけれど、どんな運命に終わったかすでに見た通りだ。私たちのクリストファー・デールは高潔で、心底誠実で、志操堅固な人だった。心的属性の点では浅く、貧弱で、完全な人の完全性を決して理解できなかった。我が身を超えたものを見るとき、じつに限定的な視力しか持ち合わせなかった。しかし、義務の道を悟り、そこを歩く努力をした点で尊敬に値した。そのうえ、クリストファー・デール氏は紳士だった。

アリントンの郷士はそんな性格の人で、「大きな家」の唯一正規の住人だった。外見としては白髪交じりの短髪で、白髪交じりの太い眉の、地味な、干からびた人だった。顎ひげはほとんどなく、できる限り小さくした灰色の頬ひげは耳の下で終わっていた。目は鋭くて、表情に富んでいた。鼻は真っ直ぐでかたちがよかった。――顎もそうだ。とはいえ、唇が薄く、口がみすぼらしかったから、顔の高貴さは台無しだった。額は高くて狭かったので、デール氏は馬鹿とは見られなかったにせよ、豊かな才能の人、幅広い能力の人と見られることはなかった。身長はおよそ五フィート十インチで、年齢は現在の時点で七十と六十の中間くらいだった。とはいえ、歳月の厳しい影響を身に受けていなかったから、年齢の印をほとんど姿に表していなかった。アリントンの郷士クリストファー・デール殿はそんな外見の人だ。年に三千ポンドの収入があり、そのすべてを教区の土地からえていた。

さて、アリントンの「大きな家」の話をしよう。それはたいして大きい家ではなかった。古い土地の所有者の住まいを優雅に飾る、あの高貴な付属の大庭園に囲まれてもいなかった。とはいえ、家自体はとても優美だった。チューダー式と呼び慣らわされる建築様式で、スチュアート朝初期に建てられたものだ。正面からは、三つのとがった屋根――切り妻と呼ばれるのが正しいと思う――が見えた。それぞれの切妻のあいだには細く高い煙突が一本立っていた。二本の煙突は今述べた三つの頂点より少し上まで達している。家の美しさはその二本の煙突と、家の正面をぎっしり埋め尽くしている仕切り窓のおかげだと私は思う。突き出たポーチがある玄関ドアは家の真ん中にはついていなかった。ドアに入ると、右手には窓が一つだけ、左手には三つある。これらの窓の上には五つの窓の列があり、一つはポーチの上に位置している。私たちはみな美しい昔のチューダー式の窓を知っている。丈夫な石の縦仕切りと、中央よりも少し上でそれと交差する石の横仕切りのある窓だ。これまでに作られた窓のなかでそれがいちばん美しい。ここアリントンでは、窓の美しさは形が不規則であることによって高められていると私は思う。横に長い窓もあれば、高い窓もある。ドアの右手にある窓と、それと反対側のはしにある窓は横に長い窓だ。しかし、そのほかの窓は多様で、ここには長い窓、あそこには高い窓とはめ込まれて、全体的にこれ以上ない効果をあげている。上の三つの切り妻には三つの小さな開口部がある。この開口部にも縦仕切りがあり、家の正面全体には様式として一貫性がある。

家を取り巻いてあまり大きくないが小ぎれいな庭園があって、立派に手入れされているという点で注目に値する。庭園には広い砂利道が通っており、家の前を走る砂利道はあまりに広いので、正しくはテラスと呼んでいいくらいだ。このテラスは家の正面にあり、玄関へ向かう馬車道をつけるため家から少し距離を置いて造られている。アリントンのデール家の当主らは常に庭師だった。資産のなかで州でいちばん有名なのがおそらく庭園だろう。とはいえ、彼らは庭園のほかに住まいを壮大にしようとはしなかった。家のまわりの牧草地はただきれいな野原であり、木材を豊かに産出した。アリントンには鹿苑がない。アリントンの森は有名だが、家の一部とはなっていない。その森は家の裏手からたっぷり一マイル離れている。そのため、狐の保存にはかなり役立っていた。

アリントンの郷士の誰かが家に壮大な印象を与えたいと望んでも、そうするには家があまりにも道路の近くに立ちすぎていた。しかし、昔田舎の邸宅がたくさん建てられた時代から、田園の壮大さについての観念が変わってきたと私は思う。昔は邸宅を建てるとき、村の住民に安楽と保護と後援を与え、またおそらく住民の近くにいる快適さを期待して、村に住むことが紳士の目的だったように見える。今は広い大庭園のまっただなかに孤立することが、選ぶにふさわしい敷地の条件になっている。庭師が住むコテージ・オルネ(6)以外に田舎家は見つからない。村が撤去できなければ、視野の外に置くしかない。教会の鐘の音は望ましくない。俗悪な不敬な連中が我が物顔に旅する道路は遠くになければならない。アリントンの昔のデールが邸宅を建てたとき、それとは違ったふうに考えた。そこに教会があり、そこに村がある。そんな親密さが嬉しくて彼は神と小作人の近くに身を置いた。

ゲストウィックから街道を進んで村に入ると、左手の近くに教会があるが、その建物は街道から隠れている。街道から左手に分かれる脇道に入って教会に近づくと、二百ヤードも行かないところに教会の門があり、「大きな家」の真正面を見ることができる。おそらく「大きな家」の最高の景色が見られるのは、教会境内からだろう。教会の門を無視して脇道をさらに進むと、別の門で終わっており、それがデール氏の屋敷の入口だ。そこに番小屋はなくて、門は通常開いている。——実際、いつも開いている。敷地内で牛に草をはませるため閉じられる時以外はだ。しかし、門の先には自家用放牧地から庭園を抜けて「大きな家」に至る内門がある。内門を通り越して小道をさらに三十ヤード行った左手にもう一つ内門があり、農場に続いている。農場が家に非常に近いところにあるのがおそらくアリントンの欠点だろう。しかし、馬屋と家畜用囲い地と汚れた数台の荷馬車と農場のものぐさな牛は、栗の木の並木によって視野から隠されている。五月初頭の花盛りのとき、イギリスのほかのどんな並木も美しさでこの並木を凌ぐことはない。今の当主であろうと、そ

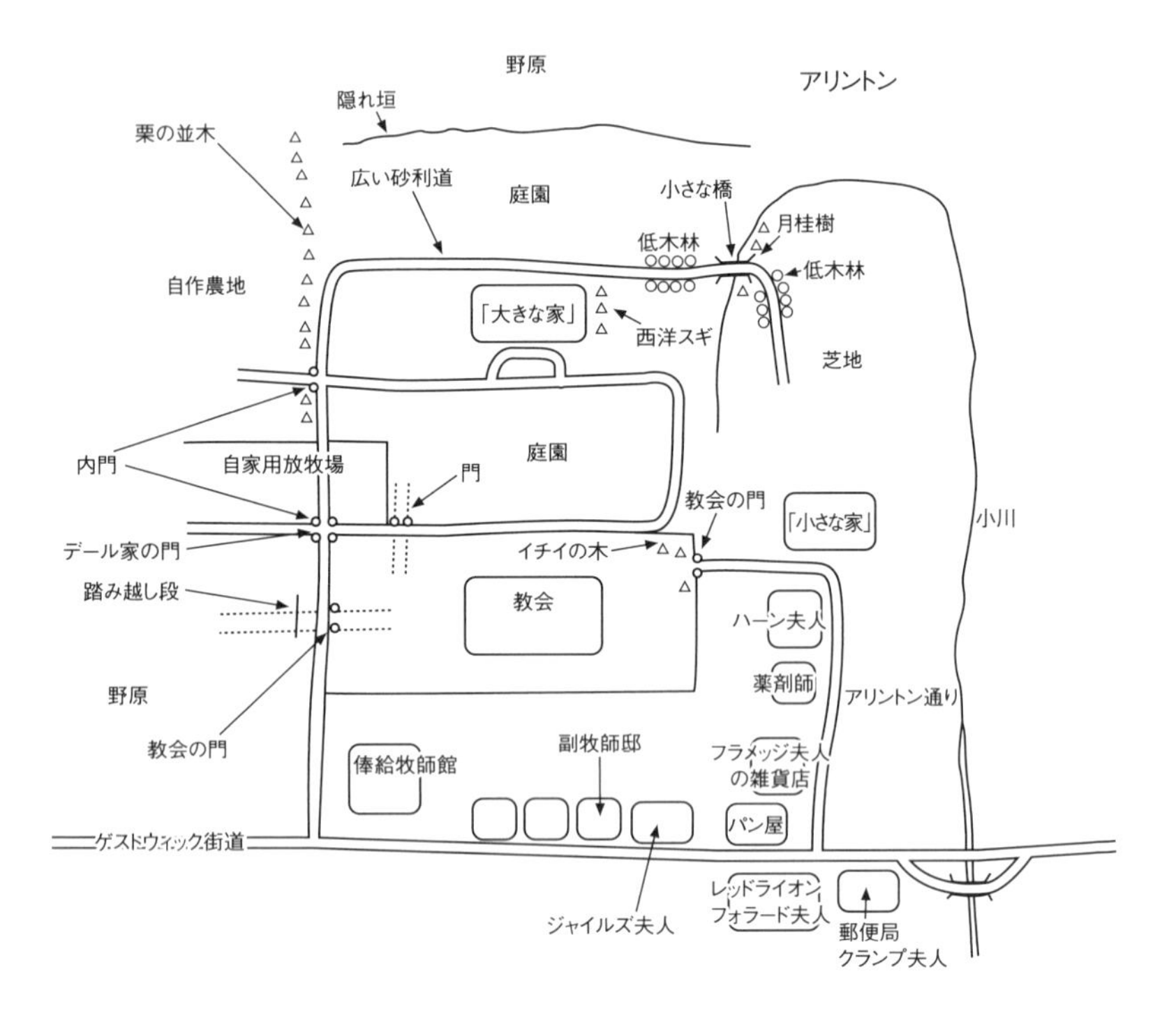

野原
アリントン
隠れ垣
栗の並木
広い砂利道
庭園
小さな橋
月桂樹
低木林
低木林
自作農地
「大きな家」
西洋スギ
芝地
内門
自家用放牧場
庭園
門
教会の門
「小さな家」
小川
デール家の門
イチイの木
踏み越し段
教会
ハーン夫人
薬剤師
野原
アリントン通り
教会の門
副牧師邸
俸給牧師館
フラメッジ夫人
の雑貨店
パン屋
ゲストウィック街道
レッドライオン
フォラード夫人
ジャイルズ夫人
郵便局
クランプ夫人

の前のどのデールであろうと、アリントンのデールに向かってここに森が欠けていると言ったら、自尊心と侮蔑の入り混じった口調で栗の並木を指差したことだろう。

教会についてできるだけ簡単に話しておこう。それは私が思うにイギリスに何千とあるような教会の一つだ。狭苦しい低い建物であり、かろうじて修理され、しばしば湿気にやられているけれど、それでも奇妙に絵のように美しい、建築学上の原則から見ても正しい、そんな教会だ。翼廊は切り詰められて短く胴――身廊と側廊――にくっついているが、はっきり十字形をなしており、分離した内陣、大きな四角い短塔、均整を欠く、鉛で覆われた、鐘のかたちの尖塔を備えている。こんな教会の低い玄関ポーチ、ゴシックふうの垂直の窓、平たい天井の側廊、古い高貴な灰色の塔を知らない人がいるだろうか？　内部はほこりっぽくて、背の高い、醜い信者席でふさがれている。子供たちが座り、二人の老音楽家がバスーンを吹く教会末端の二階桟敷は完全に歪んでおり、崩れ落ちそうに見える。説教壇はできる限り天井近くに置かれている醜い無用な構築物で、その下の聖書台はぶらさがった座布団の房が牧師の頭に懸かるくらいの位置にある。教会書記も少し高くなった第三の位置を確保し牧師の下にいる。全体として見ると、そこは私が思う理想にはほど遠かった。それでも、そこは教会らしく見える。神の栄光に向けて私たちの時代に建設されたどんな現代的な建築物でも、私はこれほど多くを語ることができない。それは教会らしい教会だ。信者席のあいだの通路を歩くとき、今は亡き昔のデールが眠る真鍮板を踏むことがある、やはり教会らしい教会だ。

教会の下、教会と村のあいだに俸給牧師館が立っている。牧師館の小さな庭は教会境内から村の田舎家群の裏手に広がっている。この牧師館は建てられて三十年足らずの家で、アリントンに俸給牧師を送り込む金持ちのカレッジの考え方のおかげで快適な住まいだ。アリントンに滞在するあいだにきっと時々俸給牧師館を訪れることになろうが、そこの快適さを私がこれ以上詳細に説明する必要はないと思う。

牧師館と教会と「大きな家」へ向かう脇道を横目に見てゲストウィック街道をまっすぐ進むと、村を抜けて走る小川まで急坂でくだる。急坂をくだるとき、右手に「レッド・ライオン」という宿を見つけるが、ほかに目立った家はない。小川の近くのいちばん低いところに郵便局があり、このあたりでもっとも不機嫌な老婦人がしっかり差配している。ここで街道は小川を渡る。徒歩の人用には別に狭い木橋が設置されている。しかし、小川を渡る前、街道には「大きな家」へ向かう脇道が左手に分かれるように、一本の通りが左手に分かれている。ここで左に分かれる通りが丘を登るところに村でいちばんいい田舎家群がある。パン屋がここに住んでいる。リボンや玩具や石鹸や麦わらボンネットやここでは言い尽くせないたくさんの雑貨を売っているあの尊敬すべき婦人、フラメッジ夫人も住んでいる。この教区や近隣の教区で医者と同程度の権威が認められている薬剤師(9)もここに住んでいる。ここにはまた想像できる限りいちばん小さく、いちばんきれいな田舎家にハーン夫人が住んでいる。ハーン夫人は前俸給牧師未亡人であるのに、残念ながら隣人の郷士とそれほど親しくないと言わなければならない。この夫人の慎ましい住居を越えたところでアリントン通り――この通りはそう呼ばれている――は急に教会のほうへ曲がっている。この曲がり角にかわいい低い鉄柵があり、そこに門と屋根のついた小道がついていて、そこに立つ家の正面玄関に続いている。これがアリントンの「小さな家」だということだけこの章の最後で言っておこう。アリントン通りはすでに言ったようにこの地点で教会のほうへ急に曲がって、教会境内へ続く第二の門、白い門で終わる。

これくらいがアリントンの「大きな家」と、郷士と、村について私が言っておく必要があることだ。「小さな家」についてては別の章で述べる。

註

（1）不動産の相続人を直系卑属に限定する相続のこと。
（2）ローマ神話でかまどの女神で、火が崇拝の対象だった。
（3）カンバーランドのペンリスに伝わる伝説。トロロープは母と兄のトムがその州にいた一八四〇年代にこの伝説を知ったようだ。二つのバラッドで歌われているところによると、イーデンホールの庭の聖カスバートの井戸の近くで、一群の妖精が踊りを舞い、あとに琺瑯引きのガラスのゴブレットを残して、次のように警告した。

もしそのガラスが割れたり、壊れたりしたら、
イーデンホールの幸運は去って行く。

しかし、トロロープの時代、所有者のサー・チャールズ・マスグレイヴは壊れることを恐れることなくゴブレットを訪問客みなに見せたという。このゴブレットは現在ヴィクトリア・アンド・アルバート博物館に収蔵されて、ヴェネツィアの十世紀の作とされている。
（4）二十三人以下の陪審員からなり、告訴状の予審を行って、十二人以上が証拠充分と認めれば正式起訴を決定する。イギリスでは一九四八年に廃止された。
（5）拒絶を繰り返す女性に変わることなく誠意を尽くすジョン・イームズのような男性をトロロープはしばしば描いている。
（6）大邸宅の敷地内に建てられて、絵画的、装飾的な効果を持つように設計された十九世紀イングランドの田舎ふうの建物。
（7）ヴィクトリア時代初期の田舎の教区ではオルガンあるいはバレルオルガン主体の音楽に徐々に移行した。しかし、アリントン教会は伝統的な教会音楽を守っている。
（8）これは伝統的な三層構造の説教壇で、教会書記の机、聖書台、説教壇が徐々に高く三段になっている。
（9）伝統的な薬剤師は新たに出現した一般開業医を怨嗟と不信の対象とした。それでも、アリントンの薬剤師がゲストウィックの開業医クロフツやグラッフェンの熟練と資格と尊敬を欠くことは明らかだ。

第二章　アリントンの二つの真珠

「でも、クロスビーさんはただの事務官にすぎません」

ミス・リリアン・デールは姉のイザベラに、私たちがこれから大いに関心を抱く紳士をこんなふうに皮肉に非難した。クロスビー氏はこの物語のなかで言わばさんざんな目にあうので、主人公とはならないことを私はあらかじめ言っておく。この物語のなかで、たとえ格調の高い立派なことが成し遂げられるとしても、二、三人おそらく三、四人の若い紳士がそれをほどほどの分量で分担し、薄めるので、どの紳士もあまり英雄的な行為をする特権を与えられることはないだろう。

「あなたが言うただの事務官というのがわかりませんね、リリー。ファンファロンさんはただの法廷弁護士で、ボイスさんはただの牧師」ボイス氏はアリントンの俸給牧師であり、ファンファロン氏は前の巡回裁判でアリントンに現れた弁護士だった。「ド・ゲスト卿はただの伯爵にすぎないって言うようなものです」

「その通り――ただの伯爵です。卿が太った牛を飼う以外に何かしたんなら、そうは言いません。ただの事務官にすぎないと言う私の真意はわかるでしょう？　人が公務員であることはたいしたことではありません。クロスビーさんは気取っています」

「クロスビーさんをジョン・イームズと同じように考えてはいけませんね」とベル。ベルはその声の調子から見て、クロスビー氏の資質を高く評価しているように見えた。今話に出たジョン・イームズとは、二年前に年収八十ポンドで所得税庁の事務官に採用されたゲストウィックの若者だった。

「それならジョン・イームズはただの事務官です」とリリーは言った。「そしてクロスビーさんは――。結局、ベル、もしただの事務官でなかったら、クロスビーさんっていったい何者なんです？　もちろん彼はジョン・イームズよりも年上ですし、役所も長いから、年八十ポンド以上はもらっていると思いますね」

「私は別にクロスビーさんを深く知っているわけじゃありません。委員会総局に勤めて、そこの運営をほぼ任されているっていうことくらいです。六人か七人の若い事務官が彼の下についていると、バーナードが言うのを聞いたことがあります。でも、もちろん彼が何をしているか知りません」

「彼がどんな人か教えてあげますね、ベル。クロスビーさんって気取り屋なんです」そう言うリリアン・デールは正しかった。クロスビーは気取り屋だった。

バーナードやクロスビー氏がどういう人かここで説明しておくほうがいいと思う。バーナード・デール大尉は工兵隊の将校で、今話している二人の女性の従兄、郷士の甥であり、「大きな家」の後継者と目されていた。彼の父デール大佐と母レディー・ファニー・デールはトーキーに住んでいた。大儀そうな、無力な、病弱な夫婦で、トーキーのトランプ用テーブルに姿を見せる以外、世間的には死んだも同然の状態になっていた。第十九竜騎兵連隊で出世したのはこの大佐だ。大佐はあの貧乏伯爵ド・ゲスト卿の一文無しの娘と駆け落ちしてこの出世をした。とはいえ、駆け落ちの結果、様々な事情から結局有名になる機会はえられなかった。大佐はレディー・ファニーと駆け落ちした当初、一目置かれていたものの、世間の評価から見ると徐々に凋落を続けた。今スリッパを履いた老いぼれの時代(1)、大佐とレディー・ファニーは「トーキーとバースの椅子とトランプ用テーブルの会」以外では知られなくなっていた。長兄の郷士はまだ達者な人で、分厚い靴を履いて歩き、相変わらず馬に乗っていた。しかし、大佐は目覚めさせるものとして妻の爵位しかなかったから、いくぶん早めにスリッパを履いて眠り込んでしまった。大佐とレディー・ファニーのあいだに息子はバーナード・デールだけしかいなかった。娘たちはいても、亡くなったり、結婚したりして、一人はまだ両親と一緒にトランプ用テーブルに着いていた。バーナードは最近両親にあまり会っておらず、せいぜい義務と第五戒(2)の配慮に背かぬ程度に姿を見せていた。バーナードもまた自力で出世して、工兵隊で将校任命辞令を受け、伯爵の甥として、年三千ポンドの資産の相続人として、同輩たちに知られていた。バーナード・デールがこれら有利な条件を放り出す気にならなくても、私は非難するつもりはない。立派な資産の相続人であるという利点は——たんに金銭的利点を超えて——あまりにも明白なので、誰もそれを投げ出そうとは思わない。ほかの人も投げ出すことを期待しない。所有する金、あるいはいずれ所有できる金は心に構えを与え、声に自信を持たせ、態度に落ち着きをもたらす。もし金を持つ人がそれをうまく使いこなして浪費しなければ、人生行路上大きな助けとなる。バーナード・デールは伯父の伯爵とはめったに話を交わしたことがないことを、私は彼に代わって言っておこう。彼は伯父が伯爵であることを意識し、ほかの人がその事実を知っていることを意識していた。そうでなければ彼がボーフォートの会員に、あるいはセブライト(3)というきわめて貴族的な小社交クラブの会員に選ばれることはなかったと心得ていた。貴族の血が問題視されるとき、彼は取り立てて自分のことを持ち出すことはしなかった。しかし、出生から見て、己がどちら側の人間か世間に知られている人として話す仕方をわきまえていた。彼はこんなふうに社会的地位を利用したが、乱用はしなかった。軍務でも等しく幸運だった。勤勉によって、また少し劣るけれど油断のない知性によって、さらに後援者からの支援によって、才能ある人だとの評判をえるところまでいった。彼は科学的実験家のあいだで名を知られるようになっていた。大砲あるいは掩(えん)体の考案者としてではなく、大砲を理解する人、他人が考案した大砲を評価する人として、この掩体、あるいはあの掩体を正直に試験する人として名を知られるようになっていた。――関心の薄い人々には予断を与えて初めて証拠を信じてもらえるから、正直でなくても、少なくとも世間が納得する程度に正直らしい外見を装った。デール大尉はノバスコシア[4]で兵舎を建てるとか、パンジャブで道路を造るとかそんな仕事に呼び出されることもなく、こんなふうに国内で、特にロンドンで仕事に就いていた。

バーナードは小柄でほっそりしており、なるほど伯父の郷士よりも小さかった。とはいえ、顔は伯父そっくりで、同じ目と鼻と顎と口をしていた。しかし、額は伯父よりましで、低くて、とがって、眉のあたりが整っていた。彼は口ひげを生やしており、多少とも口の薄さを隠していた。全体として、醜くなくて、前にも言ったようにそれ自体若い男に優雅さを与える自信と大胆な平静さがあった。

彼は暖かくて気持ちのいい夏のあいだ伯父の家に滞在した。まだ七月は終わっていなかった。親友のアドルファス・クロスビーが客として――ただの事務官かどうかは読者が好きなように判断すればいい――バーナードとともに「大きな家」にいた。アドルス・クロスビーはただの事務官ではない、と私は言いたい。彼が「気取り屋」の印をそれなりに見せなかったら、リリー・デールからそう揶揄されることはなかったと私は思う。さて、男が気取り屋――おそらくリリー・デールから見られるような気取り屋――になるとき、まさしくその過程でただの事務官ではなくなっていたに違いない。それに、デール大尉はただの事務官と言われるようなピュティアス[5]に対して、ダモンの役は演じなかっただろう。また、ただの事務官なら、ボーフォートにしろ、セブライトにしろ、その会員になることはできなかっただろう。リリー・デールがしたただの事務官だとの主張に対しては非常に強い反証がある一方、気取り屋だとの主張に対しては同じように強い証拠がある。クロスビー氏は確かに気取り屋だった。彼が委員会総局の書記官をしていたのは本当だ。しかも委員会総局はホワイトホール[6]にある。一方、気の毒なジョン・イームズはラッセル・スクエア[7]よりもさらに遠いバートン・クレッセント[8]の下宿から、サマセット・ハウス[9]の薄汚い事務室まで毎日通わなければならなかった。アドルファス・クロスビーは若いころ個人秘書官を勤めて、その後役所のなかでかなり権威を確立し、上級事務官の地位にはいあがり、年収七百ポンドを稼ぐようになり、次官補やその同輩らから受け入れられた。それは役所の視点から見てたいしたことだった。しかし、アドルファス・クロスビーはこれとは別の成功にも恵まれた。彼が次官補らと親密な関係にあり、肘掛け椅子のある専用の部屋をホワイトホールに持っていたからだけではない。セブライトの敷物の上に立って、金持ち——名に爵位もついている金持ち——が聞いているところで話す資格があったからだ！　アドルファス・クロスビーは委員会総局の書類の草稿を慎重に書く以上のことをなし遂げた。彼は上流社会という市の門前に着き、強襲して占領した。あるいはもっと穏便な言い方をすると、錠を開けて、なかに入り込んだ。彼は人生行路の半ばでロンドンではひとかどの人物だった。ウエストエンドでアドルファス・クロスビーを知らない人は何も知らない人だった。彼が多くの大人物らの親友だとは言わないが、大人物らからもアドルファス・クロスビーが知人であることが認められた。彼は大臣らの応接間で、あるいは少なくともその控えの階段で姿をよく目撃されていた。

リリアン・デール、愛するリリー・デール。——彼女が読者にとってとても親しい存在になることと、もし読者がリリー・デールを好きにならなければ、この物語は無意味になることを知っておいてもらわなければならない。——そのリリアン・デールはクロスビー氏が気取り屋だと見て取った。とはいえ、クロスビー氏がいつも不快な気取り屋だったり、まったく悪質な気取り屋だったりしたことはない、と私は言っておこう。セブライトで寵愛されている男が、母以外から寵愛されたことがないジョニー・イームズのように、アリントンの応接間で振る舞うことは期待できないだろう。私たちの英雄クロスビーは、この時最新流行の身なりが与える以上の利点によって支えられていた。彼は感じのいい目と表情豊かな口を具えた、背の高い、美貌の男であり、どの部屋で会ってもおそらく人からじっと見詰められる男だった。彼は話し方を心得ており、当然みなに話をしてもいい人といった雰囲気を持ち合わせていた。彼は陽光で暖まってきれいになり、この世の陽溜まりのなかを飛ぶ尻軽（チョウ）でも、洒落者でもなかった。クロスビーはあちこち乱読して、いろいろなこと――政治や宗教や時代の博愛主義的傾向――について彼なりの意見を作りあげ、持っていた。もしホワイトホールの公務員生活にそんなに早く入っていなかったら、おそらくもっと立派なことを成し遂げていただろう。民間の職業に就いていたら、もっと稼いでいたかもしれない。

　しかし、アドルファス・クロスビーはこのころまでに生計の面では限定されており、今は動かせない運命と和解していた。年百ポンドほどのささやかな世襲財産が転がり込んでいた。それ以外に役所から給与があった。収入はそれだけだった。彼はこういう収入に頼りながらロンドンで独身生活を送り、安楽な控え目な生活にロンドンが提供するすべてを楽しんだ。妻や持ち家や馬で一杯の馬屋といった金のかかる贅沢は期待しなかった。彼が享受しているこの世のよきものをもしジョン・イームズ[10]が見たら、この同僚事務官の目には途方もない豊かな生活に見えたことだろう。クロスビーはマウント・ストリートの下宿に格調高い備品を揃えていた。ロンドンの社交シーズンの三か月は小ぎれいな一頭の乗用馬を乗り回した。いつも立派な身なりをしていたけれど、決して着飾りすぎることはなかった。社交クラブでは十倍以上の収入のある人たちと対等に話をすることができた。彼は結婚しなかった。金がなければ結婚できないと納得していたし、金のため結婚する気にもならなかった。結婚の快適さは手の届かないところにあると見ていた。しかし、――。私たちの新しい友人であるアドルファス・クロスビーの私生活と状況を今はこれ以上詮索しないようにしておこう。

　リリアンが彼について「気取り屋」だとの宣告をくだしたあと、二人の娘はしばらく黙っていた。おそらくベルは妹に腹を立てていた。ベルが紳士を褒めたいと思うことはめったになかった。今クロスビー氏を褒めて一言二言話したのに、いつになく妹の熱い批判に出会ったと感じた。リリーはスケッチを描いており、一、二分クロスビー氏のことをすっかり忘れていた。しかし、ベルは傷つけられたと思ったから、すぐその話題に戻った。「その俗語は好きじゃありませんね、リリー」

「どの俗語のこと?」

「バーナードの友人についてあなたが遣った言葉です」

「ああ!　気取り屋のこと。私は俗語が好きなんです。愉快なことを言うのはとても楽しいの。姉さんを不安にさせることを恐れなかったら、彼って『気絶させる（スタニング）』って言ったでしょう。辞書にある言葉しか使わなかったら、とても退屈じゃありませんか」

「紳士のことを話すとき、それは不適切だと思います」

「不適切かしら?　うん、やり方さえわかれば、私はちゃんと話したいんです」

やり方さえわかれば!　次女はこの問題でやり方がわからないという。もし天賦の才と母からそれを教えられなければ、よくなる見込みはないだろう。この点、天賦の才と母はリリー・デールにとって充分有効に働いていたと、私は言っていい。

「クロスビーさんはとにかく紳士で、感じよく見せる仕方を知っています。私が言いたいのはそれなんです。母さんは私よりももっと彼を褒めています」

「クロスビーさんはアポロよ。私はいつもアポロをこれまでに生きた——わかりますね——いちばん偉大な人だと思っています。アポロは紳士でしたから、気取り屋などという言葉を遣ってはいけませんでした」

リリーがまだ神の名を口にしていたとき、開いていた応接間のフランス窓が暗くなって、バーナードと続いてクロスビーが入って来た。

「アポロの話をしていたのは誰だね?」とデール大尉。

娘たちは驚いて口が利けなくなってしまった。もし哀れなリリーのあの最後の言葉をクロスビー氏が聞いていたら、どうしよう? これがベルがいつも妹の欠点として責めた軽率さだった。こんな結果になってしまった! しかし、じつのところバーナードは神の名以外に耳にしていなかった。後ろにいたクロスビー氏は何も聞いていなかった。

「『輝く金髪を糸に張ったアポロのリュートのように、声は甘い音楽のよう』[11]」クロスビー氏は二人の娘が困りはてて黙り込んでいるのを見て、他意もなくこんな引用をした。

「アポロの髪が私たちの髪とまるきり違うのでなければ」とリリーは言った。「ひどい音楽になったでしょうね」

「髪はすべて太陽光線でできているんだ」とバーナード。とはいえ、そのころになるとアポロは役割を終えたから、女性たちは礼儀正しく客を歓迎した。

「母は庭にいます」とベル。若い紳士が訪ねて来たとき、若い女性が共通に用いるあの偽善的な口実を使って、まるで母が訪問の相手ででもあるかのような振りをした。

「母は日よけのボンネットをかぶって、エンドウ豆を取っています」とリリー。

「ぜひとも行って手助けしましょう」とクロスビー氏。それで、みんな庭に出た。

アリントンの「大きな家」の庭と「小さな家」の庭は行き来できるようになっている。月桂樹の厚い生け垣と、広い堀と、堀を守る鉄の忍び返しという正式の境界はある。広い堀には歩行者用の橋が架けられて、橋には鍵のない門がついている。二つの庭がつながっているのは親しく交流するためだ。「小さな家」の庭はじつにきれいだ。「小さな家」は道路のすぐそばにあるので、食堂の窓と鉄柵のあいだには、境界というよりも家の狭い周辺部と、庭師しか通らない幅二フィートほどの丸石の小道があるだけだ。家と道路のあいだは五、六フィートもなくて、門からの入口は屋根つきの道で隠されている。しかし、裏手の庭の芝地には応接間のフランス窓から出ることができて、ここはまるでアリントンには村がないかのように、芝地の百ヤード以内には教会への道がないかのように、じつに人目につかない場所になっている。デール夫人の家の壁は教会境内に隣接しているから、この芝地から境内隅のイチイのあいだに教会の尖塔を垣間見ることができる。とはいえ、デール家の誰も尖塔が見えることで不平を言う者はいない。アリントンの「小さな家」の自慢はその芝地だ。これまでに造られた観賞用の芝でこんなに滑らかな、水平な、ビロードのような芝はない。リリー・デールはこの芝地を自慢して、「大きな家」でクロッケー(12)をしようと思っても無駄だとしばしば言った。リリーによると、そこの芝は房だらけで、庭師のホプキンズがいくら手を尽くしてもその房を解消することができなかった。しかし、「小さな家」の芝地に房はない。郷士自身がクロッケーについてあまり熱心ではなかったから、用具は「小さな家」に移されて、そこではクロッケーがおなじみのものとなっていた。

庭について話すついでに私はデール夫人の温室についても触れておこう。「大きな家」にはこの温室に匹敵するものはないとベルは熱心に言った。「もちろん花に関して言うんです」と彼女は訂正した。というのは、「大きな家」には非常に有名なブドウ栽培温室があったからだ。郷士はこの点に関してクロッケーの場合ほど寛容になれなかったので、姪にあんたは花について何も知らないと言った。「おそらくそうでしょう、クリストファー伯父さん」とベルは言った。「それでも、私はうちのゼラニウムがいちばん好きです」ミス・デールには頑固なところがあった。実際、デール家の老若男女にはみな共通に頑固なところがあった。

この芝地と、この温室、それから「小さな家」の庭全部を一手に管理しているのが、「大きな家」の筆頭庭師ホプキンズであることは説明しておいたほうがいいだろう。デール夫人には庭師を抱える余裕がなかった、というのが単純にその理由だ。母娘三人が使える男性といったら、週十シリングでナイフや靴をきれいにし、地面を掘ってくれる一人の若い働き手があるだけだった。しかし、アリントンの筆頭庭師ホプキンズは配下に男たちを従えて、重要な施設であるブドウ栽培温室や桃の木の壁やテラスと同じように、あまり重要でない施設である芝地や温室にも油断のない目を光らせていた。庭師の目からみれば、二つの家は一つの屋敷だった。「小さな家」は家のなかの家具とともに主人である郷士のものであり、デール夫人に賃貸料なしで貸し出されていた。ホプキンズはデール家の生まれではないデール夫人に何の義理も負わなかったから、おそらく夫人には好意を寄せていなかった。庭師は二人の若い娘を愛する一方で、時々有無を言わさず冷たくはねつけた。庭師はデール夫人には冷たく慇懃に接して、庭について特に注意が必要な指示が夫人から与えられたら、いつも郷士に問い合わせた。

これらのことはみなデール夫人が「小さな家」に住む条件を説明するのに役立つだろう。遅かれ早かれその説明は必要となる。夫は三兄弟の末っ子で、いちばん賢かった。彼は若いころロンドンにのぼり、そこで測量技士として成功した。立派に仕事をこなしたので、政府から雇われた。三、四年間大きな収入をえたのに、まだ出世の梯子を登っているさなか突然死に見舞われた。亡くなったとき、眼前の金色の見込みを実現しようとし始めたばかりだった。これは物語が始まる十五年ほど前のことで、二人の娘はほとんど父の記憶をとどめていなかった。デール夫人は未亡人になって最初の五年間、郷士のお気に入りになれなかったから、非常に限られた資産で二人の娘と慎ましく暮らした。郷士の母である老デール夫人がそのころ「小さな家」に住んでいた。しかし、老デール夫人が亡くなったとき、アリントンに住めば娘たちにかなり有力な社会的地位を与えられると、郷士は義妹にほのめかして、そこを賃貸料なしで提供した。夫人はこれを受け入れて、確かに娘たちに社会的地位を手に入れた。デール夫人は年収三百ポンドを超えることはなかったから、貧しい、必然的に慎ましい生活を送らざるをえなかった。しかし、夫人は娘たちが近所の家族から好かれて田舎で有名になり、アリントンの郷士デールのじつの娘だったらえられただろうほぼ全利益を享受するのを見た。このような状況なら、夫人が義兄から愛されようと愛されまいと、ホプキンズから尊敬されようとされまいと、たいしたことではなかった。娘たちから愛され、尊敬されること、それがこの世で夫人が望むことだった。伯父のクリストファーは頑固な、いくぶん不作法な仕方で娘たちに尽くした。「大きな家」の馬屋には娘たちが乗れる二頭のポニーが置かれ、特別な時でなければほかの誰も乗れなかった。郷士はこのポニーを娘たちに与えてもよかった、と私は思う。が、彼は違ったふうに考えた。彼は娘たちにドレスを与え、時々とても愉快とは言えない仕方で必要と思う品々を贈った。金はやらなかったし、金の約束もしなかった。しかし、娘たちがデール家の人間であるという理由で、郷士は彼らを愛した。クリストファー・デールにとって、一度愛するということは常に愛するということだった。郷士はベルをおもなお気に入りにして、ベルと甥のバーナードに心のもっとも温かい部分を分かち与えた。郷士はこの二人を結び合わせて、ベルを将来アリントンの「大きな家」の女主人にする計画を立てていた。しかし、ミス・デールにはまだその計画を少しも漏らしていなかった。

そろそろ芝地に歩いて出た四人の友人らのところに戻ってもいいと思う。四人はエンドウ豆を摘んでいるデール夫人を手伝う目的でそとに出たと思われる。しかし、遊びが仕事の邪魔をした。若者らは夫人の仕事のことはすっかり忘れて、クロッケーの魅力に負けてしまった。鉄の小門と杭は固定されていた。木槌と球は転がっており、競技者もちゃんと揃っていた！　「私はここでまだクロッケーをしていません」とクロスビー氏。彼は前日ディナーの前に到着したばかりだったから、あまり時間を無駄にしないで遊ぶチャンスを見つけたと言わなければならない。それから、木槌があっという間にみなの手に握られていた。

「もちろんチーム戦にしましょう」とリリーが言った。「バーナードと私が組みよ」しかし、これは許されなかった。リリーは有名なクロッケー場の女王だった。バーナードは友人よりも上手と思われたから、リリーはクロスビー氏と組まなければならなかった。「アポロは小門を全部通過できないんです」と、リリーはあとで姉に言った。「それでも何て優雅に失敗するのかしら！」リリーは試合に負けたから、組んだ相手にささやかな恨みを述べても許されたかもしれない。ところが、クロスビー氏はアリントンを最後に発つ前、小門を全部通過できることがわかった。リリーはまだクロッケー場の女王だったが、その領地内に男性君主が現れたことを認めなければならなかった。

「私たちがやった試合のやり方とそれは違いますね、あそこでは――」クロスビーは試合の途中でそう言って、動きを止めた。

「どこだった?」とバーナード。

「去年の夏私がいたところ――シュロップシャーです」

「あなたが去年の夏いたところ――シュロップシャーでは、クロスビーさん、そのあとクロッケーをやめているでしょう」とリリー。

「ハートルトップ卿夫人のところだね」とバーナード。さて、ハートルトップ侯爵夫人は大物であり、社交界の主導者な立場に立っていた。

「ああ！　ハートルトップ卿夫人のところ！」とリリーは言った。「それなら私たちのほうが降参しなければね」クロスビーはそのささやかな皮肉に痛手を受け、不当なものとしてそれを心に書き留めた。彼はハートルトップ卿夫人とそのクロッケー場についてなるべく触れないようにしようと努めていた。卿夫人の名は彼の意に反して出てきたものだ。それでも、彼はずっとリリー・デールが嫌いではなかった。が、ベルのほうが喋らないけれど好きだと感じた。というのは、ベルは家族でいちばんの美女だったから。

バーナードは試合のあいだに思い出した。その日、母娘三人を「大きな家」のディナーに招待するため特にここに来ていたのだ。彼らはみな昨夜そこでディナーを楽しんだというのに、伯父はまた来るように指示していた。「母にそのことを聞いてみます」ベルはそう言うと、試合を抜け出した。それから帰って来て、姉妹は伯父の指示に従うけれど、母はうちにとどまることになると言った。「食べなきゃいけないエンドウ豆がありますからね」とリリー。

「『大きな家』に豆を送ってください」とバーナード。

「ホプキンズは許してくれません」とリリーは言った。「彼はそんなことをごちゃ混ぜって言うのよ。ホプキンズはごちゃ混ぜが嫌いなんです」それから試合が終わったあと、彼らはぶらぶら小さな庭を出て、大きな庭のほうへ移動し、低木林を抜けて野原に出た。そこにまだ残っている干し草を見つけた。リリーは熊手を取ると、二分間干し草をかき集めた。クロスビー氏は干し草を荷馬車に投げあげる仕事に加わるため、刈り手らに半クラウン(13)を払わなければならなかった。ベルは日焼けを気にして木の下に静かに座った。その後クロスビー氏は干し草を投げあげるのがあまり趣味に合わないとわかって、リリーがその夜遅く母に言ったように、アポロのように静かにベルと同じ木の下に身を投じた。それから、バーナードはとてもひょうきんなやり方で干し草のなかにリリーを埋めた。お手柄だった。リリーはこの挨拶へのお返しとしてほとんどクロスビー氏を窒息させてしまった――偶然に。

「まあ、リリー」とベル。

「どうもごめんなさい、クロスビーさん。バーナードのせいよ。バーナード、もう二度とあなたと干し草畑には入りません」それで、彼らはとても親しくなった。その間、ベルは木の下に静かに座って、クロスビー氏が話し掛ける言葉を時々聞いていた。人の交わりのなかにはほとんど言葉を必要としない喜びがある。ベルは妹のリリーのような活発さを欠いていた。この一時間後、ベルはディナーのため着替えるとき、クロスビー氏からあまり多く話し掛けられなかったにせよ、とても楽しい午後をすごしたと思った。

註

（1）『お気に召すまま』第二幕第七場でジェイキスが語る人生の七場面のうち、第六で「スリッパを履いた痩せ細った老いぼれ」というせりふがある。
（2）「出エジプト記」第二十章第十二節に「あなたの父と母を敬え。これは、あなたの神、主が賜わる地で、あなたが長く生きるためである」とある。
（3）セブライトという社交クラブはセント・ジェームズ・スクエアにあった。ボーフォートという社交クラブはトロープの他の小説『公爵の子供』や『クラヴァリング家』にも登場する。
（4）カナダ南東部の半島。
（5）ピュティアスはシラクサ王ディオニュシオスによって死刑を宣告されたが、家事の整理をするため帰宅しているあいだ、友人ダモンがその代わりに獄に入り、忠実に友の帰りを待った。王は彼らの信義の厚いのに感じてその罪を許したという。
（6）政府の多くの主要機関がある官庁街。
（7）大英博物館の北に位置する広場。
（8）ラッセル・スクエアの北にあるカートライト・ガーデンズというところがモデル。
（9）十九世紀半ばのサマセット・ハウスには海軍省や印紙局、誕生と結婚と死亡の登記所、ジョニー・イームズが働く内国税収入庁など多くの部局が入っていた。サマセット・ハウスの役所はホワイトホールのそれに較べると当世風の評判に欠けるけれど、税関と間接税務局と郵政省ほど俗っぽくなかったようだ。

(10) バークリー・スクエアからパーク・レーンに至る通り。一七二〇年から一七四〇年ごろにかけて小さな家々が建てられた。

(11)『恋の骨折り損』第四幕第三場からの引用。

(12) クロッケーはこのころイギリスで急速に広まった。スポーツ用品製造業者ジョン・ジャックが最初の用具を売り出してから、何百というクラブが一八五〇年代に設立された。初期の手引き書『ラウトレッジのクロッケー・ハンドブック』(一八六一年)が出版され、一八六七年に最初の全英チャンピオンが選出された。『アリントンの「小さな家」』の翌年出版されたルイス・キャロルの『不思議の国のアリス』には奇想天外なクロッケーの話が含まれている。

(13) 二シリング六ペンス。

第三章　アリントンのデール未亡人

「小さな家」のデール夫人は、生まれがデール家の人ではなかったので、人となりにデール家独自の特徴を見出せなかったのは当然だ。娘たちもおそらくその特徴をあまり際立ったかたちでは表さなかった。父よりも母から多くのものを受け継いでいたからだ。しかし、よくよく見る人には娘たちがデール家の者であることがわかるだろう。娘たちは一途で、おそらく頑固で、時々少々無慈悲な判断をすることがあった。デール家の者だということに何か特別なものがあるというような傾向も見せたけれど、それを言い触らすことはなかった。とはいえ、娘たちはそれよりも母から受け継いだ直伝の自尊心を具えていた。

デール夫人は確かに自尊心の強い女性だったが、誇りを抱くほど外面的なものに恵まれていたわけではなかった。祖父はほとんど取るに足りない人だったから、生まれは夫よりもずっと低い階級に属していた。地位から見て比較的財産を持っていたので、今はおもにそれを当てにして暮らしていた。が、それは金持ちという誇りを持てるほど充分ではなかった。夫人は美人だった。私の好みから見ても、今でもまだとても愛らしかった。しかし、夫人は十五年すでに未亡人として生活し、二人の成人した娘たちを抱える人生のこの時、美人であることに誇りを持てなかった。また淑女であるということにも誇りを持てなかった。夫人が内面も外面も、頭の天辺から足のつま先まで、感情も精神も淑女だと、教育においても、天分においても、祖父にそんな欠点があるとしても、生まれにおいても淑女だと、私は己ノ責任ニオイテ事実として言っておく。(1)郷士は夫人に対して特別愛情を抱いていたわけではないが、これを知っており、あらゆる点で夫人を自分と対等に扱った。

しかし、夫人は強い自尊心を抱きながらも、とても謙虚にならなければならない立場にもあった。夫人は貧しかったにせよ、娘たちは概して金持ちの娘だけに許される地位にあった。子供のいないアリントンの郷士の姪としてこれができた。夫人は娘たちが姪として郷士から後援と親切を受ける資格があると思い、そうしても娘たちも自分も誇りを失うことはないと感じた。もし夫人が自尊心のせいで伯父から娘たちに与えられるこの世の利益を邪魔したら、母として義務をはたすことができなかっただろう。夫人は娘たちのため住む家をただにしてもらい、義兄の多くの所有物を自由に使わせてもらったけれど、自分のためには何も受け取らなかった。兄の郷士はフィリップ・デールのこの結婚を嫌っていた。フィリップがまだ生きていたあいだも、郷士はその感情を克服できないと言い、確かにその感情を克服できなかった。今、義理の兄妹は何年も隣り合わせに住んで、ほとんど同じ家族といってもいいほどだったのに、親しい友人になることができなかった。喧嘩をしたことは一度もなく、絶えず会っていた。郷士は弟の未亡人に対して無意識に深い尊敬の念を抱くようになっていた。未亡人は娘たちに対する伯父の愛情が誠実であることを認めていた。それでも、義理の兄妹は依然として親しい友人になることはなかった。デール夫人は金に関することを郷士に一言も話さなかった。郷士は娘たちについて考えていることを母に一言も話さなかった。彼らはこのようにアリントンで暮らしてきて、今も暮らしていた。

デール夫人は必ずしも楽な人生を歩んで来なかった。苦痛を伴う努力もかなりしてきた。夫人の人生の持論をはっきり口に出して言うと、娘たちが地上で立派に暮らせるように、夫人は地下で身を犠牲にするということだった。この持論を実現するため、夫人は娘たちの前でどんな不平も言わないようにし、不安な姿を見せないようにする必要があった。母が娘たちのため犠牲に堪える地下生活をしていることを知られたら、娘たちは地上の生活を安穏に送れないだろう。母が日よけのボンネットをかぶってエンドウ豆を採ること、炉端で長時間読書をすること、孤独なもの想いにふけること、そういうことは特に母が好きでやっていることだと、娘たちから思われることが肝要だった。「母は外出が好きじゃないんです」「母は応接間から出るのがいやなんだと思います」娘たちはこんな言葉を遣うように教えられたのではなく、こんな言葉を生み出す意識を抱くように教え込まれた。娘たちは世に出る初期に母についてこんな言葉を遣った、と私は言っておこう。しかし、まもなく時は訪れた。一人、また一人と娘たちは事実に気づいて、母が彼らのため苦しんでいることを知った。

実際には、デール夫人は娘たちと同じくらい若い心を持っていたのかもしれない。もし夫人もいろいろなことに齟齬を来すことがないと思ったら、クロッケーをしたり、干し草作りの熊手に手を伸ばしたり、そう、ポニーに乗って楽しんだり、このアポロやあのアポロから与太話を聞いたりしたかもしれない。四十になった女性は――いや、たとえそれが未亡人であっても――、この世の快楽とは無関係な古臭い人間嫌いにはなれないし、あるいは厳しい道徳家ラダマンテュス(2)にもなれない。それらのタイプも女性の心の体現だと考える者もいるけれど、私はそうは思わない。女性も男性も若々しくしていられる限り、若々しくしていてほしい。女性が父の家の聖書が示すよりも年齢を下にさばを読んでもいいというのではない。四十の女性には四十と名乗らせよう。しかし、四十の女性でも若々しい精神を持っているなら、それをそとに表してほしい。

デール夫人は間違っていた、と私は思う。夫人は私の助言通りに行動したら、日よけのボンネットをかぶって、エンドウ豆の支柱に囲まれる代わりに、クロッケー場の若者の集団に加わっていただろう。四人のあいだで交わされた言葉を夫人は一言も聞き漏らさなかった。エンドウ豆の支柱は低い壁と数本の低木で芝地から隔てられていただけだ。夫人は疑念を抱く人としてではなく、ただ慈愛に満ちた人として若者の声を聞いた。娘たちの声はとても魅力的だと思い、リリーの銀の鈴のような声は神々しい調べのように心地よく耳に届いた。夫人はハートルトップ卿夫人の話をみな聞き、リリーの大胆な皮肉に身震いした。母はうちにとどまって、エンドウ豆を食べなければ、とリリーが言うのを聞くとき、それが人生における己の定めなのだと一人悲しくつぶやいた。

「いとしいかわいい娘、それでいいんです」

夫人はそんなふうに思いを巡らした。四人が小さな橋を渡って隣の敷地に移って行くとき、夫人は耳で彼らのあとを追ってから、腕に荷を抱え、芝地を横切って自宅に戻った。夫人は応接間の窓の階段に腰掛けて、目の前に広がるきれいな夏の花々や、滑らかな芝生の表面を見渡した。

神が今いる場所に夫人を置いたのはいいことではないか？　夫人の測り縄(3)は好ましいところに落ちたのではないか？　かわいい、優しい、人を信じる、信用できる娘たちがいるのは幸せではないか？　夫人は最愛の連れ合いだった夫を人生の早い時期に奪われ、明るい快楽の泉を止められてしまった。だから、死別のなかでそんな運命が和らげられ、優雅と美に恵まれるように多くのことがなされたのはいいことではないか？「その通りよかった」と夫人は胸で納得する一方、それでも我が身は幸せではないと感じた。夫人は心のなかの子供っぽい部分を払拭しようと決意して、しばしばその決意を胸で繰り返した。が、そんなふうに払拭したものを今取り戻したいと強く願うようになっていた。若い四人が低木林を抜けて行くとき、夫人は階段に座ったままリリーの声をまだ聞くことができた。母の耳以外にその声を聞き分けられないところでもまだ聞いていた。今彼らは「大きな家」に着いたから、娘たちも当然そこにいた。郷士は若い男性をそばに置くとき、食卓を優雅にするため娘たちを必ず呼び寄せた。しかし、夫人はその場にいてほしくないと思われていることがわかったから、時々席をはずさなければならなかった。もしはずさなかったら、夫人の存在が不快に目立つことになっただろう。若い一行に加わらないほかの理由もあった。たとえ夫人が加わっても、まわりの人々を喜ばせることも、本人が楽しむこともないだろう。娘たちには義兄のテーブルで食べさせ、義兄の茶碗で飲ませよう。娘たちにはそうすることが心から望まれていた。夫人は「大きな家」で——ほかの家でも、ほかのテーブルでも！——そんなふうに歓迎されることはなかった。

「母はうちにとどまってエンドウ豆を食べなければ」

夫人は膝に肘をついて頭を片手で支えた姿勢で、リリーが言ったことを胸中で繰り返した。

「料理番が言っています、奥様、エンドウ豆のさやを取りたいんですって？」それで、夫人の夢想は壊された。

デール夫人はすぐ立ちあがって籠を渡した。「料理番は娘たちが『大きな家』でディナーをすることを知っていますか？」

「はい、奥様」

「料理番は私のためにはディナーの心配をしなくていいんです。早めにティーをいただきます」それで、結局デール夫人は豆を食べる務めをはたさなかった。

とはいえ、夫人はすぐほかの務めに取りかかった。三人家族が年三百ポンドで暮らさなければならないのに、社交界に出入りする振りをするとき、たとえ女ばかりの所帯でも、細かいところに注意を払わなければならなかった。デール夫人はこれをよく心得ており、娘たちがすてきな、新鮮な、かわいい服装をしていてほしいので、そのため長い時間を費やした。郷士は娘たちに冬にはショールを送ったり、乗馬服を送ったり、ロンドンからドレス用の茶色の絹——生地から二着をちゃんと作るには女の技術では手に負えないほど分量が限られていた——を送ったりした。茶色の絹のドレスはその日から今日まで難題になっていた。郷士はこんなことでは記憶力がよくて、気前よく振る舞った成果を見たがった。こういうことはみな助けになったが、もし郷士が姪に使う総額を金でくれていたら、恩恵はもっと大きかっただろう。実際には、娘たちはいつもすてきな、新鮮な、かわいい身なりをしていた。娘たち自身もこの問題に無頓着ではなかったとはいえ、おもな衣装係(4)は母だった。今、夫人は娘たちの部屋に入り、モスリンのワンピースを取り出すと、——しかし、おそらく私はこんな話はしないほうがいいだろう！　けれど、夫人は熱いアイロンを持って来させたとき、こんな仕事を恥じなかった。みずから手でシワを伸ばし、縮れたひだ飾りをきちんと仕上げ、必要なところに新しいリボンをつけ、あるべきかたちに整えた。男性は目を楽しませてもらうため、この種の配慮がどれくらい長持ちするかほとんど考えない。一時間しか持たないこともあるからだ。

「まあ！　母さん、何て優しいんでしょう！」とベルが言った。二人の娘がディナーに引き返すため、着替えに間に合うようにうちに帰って来たときのことだ。

「母さんはいつも優しい。私も母さんに始終もっと優しくしてあげられたらいいのに」リリーはそう言うと、母に口づけした。しかし、郷士がディナーの時間に厳しかったので、娘たちは急いで着替えて、庭を通ってまた出て行った。母は小さな橋まで送った。

「伯父さんは私が行かないので怒っていました？」とデール夫人。

「伯父さんにはまだ会っていないんです、母さん」とリリーは言った。「私たちは野原をすごく遠くまで歩いて行って、まるきり時間を忘れていました」

「クリストファー伯父さんは近くにいなかったと思います。そうでなければ、会っていたはずですから」とベル。

「でも、私は母さんのことが心配よ！　姉さんもそうでしょ、ベル？　一人でずっとうちにいて出ないのはよくありません」

「母さんは『大きな家』へ行くよりうちにいるほうが好きなんです」ベルは優しくそう言って、母の手を握った。

「じゃあ、さようなら、帰りは十時から十一時のあいだね。でも、何か続いていたら、急がなくてもいいんです」娘たちが去ったあと、未亡人はまた一人になった。橋から伸びる小道はまっすぐ「大きな家」の裏手につながっていた。それで、軽快に走る娘たちの姿をしばらく見ることができる。娘たちがすばやく身を翻してテラスの階段を登るとき、ドレスがはためくのを見た。夫人は娘たちを見ている姿を人から見られないように、取り囲む月桂樹の奥まったところから出ようとはしなかった。しかし、はためくピンクのモスリンが視界からさっと掻き消されたとき、一緒について行くことができないのをつらいと感じた。それでも、一歩も前に出ることなくそこに立ち尽くしていた。娘たちがうちから義兄の家へ向かうとき、夫人がどう見送ったか、できればホプキンズにあれこれ言われたくなかった。夫人が娘たちを見詰めていた理由なんかホプキンズにわかるはずがない。

「ああ、おまえたち、遅かったなあ。お母さんも一緒に来ればよかったのに」とクリストファー伯父。これが男性の礼儀というものだ。郷士は己の本心がわかったら、デール夫人がいないほうがいいと認めたに違いない。夫人がいるよりもいないほうが、食卓では確かに彼が主人だと感じられて、居心地がよかった。しかし、郷士は夫人が来ないことをしばしば悲しんで、その悲しみを本気で信じていた。

「母は疲れているようです」とベル。

「ふん、あちらからここまでそれほど遠くはないじゃろ。もしわしが疲れるたびに閉じこもっていたらか?」それから、彼はベルに腕を差し出して食堂へ歩いて行った。

——。じゃが、気にせんでくれ。ディナーにしよう。クロスビーさん、姪のリリアンを先導してくださらんか?」それから、彼はベルに腕を差し出して食堂へ歩いて行った。

「伯父がこれ以上母を叱ったら、私は帰ります」と、リリーは連れに言った。一緒にすごした長い一日で二人がじつに親しくなっていたことがわかるだろう。

デール夫人は橋の上にちょっととどまっていたあと、ティーを取るためうちに帰った。ディナー用に提供される予定だった焼いたカモとエンドウ豆に添える羊肉の厚切り、あるいは炙ったハムのどんな代用品を夫人が食べたか、私たちは特に問うことはすまい。しかし、夫人はぜんぜん食欲がないまま、夕食に取り掛かったと想像していい。本——おそらく何か小説——を持って席に着いた。というのは、デール夫人は小説が好きだったから。口に紅茶を運びながら一、二ページ読んだ。しかし、すぐ本を脇に置くと、お盆の上の冷めてしまった料理を無視して、いつも使っている椅子に身を投じ、我が身のこと、娘たちのことを思い、一緒にいた数年間真に愛してくれた夫が生きていたら、運命がどうなっていたか考えた。

好きなものはとことん好き、嫌いなものはとことん嫌いというのがデール家の人々の特質だ。夫は揺るぎない愛情で妻を愛し、あまりにも一途だったので、兄が兄らしい言葉を妻にかけなかったといって喧嘩した。それでも、二人の兄弟はいつも仲がよかった。これらのことが起こってから歳月がたつなか、義兄にはいまだに同じ感情が残っていた。夫人はアリントンに初めて来たとき、郷士の好感をえようと決意していた。が、それをえることは不可能だとすぐわかった。確かにそんなことはもう望まなかった。デール夫人はどんな人でも愛することができることを、時々神に感謝するようなやわな女性ではなかった。義兄に対して一度は愛情——親密な、思いやりのある、妹らしい感情——を抱いたこともあったかもしれない。が、今はそうすることができなかった。近づこうとする試みは郷士からみな辛抱強くはねつけられ、冷たくされた。それからもう七年がたって、その間デール夫人は郷士から冷たくされたお返しに、とにかく郷士に冷たくしていた。とはいえ、こういうことはみなじつに堪え難かった。娘たちが伯父を愛するのは当然であり、望ましかった。郷士は娘たちには冷たくなく、寛大で、情愛が深かった。夫人が邪魔しさえしなければ、郷士は娘たちを我が子としてうちに連れ帰り、あらゆる点で養子として世間の前に出すだろう。夫人なんかいないほうがいいのではないか？

夫人が胸中こんなことを自問するのは、いちばん憂鬱な気分のときだった。それから夫人は気を取り直して、己の病的な弱さに業を煮やして断固それに反論した。娘たちから離れるのはよろしくない。伯父が今の二倍もいい伯父だとしても、夫人がいなくなり、娘たちがアリントンの相続人になるとしても、よろしくない。母が娘たちの近くにいるのは何よりもいいことではないか？　母がいないほうがいいなどと病的な問いを投げ掛けたとき、――邪悪にもそんな問い掛けをしたとはっきり思った――、娘たちから世界でいちばん愛されていることを夫人は知らなかっただろうか？　たとえ伯父の家がどんなに大きくても、伯父の庇護よりも、母の愛撫や配慮のほうが娘たちから好かれていることを知らなかっただろうか？　当然知っていた。母は娘たちからまだ世界一愛されていた。万一別の愛情を捧げる男性が娘に現れても、母は嫉妬する気はなかった。そんな男性が現れて、娘が幸せになれたら、これからの母の人生にも輝く夕べがあるのではないか？　もし娘たちが結婚して、夫たちが母の愛情や友情や敬意を受け入れてくれるなら、「大きな家」の死んだような冷たさを逃れて、小さな別の田舎家で幸せに暮らし、本当に歓迎してくれる人たちのところに時々出かけられるだろう。アリントンからさほど遠くないゲストウィックに、ある医者が住んでおり、この医者が娘の最愛の人になり、娘婿の位置を占めるかもしれないと一度思ったことがあった。穏やかな美しいベルはこの医者が気に入っているように見えた。医者のほうにもベルを愛するように見える手応えがあった。

しかし、この数週間、この希望、あるいはこの願いは薄れていた。デール夫人は娘にこれを問いただすことはしなかった。そんな質問をするタイプの女性ではなかったから。とはいえ、気に入っていた医者にベルがここ一、二か月冷たく見えることを残念に思って見ていた。

こんなことを考えながら、長い夜はふけていった。十一時ごろ庭を横切って来る足音を聞いた。若い男性たちが当然娘たちに付き添っていた。夫人は応接間のまだ開いているフランス窓から出て、四人が芝地の真ん中にいるのを見た。

「母さんがいる！」とリリーは言った。「母さん！　クロスビーさんが月明かりでクロッケーをしたいんですって」

「明かりが充分あるとは思いませんね」とデール夫人。

「彼には充分な明かりなんです」とリリーは言った。「小門なんか関係なしにやるからです。そうでしょう、クロスビーさん？」

「クロッケーをするには充分な明かりだと思いますよ」と、クロスビー氏は輝く月を見あげて言った。「それに寝るなんて馬鹿げています」

「そうね、寝るのは馬鹿げています」とリリーは言った。「でも、田舎の人は馬鹿なんです。ガスの明かりで一晩じゅうできるビリヤードのほうがずっといいんじゃありません？」

「それでも打った球はどこへ行くかわかりませんよ、ミス・デール。私はキューに触ったことがないんです。ビリヤードのことは従兄に聞いたほうがいいですね」

「バーナードはビリヤードの名手なんですか？」とベル。

「うん、ぼくは時々やる。クロスビーのクロッケーと同じくらいの腕前だね。さあ、クロスビー、帰って葉巻を一服しよう」

「そうね」とリリーは言った。「それで、やはり馬鹿な人間は寝ることになるんです。母さん、ちょっとした喫煙室がここにあったらよかったのにね。私は馬鹿と思われるのはいやですから」それから、一同は解散して、二人の娘はうちに入り、二人の男は芝地を通って帰って行った。

「ねえ、リリー」とデール夫人はみなが寝室に入ったとき言った。「あなたはクロスビーさんにとても厳しく当たっているように見えましたね」

「今夜はずっとあんな調子でした」とベル。

「私たち、とても仲がいいんです」とリリー。

「へえ、とても！」とベル。

「ねえ、ベル、あなたは私に嫉妬しているんです。自分でそれがわかっているのよ」それから、リリーは姉が少しむっとしたのを見て、近づいて口づけした。「姉さんは嫉妬しているなんて言われたくないんです、母さん」

「ベルにそんなねらいはないと思いますね」とデール夫人。

「まあ、私に何かねらいがあったように言うつもりじゃないでしょうね？」とリリーは言った。「まるで私がクロスビーさんに気があるかのようにね」

「あるいは、私も彼に気があるかのようにです、リリー」

「もちろん姉さんにそれはないでしょう。でも、私は彼がとても好きよ、母さん。彼ってアポロのようにかわいい人なんです。いつもアポロ、ポイボス・アポロ[5]！　って呼んでいるのよ。彼の肖像を描くとき、弓のかわりに木槌を手に持たせましょう。彼をここに連れて来てくれて、バーナードにとても感謝します。クロスビーさんがあさって帰ってしまわなければいいんですが」

「あさってね！」とデール夫人は言った。「二日じゃ物足りませんね」

「そうです、物足りません。そんな短い期間のため、私たちの穏やかな生活がめちゃくちゃにされるなんて。――彼が放つ光線の数を数える時間さえなかったんです」

「でも、彼はたぶんまた来ると言っていました」とベル。

「その希望はありますね」とリリーは言った。「長い休暇が取れたら来るように、クリストファー伯父さんが言っていましたから。今回のは短い休暇にすぎないんです。彼はジョニー・イームズよりもいい待遇を受けているようね。ジョニー・イームズは一か月しか休暇が取れないけれど、クロスビーさんは取りたいときに二か月取れるし、一年じゅうかなり自由にできるようです」

「クリストファー伯父さんは九月に銃猟に来るように彼を誘っていました」とベル。

「彼は来るとは言いませんでしたが、来ると思いますね」とリリーは言った。「その希望はあります、母さん」

「じゃあ、あなたは木槌の代わり猟銃を持ったアポロを描かなければいけません」

「それが最悪なんです、母さん。それだと彼にも、バーナードにもあまり会えませんから。私たちは勢子役で森に出してもらえないかしら？」

「あなたはうるさすぎて、役に立ちませんよ」

「そうかしら？　勢子は鳥に大声をあげなければいけないんでしょう。でも、そんなことをしたら、疲れはててしまうから、うちにいて服の手入れでもしています」

「彼にまた来てほしいです。クリストファー伯父さんは彼がずいぶん気に入っているようです」とベル。

「ゲストウィックのある紳士は、彼が来るのをいやがるんじゃないかしら？」リリーはそう言ったあと、すぐ姉を見て悲しませたことがわかった。

「リリー、言いたい放題になっていますね」とデール夫人。

「本気じゃなかったのよ、ベル」とリリーは言った。「ごめんなさい」

「たいしたことじゃありません」とベルは言った。「リリーは考えなしに言っているだけなんです」それから会話は終わって、そのあとは身支度についての話とお休みの挨拶以外、何も話されなかった。しかし、姉妹は寝室を共有していたから、ドアを閉めたとき、ベルは気色ばんで先ほどの会話を蒸し返した。

「リリー、約束したでしょう」とベルは言った。「クロフツ先生については二度と私に言わないって」

「約束は覚えています。本当に悪いことをして、ごめんなさい、ベル。二度と言いません――できれば二度と」

「できれば二度とですって、リリー？」

「でも、先生のことを話してはいけない理由が私にはわかりません。――ただし、姉さんを茶化してはいけないことくらいわかりますよ。私はこれまでに出会った男性のなかで先生がいちばん好きです。自分を愛するよりも姉さんを愛しているということがなかったら、彼の愛情を巡って姉さんをねたむ思いがあるのがわかります」

「リリー、たった今あなたは何を約束したんです？」

「ええと、約束は明日からということでね。姉さんがなぜ先生に冷たい態度を取るのかわかりません」

「彼に冷たい態度も温かい態度も取っていません」

「先生を回れ右させることはできませんよ。姉さんがほほ笑みかけさえすれば、先生は左手を差し伸べて求婚してくれます。あるいは右手をね――。そんなところが見たいんです。さあ、言いたいことは言いました」

「馬鹿げたことを言っているのは自分でもわかるでしょう」

「つまり、私は先生のそんなところが見たいんです。母さんが先生のことを話題にすることはありませんが、きっと母さんも見たいんです。先生は私がこれまでに出会ったいちばん立派な人だと思います。先生に比べたらアポロのクロスビーさんなんか何でもない人です。さて、姉さんを悲しませるようですから、先生のことはもう言いません」

ベルはおそらく普通以上の愛情をこめて妹にお休みの挨拶を言った。それで、リリーの言葉と熱心な口調が姉の願いに背いていたにもせよ、どこか姉を喜ばせていたのは明らかだ。リリーはそういうことに気づいていた。

註

（1）*meo periculo*

（2）ラダマンテュスはゼウスとエウローペーの子とされ、厳正で妥協しない正義の士として名高く、死後冥界の裁判官として亡者を裁いた。

（3）「詩篇」第十六篇第六節に「測り縄は、わたしのために好ましいところに落ちた」とある。

（4）原文の tire-woman は腰元、侍女（lady's maid）、特に劇場の衣装係の婦人のこと。

（5）「輝ける者」の意で、アポロの呼称の一つ。

第四章　ローパー夫人の下宿

ジョン・イームズは母以外に誰からも寵愛されたことがないと言ったが、私がそう言ったからといって、ジョン・イームズに友人らがいなかったと思われては困る。寵愛されていなくても、尊敬され、おそらく好かれる成熟の遅い若者集団というものがある。彼らはアポロのように世に現れることも、輝きを発することもない。なぜなら、持てる光はみなうちなる目的のために留保されてしまうからだ。そんな若者はしばしばぎこちなく、見苦しく、まだ足取りもしっかりしていない。手足を思うように動かせず、内気で、慣れた仲間うち以外では必要な言葉も楽に口にすることができない。彼らは社会的会合を苦行の時と見なし、公的な場に出ることに気後れする。たいてい一人で動き回り、女性から話し掛けられると赤面する。事実、彼らは何年歳月がたとうと男になり切っていない。もはや少年でもないから、奥手(1)というみっともない名が世間から与えられている。

しかし、私はこの問題を観察してきて、奥手は決して無価値な人たちではないと信じるようになった。二十一、二の奥手と、同い年の完全なアポロを比較するとき、私は前者を熟れていない果実、後者を熟れた果実と見なせると思う。二つの果実について次のように問うことができる。早く熟す果実とゆっくり成長する果実とではどちらがいい果実なのか？(2)早く熟すほうはおそらく何か促成装置のようなものに恵まれているか、あるいは少なくとも壁の南側の暖かさに守られている。ゆっくり成長するほうは人手が加えられなくて、ただ自然の手に委ねられる。太陽は自然な進行に即して作用し、時には不都合な陰に邪魔されて、まるきり作用しないことがある。世間は間違いなく促成装置か、壁の南側の日溜まりに恵まれるほうを好む。果実は保証された期間に確実に熟れるからだ。しみも、汚点もなく、決して低級な性質を持つこともない。育て主は望む時に果実を手に入れ、急場の助けをえる。それでも、私の考えるところ、太陽のいちばん深い味わいは、ゆっくり成長する果実のほうに与えられる。不都合な陰に隠されさえしなければ、太陽がじっくり時間をかけたもののほうにだ。要するに、私は自然な成長の味わいが好きなのだ。えられたものが何かえこひいきなしにえられたものだから、おそらくよけいにそっちのほうが好きだ。

しかし、奥手は女性から話し掛けられると赤面し、女性から近づかれるとぎこちなくなり、舞踏室では手足をうまく動かせず、どんなときにも舌をうまく動かせない。ところが、奥手はじつは誰よりも弁が立ち、特に美しい女性を相手にするとき雄弁になる。奥手はドン・ジュアンの薄情に染まることなく、ドン・ジュアンのあらゆる栄冠に輝き、機知の力と甘い声のおかげであらゆる女性との出会いで勝ちを占める。ただし、彼の雄弁はうちなる耳にしか聞こえないし、彼の勝利はたんに想像上の勝利(3)にすぎない。

真の奥手はまったく一人ぼっちで、ほかの奥手らとすらあまり深くかかわることがない。これは思うに世間一般で充分観察されてこなかった特徴だ。彼は置かれた状況のせいで社会的交流の機会があまり与えられなかったから、おそらくアポロになれずに奥手になってしまった。それゆえ、奥手は一人でさまよう。能力の点で実現できそうもない成功を夢見つつ長距離の散歩をする。手にステッキを持ち、野原に出ると、彼は非常に雄弁になる。夏の伸びた雑草の頭をなぎ切るとき、精力的に弁舌を振るう。こういうふうにして、彼を知る人々から持たないと思われている想像力を養い、好ましくない陰がいつか邪魔をやめるとき、訪れてくるのちの成熟に無意識に備えるのだ。

そんな奥手は母から以外にほとんど寵愛を受けることがない。ジョン・イームズはゲストウィックから送り出され、ロンドンの役所の大部屋で新しい生活を始めたとき、そんな奥手の一人だった。彼はアポロ的なところに少しも恵まれなかったと言っていい。それでも友人ら――彼を思い、彼の幸せを重く見る友人ら――がいなかったわけではない。彼には深く愛してくれる妹がいて、この妹は当人自身がいくぶん奥手だったから、兄が奥手であるとは思ってもいなかった。母のイームズ夫人は未亡人であり、ゲストウィックで小さなうちに住んでいた。亡き夫は生涯を通じて郷士の親友だった。夫は裕福なうちに人生を始め、多くの不幸に見舞われ、貧乏のうちにそれを終えた。夫は生涯をゲストウィックですごして、一時は広大な土地を所有したものの、農業の実験に多くの金をつぎ込んで失い、晩年には町の郊外に小さな家を手に入れてそこで一生を終えた。この物語が始まる二年前のことだ。イームズ氏ほど親密な関係をデール氏と結んだ者はいなかった。彼が亡くなったとき、デール氏は遺言執行人となり、子供の後見人となり、さらに今の公務員の職をジョン・イームズのため手に入れた。

イームズ夫人はデール夫人と今もこれまでも仲がよかった。イームズ夫人は夫と初対面のとき、夫が四十をすぎていたから、郷士と親しくなることはなかった。しかし、貧しい孤独なイームズ夫人はデール夫人から親切にしてもらい、「大きな家」から示された誠意のなさを埋め合わせてもらった。イームズ夫人は貧しい孤独な女性で――夫が生きているときでさえ孤独だったが、未亡人になった今途方に暮れた。郷士は重要な問題ではイームズ夫人に親切だった。ささやかな金銭の処理をし、家と収入について助言し、息子に職も手に入れた。とはいえ、郷士は出会ったとき夫人を鼻であしらった。哀れなイームズ夫人は郷士に萎縮してしまった。デール夫人は義兄に恐れなんか感じなかったから、時々ゲストウィックの未亡人に郷士から与えられる忠告とはまるきり違った忠告をした。このようにしてベルやリリーと若いイームズのあいだに親しい関係が築かれた。娘たちはどちらもジョニー・イームズが自分のもので、かつ最愛の友人だと進んで主張した。それにもかかわらず、娘たちは時折イームズのことを陽気な含み笑いで話した。親しい友人のなかに奥手の人を抱えて、かつアポロの優雅さを知っているかわいい娘はよくこんな含み笑いをした。ジョン・イームズがロンドンに上京したとき、彼は取り返しのきかない決定的なかたちですでにリリー・デールに恋していたと、私はすぐここではっきり言っておいたほうがいいだろう。彼はじつに感動的な言葉で百回も情熱を宣言したけれど、ただ内面に向かって宣言しただけだった。リリーのことをたくさん詩に書いたけれど、二重の錠と鍵の掛かった金庫にそれを収めていた。想像力を自由に働かせたとき、彼は詩によってリリーだけでなく、広く世界を我が物にできるとうぬぼれた。しかし、その詩を人目に曝すくらいなら、死んだほうがましだった。彼はゲストウィック最後の十週間、ロンドンの仕事に向けて準備をしているあいだ、しばしばアリントンへ歩いて出掛け、歩いて戻った。そういうことはみな無益なことだった。こういう訪問のあいだ、彼はデール夫人の応接間に座って、リリーとはほとんど話さず、普通夫人に向かって話し掛けた。しかし、訪問に先立って長く熱い散歩に出掛けるとき、いつもリリーに愛情を伝えるようなことを言おうと決意していた。ロンドンに向けてたったとき、その重要なことをまだ一言も言っていなかった。

ジョン・イームズはリリーに妻になるようにと求めようとは夢にも思わなかった。彼は年八十ポンドの給与と、(4)母の財布からさらに二十ポンドの手当をもらって、世の荒波に乗り出そうとしていた。こんな収入でロンドンで家庭を持つことは不可能だとよくわかっていた。リリーを妻にできる幸運な男は、この世で手に入るあらゆる快適な贅沢を彼女に与える用意がなければならないと感じた。リリーから愛の保証をもらうことは期待できないことをよく承知していた。しかし、彼のほうから愛の保証を与えることは可能だと思った。そういうことをしても、おそらく徒労に終わるだろう。彼は詩的な気分にあるとき以外、じつは希望を抱いていなかった。己が言わば未完成な、未熟な顔の、ぎこちない、寡黙な、見苦しい奥手にすぎないことを漠然と自覚していた。彼はこういうことをみな嗅ぎ取る一方、この世にはすばらしい馬車でただただ喜んでリリーをさらっていくアポロが存在することも知っていた。それでも、いったんリリーを愛したからには、真の男としてこの愛を最後までまっとうする義務があると覚悟していた。

別れるとき、彼は一言リリーに言い残した。それは愛というよりも友情を表す一言だった。彼はベルを応接間に一人残すと、リリーを追って芝地にさまよい出た。リリーはおそらくこの青年の気持ちをいくらか理解していたので、別れに際して優しい言葉、あるいはそれ以上の言葉を掛けられたらと願っていた。女性たちが直視し、何も言わずに認める男性の愛がある。女性たちがその愛に伴う尊敬については黙っていても、優しい感謝を捧げるひそかな男性の愛がある。

「さよならを言いに来たんです、リリー」ジョン・イームズは小道で娘のあとを追いながら言った。

「さよなら、ジョン」と彼女は振り返って言った。「あなたがいなくなるのを私たちがどれほど残念に思っているかわかるでしょう。でも、ロンドンにのぼるのはたいしたことです」

「うん、そうです。そう思います。けれど、ぼくはできればここにいたいな」

「何ですって！　ここにいて、何もしないで！　きっといやになります」

「もちろん何かしますよ。つまり――」

「結局、あなたは古い友人と別れるのがつらいんです。あなたと別れるのをきっと私たちみながつらいと感じています。でも、時々休暇が取れるんでしょう。その時に会えます」

「うん、その時はもちろんあなたに会えます。リリー、ぼくはほかの誰によりもあなたに会いたいんです」

「まあ、駄目よ、ジョン。母さんや妹さんがいるじゃありませんか」

「うん、もちろん母やメアリーがいます。けれど、戻った最初の日にぼくはここに来ます。――つまり、あなたがぼくに会いたいと思ってくれるなら?」

「私たち、とてもあなたに会いたいのよ。それはおわかりでしょう。それに愛するジョン、あなたが幸せになることを心から願っています」

リリーがそう言ったとき、その声の調子のせいで彼はほとんど胸を掻き乱されそうになった。というよりむしろ思い切ってはっきり心のうちを告白しそうになった。しかし、その声の調子には結局そこまでの効果はなかった。「そう願ってくれますか?」と彼は言うと、リリーの手を握って幸せな数秒間をすごした。「あなたがいつも幸せになることをぼくも願っています。さよなら、リリー」それから、彼はリリーと別れて家に帰った。リリーは歩き続けて、低木林のあいだをさまよい、半時間ほど姿を現さなかった。どれだけ多くの娘たちがこんな恋人――ジョニー・イームズのように思いを告白できない恋人、その時リリー・デールから与えられた程度の回答しかもらえない恋人――を持っていることだろう? それでも、何年もたったあと、愛してくれた恋人の名を娘たちが数えあげるとき、そのぎこちない若者の名は忘れられていないのだ。その別れの言葉はおよそ二年前に交わされた。リリー・デールはその時十七歳だった。その時以来、ジョン・イームズは一度帰省して、一か月の休暇のあいだしばしばアリントンを訪れた。しかし、彼は今伝えた別れの場面よりも恋を前進させることができなかった。リリーが昔よりも冷たくなったように思えるとともに、彼のほうはリリーに対してどちらかというと昔よりも内気になっていた。彼はこの秋にもゲストウィックに帰省することにしていた。しかし、これについても正直に言うと、リリー・デールは彼の帰郷をたいして重く見ていなかったし、気に掛けてもいなかった。十九歳の娘は二十一歳の恋人のことを気にしない。その果実が促成装置か、壁の南側の利点かを持たない限りだ。

ジョン・イームズは依然として熱い愛をリリーに注いでいた。その愛は詩で支えられ、おそらく同僚事務官の耳に親しく打ち明けられて生き生きと保たれた。しかし、彼がこの二年間憂鬱な恋人だったと考えてはならない。彼が気質のせいでそんな憂鬱な生涯を送ることになったら、おそらくそのほうがよかったかもしれない。とはいえ、実際にはそうではなかった。彼はゲストウィックを立つ前にフルートをあきらめた。それを悲しい短調の三和音を出すくらいまで習っていた。五回目か六回目の日曜には、リージェンツ・パーク運河沿いの引き船道を一人で散歩するのをやめた。不在の恋人のことを考えるのはとても甘美だ。ところが、それも引き船道を一、二マイルも歩けば一本調子になる。心はアウント・サリー(5)やクレモーン庭園(6)や金銭上の問題に移ろってしまう。どんな娘も恋人の心の全容がわかったら、それに満足できるかどうか疑わしい。

「いいかい、コードル、社交クラブに入れるかどうか知りたいんだ?」

ジョン・イームズは日曜の歩こう会(7)の一つで心の友に向かってこの提案をした。その友は同僚事務官であり、正しい名はクレーデルと言ったが、友人らからコードルと愛称で呼ばれていた。

「クラブに入るって?　同室のフィッシャーはクラブに入っているよ」

「それはただのチェス・クラブじゃないか。ぼくが言っているのは正式の社交クラブだよ」

「ウエストエンドの気取ったクラブの一つかい?」クレーデルは友人の野心に感嘆して、ほとんど言葉を失った。

「特別気取ったクラブでなくてもいいんだ。本人が名士でなければ、名士と交わっても何がえられるかわからないだろ。けれど、ローパー女将の下宿はとても退屈なんだ」さて、ローパー女将はバートン・クレッセントで下宿を営む立派な婦人だった。そこはイームズ夫人が息子に特別安全な住まいを見つけたいと願っていたとき、強く勧められた下宿だった。ロンドンの最初の一年間、ジョン・イームズは下宿で一人暮らしをしたすえ、不快な出来事と孤独とああ悲し！　借金に終わって、哀れな未亡人に重いつけを回してしまった。それで、二年目はもっと安全な生活を必要とした。法廷弁護士の未亡人クレーデル夫人も、息子を所得税庁に送り込むことに成功したあと、その息子をローパー夫人の世話に任せたことをイームズ夫人は知った。それで、イームズ夫人は母のようなそのローパー夫人に多くの指示を与えて息子を同じ管理下に委ねた。

「教会に行くことについてはどうでしょうか？」と、イームズ夫人はローパー夫人に聞いた。

「そこまで面倒は見きれませんね、奥さん」と、ローパー夫人は良心的に答えた。「若い紳士方はたいてい本人が教会を選びますから」

「しかし、教会へ行きますか？」母はこの新しい生活を心配して聞いた。息子はそこに残されれば多くの点で身一つの光に導かれるしかないからだ。

「しっかり育てられた人は教会へ行きますよ、たいていはね」

「あの子はしっかり育てられています、ローパー夫人。本当です。鍵を渡すんじゃありません？」

「ええ、鍵を渡すようにいつも要求されます」

「私が鍵を持たせたくないと言ったと言えば、あの子は強く言いません」

ローパー夫人はそんな約束をして、ジョン・イームズを管理下に置いた。彼から鍵を要求されたとき、ローパー夫人は命じられた通り回答した。クレーデルの哲学に触れて世間ずれしたジョンから再度鍵を求められたとき、ローパー夫人はそれを渡した。女将は約束に忠実であることを自慢するタイプだが、誰からも約束以上のことを要求されることはないと承知していた。女将はジョニー・イームズに鍵を与えた。疑いなくそうするつもりだったから。というのは、ローパー夫人は世間を知っており、若者は鍵を与えられなければ、女将のところに居着かないことがわかっていた。

「アミーリアが帰って来てから、君はそんなに退屈していないように見えたよ」とクレーデル。「アミーリアって！　アミーリアがぼくの何だというんだ？　君に全部話したろ、クレーデル。それなのに君はアミーリア・ローパーのことをぼくに言い出すのかい！」

「いいかい、ねえ、ジョニー――」彼はいつもジョニーと呼ばれ、職場でもこの名で通用した。アミーリア・ローパーでさえ前に一度彼をジョニーと呼んだ。「君はまるでL・Dという女性なんか存在しないかのように、先夜アミーリアに優しかったね」ジョン・イームズは脇を向き、かぶりを振ったが、友人の言葉を嬉しいと感じた。友人からドン・ジュアンのように見られることは彼の想像力に快く訴えた。彼はリリアン・デールに心では忠実でありながら、思いつきの言葉でアミーリア・ローパーを喜ばせられると思いたかった。しかし、事実は美しいアミーリアのほうが多くの言葉を彼よりも思いつきで遣っていた。

ローパー夫人は女将である本人と、弁護士事務所で働いている息子と、ミス・スプルース――一緒に暮らすいとこの老嬢――と、クレーデル氏から下宿はなっているとイームズ夫人に言ったとき、嘘を言っていなかった。すてきなアミーリアはその時ローパー夫人とは一緒に暮らしていなかった。ローパー夫人はその時の話の性質からして、若い娘がこの冬おそらくうちに帰って来るとイームズ夫人に言う必要はなかったからだ。ルーペックス夫妻[8]もまた最近この下宿に加わったので、ローパー夫人の下宿は今や満員のように見えた。

ジョン・イームズはアミーリアに対して第二の弱い情熱を抱いていた。彼がそんな秘密を不用意にクレーデルに打ち明けていたことは事実として認められなければならない。「彼女はすばらしい娘だね――べらぼうにすばらしい娘だ！」と、ジョン・イームズはゲストウィックやアリントンを出てから学んだ言葉で言った。クレーデル氏もいっぱしの女性賛美者であり、ああ悲し！　ルーペックス夫人がこの時彼の賛美の対象となっていたことを、私はここで言っておこう。クレーデル氏はルーペックス氏――舞台の背景画描きで、世慣れた人――に不正を働くつもりはぜんぜんなかった。クレーデル氏はルーペックス氏をたんに男性としてだけでなく、目利きとしても尊敬していた。「なんとまあ！　ジョニー、あの女性は何という体つきなんだ！」と彼は言った。ある朝、役所へ向かって二人で歩いていたときのことだ。

「そう、彼女はしっかり両脚で立っているね」

「そのようだね。形態というものを理解する限り」とクレーデルは言った。「あの女性はほぼ完璧だ。何という胸を持っているんだろう！」

ルーペックス夫人が外見をうまく見せることに成功するとき、コルセットとクリノリンにずいぶん依存しているという事実と、クレーデル氏の言い方から判断すると、おそらく彼が形態についてあまり理解していないことがわかるだろう。

「鼻は真っ直ぐじゃないように見えるね」とジョニー・イームズ。さて、ルーペックス夫人の鼻が少し曲がっているのは疑いようもない事実だった。長くて細い鼻で、高くなるにつれて確かに左側に少し曲がっていた。

「顔よりも体形のほうが好きだね」とクレーデルは言った。「だが、ルーペックス夫人にはすばらしい瞳――とてもすばらしい瞳がある」

「その使い方も知っているよ」とジョニー。

「当然知っている。それから魅力的な髪がある」

「ただし、その髪を朝とかないね」

「いいかい、ぼくは無頓着な身なりが好きなんだ」とクレーデルは言った。「身だしなみに気を使いすぎるとかえってうっかり本性を表してしまうからね」

「けれど、女性はこぎれいにしていなければね」

「ルーペックス夫人みたいな人に、君、何という言葉を遣うんだい！　彼女はすばらしい女性だと思うよ。昨夜どんなに立派に着飾っていたことか。いいかい、彼女はルーペックスから虐待されているとぼくは思うんだ。昨夜彼女から一言二言打ち明けられた話では――」そこで彼は口をつぐんだ。いちばん親しい友とさえ共有できない秘密があるものだ。

「事情はまるきり逆だとぼくは思うがね」とイームズ。

「どう逆なんだね？」

「あのルーペックスこそ夫人のせいでいやというほどひどい目にあっているようだね。夫人の声が響き渡ると、時々ぼく自身不安でおののいているのがわかるよ」

「ぼくは元気のいい女性が好きだね」とクレーデル。

「うん、ぼくもそうだ。けれど、いいものもありすぎてはうんざりだろ。アミーリアから聞いたところによると、――ただし、人に言っちゃいけないよ」

「もちろん言わない」

「ルーペックスは時々夫人から逃げ出さなければならないらしいよ。仕事場の劇場へ行って、そこに一度に二、三日泊まることもあるという。それから夫人が迎えに来るんだ。うちのなかでは絶え間なく口論が続くようだね」

「事実は、飲むんだよ、彼がね」とクレーデルは言った。。「畜生、酒を飲む夫を持つ女性がぼくはかわいそうでならない。あんなにすばらしい女性も！」

「気をつけろよ、君、でないと面倒なことに巻き込まれるよ」

「どういう状況にぼくが置かれているかくらいわかっている。ありがとう。すばらしい女性を見るためとしても、理性を失う気はないね」

「あるいは平常心を失うかね？」

「うん、平常心か！　ぼくの場合、そんな心配はないね。女性を絵か、彫像としてしか見ていないから。おそらくぼくもほかの男のようにいつか結婚する。だが、女性のことで自分を見失うことは考えられないね」

「彼女のことでなら、ぼくは十回以上だって自分を見失うだろう」

「L・Dのことでだろ」とクレーデル。

「自分を見失うよ。それでも、彼女が手に入らないことはわかっている。ぼくは陽気に笑い飛ばすタイプだけれど、いいかい、コードル、彼女が結婚するとき、ぼくはおしまいだ。本当におしまいだね」

「喉を掻き切るつもりかい？」

「いや、そんなことはしない。そんなことはしないけれど、ぼくはおしまいだね」

「十月に帰省するんだろ。——受け入れてくれるように彼女に頼み込んでみてはどうだい？」

「たった年九十ポンドで！」思いやりのある国は年五ポンドの割合で二度給与を増やしていた。「年九十ポンドと母からの二十ポンドの手当で！」

「彼女はおそらく待ってくれると思うよ。ぼくなら間違いなく彼女に頼み込むね。娘を愛するつもりでいるなら、君みたいにやるのはうまくいかないと思うね！」

「確かにあまりうまくいかないね」とジョニー・イームズ。それから二人は所得税庁の入口に到着して、それぞれの机に向かった。

このささやかな会話から見ると、ローパー夫人は約束には忠実だったとしても、イームズ夫人から息子の守護天使となるように選ばれるような女性とは必ずしも言えなかったことが想像できるだろう。しかし、本当のところは、四半期ごとに支払われる年四十八ポンド程度で、未亡人の息子にロンドンで守護天使を見つけるのは容易ではないというのが実情だと思う。ローパー夫人は同種のほかの女将よりも悪くなかった。望み通りの立派な下宿人が見つけられさえしたら、立派な下宿人を置くほうが女将にとっていいに決まっている。ルーペックス夫妻はとてもそんな下宿人の範疇に入らなかった。女将は年百ポンドで正面の大きな寝室をこの夫婦に使わせたとき、過ちを犯したことがわかっていた。三十を越えた娘のアミーリアにも悩まされていた。アミーリアはとても賢い娘であり、本当のことを言わなければならないなら、マンチェスターの婦人帽販売店では一流の売り子だった。イームズ夫人やクレーデル夫人からは、息子たちがこの娘とかかわりを持つことを望まれないことをローパー夫人は知っていた。しかし、夫人にどうすることができただろう？　娘に家のひさしを拒絶することはできなかった。とはいえ、アミーリアが若いイームズといちゃついているのを見ると、不安になった。

「アミーリア、そんなにたくさんあの若い人と話さなくてもいいのに」

「まあ、母さん」

「そう思いますよ。あなたがそんなふうに続けていると、下宿人を二人なくしてしまいます」

「どんなふうに続けているっていうのよ、母さん？　もし紳士から話し掛けられたら、答えるのが普通でしょ。振る舞い方くらい心得ているわ」彼女はそう言って頭をつんと反らせた。それで、母は黙ってしまった。娘を恐れていたからだ。

註

（1）ウエブスターの辞書は hobbledehoy というこの単語を「通常不器用な、青臭い、未熟な若者」と定義している。トロロープはこういう「奥手の若者」を『三人の公務員』や『自伝』第三章でも扱っている。
（2）第五十二章註（1）参照。
（3）トロロープはジョニーの年頃に自分も白昼夢にふけっていたことを『自伝』第三章で告白している。
（4）一八三五年トロロープが郵政省の事務官になったとき、初任給は年九十ポンドだった。公務員給与を正常化しようとする一八五三年のノースコートとトレヴェリアン報告者による試みにもかかわらず、一八七〇年代から八〇年代にかけて部署間の給与格差は拡大した。このせいで、ジョン・イームズとアドルファス・クロスビーの生活レベルは大きく隔たっている。
（5）アウント・サリーは棒きれか棍棒を柱の上に置かれた木の女性の頭に投げつけるゲームのこと。木の女性像の鼻に当てて落とすか、口に差し込んだパイプを落とすかする。
（6）チェルシーのクレモーン子爵領にあったビクトリア時代の遊園地。催しと娯楽の舞台として有名だった。一八七七年に遊園地としては閉鎖されたが、庭園として現存する。
（7）トロロープが若い事務官のころ参加した「歩こう会」については『自伝』第三章参照。
（8）ルーペックスという名は *lupa*（女狼、売春婦）とか *lupanar*（売春宿）とかに関連する。ルーペックス氏の洗礼名はオーソン。その名はカロリング王朝伝説群の『ヴァレンタインとオーソン』に出てくるオーソン（飼い慣らされた野人）に関連する。

第五章　L・Dについて

アポロ・クロスビーは八月三十一日にロンドンを発ってアリントンへ向かった。四週間そこに滞在するつもりでいた。公務から二か月離れて気力の回復を図るという明確な意図を持っており、二か月後の目的地については決めていなかった。彼は十数件の招待を受けていた。望めばシュロップシャーのハートルトップ卿夫人の邸宅に入ることもできた。ド・コーシー伯爵夫人からコーシー城の揃いの部屋に来るように歓迎されていた。親友のモンゴメリー・ドブズはスコットランドに領地を持っており、そこでヨット・パーティーがあって彼の参加を望んでいた。しかし、クロスビー氏はこれらの招待のどれにもまだ手をつけておらず、ロンドンを発ったとき、アリントン以外に約束をしていなかった。十月一日にジョニー・イームズもアリントンに帰省する。所得税庁の私たちの友にはおもしろくないことに、アポロ・クロスビーはまだそこにいることになる。

ジョニー・イームズは年一回のその休暇では運が悪かったとは言えない。ロンドンから脱出したいとほとんどの人々が思う十月にロンドンを発つことを許されたからだ。私としては五月が休暇にいちばんいい月だといつも思っていた。しかし、社交シーズンが始まる五月にロンドンを留守にすることは誰も望まない。若いイームズはバートン・クレッセントに住んでおり、まだウエストエンドとは縁故を持っていなかったとはいえ、すでにこの点では賢くなっていた。「大部屋の連中はぼくに五月に休暇を取らせようとしている」と、彼は友人のクレーデルに言った。「ぼくが珍しいくらい世間知らずだと思っているに違いない」

「それはお気の毒」とクレーデルは言った。「五月に休暇を取るように求められるようなら、もう駄目だね。ぼくはそんな目にあったことはない。これからもないね。ぼくならまず役員会に訴えるよ」

イームズは役員会に訴えることもなくこの障害を乗り越え、どの月よりもおそらく休暇にいちばん適した月と見られる十月に休暇を取ることに成功した。「明日の夜、郵便列車で向かいます」と、彼は出発前夜アミーリア・ローパーに言った。その時、彼は下宿の奥の応接間でアミーリアと二人だけで座っていた。表の居間ではクレーデルがルーペックス夫人に話し掛けていたが、ミス・スプルースが一緒だったから、ルーペックス氏には嫉妬する理由がなかった。

「そうね」とアミーリアは言った。「あなたがその魅力的な場所にどれほど急いで行こうとしているかよくわかるわ。一時間も無駄にすることなくバートン・クレッセントを出たいと思うんでしょ」

アミーリア・ローパーは黒髪と黒い瞳の、背の高い発育のいい女性だった。鼻が肉太で、顔の下のほうが大きすぎたから、美しいとはとても言えなかったけれど、女性らしい魅力がないわけではなかった。目は輝いており、時に悪戯っぽく煌めくこともあった。彼女は流暢に話すことができ、叱ることもできた。たまに鳩のように凝った服を身につけ、時々怒ったトビのようにその服を振るわせた。ジョン・イームズはアミーリア・ローパーに近づかないほうがよかった、と私は言っていいと思う。しかし、若者はしばしばやってはいけないことをやってしまうものだ！

「ロンドンにのぼって十二か月もたつと、故郷の友人らのところに帰りたいものです」とジョニー。

「友人らのところって、イームズさん！　どんな種類の友人らなのかしら？　あたしが知らないとでも思っているの？」

「ええと、ええ、あなたは知らないと思います」

「L・Dね!」アミーリアはリリー・デールの本名を耳にしたことがない人々が当人を表す頭文字を使った。リリーはバートン・クレッセントでは結局この頭文字でしか知られていなかった。その頭文字を今言う口調から判断すると、アミーリアはまさしくこの頭文字の存在によって不当な扱いを受けていると思っていたことが明らかだ。

「L・S・Dですよ[1]」と、ジョニーは機知に富む陽気な若い浪費家のように気取って言った。「それがぼくの恋人――ポンドとシリングとペンスというのがね。とても内気な女性なんです」

「ごまかしね、あなた。そんなごまかしはあたしには通用しません。あなたの心がどこにあるかあたしが知らないかのような話し方はね。L・Dという女性が田舎にいるんなら、何の権利があってあたしに話をしたのかしら?」

哀れなジョン・イームズのためここで申し添えておかなければならない。彼は一度もアミーリアにこの話を――彼女の言葉が意味するような話を――したことがなかった。とはいえ、彼はアミーリアにすでに致命的な手紙を書いていた。これについて、私はやがてもっと詳しく述べることにする。それは今の不誠実とおそらく同じくらいひどいか、もっとひどい手紙だった。

「はっ、はっ、は!」とジョニーは笑った。しかし、これは作り笑いで、しかもうまく作れない笑いだった。

「そうね、たぶんあなたには笑いごとなんでしょ。こんな状況に置かれて笑うのは、じつに簡単なのよ。――つまり、胸に血と肉の代わりに石を入れたまるきり無慈悲な男ならね。わかっているのよ、ある男たちは石でできていて、どんな感情にも煩わされることがないんだわ」

「ぼくに何を言わせたいんです？　あなたは全部わかっているような振りをして、ぼくが反論でもしたら、無作法だって言うんでしょう」

「あなたに何を言わせたいかって？　あたしが言ってほしいことはあなたにはよくわかっているはずよ。こんな話は少しも聞きたくありません。こんな話が何の役に立つっていうの？　L・Dのことなんかどうでもいいの。あなたはアリントンへ行って好きなことをあたしにしたらいい。ただし、あたしはこんなやり方は嫌いだわ」

「どんなやり方ですか、アミーリア？」

「どんなやり方って！　いい、ジョニー。あたしは男のことで物笑いの種になるつもりはありません。あたしが三か月前ここに帰って来たとき、――ほんとに帰って来なければよかった」彼女は少し間を置いて、優しい言葉を掛けてもらえるかと思って待ったが、掛けてもらえないので話を続けた。「でも、帰って来たとき、ロンドンにあたしが好きになれる男がいるとは思いもしなかった。――そんなことは思いもしなかった。それなのに、あなたは一言も言わないで、あたしから去って行こうとしている」そう言うと、彼女はハンカチを取り出した。

「いつもあなたから叱られ続けている状態で、ぼくは何と言ったらいいんです？」

「あなたを叱り続けているって！　――このあたしが！　いえ、ジョニー、叱ってなんかいないし、叱るつもりもありません。もしあたしたちが終わりなら、そう言ってちょうだい。あなたが帰って来る前にあたしは家を出て行くわ。あなたに隠し事はしません。あたしはマンチェスターのお店に戻ることができるの。あたしの生まれから見ると品位にかかわる、とてもなじめない仕事だけれどね。もしあたしよりもL・Dのほうがいいんなら、邪魔はしません。ただそう言ってちょうだい」

彼はL・Dをアミーリア・ローパーよりも大きな存在――十倍も大きな存在と感じていた。L・Dが手に入ったらそれがすべてだと、アミーリア・ローパーなんかいないほうがいいと感じていた。彼はこの時そんなことを感じながら、自由になる勇気を掻き集めようと懸命にもがいた。

「ただそう言ってちょうだい」と、アミーリアは彼の前に立ちふさがって言った。「そうすれば、あなたとあたしのことはみな終わるわ。あなたからお約束をいただいたけれど、それにつけ込むようなことはしません。もしアミーリアがあなたの心をとらえていないんなら、あなたの求婚にはとても応じられません。ただ答えてくれさえすればいいのよ」

この女性は簡単に逃れられる道を彼に示しているように見えた。しかし、示された道を選ぶのがジョン・イームズのような男にとって簡単ではないことをおそらく彼女は知り尽くしていた。

「アミーリア」と彼は座ったまま言った。

「何かしら、あなた?」

「ぼくがあなたを愛していることは知っていますね」

「L・Dのことはどうなの?」

「あのクレーデルが吹き込んだ馬鹿げた話をあなたがみな信じたいんなら、ぼくはお手あげです。あなたが二つの頭文字に嫉妬したいんなら、それはぼくのせいじゃありません」

「あたしを愛しているの?」と彼女。

「もちろん愛しています」と彼。アミーリアはその言葉を聞くと、すぐ彼の腕のなかに飛び込んだ。

二つの部屋のあいだの折り畳み戸は閉まっていなかった。ミス・スプルースは二人のすぐ向かいの安楽椅子に腰かけていたから、おそらくその場面を見ていた。しかし、ミス・スプルースは無口な老嬢であり、驚嘆あるいは賛美の場面に出会っても、そう簡単に心を動かされなかった。彼女はこの十二年ローパー夫人と生活をともにしてきて、この娘の振る舞いをよく知っていた。

「あたしに誠実でいてくださる？」とアミーリアは抱擁のあいだに言った。——「ずっと誠実でいてくださる？」

「ええ、はい、当然のことです」とジョニー・イームズ。それで、彼はアミーリアから解放された。二人は表の居間へ向かって歩いた。

「私ははっきり言いますよ、イームズさん」とルーペックス夫人は言った。「あなた方が来てくださってよかったわ。クレーデルさんがとても奇妙なことを言うんです」

「奇妙なこと？」とクレーデルは言った。「さて、ミス・スプルース、私が何か奇妙なことを言いましたか？」

「たとえおっしゃったとしても、気づきませんでした」とミス・スプルース。

「私は気づきましたよ」とルーペックス夫人は言った。「クレーデルさんのような独身男性には既婚女性がカツラをつけているか、地毛なのか知る権利はありません。——そうでしょう、イームズさん？」

「ぼくは見分けられないと思います」ジョニーはそう言ったとき、ルーペックス夫人に皮肉を言うつもりはなかった。

「たぶんあなたはそうでしょうね」とルーペックス夫人は言った。「私たちはちゃんとあなた方男性の注意がどこに留まるか知っています。カツラをつければ、わかる人はすぐ違いに気づきます。——そうよね、ミス・スプルース？」

「おそらくそうでしょう」とミス・スプルース。

「あたしもあなたくらいカツラが似合うなら、ルーペックス夫人、明日にもつけてみるのに」とアミーリア。彼女は今あまりこの既婚女性と口論したくなかった。しかし、ミス・ローパーとルーペックス夫人はよく角を突き合わせる時があった。

「ルーペックス氏はカツラが好きなんですか？」とクレーデルは聞いた。

「たとえ私が羽飾りのついたかぶとをかぶっても、頭がまるきりなくても、夫は違いに気づきません。私はそう信じています。それが結婚というものの結果です。もし私の助言を聞き入れてくれるならね、ミス・ローパー、たとえ誰かがそれで悲しい思いをするとしても、あなたは未婚のままでいてください。そうでしょう、ミス・スプルース？」

「でも、私はただの老婆ですから」とミス・スプルース。それは本当のことだった。

「女性は結婚によって何をえるかわかりません」とルーペックス夫人は続けた。「でも、男性はすべてを手に入れるんです。助けてくれる女性がいなければ、男性はどうやって生きていけばいいかわからないというのにね」

「恋は何の役にも立たないんですか？」とクレーデル。

「まあ、恋ですって！　恋なんか信じません。私も一度は誰かを恋していると思ったことがあるんですが、結局どんな結果になったでしょう？　あら、イームズさんがいます。――彼が恋していることはみんな知っています」

「恋はぼくの身についたものなんです、ルーペックス夫人。そう生まれついているんです」とジョニー。

「ミス・ローパーもいますね。――女性のことをぶしつけに話してはいけませんが、彼女もおそらく恋しています」

「余計なお世話よ、ルーペックス夫人」とアミーリア。

「それくらい言ってもあなたが傷つくことはないでしょう？　もしあなたが恋していないとすれば、きっと薄情な人なんです。というのは、真の恋人がいるとすれば、そんな恋人をあなたはきっと一人手に入れていると信じますから。あら！――階段にルーペックスの足音がしませんでした？　どうしてこんな時間に帰ってきたのかしら？　飲んでいたら、帰って来たとき、とても不機嫌なんです」そのあと、ルーペックス氏が部屋に入って来て、一同の楽しい雰囲気をぶち壊してしまった。

　クレーデル夫人もイームズ夫人もこの下宿に待ち受ける危険を知っていたら、バートン・クレッセントに息子たちを預けなかったと思われる。二人の若者はそれぞれ無分別だったと見なければならない。しかし、若者たちは互いに相手の無分別をはっきり見抜いていた。今から一週間にもならない前、クレーデルはミス・ローパーの手管のことを友人に真剣に警告していた。「いいかい、ジョニー、君はあの娘と厄介なことになるよ」

「人はたいていこの種のことを切り抜けなければならない」とジョニー。

「そうだ、だが、深入りしすぎる人は二度とそこから出て来られない。婚約の文書でも渡してしまったら、君はどうなってしまうんだろう？」

　哀れなジョニーはすぐこれに答えなかった。というのは、アミーリア・ローパーは本当のところそんな文書をすでに手に入れていたからだ。

「ぼくがどうなってしまうかって？」と彼は言った。「婚約不履行者の仲間に入ることになると思うね」

「そのなかに入るか、あるいは結婚の犠牲者の仲間に入るか、どちらかだろうね。君についてぼくが信じるところによると、君がそんな約束をしたら、実行すると思う」

「おそらくそうだろうね」とジョニーは言った。「でも、わからない。そんな場合男がどうするかまったくわからない」

「だが、まだそんな事態にはなっていないんだろ?」

「まさか！　まだなっていないよ！」

「もしぼくが君なら、ジョニー、彼女には近づかないようにするね。その種のことはもちろん楽しいことだが、途方もなく危険なんだ！　あんな女を妻にしたら、君はどうなってしまうんだろう?」

クレーデルが友人に与えた警告はそんなものだった。今、アリントンへ向けて出発する直前、イームズは忠告のお返しをした。二人は一緒にグレート・ウエスタン鉄道(2)のパディントン駅へ行った。プラットホームを行ったり来たりしているとき、ジョニーは助言を与えた。

「いいかい、コードル、親友、気をつけないと、君はあのルーペックス夫人と面倒なことになるよ」

「だが、ぼくは気をつける。既婚女性とちょっと羽目をはずすくらい安全なことはないね。もちろん、ご存知の通りぼくと彼女のあいだには何もない」

「何もないとは思うよ。けれど、彼女はいつもルーペックスが嫉妬すると言っている。もし夫がかっとなったら、君は不快な思いをすることになるよ」

しかし、クレーデルはそんな危険はないと考えているように見えた。ルーペックス夫人とのささやかな関係をプラトニックで安全なものと見ていた。彼は高い原則に縛られているから、実害を生むことはないと言って友人を安心させた。ルーペックス夫人が才能のある女性――誰からもそれは理解されていないように見える――だから、彼はその性格の研究を楽しんでいる。ただの性格の研究であり、それ以上のものではないと彼は言った。それから、友人らは別れ別れになり、イームズは夜行の郵便列車でゲストウィックへ向かった。

息子を迎えるため母が朝四時にどう起きたか、息子が足の運び方を矯正できたことと、蓄えた頬ひげのせいで男らしい外見をえたことを母がどう喜んだか、長々と語る必要はないだろう。彼は奥手の多くの属性を脱却していた。彼がもう少年ではないことをリリー・デールでさえ今ならおそらく認めてくれるだろう。子供っぽさを捨てたとき、子供っぽさよりも優れたものを身につけさえしたら、すべてがよしと見られるかもしれない。

到着した最初の日、彼はアリントンへ向かった。昔幸せだったころはよく歩いたけれど、今度は歩かなかった。長靴に道路のホコリをつけ、額に日焼けしてデール夫人の応接間に入るのはよろしくないと考えた。それで、馬を借りて乗った。ピカデリーで買った拍車と、この時のため新たに手に入れた子ヤギ皮の手袋を自慢に思った。ああ、悲しや、悲し！　ロンドンで二年間すごしたとはいえ、ジョン・イームズは残念ながら成長を遂げていなかった。それでも、ジョン・イームズがこの物語の主人公の一人であることを私は認めなければならない。

彼はデール夫人の応接間に入ると、すぐ夫人と長女を見つけた。リリーはその時そこにいなかった。彼はもちろんその二人と握手して、彼女がどこにいるか聞いた。

「リリーは庭にいます」とベルは答えた。「すぐここに入って来ます」

「彼女はクロスビーさんと一緒に『大きな家』へ歩いて行ったんです」とデール夫人は言った。「でも、そこにとどまることはありません。あなたに会えたら喜びますよ、ジョン！　私たちは今日あなたが来るのを楽しみにしていました」

「そうですか？」とジョニー。クロスビーの名を聞いて、冷水のなかに心を沈められてしまった。彼は駅のプラットホームで友人と別れてから、ずっとリリアン・デールのことを考え続けていた。私はこの物語を読んでいるあらゆる女性に保証したい。リリーに対する彼の愛の誠実さは、ミス・ローパーとの薄汚れた関係にもかかわらず、少しも損なわれていなかった[3]と。私はこの点を信じてもらえないのを恐れているが、それは事実だった。彼はアミーリア・ローパーのような女性に愛の告白をする誘惑に駆られたけれど、心はリリアンにずっと誠実だったし、今も誠実だった。彼は昨夜と今朝のあいだずっとリリーに会うことを考えていた。それなのに、今彼女は見知らぬ紳士と庭を二人だけで散歩していると聞かされた。クロスビー氏がじつに堂々として、とても当世風の人だと聞いていても、それ以上のことは知らなかった。クロスビー氏はなぜリリー・デールと散歩することを許されたのか？　デール夫人はその状況をいったいなぜ当たり前のように話したのか？　この謎はすぐ解けた。

「何が起こったか、あなたのような親しい人に伝えることにリリーはきっと反対しないでしょう」とデール夫人は言った。「彼女はクロスビーさんと婚約したんです」

ジョニーは心を沈められていた冷水に今は頭上まで覆われて、何も言えなくなってしまった。リリー・デールがクロスビー氏と婚約したって！　その知らせを聞いて、彼が言わなければいけないことはわかっていた。すぎ去る沈黙の時が眼前の母娘二人に彼の心の秘密――今広く世間から隠さなければならなくなった秘密――を暴き立てていることがわかった。それでも、彼は口を利くことができなかった。

「私たちはみなこの縁組を喜んでいます」とデール夫人は気を遣って言った。

「クロスビーさん以上に立派な相手はいません」とベルが言った。「私たちはしばしばあなたのことを話しました。彼はあなたとお近づきになれたら喜びます」

「ぼくのことを彼が知りたいとは思いませんね」とジョニー。これら無意味な数語――何か言わなければならないから言った数語――を言ったとき、声の調子がすっかり変わっていた。この瞬間心を制御するためなら、彼は何でも差し出したことだろう。彼は完全に打ちのめされたと感じた。

「リリーが芝生を通ってこちらに来ます」とデール夫人。

「じゃあぼくは帰ります」とイームズは言った。「ぼくが来たことについて何も言わないでください、どうか何も」それから、相手の言葉を待たないで、彼は応接間を逃れた。

註

（1）Libra（ポンド）、Solidi（シリング）、Denarii（ペンス）の略形。

（2）I・K・ブルネルによって建設され一八四一年に開業したロンドン＝ブリストル間を結ぶ鉄道。

（3）『ハムレット』第二幕第二場のハムレットの台詞にある。

第六章　美しい日々

私はベルとリリアン姉妹のことをまだ少しも描写していないことに気づいている。描写を後回しにすればするほど、語りが難しくなることもわかっている。二人とも美しい金髪の娘だ。ベルのほうが背が高く、美人であり、一方リリーは姉と同じくらいにきれいで、おそらく姉よりも魅力的だということを、描写しなくても理解してもらえたら、と私は思う。

姉妹は金髪でよく似ており、私の心眼には明確な肖像画になっているけれど、残念ながらほかの人に明瞭に伝わるようにそれを描き出すことができない。姉妹は平均よりも小柄で、華奢で、ほっそりしていた。リリーは姉よりも背が低かったが、違いはほんのわずかで、二人が一緒にいなければ、ほとんど見分けがつかなかった。ベルのほうが美しいと私が言ったとき、ベルの目鼻立ちのほうが妹のよりも整っていると言ったほうが、おそらくもっと正確だったろう。二人ともとても色白で、肌の白さを和らげる柔らかな色合いがはっきり目にとらえられた、というよりもほのかに感じられた。その柔らかな色合いはそのまま健康を物語っている。もしその色合いがなかったら、今または将来の病気を予告したかもしれない。とはいえ、二人の頬の色を話せる人はいないだろう。二人の髪は色合いと性質がとてもよく似ていたので、誰も、母でさえ違いを見分けられなかった。髪は亜麻色ではなく、とても明るい色で、赤褐色になることはなく、はっきり独自の輝きを放つ金色が入っていた。しかし、ベルのほうがリリーよりも豊かな髪に恵まれており、リリーはいつも自分の寂しい巻き毛を嘆き、姉の巻き毛がいかに美しいか話した。それでも、リリーには姉と同じくらい美しい頭のかたちがあった。そのかたちは完璧で、姉妹が二人とも結った素朴な編み方なら、多量の髪を必要としなかった。二人の目は明るい青色だ。ベルの目は細長く、優しく、穏やかで、しばしば相手の顔を見あげる勇気に欠けていた。一方、リリーの目はもっと丸く、もっと輝いて、勇気がないせいで見たいものが見られないということはあまりなかった。リリーの顔は姉のほどかたちが卵形——完全な楕円形——ではなかった。額のかたちは二人とも同じだと思う。顎はベルのほうがほっそりして、繊細だった。しかし、ベルの顎にはないくぼみが妹のそれにはあって、それが顎以外の美的欠点を充分補っていた。ベルは妹よりも歯並びがよかったから、妹よりも頻繁に歯を見せた。ベルの唇は妹のよりも薄くて、表情に乏しい、と私は思わずにはいられない。ベルの鼻は美しい均整を保っていた。というのは、リリーの鼻は理想よりもいくぶん広かったから。それゆえ、ベルが家族一の美人と見なされていいと思う。

しかし、おそらく容貌の完全な美しさや姿かたちの優雅さよりも、姉妹が作り出す全体の印象、外見の全体の雰囲気のほうに多くの意味があった。姉妹には、堅苦しさとか自尊心とは無縁の威厳のある物腰と、気取ったところのない乙女らしいはにかみがあった。姉妹には、純粋さと弱さに無意識に依存することで女性が獲得するあの安定感がいつもはっきり見られた。姉妹には、男性を恐れる様子や、男性を恐れる表情がなかった。姉妹には、私が今触れているその種の恐れの原因がほとんどなかった、と言っていい。姉妹のどちらかが男性からひどい目にあわされる運命にあるとしても、男性から侮辱されることは考えられなかった。リリーはおそらくすでにご覧の通り戯れが好きで、誰も忘れられないようなおどけた振る舞いをした。

今リリー・デールは婚約して、戯れの時代は終わった。終わったという宣告は悲しく聞こえるけれど、遺憾ながら本当のことだと見なされなければならない。娘時代の戯れと子猫のようなはしゃぎ方は終わりを迎える。娘が婚約するとき、そういうものは普通消滅してしまう。それを本当のことだと思うとき、女性らしい世界があわてて結婚生活に移行していくのを私は残念に思う。しかし、私はこの悪に処する治療薬を持ち合わせていない。そこに悪があるが、その悪が私の言葉では充分表現されていないことに気づいている。娘があわてて向かうのは結婚生活ではなくて、まず恋愛だ。恋愛がいったん成就すると、結婚生活がそれ自体のため恋愛をつかみ取って、それで悪が完成する。

　リリー・デールはアドルファス・クロスビーを依然アポロ・クロスビーと呼んで、そのささやかな冗談を耳に囁き掛けた相手と婚約した。リリーにとって彼はアポロだった。愛する娘にとって愛される男はそうだろう。クロスビーはハンサムで、優雅で、賢くて、自信があり、彼女から望まれればいつも快活だった。彼はもっと真剣になるときもあって、真面目な話をすることができた。彼女の若い知性にこれまでは難しすぎた問題を読んで聞かせ、説明できた。声も快くて、きちんと制御されていた。彼は哀感を必要とするときは哀れっぽく話すことができ、リリーと同じくらい陽気に笑いを響かせることもできた。そんな娘がいったん愛していることを認めたら、そんな男は彼女のアポロとなるのにふさわしいのではないか？

　リリーは彼がアポロとなるのにふさわしい人だと一人つぶやき、彼にもそう言った。読者もあまり遅れることなくおそらくそう言うと思う。しかし、求愛のほうは続けられて、こちらに遅れはなかった。それはまわりのみなからほほ笑みをもって迎えられた。クロスビー氏はバーナードの客として初めてアリントンにやって来たとき、つまり最初の訪問の数日間、ベルのほうにおもに注意を向けているように見えた。ベルはいつもの穏やかな仕方で彼の賞賛を受け入れたけれど、それについて何も言わず、ほとんど何も考えなかった。リリーはその時点で恋なんかしていなかったし、それ以前も同じだった。恋の翼はリリーの心の純粋な銘板にまだ最初の影を投げ掛けていなかった。ベルの場合は――厳密な意味で言うと――そうではなかった。

私はベルの物語も語らなければならないが、今はそれをするつもりはない。それでも、クロスビーが現れる前、ベルはそれまでの恋を克服し、消滅させなければならないと心に定めていた。ベルはその恋を克服し、消滅させていたから、たとえこの新しいアポロから恋の誓いを聞いたとしても、罪を犯すことはなかったと言っていい。こんな移り気な男がこんな娘のどちらかの愛をえたと考えるのは悲しいことだが、残念ながらそうだと認めなければならない。アポロは力がみなぎっていたから、すぐ気を変えて、最初の訪問が終わる前にその時のおぼろな忠誠を姉から妹のほうへ移した。彼はそのあと戻って来ると、郷士の客としてもっと長い第二の滞在をして、その最初の月の終わりにリリーの未来の夫としてすでに受け入れられていた。

ベルが事態の進行を察知するとすぐ、クロスビーと妹に対する態度をどう変えたか見るとすばらしかった。ベルはすぐ察知した。母がエンドウ豆を食べるにしろ、食べないにしろ、その母を残して、姉妹が「大きな家」でディナーの席に着いた夜、ベルはふとそうではないかとの思いを胸によぎらせた。クロスビーが第二の訪問をはたす前の六、七週間、ベルは彼について妹よりも大っぴらに話した。クロスビーがお別れの挨拶を言ったとき、ベルはその場にいた。彼がアリントンにまたすぐ戻るとリリーに断言したとき、ベルはその熱心な声に耳を傾けた。リリーはまるで我が身には無関係なことのようにじつに穏やかにこれを聞いていた。しかし、ベルは真実の一部を見抜き、クロスビーを真面目な、誠実な男と信じて、彼について優しい言葉で話し、リリーの胸にすでにあったささやかな恋の芽を育んだ。

「でも、ご存知の通り、彼はすばらしいアポロなんです」とリリーは前に言った。

「紳士ですね。それはわかります」

「ええ、そうね、紳士でなければ、アポロになれませんから」

「それに彼はとても賢いんです」

「賢いと思います」彼はただの事務官にすぎない、という話はもう出て来なかった。事実、リリーはこの点についての考えを変えた。ジョン・イームズはただの事務官にすぎないとしても、クロスビーは事務官だと言うなら、何か非常に特別な種類の事務官だろう。双方には大きな違いがあるのかもしれない！　議会の上級役人(クラーク)と教会書記(クラーク)はぜんぜん違ったものだろう。リリーは政府の役人の低い地位からクロスビー氏を救い出そうとして、何かそんなことを考えた。

「クロスビーさんはもうここに来なければいいのに」とデール夫人はベルに言った。

「それは間違っていると思いますよ、母さん」

「でも、リリーが万一彼を好きになって、それから——」

「リリーはきちんとした根拠が相手から与えられなければ、どんな男性も本当に好きにはなりません。もし彼から賛美されるなら、どうして二人が一緒になっていけないんです？」

「でも、あの子は若すぎますよ、ベル」

「妹は今十九で、婚約しても、おそらく一年かそこらは待たなければなりません。でも、そんな先走りは無駄ですね、母さん。彼を励ますようなことをしないように母さんが言いつけたら、リリーは話し掛けることもやめます」

「干渉なんてしません」

「そうね、母さん。ですから、流れに任せなければなりません。私としてはクロスビーさんがとても好きです」

「私もよ、あなた」

「伯父さんも気に入っています。伯父さんが選んだ恋人なんかリリーに押しつけたくありません」

「私もそう思います」

「でも、もし妹がたまたま伯父が好きな人を選んだら、それはそれでいいと思います」

母と長女はこんなふうに問題を議論した。それから、クロスビー氏がまたやって来た。彼は第二の訪問の最初の月が終わるまでにリリーへの賛美をはっきり表して、姉の予見の正しさを証明した。その短い求愛期間のすべてが恋人たちにとって順調だった。郷士はクロスビー氏が結婚できる充分な収入を持つ紳士だと、冷たい口調でデール夫人に念を押して、初めからこの縁談に満足していることをはっきり口にした。

「収入はロンドンならぎりぎりでしょうね」とデール夫人。

「弟のフィリップが結婚したときよりもたくさんもらっているよ」と郷士。

「夫が私を――その生活が続いていたあいだ！――幸せにしてくれたくらいに、彼がリリーを幸せにしてくれたら」デール夫人は込みあげる涙を隠すため、顔を背けてそう言った。それから、郷士と義妹はこの問題にそれ以上触れなかった。郷士は金銭的支援のことは一言も口にしなかった。結婚を始める若い二人に救いの手を差し伸べる提案さえ、――普通伯父がこんな立場に立っていたらしたかもしれない提案さえ――しなかった。デール夫人がこの問題に口を出さなかったのは当然と思われる。郷士がどんな意図を持っていたにもせよ、それをデール夫人に漏らすことはなかっただろう。これは厄介な状況だったが、二人にはちゃんと理解できた。

バーナード・デールはまだアリントンにいて、クロスビーが不在のあいだもここにとどまっていた。デール夫人がこの問題についてどんな発言をしても、おそらくバーナードを通してクロスビーに伝わるだろう。しかし、バーナードはその気になれば伯父とぴったり同じ意見に擦り寄ることができた。クロスビーが戻って来たとき、友人のバーナードはもちろん彼と一緒に暮らしたので、自然二人の娘について親しく議論することになった。そういうとき、クロスビーはリリーを愛する気持ちが強まっていることを友人に理解してもらおうとした。

「ご存知の通り、伯父はぼくに姉のほうと結婚してもらいたがっているんだ」とバーナード。

「それくらいは推測しているよ」

「縁談はうまくいくと思う。ベルは美しいし、お利口さんだから」

「そうだね」

「ベルを深く愛しているという振りなんかしないよ。ご存知の通り、そんなのはぼくのやり方じゃないから。が、近いうちにぼくを受け入れてくれるようベルに聞いてみようと思う。きっとうまくいくよ。伯父は土地のあがりから年八百ポンドの手当を彼女にやると、ぼくらが望めば毎年三か月家に受け入れてくれると、はっきり約束したんだ。ぼくはそれ以下ではやっていけないと伯父に言っただけだが、伯父も賛成してくれた」

「君と伯父さんは仲がいいんだね」

「うん、そうだね。愛とか義務とかそういう問題について、ぼくらのあいだに安ピカな飾りが入り込む余地はないね。ぼくらはお互いに理解し合っていると思う。それがいちばんだね。伯父は跡取りとうまくやっていく快適さを知っているし、ぼくは資産の所有者とうまくやっていく快適さを知っている」バーナード・デールがずいぶん健全な常識の持ち主であることを認めなければならない、と私は思う。「伯父さんは妹のほうには何かしてくれるかな?」とクロスビー。彼がこの重要な質問をしたとき、注意深い観察者ならその声が少し震えていることに気づいたかもしれない。

「ああ!　それはぼくには手の届かない問題だね。ぼくが君なら、伯父に聞くよ。伯父はわかり易い人で、わかり易いことが好きなんだ」

「君のほうから伯父さんに聞いてみることはできないかな？」

「うん、できないと思うね。伯父は姪を決して手ぶらで嫁に出すようなことをしない、というのがぼくの信念だけれど」

「うん、私もそう思うんだが」

「でも、これは覚えておいてくれ、クロスビー。君が当てにできるようなことをぼくは何も言うことができないんだ。リリーもお利口さんにしている。君は彼女が好きなようだから、ぼくが君なら言葉を尽くして伯父がどうするか聞いてみるね。もちろんそれはぼくの利益にはならない。というのは、伯父がリリーに与える金は、みなぼくのポケットから最終的には出ていくことになるからね。が、ご存知の通り、ぼくはそんなことを気にするような男じゃない」

クロスビーがこのあたりの事情をどれくらい知っていたか、私たちはここで問うつもりはない。しかし、ポケットに金が入って来さえすれば、誰のポケットから来ようと彼は少しも気にしなかった、と言っていい。リリーの心が固まったと感じたとき、――リリーから母に彼女が話すという約束と、伯父に彼が話してもいいという許可を受け取ったとき、彼は郷士の意向がどうか聞いた。多くを求めるとき、彼も多くを与えようとするかのように、これを隠し立てなく男らしく聞いた。

「異存はまったくない」と郷士。

「彼女との婚約許可がいただけますか？」

「彼女と母の許可がえられるならね。もちろんご承知の通り、わしは彼女に何の権限も持っておらん」

「あなたの許可なしに彼女は結婚しません」

「伯父をだいじにしてくれるとはたいへんいい子じゃ」と郷士。クロスビーは郷士のその言葉を耳にじつに冷たく聞いた。そのあと、彼は金の話を切り出せなかった。切り出すのが怖いと認めずにはいられなかった。「聞いてそれが何の役に立つというんだ？」と彼は自問した。押しが弱かったと感じた言い訳をしたかった。「たとえ彼女が伯父から一銭ももらえなくても、ぼくはもう結婚から後戻りすることはできない」次いで、この結婚問題で男が曝される不正について、いくつか思いを胸によぎらせた。相手の女性の金銭関係について適切な問い合わせができるようになる前に、男は結婚をはっきり相手に申し出なければならない。はっきり申し出たとき、そのような問い合わせは無意味になっている。そう考えると、いくぶん幸せの熱も冷めてしまった。リリー・デールは非常にきれいで、とてもすてきで、無垢と純粋さとすばやい知性を具えてじつにすがすがしかった。リリー・デールを愛する喜びほど甘美な喜びはなかった。彼女は意図せず甘言を弄して恋人を甘やかし、クロスビーを第七天[1]に舞いあがらせた。彼はこんなことは経験したことがなかった。「これだけは確かです」とリリーは言った。「心を尽くし、力を尽くして[2]あなたを愛します」それはすばらしい尽くし方だった。それでも、二人は何を当てにして暮らせばいいのだろう？　いったい彼アドルファス・クロスビーが、年八百ポンドで妻帯者として、ニュー・ロード[3]の北側に落ち着くことができるだろうか？　もし郷士がベルに約束したように実際リリーにも親切にしてくれたら、そのときはいろいろなことがすんなり収まるのに。

　とはいえ、リリーは何の瑕疵もない幸せを味わっていた。彼女は金に関して漠とした、しかしとても正直な考えを持っていた。彼女が持参金を持たないことはわかっていたが、必要なものを見つけるのは夫の義務だと思っていた。持参金を持たないから、我が身に用意される小さな家庭では贅沢ができないことを納得していた。伯父の援助を彼のため望んだけれど、自分が貧乏人の妻になれることを喜んで証明する用意があった。姉妹で交わした古い会話のなかで、リリーは恋愛感情の前に人並みの収入が不可欠だといつも主張した。とはいえ、年八百ポンドならこの条件をはるかに凌いでいると思った。一方、ベルは貧乏を純粋に礼賛する野心的な考えの持ち主だった。ベルは収入なんかまったく考慮すべきではないと主張した。もしある男性を愛したら、たとえ彼に収入がなくてもベルなら婚約できた。姉妹はこんなに考え方が違っていた。リリーは金に関する自論を実現する機会として今回の経緯で充分満足していた。

この美しい日々、リリーの幸せを邪魔するものは何もなかった。母も姉も一緒になっていい縁談だと、選択は喜ばしく、愛情は正当だと彼女に言った。母にすべてを打ち明けたその日、母からそれが受け入れられる様子を見て、彼女はこのうえもなく幸せになった。

「ああ！　母さん、話さなければならないことがあるんです」と、リリーは母の寝室にあがって言った。アリントンの野原をクロスビー氏と長く散策したあとのことだ。

「クロスビーさんのこと？」

「そうよ、母さん」それから、残りの部分は言葉よりも温かい抱擁と幸せの涙で伝えられた。彼女が母の肩に顔を隠して寝室に座っていたとき、ベルが入って来て妹の足元にひざまずいた。

「愛するリリー」とベルは言った。「とても嬉しいです」それから、リリーは恋人を言わば姉から盗んだことを思い出して、姉の首に抱きついて口づけした。

「初めからこうなるとわかっていました」とベルが言った。「そうでしょう、母さん？」

「私にはわかりませんでした」とリリーは言った。「こんなことになるなんて思ってもいませんでした」

「でも、私たちにはわかっていました。――私と母さんにはね」

「そうなんですか？」とリリー。

「こうなりそうだとベルから聞きました」とデール夫人は言った。「でも、初めは彼が私のかわいい子にふさわしい人だとは思えませんでした」

「まあ、母さん！　そんなことを言わないで。とてもいい人だと思ってくれなければ」

「とてもいい人だと思います」

「彼ほどいい人がいるかしら？　私のため彼があきらめなければならないものを思うとね！　私は彼のためどんなお返しができるかしら？　私には彼にあげるものがあるかしら？」

デール夫人もベルも彼から受け取った分をリリーが充分返していると思ったから、問題をこんなふうに見ることができなかった。とはいえ、二人ともクロスビーは完璧だと断言した。そういうふうに請け合うことでしか、今リリーの幸せに報いることができないと思った。リリーは家族と一緒にいて幸せを味わい尽くした。母と姉の共感と同意によって情熱を養われ、あらゆるかたちで愛情を励まされた。

それから、ジョニー・イームズのあの訪問があった。哀れな男がさよならを言う間も母娘に与えないで部屋から出て行ったとき、デール夫人とベルは悲しげに顔を見合わせた。母娘は彼のためどんな取りなしもすることができなかった。というのは、リリーが芝地を走って来て、すでに窓の前にいたからだ。

「私たちが低木林の端までたどり着いたら、クリストファー伯父さんとバーナードが私たちのすぐ近くにいました。それで、私はアドルファスに一人で行くように言ったんです」

「誰がここに来ていたと思います？」とベル。しかし、デール夫人は何も言わなかった。判断する時間があったら、夫人ならジョニーの訪問のことをその時口には出さなかっただろう。

「私が出かけてから、誰か来たんですか？　誰かわかりませんが、待ってくれなかったんですね」

「かわいそうなジョニー・イームズよ」とベル。リリーはそれを聞いて顔を赤らめた。若き日のその古い友は彼女を愛していたこと、彼もまたその恋に希望を持っていたこと、彼は今そんな希望に終止符を打つ知らせを受け取ったことをリリーは一瞬で理解した。彼女は一瞬でそれを理解するとともに、その理解を隠す必要があることも悟っていた。

「まあジョニーったら！」とリリーは言った。「どうして待ってくれなかったのかしら？」

「あなたは外出中だと言ったんです」とデール夫人は言った。「きっとまもなくまたここに来ます」

「彼は知っているかしら？　私の――」

「ええ。教えてもあなたは反対しないと思いましたから」

「ええ、母さん、もちろん反対しません。彼はゲストウィックに帰りました？」

この問いに対する答えはなかったし、ジョニー・イームズについてそれ以上話されることもなかった。母娘三人はそれぞれ状況を正確に把握しており、それぞれほかの二人も同じことを把握していることを知っていた。その若者は彼らみなから愛されていたが、クロスビーがえたような賛美の愛情で愛されてはいなかった。ジョニー・イームズが家族のお気に入り――リリー――の求婚者として受け入れられるわけがなかった。デール夫人もベルもそれを感じた。それでも、母娘は彼の愛情のゆえに、彼に発言を控えさせたあの距離を置いた慎ましい敬意のゆえに、彼を愛した。かわいそうなジョニー！　しかし、彼は若くて、まだ奥手から抜け出していなかった。彼は一時のロマンスのかすかな感触を記憶に残し、おそらくそれを肥やしとして容易にこの打撃から立ち直るだろう。若くして報われぬ恋をした男性について、女性が考えるのはこんなふうにだ。

しかし、ジョニー・イームズ本人は拍車のことを忘れ、手袋をポケットに詰めて、ゲストウィックに馬で戻ったとき、問題をまったく違ったふうに考えていた。彼はこれまでリリーへの情熱に成功を期待したことがなかった。希望がないことをいつも受け入れていた。しかし、今彼女が実際にほかの男と婚約し、結婚したも同然になると、もともと希望がなかったとはいえ、やはり悲しみに満たされた。これまでリリーに愛を告白する勇気がなかったが、リリーには気持ちが伝わっていると思っていた。恋が報われないと悟った男として彼女の前に立つ勇気が今なかった。彼は馬で帰るとき、もう一つの恋のことを考えてみても、ロセリオやドン・ジュアン(4)が征服の成功を味わうときのような愉快な思いを感じることができなかった。「アミーリアと結婚しよう。そうしたらぼくは終わりだ」と彼は一人つぶやいた。狂気に駆られて一度だけ書いたアミーリアへの短い手紙のことを思い出した。ロ－パ－夫人のところで前にささやかな夜食会があって、ルーペックス夫人とアミーリアがパンチを作った。ディナーのあと、彼は偶然食堂兼居間でアミーリアと二人だけになった。彼が気前のいい酒神によって温められて、情熱をはっきり口に出したとき、彼女は悲しげにかぶりを振り、求められた抱擁をきっぱり拒否して、上の階へ逃げた。しかし、半分後悔にさいなまれた、半分愛情のこもった、半分嫌悪を催させる手紙を同じ夜就寝前に彼に送ってきた。「あなたの愛が誠実で、男らしいものだと本当にあなたが誓うなら、その時は私も本当にこれから――、あなたが許されていることを伝えるためドアの隙間からあなたを見るわ」その結果、彼は不実な鉛筆が手近にあったので、必要な言葉を書いた。「人生におけるぼくの唯一の目的は、永久にあなたをぼくのものと呼ぶことです」こんな約束が法的根拠を持つには、インクで書かれていなければならないのではないかとアミーリアは疑った。痛ましい疑いだった。それでも、彼女は約束を守って、居間での彼のせっかちな行動をただ許すだけでなく、寛大にも慈悲深くドアの隙間から彼を見た。「何とまあ！　髪を全部といて降ろした姿は何ときれいに見えたことか！」彼は気前のいい酒神のせいで体を温められて、とうとう枕に頭を載せたとき、そう独り言を言った。しかし、今アリントンからゲストウィックへ帰る途中、その夜のことを考えるとき、彼は何の魅力も感じることなくあのといて降ろした巻き毛を思い出した。初めてロンドンにのぼる前日、お別れを言ったときのリリー・デールを思い出した。「ぼくは誰に会うよりもあなたに会いたい」と、彼はその時リリーに言った。彼はそれ以来しばしばその言葉のことを考えた。リリーがその言葉を普通の友情の保証以上のものを意味すると理解したかどうか知りたかった。彼はその時リリーが着ていたドレスをよく覚えていた。それは古い茶のメリノ毛織物(5)だった。彼が前から知っている、実際には恋人の注意なんか引かない何の変哲もないドレスだった。その日の前でもそのワンピースについては「ぞっとする古物！」というのがリリーの判断だった。しかし、リリーは彼の目から見てもわかるくらいそのドレスを神聖化していた。もしお守りとしてその断片を胸の近くにつけることができたら、彼はこのうえもなく幸せになれただろう。恋していることを認めるとき、男が表す情熱は何とすばらしい性質を帯びることだろう。その情熱はある状況ではあらゆるもののなかでもっとも不潔なものとなり、ある状況ではもっとも清いものとなる。状況に応じて、男は獣としても神としても姿を現すのだ。では、私たちは哀れなジョニー・イームズをゲストウィックへ馬で帰すことにしよう。彼は下劣に愛したことで大いに悩み、高貴に愛したことで大いに悩んだ。

リリーは恋人の腕に寄り掛かり、しばしば彼の顔を見あげながら、低木林を抜けて軽快に歩いていた。その時、伯父とバーナードを見つけた。「止まって」と、リリーは彼の腕をちょっと引いて言った。「私は先へ行きません。伯父はいつも旧式の機知で私をからかうんです。今日はあなたとも充分つき合いましたから。明日は銃猟に出かける前に来てくださいね」リリーはそう言って彼のもとを去った。

伯父と甥が「大きな家」の裏の広い砂利道を歩いていたとき、二人が議論していた問題が何だったかここで知っておくのもいいだろう。「バーナード」と老人は言った。「この問題はおまえとベルのあいだで決着してもらいたい」

「この件は急ぎますか、伯父さん？」

「そうじゃな、急いでおる。わしはどんな場合でも急ぐのは嫌いじゃから、手早く処理する理由があると言ったほうがいいじゃろう。いいかい、おまえを追い立てたくはないんじゃ。もし従妹が嫌いなら、そう言ってくれ」

「が、ぼくは彼女が好きなんです。ただし、こういうことは徐々に盛りあがって、望ましいかたちになると思うんです。急ぐのは嫌いだというあなたの考えに賛成です」

「じゃが、たっぷり時間はあったじゃろ。いいかい、バーナード、わしはおまえのためなら大きな金銭上の犠牲を払うつもりじゃ」

「とても感謝しています」

「わしには子がいない。それで、いつもおまえをわしの子と見なしてきた。じゃが、弟のフィリップの娘が弟のオーランドーの息子と同じくらい、わしにとって親しい存在になってもおかしくはないじゃろう」

「もちろんそうです、伯父さん。姉だけでなくむしろ姉妹ともにでしょう」

「その件はわしに任せておきなさい、バーナード。妹のほうはおまえの友人と結婚することになっておる。彼には妻を養う充分な収入があるから、義妹としてもこの縁談に満足できる理由があると思う。もしリリーが貧乏人と結婚したら、義妹は乏しい収入の一部を割いたに違いないが、そんなことはしなくても済むじゃろう」

「叔母さんにはあまりたくさん割く余裕がないと思います」

「人はその時その時の状況に対処しなければならない。わしは二人の娘の親代わりの立場に立つ気はない。そうしなければならない理由もないからな。わしは間違った希望を吹き込みたくない。おまえとベルのこの件が整うことがわかったら、わしにもやっていることに生き甲斐が生まれてくるじゃろう」この言葉から判断すると、哀れなクロスビーが求める金銭的支援は、おそらくあまり期待できないものだろうとバーナードは感じ始めた。加えて、彼は伯父のこの警告に一種の脅しを感じた。——感じたと思った。「わしはおまえの妻に年八百ポンドを与えると約束した」と、警告は言っているように思えた。「じゃが、おまえがすぐそれを受け入れなければ、それとも受け入れるとわしに感じさせてくれなければ、気を変えてもええんじゃ。——特にこのもう一人の姪が結婚しようとしているわけじゃからな。もしわしがこんな大金をベルにやるとすれば、リリーには何も与える必要はないじゃろう。じゃが、もしおまえがベルと金を取る気がないんなら、その時はリリーのほうに——」などなど。二人で一緒に広い砂利道を歩きながら、バーナードは伯父の警告をそんなふうに読んだ。

「ぼくはこの件をだらだら引き延ばしたくありません」とバーナードは言った。「あなたがお望みなら、すぐベルに申し込みます」

「おまえがはっきり心を決めたんなら、遅らせる理由がわしにはわからんな」

それで、こんなふうに問題を取り決めたので、二人は未来の親戚を優しい笑みと快い言葉で迎えた。

註

（1）ユダヤ人が神と天使のいるところと考えた最上天。

（2）「マルコによる福音書」第十二章第三十節に「心をつくし、精神をつくし、思いをつくし、力をつくして、主なるあなたの神を愛せよ」とある。

（3）ニュー・ロードは現在のメリルボーン・ロード。当時オックスフォード通りより北側は社交の中心からはずれると見なされた。

（4）ロセリオはニコラス・ロウの悲劇『美しき悔悛者』（*The Fair Penitent*, 1703）に登場する女たらし。

（5）カシミアに似たメリノ羊毛で作られた柔らかい生地のドレス。

第七章　もめ事の始まり

リリーは庭で恋人と別れたとき、翌朝銃猟に出かける前に彼に立ち寄るように言った。彼はこの指示に従って朝食後バーナードと二匹の犬を伴ってデール夫人の芝地に姿を見せた。男たちは手に銃を持ち、猟の装備をきちんと身につけていた。しかし、彼らは結局昼食後まで道路の向こう側の刈り株畑に到着しなかった。男が恋するとき、クロッケーのほうが銃猟よりもいいと考えてもいいのではないか？

バーナード・デールは恋をしていないと人は言うかもしれないが、彼をそんなふうに批判する人は間違っている。彼はそれなりの仕方と態度で従妹のベルに恋していた。ジョン・イームズがリリーを愛するように、ベルを愛するのは大尉の気質に合わなかった。それでも、彼はそんな気質のおかげで、所得税庁の哀れな事務官がアミーリア・ローパーの魅力のせいで巻き込まれたようなもめ事に巻き込まれることはないだろう。ジョニーがそとからの影響に曝されやすいのに対して、デール大尉は感情をしっかり制御できる人だった。大尉は娘のことで馬鹿なことをして物笑いの種になったり、失恋して死んだりする人ではなかった。しかし、妻をえればおそらく妻を愛し、子供には面倒見のいい父になるだろう。

この四人は今互いにじつに親密だった。バーナードとアドルファス――時にはアポロ――とベルとリリーだ。クロスビーはこれが心地よかった。新しい人生の局面があり、きわめて快い展開だった。それでも、憂鬱な冷たい発作に襲われる瞬間があった。大人の男になってから、こういうことだけはすまいとはっきり胸に言い聞かせてきたまさにそのことを彼はしようとしていた。人生設計によると、彼は結婚を避けるつもりでいた。富と地位と美のすべてがいっぺんに手に入るような状況でのみ結婚があると見ていた。そんなすばらしいご褒美は期待できなかったので、彼は人生の最後までボーフォートで君臨する独身者、セブライトの有力者と自分を見なしていた。しかし、今――。

彼は銀の声と気の利いた機知と穏やかに輝く二つの目に征服されて、定めの地位から転落してしまった。それが事実だった。彼はリリーがとても好きで、友人のデール大尉よりも確かに恋に落ちる強い資質を具えていた。とはいえ、この犠牲は払うほどの価値があったのか？ 彼は憂鬱な瞬間にこんな問いを胸に投げ掛けた。たとえば、朝目覚めて寝床に横たわるとき、ひげを手入れしているとき、また時々ディナーのあと郷士を退屈と思うときなどだ。デール氏の言葉に耳を傾けているこんなとき、時々非常に激しく自分をなじった。彼、セブライトのクロスビー、委員会総局のクロスビー、チャリングクロスとベイズウォーターの端のあいだで誰からも退屈させられたことのないクロスビーが、どうしてこんなことに堪えなければならないのか？ 彼がどうして郷士デールのようなやつの長ったらしい話に耳を傾けなければならないのか？ 郷士が実際姪に気前よくしてくれるなら、それはいいかもしれない。しかし、郷士はまだ金を出してくれそうな気配を見せなかった。クロスビーはこの件で郷士に聞いてみる勇気を欠く自分に腹を立てた。

それゆえ、私たちのアポロにとって恋の行く手は必ずしも平坦ではなかった。クロッケー場にいるとき、あるいは受け入れられた恋人として特権をすべて具えてデール夫人の応接間にいるとき、それはそれで心地よかった。美しい娘からまもなくコーヒーを手渡ししてもらえると知りながら、郷士のクラレットをするときも心地よかった。その娘はこういう奉仕をするためなら、二つの庭を軽快な足取りで越えて来てくれるのだ。こんなふうにもてなしてもらえるとき、男は角と首に青いリボンをつけられてナイフを待ち受ける祭壇の子牛のように感じつつも、このうえなく心地よかった。クロスビーはそんな子牛のように、――妻の持参金についてまだ問う勇気がないから、いっそうそんな子牛のように感じていた。「今晩あの老人から聞きだそう」と、彼はその朝しゃれた狩猟用の革のゲートルにボタンを掛けながらつぶやいた。

「彼ってあのゲートルをつけるとき、何てかっこいいんでしょう！」恋人が脚を飾っている姿のことを、そのうちなる悩みについて何も知らないまま、リリーは姉にあとでそう言った。

「こっちから帰って来ることになると思います」とクロスビーは昼食が終わって、猟に出かける用意をしていたとき言った。

「いや、違うね！」とバーナードは言った。「ダーヴェルの農場のほうを回って、グラドックの農場から帰って来るよ。君らはきょう『大きな家』でディナーをする予定かい？」

娘たちは「大きな家」でディナーをする予定はないと、今夜は「大きな家」へ行くつもりはないとはっきり言った。

「じゃあ君らは着替える必要がないから、農場の裏手のグラドックの門で会ってくれてもいいだろ。ぼくらは五時半きっかりにそこに現れるから」

「つまり、私たちは五時半にそこにいればいいんですね。そして、四十五分は待たされるんでしょう」とリリー。それでも、提案された通り約束がなされた。二人の娘は決してそれがいやではなかった。実際に田舎に住む素朴な人々は恋愛ゲームをこんなふうに続けるのだ。農夫グラドックの農場の門はロマンスの逢い引きの場所としては心地よい響きに欠けるものの、真剣な人にとってその場所は森の空き地のナラの木と同じ役割をはたすのだ。リリー・デールは真剣だった。アドルファス・クロスビーも疑いなく真剣だった。――ただし、彼の場合、非常に真剣ではあったにせよ、心象風景はこの涙の谷では避けられない黒ずんだ色合いを帯び始めていた。リリーの場合、まだすべてが薔薇色だった。バーナード・デールもまた真剣だった。今朝彼は芝地でベルのそばからずっと離れなかった。従妹が彼の囁きをいやがらずに受け取ってくれたと思っていた。どうしてベルがいやがったりするだろう？　スカートにピンで年八百ポンドを留められてベルは何と幸運な娘だろう！

「いいかい、デール」とクロスビー。彼らは一日の猟のなかで自作農地の門にたどり着く前、グラドックの農場に回って、カブラ畑を狩る用意をしていた。二人がカブラを見ながら農場の門に寄り掛かり、二匹の犬が尻をついてうずくまっていたとき、クロスビーはそう口を切った。彼はこの一、二マイルずっと黙り込んで、この会話に向けて用意していた。「いいかい、デール、――君の伯父さんはリリーの持参金についてまだ一言も話してくれていないんだ」

「リリーの持参金！　ご存知の通り、問題はリリーが持参金を持っているかどうかだね」

「私が金も何も受け取らないで、彼女と結婚することを伯父さんは期待してはいけないね。伯父さんは世慣れた人だし、そのへんは心得て――」

「ぼくの伯父が世慣れた人かどうかわからないけれど、伯父がどっちであろうと、君は世慣れた人だろ、クロスビー。ずっとわかっていたと思うが、リリーに財産はないんだ」

「リリーの財産について言っているんじゃないよ。伯父さんの意志のことを言っているんだ。私は伯父さんに率直に話してきた。君の従妹が好きになったとき、私はその気持ちをすぐはっきり彼に伝えたよ」

「聞く余地があると思ったら、伯父に聞いておけばよかったのに」

「余地があると思ったらって！　君はまったく冷たいね」

「いいかい、クロスビー。伯父について君は好きなことを言っていい。が、リリーの悪口は言っちゃいけないね」

「誰が彼女の悪口を言ったかい？　彼女の名を悪口から守ることが、君のというよりももう私の務めになっている。それを知らないんなら、君はほとんど私を理解していないね。リリーはもう私のものと見なしているよ」

「ぼくはただ彼女の金のこと、あるいは金がないことについて君が感じている不満は、『小さな家』の家族にではなく、伯父に訴えるべきだと言いたかったんだ」

「それはよくわかっている」

「君は伯父について好きなことを言っていい。が、伯父に悪いところがあったと見ることはできないと思うね」

「伯父さんは彼女にどんな持参金の見込みがあるか言ってくれてもよかったのに」

「が、彼女に何の見込みもなかったらどうだい！　姪に財産を与えるつもりはないとみんなに言う義務は伯父にはないだろ。実際、伯父にそんな意図があるとどうして君は思い込んだんだい？」

「そんな意図はないと知っていたのかい？　なぜなら、伯父さんが姪に金を与えるかもしれないと君が以前私に信じ込ませたんだから」

「ねえ、クロスビー、この件では君とぼくのあいだで理解し合う必要がある――」

「だが、君は言わなかったかい？」

「ちょっと聞いてくれよ。ぼくらの事情を知ったうえで君がリリーと完全に婚約するまで、ぼくは伯父の意図について一言も口に出したことはないよ。この件についてぼくが思っていることが、君の行動にもう変更を加えることができなくなってから、伯父は彼女のために何かすると思うと君に言ったんだ。そう言ったのはぼくが本当にそう思っていたからだ。――友人として君の利害にかかわる問題でぼくが思っていることを言っておくべきだったから」

「それで、今は考えを変えたのかい？」

「ぼくはその考えを変えた。が、それに充分な根拠があるわけではないんだ」

「それは私には厳しいな」

「失望に堪えるのは難しいかもしれない。が、ご存知の通り、君は誰からも不当な扱いを受けていないと思うね」

「伯父さんは彼女に何も与えないと思うかい？」

「君にとって大きな重みを持つようなものはね」

「それは厳しいんじゃないかな？　ひどく厳しいと思う。当然結婚を延期しなければならなくなる」

「どうして伯父に話してみないんだい？」

「話してみるよ。本当のことを言うとね、伯父さんのほうから切り出してくれらいいと思うんだ。だが、それは考え方だね。私はこの件について思っていることをはっきり彼に伝える。もし彼が怒ったら、まあ、この家を出なければいけないと思う。それだけだね」

「いいかい、クロスビー。伯父を怒らせる目的で会話を始めてはいけないよ。伯父は悪い人じゃなくて、とても頑固なんだ」

「私も彼と同じくらい頑固になれるよ」それから、二人はそれ以上話すのをやめて、カブラのなかに入って行った。鳥を撃ちそこなうたびにそれぞれが悲運をののしった。人が馬に乗ることも、射撃することも、ビリヤードで球を打つことも、ホイストでカードを覚えることもできない。そんな精神状態がある。クロスビーもデールも門のところで会話したあと、そんな精神状態だった。

彼らは約束の場所に十五分以上遅れなかった。彼らは時間にうるさいほうだったが、娘たちはすでにそこに来ていた。もちろん獲物について最初の質問がなされた。鳥は前に来たときよりも少なかったと、犬は手に負えなかったと、痛ましいほど運に恵まれなかったと、紳士らはもちろん言った。姉妹はこれらの言い訳にほとんど注意を払わなかった。リリーとベルはヤマウズラのことを聞きに来たわけではなかったから、たとえ一羽も殺さなくても、猟師らを許しただろう。しかし、姉妹は明らかに見て取れる紳士らのふさぎ込みを許すことができなかった。

「あなた方に何があったのかわかりません」とリリーは恋人に言った。

「ぼくらは十五マイル以上歩き回って――」

「あなた方ロンドンの紳士くらい無気力な人たちを知りませんね。十五マイル以上歩き回ってですって！でも、クリストファー伯父さんならそれくらい何とも思いません」

「クリストファー伯父さんは私たちよりも頑丈にできていますからね」とクロスビーは言った。「六十から七十年前に生まれた人たちはそうです」それから、みなはグラドックの農場と自家用放牧地を抜けて「大きな家」に戻り、郷士がポーチの前に立っているのを見た。

散歩は最初に計画したとき思っていたほど楽しくなかった。クロスビーは幸せな精神状態に戻ろうと努力したけれど、うまくいかなかった。リリーはどことなく恋人がいつもの様子ではないと思って、遠慮がちになり、無口になった。バーナードとベルはこの気落ちを共有していなかったにもかかわらず、概してほかの二人よりも気質的に沈黙に陥りがちだった。

「伯父さん」とリリーは言った。「この人たちは一羽も取れなかったんです。それで、どれだけしょんぼりしているか想像もできません。言うことを聞かないヤマウズラのせいなんです」

「取り方がわかっていれば、いいかね、ヤマウズラはたくさんいるよ」と郷士。

「犬がいつになく手に負えなかったんです」とクロスビー。

「わしにはなついているがね」と郷士は言った。「ディングルズの言うことも聞いてくれる」ディングルズは郷士の狩猟管理人だった。「本当のところはね、おまえたち若いもんは今は犬が訓練されていて、すべてやってくれると思っている。獲物に近づくのがおまえたちには大仕事じゃからね。娘たち、急がないと、ディナーに遅れるよ」

「私たち、今夜は出ないんです」とベル。

「今夜もいいじゃないか？」

「母と一緒にいます」

「なぜお母さんは娘たちと一緒に来ないんじゃ？　わしはむち打たれても、理由を聞きたい。今の状況ならお母さんはできるだけみなが一緒にいるところにいたら、喜ぶじゃろうと思うよ」

「私たちは充分一緒にいました」とリリーは言った。「母のことは、思うに――」それから、彼女はベルの訴えるような視線をとらえて、話すのをやめた。母のため気色ばんで言い訳――伯父を怒らせると思われる言い訳――をするつもりでいた。伯父にそんな鋭い言葉を使うのがリリーのいつもの習慣だった。結果、伯父は分別のある無口な姉ほどリリーに温かい日を向けなかった。今も伯父はすばやく回れ右をしてうちに入って行った。それから、二人の若者は言葉少なに別れを言うと、そのあとを追った。娘たちは必ずしも上手にその午後をすごせなかったと感じながら、二人だけで小さな橋を渡って戻った。

「伯父さんを怒らせてはいけませんね、リリー」とベル。

「母さんについて伯父はあんなことを言ってはいけないんです。姉さんは彼の発言を気にしないようね」

「まあ、リリー」

「姉さんは今以上に気にしなくてもいいのよ。私は伯父にひどく腹が立つので黙っていられません。まわりがみな彼のものだから、好きなことが言えると思っている。伯父を上機嫌にするため、どうして母さんがあそこへ行かなければいけないんです?」

「母さんは自分でいちばんいいと思うことをしている、というのが本当ではないかしら。母さんはクリストファー伯父さんよりも意志の強い人です。でも、リリー、私が母さんのことを気にしていないような言い方をしては駄目です。本気で言っているわけではないでしょう」

「もちろん本気じゃありません」それから、姉妹は母の小さな生活圏に加わった。さて、私たちはここで「大きな家」の男性陣に戻ろう。

クロスビーはディナーに着替えるため二階にあがったとき、私が話したことがあるあの憂鬱の発作に襲われた。生涯——これまでうまくやってきた半生——で築いてきたいいものを彼は台無しにするつもりなのか? あるいはむしろもっと強く心に問い掛けた。——すでに成功を台無しにしてしまっているのではないか? リリーとの結婚はこれからよくなるにしろ、悪くなるにしろ、今はもう決定事項であり、疑いを差し挟む余地のない問題だと思われた。クロスビーを正当に評価すれば、彼はこういう憂鬱な瞬間でも最善を尽くしてリリーをまだ獲得した大きな宝と思い、みじめさをおそらく償ってくれる宝と見なそうとした。それでも、非常にはっきり感じられるみじめさがあった。彼は社交クラブや社交界やこれまでにえたものをみなあきらめて、年八百ポンドの地味で退屈な家庭生活と、赤ん坊で一杯の小さな家で満足しなければならない。それは手に入れようと頑張ってきた理想郷ではなかった。リリーはとてもすばらしい。なるほどとてもすばらしい。リリーは「これまでに出会った断トツの娘だ」と彼は独り言を言った。今は何が起こっても、リリーの幸せを第一に考えなければならない。しかし、我が身の幸せについて見ると、――リリーがもたらす償いが完全ではないことが気になり始めた。「自業自得なんだ」と、彼はこの独白をかなり気高いものにしようと思ってつぶやいた。「私はこれとはぜんぜん違うものを手に入れようと――じつに愚かにも――頑張ってきた。もちろん苦しまなければ――ひどく苦しまなければ――ならない。しかし、リリーにそれを気づかれてはならない。愛する、いとしい、無垢の、かわいい人！」それから、彼は郷士に鉾先を向けた。リリーを思う私心のない男らしい行動方針に照らすとき、郷士に対しては腹を立てる資格があると感じた。「持参金について考えていることを郷士に知らせよう」と彼は思った。「公正に私を扱ってきたとデールが主張するなら、それはそれでいい。だが、嘘の見せかけで姪を前面に押し出すのは公正じゃない。郷士が姪に金を提供するものだと私は当然のことのように思い込んでいた」それから、彼は結婚を約束したからにはリリーを捨てるつもりはないと、じつに男らしく心に決めたあと、ロンドンでさらに二年間独身を続けていくことに慰めを見出そうとした。財産なしに結婚しようとする娘は、普通待つことを覚悟している。実際、リリーから結婚は急いでいないとすでに聞いていた。それゆえ、セブライトからすぐ名を取りさげる必要はないだろう。こういうふうに心を慰めた。しかし、彼はまさしくその夜リリーの財産について郷士と真剣に話をしようと決めた。

同じころリリーの胸中はどんなふうだったろうか？　彼女も「小さな家」の質素なディナーに備えて少し身繕いしているところだった。

「私は彼に上手に愛情を表していない」と彼女は独り言を言った。「一度も愛情を上手に表していない。彼が私のためどれだけ多くのものを捨てたか忘れてしまっている。何か困ったことが起こったとき、慰めてあげる代わりにかえって彼をふさぎ込ませてしまう」彼女は半分も充分彼に愛情を表してこなかったことで、どれほど完璧に、完全に彼を愛しているか伝えてこなかったことで自分を責めた。娘は男に愛情を表すことができる状況になるまで、そんな愛情を表してはいけないし、その点で落ち度を見せてはならない。しかし、いったんそんな状況になれば、彼のため力の限り愛情を注がなければならない。それが彼女の持論だった。しかし、そう行動する状況ができた今、持論にふさわしい行動をしていないとずっと感じていた。彼女はそうしてはならないとわかっているのに、知らず識らず小さな遠慮を見せ、少し無関心の振りをした。今日の午後もそうしてしまって、彼に手を握らせることも、確かな愛情を見せて彼の顔を見あげることもなかった。それで、自分に腹を立てた。「私を嫌うように彼を仕向けているのがわかります」と彼女は大声でベルに言った。

「もしそうなら、とても悲しい」とベルは言った。「でも、そうは見えません」

「もし姉さんが婚約したら、私よりもはるかに男の人によくしてやるんでしょうね。姉さんならあんまりたくさん喋らないし、話すことはみな愛情表現ですから。私はいつもぞっとするようなことを言ってしまって、あとで舌を切ってしまいたいと思うんです」

「あなたがどんなことを言っても、彼は気に入ると思いますよ」

「そうかしら? そのようには見えないのよ、ベル。もちろん彼から叱られるとは思いません。――つまり、今のところはね。でも、彼が喜んでいるか、嫌っているか目を見ればわかります」

それから、二人はディナーに降りて行った。

「大きな家」では三人の紳士が明らかに上機嫌で会っていた。バーナード・デールはどんな感情も、どんな悩みも通常の振る舞いのなかでは表さない冷静な気質の人で、いつもほほ笑みを浮かべて食卓に着き、礼儀正しい適切な挨拶で友人にも敵にも会える人だった。特別上辺だけの人というのではなかった。彼の振舞いの平静さに嘘はなかった。それは真の冷静さから来るもので、訓練によってしつけられたものというよりも、冷たい気質から来る冷静さだった。郷士はディナーの前胸中が理不尽なほどいらだっているのに気づいて、彼なりに己を叱りつけ、今は主人役として丁寧な歓迎の言葉を客に与えながら食堂に入った。「結局あんたの狩猟袋はそんなに小さくはなかったと思う」と郷士は言った。「あんたの食欲が少なくとも狩猟袋と同じくらい大きければいいと思うね」

クロスビーはほほ笑んで、上機嫌になり、数語お世辞を言った。一、二時間もすると決定的な一歩を踏み出そうとする男は、それまではささいな世間話で充分であるように普通平然と振る舞う工夫をするものだ。それで、彼は郷士の地所の猟の獲物を褒め、狩猟管理人のディングルズ[1]に愛想を言い、自分の猟の腕前を茶化した。それで、三人の紳士はみんな愉快になり、――婚礼の鐘のようにとまではいかないが――充分楽しくなった。

しかし、クロスビーは意を固めていた。それで、老執事が完全に姿を消し、ワインが食卓の上で絶えず回されるようになるとすぐ、いくぶん唐突さは否めないものの話を始めた。問題を充分練りあげたうえで、バーナード・デールが席をはずすのを待つまいと決めていた。バーナードがいないところでこそやるよりも、いるところでやるほうがよく戦えると思った。

「郷士」と彼は始めた。まわりの人々は一緒にいて気安いときみなクリストファーを郷士と呼んだ。クロスビーは彼らのあいだに何の不都合もないかのように切り出すのがいいと思った。「郷士、私はもちろん今計画している結婚のことをずいぶん考えています」

「それは当然じゃな」と郷士。

「そうです、当然ですね！　男はこんな転機を迎えるとき、考えなければならないことがあります」

「そうじゃろうな」と郷士は言った。「わしは一度も結婚したことがないけれど、それはよくわかるよ」

「あなたの姪のような娘を見つけたとき、私はこの世でいちばん幸運な男でした――」そこで、郷士は幸運がその点ではデール家の側にもあることを少し礼儀正しく表明しようとしてうなずいた。「彼女は女性というものの」とクロスビーは続けた。「まさに理想の姿だと思います」

「いい娘ですよ」とバーナード。

「そう、その通りじゃと思う」と郷士。

「ですが、彼女をきちんと扶養する手段について」と、クロスビーは論点にまっすぐ飛び込む必要があると思って言った。「言っておかなければならないことがあると思います」

それから、彼は郷士が話し出すのを待ってちょっと間を置いた。しかし、郷士はじっと座って、空っぽの暖炉をじっと見詰めたまま、何も言わなかった。「彼女がこれまで習慣的に享受してきたあらゆる安楽を与えて」とクロスビーは続けた。「扶養する手段のことです」

「彼女は出費には慣れていない」と郷士は言った。「母はご存知のように金持ちじゃないからね」

「ですが、リリーはここに住んで大きな利点をえています。――乗馬用の馬やあらゆる種類の利点です」

「彼女は大庭園で馬を乗り回すことを期待してはいないと思うがね」と郷士。声にはかすかに皮肉が表れていた。

「期待していないと思います」とクロスビー。

「彼女はここで時々ポニーを一頭使っている。じゃが、そのせいで彼女が贅沢な考えを抱くようになってはいないと思う。娘のどちらにもそんな馬鹿げた考えはかけらもないと思う」

「私が知っている限り、ありません」

「そんなものはありませんとバーナード。

「ですが、要するにこういうことなんです、郷士」クロスビーはそう言うとき、普通の声といつもの冷静さを保とうとしたが、顔を紅潮させ、神経質になっていることを表に出してしまった。「私は妻をえることによって財産をえることが期待できますか？」

「わしはその件について義妹と話し合ったことはない」と郷士は言った。「じゃが、義妹ができることはまりないと思う」

「もちろん私は義母からは一銭も受け取るつもりはありません」とクロスビー。

「じゃあ、それで決まりじゃ」と郷士。

クロスビーはちょっと間を置いた。そのあいだに顔は真っ赤になった。彼は無意識にあんずを手に取って食べ、それから思い切って言った。「もちろん私はデール夫人の収入を当てにしてはいません。決して夫人の現状を乱すつもりはありません。ですが、私はあなたが姪に何かしてくれるつもりがあるかどうか知りたいんです」

「姪に財産を与えるということかね？　ない。何もするつもりはないね」

「これで私たちは理解し合えたと思います。――やっとね」とクロスビー。

「初めからわしらは理解し合えていると思っていた」と郷士は言った。「わしはあんたに何か約束したかね、それとも姪のため金を提供するとほのめかしたかね？　何かそんな希望を提示したことがあったかね？『やっと』というその言葉であんたが言おうとしていることがわからんな。――もっとも人を怒らせようとしているんでなければの話じゃが」

「私は本当のことを言っているんです。――こういうことなんです。姪があなたと一緒に生活していると
ころを見ると、あなたが二人を娘のように扱うこともあるかと思ったんです。私は今誤りに気づきました。
――それだけです」
「あんたは思い違いをしたんじゃ。――思い違いにひとかけらの言い訳も見出せないな」
「ほかの人も私と同じ思い違いをしたんです」クロスビーはほかの人を話に引きずり込んではいけないこ
とを忘れて、その場の勢いでそう言った。
「ほかのどんな人のことじゃね？」と郷士は怒って聞いた。すぐ義妹のことが頭に浮かんだ。
「不和の種はまきたくありません」とクロスビー。
「もしわしの家族の誰かが、図々しくもわしがすでにした以上のことを姪のリリアンにするつもりじゃと
あんたに言ったら、そんなやつは嘘を言っているだけでなく、忘恩の徒じゃな。姪のため約束する権限なん
かわしは誰にも与えていない」
「そんな約束はされていません。ただほのめかしにすぎません」とクロスビー。
郷士が怒って誰のことを想定しているか、クロスビーはまるきり捕捉することができなかったが、この家
の主人が怒っていることはわかった。友情から話してくれたバーナード・デールを巻き込むべきではなかっ
たとすでに悟って、誰の名もあげまいと決意した。バーナードは座って聞いているあいだに、事態がどう
なっているか正確に理解していた。彼は何の罪も犯していなかったから、自分が伯父の悪感情に曝される理
由はどこにもないと思った。
「誰もそんなことをほのめかすべきじゃなかった」と郷士は言った。「そんなことをほのめかす権利は誰に
もない。あんたにそんなことをほのめかす立場に誰かをわしが置いたと思うなら、それは明白な間違いじゃ。

これ以上それについて問いただすことはしないが、結婚に際して姪のリリアンに財産を与えることを、わしが義務とは見なしていないことをただちに理解してもらえれば好都合じゃ。あんたの結婚の申し込みがそんな妄想のもとでなされたのではないことをわしは信じている」

「いえ、郷士。それはありません」とクロスビー。

「じゃあ、大過はなかったとわしは思う。もしあんたが間違った希望を抱いていたとすれば残念じゃ。わしがそんな希望を与えなかったことをあんたはきっと認めてくれると思う」

「私を誤解していますね。たいして高い希望は持っていなかったんですが、あなたの意図を確認しておくのが正しいと思ったんです」

「もうわしの意図はおわかりじゃろう。この件があるからといって、あの娘に影響が及ばないことをあの娘のために念じている。この問題であの娘に非はないと思う」

クロスビーは急いでリリーに罪はないと言った。それから、ボーフォートのアポロとして社交界をよく知っている彼としては、とても考えられないぶざまな不手際を重ねながら、リリーに持参金がないことと、彼自身の金銭的な状況のせいで、結婚に多少遅れが生じざるをえないことを続けて説明した。

「わしに関する限り」と郷士は言った。「長い婚約は好きじゃない。じゃが、わしにはこの問題に干渉する権利がない。実際何かしてやるんなら別――」それから、郷士はふいに話をやめた。

「いつか日を定めるのがいいと思うよ、え、クロスビー?」とバーナード。

「デール夫人とこの件は議論します」とクロスビー。

「あんたと夫人が了解すれば」と郷士は言った。「それで充分じゃ。さあ、応接間へ行くか、芝地の上へ出るかじゃが?」

その夜クロスビーは寝床へ向かったとき、郷士との戦いに敗北したと感じた。

註

（1）バイロンの『チャイルド・ハロルドの巡歴』第三巻第二十一スタンザに「柔らかなる目は目に語り、愛の答えを勝ちえたり。あらゆるものは婚礼の鐘のように賑わいぬ」とある。

第八章　考えられないことです

翌朝朝食時に「大きな家」の三人の紳士は、来週のこの日に「小さな家」にお茶を飲みに来るようにという、ピンク色の紙に書かれた——立前上デール夫人からの——小さな招待状をそれぞれ受け取った。リリーがクロスビー氏に書いた手紙の末尾には次の言葉がつけ加えられていた。「お客をその気にさせることができたら、芝生の上でダンスをしましょう。もちろんあなたは気に入ろうと気に入るまいと、来なければいけません。バーナードもね。伯父にも来るようにできる限り説得してください」この手紙は朝食の食卓にいる三人を再び快活にする役割をはたした。郷士はこれを見せられたあと、デール夫人のささやかなイヴニング・パーティーへおそらく行くことになろうとついに言う気になった。

この約束された娯楽が、特別クロスビー氏を楽しませようとして企画されたものではなく、哀れなジョニー・イームズのため元々考え出されたものだ、ということは説明しておいたほうがいいだろう。イームズにどう配慮すればいいか？　デール夫人とベルはこの問題を充分議論し合ったあと、何人か知らぬ人たちが混じっているなかでジョニーがリリーに会うことができる、小さな親しい集まりに招待するのがいちばんいいという結論に達した。こうすれば彼の気後れも克服できるかもしれない。デール夫人が言ったように、彼がまわりの人々から無視され、隔離された状態になっては、うまくいかないだろう。「いったん場がなごんだら、彼は気後れしなくなります」とベル。それで、その日早く使者がゲストウィックに送り出されて、イームズ夫人の返事を持って帰って来た。夫人は息子と娘を連れてその夜出席すると返事してきた。彼らは貸馬車(1)を待たせておいて、同夜ゲストウィックに帰る予定だった。イームズ夫人とメアリーに寝床を提供するとの申し出がなされていたので、返事にこれがつけ加えられていた。

パーティーの夜の前にもう一つ記憶に残る出来事がアリントンで起こった。その夜集まる様々な人々の気持ちが理解できるように、その出来事を話しておかなければならない。郷士は姪のベルの問題を決着させたいとの願いを甥に了承させていた。バーナードは郷士とまるきり同じ考えだったので、その願いに従おうと決心した。バーナードにとって計画は真新しいものではなかった。彼は結婚するほうがいいと言われていたし、真剣に結婚を考えるほど従妹を愛していた。金がないのに結婚するわけにはいかないが、この結婚の場合、利害に反する弁護士の介入や複雑な取り決めのわずらわしさなしに金にありつけた。ベルとの結婚よりもいい結婚が可能であるかもしれない一方、もっと悪い結婚もありえた。そういうことよりも、彼は従妹が好きだった。この問題をきわめて穏やかに胸中議論したあと、ロンドンの通りに家を構えて、既婚者として義務をまっとうする生活についてすばらしい決意をした。それで、四、五日続けてベルに行儀よく振る舞った。ベル自身が求婚の事実に気づいていなかったところを見ると、言葉の普通の意味で彼がベルに言い寄っていなかったのは、思うに、明らかだろう。ベルはいつも従兄が好きで、最近彼が特別愛想よくしてくれると思っていた。

パーティーの前夜、娘たちは芝生の上でダンスをする善し悪しを議論するという名目で「大きな家」に来た。リリーが芝生の上のダンスに賛成するのに対して、ベルは芝の上なら冷たいし、湿気がある、応接間のほうがダンスに向いていると反対した。

「四人の若い紳士と一人の未成年しか来ないんですよ」とリリーは言った。「まるでちゃんとしたパーティーを開いているかのように、お客が部屋に礼儀正しく立っているなんて、とても馬鹿馬鹿しい感じがします」

「褒め言葉をありがとう」と、クロスビーは麦わら帽を脱いで言った。

「男性たちは馬鹿馬鹿しく見えます。それに私たち娘はもっと馬鹿馬鹿しく見えます。でも、芝生の上ならちっとも馬鹿馬鹿しく見えません。二、三人でも芝生の上に立ったらいいんです。それで充分愉快になります」

「よくわからないな」とバーナード。

「いえ、よくわかります」とクロスビーは言った。「芝生の会場が舞踏会の目的に合わないことを利用して――」

「誰も舞踏会のことなんか考えていませんよ」と、リリーはすねた振りをして言った。

「私はあなたを弁護しているのに、話させてくれませんね。芝生の会場が舞踏会の目的に合わないことを利用して、四人の男と一人の少年という男性踊り手の供給不足を隠すんです。でも、リリー、未成年の紳士って誰なんです？　君の古い友人のジョニー・イームズのことですか？」

リリーは冷静な声でそれに答えた。

「いいえ、違います。イームズさんのことではありません。彼は来ますが、彼じゃありません。ボイスさんの息子のディック・ボイスが十六歳です。彼が未成年の紳士よ」

「じゃあ、四人目の大人は誰なんです？」

「ゲストウィックのクロフツ先生です。先生を好きになってほしいのよ、アドルファス。先生は完璧な男性だと私たちは思っています」

「それなら、当然先生が嫌いになるに決まっています。嫉妬もするしね！」

それから、二人はその件についてキジバトが時々するようにささやかな言い争いをしながら、一緒に歩いて去って行った。二人が去ったあと、バーナードはベルと二人で取り残されて、野原と家の裏手の庭園を区切る隠れ垣[2]を見おろしながら立っていた。

「ベル」と彼は言った。「あの二人はとても幸せそうだね？」

「二人が今幸せなのは当然じゃありませんか？　愛するリリー！　彼がリリーにとっていい人であってほしいです。わかるかしら、バーナード、彼はあなたの友人ですが、私は彼のことが心配なんです。私たちは男性のことを少しも知らないのに、大きすぎる信頼を彼に注いでいると言っていいんです」

「うん、そうだね。が、二人はうまくやっていくよ。リリーは充分幸せになるだろう」

「そして彼は？」

「彼も幸せになると思うよ。初めは収入について少し不足していると感じるだろうが、やがてうまくいくようになるよ」

「もし彼が幸せにならなければ、リリーはみじめでしょうね」

「二人はきっとうまくやっていくよ。リリーは金がない事態にできるだけ備えなければならない。それだけだね」

「リリーは金がないことなんか苦にしないと思います。金じゃないんです。でも、もし結婚したせいで貧しい男になったと彼から言われたら、リリーは悲しくなるでしょうね。バーナード、彼は浪費家なんですか？」

ところが、バーナードは別の話題を議論したかった。それで、リリーの婚約に関する知恵の言葉を話す気にならなかった。別の話題を胸に抱えていなかったら、婚約の話を続けていたかもしれない。

「いや、浪費家じゃない。が、ベル――」

「私たちはこれまで取った行動以外の行動が取れなかったと思います。でも、私たちは性急だったのではないかと恐れています。もし彼がリリーを不幸にしたら、バーナード、私はあなたを許しません」

しかし、ベルはそう言うとき、従妹がするように愛情を込めて彼の腕に手を置いて、その脅しから辛辣さを抜き取った口調で言った。

「ぼくに喧嘩を吹っ掛けてはいけないよ、ベル、何が起ころうとね。君と喧嘩するつもりはないんだから」

「もちろん私は本気で言ったんじゃありません」

「君と喧嘩してはいけないんだ、ベル。少なくともぼくはしたくない。ほかの人との喧嘩には堪えられるけれど、君との喧嘩には堪えられない」従兄がそう言ったとき、ベルはその話の意図と見られるものについて、かすかな、不明瞭な警告を胸に受け取った。彼が――その時その場で――求婚しようとしていると、ベルはすぐ察知したわけではなかったが、普通の従兄の愛情を超えた何かを意図していると感じた。

「喧嘩しないようにしたいです」とベルは言った。しかし、彼女はそう言っているうちに、心を落ち着かせて、――バーナードがおそらく期待している愛について結論に達し、決心した。お返しに彼に与える愛についても、もう一つはっきり決心した。

「ベル」と彼は言った。「君とぼくはいつも親しい友人だったね」

「ええ、いつもね」

「ぼくらはどうして友人以上の関係になってはいけないんだろう?」

デール大尉を正当に評価すると、彼がこの問いを発したとき、完全に普通の声を用い、顔にも手足にも神経質な兆候をまったく見せなかった、と私ははっきり言っておかなければならない。彼はこの機会に求婚する決意を固め、そとにまったく動揺を見せずに求婚した。彼は問いを発して、答えを待った。この点、彼は従妹にかなり厳しかった。というのは、その問いは間違いようのない言葉で確かに問われたとはいえ、若い女性がそういう状況で当然期待するあのあふれる熱意で問われたわけではなかった。

二人は隠れ垣のそばの芝生の上に隣り合わせて座っていた。バーナードが従妹の手を取るため、片手を差し出すことができる距離だった。しかし、ベルが手を組んでいたので、彼はただ優しく手首をつかんだ。

「おっしゃっている意味がわかりません、バーナード」と彼女は少し間を置いて言った。

「ぼくらはいとこ以上の関係になれないだろうか？　夫と妻になれないだろうか？」

彼女はわかりませんとは少なくとももう言えなかった。問いをはっきり問うていたかと言われれば、バーナード・デールははっきり問うていた。夫と妻になれないだろうか？　こんなに唐突にただちにそれを言う勇気のある人はほとんどいない、と私は思う。しかし、英語という言語がこの問いにもっといい言葉を提供してくれていないことは知っている。

「まあ、バーナード！　驚きました」

「これが君を苦しめなければいいんだがね、ベル。ぼくはずっとこのことを考えていた。ぼくの態度が君に対してさえ恋人のものじゃなかったのはよくわかっている。クロスビーみたいにほほ笑んで甘い言葉を遣うのは、ぼくの柄じゃないんだ。が、それでも君を愛していないっていうんじゃない。ぼくは妻を探していた。もし君を手に入れることができれば、とても好運だと思う」

彼はその時伯父や年八百ポンドのことにまったく触れなかった。しかし、機会があれば、できるだけ早く伝えるつもりでいた。年八百ポンドと金持ちの伯父の善意は、結婚の強い基盤になる——愛情の基盤にさえなるとの意見を彼は持っていた。従妹も問題を同じように見てくれることをつゆ疑わなかった。

「あなたは私にとても優しくて、――それ以上にしてくれます。もちろんそれはわかっています。でも、ああ、バーナード！　こんなことは少しも予想していませんでした」

「が、君は答えてくれるね、ベル！　考える時間がほしければ、あるいは叔母さんに話したければ、おそらく明日答えてくれるね？」

「今お答えするほうがいいと思います」

「拒絶なら、いやだよ、ベル。答える前によく考えておくれ。伯父はこの縁談がうまくいくことを願っている。伯父が金のことで起こる面倒を取り除くつもりでいることを、先に君に言っておくべきだったね」

「金のことは心配していません」

「が、君がリリーの結婚について言ったように、そこでは分別が肝心なんだ。ぼくらの結婚ではその種のことがみなきちんと手配される。伯父は約束してくれたんだ。すぐぼくらに金を出してやると――」

「やめて、バーナード。伯父のどんな申し出も何かを買う手助けになると考えてはいけません。実際、金のことを話す必要なんかありません」

「結婚した時の事情を君に知らせておきたかったんだ。伯父について言うと、こういう問題で伯父を味方につけられたら、君が喜ぶだろうと思わずにはいられなかった」

「ええ、伯父さんを味方につけられたら、嬉しいです。つまり、もし私がそのつもりならです。でも、私の決心が伯父さんの願いによって左右されることはありません。事実はね、バーナード――」

「うん、君、事実とは何だい？」

「私はいつもあなたのことを兄と思っていて、それ以外の存在だと思ったことがありません」

「が、そんな見方は変えられるよ」

「いえ、そうは思いません。バーナード、突き詰めてすぐ話します。それは変えられません。充分わかっていますから、確信を持って言えます。それは変えられません」

「君はぼくを愛せないのかい?」

「あなたが望むようには愛せません。本当に心から——本当に心からあなたを愛しています。困ったことが起こったら、兄のところへ行くように、あなたのところへ駆けつけます」

「それ以上にはならないのかい、ベル?」

「私のありったけの甘い愛はそれくらいです。でも、あなたは私を恩知らずだと、傲慢だと思ってはいけません。あなたが——私の値打ち以上の申し出を私にしてくれているのはよくわかります。どんな娘だってそんな申し出を誇りに思うでしょう。でも、愛するバーナード——」

「ベル、最終的な回答をくれる前に一晩寝て考えて、お母さんと話し合っておくれ。もちろん君はこんなことの用意ができていなかったんだ。しっかり考えもしないで、君にこんな大きな約束をさせることなんか望んでいないよ」

「私は用意ができていませんでした。それで、整然としたかたちであなたに答えていません。でも、ここまで話してこられたんですから、あなたをどっちつかずのまま帰すことはできません。お待たせする必要もありません。この問題で心は決まっています。愛するバーナード、本当に、本当にあなたの申し出は考えられないことです」

彼女は小さな声で、強いて謙虚な口調で話した。それでも、彼女が真剣だという確信、結論は容易には変えられないという確信を従兄に伝えた。彼女はデールではなかったか? デールが決意を変えることがあっただろうか？　彼はしばらくベルのそばで黙って座っていた。ベルもまた意図をはっきり伝えたあと、それ以上の言葉を控えた。二人は隠れ垣を見おろしながら、数分間そのままでいた。ベルは膝の上で両手を組んだ同じ姿勢を続けた。一方、彼は今横になって寝て、頭を腕で支え、顔は確かにベルのほうへ向けていたが、目は芝を見詰めていた。しかし、彼はこの時怠けてはいなかった。従妹の回答によって深く悲しんだとはいえ、一瞬たりとも気絶させられたり、思考を奪われたりするような打撃は受けていなかった。もちろん悲しかった。断られた場合に想定していた以上に悲しかった。彼は拒絶されたとき、それ以前に慎ましく望んでいたものを今いっそうほしいと思った。しかし、彼は置かれた立場を正確に把握することができたから、求婚を続けた場合の見込みはどうか、求婚をすぐやめた場合の利点はどうか計算した。

「無理強いはしたくないが、ベル。ほかに好きな人がいるか聞いても——」

「好きな人はいません」と彼女は答えた。それから二人はまた一、二分沈黙した。

「伯父はこれを聞いてきっと深く悲しむだろうな」と彼はとうとう言った。

「もしそれだけなら」とベルは言った。「私たちは二人とも悩む必要はありません。伯父さんに私たちの心を取り決める権利はありませんもん」

「鼻で笑っているんだろ、ベル」

「愛するバーナード、笑ってなんかいません。まったくそんな気分じゃありません」

「ぼくの悲しみを説明する必要はないだろ。ぼくの悲しみがいかに深いか君は知らずにはいられなくなるさ。心が深くかかわっていなかったら、いったいどうしてこんな苦しみに曝される気になるだろう？　が、これに堪えなければならないのなら、堪えるよ——」それから、彼は相手の顔を見あげて、間を置いた。

「すぐ忘れてしまいます」とベル。

「とにかくぼくは不平を言わずに受け入れるよ。が、伯父の気持ちについては、ぼくは自由に君に伝えることができるし、思うに君は関心を持ってそれを聞いてくれるだろう。伯父はぼくらに優しくしてくれて、ほかの誰よりもぼくらを愛してくれる。伯父がぼくらの結婚を望んだことは驚くには当たらない。君の拒絶が伯父に大きな打撃を与えるとしても、驚くには当たらないよ」

「すいません。本当にすいません」

「ぼくもすまない気持ちでいる。伯父に対してね。伯父はこれに望みを掛けていたから。伯父はほとんど願いも、欲も持ち合わせてないから、口に出す願望にいっそう執着している。伯父がこの話を聞いたら、とても厳しくなるのではないかと恐れるよ」

「それなら正義にもとります」

「いや、伯父は不当な人ではない。いつも公正な人だ。が、不幸せなんだ。伯父がほかの人を不幸にするんじゃないかと心配するね。愛するベル、この件はしばらく保留にするのがいいんじゃないかな？　そうしても君の善意につけ込むことにはならないだろ。これも無理に押しつけるつもりはないんだが、——たとえば二週間——あるいはクロスビーがいなくなるまで」

「駄目、駄目、駄目！」とベル。

「どうしてそんなに熱心に駄目なんだい？　それくらい遅れても何の支障もないだろ。押しつけはしないけれど、君には少なくとも考える時間が必要なんだと、伯父に思わせることができる」

「人がすぐ回答しなければならない種類の問題があります。もし心に迷いがあれば、あなたの説得を受け入れます。でも、私にはまったく迷いがありませんから、あなたをどっちつかずの状態に置くのは間違っています。ねえ、愛するバーナード、この縁談は考えられないことです。考えられないことですから、あなたが私の兄だったら、はっきり答えるように私に命じるでしょう。考えられないことです」

彼女がこの最後の念を押したとき、二人はリリーとその恋人が近づいてくる足音を聞いた。二人ともこんなふうに話し合いが終わってよかったと感じた。二人ともこれ以上何も言うことはないと感じるなか、立ちあがってこの場を離れる方法がわからなかったからだ。

「今までにこれほど魅力的な、愛情に満ちた、ロマンチックな光景を見たことがあるかしら？」とリリーは二人を見おろしながら言った。「そのあいだじゅう私たちはじつに実用的な、世俗的な話をしていたんです。ロンドンでは豚をうまく飼えないと、アドルファスが思っているように見えるのを、ベル、ご存知かしら？　それで、私、とても悲しいのよ」

「リリーが豚についてあらゆることを知っているように見えるのは」とクロスビーは言った。「残念に思えますね」

「当然私は知っています。私は生涯を無駄に田舎で生活してきたわけではありません。ねえ、バーナード、あなたが隠れ垣の底に転がり落ちるのを見たいです。ただそこにいなさい。そうしたら私たちだけでお茶にしますから」

それで、バーナードは立ちあがり、ベルも立ちあがったから、彼らはみなうちに入ってお茶にした。

註
（1）貸し出し業者から貸し出される一頭立て幌つき馬車のこと。
（2）視界を妨げないように深い溝のなかに作られた垣根。見た目に障害物がないよう工夫されていた。

第九章　デール夫人のささやかなパーティー

翌日はパーティーの日だった。ベルと従兄はその夜それ以上特別意味のある言葉を交わさなかった。翌朝クロスビーが「小さな家」の準備がどう進んでいるか見に行こうと友人に提案したところ、バーナードは断った。

「ぼくが君みたいに恋しているわけじゃないことを、愛する友、忘れているよ」とバーナード。

「だが、君は恋しているんだとばかり思っていた」とクロスビー。

「いや、君みたいに恋しているわけじゃない。君は受け入れられた恋人だから、何をしても許される。やり方さえわかればクリームを泡立ててもいい。ピアノを調律してもいい。ぼくは伯父を喜ばせるような因習的な結婚を考える半人前の恋人なんだ。つまり婚約の条件によって厳しい教練を受けない半人前の恋人だね。君の立場とは違うよ」こういうことを言うとき、デール大尉は明らかに嘘を言っていた。しかし、もしどんな立場の人にも嘘が許されるとするなら、その時彼が占めている立場なら、それが許されるかもしれない。

それで、クロスビーは一人「小さな家」へ向かった。

「デールは来たがらなかったんです」と彼は三人の女性に言った。「彼はきっと芝生の上のダンスに備えて英気を養っているんでしょう」

「夜には来てくれるといいんですが」とデール夫人。しかし、ベルは口をつぐんでいた。現状では、従兄の求婚と彼女の回答は秘密にしておくのが公正な態度だと心に決めていた。彼女はバーナードが友人と一緒に「大きな家」から来ない理由を知っていたが、何も言わなかった。リリーは何も言わずに姉を見た。デール夫人はというと、事情をまったく飲み込んでいなかった。それで、彼らはバーナード・デールのことにそれ以上触れずに午後をすごした。とにかく、リリーとクロスビーは彼がいないのを残念とは思わなかったと言っていい。

イームズ夫人が息子と娘を連れて最初にやって来た。リリーは「早くお越しいただいてありがとうございます」と言った。彼女は時の勢いで何か喜ばしく、楽しく聞こえるようなことを言おうとしたのだ。が、それは実際には私の耳にいつもいちばん嫌味に聞こえる歓迎の言葉だ。「決められた時間の十分前ですね。もちろん私が本当はこの三十分後に来ていただくつもりでいたことはご存知でしょう！」私が早く来たことを感謝されるとき、その言葉についての私流の解釈はこういうことだ。とはいえ、イームズ夫人は好意的な言葉をそのまま好意を表すものとしてとらえる、親切な、辛抱強い、細かいことを言わない女性だった。事実、リリーは好意以外に示していなかった。

「はい、早く来ました」とイームズ夫人は言った。「なぜなら、メアリーが女性用の部屋にあがって、髪を整えたいと言っていますから。おわかりでしょう」

「ご案内します」とリリーは言ってメアリーの手を取った。

「お邪魔にならないようにしなければいけないのはわかっています。お忙しそうなので、ジョニーは庭に出ていなさい」

「彼が望まなければ、追い出されることはありません」とデール夫人は言った。「私たち女性陣がとても彼一人の手に負えないと思ったら――」

ジョン・イームズは今のままで申し分ない状態だと何かつぶやいてから、肘掛け椅子に座り込んだ。彼はリリーと握手するとき、この時のため用意した短い台詞をきちんと発音しようとした。「あなたにお祝いを言わなければいけませんね、リリー、そして心からあなたの幸せを願っています」その台詞はじつに簡単で、選び抜かれたものだったというのに、哀れな若者はそれをきちんと話せなかった。リリーは「お祝い」の言葉を聞いて、彼が話そうとした台詞の優しさも、それがうまく話せなかった理由もすべて了解した。

「ありがとう、ジョン」と彼女は言った。「ロンドンでたくさん会えるといいですね。近くにゲストウィックの旧友がいるのはとてもすばらしいことです」彼女はジョンよりもきちんと声を出せたし、心臓の鼓動をちゃんと制御することができた。しかし、彼女もこの場面をつらいと感じた。この男は誠実に偽りなく彼女を愛してきて、今でも愛しており、彼女を失った苦い悲しみのなかで大きな敬意を捧げていた。もしそんな愛、そんな悲しみがただ隠し切れないため表され、意志に反して伝えられるなら、そんな愛、そんな悲しみに同情しない娘がどこにいようか？

それから、ハーン夫人がやって来た。ハーン夫人の田舎家は「小さな家」から歩いて二分もかからない距離にあった。彼女はいつもデール夫人を「ねえあなた」と呼んで、娘たちをまるで子供のようにかわいがっていた。リリーの婚約を聞いたとき、彼女は驚いて両手を宙に投げあげた。リリーのため買った砂糖菓子が引き出しの隅にまだいくらか残っていたからだ。「ロンドンの人？　ええ、ええ。彼が田舎に住んでいたらいいのに。年八百ポンドですって、ねえあなた？」彼女はデール夫人にそう言った。「私たちはみな貧しいから、田舎のここらあたりでなら、それくらいあれば充分でしょう。でも、ロンドンなら年八百ポンドはあまり多くありませんね？」

「郷士は来る予定だと思いますが？」ハーン夫人はそう言って、デール夫人の近くのソファーに腰を降ろした。

「はい、郷士はじきここに来ます。気を変えない限りね、おわかりでしょう。郷士は私の堅苦しい挨拶に堪えられないんです」

「気を変えるって！　クリストファー・デールが気を変えることなんかあるんですか？」

「郷士は決めたことを変えない人ですからね、ハーン夫人」

「もし郷士が人に一ペニーあげると約束したら、そうします。でも、一ポンド取りあげると約束したら、たとえ何年かかってもそうします。私を田舎家から追い出すと郷士は言っているんです」

「デマですよ、ハーン夫人！」

「ジョリフがやって来て」――ジョリフは郷士の土地管理人だということを私は説明しておかなければならない――「現状が気に入らないんなら、出て行っていい。郷士は二倍の家賃を取ることができるんだって言ったんです。でも、私は台所にペンキを塗ってくださいってちょっと言っただけなのよ。板が彼の帽子と同じくらい真っ黒なんです」

「内部はあなたが塗る約束になっていると思いました」

「全部で年百四十ポンドで、ねえあなた、いったいどうしてペンキを塗れるんです？　生活だってあるんです！　郷士は年じゅうまわりに働き手を抱えているのに！　それが五十年この教区で暮らして来た私に言う言葉かしら？　郷士が来ました」郷士が部屋に入ると、ハーン夫人は堂々と席から立ちあがった。

郷士と一緒に牧師館のボイス夫妻が未成年の紳士ディック・ボイスと、十四と十五の二人の娘を連れて入って来た。デール夫人はこういう場合によく見せる人のよさから、なぜジェーンとチャールズとフロレンスとベッシーを連れて来なかったのかと咎めた。ボイス家は子宝に恵まれていたからだ。ボイス夫人はいつものようにもう雪崩のようにやって来たと感じていると答えた。

「でも、あの、あの、若い男性たちはどこなんです?」リリーはおどけた驚きの表情を作って郷士に聞いた。

「彼らはあと二、三時間もしたら来るよ」と郷士は言った。「二人ともディナーに向けて着替えをしていた。わしが思うところ、もう充分身なりを整えていたが、こんな立派な場面ではもう一度見直す必要があるんじゃろう。ごきげんいかがかな、ハーン夫人? お元気ならいいがね。リウマチはもうよろしいかな?」郷士はハーン夫人の耳に大きな声で話し掛けた。ハーン夫人はなるほど耳が少し遠かったけれど、ほんの少しだけだったから、耳が不自由だと思われているのを嫌った。そのうえ、リウマチと思われたくもなかった。郷士はこれを知っていたから、意地の悪い話し掛け方をしたと言っていい。

「私を大声で驚かせて飛びあがらせないでくださいよ、デールさん。今はかなり調子がいいんです、ありがとうございます。春にはひどい痛みがありました。あの田舎家は立てつけが悪くて、ひどい隙間風なんです。『ここに住めるなんて不思議よ』って、妹がこの前こちらに来たとき言っていました。ハマーシャムの妹のところに行ったほうがいいと思うんですが、五十年も一つ教区に住んできたあとでは、おわかりでしょう、引っ越すのがいやなんです」

「私たちを見捨てることを考えてはいけません」ボイス夫人は決して大きな声ではなかったが、ゆっくり、はっきりそう言って老女をおだてた。しかし、老女はそんな手口をみな心得ていた。「ずるい人ですね、ボイス夫人って」とハーン夫人は夜が終わる前にデール夫人に言った。おだてるのが難しい老人がいる一方、おだてられなければほとんど生きていけない老人がいる。

二人の主人公が芝生を横切ってとうとう応接間の窓に現れた。二人が入って来ると、リリーはその前で膝を曲げ、体をかがめて、明るいモスリンのドレスを床に優しく膨らませて低くお辞儀をした。その姿はまるで絨毯の上に開いた何かすばらしい花のように見えた。彼女は帯の留め金の上で両手の指の背を合わせて言った「私たちは尊きあなた方にお仕えいたします。苫屋にご来駕いただきまして深く感謝いたします」それから、彼女はまたゆっくり上体を起こして、ああ、何と甘く愛する男にほほ笑んだことか。モスリンからぷくっと大きくなっていた膨らみが消えた。

娘がある男に身を捧げたことを世間に知ってもらいたいと大胆に決意したとき、その娘が愛する男に意識して凝らすささやかな恋の技巧ほどかわいいものはない、と私は思う。

クロスビーがその技巧を好ましいと思ってくれればいいと私は願うが、彼が好ましいと思ったかどうかわからない。彼は二人だけになったとき、リリーが愛を大胆に確約することを好んだ。こんな時、そんな確約を好ましいと思わない男性がいるだろうか？　しかし、世間の人々がまわりにいるときは、もしリリーがもっと寡黙だったら――胸のうちを言わばもっと隠してくれたら、彼はおそらくもっと喜んだだろう。たしなみがないとリリーをひそかに非難したことはない。リリーの性格をじっくり読み、少しは違っていてもほぼ正しく読んでいたので、そんな非難をリリーに向ける気にはなれなかった。彼が不快だったのは犠牲の子牛のような気持ちにさせられることだった。生け贄のため捕らえられ、リボンをつけられ、祭壇に送られる犠牲として、たとえアリントンの世間の前といえども引き出されたくなかった。この婚約は世間に大っぴらに知られないほうが無難だという判断が、こういう感情の背後に潜んでいた。もちろんみなが彼とリリー・デールの婚約を知っていた。婚約破棄などという発想はいささかもないと、彼はしばしばつぶやいた。とはいえ、おそらく結婚は延期しなければならない。愛を受け入れられた最初の瞬間に、彼は結婚の早い日取りを主張して、みずからちょっとした問題を作り出した。が、まだリリーとこの問題を話し合っていなかった。「あなたには反対しません」とリリーは言った。「でも、そんなに急がないでくださいね」それゆえ、彼はちょっとした障害を前途に抱えていた。すぐ結婚することになっていると、世間にあからさまにするやり方をリリーが慎んでくれたらと願う気持ちが強かった。「明日彼女に話さなければ」と彼はつぶやいた。リリーの挨拶に匹敵する真剣さを装って、その挨拶を受け入れたときのことだ。

哀れなリリー！　彼の胸によぎるものをリリーはまだ何も知らなかった。もしリリーが彼の願いを知ったら、うちなる愛情を誰からも見られないように注意深くナプキンに包み込んだことだろう。——その宝を見たいといって彼からナプキンをほどかれるとき以外にはだ。リリーがこんなふうに結婚を世間に大っぴらにしたのはみな彼のためだった。抱く愛情を半分恥じる娘がいるなかで、リリーは愛情と恋人を決して恥じることはなかった。リリーは彼に身を委ねた。それゆえ、今世間は知りたければそれを知っていい。彼女にとってこれほど栄誉と思われるものをいったいどうして恥じることがあろうか？　コップと唇のあいだにたくさん行き違いがあることを抜け目なく言い立てて、抱く愛情を世間に大っぴらに話そうとしない娘たちの話を聞いたことがある。リリーの場合、そんな用心なんかする必要がなかった。確かにそんな行き違いは考えられなかった！　もし万一コップが落下するようなことになったら、不正か悲運かによってそんな運命に襲われたら、リリーが用心なんかで救われることはないだろう。コップが落下してばらばらになったら、破片をつなぎ合わせて修復することは不可能だろう。リリーはそこまで正確に把握できなかった。しかし、そういうことをすべて感じ取りながら、愛情において大胆に、たまたまそれを覗き見する人々に隠し立てすることもなく、勇敢に前進した。

ケーキと紅茶茶碗による儀式はすでに終わっていた。最後の客が到着したとき、最初か二番目のダンスは芝生の上で行おうとにかく決めていた。

「ねえ、アドルファス、先生が来てくれてとても嬉しいんです」とリリー。「先生を好きになってくださいね」と、彼女は新来のクロフツ先生のことを時々恋人に言った。しかし、彼女は恋人に話すときも、姉の名を先生のそれと結びつけて話すことはしなかった。それにもかかわらず、クロスビーはこのクロフツがベルを愛していたか、愛しているか、愛しそうだと、どういうわけか知っていた。彼はこの方面で友人のデールを強く推したかったから、家族の親密な友人として先生を特別歓迎する気になれなかった。彼はデールが求婚したことも、ベルが拒絶したこともまだ知らなかったが、もし戦争が必要なら、戦争の用意はできていた。郷士のことは今あまり好きになれないとしても、もしこの家族から妻をえる運命にあるのなら、義兄としてはアリントンの次の所有者、ド・ゲスト卿の甥のほうが村の医者よりもましだった。彼が自尊心のせいでクロフツ先生を歓迎する役を引き受けたとき、そう思っていた。

「ついてないなあ」とクロスビーは言った。「ですが、ぼくは模範的な人物を好きになったことがないんです」

「でも、この模範的な人物は好きにならなければいけません。先生って少しも模範的じゃありませんよ。煙草は吸うし、猟はするし、いろいろ邪悪なことをするんです」それから、リリーは友人を迎えに行った。

クロフツ先生は五フィート九インチほどのほっそり痩せた人で、輝く黒い瞳、広い額、ほとんど巻き毛になった黒髪――見栄えのために額の上にせり出しているのが望ましいのに、実際にはせり出していない黒髪――、細いかたちのいい鼻、唇がもう少しふっくらしていたら、完璧な口を具えていた。顔の下半分はそこだけ見ると、どこか厳しさがあったものの、瞳の輝きで埋め合わされていた。しかし、芸術家なら、顔の下半分の特徴は上よりもはるかにいいとはっきり言っただろう。

リリーは先生のところへ行くと、心を込めて挨拶して、先生をここに迎えることができてどれほど嬉しいか伝えた。「それから、あなたにクロスビーさんを紹介します」と、彼女はこうしようと決めていたように言った。二人の男はそんなふうに紹介されて、若者がよくそうするように何も言わずに冷たく握手した。それから、二人はすぐ離れ離れになったので、リリーを少しがっかりさせた。クロスビーは一人離れて立つと、天井に目を向けて、もったいぶった表情をした。一方、クロフツ先生は暖炉まですばやく歩いて、デール夫人、ボイス夫人、ハーン夫人に少しずつ丁寧な挨拶をした。それから、最後にベルのほうへ進んだ。

「妹さんに結婚のお祝いが言えて」と先生は言った。「とても嬉しいです」

「ええ」とベルは言った。「あなたが妹の幸せの噂を聞いたら、きっと喜んでくださると思いました」

「はい、本当に嬉しいです。妹さんの幸せを心から願っています。みなさん、彼が好きなのでしょう?」

「私たちは彼が大好きです」

「裕福な人だと聞いています。とても幸運な人ですね。――とても幸運な――とても幸運な」

「もちろん幸運だと思います」とベルは言った。「でも、彼が裕福だからということではなくてね」

「裕福だからということではなくてですか。しかし、彼はそんな幸せに見合う状況のおかげで、結婚することができ、結婚を喜ぶことができるのです」

「ええ、まったくその通りです」とベル。それから、彼女は座って、座るとき会話をやめた。「その通りです」とベルは言った。しかし、その言葉を口にするやいなや、それは違うと、クロフツは間違っていると心でつぶやいた。「私たちがクロスビーを愛するのは」と彼女は心に言い聞かせた。「心配なしに結婚できるくらい彼が裕福だからというのではなく、裕福ではないけれど結婚する勇気があるからです」先生には腹が立つと、ベルは思った。

クロフツ先生はそのあとドアのほうに離れると、チョッキの袖ぐりに両親指を突っ込み、一人壁にもたれて立った。先生は内気なんだという噂があった。先生は確かに内気だったと私は思う。が、やらなければならないことを決して恐れずにやれる人だった。先生は大勢の男や大勢の女の前で恥じ入ることなく話すことができる。はっきり固まった個人の意見を持っており、過激にではないにせよ、熱心に話の目的を伝達することができる。しかし、本当に言うことが何もないときは、ちょっとしたことでさえ立って言うことができなかった。先生は寄って立つ根拠が使い物にならないと感じたら、その根拠にしがみつくことはなかった。我が身がどこにいても重要人物だといった態度を取る芸を学んだことがなかった。クロスビーが学んだのはこの芸であり、成功したのはこの芸によってだった。それで、クロフツ先生は身を引いて、ドアの近くの壁に寄り掛かった。一方、クロスビーは進み出て、客みなの前でアポロのように輝いた。「あんなふうに輝けるのはどうしてなんだろう？」と、ジョン・イームズはつぶやいて、ロンドン社交界の男の完璧な幸せをうらやんだ。

リリーはとうとう踊り手らを外の芝生へ連れ出して、何とかカドリール(1)を一度踊らせた。しかし、うまくいかないことがわかった。クロスビーがゲストウィックで雇ったフィドル一本の音楽では充分ではなかった。それに、芝生はクロッケーをするには完璧だったが、ダンスには足元が定かではなかった。

「とてもすばらしい」とバーナードは従妹に言った。「芝生くらいいい舞台はないね。だが、おそらく――」

「言いたいことはわかります」とリリーは言った。「でも、私はそとにいます。あなた方にはロマンスというものがわからないんです。尖塔の後ろにある月を見てご覧なさい。一晩じゅう家のなかにいるつもりはありません」それから、彼女は小道を歩いて去り、恋人はそのあとについて行った。

「月は好きですか？」と、リリーは彼と腕を組んだとき聞いた。今は腕を組むのにあまりにも慣れていたので、無意識に組んでいた。

「月が好きかって？　ううん、ぼくは太陽のほうが好きですね。月光はあまり信じられません。感傷的になりたいとき、話題にするのはいいんですがね」

「ああ、私が恐れるのはそれなんです。薔薇が褪せるように姉のロマンスも褪せていくと言うとき、私がベルに言いたいのはそれなんです。それから、詩よりも散文のほうが役に立つこと、感情よりも精神のほうが優れていること、――愛よりも金のほうがいいことを、私は学ばなければいけません。そういうことがだいじなんだとわかっています。それでも、私は月光が好きなんです」

「それに詩と愛のほうが好きなんでしょう？」

「はい、詩はとても好き。愛はもっとね。あなたから愛されることは私のどんな夢よりも甘くて、――今までに読んだどんな詩よりもすばらしいんです」

「最愛のリリー」彼はそう言うと、リリーの腰に自由なほうの腕を回した。

「それが月光の意味、詩の本質なんです」と情熱的な娘は続けた。「どうしてそんなものが好きなのか昔はわからなかったけれど、今ならわかります。私は愛されたいと願っていたんです」

「そして愛したいとね」

「ええ、そう。愛がなければ、私は何物でもありません。でも、愛することはあなたの喜びでしょう。――あなたの喜びであるはずよ。愛されることが私の喜びです。でも、私があなたを愛すること、あなたを愛していいと知ることは喜びです」

「つまり、これがあなたのロマンスの実現だと言いたいんでしょう」

「はい。でも、ロマンスの終わりであってはいけないんです、アドルファス。あなたは柔らかな黄昏が気に入り、私たち二人だけの長い夕暮れが好きにならなければいけません。好きな本を私に読んでくれなければいけません。世界が厳しくて、乾いて、残酷だと私に思わせてはいけません。――まだね。私はベルにしばしばそう教えるんです。でも、あなたは私にそう教えてはいけません」

「防げるものなら、あなたの世界を乾いた、残酷な世界にはしません」

「私の言いたいことはわかってくれますね、あなた。たとえ悲しみに襲われても、私は世界が乾いた、残酷なものとは思いません。もしあなたが私に優しくしてくれて――。私の言いたいことはわかってくれると思います」

「ぼくがあなたに優しくすればね」

「私はその点について心配していません。――まったくしていません。私があなたを信頼しないと思います？　でも、あなたは月光を見ることを恥じてはいけません。詩を読むことも、それから――」

「馬鹿げたことを言うこともでしょう」

しかし、彼はそう言いながら、リリーをぴったりそばに引き寄せた。彼女には快い口調だった。

「私が今馬鹿げたことを言っていると思います？」と彼女は口をとがらせて言った。「豚の話をしている私のほうがいいんでしょう？」

「いや、今のあなたがいちばん好きです」

「じゃあ、どうして前の私は好きじゃなかったんです？　私が何かあなたを怒らせるようなことを言いました？」

「今のあなたがいちばん好きです、なぜなら――」

二人は橋から続いて「大きな家」の庭に入る門の細道に立っており、厚く広がる月桂樹の影に取り囲まれていた。それでも、月光は細道を明るく刺し通していた。リリーは彼を見あげて、顔の輪郭と愛情のこもった優しい目を見ることができた。

「なぜなら――」と彼は言うと、身をかがめて、リリーをぴったり抱き寄せた。リリーは彼の顔に届くようにつま先立ちして、唇を重ねた。

「ああ、私のいとしい人！」と彼女は言った。「私の恋人！　私のいとしい人！」

クロスビーはその夜「大きな家」に歩いて帰ったとき、世俗的な幸せを考えて、リリー・デールとの婚約を破棄するようなことがあってはならないと決意した。彼はその議論をもっと進めた結果、もし事情を調整することができたら、六か月か八か月、せいぜい十か月以上も結婚の延期はすまいと決めた。確かに彼はすべてを――培ってきた熱望や野心を――あきらめなければならない。それでも、彼はあきらめる用意があると、いくぶん悲しげに心に言い聞かせた。それが決意だった。彼はその決意を寝床のなかで考えたとき、彼ほど利他的な人はいないと結論づけた。

「でも、私たちが離れたままでいたら、お客さんたちは何て言うかしら？」とリリーは我に返って言った。「それに私はみなさんにダンスをさせなければいけません。わかるでしょう。一緒に来て、みなさんと仲よくしてね。メアリー・イームズとワルツを踊ってください。――お願いよ。踊ってくれないと、一晩じゅう口を利きません！」

クロスビーはそんな脅しに屈して、その若い女性の手を取る栄誉を求めたから、それでその女性を幸せの第七天に舞いあがらせた。アドルファス・クロスビーのような相手とワルツを踊るくらい、すばらしいことがこの世にあるだろうか？　哀れなメアリー・イームズは相手が別人だったら、上手にワルツを踊ることができただろう。今回は踊るときあまりたくさん話すことができなかったし、踊り終わったときずいぶん息切れした。あまりに力みすぎたし、やきもきしすぎたので、踊りの機械的部分をうまくこなして相手を満足させることができなかった。「ああ！　ありがとうございます。――とてもよかったわ。すぐまた続けられます」彼女はクロスビーとの会話をそれ以上進めることができなかったが、今回ほどうまく話ができたことはないと感じていた。

　踊り手がせいぜい五組しかおらず、郷士やボイス氏や近くの教区の副牧師のように、まったく踊らない人たちにはほかに娯楽がぜんぜん提供されなかったのに、パーティーはかなり長く、とても楽しく続いた。正確に十二時に軽い夜食が出た。それは明らかにハーン夫人の退屈を紛らすためで、ボイス夫人もそれを楽しんだようだ。こういう場面のボイス夫人のような老婦人に、私は同情しないとはっきり言っておこう。彼らは子供の幸せな様子をパーティーで見て幸せになる。たとえ幸せにならなくても、幸せである振りをしなければならない。彼らはとにかくたんに明白な義務――若いころは彼ら自身のためになされていた義務をはたしているにすぎない。しかし、ハーン夫人のような人は何のためにこんな集まりにわざわざ足を運んで来[2]るのか？　この老婦人はあくびをし、寝床に着きたいと思い、十分おきに懐中時計を見ながら、なぜそこに何時間も座っているのか？　その間に、年取った骨を固くこわばらせ、騒音に年取った耳を痛める。たんに夜食のためだけであるはずはないだろう。しかし、夜食後メイドがハーン夫人を田舎家に連れて帰り、ボイス夫人もそのあとこっそりうちに帰った。郷士も若者らに少し得意そうに口を開いて、「大きな家」に帰って来るとき、うちのなかで物音を立てないように注意して、帰って行った。しかし、哀れな副牧師はその場に残り、ときどきデール夫人に退屈な言葉を話し掛けて、副牧師以外の人々のため世界が用意した[3]喜びを、じらされ、苦しめられた目で見物していた。世論も主教もともに副牧師に対しては、特に厳しすぎると私が思っていることをここで言い添えておかなければならない。

その夜の喜びの後半部で、時間と慣れが人々をみな一緒に幸せにしているとき、リリーは今ついに立ちあがったジョン・イームズと踊った。彼女は踊りを直接求めることはしなかったが、踊ってくれるようにできる限りジョンを誘った。というのは、彼が踊ってくれることを恩恵と感じたからだ。踊りを申し込むことが彼にとってどれほど大きな欲求だったか、同時にどれほどいやだったか、リリーはおそらく理解できなかった。いや、かなりの程度は推測できた。彼が怒っていないことは知っていた。彼が無益な恋に苦しんでいるのと同じくらい、無益な恋で自尊心を傷つけられていることもわかっていた。リリーは彼がこの点で楽になってほしいと願った。しかし、彼が今もまだリリーに対する完全な誠意と、制御できぬ真っ直ぐな熱意を保っていることを知らなかった。

リリーはついにジョンから踊りを申し込まれて、婚約していても、すぐその申し出を受け入れた。それから、軽快に部屋を横切った。「アドルファス」と彼女は言った。「あなたと踊ると言っていましたが、踊ることができません。ジョン・イームズから踊りを申し込まれたんです。彼とは一度も踊っていません。わかるでしょう。いい子にしていてくれますね?」

クロスビーは少しもやっかむことなく、いい子にして、ドアの背後に隠れ、座って休んだ。

最初の数分間、イームズとリリーは即事的な、とても平凡な会話を交わした。リリーはロンドンで彼に会いたいという希望をもう一度言い、彼はもちろん訪問すると言った。それから、二人はしばらく沈黙して、踊りの一連の動作をした。

「私たちはいつ結婚するかまだわかりません」と、リリーは二人が踊りの合間に再び一緒に立ったとき言った。

「うん、そうでしょうね」とイームズ。

「今年じゃないと思います。本当に今年じゃないでしょう」

「おそらく春ですね」とイームズ。彼は古代ギリシア歴のついたちまでそれを延期してほしいと無意識に願ったが、リリーを傷つけたくなかった。(4)

「式の日取りについて言っているのは、あなたに出席してもらえたら、とても嬉しいからです。私たちはあなたをとても愛しています。式の日にあなたにここに来てほしいんです」

娘たちが絶えずこんなことをするのは、――結婚するとき、愛してくれた男をほかの男たちと一緒に式に出席するようにしばしば求めるのは、なぜだろう？　勝ち誇っているわけではない。じつはまったく親切心と愛情からそうしているのだ。娘たちは彼らに与えた悲しみを癒し、和らげるものを差し出したいと願っている。「あなたとは結婚できません」と女性は言うようにみえる。「でも、私が差し出すことができる次に大きな祝福をあなたにあげます。私がほかの人と結婚するところをあなたに見せるんです」私はそういう意図は充分理解するものの、正直に言うと、提供された楽しみがふさわしいものかどうか疑っている。

現在の場合、ジョン・イームズは私と同じ意見のようだ。というのは、彼はその招待を受け入れなかったからだ。

「出席して私を喜ばせてくれませんか？」と彼女は優しく言った。

「あなたを喜ばせることなら、何でもします」と彼はぶっきらぼうに言った。「ほとんど何でもね」

「でも、出席してくれないんですか？」

「ええ、そう。それはできません」それから、彼は踊りの一連の動作に入った。二人は次に一緒に立ったとき、二人の踊りの番がまた来るまで黙っていた。その夜から、リリーがジョン・イームズを今までより重く見て、意志を持つ男性として今までよりも高い尊敬を感じたのはなぜだろうか？

クロフツとベルはそのカドリールで一緒に踊って、リリーの結婚について話した。「男性は一人ならどんなにひどい目にあってもいい」と先生は言った。「しかし、女性を貧乏な目にあわせる権利はありません」

「たぶんそうですね」とベル。

「男性にとって苦しくないもの——男性一人なら苦しいとは思わないもの——それが女性にはひどい苦しみになるのです」

「そうだと思います」と、ベルは顔にも声にも感情を表すことなく言った。しかし、ベルは彼が話す言葉の一語一語を聞き取り、感情と精神のありったけの力をもって、魂の熱情をもって、その言葉の真実を検討した。「まるで女性には男性よりも忍耐力がないかのようです!」とベルは独り言を言った。医者の腕から自由になって、一人で部屋を歩いていたときのことだ。

そのあと、みなは寝床へ向かった。

註

(1) 四組のカップルが方形を作って踊るフランス起源の古風なダンス。おもに八分の六と四分の二拍子のリズムに合わせて五つか六つの一連の所作をする。
(2) トロロープはビクトリア時代中葉の社交の場に見られる退屈を強く批判した。たとえば、『ニュージーランド人』第十章。
(3) トロロープは国教会副牧師のあまりにも乏しい収入に憤激していた。『イギリス国教会の牧師』(1866)の「人口の多い教区の副牧師」の章に次のような記述がある。「イギリス国教会のたとえば年千ポンドの禄を持つ禄付牧師が年七十ポンドで副牧師を雇うこと、その副牧師が教区の仕事の四分の三かそれ以上の仕事をすること、四分の三の仕事をし、十四分の一の賃金を受け取りながら、その副牧師が二十年その地位に引き留められることは有名なことだ」

（4）古代ギリシア歴にはローマ歴にある「ついたち」という名称がなかったことから、訪れることのない日を表す。

第十章　ルーペックス夫人とアミーリア・ローパー

もし私がルーペックス夫人を愛想のいい女性だと読者に言ったら、信じやすい読者をただ誤解させるだけだろう。ルーペックス夫人は愛想の悪さを大きな欠点として抱えていた。しかし、夫人はその欠点をあまりにも世間に広め、庭の至るところに生える強い雑草のように人生の様々な場所に生やしたので、あらゆる方面から忌避され、知らない人からも、よく知る人からも嫌われるようになったと言っていい。もし調査員がこの女性の内面に入り込むことができたら、彼女が正しい方向へ進みたいと願ったこと、また品位と礼儀正しさをえようと努力したか、少なくとも努力しようと決意したことをその調査員は知るだろう。しかし、不運にも近づいて来る人々や、特に厄日に胸に迎えたあの不幸な夫をあまりにも当然のように苦しめたので、品位は夫人から逃げ去り、礼儀正しさも夫人の近くに住もうとしなかった。

ルーペックス夫人は、私がすでに説明したように、夫人の朝の無頓着な姿や夜の盛装が好きな男性の目には、あるいは少し曲がった長い鼻が気にならない男性の目には、女性らしい魅力を持ち合わせていなかったわけではない。夫人はそれなりに賢い人で、気の利いたことを言うことができた。お世辞も――いつも不快なところがあったとしても――言うことができた。夫人はいくらか意志の力を具えていたに違いない。もしそれがなかったら、今私が語っている時点よりも前に夫は逃げ出していただろう。もし意志の力がなかったら、生活基盤をえて、ローパー夫人の応接間に陣取っていられるはずがなかった。というのは、年百ポンドの下宿代は支払われるにしろ、支払の約束だけにしろ、ローパー夫人には大問題だったからだ。それにもかかわらず、ルーペックス夫人がバートン・クレッセントに入って最初の三か月がたつ前に、女将はこの既婚の下宿人に立ち退いてもらいたいと願っていた。

私は二通の手紙を長々と提示することによって、私たちの友イームズが不在のあいだにバートン・クレッセントで起こった小さな事件と、事件が進行した経緯についておそらくいちばんうまく伝えられると思う。その二通はデール夫人のパーティーの翌朝、ジョニーがゲストウィックで受け取ったもので、一通は友人のクレーデルから、もう一通は愛するアミーリアから来たものだった。私は最後まで微妙なきめ細かさを保つことが読者の願いにいちばん添うと考えるので、この場合、紳士の手紙から先に提示しよう。

所得税庁にて、一八六――年九月

親愛なるジョニー

クレッセントでひどい事件が起こったんだ。本当にどう話したらいいかわからないが、話さなければいけない。君の助言がほしいからだ。ぼくがルーペックス夫人とどんな立場にあるか知っているだろ。駅のプラットホームでぼくらが話し合ったことをおそらく覚えていると思う。ぼくはほかの友人とのつき合いと同じように、彼女とのつき合いが好きだ。彼女がすてきな女性であることはもちろんわかっている。夫が嫉妬する気になっても、それは仕方がないことだ。だが、悪いことをしようと思ったことは一度もない。もし必要なら、その証人として君を呼べないだろうか？　ローパー夫人の応接間以外で彼女に話し掛けたことは一度もない。ミス・スプルースかローパー夫人か誰かがいつもそこに一緒にいた。夫が時々ひどく酒を飲むのは知っているだろ。だが、ぐでんぐでんに酔っぱらったことはないと思う。それが、昨夜九時ごろ彼が飲み会のあと酔っぱらって帰って来た。ジェマイマが言うところによると、（ジェマイマはローパー夫人の下宿のメイドだ。）彼は三日間劇場で飲み続けていたらしい。火曜から会っていなかったからね。彼はまっすぐ居間に入ると、ジェマイマをぼくに送って寄こして、会いたいと言ってきた。ルーペックス夫人はその応接間にいたから、娘がぼくを呼び出すのを聞くと、飛びあがって、もし流血沙汰にでもなったら下宿を出て行くとはっきり言った。その時、応接間にはミス・スプルース以外に誰もいなかった。ミス・スプルースは何も言わずにろうそくを手に持って、上へあがって行った。状況はとても不快なことだと認めなければならないね。下の居間にいる酔っぱらいをぼくはどうしたらいいんだろう？　だが、夫人はぼくが下へ行かなくてはいけないと思っていたようだ。「もし夫がここにあがって来たら」と夫人は言った。「私が犠牲になります。ワインを飲んで怒りで燃えあがったら、夫がどんなふうになるかあなたはぜんぜん知らないんです」ところで、ぼくがどんな男も怖がるような人間ではないことはわかってくれると思う。だが、なぜこんなかたちでぼくが騒動に巻き込まれなければならないんだろう？　ぼくは何もしていない。それでも、もし口論になったら、もしそれから彼女が予想しているような――つまり流血沙汰とか、殴り合いとかになったら、あるいは彼が火かき棒で頭を殴ってきたら、ぼくは役所にいられなくなる。君やぼくのような公務員は一般の人のように喧嘩はできない。その時、強く意識したのがそれだよ。「降りて夫のところに行って」とルーペックス夫人は言った。「あなたの足元で私が殺されるのを見たくなければね」もしぼくの言うことが本当なら、全部夫婦で仕組んだことに違いないと、フィッシャーは言う。まあ、いろいろなことで必ずしもみんなの意見が一致しないのは誰でも知っていることだがね。だが、夫人は下の夫のところへ行くように確かにぼくに懇願したんだ。それで、ぼくは下に降りたよ。階段の下に降りてジェマイマを見つけたとき、彼が居間でうろついている音を聞いた。「気をつけてくださいね、クレーデルさん」とその娘は言った。娘がひどくおびえているのは顔つきでわかったよ。

その瞬間、ぼくは帽子が玄関広間のテーブルの上にあるのを偶然目にした。友人の手に身を委ねたほうがいいと、ふと思い当たったんだ。もちろん食堂にいるあの男を怖がったわけじゃない。だが、ローパー夫人の下宿で命がけの格闘を仕出かしたとしたら、そんなことに正当性があるだろうか？　女将の利害を考える義務があるからね。それで、ぼくは帽子を手に取って、ゆっくり玄関ドアから歩いて出た。「ぼくはうちにいないと」とぼくはジェマイマに言った。「彼に伝えておくれ」それから、ぼくはフィッシャーのところへ真っ直ぐ向かった。フィッシャーをぼくの友人としてルーペックスのところへ送るつもりだった。だが、彼はチェスクラブへ行っていてうちにいなかった。

こんな場合、時を移す余裕はないと思ったので、クラブへ行って彼を呼び出した。フィッシャーがどんなに冷静な男か、君はよく知っているだろ。何が起こっても彼が興奮することはないと思う。彼にこの話をしたとき、一晩考えさせてくれと言われたよ。彼が試合を終えるまで、ぼくはクラブの前で行ったり来たりして待たなければいけなかった。ぼくはバートン・クレッセントに戻ったほうがいいと、フィッシャーは思っているように見えた。だが、それはもちろん不可能だとぼくは思った。それで、結局彼のうちに戻って、ソファーで寝て、翌朝手持ちの品を送ってもらうことにした。フィッシャーには翌朝起きたら、役所へ行く前にルーペックスに会いに行ってもらいたかった。だが、彼はそれは延期したほうがいいと言った。彼は役所が終わったらすぐ、劇場にルーペックスを訪問するつもりでいる。

このことについて君がどう思うかすぐ返事をしてほしい。ローパー夫人の下宿の誰もこの件に引きずり込みたくないので、君に頼んでいる。この四半期の未払いのせいで、すぐ女将のところを引き払うことができないから、厄介なんだ。それがなければ、大急ぎで逃げて行くよ。というのは、あの下宿は君やぼくにふさわしいところじゃないからだ。ぼくの言葉を信じていいよ、ジョニー君。A・Rについても言いたいことがあるけれど、不和の原因になるのはいやだからやめておく。だが、すぐ返事をおくれ。ところで、問題を考えてみると、君はフィッシャーに手紙を書いてくれるといい。その手紙をルーペックスに見せられるようにね。——夫人とぼくのあいだには、君が信じる限り、友情以外に何もなかったと、ぼくの友人としてもちろん君はすべてを知っていると、ただそう言ってほしいんだ。今晩ぼくがローパーの下宿に戻れるかどうかは、フィッシャーが彼と会ったあと何を言うかに懸かっている。

さようなら、友人。君が楽しい日々をすごして、L・Dがすこやかでありますように。

君の誠実な友
ジョゼフ・クレーデル

ジョン・イームズはアミーリアの手紙を開く前に、この手紙を二度読んだ。彼はこれまでミス・ローパーから手紙をもらったことがなかった。若い女性から初めて手紙を受け取ったのに、若い男性が一般に体験する精読したいとのあの熱意をほとんど感じなかった。彼は現時点でアミーリアの思い出をとてもいやなものと見ていた。怖いと思わなかったら、手紙を未開封のまま火のなかにくべていただろう。友人のクレーデルについては、恥ずかしいとしか感じられなかった。ルーペックス氏から逃げたことではなく、嘘の口実で逃げる言い訳をしたことが恥ずかしかった。

それから、彼はとうとうアミーリアの手紙を開いた。「最愛のジョン」と手紙は始まっていた。その言葉を読んだとき、彼は指で手紙をしわくちゃにした。手紙は美しい女性の筆跡で書かれていた。曲線よりも尖ったところが目立つ、とはいえとても判読しやすい文字が用いられて、言葉の一語一語に断固とした意味があるように見えた。

最愛のジョン

　こんな呼び方であなたに手紙を書くのは何かとても奇妙な感じね。でも、あなたは最愛の人。あなたをそう呼ぶ権利があたしにはあるでしょ？　あなたはあたしのもの、あたしはあなたのものではないかしら？（彼は手紙をまたしわくちゃにして、そうする時ここで詳しく繰り返す必要のない言葉をつぶやいた。それでも、手紙を読み続けた。）あたしたちはお互いに完全に理解し合っていることがわかっているから、そんな時、心は隠し立てなく相方の心に話し掛けることができる。それがあたしの気持ちよ。あなたも胸にそれに対応するものを見出していると信じているわ。愛されるって甘美じゃないかしら？　あたしはそう思う。最愛のジョン、あなたのことであたしの胸に嫉妬が入り込む余地なんかないことを、率直にあたしに保証させてくださいね。これにはありすぎるほど自信があるの。あなたとあたしの両方にそれを保証することができる。あたしならこれを魔法って言うわ。ただしあなたはあたしのうぬぼれって言うでしょ。あたしがL・Dについて言ったことは、本気だと思ってはいけません。もちろんあなたは子供時代の友人に会えたら、嬉しいでしょ。そんな喜びのことであなたに嫉妬するような心根は、アミーリアにはこれっぽっちもありません。あなたの友人はきっといつかあたしの友人になると思う。（彼はさらに手紙をしわくちゃにした。）友人のなかにあなたが特別心を寄せる本物のL・Dがいたら、あたしの心にも彼女を特別なかたちで受け入れるわ。（彼はアミーリアがこんなことを請け合うことに堪えられなかった。手紙を投げ捨てて、どこに救いがえられるか考えた。――自殺か、それとも隔離施設か。しかし、やがてまた手紙を手に取って、コップの苦い液を底まで飲み干した。）あなたが発つ前に、あたしがすねているように見えたとしたら、あなたのアミーリアを許してくれなければいけません。あなたがいない一か月は、みじめさしかあたしの前に広がっていないからよ。あたしの気持ちがわかってくれる人がここにはいません。もちろんいません。あなたがいないあいだ、あたしには幸せになってほしくないでしょ？　安心して。あなたの願いがあたしの幸せであるとしても、あなたと一緒になるまであたしが幸せになることはありません。ほんの一行でもいいから手紙を書いて、あたしの愛情がありがたいと言ってください。

さて、悲しい出来事が下宿にあったことを伝えなくてはいけません。あなたの友人のクレーデルさんが立派に振る舞ったとは思えません。彼がルーペックス夫人といつも一緒にいたことは覚えているでしょ。母は何も言いたくなかったけれど、それについては不幸なことだと思っていたの。母の評判にかかわるとき、もちろん特にね。でも、ルーペックスは先週恐ろしく嫉妬深くなって、何かが起こることは誰にもわかっていた。夫人は狡猾な女だけれど、悪気はなくて、ただ夫を絶望の淵へ駆り立てたいだけだと思う。彼は癇癪を起こして昨夜ここにやって来て、クレーデルに会いたいと言った。でも、彼はおびえてしまって、帽子を手に取って逃げたのよ。ところが、それは必ずしも正しい行為じゃなかった。潔白なら、なぜ一歩も退かないで相手の間違いを説明しなかったのかしら？　母は下宿に悪い評判が立つと言うの。昨夜ルーペックスは朝になったら所得税庁へ出かけて行って、役員や事務官やみなの前にクレーデルを引き出すと誓った。彼がそんなことをしたら、新聞に載って、ロンドンじゅうがこの話で持ち切りになるわ。そうなったら、ルーペックス夫人は喜ぶでしょ。というのは、人からいろいろ噂されることが好きだからよ。でも、母の下宿にとって、それがどういう結果になるか考えてご覧なさい。あなたがここにいてくれたらいいのに。あなたの立派な分別と勇気があれば、ただちにすべてを正しく整えてくれる。――少なくともあたしはそう思うの。

この手紙に返事をもらう時まで分刻みに時間を計るつもりよ。あたしに届く前にあなたの手紙を受け取る郵便集配人がうらやましいと思う。すぐ書いてくださいね。月曜の朝まで届かなかったら、何か問題が起こったんだと思うわ。たとえ懐かしい親しい友人らにあなたが囲まれているとしても、あなたのアミーリアのため手紙を書く時間はきっと作れるはずね。

母はルーペックス夫妻のこの件でとても悲しんでいる。もしあなたがここにいて助言してくれたら、母はこんなにも心配しなかったと言うの。母はこの件をとてもつらいと感じている。というのは、母はみんなのため下宿を立派な居心地いいものにしようとしているからよ。あたしはあなたのお母さんを知っていたらと思い、いつかお近づきになりたいと願っているの。その愛するお母さんにも、――あたしたちがどんな関係か伝えてくれたら――妹さんとL・Dにも、敬意と愛情を表したいわ。今はこれで筆を置くね。

いつも愛情にあふれるあなたの恋人

アミーリア・ローパー

哀れなイームズはこのたわいもない手紙のどの箇所も気に入らなかった。特に最後の段落を最悪だと思った。この女が母に、妹に、リリー・デールにさえ愛情を表すことにどうして堪えられよう！　アミーリア・ローパーのような女から名指しされたら、リリーが汚されるように感じた。とはいえ、アミーリアは本人が確かに言ったように――彼のものだった。彼は今この時点でアミーリアを忌み嫌いながらも、彼女のものだと信じていた。アミーリアに一定の所有権を握られていたから、これからきつく結ばれる運命にあると感じた。彼は愛情のこもった言葉を――少なくとも重要な意味を持つ言葉を――アミーリアに向かって口にすることは通常ほとんどなかった。それでも、そのほとんどないなかで愛していると彼女に伝えたことが確かに一、二度あった。彼女にあの致命的な手紙を書いてしまった！　ハマーシャム運河に水を供給しているゲストウィックの奥の大きな貯水池に出かけて、みじめな存在に終止符を打つほうが早いのではないか？

同日、彼はフィッシャーに手紙を書き、クレーデルにも書いた。この二通を難なく書きあげた。クレーデルとルーペックス夫人の関係は自分と夫人の関係と同じくらい潔白だとの信念をはっきりフィッシャーに伝えた。「クレーデルは既婚女性に言い寄るような男じゃないと思う」と彼は書いた。所得税庁にその手紙が届いたとき、クレーデルは少し機嫌を損ねた。というのは、この紳士は恋の成功の評判が立つことをまんざら嫌っていたわけではなかった。このささやかな冒険によって同僚事務官のあいだにそんな評判が立つことを頭のなかで計算していたからだ。とても嫉妬深い男がワインと愛情の蒸気で激怒して、最初に爆弾を爆発させ、居間で荒れ狂ったとき、クレーデルはやっとこれがひどく苦痛だと感じた。しかし、彼は三日目の朝――というのは、友人フィッシャーのソファーで二晩をすごしたから――、この件をいくぶん自慢に思い始めており、ほかの事務官の口の端にルーペックス夫人の名がのぼるのがいやではなかった。それで、ゲストウィックからの手紙をフィッシャーから読んでもらったとき、友人の言い草が気に食わなかった。「はっ、はっ、は」とクレーデルは笑った。「これこそ彼に言ってもらいたかったことさ。まさか既婚女性に言い寄るなんて。いや、ぼくはロンドンでいちばんそんなことをしない人間だとぼくも思うよ」

「誓って、コードル、君に限って」とフィッシャーは言った。「そんなことをしない人間だよ」

そのあと、哀れなクレーデルはおもしろくなかった。その午後、彼は臆することなくバートン・クレッセントに戻って、そこでディナーを取った。ルーペックス夫妻を目にすることもなかったし、ローパー夫人の口から夫妻の名が持ち出されることもなかった。その夜、彼は勇気を奮い起こしてミス・スプルースに夫妻がどこにいるか尋ねた。しかし、その老婦人はただおごそかにかぶりを振って、夫妻の動向は少しも知らない、——はい、まったく知りませんときっぱり答えた。

しかし、ジョン・イームズはアミーリア・ローパーのこの手紙にどう対処したらよかっただろうか？　これに返信したら、それ自体がじつに危険だが、返事をしないのも安全ではないと感じた。彼は一人歩いて出掛け、ゲストウィック・コモンを横断し、ゲストウィック・マナーの森を抜け、ド・ゲスト卿(1)の大庭園にある楡の大きな並木道を通り、どうしたらこの苦境から抜け出せるか答えを見出そうとした。故郷の無垢な田舎を超える世界を知らなかった時代、彼はここを、同じ場所を何十回もさまよって、リリー・デールのことを考え、妻にすると心に誓った。ここで彼は詩を紡ぎ、韻を配列し、高い希望で野心を支え、リリーが女王として君臨する華麗な空中楼閣を築きあげた。彼は当時己が不器用な、貧しい、母と妹から以外に世の誰からも愛されない人間だと自覚しながらも、この希望に包まれて幸せだった。この希望が実現するとは実際には信じていなかったとはいえ、希望に包まれて幸せだった。しかし、今希望あるいは思念のなかに彼を幸せにするものは何もなかった。すべてが真っ黒で、みじめで、破滅的だった。リリーが別の男に与えられることがわかった今、たとえアミーリア・ローパーと結婚しても、結局それで何か問題になっただろうか？　しかし、その時あの夜ドアの隙間から見たアミーリアの姿が記憶のなかによみがえった。あんな妻との生活は生きながらの死だと納得した。

彼はある時は母に全部打ち明けて、アミーリアへの返事を母に書いてもらおうと考えた。たとえ最悪の目にあっても、ローパー家から完全に破滅させられることはありえなかった。彼らから訴訟を起こされ、何年か監獄に入れられ、役所から解雇され、あらゆる新聞で晒し者にされることはありえる。しかし、誰かの挑戦でも受けたら、彼はそういうことみなに堪えられるだろう。彼が堪えられないと思った一つのことは、一度愛していると認めた娘に手紙を書いて、愛していないと伝えることだった。彼は自分がそんな手紙を書くことができないことを知り、気が変わったと彼女に面と向かって言う勇気がないことをよく知っていた。味方して戦ってくれる親切な騎士でも見つけられない限り、彼はアミーリアの犠牲になるに違いないと思った。それで、また母に頼ることを考えた。

しかし、彼は帰宅したとき、どんな状況に自分が置かれているか母に伝える決意をまだしていなかった。散歩は何の役にも立たなかったし、何の決意も固めてくれなかった、と言っていい。彼は散歩の時間の半分以上であの有害な空中楼閣を築いていた。城は昔のようにそれを築くのが幸せになる城ではなく、残酷な地下牢がある、光がほとんど差し込まない闇の城だった。想像力はこういう空想の城のなかでリリーをクロスビーの妻として描き出した。彼はそれを事実として受け入れ、夫を素行の悪い残酷な男にすることによって、自分と同じくらいリリーをみじめにする仕事に苦しみつつ取り掛かった。彼はこれからどうするか考え、心を決めようとした。しかし、精神が差し出された問題に抵抗しているとき、考える仕事くらい難しい仕事はない。こんな状況にある精神は、水のところまで連れて来たのに、飲むのを拒む馬のようだった。ジョニーはうちに帰ったとき、アミーリアの手紙に返事をするかどうかさえまだ決めていなかった。返事をしなかった場合、バートン・クレッセントに帰ったとき、どう振る舞ったらいいのだろう?

ミス・ローパーが手紙を書いたとき、こういう反応をみな把握していたこと、愛情あふれるジョニーの恋人が彼の置かれた状況を入念に推測していたことは、言わずもがなのことだ。

註

(1) マナーは荘園の意。

第十一章　社会生活

クレーデルがもてなしのよいローパー夫人の食卓に戻ったその日、ルーペックス夫妻は夫婦の喜びを大いに味わいつつ、子牛の膵臓を食べた。劇場の近くで夫妻はほかの旬の物と一緒にその料理を食べ、苦いビールとブランデーのお湯割りでわだかまりをすべて洗い流した。しかし、クレーデルはこの和解の話を知らなかった。彼はミス・スプルースに質問した数分後、夫妻が応接間に一緒に入って来るのを見たとき、当然のことながら驚いた。

ルーペックスは意地の悪い人でも、生来野蛮な気質の人でもなかった。彼は子牛の膵臓とか、ちょっとした一皿の料理が好きで、ブランデーのお湯割りが大好きだった。心の妻がちゃんと救い手になってくれたら、彼の場合上品にとまではいかなくても、とにかく恥を曝すことなく世間を渡って行けたかもしれない。しかし、妻はブランデーのお湯割り以外の慰めを与えてくれなかった。結婚して八年たった。妻が不貞でも働いてそばからいなくなってくれればいいと、夫は時々願わずにはいられなかったと、嘆かわしいけれど私は言おう。こんなみじめな生活なら、どんな逃げ方でも望ましかった。もし彼が充分活力を持ち合わせていたら、オーストラリアへ、あるいは世界でもっとも遠い既知の場面転換の場所へ、彼の舞台背景画描きの能力を携えて行ったことだろう。とはいえ、彼はだらしない、おっくうがる、しまりのない男だった。みじめさがどれほどひどくても、ちょっとした一皿、ほんの数語の優しい言葉、お湯割りのブランデー一杯でいつ変節してもおかしくなかった。二杯でも飲めば、いちばん情愛深い夫になった。しかし、三杯目を飲むと、ひどい目にあったことをみな思い出して、妻あるいはまわりの世界に立ち向かう勇気をえ、たまたま火かき棒でも手に触ったりしたら、そばの家具に損害を与えかねなかった。しかし、クレーデルはこんな彼の奇癖を知るよしもなかった。私たちの友は彼が妻と腕を組んで応接間に入って来るのを見て驚いた。

「クレーデルさん、握手しよう」とルーペックスは言った。彼はブランデーのお湯割りを二杯目まで飲んだところで、それ以上飲むことを禁じられた。「おれたちのあいだに誤解があったようだね。忘れよう」

「私が知っている限り、クレーデルさんは立派な紳士ですから」と夫人は言った。「紳士から手を差し出されたとき、いつまでも恨みを引きずることはありません」

「ええ、もちろんです」とクレーデルは言った。「もちろんです――本当に。結局間違ったことなんかなかったとわかって、ぼくは嬉しいです」それから、彼は夫婦の両方と握手した。その時、ミス・スプルースは立ちあがって、低くお辞儀し、一緒に夫婦と握手した。

「あんたは未婚だろ、クレーデルさん」とルーペックスは言った。「だから夫の気持ちがどんなものか理解できないんだ。この女への思いがおれには堪え難い重荷になるときがこれまでにもあった」

「ねえ、ルーペックス、駄目よ」妻はそう言うと、持っていた古い日傘でふざけて軽く夫を叩いた。

「おれがあんたを食堂に呼び出したあの夜、この女への思いが堪え難い重荷になっていたと、ためらうことなく言うよ」

「今はすっきりされてよかったです」とクレーデル。

「本当によかったです」とミス・スプルース。

「だから、もうそれについて言う必要はありません」とルーペックス夫人。

「一言だけ言うよ」と、ルーペックスは片手を振りながら言った。「クレーデルさん、おれはあんたがあの夜呼び出しに応じなかったのを大いに喜んでいる。もし応じていたら、――今だから言うがね――、もし応じていたら、流血騒ぎになっていたね。おれは勘違いしていた。勘違いしていたことを認めるよ。――けれど、流血騒ぎになっていたね」

「おや、おや、おや」とミス・スプルース。

「スプルースさん」とルーペックスは続けた。「男には感情が堪え難いほど高まることがあるんだよ」

「そうなんでしょうね」とミス・スプルース。

「さあ、ルーペックス、もういいでしょう」と妻。

「ああ、もういい。けれど、呼び出しに応じなかったのはよかったと、クレーデルさんに言うのは正しいことだと思う。あんたの友人がね、クレーデルさん、昨日四時半に劇場におれを訪ねて来てくれた。だが、おれはその時吊り索で背景画を描いていたから、降りて会うことができなかった。あんたら二人にはいつでも五時なら会うよ。ボウ・ストリート[1]の『ポットとポーカー』[2]で肉の切り身と酒をいただいて、わだかまりを解消できたら嬉しい」

「あなたはとてもご親切ですね」とクレーデル。

「ルーペックス夫人も加わってくれる。『ポットとポーカー』の二階にはちょっとした心地いい場所があるんだ。もしミス・スプルースがその気になってくれたら――」

「あら、私はただの老婆ですよ、あなた」

「いや――いや――いや」とルーペックスは言った。「そんなことはないよ。いいかい、クレーデル、あんたはどう思う？　――四人で心地いいささやかなディナーなんてね」

今のような気分のルーペックス氏を見るのは疑いもなく楽しかった。――流血騒ぎになるようなあのもう一つの気分よりもはるかに楽しかった。しかし、彼は今は楽しい人でも、完全にしらふではなかったのが明らかだ。それで、クレーデルはささやかなディナーの日は定めないまま、いつかそうなれば嬉しいと言うにとどめた。

「さあ、ルーペックス、寝床に着いてはどうかしら」と妻は言った。「とてもつらい一日だったでしょう」

「おまえは？　かわいこちゃん」

「私もすぐ行きます。さあ、馬鹿な真似をして物笑いの種になっては駄目よ。行ってちょうだい。さあ――」彼女は開いたドアのすぐそばに立って、夫が通るのを待った。

「おれはこのままここにいて、何か熱いものでも一杯いただこうと思う」と夫。

「ルーペックス、また私を怒らせたいの？」妻はそう言うと、片目でちらと夫を見た。夫はその視線の意味を完全に理解した。喧嘩をする気分ではなかったし、流血も望んでいなかった。それで、出て行くことに決めた。それでも、出て行くとき、新たな戦いを覚悟した。「おれは何かやけっぱちなことを仕出かしそうだ、きっと。そんなことをするのがわかる」彼は長靴を脱ぎながらそう言った。

ルーペックス夫人は夫を送り出したあとドアを閉めて、「ああ、クレーデルさん」とすぐ言った。「忘れられない近ごろの事件があったあとで、どんな顔をしてまともにあなたの顔を見たらいいんでしょう？」それから、彼女はソファーに座ると、上質かなきん[3]のハンカチで顔を隠した。

「そのことですが」とクレーデルは言った。「ぼくらのような友人にとって、いいですか、あの件にどんな重要な意味があると言うんですか？」

「けれど、あの件が役所に知られることになります。――劇場に夫を訪ねたあの紳士のせいで、当然知られます！　それを切り抜けられるとは思えません」

「ぼくが誰か人を送らずにはいられなかったことがおわかりになるでしょう、ルーペックス夫人」

「あなたを非難するつもりはありませんよ、クレーデルさん。私が嘆かわしい立場に置かれていて、あなたを非難する権利なんか持ち合わせていないことはわかっています。紳士同士が互いに抱く感情について、理解する振りをするつもりもありません。けれど、こんなふうに私の名があなたの名とともに噂になったら、――ああ！　クレーデルさん、どんな顔をしてまともにあなたの顔を見たらいいかわかりません」夫人はもう一度ハンカチに顔をうずめた。

「行いが立派なのが立派な人です」とミス・スプルース。声には隠れた多くの意味を含む口調があった。

「その通りですね、スプルースさん」とルーペックス夫人は言った。「それが今私の唯一の慰めなんです。クレーデルさんは弱味につけ込むことを潔しとしない紳士です。――それは確かです」それから、夫人はハンカチを持った手の陰から彼を見ようと工夫した。

「ぼくは弱みにつけ込むようなことはしません」とクレーデルは言った。「つまり――」それから、彼は間を置いた。ルーペックス夫人のことで面倒に巻き込まれたくなかった。嫉妬に狂った夫と対決したくなかった。とはいえ、彼は既婚夫人の賛美者として世間で騒がれていると思いたかった。夫人の輝いた目が好きだった。半盲目状態の不運な蛾がろうそくの炎のなかで、体と羽をすばやく動かしながら、手足をもがれ、身を拷問に掛けられているのがわかる。それでも、蛾は教訓を受け入れようとしないで、破滅するまで幾度も幾度も炎に飛び込む。そんな蛾が哀れなクレーデルだった。温かみはその炎にはないし、美しさもその光にはなかった。――邪悪な愛の偽りの輝きさえもだ。万一頑張り続けるなら、傷を負うことになるだろう。――羽をもがれ、飛ぶことができなくなるかもしれない。傷を負うというよりも破滅だろう。しかし、ルーペックス夫人との親しい触れ合いから、一時間の幸せさえ手に入ることはないと言っていい。彼は夫人にまるきり愛を感じなかった。夫人を恐れていたし、多くの点で夫人を嫌っていた。しかし、彼は蛾のような弱さと無知と盲目状態のなか、ろうそくの近くで飛ぶことを価値あることと見なした。ああ！　我が友人らよ、ちょっと考えてみさえすれば、あなた方の何人が蛾であって、多少とも羽を燃やし、身を痛ましく焦がしつつも、今ぶざまに飛ぼうとしているかわかる！

しかし、クレーデル氏がこの機会を利用して、ろうそくの炎にもう一度入ろうかどうしようか決意する前に、――決意するにはミス・スプルースの存在が邪魔だと感じざるをえなかったが――、部屋のドアが開いて、アミーリア・ローパーがみなに加わった。

「あら、まあルーペックス夫人」と彼女は言った。「それにクレーデルさんも！」

「ミス・スプルースもいますよ」ルーペックス夫人はそう言って老婆を指差した。

「私はただの老婆ですから」とミス・スプルース。

「ええ、そうね。ミス・スプルースもいたわね。クレーデルさんとお二人だけでどうこうしていたと、ほのめかすつもりはなかったのよ。誓ってもいいわ」

「たぶんそんなつもりはなかったと思います」とルーペックス夫人。

「ただ知らなかったのよ、あなた方二人が――。つまり、この前話を聞いたとき、二人の仲は終わったと思っていたもんだから。でも、仲直りしたんなら、あたしくらいそれを喜んでいる人はいません」

「仲直りしましたよ」とクレーデル。

「ルーペックス氏が満足しているんなら、あたしに文句はありません」とアミーリア。

「ルーペックス氏は満足しています」とルーペックス夫人は言った。「あなたが誰かさんとの結婚をねらっているのがわかりますから、言わせてほしいんですが――」

「ルーペックス夫人、あたしは結婚なんかねらっていませんよ。――まったくね」

「あら、ねらっていると思いましたから、言わせてほしいんです、あなたが夫を持ったら、すべてを正常に保つことがどんなに難しいかわかります。こういう下宿の最悪の点はね、どんなささいなことが起こっても、みんなに知られてしまうことなんです。そうじゃありませんか、ミス・スプルース？」

「所帯を持って家事をするよりも下宿のほうがずっと快適です」とミス・スプルース。彼女は親戚のローパー家の人々をかなり恐れて暮らしていた。

「みんなに知られてしまうって？」とアミーリアは言った。「ねえ、紳士が夜中に酔っ払って帰って来て、同じ下宿の別の紳士を殺すって脅したら、もしその奥さんが――」そこでアミーリアは話をやめた。というのは、これから交戦しようとしている戦艦が大きな戦闘力を持っていることを知っていたからだ。

「それで、あなた」とルーペックス夫人は立ちあがって言った。「で、その奥さんがどうしたっていうんです？」

今戦いが始まったと言っていい。二隻の軍艦は吹き飛ばされたり、沈んだりするところまでいかなくても、一隻が完全に動けなくなるまで戦闘を続けることを、今戦争にかかわる一般の掟と勇気に掛けて誓ったと言っていい。この時、どちらの戦艦に半永久的勝利のチャンスがあるか、傍観者が見定めるのは難しい。ルーペックス夫人は疑いもなくより熟練した戦闘力を備えており、無限の戦術を獲得した戦闘習慣と、白熱した戦闘が続くあいだどんな傷も感じなくする勇気と、沈没しようが、浮いていようがどちらでもいいと思う無鉄砲、そういったものを身につけていた。それでも、アミーリアはもっと大きな大砲を積んでおり、敵よりも重い砲弾を浴びせることができた。しかも、彼女の領海内で航行することができた。万が一敵船に横づけにして斬り込む段階になったら、アミーリアは間違いなく勝利を収めていただろう。しかし、ルーペックス夫人はじつに巧妙だったから、そんな成り行きを受け入れることができなかった。夫人はこんな場面に処する準備ができており、戦闘を貪欲に求めていた。

「で、その奥さんがどうしたっていうんです?」と夫人。とても穏やかな返答ができそうもない声の調子だった。

「もしその奥さんがちゃんとした淑女なら、振る舞い方くらいわきまえていなきゃあってことよ」

「あなたは私に教えるつもりなのかしら、ミス・ローパー? きっとあなたのご親切なんでしょうね。それがあなたの好きなマンチェスター流のやり方なんでしょう?」

「あたしは正直なやり方が好きよ、ルーペックス夫人。それから、お上品なやり方がね。家じゅうの人たちにショックを与えないやり方よ。そんなやり方がマンチェスター流だろうと、ロンドン流だろうとどうでもいいことよ」

「婦人帽販売店のやり方っていうことでしょう?」

「あなたのようにまったくひどいやり方でなければね、ルーペックス夫人、婦人帽販売店のやり方でも、劇場の舞台のやり方でも、あたしは気にしません。さあもうわかったわね。酒と嫉妬で夫を癲狂院へ追いやってしまうまで、あの若い男の方と何のためにあなたはこんなふうに振る舞っているのかしら?」

「ミス・ローパー! ミス・ローパー!」とクレーデルが言った。「今の言葉は本当に――」

「この女の言うことは気にしないでくださいね、クレーデルさん」とルーペックス夫人は言った。「あなたが話し掛ける価値なんかない相手なんですから。あの哀れなイームズさんのことですけれど、もしあなたが彼に友情を感じているんなら、この女がどんな人間か友人に教えてあげてください。あなた、ソルフォード(4)

のグログラム家のジュニパー氏はお元気かしら？　私はあなたのことはみな知っているんです。ジョン・イームズにも教えてあげなければいけません。――哀れな、不運な、馬鹿なイームズさんに！　酒と嫉妬のことで私を咎めるなんて、本当に！」

「そうよ、あなたを咎めたのよ。今あなたがジュニパー氏の名をあげたので、イームズさんも、クレーデルさんも、みなその話を知るかもしれない。ジュニパー氏とのことで私が恥ずかしいと思うことは何もありません」

「あなたに何かを恥ずかしいと思わせることは難しいと思いますよ」

「でも、これは言わせてちょうだい、ルーペックス夫人。あなたは下品な振る舞いでこの下宿の世間体を台無しにするつもりでしょ」

「ルーペックスにこの下宿に入るのを許したときが最悪の日でした」

「それなら、請求書に支払いをして、とっとと出て行って」アミーリアはそう言うと、ドアのほうに片手を振った。「事前の通知なんか不必要だと請け合ってもいいわ。借りているものを母に返せば、いつでもすぐ出て行けるのよ」

「好きな時に出て行きます。その時よりも一時間前にだって出るつもりはありません。私にこんなふうに言うあなたは誰、ジプシーじゃない？」

「出て行かせるのに警察を呼ばなければいけないんなら、そうするわ」

アミーリアは戦闘のこの時点になると、両手を腰に当てて肘を張り、相手の前に立って、確かに勝ちを制しているように見えた。しかし、ルーペックス夫人はまだひどい言葉を極限まで繰り出していなかった。たとえ戦闘が激しくなっても、鉄器をつかみ合うところまで行かないと常に仮定するなら、既婚の女は未婚の女を黙らせていただろう、と私は思う。しかし、この時ローパー夫人が息子と一緒に入って来て、戦闘員は二人とも一瞬退いた。

「アミーリア、これはいったいどういうことなんです？」と、ローパー夫人は驚きの苦しい表情を作ろうとしながら言った。

「ルーペックス夫人に聞いてちょうだい」とアミーリア。

「ルーペックス夫人が答えます」と夫人が言った。「あなたの娘がここに入って来て、私を――ひどい言葉で――口汚くののしったんです。――しかもクレーデルさんの前でね」

「なぜこの人は借金を払って、下宿を出て行かないのかしら？」

「口を慎めよ」と兄は言った。「この人の借金はおまえの問題じゃない」

「でも、こんな女に侮辱されるとき、私の問題になるのよ」

「こんな女ですって！」とルーペックス夫人は言った。「どっちがこんな女か知りたいものよ。けれど、どういうことか教えてあげます、アミーリア・ローパー――」しかし、ルーペックス夫人はここでその雄弁を止められた。というのは、アミーリアが兄から部屋のそとに押し出されて、ドアから出て行ったからだ。そこで、ルーペックス夫人は目的にかなうソファーを見つけて、ヒステリックに泣き出した。哀れなローパー夫人が遅くまで寝床に就けないことがないように願いつつ、私たちはここでしばらくその女下宿人のもとを離れることにしよう。

「もしあの娘と結婚するなら、イームズは何とひどい不手際を仕出かすことになるんだろう！」クレーデルは自室へ向かうとき、そう思った。しかし、既婚女性から彼に示された配慮のせいで激しい戦闘が引き起こされたと感じて、この夜の事件のなかで彼がはたした役割をかなり自慢に思った。パリスは同じようにし(5)

て十年に渡るトロイ包囲戦に大きな満足を見出したのだ。

註

（1）コベント・ガーデンにある通り。ロンドンの中央警察裁判所がある。
（2）トランプのポーカーとテーブルの中央に置かれた賭け金の総額の意と、ジョッキと火かき棒の意が掛けられている。
（3）薄地の細かく編まれたリネン。
（4）ソルフォードはグレーター・マンチェスターの北西部に位置する運河、港地域。
（5）トロイの王子で、スパルタ王メネラーオスの妃ヘレネーを奪ってトロイ戦争を引き起こした。

第十二章　リリアン・デールが蝶になる

さて、アリントンに戻ろう。前々章で提示した二通の手紙がジョン・イームズに届いた同じ朝、「大きな家」に届いた手紙のなかにアドルファス・クロスビー宛ての次の手紙があった。伯爵夫人の手紙で、簀(す)の目が入り香水が振り掛けられたピンク色の紙に書かれ、宝冠と奇妙に絡み合ったイニシャルで飾られていた。手紙は全体にとても上流ふうで、魅力的だったから、アドルファス・クロスビーは受け取って少しもいやな気はしなかった。

コーシー城にて、一八六――年九月

親愛なるクロスビー様

私たちはゲイズビー夫妻からあなたの噂を耳にしました。あなたは森のニンフと水のニンフが――ほかの魅力に抜きん出て――住むすてきな小村に引きこもり、多くの時間をそれらのニンフとともにすごしていると、私たちのところに来た夫妻から聞きました。それがあなたの好みに合うことなのでしょうから、邪魔はしません。でも、もしあなたがいつかアリントンの森や泉を離れるなら、私たちは喜んであなたをここに歓迎します。それまでにいた理想郷のあとで、私たちをとても非ロマンティックだと思うでしょうけれどね。

ダンベロー卿夫人が私たちのところに来ます。卿夫人があなたのお気に入りであることは知っています。

あるいは逆で、あなたが卿夫人のお気に入りなんでしょうか？　ハートルトップ卿夫人もお招きしたんですが、ご存知の通り、彼女は虚弱な哀れな侯爵のそばから離れられません。公爵は今ギャザラムにいません。でも、もちろんそれが愛するハートルトップ卿夫人が私たちのところに来られないことと、何か関係すると言っているのではありません。私たちの家は一杯になると思います。森や水の類でないのは残念ですけれど、ニンフがいないわけでもありません。マーガレッタとアリグザンドリーナは特別あなたに来てもらいたいようです。家一杯の人々を動かすのがあなたはとても巧みだと二人が思っているからです。もしあなたが国事のお仕事に戻る前に私たちに一週間を割いてもいいと思われるなら、どうかそうしてくださるようにお願いします。

とても誠実にあなたのものである
ロジーナ・ド・コーシー

ド・コーシー伯爵夫人はクロスビーの古い友人だった。つまり、彼の住んでいる世界に古い友人などというものが通用するならの話だ。彼は卿夫人をここ六、七年知っており、卿夫人が開くロンドンの舞踏会へはみな出かけて、彼女の娘たちとじつに上機嫌に愛想よく踊ることを習慣としていた。彼は昔から家族的なつながりでモーティマー・ゲイズビーと親しかった。ゲイズビーは著名ではあっても、ただの弁護士にすぎない。彼は伯爵夫人の長女と結婚して、今はコーシー城の近くにあるバーチェスター市を代表する国会議員になっていた。すぐ正直に事実を言うと、クロスビー氏はド・コーシー卿夫人の娘たち、レディー・マーガレッタとレディー・アリグザンドリーナと非常に親しい間柄だった。こう言ったからといって、友情以上に深い関係が二人とのあいだにあったと読者には想像してほしくない。が、特に後者とは親しかった。

　クロスビーはその朝手紙のことに何も触れなかった。しかし、その日のあいだに、あるいは一晩寝床で考えたあと、ド・コーシー卿夫人の招待を受け入れることに決めた。ゲイズビー夫妻に会えるのが嬉しかったとか、社交界の優雅な技巧の達人ダンベロー卿夫人と同じ家に泊まれるのが嬉しかったとか、レディー・マーガレッタとレディー・アリグザンドリーナと友情を新たにするのが嬉しかったとか、そういうことだけではない。もし婚約の事情がよくて、休日の終わりまでリリーと一緒にいるのが好都合だと感じられたら、彼は苦もなくド・コーシー家を袖にすることができただろう。しかし、今彼はリリーから身を引き離すほうがいいと胸に言い聞かせた。もしくは離れているほうがリリーにとってもおそらくいいと思った。婚約をはたす前に置かなければならない何か月間か、あるいはおそらく何年間か、互いの目の太陽のなかだけで生活するわけにはいかないことを、彼はリリーに教えなければならない。娯楽や仕事のことでお互いに相手にだけ依存するわけにはいかないことを、リリーに考えさせなければならない。彼は胸中こんなふうに問題をじつに賢明に議論して、コーシー城へ行き、そこで集められる社交界の陽光を一週間浴びようと苦もなく決意した。どうせ戻れば、すぐ穏やかな、退屈な炉辺が待っている！

「水曜にここを発とうと思います、郷士」とクロスビーは日曜の朝食のとき言った。

「水曜に発つって！」婚約した二人は状況が許す限り長く一緒にいるべきだ、という古風な考えに郷士はとらわれていた。「何か気に食わないことでもあるのかね？」

「いえ、ありません！　ですが、いつかみな終わりが来るんです。ロンドンに帰る前に一、二短い滞在をするところがあるので、水曜に発ったほうがいいと思います。実際これでも出発をできるだけ遅らせてきたんです」

「ここからどこへ行くんだい？」とバーナード。

「うん、たまたま隣の州の――コーシー城です」その朝食のテーブルでは、この件についてそれ以上何も話されなかった。

日曜の朝は、教会へ行く前に「小さな家」の芝地で集合するのが習慣になっており、この日三人の紳士は一緒に歩いて来て、リリーとベルがすでに待っているのを見つけた。デール夫人から家を通って教会へ向かうように招き入れられるまで、普通こんな時数分間の余裕があって、今の場合もそういう状況だった。こういう時、郷士はよく芝地の真ん中に立って、彼の土地をざっと見渡し、まわりの低木や花、果樹を吟味した。というのは、郷士はそれがみな彼のものだということを忘れたことがなく、平日にめったにここを見に来ることができなかったから、このチャンスを利用した。デール夫人はボンネットを結んでいるとき、窓から郷士を見て、何を考えているかわかると感じた。夫人は家の提供という恩義を郷士から受けずにいられない状況を残念に思った。しかし、夫人はそんな時郷士が実際に考えていることを必ずしもみな理解しているわけではなかった。「これはわしのものじゃ」と郷士は快い場所を見渡しながらよく独り言を言った。「じゃが、家族がここで楽しんでくれているのが嬉しい。弟の未亡人じゃから、歓迎じゃ、――大歓迎じゃ」二人が互いの心や考えをもっとよく理解し合えたら、もっと互いに愛し合えた、と私は思う。

それから、クロスビーはリリーに意志を伝えた。彼女が知らせを聞いて「水曜に！」と言ったとき、悲しみでほとんど青ざめた。こんな知らせがリリーにこれほど強い影響を及ぼすことを、彼はおそらく考えないままぶっきらぼうに告げたのだ。

「うん、そう。ド・コーシー卿夫人に水曜に行くと手紙に書いたんです。みんなと交際を絶つように言われても、それは私には無理なんです。おそらく――」

「あら、いいんです！　アドルファス、あなたが行くのをいやがっているなんて思わないでください。ただとても突然のように思えたんです。そうじゃありません？」

「いいですか、私はもうここに六週間以上もいるんです」

「そうね。とてもよくしてくれました。そのことを考えたら、何という六週間だったんでしょう！　六週間の前と後の違いが私と同じくらいにあなたにも大きく思えるか知りたいです。私は地虫から蝶に変わり始めました」

「ですが、リリー、結婚したら蝶(浮気女)になってはいけませんよ」

「いえ、そういう意味ではないんです。でも、言いたいのはこの世の私の本当の姿が——そうなるために私が創られてきたと喜んで望む姿が——あなたを知り、あなたが私を愛していると知ったとき、初めて私に現れてきたんです。でも、母が私たちを呼んでいます。教会へ行かなければ。水曜に発つんですね！　じゃあ、たった三日しかありません！」

「うん、たった三日ですね」彼はそう言うと、リリーを腕に抱え、家を抜けて道に出た。

「私たちはいつまたあなたに会えるんです？」と、彼女は教会の境内に着いたとき聞いた。

「うん、それは誰にもまだわからないんです。いつ次に休暇をくれるか役員会の長に聞かなければなりません」それから、二人はそれ以上何も話さなかった。彼らはみな郷士のあとについて小さなポーチを抜け、大きな家族席まで行って、そこに座った。郷士はここで父の死後ずっと使っていた特別な隅の席に着いた。郷士はそこから応唱を大きく、はっきり読んだ。あまりにも大きく、はっきり読んだので、教会書記が負けまいと声を張りあげたが、郷士の声には及ばなかった。「彼は郷士にも、教区牧師にも、教会書記にも、何でもかんでもなりたいんだ。そういうことだな」と、かわいそうな書記は受けた虐待の不平を言った。

リリーが新しい悲しみによって祈りを邪魔されたとしても、その罪は許される、と私は思う。クロスビーがアリントンにあまり長居できないことをリリーは当然知っていた。クロスビーと同じくらいはっきり休暇が終わる正確な日と、委員会総局の事務室に入っていかなければならない時間を知っていた。休暇が終わるまで彼が一緒にいてくれるものと考えるようにしていた。彼女は今一、二日前になって休暇の最後の週がなくなったと、突然告げられた男子生徒のように感じた。最初から最後の日を知っていたら、悲しみは少なかっただろう。なくなった一週間が、残っていると思った休暇の三分の二にも及ぶとき、どんな男子生徒がそのショックに堪えられるだろう？　リリーは恋人を非難しなかった。彼がここにとどまるべきだとも思わなかった。彼から不親切なことを申し出られる可能性は思ってもみなかった。それでも、彼女は喪失感を味わったから、ひざまずいて祈るとき、一度ならず隠れて涙を拭った。

クロスビーもまたボイス氏の説教のあいだ必要以上に出発のことを考えていた。「彼の説教は聞きやすいですね」と、ハーン夫人は夫の後継者についてよく言ったものだ。「彼の議論をたどるのは何と楽なことでしょう」クロスビーはおそらくハーン夫人よりも牧師の議論をたどるのが難しいとわかった。もし議論がもっと深かったら、説教にもっとちゃんと心を傾けただろう。何も言ってない人に耳を傾けなければならないのはじつに難しい。今の場合、クロスビーは説教を聞く必要を完全に無視して、発つ前にリリーに何と言ったら好都合か考えることに心を向けた。最初の熱情の時に彼が結婚の日取りはできるだけ早いほうがいいと言ったのをよく覚えていた。リリーがどんなにかわいく彼に従ったかもまた覚えていた。「ただし、日取りは早すぎないようにしてください」と彼女は言った。今彼はその時言ったことを取り消さなければならない。主張したことに背く申し立てをし、結婚を早めるのではなく遅らせてほしいと説得しなければならない。――どんな婚約者にとっても不快な仕事に違いないと私が思うそんな仕事だ。「すぐ済ませたほうがいい」彼はボイス氏の説教が終わったことに感謝するつもりで頭を両手のなかにひょいと入れたとき、そうつぶやいた。

三日しか残っていなかったので、すぐそれをするのが確かに理にかなっていた。リリーは財産を持たなかったので、公正に見て、婚約が長引くことに不平を言えるはずがなかった。彼が胸中で言いたいのはそれだった。しかし、このことで一日リリーに不必要に疑念を抱かせておいたら、不平を言う充分な根拠を与えることになると思った。なぜ彼は恋したからといって、あんなそそっかしい言葉を性急に口にして、男子生徒か、ジョン・イームズのようなやつが仕出かすように、いろいろな面倒に己を巻き込むことをしたのか？　冷静になって行動を慎まなかったとは、――アドルファス・クロスビーらしくその時考えてみることをしなかったとは、何と馬鹿だったのだろう！　それから、彼はこの婚約そのものでまったく馬鹿なことを仕出かしてしまったのではないかとの思いに襲われた。教会のドアのそとでリリーに腕を貸しながら、彼はそんなことを考えて肩をすくめた。「もう手遅れだ」と彼は心でつぶやいた。それから振り返って、リリーにちょっとした甘い愛の言葉を囁いた。アドルファス・クロスビーは賢い男だった。誠実な男になろうともしていた。――嘘をつくようにとの誘惑が彼にとって大きすぎさえしなければだ。

「リリー」と彼は言った。「昼食後野原を一緒に歩きませんか？」

彼と野原を歩く！　もちろん歩くに決まっている。三日しか残っていないので、もし時間をすべて受け入れてもらえるなら、それをみな彼に捧げないだろうか？　それから、彼らは「小さな家」で昼食を取った。デール夫人は郷士のテーブルでディナー・パーティーに参加する約束をしていた。郷士は昼食が体によくないと言い訳をして、その昼食を食べに来なかった。「郷士は自分のうちでは昼食を取るんです」とデール夫人はあとでベルに言った。「私は郷士がよくシェリー酒を飲んでいるのを見ました」デール夫人はこんなことを考えながら、食事の用意をした。もし義兄が夫人の食卓で食事をするつもりがないのなら、夫人も彼の食卓で食べるつもりはなかった。

それから数分後、リリーは帽子をかぶった。クロスビーが恋人の特権でよくからかったあの上品な教会用ボンネットは選ばなかった。この帽子を褒めてくれるなら、教会用ボンネットについては好きなことを言われてもいいと割り切った。「あと三日ね」と、リリーは芝地を速い足取りで彼と歩きながら言った。彼女は不平を言うようには聞こえない声――すばらしい時間がとても短くなりそうなので、それを最大限利用しなければならないとただ率直に言う声――でそう言った。男性に捧げるものとしてこれ以上に甘い賛辞があるだろうか？　これ以上に満足できるお世辞があるだろうか？　私の地上の天国はあなたと一緒にいること。これからの数か月の喜びのため、今この三日間の天国しか私には残されていない！　ならば来たれ。私に与えられた幸せを最大限利用しよう。クロスビーは彼女が感じていることをすべて感じて、彼女に負う負債がどれほど大きいか理解した。「一日だけだけれど、クリスマスには来られるな」と彼は一人つぶやいた。それが心積もりだから、その趣旨の約束で現在の会話を始めてもいいと思った。

「そうです、リリー、もう三日しか残っていません。ですが、知りたいんです。――クリスマスにはみなさんご在宅だと思うんですが？」

「クリスマスに家にいるかって？――もちろんいます。私たちのところに来るって言うんじゃないでしょうね！」

「うん、私を受け入れてくれるなら、来ようと思います」

「まあ！　そうなるとずいぶん話は違ってきますね。ええと。たった三か月です。クリスマスの日にあなたをここに迎えられるなんて！　一年のどの日よりもその日にあなたを迎えたいです」

「一日しかいられませんよ、リリー。クリスマス・イブにディナーに来て、翌日には帰らなきゃいけません」

「でも、私たちのうちに直接来てくれるんでしょう！」

「私に一部屋都合してくれるならね」

「もちろんできます。今でもできますよ。ただあなたがうちに来たとき、おわかりでしょう――」それから、彼女はクロスビーの顔を見あげてほほ笑んだ。

「私が来たとき、あなたの友人ではなくて、郷士の友人、あなたの従兄の友人でした。ですが、今は状況が変わりましたから」

「はい、あなたは今私の友人――特別な私の友人です。私は今もいつもあなたの特別な、最愛の友人です。――でしょう、アドルファス？」それから、彼女はクロスビーがしばしば与えた約束を再度繰り返すように強く求めた。

二人はこの時までに「大きな家」の敷地を通り抜けて野原にいた。「リリー」と、彼はかなりぶっきらぼうに口を切ったので、その話し方で何かだいじなことを言うのだと感じさせた。「あなたに言いたいことがあるんです。――事務的なことで」彼はその最後の言葉を言うとき、ちょっと笑った。それで、リリーは彼がぎこちなくなっているのを充分察知した。

「もちろん聞きますよ。アドルファス、どうか私を怖がらないでください。つまり、心配や災難に私が堪えられないと思わないでください。あなたから愛されている限り、私は何でも我慢します。あなたがここにいなくなることで、私が不平を言いたいように見られていると思うので、こう言っているんです。私は不平を言うつもりはありません」

「あなたが不平を言うなんて思ったことはありませんよ、いとしい人。あなたよりも優れた人はいつも、どんなかたちでもいません。あなたが喜ばせられないようなら、その人はすごく気難しいんです」

「私はあなたを喜ばせられさえしたら――」

「あなたはあらゆる点で私を喜ばせてくれます。愛するリリー、あなたを見つけたとき、私は天使を見つけたんだと思います。ですが、今は事務的な話です。おそらくすべて話したほうがいいでしょう」

「ええ、すべて話してください」

「ですが、私を誤解してはいけません。金のことを話しても、それがあなたに対する私の愛に関係するものと考えてはいけません」

「あなたのため、私がこんなちっぽけな乞食でなければよかったんですが」

「言いたいことはね、たとえ私が金のことで心配しているように見えても、その心配はあなたに対する私の愛情とは無関係だと、考えてもらわなければならないということです。結婚するとき、あなたが貧乏でも金持ちでも、私は同じようにあなたを愛しているし、あなたは同じように私を幸せにしてくれると期待しています。わかります？」

リリーは彼の話がよく理解できなかったが、話を続けるように促すため、ただ彼の腕を抱き締めた。彼は将来の生活について何か――聞いて嬉しくないと思う何か――を言おうとしているのだと彼女は思った。彼女は喜んでそれを受け入れることを示そうと決めた。

「結婚をできるだけ早くしたいと」と彼は言った。「私がどれだけ願ったか知っていますね。できるだけ早くあなたを私のものと呼ぶことが、今はもちろん重要なんです」このちょっとした愛の宣言に応えて、彼女はまたただ彼の腕を抱き締めた。あまりたくさん話す必要のない話題だった。

「もちろん私は早く結婚したいと望みますが、思ったより簡単ではないことがわかりました」

「私が言ったことを覚えています、アドルファス？　私たちは待ったほうがいいと思うと言いました。きっと母もそう思っています。時々あなたに会えささえしたら――」

「時々会うのは当然でしょう。ですが、言っているように――ええと、そうです――待つのは堪えられないことです。結婚というような問題で男が決心したとき、すぐ行動に移せないのはとてもいやなことなんです。特にあなたのような小さな天使を獲得しようとしているときはね」彼はこういう愛の言葉を話すとき、腕を再び彼女の腰に回した。「ですが――」と彼は言って口をつぐんだ。この気持ちの変化が、伯父の思わぬ誤った措置によって引き起こされたものであることを彼女に理解してほしかった。事態が正確にどういう状況に置かれているか彼女に察してもらいたかった。伯父からささやかな財産が彼女に贈られると思い込まされていたこと、贈られないとわかって失望し、その失望を当然身に染みて感じたこと、期待に対するこの打撃の結果、結婚を延期しなければならなくなったことを彼女に知ってもらいたかった。しかし、こういうことがあっても、彼女に対する愛は少しも損なわれていないこと、伯父の責任を彼女に転嫁するつもりはないことを、同時に彼女にわかってもらいたかった。彼はこういうことをみなリリーに伝えたいと思ったけれど、いやみったらしいことを言って彼女の機嫌を損なわないよう、薄汚い動機で自分を責めているように見えないよう、表現する方法がわからなかった。彼女にみな話そうと決意して話し始めたものの、人にすべてを伝える仕事は時として容易ではなかった。表現できないことがあるものだ。

「すぐ結婚する余裕はないと」と彼女は言った。「言いたいんでしょう、あなた」

「うん、その通り。早く結婚できると思っていたんですが、――」

女性に金がないことを発見してたいそう失望したことを、愛する女性にはっきり言える恋人がこれまでいただろうか？　もしいたら、彼の勇気は愛よりも大きかった、と私なら言おう。クロスビーは言えないと思った。言えないせいでむごい目にあったと思った。リリーに強いる結婚の遅れは郷士のせいであり、自分のせいではない、と感じた。郷士が快く適切にその役割をはたしてくれさえすれば、彼は彼の役割をはたす用意があった。郷士は役割をはたそうとしない。それゆえ、彼もはたすことができない。――今のところできない。正当性を求めれば、こういうことをみな彼女に理解してもらう必要があった。ところが、これを伝える段になったとき、うまく伝えられないことがわかった。彼は話をあきらめ、不正に堪え、少なくともこの問題で立派に振る舞ったとできる限り自分を慰めた。

「結婚が遅れても悲しいとは思いませんよ、アドルファス」

「思いませんか?」と彼は言った。「私のことを言うと、遅れにそれほど無関心には堪えられないことを白状します」

「ええ、あなた。でも、私を誤解してはいけません」リリーはそう言うと、立ち止まって、二人が歩いていた小道で彼を振り向いた。「一般的な考え方によると、私は待つほうがいいと主張すべきなんでしょうね。若い女性はそう主張するものと思われていますから。もしあなたがすぐ私に結婚を迫るなら、私は間違いなくそういいます。でも今、私はもっと正直になりますね。この世に一つだけ願いがあるんです。それはあなたの妻になること――あなたとすべてを分かち合えるようになることです。早く一緒になることができれば、それだけいいんです。――とにかく私にはね。ほら、これで満足できます?」

「私の、私だけのリリー!」

「はい、あなたのリリーです。それについてあなたに疑念を抱かせることはありません、いとしいあなた。でも、すべてを望み通りにえられるとは思いません。待つことは悲しくないと、もう一度言います。あなたの愛を確信しているとき、いったいどうして悲しくなれるでしょう?　あなたがこんなにすぐ発つと言ったとき、私はがっかりしました。残念ながらそれが顔色に表れたと思います。でも、そんな小さなことのほうが大きなことよりも堪えられないいんです」

「ああ、その通りです」

「でも、まだ三日ありますから、存分に楽しみたいです！　それに、あなたは手紙を書いてくれるし、クリスマスに来てくれます。来年、休暇が取れたら、また来てくれるんでしょう、そうね？」

「それは確かです」

「そんなふうに時がたって、私を連れて行くふさわしい時が訪れるんです。悲しくはありません」

「とにかく私は待ちきれません」

「ええ、男性はいつも待ちきれないんです。それが男性の特権の一つだと思います。男性は愛されていると感じるとき、女性が感じるのと同じ明確な、完全な満足をえることはないんだと思います。あなたは私が私の銃で撃った鳥です。撃ち落とすことに成功した確かさだけでも、私の幸せには充分なんです」

「あなたが撃ち落としたから、私が立ちあがれないのはご存知でしょう」

「立ちあがれないというのがわかりません。あなたが望めば、すぐ立ちあがらせてあげます」

彼は立ちあがるのを望まなかったし、望まないし、これからも望むつもりがないとの愛の保証を彼女にどう与えたか、読者は快く了解してくれるだろう。それから、彼は金の問題を今の状態のままにしておいたほうがいいと考えた。双方の状況のせいで、すぐ結婚できないことを彼女に納得させることが真の目的だった。それについては彼女から完全に理解してもらった。おそらく次の三日のあいだにデール夫人に問題の全体を説明する機会があるだろう。とにかく彼はすでに正直に意向を明らかにした。誰からも不平を浴びせられることはないだろう。

翌日彼らはみな一緒に馬でゲストウィックへ向かった。みなというのは姉妹とバーナードとクロスビーの四人だ。彼らの目的は二か所を訪問することだった。一か所はじつにやんごとない貴族の盟友レディー・ジュリア・ド・ゲストであり、もう一か所ははるかに地位の低い親しい友人イームズ夫人だった。ゲストウィック・マナーは町に入る街道の途中にあるので、彼らは壮麗な儀式のほうを先にした。現ド・ゲスト伯爵はデール少佐と駆け落ちしたレディー・ファニーの兄であり、牛の飼育に献身的に取り組んでいる独身貴族だった。伯爵はいい牛を育て、牛の飼育に限りない満足を見出し、それにすべての精力を注ぎ、目立った悪い行動を避けたので、社会のいい一員と認められるべきだろう。彼は徹底した古いトーリー党員であり、つねにこの党の党首に委任状を与えた。牛の品評会というような行事で呼び出されでもしない限り、めったにロンドンに近づくことはなかった。背の低いずんぐりした、赤い頬の丸顔の人だった。普通非常に古い狩猟服、半ズボン、ゲートル、厚底の靴といういでたちでディナーの時間に現れた。彼はほとんど戸外ですごして、雄牛の飼育と同程度に猟の獲物の保護に尽力した。女性が応接間の装飾品を知っているのと同じくらい徹底的に、自分の土地のあらゆる場所、あらゆる木を知っていた。彼が正確な意味を覚えていない囲いの隙間はなかった。なぜ、何のためか言えないあちこちの小道はなかった。彼は若いころ収入の乏しい人であり、伯爵という身分から見るとじつに貧しかった。しかし、父や祖父のみじめさから教訓を与えられ、収入の範囲内で生活することを学んだから、今は決して貧乏人ではなかった。老境に近づいている今、彼は金持ちになっていると、手持ちの金を充分持っていると噂された。過去何世代にも渡ってどのド・ゲスト卿も誇れない立場だった。父も祖父も浪費家として知られていたのに、今この伯爵はけちん坊だと噂された。

伯爵には外見に貴族らしいところがあまりなかった。外見のせいで、貴族の誇りが彼の魂にはあまり意味を持たないと考える人がいたら、その人はド・ゲスト卿をひどく誤解していた。彼の爵位はジョン王の時代(1)にまでさかのぼり、彼の先祖が授けられる前に伯爵位を授けられた貴族は、イングランドに三人しかいなかった。彼は血統のおかげでどんな特権を与えられているか知っており、その特権のひとかけらも無駄にする気がなかった。とはいえ、うるさくその特権を強要することはしなかった。世間を渡るとき、伯爵の到来を先触れするらっぱ吹きを左右に送り出すこともしなかった。友人らに食事を用意するとき——めったにそんなことをしなかったが——、彼は穏やかな、退屈な、古風な礼儀正しさで飾り気なくもてなした。伯爵はきちんと待遇されたら、決して人を踏みつけるようなことはしなかった、と私たちは言っていい。しかし、虐待されたら、彼は堂々と怒りを表すことができた。攻撃されたら、世界じゅうを敵に回しても彼のものを守った。彼は赤い頬をし、泥だらけのゲートルをつけて、雄牛のあとを追うとき、まるでウエストミンスターの優雅な王室の儀式で、貴族に混じって星形勲章を煌めかしているかのように、自分がどこからどこまで伯爵だと思っていた。そうだ、彼は貴族の身分を用いてひけらかすほかの誰よりも伯爵らしかった。その古い紋章を田舎の凋落の印と見間違える人に災いあれ！　時々不幸な人がそんな見当違いをして、とても不快な罪滅ぼしをしなければならなかった。

未婚の妹レディー・ジュリアが伯爵とともに住んでいた。バーナード・デールの父が若いころ伯爵の妹の一人と駆け落ちをした。しかし、レディー・ジュリアを駆け落ちに誘う幸運な求婚者はいなかった。それゆえ、彼女は未婚の恵みのなかでゲストウィック・マナーの女主人として暮らしていた。そんな女性だから、運命によって定められた高い身分を粗末に扱うことはなかった。彼女は退屈な、のろまな、高潔な老婆であり、青春時代から家にとどまっていることを無限の功績と思っていた。おそらく年を重ねた今、彼女の場合家を出るように誘う誘惑が強くも、多くもなかったことを忘れていた。彼女は普通妹のファニーのことを、その哀れな女性が跡取りでない男と結婚して身を落としてしまったかのように、ちょっと軽蔑をこめて話した。彼女は兄の伯爵と同じくらい身分に誇りを抱くとともに、兄とは対照的にその誇りを内面の高貴さよりも外面のひけらかしによって保っていた。彼女はド・ゲストであることを世間から知られるだけでは充分とは思わなかった。それで、彼女はちょっと横柄な、恩着せがましい態度を取ったので、隣人から人気をえることができなかった。

ゲストウィック・マナーとアリントンの交際は、頻繁ではなかったし、心のこもったものでもなかった。レディー・ファニーの駆け落ち直後、二つの家族は互いの結びつきを認めて、親しい関係にあることを世間に知らせることに同意した。この方針か、もしくは両家が敵であることを世間に知らしめる方針か、どちらか選ぶ必要があった。友好的にやるほうが面倒が少なかった。それで、両家は時々相手を訪問し、年に一度互いにディナーを振る舞い合った。伯爵は郷士を政治を捨てた男と見なしていたから、それゆえ代々の土地持ち有力者である郷士に当然払うべき尊敬を払わなかった。郷士のほうは外部世界について少しも理解しない人として伯爵をよく見くびった。バーナードがゲストウィック・マナーのお気に入りだった。彼はド・ゲストの血を実際に受け継ぐ親戚だった。彼はアリントンの後継者であり、デール家の血が縁続きになった貴族の血よりも古かったから、いっそうお気に入りだった。バーナードが郷士になるとき、ゲストウィック・マナーとアリントンのあいだに本当に心のこもった関係が生じるかもしれない。もっとも伯爵と郷士の両方の後継者のあいだに新しい反感の種がなければの話だ。

彼らはレディー・ジュリアが一人応接間に座っているのを見つけて、彼女にクロスビーを正式に紹介した。リリーが婚約したことはもちろんマナーでは知られていたから、彼らがその婚約者を引き合わせ、認知してもらうため今ここに連れて来たということが了承された。レディー・ジュリアは膝を曲げるじつに手の込んだお辞儀をして、神が喜んで召した人生の領域で若い友人が幸せになってほしいと希望を述べた。

「幸せになれればと思います、レディー・ジュリア」とリリーは少し笑って言った。「とにかくそうなるようにやってみます」

「私たちはみなやってみるんですがね、あなた、多くは立派な目的意識を持ちながら失敗するんです。独身でも、既婚でも、幸せを希望できるのはただ義務をはたすことによってだけなんです」

「ミス・デールは義務をはたすとき、完全な竜になるつもりなんです」とクロスビー。

「竜！」とレディー・ジュリアは言った。「いいえ、ミス・リリー・デールには竜なんかになってもらいたくありません」ジュリアはそれから甥のほうを向いた。彼女は自由な表現を用いたことでクロスビー氏を許さなかった、とすぐ言ったほうがいいだろう。クロスビー氏はゲストウィック・マナーの応接間に入ってまだ二分しかたっていなかったから、不当に竜に触れたことになる。「バーナード」とジュリアは言った。「昨日あなたのお母さんから手紙をもらいました。残念ながら体が悪いようですね」それから、レディー・ファニーの健康について、伯母と甥のあいだでそれ自体あまりおもしろくない会話が少しあった。

「伯母の具合がそんなによくないとは知りませんでした」とベル。

「母は病気じゃないんだ」とバーナードは言った。「病気じゃないが、丈夫でもないね」

「あなたのお母さんはね」レディー・ジュリアは言葉を繰り返すとき、声に皮肉な調子を加えるように見えた。「あなたのお母さんはこの家を出てから健康を損ないました。でも、それはずいぶん昔のことです」

「ずいぶん昔のことですから」とクロスビーが口を差し挟んだ。彼は黙って椅子に座っていることに慣れていなかった。「君はね、デール、とにかく覚えているはずがないんですよ」

「でも、私は覚えています」とレディー・ジュリアは居ずまいを正して言った。「妹のファニーが国いちばんの美女だと認められたときのことをね。美しいというのは危険な資質なんです」

「とても危険ですね」とクロスビー。それで、リリーはまた笑った。レディー・ジュリアはこれまでになく怒った。隣人らが身内にしようとしているこの男は、何といとわしいやつなんだろう！　それでも、彼女はクロスビー氏のことを前に噂で聞いたことがあったし、クロスビー氏も彼女の噂を聞いたことがあった。

「ところで、レディー・ジュリア」と彼は言った。「あなたのとても親しい友人を私は知っていると思うんです」

「とても親しい友人というのはじつに強い言葉です。そんな親しい友人は私にはあまりいません」

「ゲイズビー夫妻のことです。モーティマー・ゲイズビーとレディー・アミーリアがあなたのことを話しているのを聞いたことがあります」

それで、レディー・ジュリアはゲイズビー夫妻を知っていることを認めた。ゲイズビー氏は若いころあまり取り柄に恵まれていなかったが、かなり評価できる人だった、と彼女は言った。彼は今国会議員であり、役に立つ人になっていると彼女は承知していた。当時彼女はレディー・アミーリアのその結婚を必ずしも認めていなかった。それで、古い友人のド・コーシー卿夫人にそう言ったことがあった。しかし、――。その後、レディー・ジュリアはゲイズビー氏を褒めてたくさん言葉を並べた。褒め言葉はつまるところ次のように要約できるだろう。ゲイズビー氏は伯爵の娘との結婚によってもたらされた大きすぎる栄誉を充分心得ており、その結婚によってさえ妻の親戚や妻自身と対等になることはできないとの完全な自覚を持つ、すばらしい男だということだ。そして、レディー・ジュリアは来週中にコーシー城でゲイズビー夫妻と会う予定であることを明らかにした。

「あなたにそこでお会いできると思うと嬉しいです」とクロスビー。

「本当ですか！」とレディー・ジュリア。

「私はコーシーに水曜に向かいます。残念ながら、出発があまりにも間近に迫っているので、あなたのお役には立てません」

レディー・ジュリアは居ずまいを正して、クロスビーが申し出るように見えた付き添いを断った。リリー・デールの未来の夫が友人の親しい友人であることがわかって、レディー・ジュリアは深く悲しんだ。また、彼が今その友人の屋敷へ行こうとしていることがわかって、特に深く悲しんだ。深く悲しんでいるのがその顔つきに表れた。レディー・ジュリアがコーシー城の同じ客仲間であることを知って、クロスビーも深く悲しんだ。しかし、彼は顔つきに表さなかった。彼はただ笑みと礼儀正しい自己満足しか表さないで、レディー・ジュリアにまた会えることをずいぶん喜んでいる振りをした。しかし、本当のところは、彼女をこの家にとどめておける妙案がでっちあげられたら、金でも何でもくれてやっただろう。

「何てぞっとするお婆さんなんでしょう」と、リリーは並木道を馬で戻るとき言った。「ごめんなさい、バーナード、もちろんあなたの伯母さんなんですが」

「うん、伯母だよ。ぼくもあまりこの伯母は好きじゃないが、ぞっとするお婆さんじゃないね。今まで人を殺したり、金を盗んだり、ほかの女から恋人を取ったりしたことはないからね」

「当然そんなことはありませんよね」とリリー。

「伯母は真剣に祈りを捧げるし」とバーナードは続けた。「貧しい人に金を与えるし、兄の願いのためなら明日にもうちなる欲望を犠牲にする。ぼくはそれを疑わないね。伯母が醜くて、尊大なのは認める。女なのに、上唇の上にあんな長い、黒ひげがあってはならないことも認めるよ」

「ひげのことは少しも気になりませんでした」とリリーは言った。「でも、なぜ彼女から義務をはたすように言われなければならないんでしょう？　私は説教されに行ったんじゃありません」

「なぜ伯母さんは美しいことが危険だと言ったんでしょう?」とベルは言った。「彼女が言いたいことはもちろんみなわかるんですが」

「彼女の言いたいことがわかりませんでした」とリリーは言った。「今もわかりません」

「彼女は魅力的な女性だと思いますよ。ド・コーシー卿夫人の家で私は特に彼女に礼儀正しくします」とクロスビー。

このようにして、今別れて来た哀れな独身老女について厳しいことを言いながら、彼らはゲストウィックに入って、イームズ夫人の家のドアでまた馬を降りた。

註

(1)ジョン王の治世は1199-1216。

第十三章　ゲストウィック訪問

アリントンの一行はゲストウィックの狭い本通りを馬で進み、市場の立つ広場を横切り、イームズ夫人が住んでいる小さな、上品な、しかし活気のない新しい家並みへ向かった。ミス・リリー・デールが将来の夫に付き添われていることを、ゲストウィックの人々はみな知っていた。リリーが非常に幸運な娘だという意見は、必ずしもはっきり、あるいは広く話されることはなかった。とはいえ、それはゲストウィックの人々のあいだでは確かに一般的な意見だった。「彼女にはたいした縁談だ」とある人は言いながらも、同時に頭を横に振った。この人はロンドンのクロスビー氏の生活が必ずしも望ましいものではないと言いたかった。さらに、リリーは危なっかしい気取った態度なんか取らない田舎の隣人と一緒になることで満足したら、もっと安全だったかもしれないと言いたかった。ほかの者はこれがそんなにたいした縁談ではないと断言した。彼らはクロスビーの収入を一ペニーに至るまで知っており、老郷士が援助でもしない限り、若い二人がロンドンで居を構えることは非常に難しいと思っていた。それでも、そばに美男の恋人を連れて町を馬で通り抜けるとき、リリーはうらやましがられた。

彼女はとても幸せだった。彼女はうらやましがられているとわかって、勝利感を味わったことを、私は否定しない。そんな勝利感は彼女にとって自然であり、問題をうまく処理したと意識している男女みなに共通する自然な感情だ。リリー本人が言っているように、クロスビーは彼女が撃ち落とした鳥であり、銃の戦利品であり、彼女が内部に持っている能力――彼女がそれに依存して生き、できればそれに依存して残りの人生を頑張っていく資質――の産物だった。リリーは今自分がしていることの重要性に充分気づいており、じつに真剣な態度でこの結婚問題を考えた。とはいえ、それについて考えれば考えるほど、うまくやっていることに満足した。それでも、危険があることにも気づいていた。今何よりも大切にしている彼が亡くなることもあるかもしれない。いや、彼はリリーが思っているような人ではないかもしれない。彼から無視されるとか、捨てられるとか、虐待されることがあるかもしれない。しかし、リリーはすべてを信じることを決意し、いったん決意すると、退路を断とうとした。彼女の船は、出航した安全な港がまったく見えなくなる大洋の真ん中に乗り出さなければならない。彼女の軍は、勝利によってえられる安全以外に希望なんかなしに戦いを遂行しなければならない。もし世間が聞きたければ、彼を愛していることを教えてやってもいい。リリーはこの恋人をえて勝ち誇り、勝ち誇っていることを自分にさえ否定しなかった。

イームズ夫人は彼らに会って喜んだ。こんな哀れな見放された女をわざわざ訪ねて来てくれるとは、クロスビー氏も、デール大尉も、それに――アリントンのうちにいれば今たくさん楽しいことがある――かわいい娘たちも、とても親切だ！　イームズ夫人はただの飾らぬ礼儀を、ささやかな他人の好意を大きな好意と考えた。

「デール夫人はご機嫌いかがですか？　先夜私たちが途方もなく夜遅くまで起こしていましたから、お疲れになっていなければいいんですが？」ベルとリリーは二人して、そういうことがあったけれど、母は平気だと夫人を安心させた。それから、イームズ夫人はジョンとメアリーを捜さなければと、はっきり目的を告げて立ちあがり、部屋を出た。しかし、小さな居間に錠と鍵でしまってあるケーキと甘いワインを取り出すことしかじつは考えていなかった。

「ここにはあまり長くいないことにしよう」とクロスビーが囁いた。

「そうね、あまり長居はできませんね」とリリーは言った。「でも、私の友人に会いに来たとき、急いでは駄目よ、クロスビーさん」

「クロスビーさんはレディー・ジュリアとすでに一勝負しましたから」とベルが言った。「私たちもそろそろ一勝負しなければいけません」

「イームズ夫人は少なくとも私たちに義務をはたせとか、美しすぎないように注意せよとか言いません」とリリー。

メアリーとジョンは母が戻る前に部屋に入って来た。それから、イームズ夫人が入って来た。数分後にケーキとワインが運ばれて来た。誰もが居心地悪そうに見えたので、どちらかというと会話はかなり沈んだ。イームズ夫人と娘はクロスビー氏の威風を堪え難いものに感じた。ジョンは自分が置かれたみじめな立場のせいでほとんど黙り込んだ。彼はまだミス・ローパーの手紙に返事を書いていなかった。返事を書くかどうかさえまだ決めていなかった。リリーの幸せそうな様子を見ても、子供時代の友としておそらく感じていてもおかしくないあの優しい喜びで満たされることはなかった。じつを言うと、彼はクロスビーが大嫌いだった。そう独り言でも言い、パーティーの日からしばしば妹にもそう言っていた。

「ちょっと話があるんだ、モリー」と彼は言った。「やり方さえわかったら、ぼくはあの男に喧嘩を売るつもりさ」

「まあ。そうやって、リリーを悲しませたいんですか?」

「あの男と一緒にいたら彼女は幸せになれない。きっとそうだよ。彼女に迷惑をかけるつもりはないんだが、あの男に喧嘩を売るつもりさ。——どうすればいいかやり方さえわかったらね」

それから、そんな喧嘩で二人とも死んでしまったら、現状に終止符を打つ唯一ふさわしい方法だろうと彼は考えた。そうすれば、アミーリアからも逃れられる。今彼はほかにいい方法が見つからなかった。

ジョンは部屋に入ったとき、アリントンの一行みなと握手した。しかし、あとで妹に話したように、クロスビーに触れた瞬間、体にぞくっと悪寒が走るのを感じた。クロスビーはイームズの家族が応接間の椅子に座って身を固くし、落ち着かなくしていているのをじっと見ながら、妻がロンドンに出て来たら、できるだけジョン・イームズに会わせないほうがいいと心に決めた。――リリーの恋人に嫉妬したというのではない。彼はリリーからジョンのことはみな――少なくともリリーが知っていることはみな――聞いており、これをむしろいい冗談と見ていた。「彼にはあまり会うなよ」と彼はリリーに言った。「馬鹿なことを仕出かすかもしれないからね」リリーはすべて――語ることのできるすべて――を彼に話した。しかし、彼は軽蔑する青年にリリーが実際には温かい愛情を抱いていることを少しも理解しなかった。

「いえ、結構です」とクロスビーは言った。「昼日なかはワインをいただきません」

「でも、ケーキはいかがです？」イームズ夫人は面目を施してくれるように表情で彼に嘆願した。夫人はデール大尉にも懇願した。しかし、二人ともけんもほろろだった。二人の娘は二人の男性よりも飲食をしたくなかった、と私は思う。それでも、イームズ夫人のご馳走に誰も口をつけなければ、夫人が悲しがることくらい姉妹にはわかった。社会の小さな犠牲は、人生の大きな犠牲でもそうだが、みな女性によって払われる。役に立つ男性は常に義務に殉ずる用意がある。同じようにいい女性は常に犠牲の用意がある。

「本当にもう行かなければいけません」とベルは言った。「馬のことがあるんです」彼らはこんな言い訳を言って退去した。

「ロンドンに帰る前にまた来てくれますね、ジョン？」とリリー。彼女が馬に乗るのを介添えしようと、ジョンが家から出て来たときのことだ。彼はクロスビー氏の鉄の意志によって介添えの意図を捨てるように強いられた。

「うん、また来ます。——発つ前にね。さようなら」

「さようなら、ジョン」とベル。「さようなら、イームズ」とデール大尉。クロスビーは鞍に座ったとき、かすかに挨拶を送ったけれど、恋敵はそれに注意を払ってやろうとしなかった。イームズは母の家の廊下を戻るとき、「どうにかしてあの男に喧嘩を売ろう」と独り言を言った。クロスビーはあぶみに足を置いたとき、この若い男に対する嫌悪をますます募らせた。この感情に何か嫉妬のようなものがあると思ったら、それは馬鹿げたことだろう。しかし、彼はこの若い男を強く嫌った。アリントンにまた来るようにこの男を誘ったリリーにも怒りを感じた。「こんなことにみな終止符を打たなければならない」と、彼は馬で町から出るとき胸でつぶやいた。

「私の友人らにすげなくしてはいけませんね」リリーは笑みを浮かべてそう言ったものの、声にどこか真剣さを込めていた。彼らはこのころまでに町を出ていた。クロスビーはイームズ夫人の家を出てから、ほとんど口を利いていなかった。彼らは今街道にいて、ベルとバーナード・デールは少し二人の前を進んでいた。

「私は誰にもそっけなくしていません」とクロスビーはいらだって言った。「つまり、そっけなくして当然の相手でない限りですが」

「私はそっけなくされて当然の相手なんですか？　そっけなくされたように見えますから」とリリー。

「馬鹿なことを言わないでください、リリー。私は一度もあなたをそっけなく扱ったことなんかありません。これからもそんなことをするつもりはありません。ですから、友人らにそっけなくしたとあなたから非難される筋合いはありません。第一私の性質が許せる限り、彼らには礼儀正しくしています。それから第二に――」

「それで、第二に？」

「あなたが今あの若い男の――友情を励ますのは賢くないと思います」

「私のしていることが、ええと、間違っていると言いたいんですか？」

「いいえ、あなた、そうじゃありません。もしそうなら、正直にそう言います。今私が言っている通りです。彼があなたに対して何かロマンティックな愛着――決して満たされる見込みがないと思われる愚かな愛、それでもその愛があると思うと彼の人生に一種の優雅さを添えるそんな愛――で胸を一杯にしているのは間違いないと思います。彼が妻にふさわしい若い娘に出会ったら、あなたとのことはみな忘れるでしょう。ですが、それまで彼は自分を絶望的な恋人と思い込んで歩き回るんです。そのうえ、ジョン・イームズのような若い男は絵空事をぺらぺら喋りたがるんです」

「彼が私の名を誰かに言い触らすなんてそんなことは少しも信じません」

「ですが、リリー、私はおそらくあなたよりも若い男のことがわかっています」

「ええ、もちろんそうでしょう」

「若い男は一般に好きな娘の名を勝手に使いたがるものだと請け合ってもいいです。どんな男からにしろ、あなたの名が勝手に使われることを私がいやがるのは当然です」

リリーはこのあと一、二分黙り込んだ。リリーは不当な仕打ちを受けたと感じて、それを我慢する気になれなかった。しかし、不当性がどこにあるかはっきりしなかった。クロスビーの影響をずいぶん受けていた。多くの点で彼に譲る義務があった。彼のためには義務以上のことをしたかった。しかし、すべての点で彼に屈服するのは、望ましくないとの強い確信があった。できるだけ彼と同じように考えたいと思っても、意見が違うとわかっているとき、彼に同意するとは言えなかった。ジョン・イームズは捨てられない大切な古い友だった。今それくらいのことは言わなければならないと感じた。

「でも、アドルファス――」

「うん、何ですか?」

「あなたはジョン・イームズのような古い友に私が冷淡にすることは求めないでしょう? 私は生まれてからずっと彼を知っているし、私たちは彼の家族をとても尊敬しています。彼の父は伯父さんの特別な友人だったんです」

「私が言いたいことをね、リリー、理解してもらわなければいけません。あなたに友人らの誰かと喧嘩しろとか、不親切にしろとか、そんなことは言っていないんです。ですが、ロンドンに戻る前に会いに来いとか、ロンドンに着いたらすぐ会いに来いとか、この若い男を特別熱心に招待する必要はないんです。彼はあなたを愛していると、――あなたから愛されないので絶望していると――、ある種のロマンティックな考えを抱いていると、あなたは言いました。みな間違いなくひどく馬鹿げたことです。ですが、そんな状況なら、相手にしないほうがいいと思うんです。――ただ彼を放っておいたほうがね」

リリーはまた黙りこんだ。これが最後の三日間だから、特に楽しくしていたいと、とりわけクロスビーを楽しませたいと思っていた。彼に厳しいことを言うとか、彼への恨みを募らせるとか、そんな気はさらさらなかった。それでも、彼が間違っていると信じた。そう信じたから、侮辱に堪える気になれなかった。それがデールの気質だった。大きな犠牲を捧げる多くの人々が、ささやかな侮辱に堪えられないことは覚えておいたほうがいい。リリーは恋人のためならどんな欲も絶ったけれど、正しいと信じているのに、非があると認めることはできなかった。

「今彼に来るように招待しましたから、彼は来なければなりません」と彼女。

「ですが、これからは来るように求めてはいけません」

「もちろんそんなことはしません、あなたが今言ったばかりですからね、アドルファス。もし彼がアリントンに来たら、母がいるところで会います。そこで母がいつも彼を歓迎するんです。もちろんはっきりわかっています――」

「何がわかっているんですか、リリー?」

しかし、彼女は続けて言ったら彼を怒らせるようなことを言うかもしれないと恐れて、気持ちを抑えた。

「わかっているのは何です、リリー?」

「無理に言わせないでください、アドルファス。できる限りあなたが望むようにします」

「あなたが私のうちの人になったとき、家に会いに来るようにあなたの友人らを招待することができなくなると、そう言うつもりだったんでしょう。はっきり言わないのは親切なんですか?」

「私が何を言うつもりだったにしろ、言いはしませんでした。実際、そんなことを言うつもりはなかったんです。どうかもうこの話はしないでください。私たちの最後の日々になるんです。そうでしょう。不快なことを言って無駄にすべきじゃありません。結局、あの哀れなジョン・イームズは私にとって何でもない、何でもない、何でもない人なんです。あなたのことを考えるとき、いったいほかの人が私にとってどんな意味があるというんでしょう?」

しかし、こう言っても、クロスビーをすぐ上機嫌に引き戻すことはできなかった。もしリリーが屈服して、彼が正しいと認めたら、彼は五月の太陽のようにすぐ機嫌を直しただろう。しかし、リリーはそうしなかった。彼女はいらだたしい思いをしたくなかったので、ただ議論を控えただけで、約束した訪問でやはりイームズに会う意志を明言した。クロスビーはできれば彼女に過ちを認めさせて、許す特権を楽しみたかった。しかし、リリー・デールは人から許される状況とか、あるいは許されなければならない状況を喜ぶような人ではなかった。それで、彼らは黙り込んではいなかったにせよ、楽しく会話をはずませることもなく馬を進めた。今は月曜の午後で、もうすでに遅かった。クロスビーは水曜の朝早く発つことになっていた。この最後の三日がこんな恐ろしい障害で台無しになるとしたら、どうしよう!

バーナード・デールは隠れ垣の土手で横になっていたとき、クロスビーとリリーに邪魔されてから、求婚のことは従妹のベルにいっさい触れていなかった。彼はデール夫人のパーティーでベルと何度も踊って、苦もなく以前の会話の調子に戻ったように見えた。したがって、ベルは問題が解決したと思って、従兄に感謝した。まるで何事もなかったかのようにこの件を扱わなければならないと承知した。誰にも、母にさえも、喋るつもりはなく、口をつぐむことが義務だと思っていた。そうすることが彼をいちばん喜ばせると感じた。しかし、今後ろの二人をはるか遠く引き離して一緒に馬を進めるとき、彼はその話を蒸し返した。

「ベル、ぼくに望みはありそうかい?」と彼。

「どんな望みです、バーナード?」

「こんな問題の場合、一回の回答に男が縛られるのかどうかわからない。が、これだけはわかる。男の心にかかわる問題の場合、あまり縛られたくないとね」

「その回答が誠実に心から与えられたときは――」

「うん、それはその通りだね。話し掛けないでくれと君から言われたとき、ぼくは君が不誠実だとか、嘘をついているとか、そんなふうには思わなかった」

「でも、バーナード、私はあなたが話し掛けるのを断ったことはありません」

「それに似たことはあっただろ。が、君が誠実だったことは間違いないね。だが、ベル、どうしてそんなことになるんだろう？　もし君がほかの男に恋しているんなら、納得できるんだが」

「恋している人なんかいません」

「そうかい。それなら、君とぼくが資産を一つにする理由はたくさんあるんだ」

「これが資産の問題であるはずがありませんよ、バーナード」

「ぼくの言うことを聞いておくれ。とにかくぼくに話させておくれ。君はぼくを嫌っていないと、少なくともそう思っていいだろ」

「ええ、それはそうです」

「君は資産の問題だけで男の求婚を受け入れることはできないようだ。が、ぼくらの結婚が金に関する限りあらゆる点で望ましいというのは事実だね。望ましいからといって、君がそれに反対するのはおかしいだろ。ぼくが言うことは信じてもらえると思うから、君を愛していることについては、これ以上言わない。が、君は直近の家族の願いに逆らう決心をする前に、胸の思いをしっかり問い直すべきじゃないのかい？」

「母のことを言っているんですか、バーナード？」

「特にお母さんというわけじゃないんだ。が、お母さんが一族を一つにして、資産については君にぼくと対等の権利を与える結婚を喜んでくれるとどうしても考えてしまうね」

「そんなことは母には羽毛ほどの重みもありません」

「お母さんに聞いたことがあるのかい？」

「いいえ、この件は誰にも話していません」

「じゃあ、君にはわかるはずがない。伯父について、この結婚が伯父の人生の大きな願いだったことを知る機会があったんだ。君が最終的な答えを出す前に、たとえぼくへの配慮が何の重みも持たなくても、伯父への配慮のせいでじっくり考えてくれたらと思っている。そう言っていい」

「私は伯父のことよりもあなたのことを考えます。——たくさんね」

「それじゃあ、ぼくのため伯父の願いのことを考えてみておくれ。結婚の申し込みに対してまだ回答をもらっていないとぼくに思わせておくれ。問題はまだ決着していないとぼくが思えるように、そういう状況だとクリストファー伯父に言えるように、来月の今日、クリスマスまで、君が指定する時まで時間をおくれ」

「バーナード、そんなことをしても無駄です」

「そうしてくれたら、君がこの件を前向きに考えていることを伯父に示せるだろ」

「でも、私はこれを前向きに考える気がありません。——そんなかたちではね。私は私の気持ちを完全に把握しています。あなたをあざむくことになったら、大きな間違いを犯すことになります」

「伯父への唯一の答えとしてそれをぼくに回答させたいのかい?」

「本当のことを言うとね、バーナード。この件で伯父にあなたが何と言おうと私はどうでもいいんです。私の結婚に干渉する権利は伯父にはありません。ですから、この件で伯父の願いを考慮する必要はないんです。私の気持ちがどこにあるかあなたに一言で説明します。私は母の願いに背いてまで、男性を受け入れるつもりはありません。でも、母のためでさえ、私は私の心に背いてまで、男性を受け入れることはできません。私はこの件でどんなかたちででも伯父と相談する気にはなりません」

「が、伯父は一族の長だよ」

「私は一族のことなんかどうでもいいんです。——そういうかたちではね」

「伯父は君らみなにとても寛大だったろ」

「それは違います。母には寛大じゃありませんでした。母にはとても厳しくて、寛大じゃありません。伯父はデール家が世間の目に立派に見えるようにしたいので、あの家に母を住まわせているんです。母は私たち子供のためそこに住んだほうがいいと思うから、そこに住んでいます。もし私が思い通りにしたら、あるいはとにかくリリーが結婚したら、母は明日にでも家を出ます。できればゲストウィックへ行って、イームズ家が暮らしているように暮らしたいんです」

「君は恩知らずだと思うよ、ベル」

「いいえ、恩知らずなんかじゃありません。私の結婚の相談についてはね、バーナード、伯父にするよりもあなたにしたいと思います。もしあなたを兄と見なすことを許してくれたら、あなたが認めない人とは結婚しないと約束するくらい何でもありません」

しかし、そんな申し出をされても、それはバーナードの見方とはまったく合致しなかった。四、五週間前、彼はこの縁談にあまり乗り気になれないと思っていた。従妹は確かに好きだし、身を固めるのは自分にとっていいことだと、伯父の願いは納得できるし、申し出は充分気前がいいと、それゆえ結婚してもいいと、心に言い聞かせた。従妹がこんな望ましい申し出を拒絶するとは思いも寄らなかった。ましてやその拒絶によって自分が苦しまなければならないとは確かに思いもしなかった。賽の目の運にすべてを賭けると恋人たちが断言するそんな気分になったことがなかった。隠れ垣の芝生で寝そべって、優しく熱のない愛の話をしたとき、何かを賭けているとは思えなかった。失望とか、悲しみとか、ひどくいらいらした気持ちとか、自分がそんな状態に陥る可能性は考えてもいなかった。受け入れられても、ほとんど勝利感は味わわなかっただろう。拒絶によって辱められるなんて思いも寄らなかった。こんな心構えで求婚に取り掛かった。しかし、彼は今驚いたことに、この娘の返事によって自分がひどく悲しんでいるのがわかった。この娘がほしいとの思いを表明したとき、まさしくその表明が彼にそれを所有したいと思わせた。彼は黙ってベルのかたわらで馬を進めながら、思っていた以上に誠実な欲望を自分が持っていることに気がついた。彼はこの瞬間悲しくなり、落ち込み、不安になり、未来を信じられず、これまでに——少年時代にさえ——なかったほどこの特別な女性に執着した。いらだって胸が痛むのを感じた。振り返って見ると、ベルが黙って、穏やかに、悲しそうにポニーに座っていた。ベルはとても美しいと、——手に入れる可能性がまだあるなら、手に入れたいと彼は一人つぶやいた。本当に彼女を愛しているのだと感じながら、そう感じたことで自分にほとんど腹が立った。なぜこんな麻痺させるような弱さに陥ってしまったのか？　この愛情からは一度も喜びがえられなかった。実際これまで一度もこの愛情の存在に気づいたことがなかった。しかし、今それが災難と苦痛の根源だと発見するやいなや、それに気づかされた。バーナード・デールは従妹に恋していなかったのではないか、むしろ己の欲望に恋していたのではないかとまだ疑うことができる、と私は思う。しかし、彼は意志に反して恋しているとの評決を受けたのと同じで、自分と世界に腹を立てていた。

「ねえ、ベル」と彼は近づいて言った。「どんなに君を愛しているかわかってほしい」従妹はそう言われたとき、以前よりも彼の声の調子に愛情が深まり、それ以前の嘆願では支配的に見えたあの金銭取引の精神をなくしていることに気がついた。

「私はあなたを愛していませんか？　あらゆる点であなたの妹になると申し出ているんじゃありませんか？」

「それはたわごとだね。今そんな提案はただぼくを馬鹿にするだけだ。いいかい、ベル、——ぼくは君をあきらめない。事実はね、君はまだぼくを知らないんだ。夫として選ぶ前にどんな男か知らなければならないのに、まだ知らない。君とリリーはこの点で少しも似ていないね。君は用心深く、自信がなく、おそらく他人をいくらか疑っている。ぼくはこの結婚について心を固めたんだ。成功するようにもっと頑張るよ」

「ああ、バーナード、そんなことを言わないで！　そんなことにはならないと言った私の言葉を信じてください」

「いや。君の言うことは信じない。みじめな目にあわされるのには堪えられないね。君を信じないとはっきり言う。希望が持てるんなら、希望を持ちたい。いや、ベル、君をあきらめないよ。実際、君がほかの男の妻にならない限りはね」

彼がそう言ったとき、彼らは郷士の門を抜けて小道へ入った。それからいつも馬から降りる中庭に向かって馬を進めた。

第十四章　ジョン・イームズが散歩をする

ジョン・イームズは馬の一行が母のうちのドアから去って行くのを見て、通りを蹄の音が遠ざかっていくとすぐ、一人で散歩に出掛けた。その時、心は少しも楽しくなく、歩くに連れてじつに陰気な思いにとらわれた。オーストラリアか、ヴァンクーヴァー島か、それとも――かへ行ったほうがいいのではないか？　哀れな男が考えたおそらく行くことのない長旅の目的地を私があげることは控えておこう。まさしくその日、デール家の人々が訪ねて来る直前、彼はかわいいアミーリアから一通目の手紙に続く二通目の手紙を受け取っていた。なぜ返事をくれないのよ？　不誠実なの？　いえ、それは信じられません。それなら、病気のせいじゃないかしら。もし病気なら、急いで彼のところへ向かおう。何があっても婚約者の寝床のそばから離れるつもりはありません。愛するジョンから郵便による返事がえられなかったら、急行でゲストウィックの彼のそばへ行こう。こんな窮地に若いジョン・イームズは陥っていた！　アミーリア・ローパーについては、獲物をえるチャンスが少しでも残っている限り、決してそれをあきらめるような娘ではないと、私たちは理解していい。「どこかへ逃げなくてはいけない」と、ジョンは縁のたれたソフト帽をかぶって、ゲストウィックの裏通りを歩くとき独り言を言った。アミーリア・ローパーのことを耳にしたら、母は何と言うだろう？　アミーリアを見たら、母は何と言うだろう？

彼はゲストウィックの森を一人で歩き回るため、マナーへ向かって歩いて行った。デール家の一行は番小屋で脇道へそれてマナーへ馬で向かったが、番小屋を越えて街道をさらに半マイルほど行ったところに、街道から別れる踏み越し段のある小道があった。ジョン・イームズはこの小道に入り、マナー・ハウスを背後に置いて進み、ゲストウィックの森の真ん中に着いた。彼は一人で歩き回ることができるようになった日から、ずっとこのあたりをうろついていたから、よく知っていた。ナラの木立のあいだで空想にふけるとき、時間単位で途切れることなくリリー・デールのことを考えたものだ。しかし、そういう昔はリリーのことを考えるのが楽しかった。今は永久に失われた人としてしか彼女のことは考えられなかった。それから、彼女の代わりに抱え込んだ女性のことも考えなければならなかった。

若い男、とても若い男、大人にまだなり切っているとは言えない若い男は、ほかの人――たとえ年上でもほかの人――と一緒にいるよりも、一人でいるほうが真剣になり、深く考え込む。私たちは年を取るにつれて、若いころ深く考え込んだことを忘れがちだ。忘れてしまうから、私たちの子供も時には考え込むことがあることがわからない。それで、私たちは絶えず若者の思慮の欠如のことを言う。若者が深く考え込むことについては、もっと適切に取りあげてもいいと思う。しかし、考え込むことがただちに知恵を生み出すものではないことも確かだ。私たちの多くが成人して持つような知恵は、思考と決意の結果に伴うものというよりも、むしろ誘惑の力の消滅に伴うものということは考えられることだ。仕事をしている一人前の男は、あまりにも忙しすぎてあまり考える時間を持たない。しかし、若者は――この世の仕事がまだ重くのしかかっていないから――、考える時間をたくさん持っている。

ジョン・イームズはこういう具合に深く考え込んだ。彼はいちばんよく知られている人々から誘惑も、いい影響も受けやすい、陽気な、親切な、いくぶん無謀な若者だと見なされていた。大きな成功は見込めないとしても、面目を失うことなく、多くの面倒をもたらすことなく生きていけると、友人らからかなり期待されていた。彼はことあるごとに特別思慮に欠けるやつだと友人らからよく言われた。しかし、そう言われたとき、その判断は誤っていた。彼はいつも考えていた。――彼の目に映るこの世のことを大いに考え、この世に映る我が身のことを考え、この世を超えたいろいろなことも考えた。彼の運命はこれからどうなるのだろうか？　リリー・デールは彼のもとを去った。アミーリア・ローパーは石臼のように彼の首からぶらさがっている！　こんな状況で彼の運命はこれからどうなるのだろうか？

彼の前に立ちはだかる困難は、まだそれほど大きくないと言っていい。リリーについては確かに希望がなかった。それでも、リリーに対する彼の愛は、おそらく情熱と言うよりも感傷だった。たいていの若者はこういう失恋を味わわなければならないが、将来にあるいは幸福感にあまり傷を受けることなくそれに堪えることができる。そんな愛の思い出は、残りの人生で呪いとなるよりもむしろ恩恵となり、若い時代に胸に恥ずべきものが何もなかったことをその持ち主に教えてくれる。リリー・デールの件でジョン・イームズがかわいそうだと、私は少しも思っていない。それから、アミーリア・ローパーのことだが、――この女性が世間で体験したことの十分の一でも彼が体験して、この女性の厚かましさの四分の一でも彼が身につけたなら、きっとこんな困難はたいして邪魔になるはずはないだろう！　彼がアミーリアに結婚する気はないとはっきり伝えたら、この女性から何をされるというのだ。本当のところ、彼は結婚の約束なんかしていなかったし、どんなかたちででもこの女性に縛られていなかった。名誉によってさえだ。まさか、こんな女性に名誉なんて！　しかし、男性は女性が暴君になるまで女性の前では臆病だ。男性は犠牲者になるよりも迫害者になるほうが快く、かつ簡単だという事実に突然気づくまで、だまされやすい間抜けだ。結局この教えを一度も学ばない男性もいる。

しかし、哀れなジョン・イームズはアミーリアを恐れる理由がほとんどないのに、完全に恐れていた。言うのも愚かしいささいなことが、彼の悲しみのような深い悲しみと結びついて、いっそう問題を難しくし、縛って逃がさないようにしていると彼は感じた。ロンドンに帰ったら、バートン・クレッセントへ戻らずにはいられなかった。服がそこにあったし、すぐ返せない少額の金をローパー夫人から借りていた。それゆえ、アミーリアに会うことは避けられなかった。口説かれて彼女を愛しているといったん言ったあとで、面と向かって愛していないと言う勇気がないことはわかっていた。彼女を拒絶する手紙を書いて、バートン・クレッセントが位置する町の一角から完全に退去する。そんな考えがいちばん大胆な発想だった。それでも、そうしたら服や借金はどうしたらいいのか？　そうこうするうちにアミーリアがゲストウィックに来て、彼を我がものだと主張したらどうなるだろう？　彼女にそんな権利はないと母の前ではっきり言えるだろうか？　この問題は実際にはたいしたものではなかったが、所得税庁の若い事務官には重すぎた。

　彼は馬鹿で、臆病だ、と読者は思われるだろう。しかし、彼はシェイクスピアを読んで、理解することができた。バイロンの詩をたくさん――途方もなくたくさん――暗記していた。彼は鋭い批評家で、批評を書き留めたかなりの量の帳面[1]を貯めていた。彼は理解して敏速に書くことができた。役所の人々からは馬鹿ではないとすでに認められていた、と私は言っていい。彼は仕事を把握して、こなすことができた。――が、世間的に見て彼よりもずっと賢そうに見える多くの人々にはそれができなかった。臆病かどうかという点に関して言うと、彼はクロスビーと一つ部屋に閉じ込めてもらえたら、それをこの世で最大の恩恵と思える人だった。リリー・デールへの要求を戦いの圧力のなかで一方が取りさげるまで、存分に戦ってよいという条件でだ。イームズは臆病者ではなかった。誰も恐れなかった。それなのに、彼はアミーリア・ローパーをひどく恐れた。

　彼はじつに落ち着かない精神状態で古いマナーの森を歩き回った。ゲストウィックの郵便は七時に出た。

その日アミーリアに手紙を書くかどうかすぐ決めなければならなかった。彼女に何と言うか決める必要もあった。返事がどんなものになろうと、少なくとも返事は出すべきだと感じた。彼女と結婚すると、――たとえば十年か十二年したら、結婚すると、約束してはどうだろう？　恋愛には不向きな傷物なんだと彼女に言って、見逃してくれるように卑屈に懇願してはどうだろう？　あるいは、女将に手紙を書いて、バートン・クレッセントはもう彼の住む場所ではなくなったと言い、次の給料を受け取ったら差額を送ると約束して、服を丸めて所得税庁へ送ってくれるように頼んではどうだろう？　あるいは、実家に帰って、大胆に母に全部打ち明けてはどうだろう？

彼は手紙を書かなければならないとついに決意した。胸中で文面を作るとき、森のなかの多くの道が出会い、交差する地点にある古い木の下に座った。ここで作った手紙はそれほど悪い手紙ではなかった。実際に書いてポストに入れたらの話だ。言葉を一つ一つ正確に選んだうえ、気持ちをはっきり伝え、目的を正当化する表現を強調した。「ぼくはあなたを惑わせ、誤解させ、ぼくの心があなたのものだと想像させた点で、悪いことをしたことを認めます。ぼくはあなたの自由になるような心を持ち合わせていません。あなたに苦痛を与えることを恐れて、手紙を書くのを思いとどまっていました。もっと前に書かなかったのはぼくの心が弱かったせいです。しかし今、名誉に掛けてあなたに真実を伝える義務があると感じています。こう言ったからには、ぼくが顔を見せることであなたが悲しむなら、バートン・クレッセントには戻りません。あなたにはいつも深い敬意を抱いています」――おいおい、ジョニー！――「あなたの今後の幸せが完全であるように心から願っています」これが木の下で彼が心の銘板に書いた手紙だ。しかし、それを紙に書くのはもっと難しい仕事だと彼は知っていた。それを心で繰り返しているうち、眠り込んでしまった。

「若い人」と言う声が眠りのなかで聞こえた。初めその声は夢のなかの声のように聞こえたから、彼を目覚めさせることができなかった。しかし、言葉が繰り返されたとき、彼は起きあがって、ずんぐりした紳士が見おろすように立っているのを見た。彼はどこにいて、どうやってここに来たかすぐわからなかった。まわりの木々を見て何時間森にいたかも思い出すことができなかった。二年以上会っていなかったが、彼はそのずんぐりした紳士が誰かよく知っていた。「若い人」と声は言った。「リウマチに罹りたければ、そうするのがいいぞ。何だ、若いイームズじゃないか？」

「はい、閣下」ジョニーは今体を起こすと、座って伯爵の薔薇色の顔を見あげた。

「君のお父さんを覚えているよ。とてもいい人だった。ただお父さんは農業を好きになってはいけなかったね。人は仕事を学ばなくても農業ができると思っているが、それがじつに大きな間違いなんだ。私は学んだから、農業ができる。立ったほうがいいとは思わないかね？」それで、ジョニーは立ちあがった。「横になっているほうがいいんなら、邪魔するつもりはないんだ。ただし、十月だからね、わかるかい――」

「ぼくは不法侵入をしたんじゃないかと心配しています、閣下」とイームズは言った。「小道をそれて入って来て、――」

「歓迎するよ。本当に歓迎する。家に寄ってくれたら、昼食をご馳走しよう」しかし、ジョニーは遅いから、うちに帰ってディナーを取りたいと言い、この親切な誘いを断った。

「一緒においで」と伯爵は言った。「うちを通るよりもいい近道はないからね。本当にね、君のお父さんを何とよく覚えていることか。彼は私よりも賢かった。――はるかにね。だが、彼は牛を市場に出す方法を知らない点で、子供同然だったな。ところで、君は役所に入ったんじゃなかったかね？」

「はい、閣下」

「それはじつにいいことだ。――本当にいいことだよ。だが、なぜ森のなかで眠っていたんだね？　暖かくはないからね。むしろ寒いくらいだ」伯爵は立ち止まると、彼を見て、深い謎を解こうと決意しているかのように念入りに調べた。

「散歩をしていて、考え事をして、座り込んだんです」

「休暇をもらったんだね？」

「はい、閣下」

「何か面倒に巻き込まれたのかね？　そんなふうに見えるよ。君の哀れなお父さんもよく面倒に巻き込まれていた」

「ぼくは農業が好きになれませんでした」と、ジョニーは笑顔を作ろうとして言った。

「はっ、はっ、は。――まったくそうだね。そう、農業を好きになってはいけない。それを学ばないんならね、いいかい、靴直しを好きになるのと同じだな。――まったく同じだ。それで、君は面倒に巻き込まれてはいないのかね？」

「はい、閣下、特には」

「特にはかね！　若者はロンドンにのぼると面倒に巻き込まれることを私はよく知っている。もし何か――助言か何か、そんなものが必要なら、私のところに来なさい。お父さんをよく知っていたからね。君は銃猟が好きかね？」

「一度も撃ったことがありません」

「まあ、おそらく撃たないほうがいい。本当のことを言うと、撃つ獲物を当人が持っていないのに猟が好きな若者を私は好きになれないんだ。ところで、今思いついたんだが、獲物をお母さんに送ることにするよ」しかし、獲物はしばしばゲストウィック・マナーからイームズ夫人へ届いていたことは、ここで述べておくほうがいいだろう。「いいかい、冷たいキジを朝食に出されるのは、私が知っている最高の料理だな。ディナーにキジはゴミだね。――ただ馬鹿げている。さあ、うちに着いた。入ってワインを一杯飲んで行かないかね?」

しかし、ジョン・イームズはこれを断った。伯爵のもてなしが悪かったからとか、誘いが不誠実だったから、というのではない。彼は承諾するよりも断ることでいっそう伯爵を喜ばせた。ジョン・イームズのような若者が、申し出られた親切を少し遠慮勝ちに受け取ってくれるのが伯爵は好きだった。卿の身分がイームズから少し恐れ多いと思われていると感じたから、それがいっそう好きだった。伯爵は彼がいっそう好きになって、好きになったことを覚えている人だった。「入らないんなら、さようなら」彼はそう言ってジョニーに手を差し出した。

「さようなら、閣下」とジョニー。

「これは覚えておいておくれ。腰にリウマチを持つくらいつらいことはないんだ。もし私が君なら、木の下では眠らないな。――十月には眠らない。だが、君はここらあたりのどこに来てもいつも歓迎だよ」

「ありがとうございます、閣下」

「もし銃猟が好きになったら、――だが、たぶん好きにはならないだろうね。もし面倒に巻き込まれて、忠告か何かその種のものが必要になったら、手紙をおくれ。君のお父さんをよく知っていたから」それから、二人は別れて、イームズはゲストウィックへ向かう街道に戻った。

彼は理由をはっきりさせることができなかったが、伯爵との対面のあと、前よりも楽な気分になった。太った、人のいい、分別のある老人には、悲しいなかにも彼を元気づける何かがあった。「ディナーにキジはゴミだね。――ただ馬鹿げている」と彼は道を歩きながら何度も一人つぶやいた。帰宅後彼が母に話した最初の言葉がそれだった。

「私たちもその種のゴミが食べられたらいいのにね」と母。

「明日は食べられるよ」それから、彼は今日の出会いのことを母に話した。

「地面に寝ることについて伯爵が言ったことはまったく正しいんです。どうしてそんな馬鹿なことができるかわかりません。かわいそうなお父さんについて伯爵が言ったことも正しいんです。でも、長靴を履き替えなければ。すぐディナーになりますから」

しかし、ジョン・イームズはディナーの席に着く前にアミーリアに手紙を書いて、ポストにみずから投函するため出かけたから、母を大いに当惑させた。しかし、手紙は彼が森を歩き回っていたとき、胸中で書いたあの力強い適切な言葉で書かれていなかった。味もそっけもない、そのうえ少し臆病な手紙だった。

親愛なるアミーリア（と手紙は書かれていた。）

手紙は両方とも受け取りました。言いたいことを表現するのが難しいと感じたから、前の手紙に返事をしませんでした。ぼくがロンドンに戻るまで問題を先送りさせてくれたら、今のところそのほうがいいと思います。十日もすれば戻ります。ぼくは元気にしていました。今も元気です。けれど、もちろん体調を心配していただいて、ずいぶん感謝しています。この手紙がとても冷たいと、あなたが感じていることはわかります。けれど、ぼくからすべてを聞いたら、これがいちばんいいんだと、あなたも同意してくれるでしょう。ぼくらが結婚したら、不幸になることがわかります。なぜなら、ぼくらには食べていく手段がないからです。あなたをだますようなことを言ったとしたら、心から謝ります。――けれど、ロンドンでまた会うまで問題は現状のままにしておいたほうがいいと思います。

ぼくをあなたのもっとも誠実な友——
賛美者と言ってもいい存在——（おいおい、ジョン・イームズ！）
だと信じてください
ジョン・イームズ

註

（1）トロロープは二十歳のとき同じような日誌を二巻の本に編纂していた。N・ジョン・ホール編『トロロープの手紙』（スタンフォード、1983）の付録Aに一部が収録されている。

第十五章　最後の日

最後の数日は悲しい日々だった。最後の時もまた悲しい時だった。これらの日々や時をひどく悲しいものにしているのは、別れが近づいているという事実によるのではなく、何か特別なものが期待されているのに、それがいつも創り出せないという感覚によるのだった。こんな時、一時の喜び、一時の愛情、一時の努力さえも、それがもし前もって仕組んだものなら、ほとんど失望に終わってしまう。最後の日が近づくとき、私たちは特にそれに注意を払うことなく、触れることなくそれが来て去るように心がけるべきだろう。最後の時なんかないほうがいい。いつも来ているかどうかわからないうちにそれを終わらせよう。

しかし、リリー・デールはそんなことを人生経験から学んでいなかった。これまでに飲んだもののなかでいちばん甘い美酒が、盃を唇に当てているあいだは甘く、さらに甘く、いっそう甘くあってほしいと願った。ワインのおりが最後の数滴にどう混ざるようになったか、私たちはすでに見てきた。同日——月曜の夕方——にはまだ苦味が残っていた。というのも、夕方二人で庭を散歩したとき、クロスビーは彼女の啓発を目的として様々な心得を教え込む必要があると思って、ほかの話題を見つけたからだ。それは彼女にはかなり説教の味がした。娘は恋に完全に落ちたとき、確かにリリーがそうだったが、思いを寄せる男から未来の生活の心得を受けたがるものだ。しかし、私が思うに、彼女はそんな心得が短いものであってほしいと、教えが明確であるよりもむしろ暗示的で、——実際説教というよりもほのめかしであってほしいと願った。クロスビーは如才ない男であり、世間をよく知り、長年女性たちをあしらってきたから、このあたりのことをみな私たち同様にちゃんと知っていた。ところが、彼は心を傷つけられてしまったと、与えられるよりもたくさん与えることになりそうだと、したがってほかの恋人だったら及びもつかないような勝手をする資格があると、そんな考えを抱くようになっていた。それは彼の度量が狭いからだ、と私の読者は言うだろう。確かに度量が狭かった。彼からはこれくらいの度量も期待できないと、私は言ったことがあると思う。彼は善悪の原則を具えていたから、その導きのおかげで、まるきり迷ってしまうことがないのは予想できた。しかし、彼の過去のどこを捜してみても利他的な人だと言われたことはなかった。彼は度量が狭かった。リリーはそれを感じつつも、それを認めようとしなかった。リリーは彼への深い愛を自覚して、まったくそれを彼に隠さなかった。彼は今ではかけがえのない人だと、彼の愛のない生活は不可能だと言い切った。彼は疑いなくこれらの力強い断言につけ込んで、思い通りになる人としてリリーを扱った。――彼女は確かにそんな人だった。

彼はその夕方ジョニー・イームズのことは話題にしないで、ロンドンで妻と所帯を持っても、頼るべきものとして平凡な給料しかない男の難儀を多く語った。もし妻の身内の者が二、三千ポンド――それは最初に求婚したとき、彼が期待していた額よりもかなり少な目だった――でも補ってくれたら、このひどい難儀は避けられただろうと、しつこく言うことは控えた。しかし、彼が持参金のない娘をもらうことで、世間から軽率なやつだとそしられることをリリーに気づかせるくらいのことは言った。彼はこういうことを話しているあいだ、リリーがほとんど黙っていたので、過去の生活についてもっと思うまま話してもいいと思った。――もし過去の暴露によって彼女を失うことを恐れたら、そんなことは暴露しなかっただろうが、それを恐れないほど自由に話してもいいと思った。彼女を失うことなんか恐れなかった。ああ悲し！　彼女から自由になる希望を抱くなんて、考えられないことだった！

彼は過去の生活が高くついたこと、借金はしなかったにしろ、宵越しの銭を持たぬ生活をしてきたこと、ちょっとくらい注意されても、貯蓄なんかできないほど支出の習慣に慣れてしまったことを告白した。それから、彼はごたごたのことを話した。その時、ごたごたの性質がどんなものだったか、もっと充分説明しようとしたところ、言いたいことをリリーがまるきり把握していないことがわかって、あえて話をする気をなくしてしまった。そう、彼は寛大な男ではなかった。度量の狭い男だった。しかし、彼はこの間ずっと自分が原理原則に導かれていると思っていた。「リリーに対して正直に振る舞うのがいちばんいい」と彼はつぶやいた。求婚したとき、リリーが一文無しではないと期待していたと、あるいはそう期待する権利があったと、何十度となくこれまで胸に言い聞かせてきた。そんな状況でも、彼はリリーのため最善を尽くしてきた。――リリーが可能と思ういちばん早い日取りで喜んで結婚するように正直に心を差し出した。彼がもっと慎重にしていたら、こんな残酷な過ちを犯すことはなかっただろう。彼が軽率だったからといって、少なくともリリーから喧嘩を売られる筋合いはなかった。とはいえ、彼は婚約を守り抜く決心をして、進んで結婚しようとした。なるほど結婚のことを考えれば考えるほど、それが彼の将来の展望を台無しにし、彼が勝ち取ろうと願ったよきものをみな手の届かないところに追いやるように強く感じたけれどだ。彼はリリーに話し掛けるとき、特別彼女に寛大に振る舞ってやっていると思った。結婚の障害となる困難を逐一彼女に指摘しながら、彼はただ義務をはたしているとしか感じていなかった。

リリーは初めこの世でいちばん倹約する妻になると請け合って、数語話したあと、すぐそんな約束から身を引いた。彼女は知力が鋭かったから、彼が恐れている困難が結婚前に克服されなければならないもので、結婚後襲うと予想される困難ではないとわかったからだ。「安っぽくて、きたない家庭ならいやです」と彼は言った。「それは避けたいです。――おもにあなたのためにね」それで、リリーは都合のよい時を辛抱強く待つことを保証した。――「たとえ七年かかってもね」と言って、同意の印を見つけようと彼の顔を見あげた。「それじゃあひどすぎるよ」と彼は言った。「今日日人は家父長の時代のように長生きできません。二年は待つことになると思います。待つなんてとてもいやなことです。――うんざりですよ」彼女は相手の声の調子に不快なものを感じ取ったので、しばらくみじめな気持になった。

一つの庭から別の庭に続く小さな橋の「小さな家」側でその夜リリーと別れたとき、彼はその場所でしばしばしたように彼女に腕を回して抱き締め、口づけしようとした。そこで夕べの別れを言うのが二人の習慣になっていた。リリーは低木のあいだの人目につかない奥まった場所を言い表せないほどいとしく思っていた。しかし、今この場面で彼女は愛撫を避けようとした。かすかに彼から身を引いた。――とてもかすかに。それでも、彼がそれを感じるには充分だった。「怒っているのかい?」と彼が聞いた。「いいえ、アドルファス。どうしてあなたのことで怒ることなんかできるでしょう?」それから、リリーは振り返って、彼から再び求められる前に顔を向けて口づけした。「私が薄情だなんて彼に思わせたくありません。今はもうたいしたことじゃないんです」と彼女は独り言でつぶやいた。暗闇のなかで芝地をゆっくり母の応接間の窓のほうに歩いて帰ったときのことだ。

「ねえ、あなた」と、そこに一人でいたデール夫人が言った。「今夜は大広間で顎ひげが楽しく揺れましたか?」クロスビーもバーナード・デールも洗面台で剃刀を使わなかったから、それはいい冗談だった。

「そこまで楽しくありませんでした。私のせいだと思います。頭が痛いから。母さん、すぐ寝床に就きたいんです」

「何かよくないことでもあったの、あなた?」

「何もありません、母さん。でも、とても長い乗馬でした。それにアドルファスは行ってしまうんです。もちろん言いたいことは山ほどあります。明日が最後の日になるんです。というのは、水曜は朝だけしか会えませんから。できれば元気になりたいんです。ですから寝ます」彼女はそう言うと、ろうそくを持って、出て行った。

ベルが寝室にあがって来たとき、リリーはまだ起きていて、邪魔しないように姉に頼んだ。「ベル、話しかけないでね！」と彼女は言った。「口を利かないようにしているんです。もし口を開いたら、子供っぽくなってしまうと感じるんです。どう処理したらいいかわからないほど考えることがたくさんあるんです」彼女は重くのしかかる心配事が本来不快なものではないかのように、何とか快活な調子で話した。それで、ベルは口づけして、妹を思いにふけるに任せた。

リリーは考えなければならない大きな問題に直面した。それがあまりにも大きい問題だったので、満足できるかたちで考えをまとめるまでに、階段の時計によって何回も時を告げられることになった。ついに考えをまとめて、眠りについた。こつこつ考えに考えて、多くの疑念に駆られ、むしゃくしゃし、ほとんど胸が張り裂けそうな思いで、枕を涙で濡らした。なすべきことと堪えてなすことができることについて、胸に多くの不安な、熱心な問い掛けをした。しかし、ついに結論に至って、眠りに就いた。

クロスビーは翌日朝食後「小さな家」に来て、乗馬の時間までとどまる予定だった。しかし、リリーはこの取り決めを変更しようと心を固め、朝食後すぐ帽子をかぶり、小さな橋で待ち構えて、恋人がやって来るのを途中で捕まえた。彼がまもなく友人のデールと現れたから、彼女はすぐ用向きを伝えた。

「母のところへ行く前に、アドルファス、話がしたいんです。一緒に野原に来てください」

「いいよ」と彼。

「バーナードは芝生の上で葉巻を吸い終えたらいいんです。母とベルはそこで合流します」

「わかった」とバーナード。それで、彼らは二手に別れた。クロスビーはリリーと野原に入って行った。

そこはあの干し草作りの日々に二人が知り合うようになった場所だった。

彼女は家から充分離れるまであまり話さなかった。彼が何を話しているかうわの空だったが、話し掛けられた言葉にはみな答えた。しかし、ころ合いの場所に着いたと思ったとき、彼女はふいに話し始めた。

「アドルファス」と彼女は言った。「言いたいことがあるんです。――注意して耳を傾けてもらわなければならないことです」彼はリリーを見て、すぐ真剣だとわかった。

「今日はこのことが言える最後の日です」と彼女は続けた。「このことを言わないで最後の日を終わらせなかったことをとても嬉しく思います。手紙なら、どう書いていいかわかりませんでした」

「何ですか、リリー?」

「きちんと言えるかどうかわかりませんが、私に厳しく当たらないでくださいね。アドルファス、私たちのこの関係を終わらせてしまいたいとあなたが願うなら、私は同意します」

「リリー!」

「今言った通りです。あなたがそれを望むなら、私は同意します。そう言っても、私が申し出ていることですから、あなたが私の言う通りにしたからといって、責めたりしません」

「私に飽きたんですか、リリー?」

「いいえ、あなたに飽きることなんかありません。――あなたを愛することに飽きるなんて絶対にありません。今は言いたくなかったんですが、大胆にあなたの問いに答えます。あなたに飽きるなんて! 女は恋人に飽きることはありません。でも、私があなたの破滅の原因になるくらいなら、もがいて死んでしまったほうがましです。そのほうがいいんです。――どの点から見てもね」

「破滅の話なんかしたことはありませんよ」

「でも、聞いてください。あなたから捨てられても、私は死にはしません。――まるきり悲嘆に暮れることもありません。あなたを愛したほど愛せる人はいません。でも、神や救い主――私には充分なもの――が残っています。あなたが私を捨てるほうがいいと思うんなら、私は満足して神や救い主に向かいます。私は神や救い主に向かって、そして――」しかし、この時彼女はそれ以上言葉を発することができなかった。声を出そうとして取り乱し、感極まって言葉を失った。取り乱したのを見られたくなかったので、彼に背を向けて、草のなかを歩み去った。

もちろん彼があとを追って来たとはいえ、それほどすばやくなかったので、その間にリリーは立ち直った。「本当なんです」と彼女は言った。「今言っているように私には力があります。あなたに妻として身を捧げていますが、今あなたから離別されても堪えることができます。――今ね。いとしい人、薄情に聞こえるかもしれませんが、重りのようにあなたにしがみつき、水底にあなたを引きずり込み、面倒と心配で溺れ死にさせるよりも、私はすぐあなたと別れます。私はそうします。――本当にそうします。あなたが去ってしまえば、もちろん私にとってこの種のことは終わります。でも、この世にはそれ以上のものがあります。――はるかに多くのものがあります。私なら幸せになれます。――そうです。いとしい人、私なら幸せです。あなたは別れを恐れる必要はありません」

「ですが、リリー、今日ここでなぜこんなことを私に言い出すんです?」

「これを言うのが私の義務だからです。今やっとわかったんですけれど、私は今あなたの立場をみな理解しています。昨日までは思い当たりもしませんでした。あなたが私に求婚したとき、あなたは私が――私がいくらか財産を持っているると思っていたんですね」

「もうそれは気にしなくてもいいんです、リリー」

「でも、あなたは気にするんです。今すべてがわかりました。おそらく私は持参金がないことを言っておくべきでした。間違いがあったんです。私たちは二人とも被害者なんです。でも、その被害を必要以上に大きくしなくてもいいんです。いとしい人、あなたは自由です。――この瞬間からね。自由になることをあなたが受け入れても、私は責めません」

「貧乏が怖いんですか？」と彼は聞いた。

「あなたのため貧乏が怖いんです。私たちの生活には大きな違いがあります。私は贅沢を知らないけれど、あなたはそれを日常の慰めとしてきました。あなたとの別れに私は堪えられると言いました。それでも、あなたの不幸の元になることには堪えられません。そうです、別れに私は堪えます。私の聞いているところで誰にもあなたを非難させません。これを言うため、あなたをここに連れて来たんです。いえ、それ以上です。――別れを言うようにあなたに忠告しに来たんです」

彼はその時黙って立って、リリーの手を握っていた。リリーが彼の顔を覗き込んでいるとき、彼は目を雲のほうに背けて、まるでこの場面の支配者のように見えるようにしていた。しかし、この間彼は胸中疑念で苦しめられていた。彼女の言う通りにして、別れたらどうなるだろう？　少数の人たちからは厳しい非難を浴びせられるだろう。しかし、そんな厳しい非難がほかの多くの男たちにも投げかけられたけれど、その男たちを傷つけることはなかった。彼女の言う通りにして別れたら、二人にとっていいことではないだろうか？　彼女なら、ほかの娘らがしてきたように、立ち直ってほかの男を愛せるだろう。彼はこの一週間見詰めてきた破滅からうまく逃げ出せるだろう。というのは、これは破滅――まったくの破滅だったから。彼はリリーを愛していた。そう胸に断言した。しかし、彼は愛のため世捨て人になるような男だろうか？　なるほど、そんな男はいた。しかし、彼はそんな男の一人だろうか？　どこかニュー・ロードの近くの小さな家で、五人の子供を抱え、パン屋の請求書にひどくおびえながら、いったい幸せになれるだろうか？　すべての男のなかでも彼こそそんな罠に落ちることを己に許せない男ではなかったか？　彼が堂々として高貴に見えると思う表情で顔を雲に向けていたとき、これらのことが胸をよぎった。

「私に言ってください、アドルファス。別れようと言ってください」

その時、彼はおびえてしまった。面倒を逃れる勇気がなかったか、あるいはあとでつぶやいたように、面倒を逃れる気がなかったかどちらかだ。「もし私があなたを正しくとらえているとするなら、リリー、これはみなあなたの側に愛情が薄れたことから来ているんですか？」

「私の側に愛情が薄れたですって？　そんなことを言われるなんて心外です」

「愛情がなくなったとあなたから言われるまで、私は別れることに同意しません」それから、彼はリリーの手を取って、腕の内側に入れた。「いや、リリー、心配事や面倒がどんなものであれ、私たちは縛られています。――切っても切れないかたちでね」

「縛られていますか？」と彼女は聞いた。そう聞くとき、声は震え、手は震えていた。

「そんな別れができないほど固く縛られています。いや、リリー、私が抱える面倒をみなあなたに打ち明ける権利を主張します。ですが、あなたを手放すことはしません」

「でも、アドルファス――」腕に取られていた彼女の手はまたそこにしがみつき始めた。

「アドルファスはこの件について」と彼は言った。「これ以上何も言うことはありません。私のものだと信じる権利を行使して、獲得した賞品を手元に置いておきたいんです」

リリーは今本当に彼にしがみついた。「ああ、いとしい人」と彼女は言った。「改めてどう言っていいかわかりません。私が思っているのはあなたのことだけです。——あなた、あなたです！」

「それはわかっています。ですが、あなたは私を少し誤解していたようです。それだけです」

「誤解していたって？　それなら、もう一度私の話を聞いてください、もう一度ね。私の愛するかわいい人、私の恋人、私の夫、私の主人！　もし私がすぐルツのように(3)になれなければ、——あなたについて行くことを許されなければ——、私はあなたへの思いをルツのそれと同じ思いにします。——もし死に別れでなくあなたと別れることになるなら、主よ、どうぞ私を幾重にも罰してください」リリーはそれから彼の胸に飛びついて泣いた。

彼はいまだリリーの性格の奥深さをほとんど理解していなかった。彼自身がそれをみな理解できるほど深くなかった。とはいえ、彼はリリーの大きな愛に触れて畏怖の念にとらわれ、心を高揚させ、ある種厳粛な感情にとらわれたから、しばらくのあいだ先ほどの決意を喜んだ。彼は数時間世間のことを投げ捨てて、この女をそばに置く気になった。——あらゆる問題の慰め手として、大きな面倒に対する屈強な盾としてだ。

「リリー」と彼は言った。「私のリリー！」

「はい、あなたのものです。好きな時に拾ってください。放っておきたい時はそうしてください。拾う時も、放っておく時も、同じように私はあなたのものです」それから、彼女はまた顔をあげて、これまで笑っていたように笑おうとした。「血迷っているように見えるでしょうが、私はとても幸せです。もうあなたが行ってしまっても、苦にしません。本当に苦にしません。ほら、お望みなら、今この時でさえ行っていいんです」彼女はそう言って手を引っ込めた。「この数日間感じていたのとは、今はとても違ったふうに感じています。あなたが今話してくれたように話してくれて、とても嬉しいんです。もちろんあなたとともにあらゆることに堪えていかなければなりません。でも、今はそれが不幸ではありません。仕事に取りかかって多くのものを作ったら、それがあなたの役に立つかどうか知りたいです」

「たとえば私にシャツ一揃いを?」

「それくらいはできます」

「いつの日か作ってもらえますね」

「そうなるように神に祈ります」彼女はそれからまた真剣になって、また目に涙が押し寄せてきた。「そうなるように神に祈ります。あなたの役に立てるように――あなたのため働けるように――役に立つという真面目な、真剣な目的を持てるように。――それが何よりも私が望むことです。あなたの役に立てるように、すぐあなたと一緒になりたいです。あなたと私が二人だけになれたらいいのに。あなたのため何でもすることができたらいいのに。あらゆることができるから、非常に貧しい男の妻がいちばん幸せなんだと時々思います」

「あなたにすぐ全部させます」と彼は言った。それから、二人は午前中ずっと楽しそうに散歩した。二人がデール夫人の食卓に再び現れたとき、デール夫人とベルはリリーが明るくなっていることに驚いた。リリーは昔の姿をまた取り戻したようで、クロスビーが彼女のかわいさに魅了されていた初めのころ彼女がよくやっていたように、彼に少々生意気な口の利き方をした。「あの伯爵夫人の屋敷に入ったら、あなたはひどい気取り屋になるから、アリントンのことはみな忘れてしまいますね」

「もちろん忘れます」と彼。

「あなたが書く便箋には至るところに宝冠が描かれているんです。――もし手紙を書くことがあればの話ですがね。お城にいることをただ伝えるため、おそらくバーナードにはいつか書くんでしょう」

「あなたがそんなふうだから、彼から手紙を書いてもらえなくても当然です」とデール夫人。

「一瞬も期待しません。――ロンドンに帰って役所でほかに何もすることがないと彼が思うまではね。でも、あなたとレディー・ジュリアがお城でどんなふうにやっていくかとても知りたいです。彼女があなたのことを人食い鬼と思っているのは明らかですからね。そうでしょう、ベル？」

「レディー・ジュリアにとってじつに多くの人たちが人食い鬼なんです」とベル。

「レディー・ジュリアはとてもいい人だと私は思います」とデール夫人は言った。「彼女をいじめることは許しません」

「特に哀れなバーナードの前ではね。彼女のお気に入りの甥ですから」とリリーは言った。「彼女とコーシー城に一週間一緒にいたら、アドルファスもお気に入りになるでしょう。バーナードに代わって彼女のお気に入りになれるかどうかやってみてください」

　デール夫人はこういう状況から判断して、リリーの心に重くのしかかっていた心配事が今なくなったのではないとしても、和らいだのだと理解した。母は娘に聞いてみることはしなかったが、ここ数日リリーが悩んでいるのに気づいており、その悩みが婚約からきていることを知っていた。母は質問しなくても、当然クロスビーの収入がどれくらいかわかっており、それが結婚生活の必要を充分満たすものではないことを承知していた。リリーの心配のもとが何か推測するのはあまり難しくなかった。その心配事を和らげるような言葉が、二人のあいだで交わされたことを今察するのもあまり難しくなかった。

　そのあとみなは乗馬して、午後を楽しくすごした。それは本当に最後の日だったから、リリーは悲しむまいと決めていた。今彼に行っても苦にしないと、行っても不満はないと言ったばかりだ。明日はまったく空ろになることはわかっていたけれど、約束した精神にかなうようにもがいた結果、うまくいった。彼らはみな「大きな家」でディナーをした。デール夫人さえ今回は加わった。夜庭から帰って来たあと、クロスビーはリリーによりもデール夫人にたくさん話し掛けた。その間、リリーは少し離れたところに座って、耳をそばだて、時々気取らない言葉を挟みながら、母と恋人が理解し合っていると感じて、言葉に言えない幸せを味わった。クロスビーはこの時非常に多いと思う困難を克服し、結婚をいちばん早い日取りに定めようと決心していた、と解釈しなければならない。彼は野原で話し合ったことをまだ厳粛に意識しており、普段は彼に欠ける誠実な目的意識と男らしさを今感情に表していた。この感情が長続きしさえしたら！　しかし、彼は今リリーに対して不誠実なら使えない口調でデール夫人に若い妻のこと、将来の見込みのことを話し掛けた。これほど屈託なくリリーの母に話し掛けたことはなかった。デール夫人はこの時ほど彼に母性愛を感じたことはなかった。彼は結婚の遅れを謝って、若い妻が持ち家の安楽を見いだせないのが堪えられないと言った。借金をずっと恐れており、今も恐れていると言った。デール夫人は長すぎる婚約を嫌った――どの母でもそうだろう――けれど、こんな主張に不親切に答えるわけにはいかなかった。

「リリーは若すぎるので」と母は言った。「一年くらいは待ってもいいでしょう」

「七年でもね」とリリーは飛びあがって、母の耳に囁いた。「それでもまだ二十六そこそこで、年を取りすぎていません」

こんなふうに楽しく夜がすぎて行った。

「あなたに神のご加護がありますようにね、アドルファス！」と、デール夫人はドアで別れるとき彼に言った。彼を洗礼名で呼ぶのは初めてだった。「私たちがどれほどあなたを信頼しているかわかっていただけたらいいんですが」

「わかっていますよ。――わかっています」と彼は夫人の手を握って言った。それから、彼は一人で歩いて帰るとき、二人の女性——娘と母の両方——に誠実であろうと誓い、その誓いに心からその身を縛った。今朝の厳粛さの影響がまだ残っていたからだ。

彼は翌朝八時前に出発する予定だった。バーナードはゲストウィックの鉄道駅まで彼を馬車で送る役を引き受けた。朝食は七時ちょっとすぎにテーブルに並んだ。二人の男が降りて来たとき、リリーは帽子とショールを身につけて部屋に入った。「お茶を入れに来ると言いました」と彼女。静かな朝食だった。というのは、人は別れの時に何を言えばいいかわからなかったから。バーナードもそこにいたとはいえ、二人なら連れになっても、三人ならそうはならないとの格言がいかに正しいか証明しただけだった。その最後の朝にリリーが付き添ったのは間違いだった、と私は思う。が、彼女はそんな面倒なことをしないように恋人から請われたとき、彼に会わずに送り出すことをどうしても聞き入れようとしなかった。面倒なことって！　彼女ならクロスビーの帽子の天辺が少しでも見られるなら、徹夜してでも起きていないだろうか？

それから、バーナードが馬のことで何かつぶやいて出て行った。

「一分しかあなたに話す時間がありません」と彼女は椅子から飛びあがって言った。「私は何を言わなければならないか一晩中考えていました。考えるのは簡単で、言うのは難しいんです」

「私のかわいい人、全部わかっていますよ」

「でも、これは理解しておいてください。あなたを二度と疑わないと、二度と私を捨てるように求めることはしないと、あなたがいなくても幸せになれるとは二度と言わないと。私はあなたなしには——あなたが私のものだと知ることなしには——生きられません。でも、二度とせっかちにはなりません。どうか、どうか私を信じてください！　何があってもあなたに不信を抱くことはありません」

「最愛のリリー、あなたに疑念を与えるような種を作らないように努めます」

「あなたがそんなことをしないのはわかっています。でも、特にそれを言っておきたかったんです。手紙は書いてくれるでしょう――すぐ?」

「着いたらすぐ書きます」

「できる限りしばしば書いてね。でも、あなたに迷惑はかけません。あなたから手紙をもらうだけで本当に嬉しいんです。手紙が来たら、誇らしい気持ちになります。あなたをうんざりさせてしまうと思うから、書きすぎることが怖いんです」

「うんざりさせることなんかありません」

「そうでしょうか? でも、あなたが先に書いてください。私がどれほどあなたの手紙を糧に生きているかわかってもらえたらいいんですが! それでは、さようなら。車輪の音が聞こえます。あなたに神のご加護がありますように。私のいとしい人、いとしい人!」彼女はまるで心のなかで身を任せるかのように彼の腕のなかに身を預けた。

二人の男がギグ(4)に乗り込むとき、彼女はドアのところに立っていた。馬車が門を通り抜けて行くとき、彼女はテラスに飛び出した。そこから、馬車が小道を数ヤードに渡って去って行くのを見ることができた。それから、彼女はテラスから門まで走り、門を通り抜け、教会の境内のほうに進んだ。境内のいちばん遠い角からは、牧師館を越えたところで街道に曲がるまで二人の男の頭を見ることができた。彼女は馬車の車輪の音が耳に届かなくなるまで、馬車が進んで行く方向に目を凝らして、そこにとどまっていた。それからゆっくり振り返って、「小さな家」の玄関にすぐ続く道に開いている教会境内の門のほうに進んだ。

「あの男の頭にげんこつを食らわせてやりたいよ」と、庭師のホプキンズは独り言を言った。ギグが走り去るとき、リリーが去って行くクロスビーの最後の姿を見るため、それを追うのを彼が見たときのことだ。

「おれなら殴ってもなんとも思わんな。殴って忘れる」と、ホプキンズは独り言をつけ加えた。ホプキンズがミス・リリーをひいきしていることはここらあたりではよく知られていた。ベルよりも頻繁にリリーを鼻であしらってそれをおもに表していた。

リリーは初め玄関のほうから家に帰ろうとしていた。しかし、家に着く前に気を変えて、教会境内を通ってゆっくり引き返した。「大きな家」の門を通り、「大きな家」の裏手の庭を通り、小さな橋を渡った。しかし、橋の上でしばらく休んで、彼と二人でよくもたれかかっていたように、手すりにもたれかかった。そして、彼と最初に会った七月のあの日から起こったことを考えた。この橋の上ほど彼が愛を語ってくれた場所はなかった。この橋の上ほど彼女が忠実な、愛する妻になることを熱心に誓った場所はなかった。

「神のご加護をえて私は彼の妻になります」と、彼女はしっかりした足取りで家に向かって歩くときつぶやいた。「彼は行ってしまいました、母さん」と、彼女は朝食室に入ったとき言った。「さあ平日の生活に戻りましょう。この六週間は私にとって毎日が日曜でした」

註

（1）「創世記」第二十九章第一節から第三十節にヤコブがラケルを娶るためラバンに七年仕えたけれど、姉のレアを与えられたためさらに七年ラバンに仕えてラケルをえたことが書かれている。

（2）トマス・タッサー（1524-80）著『農業の百の長所』（1557）に「顎ひげが揃って揺れれば広間は楽しい」という句がある。

（3）「ルツ記」第一章第十六節と第十七節に「しかしルツは言った。『あなたを捨て、あなたを離れて帰ることをわたしに勧めないでください。わたしはあなたの行かれるところへ行き、またあなたの宿られるところに宿ります。

あなたの民は私の民、あなたの神は私の神です。あなたの死なれるところで私も死んで、そのかたわらに葬られます。もし死に別れでなく、私があなたと別れるならば、主よ、どうぞ私を幾重にも罰してください』」とある。トロロープはこれを恋人に向けた発話として引用しているが、ルツは実際には義母に向けて話している。

（4）一頭立て軽装無蓋二輪馬車。

第十六章　クロスビー氏はコーシー城へ行く途中老牧師に会う

旅の最初の一、二マイルのあいだ、クロスビーとバーナード・デールはギグに座って、ほとんど黙っていた。教会境内の角まで走って来て、そこで愛情に満ちた目で見送ったリリーの姿を二人が見ることはなかった。しかし、二人は彼女の献身の精神の影響をまだ強く受けていたから、平凡な話題にすぐ転じるのを慎みたいと感じていた。クロスビーはそのうえこの六週間親密な交際をしてきて、心から愛した――彼に可能な限り愛した――リリー・デールのような娘とこういうかたちで別れたので、その余波を心に強く感じていた、と私たちは見ていい。彼は結婚についての疑念に悩まされたにせよ、リリーが駄目だということは一度も認めたことがなかった。リリーと別れる口実をえるため、彼女が思っていたような人ではなかったと考えるように、自分をそそのかすようなことはしなかった。縛られた絆から自由になりたがっている男たちに共通する、そんな手口を使おうとしたことは少なくともまだなかった。リリーが彼の眼に、彼の感触に、彼の全感覚にあまりにも甘美だったので、そんな手口を使うことができなかった。彼女と一緒にいて、愛していると言われるのを聞く喜びにあまりにもひたり切っていたので、彼女に少しも飽きなかった。彼は社交クラブの生活によってまだそれほど損なわれていなかったから、リリーのすばらしい田舎流のやり方と、優しい、思いやりのある、女性らしいユーモアに繊細な喜びを味わうことができた。彼は決してリリーに飽きなかった。緑の野原でリリー・デールと愛を囁くこの喜びは、ロンドンのどんな喜びにも勝るものだった。彼が恐れたのはこの愛の結果だった。赤ん坊とそれに付随するもろもろのことがあり、暖炉の鈍い火の前ですごす退屈な夕べがあり、失意の女の深い悲しみがあるだろう。服にも注意を払わなければならない。というのは、新しい上着を注文したら、深刻な支出を伴うからだ。伯爵夫人やその娘たちのところへ行くことはできない。妻が貴族の屋敷を訪問することは論外だからだ。彼が勝ち取ってきた勝利はみなあきらめなければならない。ギグが牧師館の角を曲がり、リリーがまだ去って行く彼の背を眺めていたときでさえ、彼はこんなことを考えていた。しかし、別の女を勝ち取る可能性もまだ残っているかもしれない。たとえ赤ん坊がいて、目の前の女が赤ん坊の世話に専念していようと、その炉辺が好きになるかもしれない。彼はその時そう思った。そして、いちばんよく知っている仕方でじたばたもがいた。というのは、リリーから与えられた厳粛さがまだ彼の精神から消えていなかったからだ。

「全体的に見て、君がこの訪問に満足してくれていればいいいんだがね?」と、バーナードがとうとう彼に聞いた。

「満足してって?　もちろん満足している」

「すらすらと言えたね。おそらくぼくに遠慮してのことだろう。が、君がある程度失望したことはわかっている」

「うん、そう。金のことでは失望したね。否定しても無駄だろ」

「今はこんな話をすべきじゃないんだろうね。ぼくを許してくれるか知りたいだけさ」

「君を責めたことはないよ。——君も、ほかの誰もね。私自身を責める以外はね」

「自分の行動を後悔していると言うつもりかい?」

「いや、そんなことはないいね。たった今別れて来たあの愛する娘に、私はあまりにも献身的に結びついているので、彼女との婚約を後悔することなんかないよ。だが、君の伯父ともっとうまくやっていたら、状況は変わっていたと思うね」

「そうじゃないね。本当にそれは違うと思う。その点で君が気に病む必要はないと請け合っていい。ご存知の通り、伯父がリリーに金銭面で何かしてくれるとぼくは思っていた。――ベルにしてやろうといつも思っていたほど多くはないにしろ、何ほどかはね。が、伯父が方針をすでに決めていたのは確かだね。君とかぼくが何と言おうと、伯父は変わらなかっただろう」

「もうそのことを言うつもりはないよ」とクロスビー。

それから、二人はまた黙ったまま馬車で進んで、汽車に充分間に合う時間にゲストウィックに到着した。

「ロンドンに着いたらすぐ連絡してくれよ」とクロスビー。

「うん、もちろんさ。着く前に手紙を書くよ」

それから二人は別れた。デールが回れ右して去って行ったとき、クロスビーは前よりもこの友人をうとましく感じた。バーナードのほうも馬車で送っていくあいだに、クロスビーが偶然の友人としてはよかったが、義弟としてはあまりいいやつじゃないとの結論に達した。「あの男は何らかのかたちでぼくらに面倒をもたらすだろう。残念ながらあの男をここに連れて来たのはぼくだ」これがこの件についてのデールの確信だった。

クロスビーはゲストウィックから隣の州にある聖堂の市バーチェスターまで鉄道で向かった。ここからコーシーに馬車で向かうつもりでいた。田舎の屋敷には、なるべくディナーの時間に間に合うくらいに到着するのがいいとわかっていたから、朝早く発つ理由は本当のところなかった。リリーとの別れをうまく乗り切りたいと感じたので、早く汽車に乗ることに決めたのだ。それで、彼は十一時には何をする当てもなくバーチェスターに着いていた。何もすることがないので、聖堂へ向かった。聖堂では正式の礼拝があった。堂守から空いている仕切り席の一つに案内された。ほっそりした小さな老人が連祷を詠唱し始めた。「こんな羽目になるとは思わなかったな」と、クロスビーは腕をクッションの上に置いて身を落ちつかせたとき、一人つぶやいた。しかし、まもなくその老人の声――震えていたけれど、力強い声――の独特の魅力に引かれた。それで、彼はその日の礼拝を特別長くしていた聖人の名誉と栄光を哀れに思うのをやめた。

そのあと、聖堂の記念碑を案内してもらったとき、彼は「連祷を詠唱した老紳士はどなたですか?」と堂守に聞いた。

「あの方は私たちの音楽監督で、ハーディングさんです。ハーディングさんのことはお聞きになったことがおありになるに違いありません」しかし、クロスビーは知らないことを認めてわびた。

「おや、あなた。彼はひどい恥ずかしがり屋ですが、かなり有名な人なんですよ。彼は私たちの聖堂参事会長の義父であり、グラントリー大執事の義父でもあるんです」

「それじゃあ、娘たちはみな聖職者に嫁いでいるんですね?」

「はい、そうです。エレナーさんは――というのは、結婚する前の彼女を私は覚えているんですが――彼と慈善院に住んでいたんです――」

「慈善院に?」

「ハイラム慈善院ですよ。彼は慈善院長[1]でした。今までここに来られたことがないんなら、慈善院へも行ってみるべきですね。ああ、エレナーさんは――末の娘ですがね――初めボールドさんという方と結婚していたんです。しかし、今は聖堂参事会長の奥さんです」

「おや、参事会長の奥さんですか?」

「ええ、そうなんです。どう思われます？　ハーディングさんは望めば本人が参事会長になっていたかもしれないんです。彼は確かに参事会長になるようにという申し出を受けましたから」

「で、断ったんですか？」

「断ったんです」

「参事会長ニナルツモリハアリマセン[2]ですね。本当に断った話なんか聞いたことがありません。どうしてそこまで控えめなんでしょう？」

「その通り、控え目なんです。今は七十を越えて――年を取って若い娘のように控えめなんです。一部の娘よりもはるかに控え目ですよ。彼と孫娘が一緒にいるところをご覧になったら！」

「孫娘っていうのは誰なんです？」

「ほら、ダンベロー卿夫人ですよ。ハートルトップ侯爵夫人におなりの方です」

「ダンベロー卿夫人なら知っています」とクロスビー。しかし、高貴な知り合いがいることを堂守に鼻にかける気はなかった。

「おや、そうですか？」堂守はそう言うと、見知らぬ相手が大物と知って無意識に帽子に手を触れた。堂守はじつはダンベロー卿夫人が好きではなかった。「おそらくあなたはこれからコーシー城で開かれるパーティーに参加されるんでしょう」

「はい、そうしようと思っています」

「ダンベロー卿夫人があなたよりも前にあちらに着いているのがおわかりになります。卿夫人は昨日通りすがりに参事会長邸で叔母様と昼食を取りました。プラムステッドの実家に帰るのは面倒と思われたのでしょう。ご存知のようにお父様は大執事です。噂によると――。しかし、卿夫人はあなたのご友人でしたね！」

「友人じゃありません。ちょっとした知り合いです。卿夫人はお父さんの地位を超えているのと同じくらいぼくの地位を超えています」

「そう、卿夫人はみなの上の地位にいます。噂によると、あの老紳士に話し掛けることさえしないそうです」

「え？　お父さんにですか？」

「いえ、ハーディングさんにです。今連祷を詠唱した方ですよ。ほら、こちらに来られます、参事会長邸から来られているんです」

二人が今翼廊の一つから出るドアの近くに立って話をしていたとき、ハーディング氏がそばを通りすぎた。彼は背の曲がった、衰えた、よたよた歩く小柄な老人で、半ズボンと長い黒ゲートルを身につけていた。ゲートルは年を取って痩せた脚からかなりだらしなく垂れていた。彼は歩くとき両手を擦り合わせた。それでも、速く歩いた。よろめいたりはしなかったが、おぼつかない怪しげな足取りだった。ハーディング氏が通りすぎるとき、堂守は片手を頭にあげ、クロスビーも帽子をあげた。それで、ハーディング氏は帽子をあげて、頭をさげ、あたかも何か話し掛けようとするかのように振り返った。クロスビーは優しさという特徴がここまではっきり表れた顔を見たことがないと感じた。しかし、老人は口を開こうとしなかった。彼は半分向きを変えたあと、まるでそうしたことを恥ずかしがるかのようによろりと姿勢を戻して通りすぎた。

「人々から天使と思われている方です」と堂守は言った。「この老人くらい立派な天使がほしいなら、あまり天使は作れません」堂守は「たいへんありがとうございます、あなた」と言って、クロスビーからもらった半クラウン貨をポケットにしまった。

「あれがダンベロー卿夫人のお祖父さんか」クロスビーは堂守から教えてもらった小道を、慈善院へ向かってゆっくり歩きながら独り言を言った。彼は——彼さえも鼻であしらうダンベロー卿夫人が好きになれるわけがなかった。「あの老紳士を天使に祭りあげることは可能かもしれない」と彼は続けて思った。「しかし、あの孫娘を天使にするわけにはいかないな」

彼は小さな橋を越えてゆっくりぶらついていると、慈善院の門の前で再びハーディング氏に出会った。「思い切って入るつもりでした」とクロスビーは言った。「なかを見るためです。おそらくお邪魔になりますね?」

「いえ、いえ、そんなことはありません」とハーディング氏は言った。「どうぞお入りください。ここが私のうちとは言えません。ここに住んでいませんから——今はね。でもね、ここがどういう様子かよく知っていますから、あなたをもてなすことができます。あれが院長邸(3)です。たぶんこんな早い時間になかに入ることはできないでしょう。奥さんにはとてもたくさん子供がいるんです。よくできた夫人で、その夫と同じく私の友人です」

「その夫が慈善院長と言われましたね?」

「はい、慈善院長です。院長邸をご覧になってください。とてもすばらしいでしょう? とてもすばらしい。思うにこれまで私が見たなかでももっともすばらしい家です」

「そこまでは言えませんね」とクロスビー。

「でもね、私のようにここに十二年住んだら、そう思いますよ。私はあの家に十二年住みました。この地上にここほどすばらしい場所はないと思います。あんな芝生を見たことがありますか?」

「なるほどとてもすばらしいですね」とクロスビー。彼は「小さな家」のデール夫人の芝生とこれを比較し始め、アリントンのそれほうが慈善院のよりも立派だと判断した。

「私が芝生を敷かせました。私が初めて来たとき、タチアオイやその種の植物で境がしてありました。芝生は新たに改良したところです」

「それは正しい選択です」

「確かに芝生は改良点でした。灌木も私が植えたんです。州にあんなポルトガル・ローレル[4]はありません」

「ここの慈善院長だったんですか?」クロスビーはそう聞いたとき、かなり若いころバーチェスターのハイラム慈善院について新聞で論争があったことを思い出した。

「はい、そうです。私は十二年ここの院長でした。そう、そう、そう! もし親しくない紳士が後任になっていたら、私はひどく悲しかったでしょう――ひどくね。でもね、じつのところ、私は――前とほぼ同じで、好きなようにここに出入りしています。私は彼らから追い出されたんじゃありません。辞任するのがいちばんいいと思う理由が私にはあったんです」

「参事会長邸に今は住まれているんですね、ハーディングさん?」

「はい。今は参事会長邸に住んでいます。でもね、ご存知のように私は聖堂参事会長じゃありません。義理の息子のアラビン博士が参事会長です。私にはこの近くにもう一人結婚した娘がおりますから、私の測縄は疑いなく好ましいところに落ちたと言えます」

それから、彼はクロスビーを院の収容者、つまり入居している部屋の老人らに引き合わせた。そこは市内の老人らの救貧院だった。クロスビーと別れる前に、ハーディング氏は院の状況と彼が院を去った様子をみな説明した。「私は慈善院を去るのがいやでした。おわかりでしょう。去ったら、胸が張り裂けると思いました。でもね、彼らからあんなことを言われて、とどまっていることはできませんでした。――できませんでしたね。それよりも、とどまっていたら、過ちを犯したはずです。それが今みなよくわかります。でもね、娘の腕に寄り掛かりながらあのアーチをくぐって出たとき、クロスビーさん、胸が張り裂ける思いでした」そう話す今でさえ老人の頬を涙が流れていた。

それは長い話だから、ここで繰り返す必要はないだろう。ハーディング氏は思い出にふけるのが好きな、涙もろいお喋り爺さんなのだ。彼がそれ以上言えば、クロスビー氏に言うべきではないことまで言うことになるだろう。しかし、クロスビー氏は気づいた。――ハーディング氏が話すとき、ほかの人を傷つけるようなことを一言も言わなかったことにだ。しかし、ハーディング氏自身は傷ついていた。――深く傷ついていた。「これが私にとって最善でした」と彼は最後に言った。「特に慣れ親しんだところでくつろぐ幸せが奪われなかったんです。院長邸にあなたをご案内してもいいんです。――とても居心地がいいですからね、とても。ただし、子供が多いので、朝早くは必ずしも都合がいいとは言えません」クロスビーはこれを聞いたとき、未来の家庭や限られた収入のことをまた考えずにはいられなかった。

彼は素性を老牧師に明かして、コーシーへ向かう途中だと言った。「そこでおそらくあなたのお孫さんにお目に掛かれます」

「ええ、ええ、彼女は私の孫です。私と彼女は今違った道を歩んで、あまり会うことはありません。神が喜んで召した生活圏で彼女が義務をはたしていると聞いています」

「子爵夫人の義務がどういうものと思われるかによるな」とクロスビーは思った。しかし、彼はダンベロー卿夫人の話はもうこれで切りあげて、新しい友とお別れしようと思った。彼は夕方およそ六時ごろ、コーシー城の柱廊式玄関の下に馬車で乗りつけた。

註

（1）ハーディング氏がハイラム慈善院の院長職を辞任する話がバーセットシャー年代記の第一作『慈善院長』の主題だ。第二作の『バーチェスターの塔』では院長の後任選考を巡る策謀が扱われる。

（2）*nolo episcopari*「私ハ主教ニナルツモリハアリマセン」のもじり。主教職を申し出られたときの儀礼上の返答。ハーディング氏は『バーチェスターの塔』第四十七章で聖堂参事会長職を申し出られた。

（3）現慈善院長の妻クイヴァーフル夫人は『慈善院長』では十二人の子を持っていたが、『バーチェスターの塔』では十四人に増えている。

（4）バラ科サクラ属の常緑低木で、夏に細く長い総状花序に白い香りのよい花をつける。

第十七章　コーシー城

コーシー城は人で一杯だった。まずコーシー一家全員がそこに集まっていた。伯爵と――もちろん伯爵夫人がいた。一年のこの時期、ド・コーシー卿夫人はいつも家にいたのに対して、伯爵はこれまで留守にしがちだった。伯爵は王族の訪問に随行したり、スコットランド高地地方のパーティーに出かけたり、ロンドンの社交シーズンでぐずぐず――もちろん必要なことだ――したり、おそらくドイツ宮廷の習慣や儀式を学ぶため都合がいいので、ドイツの温泉場に逗留したり、特殊な独自の人生の目標をひそかに追求するため、様々な留守をしたりするのが習慣だった。というのは、ド・コーシー伯爵は立派な宮廷人だったから。しかし、最近は痛風と、腰痛と、おそらくまた人好きよく見せる力の衰えせいで、家庭内の義務を受け入れざるをえなくなり、家ですごすことが多くなっていた。伯爵夫人は昔伯爵の頻繁な留守について不平を言っていた。しかし、一部の女性は喜ばせるのが難しい。卿夫人は今夫が家にいることに必ずしも満足していない。

息子と娘もみなそこにいた。――父に会おうとしない長男のポーロック卿を除いてだ。伯爵とポーロック卿は仲が悪く、そんな父と息子だけが憎み合うことができる仕方で互いに憎み合っていた。ジョージ・ド・コーシー令息は花嫁とそこにいた。彼は最近当然の義務をはたして、持参金つきの若い娘と結婚した。彼女はあまり若いとは言えない。――三十をかなり越えていた。が、ジョージ令息も若くなかったから、この点ではお似合いだった。花嫁の持参金はそれほど多くなかった。――おそらく三万ポンドくらい。しかし、ジョージ令息本人はぜんぜん金を持っていなかった。彼は今生活できる金があったので、罪のすべてを許されて、両親の胸に再び受け入れられた。この結婚には重要な意味がある。というのは、一家の長男が未婚だったから、ド・コーシー家はこの結婚に跡取りを期待しなければならない。花嫁は美人でも、賢くもなかった。堂々とした物腰で優れているのでも、高い地位の生まれでもなかった。しかし、醜いというのでも、我慢できないくらい頭が悪いというのでもなかった。物腰は少なくとも無邪気なものだった。生まれについては、——最初からどんな地位もないと思われていたから——失望はなかった。父は石炭商だった。彼女はいつもジョージ夫人と呼ばれる。一家と取り巻きの人々は彼女をまるで女名士、立派な身なりの大人物に祭りあげる努力をする。ド・コーシー家がそのイメージを支えることが体面のため必要だったからだ。さらに言うと、ジョージ令息は半生浪費家として生きてきたのに、今は一転して極端なけちになっていた。四十という分別ある年齢に達して、乞食が好ましくないことをついに学んだのだ。それゆえ、一シリング一ペンスを節約できるところでどこでも、その節約のため全精力を注いだ。彼がこの傾向を初めて見せたとき、両親はそれを歓迎した。しかし、それが十二か月も続かないうちに、悪い結果が現れ始めた。彼は収入があるのに、自分で家を所有しようとしなかった。ロンドンでも田舎でも父の屋敷から離れず、父のワインを飲み、父の馬に乗り、妻のドレスさえ母の婦人帽販売業者から調達しようとした。しかし、最近そういうささやかな試みが成功したあと、家族間の意見の違いが表面化した。

三男のジョン令息もコーシーにいた。彼はまだ結婚していない。これまでどんな職業でも目立って役に立つところを見せていなかったので、家族から一家のお荷物と見なされ始めていた。収入がなく節約ができなかったから、兄のけちの美徳を真似ることができなかった。はっきり本当のことを言うと、彼はいつもあまりにも父に迷惑をかけたから、一度ならず勘当するぞと脅されたことがあった。しかし、息子を勘当するのは簡単ではない。羽が生えたばかりの若鳥を追い出すように、青二才を巣から追い出すことはできない。ジョン令息のような青二才が完全な貧困にはまり込んだら、ほかに何の手も打たなくても、飢えるときの醜さで世間に知られるようになる。上流階級の徹底したろくでなしは、世間体を後ろ盾とするとき、優れた強い味方をえる。彼は意に反してオーストラリアへ送られることはない。世間に知られることなく救貧院に送られることもない。店から遠ざけられることもなければ、ひどいスキャンダルなしに父の土地から遠ざけられることもない。伯爵は脅し、うなり、歯をむき出した。伯爵は怒りっぽい人で、非常に怒った表情――目をほとんど真っ赤にし、額に垂直のしわを寄せ、時々見るもじつに恐ろしい表情――を作ることができた。しかし、伯爵は気まぐれな人だったから、その怒りをジョン令息から正確に計られていた。

私はまず息子たちを紹介した。それは息子たちが年長と思われており、貴族名鑑ではみな妹たちよりも先に述べられているからだ。四人の娘たち――アミーリア、ロジーナ、マーガレッタ、アリグザンドリーナ――がいた。娘たちは一家のえりすぐりと言っていいだろう。えりすぐりとして生活していたから、父と息子たちのあいだに頻繁に起こる確執とはまったく無縁だった。彼らは分別ある、高貴な生まれの女性たちで、世間を前に少し身分を重視しすぎるところがあり、持っている利点と持っていない利点をいくぶん誤って評価するところがあった。レディー・アミーリアは既婚[1]だった。何年もド・コーシーの資産の管理をしている法律事務所の羽振りのいい事務弁護士モーティマー・ゲイズビー氏と、見栄えはしないけれどしっかりした結婚をした。モーティマー・ゲイズビーはおもに義父の助力をえて、今バーチェスター選出の国会議員になっている。その地位を我がものと思っていたジョージ令息には、それは許せないことだった。しかし、ゲイズビー氏が重い選挙費用を自腹で払ったのに対して、ジョージ・ド・コーシーがそんな金を払えるはずがなかったから、要求の正当性は疑わしかった。レディー・アミーリア・ゲイズビーは今たくさんの赤ん坊

――コーシーの城を訪問するときは一緒に連れて来た――の幸せな母であり、夫のすばらしい配偶者だった。妻がしきりに伯爵の娘という高い身分のことを夫に自慢しなかったら、また弁護士の妻という低い地位のことを他人にこぼさなかったら、夫はおそらくこの立場をもっと好きになっていただろう。しかし、だいたいのところ夫婦は一緒にうまくやっており、ゲイズビー氏は結婚したとき期待したものをそこからとらえていた。

レディー・ロジーナはとても信心深い人で、それ以外に目立ったところはなかった、と私は思う。怒りっぽい点がいくぶん父に似ているという話はあった。レディー・ロジーナはいわゆる安息日(2)のことで特に使用人らから恐れられていた。彼女が支配するところでは、安息日が多くの使用人にとって安らぎのない拷問の日となった。彼女は昔は必ずしも信心深くなかったのに、近所に住む立派な高位聖職者の妻によって目を開かれ、再生を体験した。信心する精力的な、健康な、未婚の女性――宗教的な実践から注意をそらしてくれる夫も、子供も、義務もない女性――によって負わされるみじめさは、どれほど大きいものになるだろうか？――私は読者のみなさんがそんなみじめさを知ることがないように祈る。

レディー・マーガレッタは母のお気に入りで、あらゆる点で母に似ていた。――母が美人である点を除けばだ。彼女は高慢で、尊大で、横柄だと、世間では言われている。しかし、彼女が振る舞いのすべての点で、自己否定を必要とする原理に従って行動していることを世間は知らなかった。彼女はド・コーシーであること、伯爵の娘であることを常に義務と見なしていた。その結果、身なりのいい、背の高い、流行を追う、決して馬鹿ではない若い女性に与えられる称賛も、人気も、賛美も、みな義務の観念の犠牲とした。階級的に明らかに下の人々に対して常に高いところにいること――それこそ彼女が払う努力だった。それでも、彼女はいい娘で、家庭内の騒動では精一杯母を支え、彼女に与えられた冷たい、生彩のない、不快な生活に不満を漏らすことはなかった。

アリグザンドリーナは一家でいちばんの美女で、いちばん若かった。それでも、もうたいして若くはなくて、彼女もまた夏の陽を充分浴びることなく、干し草の収穫の貴重な季節を通り越してしまうのではないかと、友人らを心配させ始めていた。彼女はおそらく容貌の美しさ――趣味による美しさというよりも、規則性による美しさ――にあまりにも頼りすぎており、おそらくあまりにも豊かな収穫をねらいすぎていた。彼女の額、鼻、頬、顎がきれいに整っていることは誰も否定しない。髪は柔らかくて豊かだった。歯は美しく、目は長い卵形だった。とはいえ、顔の欠点は――そばを離れると、それを思い出してもらえないという点にあった。最初に知り合ったあと、再び会っても、本人とわかってもらえないのだ。たとえ何度会っても、目鼻立ちの特徴を覚えてもらえなかった。二十のときそうだったが、今三十でもそうだった。歳月によって顔の規則性が奪われることも、滑らかな額がしわを刻むこともなかった。レディー・アリグザンドリーナが愛の申し出を受けて二度、三度と結婚を誓うようにすでに促された、と噂嬢は断言する。しかし、私たちみなが知っている通り、噂嬢はそんな話題が気に入ると、真実を誇張し、大いに悪意を持って扱うもの[3]だ。レディー・アリグザンドリーナは一度婚約したことがあり、それを二年続けたところで、両家の紳士たちの金銭的ないざこざのすえ、婚約破棄の憂き目にあった。それ以来、彼女はいくらか不平を言うようになり、干し草作りの話題となるとぎこちなくなるように見えた。手鏡とメイドのおかげで陽の光がまだ以前と変わらずに輝いていることを安心させてもらっていたが、待つことに気力面で疲れを見せていた。彼女は姉のロジーナのようにみなの恐怖のまとになるのではないか、マーガレッタのように誰からも関心を持たれない存在になるのではないかと恐れた。私たちの友人クロスビーに招待状を送ったのは特に彼女だった。というのは、この春ロンドンでクロスビーと仲よくなっていたからだ。そうなのだ、私の優しい読者よ。みなさんが思っていることは正しい。こんな状況で、クロスビー氏はコーシー城へ行くべきではなかった。

　これがド・コーシー家の面々だ。現在の客のなかから私は多くを列挙する必要がない。あらゆる点で真っ先にあげられなければならないのはダンベロー卿夫人で、その生まれと地位については前章で少し紹介している。まだ結婚して二年にもならないとても若い卿夫人だ。しかし、その二年で彼女はおびただしい数の勝利を収めた。――あまりにもたくさん勝利を収めたので、世間における彼女の地位はすでに名高い義母ハートルトップ侯爵夫人に匹敵するものになっていた。侯爵夫人はこの二十年社交界で本人よりも大きい影響力を持つ女性に会ったことがなかった。しかし、ダンベロー卿夫人はあらゆる点で侯爵夫人と対等だった。嫁のほうがじきに大物になるだろうと男たちも女たちも言った。

「ダンベロー卿夫人にどうしてこんなことができるかまるきりわからない」と、ある貴族がこの前の社交シーズンの終わりにセブライトのドアに立ってクロスビーに言った。「彼女は誰にも一言も喋らないからね。一晩待っても十語も話さないんだ」

「彼女は何かを考えているようには見えませんね」とクロスビー。

「言わせてもらうとね。きっととても賢い女なんだろう」とその貴族は続けた。「馬鹿ならあんなふうにはできないからね。いいかい、彼女はただの牧師の娘で、美しさについては――」

「とにかく私は賛美者ではありません」とクロスビー。

「そういうことなら、私だって彼女と一緒に駆け落ちしたいとは思わないね」と貴族は言った。「だが、確かに美しい。ダンベローの好みなのかなあ」

　ダンベローは妻の美しさが気に入っていた。卿は上級おべっか使いとして妻のあとについて歩くことで、野心を満足させた。卿は世間が妻の臨席をこぞって競うので、我が身が大物になったように感じた。結婚した牧師の娘から照り返される偉大さによって、同じ侯爵階級の年上の子息らと一緒にいても自分が際立っていると思った。卿は今コーシー城に連れて来られていた。ダンベロー卿夫人がド・コーシー伯爵夫人にこの週を割くとき、かなり難儀したから、卿はこの状況に誇りを感じていた。

隣の州に住む別の老伯爵の妹レディー・ジュリア・ド・ゲストもすでにそこに来ていた。レディー・ジュリアは昨日来たばかりで、早くもクロスビーの婚約の知らせを広めていた。「デール家の娘と婚約したのですか？」伯爵夫人はそう言って、かわいい笑みを浮かべながらも、その話にあまり関心がないことをはっきり表していた。「その娘はお金を持っていますの？」

「一文無しだと思います」とレディー・ジュリア。

「かわいいのでしょう？」と伯爵夫人。

「ええ、そう。かわいくて――いい娘ですよ。クロスビーさんに結婚を促したことが母と伯父にとって賢かったかどうかわかりません。特別彼に恵まれたところがあるとは聞いていませんから――つまり金に関してはね」

「たぶんそんな婚約はほごになります」と伯爵夫人。伯爵夫人は婚約したあと男からポイ捨てにされる娘の話を聞くのが好きだった。本人はそれが好きなことを知らなかったが、それが好きで、哀れなリリーの失敗をすでに見越して喜んでいた。しかし、伯爵夫人はクロスビーが身元を偽って家に入り込んでいると感じて、腹を立てた。

レディー・ジュリアが同じ知らせを繰り返したとき、アリグザンドリーナも聞いて怒った。「本当にそんなことはどうでもいいんです、レディー・ジュリア」と彼女は少し頭をつんと反らして言った。「ミス・デールの幸運を聞かされるのはこれで三度目です」

「デール家はあなたのご親戚だと思いますが？」とマーガレッタ。

「まったく違います」とレディー・ジュリアは喧嘩腰で言った。「クロスビー氏が婚約した女性は私たちとは何の関係もありません。その女性の従兄、アリントンの資産の跡取りが母方の甥です」それからこの話題は立ち消えになった。

クロスビーは到着するとすぐ部屋へ案内され、ディナーの時間を告げられ、気ままにするように取り残された。彼は前にもこの城に来たことがあったので、家のやり方を心得ていた。それで、テーブルに着いて、リリーに手紙を書き始めた。しかし、どう書くかかたちを決めていなかったから、先に進めなかった。手にペンを持ったままぼんやり座って、リリーのことや、また今入っているこんな屋敷が彼にはまもなく閉ざされてしまうことを考えた。その時、ドアにノックがあって、応える前にジョン令息が部屋に入って来た。

「おい君」とジョン令息は言った。「調子はどう?」

クロスビーはジョン・ド・コーシーと親しかったが、友情も好意も感じたことがなかった。クロスビーはジョン・ド・コーシーのような男が嫌いだった。とはいえ、彼らは互いにおい君と呼び合い、あばらをつき合い、親しくしていた。

「君が現れたと聞いてね」とジョン令息は続けた。「それで、来て面倒を見ようと思ったんだ。結婚するつもりだってね?」

「そんなことは知りませんよ」とクロスビー。

「おいおい、ぼくらはもっと知っているぜ。女性たちはこの三日間ずっとその話で持ち切りなんだ。昨日は彼女の名を覚えていたけれど、今は忘れてしまった。彼女は一銭も持っていないんだって?」ジョン令息は今テーブルの上に座っていた。

「私よりも知っていそうですね」

「話してくれたのはゲストウィックから来たあの婆さんさ。君はすぐ女性たちからまつわりつかれることになるだろう。この話がガセネタなら、ひどい恥曝しだね。なぜ連中はいつもあんなふうに人をずたずたに切り刻むんだろう？　先日はぼくを結婚させようとしたんだぜ！」

「でも、その話は本当ですか？」

「ハリエット・トウィストルトンとだよ。ハリエット・トウィストルトンを知っているかい？　めったにいないきれいな娘だよ、わかるだろ。だが、ぼくはそんなふうに捕まるつもりはなかった。ハリエットはとても好きだ。――ぼくなりにね、わかるだろ。だが、もみ殻でぼくみたいな手練れの鳥は捕まえられないよ」(4)

「捕まえ損なったことで、ミス・トウィストルトンにお悔やみを言いますよ」

「お悔やみのことはさておいてね。誓って、結婚というのはじつに退屈なものさ。ジョージの嫁さんに会ったことがあるかい？」

クロスビーはまだその栄誉にあずかっていないとはっきり言った。

「嫁さんがここに来ている、わかるだろ。ぼくなら彼女が三万ポンドの十倍も持っていたとしても、結婚なんかしなかったね。絶対にしなかったね。だが、ジョージは気に入っている。信じられるかい？　――彼は金以外のものに興味がないんだ。あんなやつには会ったことがないよ。だが、じつはやがて彼の鼻は明かされる。というのは、ポーロックが結婚するつもりだからね。ポーロックとほとんど一緒に生活しているコールペッパーから聞いたんだ。ポーロックは弟の嫁さんが妊娠したと聞いてすぐ、弟を排除する決心をしたんだ」

「それはすばらしい兄弟愛の表れじゃないですか」とクロスビー。

「そんなことをやりかねないと思っていた」とジョンは言った。「だから、ぼくは結婚する前にジョージに言ったんだ。だが、言っても無駄だったろう。結婚しないで四、五年待ったら、家を追い出される危険なかなかったさ。——というのは、ポーロックは、わかるだろ、とてもひどい生活を送っていたからね。ポーロックは今ごろひどい生活のまま、讃美歌でも歌っていて(5)不思議じゃない」

「この世では人がどう変わるかわかりませんからね」

「まったくそうだ。だが、まあ聞けよ、ぼくは変わることはないね。いずれわかる。たとえ結婚するにしろ、人生を捨てるつもりで結婚する気なんかないさ。ところで、おい君、葉巻は持っているかい?」

「え、ここで吸うつもりですか?」

「うん、いいだろ? ここは女性たちから離れているからね」

「私がこの部屋にいるあいだはやめてください。それにディナーに備えて正装に着替える時間なんです」

「そんな時間かい? ちぇ、そうだな! だが、まず葉巻が吸いたいよ、本当に。じゃあ、君が婚約したというのはまったく嘘なんだね?」

「私が知る限り、嘘ですね」とクロスビー。それから、友人は部屋を出て行った。

まさにこの日すぐ彼はこの婚約についてどう話したらいいのだろう? 彼の婚約の知らせがレディー・ジュリア・ド・ゲストによってコーシーに伝えられたことは明白だった。この結果を受けてどうするかまだ決めていなかった。婚約の罪を犯したとただちに告発されて、有罪か、無罪か認めるように迫られるとは思ってもいなかった。無罪だと言い訳する気には一瞬たりともならなかった。それでも、リリアン・デールとの婚約を公表したくないという気持ちが胸のなかにあることに気がついた。公表したら、コーシー城のような屋敷でえられる喜びをみなすぐ失ってしまうように思えた。それに、独身生活のささやかな名残をどうして楽しんではいけないのか？　と彼はつぶやいた。ジョン・ド・コーシーに婚約を否定したのは、――何でもないことだった。個人に関する事実を彼のような男から隠すのは、妥当だと誰もが了解してくれるだろう。ジョンの口から繰り返される婚約の否定は何の意味もないだろう。――彼の妹たちのあいだでもだ。しかし、クロスビーは今屋敷の女性たちから尋ねられたとき、何と答えたらいいか決めておかなければならなかった。彼らの前で婚約の事実を否定したら、それはとても深刻だろう。レディー・ジュリアを目の前にして、それを否定することが実際可能なのだろうか？

そんな否定をするとは！　彼が婚約を否定したいとは、――そんな嘘偽りを考え、そんな臆病な悪事に頭を使うとは、本当だろうか？　彼はその若い娘をまさしくその朝胸に抱き締めた。不信を抱く理由はないと彼女に、また己にもその時誓った。よき時も悪しき時も彼女に縛られていることを厳かに認めた。彼女を捨てることをもう計算しているなんて考えられることだろうか？　そんなことをしたら、当然自分を悪党と認めなければならないのではないか？　しかし、実際には彼はそんな計算なんかしていなかった。できればこの話題を脇へそらせ、疑惑を深めるような回答を思いつくことをねらっていた。婚約の知らせには何の真実も含まれていないと、ミス・デールとは何でもないと、伯爵夫人に真っ正面から回答することは考えていなかった。レディー・ジュリアのいる前で、この話題をうまく笑い飛ばすことはできないものだろうか？　婚約した男は普通そんなことをするものだ。どうして彼がそれをしてはいけないのか？　男は相手の女の気持ちを配慮して、婚約のことをはっきり口にすべきではないと一般に思われているではないか。それから、アリントンの人々が彼の婚約について議論した安易な気安さを思い出すと、デール家の人々が口をつぐんでいることができなかったのは下品だと、初めて感じた。「私をなるべくしっかり縛るためだったと思う」と、彼はネクタイの両端を引っ張りながら独り言を言った。「私のように身を固めたあとで、こんなところに来るなんて、あるいは実際どこかへ出掛けるなんて、何て馬鹿だったんだろう」それから、彼は応接間へ降りて行った。

彼は婚約の罪ですぐ告発されることはないとわかったとき、とても安堵した。この件のことで頭が一杯だったから、部屋に入ったとたん攻撃されると予想していた。しかし、この件に触れられることもなく迎えられた。伯爵夫人は独特の穏やかな仕方で、ほんの昨日出会ったばかりの相手のように彼と握手した。伯爵は肘掛け椅子に座って、入って来た見知らぬ客が誰なのか隣の人に大声で聞き、指を二本突き出して、歓迎の代わりにわびの言葉をつぶやいた。それでも、クロスビーはその種のことに堪えて、「初めまして、閣下」と言ってほかの人のほうに顔を背けた。そのあと、家の主人にまったく注意を払わなかった。「ぼくを知らないって！」クロスビーは婚約で行動を拘束されていたとはいえ、とにかくまだ伯爵とは社会的重要性の点で対等だと感じていた。その後、彼は年長者らから離れて応接間の奥に引っ込み、レディー・アリグザンドリーナや、ド・コーシー家のいとこのミス・グレシャムや、その場にいたほかの若い人たちのところにいた。

「じゃあ、ここにダンベロー卿夫人が来ておられるんですか？」とクロスビー。

「はい、そうです。きれいな方よ！」とレディー・マーガレッタは言った。「来てくださるなんて卿夫人っていい方ね、そうでしょう？」

「彼女はセント・バンギー公爵夫人[6]の誘いをきっぱり断ったそうです」とアリグザンドリーナが言った。「あなたを彼女に引き合わせるため、私たちがどれほど尽力したかわかってくだされぱいいんです。多くの人々がここに来ることを望んだんです」

「感謝します。ですが、本当のところはダンベロー卿夫人によりも、コーシー城とそこに住んでいる方々に感謝したいです。子爵は来ているんですか？」

「ええ！　来ています！　部屋のどこかにいますよ。ほらあそこに、クランディドラム卿夫人の隣です。彼はディナーの前はいつもあんなふうにしています。夜もほとんど同じ様子で座っています」

クロスビーは最初この部屋に入って来たとき、彼を見つけ出していたし、部屋のなかに誰がいるか見て取っていた。ダンベロー卿を見かけていないと言ったほうが、都合がいいと思っただけだ。

「卿夫人はまだ降りて来ていないんですか？」と彼。

「彼女は普通最後です」とレディー・マーガレッタ。

「着替えのためいつも三人の女性を抱えているんです」とアリグザンドリーナ。

「ですが、着替えが終わったら、すばらしい仕上がりですね！」とクロスビー。

「本当にそう！」とマーガレッタが元気よく言った。その時ドアが開いて、ダンベロー卿夫人が部屋に入って来た。

人々のあいだにすぐざわめきがあった。痛風持ちの老卿さえも椅子からよろよろ立ちあがると、にやりと笑い、優しい、愉快そうな表情を作った。伯爵夫人は進み出て、やはり優しい、愉快そうな表情を作り、簡単な挨拶をした。ダンベロー子爵夫人はただ愛想のいい笑みでそれに答えた。クランディドラム卿夫人はとても太っていて、重苦しかったけれど、子爵のそばを離れて、その集団に近づいた。非常に有名なドイツの外交官ポッツヌーフ男爵は、胸の上で両手を交差させて深く頭をさげた。ジョージ令息――この十五分黙って立っていた――は、空気がかなり冷めたくなるのがわかっただろと妻にほのめかした。レディー・マーガレッタとアリグザンドリーナはそわそわしながら、かわいいダンベロー卿夫人にささやかなお愛想を述べ、この「白衣の女」(7)が子供時代からの親友ででもあるかのようにあれこれ請い願った。

彼女は白いシルクのドレスの上に白いレースを羽織り、ダイヤモンド以外に宝石を身につけていなかった。

確かに白衣の女だった。着付けを担当した三人の侍女には疑いもなく大いに栄誉となることに、とても美しく装っていた。顔もまたとても美しくて、どこか冷たい無表情な美しさをたたえていた。彼女はゆっくりその部屋を歩いて、あちこちに笑顔を振りまき、依然としてかすかな笑みを浮かべながら、女主人から指示された席に着いた。伯爵夫人に一言言い、伯爵に二言言った。それ以降は口を開かなかった。彼女は捧げられた敬意のすべてを当然のことのように受け取った。少しも動揺を表さなかったし、いささかも沈黙を恥じる様子を示さなかった。馬鹿のように見せることも、馬鹿として見られることもなかった。しかし、彼女は冷たい固い美しさと、足取りと、ドレス以外に、社会にもたらすものは何もなかった。それでも、充分多くの貢献をしていると言っていい。というのは、彼女に多くのものを負うことを社会が認めていたからだ。

ダンベロー卿夫人が入って来たとき、部屋のなかでただ一人動かなかったのが夫だった。とはいえ、熱が欠けていたから動かなかったわけではない。妻の誇らかな入場を見たとき、夫は実際目から喜びの煌めきを放った。大貴族としてふさわしい結婚をしたこと、義務をはたしたことを世間から認められていると感じた。しかし、ダンベロー卿夫人はただの田舎牧師、つまり大執事よりも高い地位にのぼったことがない聖職者の娘にすぎなかった。「あの女は何と見事に娘に教育を施したのでしょう」と、伯爵夫人はその晩化粧室でマーガレッタに言った。言及された女は田舎牧師の妻で、ダンベロー卿夫人の母グラントリー夫人のことだった。

老伯爵はとても不機嫌だった。運命と席順のせいでクランディドラム卿夫人をディナーに案内する役を強いられたからだ。この卿夫人が親切にも寄り掛かるのでなく、伯爵の虚弱な足取りを介助しようと努力したとき、彼からほとんど侮辱された。

「おえっ！」と伯爵は言った。「あんたとわしのような年寄り二人に、お互いに助け合わせようと一緒にするなんてひどい取り決めだな」

「勝手なことを言わないでください」と卿夫人は笑って言った。「少なくとも私は助けなんかなくても歩き回れます」――それはまったく本当のことだった。

「あんたはいいな！」と伯爵は席に着きながらどなった。

そのあと、伯爵は左にいたダンベロー卿夫人といちゃついて、痛風の苦痛を和らげようと努めた。卿がかわいい若い女性に下品なたわごとを囁いたとき、その笑顔と歯は人々が驚嘆する現象だった。その下品なたわごとが今の場合どんなものだったにせよ、ダンベロー卿夫人は愛想よく笑いながら、冷静にそれをあしらって、ただそっけなく単音節の言葉を返した。

クロスビーがディナーに先導する役をおおせつかったのは、レディー・アリグザンドリーナだった。彼はそうなったことを喜んだ。ド・コーシー家の人々のような知人を切り捨てることは、既婚男性としては必要なことかもしれない。しかし、彼はできればレディー・アリグサンドリーナとの友情を結婚後も維持したかった。レディー・アリグザンドリーナはリリーにとって何と立派な友人になることだろう！　そんな友情が可能とすればの話だ。そんな友情はあのいとしい、かわいいリリーにどれほど多くの利益をもたらすことだろう！　――というのは、あのいとしい、かわいい娘の魅力がどんなに大きくても、リリーには何かが――ある人々が気品と呼ぶ振る舞い方や話し方が――欠けていることを結局認めずにはいられなかった。リリーはきっとレディー・アリグザンドリーナから多くのことを学べるだろう。彼が現在の場面でこの令嬢をちやほやする気になったのは、疑いもなくこの確信のせいだった。

令嬢はちやほやされて嬉しがっているように見えた。彼女はディナーのあいだリリーには一言も触れなかった。それでも、令嬢はデール家やアリントンについて話して、これまでクロスビーがどこにいたか知っているることを明らかにした。それから、彼女はロンドンの最近のパーティーのこと、二人の関係がほとんど愛情に近いものになった――クロスビーは今そう思い出した――場面のことを話題にした。少なくとも彼と喧嘩をしたくないと思っていることは明白だった。彼の婚約のことを切り出すことに少しためらいがあることも確かだった。彼女が婚約のことを知っていることを彼は一瞬たりとも疑わなかった。女性たちが食堂を出るまで、二人のあいだはこんなふうだった。

「じゃあ、君も結婚するんだね?」とジョージ令息が言った。令息は女性たちが去ったあとクロスビーの隣に座っていた。クロスビーは答える必要はないと思って、クルミに注意を集中した。

「結婚が男にできるいちばんいいことさ」とジョージは続けた。「つまり、うたた寝なんかしていないで、利益をえる絶好の機会を見逃さないように注意していればだ。わかるだろ。男が老人になるまで、何もすがりつくものもなく生きるなんて意味がないよ」

「少なくともあなたは巣を羽で一杯にして、金持ちになったわけですね」

「ああ、ぼくは大急ぎでちゃんとしたものを手に入れた。手放すつもりはないね。親父がくたばったとき、ジョンはどうするつもりだろう? ポーロックは弟の命を救うためでもパン一切れ、チーズ一かけら、ビール一杯もくれないだろうね。――たとえ弟が懇願してもくれないね」

「長兄が結婚しそうだと聞きましたよ」

「ジョンから聞いたんだろ。ぼくをからかって怒らせるため、そこらじゅうでそれを言い触らしている。ぼくは一言も信じないね。ポーロックは結婚するようなやつじゃない。――それに、ぼくが聞いたことから判断すると、彼は長生きしないと思う」

こうしてクロスビーは窮地を逃れた。ディナー・テーブルから立ちあがったとき、彼はまだ不名誉なことを何も告白するように迫られることはなかった。

しかし、夜はまだ終わっていなかった。応接間に戻ったとき、彼は伯爵夫人との会話を避けるようにした。攻撃は娘からではなく伯爵夫人から来ると信じていたからだ。それで、彼は娘の一人と話をし、次に別の娘と話をしたあと、ついにまたアリグサンドリーナと二人きりになった。

「クロスビーさん」と彼女は低い声で言った。二人は同室の人々に背を向けて、遠く離れたテーブルの奥で一緒に立っていた。「ミス・リリアン・デールのことを私に教えてください」

「ミス・リリアン・デールのことって！」と彼は令嬢の言葉を繰り返した。

「とてもかわいいんですか？」

「はい、確かにかわいいです」

「とてもいい人で、魅力的で、賢くて、――喜ばしいことをみな具えているんですか？　完璧なんですか？」

「とても魅力的です」と彼は言った。「ですが、完璧とは言えません」

「では、欠点は何です？」

「その質問は公平ではありませんね？　もし誰かからあなたの欠点を聞かれたら、私がその質問に答えると思いますか？」

「あなたはきっとそれに答えたうえ、私の欠点のとても長いリストを作るんです。でも、あなたはミス・デールを完璧だと言わなければなりません。もし紳士が私と婚約したら、その紳士は私が完璧の極致だと広く世間の前で誓ってほしいものです」

「ですが、紳士があなたと婚約していなかったら、どうなんです？」

「それなら話は違います」

「私はあなたと婚約していません」とクロスビーは言った。「そんな幸せとそんな栄誉は残念ながら私の手の届かないところにあります。ですが、それでも私はどこでもあなたが完璧だと証言する用意があります」

「そんなことをしたらミス・デールは何と言うかしら？」

「私が友人について言いたい意見は、私の意見であり、他人の意見には左右されないことをあなたに請け合わせてください」

「では、あなたはまだ誰の奴隷にもなっていないって言うんですね？　あなたがその自由を満喫できるのはあと何か月なんですか？」

クロスビーは答える前にしばらく黙り込んでいたが、それから真剣な声で答えた。「レディー・アリグザンドリーナ、どうか一つ大きなお願いを聞いていただけませんか？」

「どんな願いでしょうか、クロスビーさん？」

「私はかなり真剣なんです。私がここにいるあいだどうか友人として、ミス・デールの名を私の名と結びつけないでいただけませんか？」

「喧嘩でもしたんですか？」

「いえ、喧嘩はしていません。今なぜこんなことをお願いするか説明できませんが、ここを出るまでには説明します」

「私に説明するって！」

「私はあなたをたんなる知り合い以上の人――友人と見なしてきました。すぎ去った日々には友人以上の存在だったらと望むほど、向こう見ずなところもありました。私にそんなことを望む正当な理由なんかなかったと告白します。それでも、まだあなたを友人と見なしてもいいと信じますが？」

「ええ、そう、もちろんです」と、レディー・アリグザンドリーナは低い声、かなり優しい調子で言った。

「私はいつもあなたを友人と思っていました」

「ですから、私はあえて先程お願いしたんです。これは今の時点では大っぴらに話すことができない話題です。話せば後悔します。ですが、あなたにはコーシーを出る前にすべて説明するとお約束します」

彼はとにかくレディー・アリグザンドリーナを煙に巻くことに成功した。「彼は婚約なんかしていないと思います」と、彼女はその晩レディー・アミーリア・ゲイズビーに言った。

「そんな馬鹿な、あなた。レディー・ジュリアは事実を知らなかったら、あんなに確信を持って話しはしません。もちろん彼はその件を話題にしてほしくないんでしょう」

「たとえ婚約していたとしても、彼はどうせまた壊してしまいますよ」と、レディー・アリグサンドリーナ。

「たぶんそうでしょう、あなた、もしあなたが彼の尻を叩いたらね」と、既婚の姉が姉らしい気立てのよさをたっぷり見せて言った。

註

（1）『ソーン医師』でレディー・アミーリアは相手の生まれが卑しいという理由で、いとこのオーガスタ・グレシャムにゲイズビー氏との結婚を思いとどまらせたあと、自身が身を低くして彼と結婚した。
（2）トロロープは福音主義の教義と実践、特に安息日の厳守に生涯反対を唱えた。

（3）『オセロ』第五幕第二場に「悪意を持って曲解する」というオセロの台詞がある。
（4）馬鹿でなければつまらぬ手には乗らないの意。
（5）『ヘンリー四世』第一部第二幕第四場に「いっそ機織り職人にでもなりてえや、賛美歌でも何でも歌って暮らしてな」というフォルスタッフの台詞がある。
（6）彼女はパリサー小説群で自由党の内閣を作り、つぶすセント・バンギー公爵の妻で、虚栄心の強い俗物。二つの小説『彼女を許せるか?』と（ほんの少しだが）『ミス・マッケンジー』に登場する。
（7）ウィルキー・コリンズの『白衣の女』は一八六〇年八月に出版された。ド・コーシー伯爵夫人のパーティーは同年秋に設定されている。

第十八章　リリー・デールが受け取った最初の恋文

クロスビーは寝床に就いたとき、かなり鼻高々だった。彼は良心によって咎められるようなことを何も言わないで、彼に対してなされた非難を頓挫させることに成功したからだ。その時は、とにかくそう自分に言い聞かせた。彼はリリアン・デールとの婚約に何か問題があり、今の時点では何も定まったものはないとの印象を発言によって生み出した。しかし、翌朝良心は思ったほど澄み切っていなかった。リリーがすべてを知ったら、何と思い、何と言うだろうか？　彼は本心をリリーに、あるいは誰かに話す勇気があるだろうか？

彼は朝の風呂で危険な目にあうまでまだ一時間あると知って、寝床に横たわりながら、コーシー城とその住人は好きになれないと思った。デール母娘に匹敵するような人が彼らのなかにいるだろうか？　彼はジョージもジョンもひどく嫌いだった。伯爵も嫌いだった。彼は伯爵夫人をまるきり意に介しておらず、知人は知人でも、コーシー城とロンドン屋敷の女主人として知るだけの女性と見ていた。彼はド・コーシーの娘たちを――今愛を告白したアリグザンドリーナをも――時々あざ笑った。それなりの仕方でアリグザンドリーナにはおそらくほのかな好意を抱いていたのだろう。だが、それは一度も心の琴線に触れたことのない好意だった。彼は世俗的なものの価値の全体を――特権を持つコーシー城や、ダンベロー卿夫人や、クランディドラム卿夫人や、そういう世界の全体を――正しく計ることができた。シュロップシャーのハートルトップ卿夫人の立派な屋根の下にいたときよりも、アリントンのあの芝生の上にいたときのほうが自分が幸せで、充足できることを知っていた。ダンベロー卿夫人は魂のもっとも深い部分でも、世俗的なものだけで満足していられた。しかし、彼はダンベロー卿夫人のようにはいかなかった。世俗的なものよりももっといいものがあり、それが彼の手の届くところにあることに気づいていた。

それでも、コーシーの雰囲気は圧倒的な影響力を持っていた。彼は胸中この問題を議論するとき、我が身をライ患者と見なした。回復の見込みがないから、生活の全体をライ患者の状況にふさわしくしようと思った。アリントンの「小さな家」のほうがコーシー城よりもいいんだと心に言い聞かせても無駄だった。悪魔は天国のほうが地獄よりもいいとわかっていても、地獄のほうが性に合っていると思う。クロスビーは機知が働く限り辛辣な言葉でダンベロー卿夫人をあざ笑った。卿夫人の友人らがいるところでさえだ。それでも、卿夫人と同じ家に滞在する特権を大切に思った。それは彼がはまって逃れられない人生の路線だった。そこから身を救い出す苦闘が手に負えないものであることを肌で感じた。彼はアリントンにいるあいだもこれに悩まされたが、コーシー城のカーテンの圧力のもとでは当惑で圧倒されそうになった。

ただちにこの城から逃げ出したほうがいいのではないか？　彼はリリアン・デールとの婚約を悔いていることをほぼ認めつつも、まだその婚約を実行しようと決心していた。名誉にかけても「あの小さな娘」と結婚しなければならない。己が名誉の人だと確信するとき、頭上のカーテンをいかめしく見あげた。そうだ、身を犠牲にしよう。誓いの言葉を言おうといったん決めたからには、そこから後戻りはできない。彼はあまりにも男らしかったから、そんなことはできなかった！

しかし、リリーが別れたほうがいいと野原で言い出したとき、その英知の結果を彼が拒否したのは間違いではなかったか？　いや、彼はただ時の勢いでその申し出を受け入れる勇気がなかっただけで、それを拒否したわけではないと思っていた。違う。「私は哀れなあの娘に対してあまりにもお人好しだったから、別れるという彼女の言葉をそのまま受け入れることができなかっただけだ」彼は胸中こんなふうにこの問題をとらえていた。リリーに対してあまりにも誠実に振る舞ったため、今その結果二人とも一生不幸になるというわけだ！ 彼は少ない収入で所帯を持つことに満足できなかった。それははっきりしていた。この問題で彼ほど厳しく状況を見詰めることができる人はいなかった。しかし、彼が受けた早期教育の悪影響を今正そうとしてももう遅すぎた。

彼は寝床に横たわりつつ、問題をこんなふうに議論した。何度も何度も一つの議論を別の議論で否定しながら、その議論のどれでもこの婚約を不幸なものと見る見方で一致した。哀れなリリー！ リリーが彼に言った最後の言葉は、二度と彼を疑わないとの保証を与えるものだった。リリーもまた今朝、彼がいない最初の朝、寝床で目覚めたとき、互いに交わした誓いのことを考えていた。彼女はその誓いに何と誠実だったことか！ 何と全身全霊を捧げて妻になろうとしていたことか！ 彼を愛するだけでなく、愛して極限まで尽くそうと、この世においてだけでなく、できれば来世までも尽くそうと願っていた。

「ベル」と彼女は言った、「あなたも結婚することになればいいのにね」

「ありがとう」とベルが言った。「たぶんいつかね」

「ええ、でも本気なのよ。結婚ってとても真剣な問題のように思えます。でも、今あなたがそれについて私に話せるとは思いません。もしあなたが私と同じ立場だったら、話せるでしょうがね。私が彼を幸せにできると思う？」

「もちろんよ」

「彼はほかの誰と一緒にいるよりも私と一緒にいるほうが幸せかしら？ それを考える勇気がないんで

す。彼が私よりもぴったりの人を見つけたら、私は明日にでも彼をあきらめることができると思います」レディー・アリグザンドリーナ・ド・コーシーの魅力がみなわかったら、リリーは何と言っただろうか？

伯爵夫人は彼にとても礼儀正しくして、婚約については何も聞かなかったが、アリントンの滞在に関してはたくさん質問した。クロスビーは大きな屋敷で女性の相手をさせたら、評判のいい人だった。(1)狩猟家だったけれど、いつも狩猟管理人と出かけるほど熱心ではなかった。政治家だったけれど、青書の精読や党の戦略の準備に朝を犠牲にすることはなかった。読書家だったけれど、書斎にこもることはなかった。騎手だったけれど、厩舎で見つけられることはあまりなかった。彼は会話を求められるときは、それを提供することができたし、女性たちのなかで必要とされていないときは、邪魔にならないところに引っ込むことができた。到着の翌日の朝食と昼食のあいだに、彼は伯爵夫人とたくさん話をして、愛想よく振る舞った。デール家のような素朴な田舎の人々のところに長く滞在したことで、卿夫人からずっとやんわり嘲笑された。彼は精一杯の上機嫌で卿夫人の小さな嫌味に堪えた。

「まったく動かないでアリントンに六週間！　ねえ、クロスビーさん、そこに根が生えたと感じたに違いありません」

「そうなんです――古木のようにね。本当に根が生えたようで、動くことができませんでした」

「家はいつも人で一杯でしたか？」

「レディー・ジュリアの甥のバーナード・デール以外に誰もいませんでした」

「まったくダモンとピュティアス(2)みたいです。六週間邪魔されぬ友情の喜びを味わうため、アリントンの緑陰へ出かけるなんて驚きです」

「友情とヤマウズラのためにね」

「それで、ほかには何もなかったの？」

「ありましたよ。とても立派な二人の娘を連れた未亡人がいました。正確には同じ家にではないんですが、同じ敷地内に住んでいました」

「あら、そう。それなら話はまるきり違うでしょ？　あなたはヤマウズラの数が足りないことにも、思うに、友情が足りないことにも堪えられる人ではありません。でも、美しい娘の話が出て来るとなると――」

「それだと話は違いますか？」

「ぜんぜん違いますね。前にそのデール夫人については耳にしたことがあるように思います。それで、娘たちはそんなにすてきなのですか？」

「とてもすてきです」

「思うに、クロッケーをして、芝生でシラバブ(3)を食べるんでしょ？　でも、本当にそんな生活で飽きなかったのですか？」

「いえ、卿夫人、飽きませんでしたね。私は非常に(4)幸せでした」

「羊飼いの杖で出かけるのでしょう？」

「必ずしも本物の羊飼いの杖ではないんです。ですが、まあいろいろなことをするんです。私は豚についてずいぶん勉強しました」

「ミス・デールの手引きに従ってですか？」

「はい、ミス・デールの手引きに従いました」

「そんな魅力から身を引き離して、私たちのような非ロマンチックな人々のところへ来ていただいて、きっと誰かさんはあなたに感謝しますね。でも、男性は一生に一、二度その種のことをすると思います。

——それからその思い出の話をするのです。あなたの場合も思い出を超えることはないと思いますが」

これは正面からの問いかけだったが、まだうまく言い逃れをする余地があった。「少なくとも私の生涯に渡って残る思い出を」と彼は言った。「残してくれました！」

ド・コーシー卿夫人はこの会話にとても満足した。卿夫人はレディー・ジュリアの発言が正しかったことを一瞬たりとも疑わなかった。彼女はクロスビーがロンドンで娘に恋する兆候を示していたのに、田舎の若い娘と婚約したことに顔をしかめた。それに、そんな行為は彼女の目から見ると、大きな罪に値した。男は日々そんな裏切り行為をし、娘はそんな男の裏切りに備えている。男は彼女の目から見ると、婚約したからといって安全とは見られなかった。決まった男がいると自認する若い娘にはその点に注意させなければならない。卿夫人は娘たちの過去の経歴を振り返ったとき、一度ならずそんな失望を数えあげなければならなかった。アリグザンドリーナだけでなく娘たちはみなそんな扱いを受けてきた。ド・コーシー卿夫人は娘たちに壮大な希望を持ち、そのあところ合いの希望を持ち、そのあと苦い失望を味わった。結婚したのは一人だけで、相手は弁護士だった。卿夫人がこの問題でリリーの権利に上品ぶった感情なんか抱かなかったのはわかるだろう。

クロスビーのような男は確かに伯爵の娘にお似合いの相手というわけではなかった。実際にそんな結婚が成立したとしても、伯爵家にとってはつまらぬ勝利でしかない、と言われるかもしれない。伯爵夫人は先のロンドンの社交シーズンでアリグザンドリーナを観察し、警告して、この男クロスビーとのつき合いを軽率だと咎めた。しかし、娘は十四年間この結婚市場にいて、疲れ切っていた。姉らはもっと長く結婚市場にいて、ほとんどあきらめ、絶望していた。アリグザンドリーナはクロスビーに関して、もう心を制御できなくなったとか、永久に心を捧げたとか、そんなことは母に言わなかった。が、口をとがらせて、自分が何をしているかよくわかっていると言い、逆に母を叱った。ド・コーシー伯爵夫人は娘がこの戦いに疲弊しているのに気づいた。それから、ほかに配慮すべきことがあった。クロスビー氏は確かに資産は多く持っていなかったとしても、貴族の影響力と彼自身の地位によって何か立派なものになりそうな男だった。どんなパン種でもふくらませられない、見込みのない、重苦しい男ではなかった。彼は伯爵夫人と娘が恥じる必要のない社会的地位に着いていた。ド・コーシー伯爵夫人は娘のねらいにはっきり同意したわけではなかったが、その計画が承認できるとの暗黙の了解を娘に与えた。

そういう時にアリントンの小娘のこの知らせが届いた。卿夫人はクロスビーには怒りを感じなかった。こんなことで怒ったら、無益で、愚かで、ほとんど不作法だった。こんなことはクリケットの選手にとって守備が自然であるように、卿夫人にとって試合の自然な一部だった。どんな試合でも勝ち続けることはできない。クロスビーが結果として娘婿になるにしろ、ならないにしろ、アリントンのあの若い娘の三柱門にボールを投げて攻撃するのが卿夫人にとって自然な義務だった。もしミス・デールが試合をよく知っていて三柱門を守ることができるなら、そうすればいい。

伯爵夫人はクロスビーがリリアン・デールと婚約したと信じた。彼がその婚約を恥じていることも同様に信じた。もし彼が本当にリリーが好きだったら、リリーを放置してコーシー城に来るはずがなかった。もし彼が本当に結婚を決意したのなら、婚約についての問い掛けに嘘の答えではぐらかすはずがなかった。彼がリリー・デールと遊んだだけだとわかるから、できれば若い娘がそれを真剣に受け取っていないことが望まれた。それがド・コーシー卿夫人がこの件を見たいと思うもっとも思いやりに満ちた見方だった。

クロスビーはディナーの前にリリーに手紙を書かなければならなかった。到着したらすぐ書くと約束していたのに、約束の日からすでに一日すぎたことに気づいていた。リリーは彼の手紙を糧に生きると言っていたので、最初の糧を与えることがどうしても必要だった。それで、ディナーの前にたっぷり時間を取って部屋にこもり、ペンとインクと紙を取り出した。

　クロスビーはペンとインクと紙を取り出して、難儀に突き当たったことに気がついた。彼がまるきり悪党ではないことを、私は理解してもらいたいと思う。彼はちゃっかり座って、嘘だとわかっている手紙を己の脳裏から出たものとして書くことができなかった。彼は狭量な、俗っぽい、移り気な、我が身をよく思いたがる、持たぬ美徳を持つと思いたがる男だった。それでも、熟慮のうえ愛を誓った女に残酷に嘘をつくことができなかった。少なくともしばらく愛情に満ちた、思いやりをリリーに感じなければ、愛情に満ちた、思いやりのある手紙を書くことができなかった。それで、彼は今座って、手に乾いたペンを持ったまま、ド・コーシー卿夫人の技巧によってリリーとアリントンに背くように仕向けられた、心の風景を模様替えする作業に着手した。人がこれをするには時間がかかる。じつに不快な戦いを胸中繰り広げなければならないうえ、しばしばうまくいかない努力をすることになる。別の時なら笛なんか吹かなくても大急ぎで駆けつけてくる着想なのに、着想をえるよりも時として二ハンドレッドウエイト(5)を持ちあげるほうが易しい時がある。

　彼がちょうど日付を書き終えたとき、部屋のドアが軽くノックされて、開いた。

「おい、クロスビー」とジョン令息が言った。「ディナーの前に葉巻を吸うことについて、昨日何か言わなかったかい?」

「何も」と、クロスビーはかなり怒った口調で答えた。

「じゃあ、ぼくだったかな」とジョンは言った。「だが、ここで葉巻を吸わないんなら、葉巻入れを持って、馬具室へ降りて行こう。すてきな心地いい場所をそこにあつらえてもらったぜ。そこへ行ったら、男たちが馬に馬具をつけるところを見ることができる」

クロスビーはジョン令息が災難にあえばいいと願った。

「書かなければならない手紙があるんです」と彼は言った。「そのうえ、私はディナーの前には吸いません」

「馬鹿げたことを。ディナーの前に何百回も君と葉巻を吸ってきたじゃないか。ジョージやほかの連中と同じように、君も気むずかし屋になるつもりなのかい？　世の中、どうなってしまうかわからないね！　アリントンのあの小娘が君に煙草を吸わせようとしない、というのが実際のところなんだろうね」

「アリントンのあの小娘って――」と、クロスビーは話し始めたところで、今の相手にその小娘のことを何か言うのはまずいと考え直した。「ちょっと聞いてください」と彼は言った。「書いて今度の郵便で送らなければならない手紙が本当にあるんです。化粧テーブルの上に私の葉巻入れがありますから」

「ぼくがそんな状況に追い込まれるまで、これから長い時間がかかればいいんだがなあ」と、ジョンは葉巻を取って言った。

「葉巻入れは戻してくださいよ」とクロスビー。

「小娘からの贈り物だろ？」とジョンは言った。「いいよ、君、戻すよ」

「ご立派な義兄になることだろうな」ドアが退出するド・コーシー家の息子の背後で閉められたとき、クロスビーはそうつぶやいた。それから、再びペンを取った。手紙を書かなければならない。それで、テーブルの上に身を乗り出して、言葉をひねり出し、紙を文字で満たす決意をした。

コーシー城にて、一八六――年十月

最愛のリリー

時候の挨拶として控え目に送った小さな手紙を除くと、これは私があなたに書く最初の手紙ですね。――何か気恥ずかしい感じがします。この手紙はもっと早く届いてしかるべきだとあなたは思われるでしょう。ですが、事実は結局私が昨日ディナーの直前にやっとここに到着したことによるんです。バーチェスターに非常に長くとどまっていて、じつに奇妙な人物に会いました。というのは、私は大聖堂へ行って、その後そこで礼拝を執り仕切っていた牧師と親しくなったんです。とても優しい老人でした。――すこぶる奇妙なことにこの老人がダンベロー卿夫人――今ここに滞在しています――の祖父なんです。あなたがダンベロー卿夫人をどう思うか、あるいは卿夫人と一週間同じ屋敷内に閉じ込められていたいと思うか知りたいものです。

私は立ち去ったその日には希代のペテン師でしたけれど、バーチェスターへの滞在については今本当のことをあなたに伝えなければなりません。あの最後の朝、私は別れを避けたくて、不必要に早く出発したんです。あなたはこれを聞いて腹を立てていると思いますが、はっきり告白するのが私の魂にはいいんです。あなたは早く起きて来て、私のささやかな計画を台無しにしてしまいました。去って行く私たちを見送って、あなたがテラスに立っているのを見たとき、あなたが正しくて、私が間違っているのがわかりました。別れの時が来たとき、最後の瞬間に一緒にいられて私はとても嬉しかったんです。

私の最愛のリリー、この場所がアリントンの二つの家とどれほど違うか、また私が後者の生活様式をどれほど気に入っているか、あなたはわからないでしょう。私はいわゆる世俗的なものにまみれた人間だと思いますから、あなたからそれを治してもらわなければなりません。あなたのもとを離れてずいぶん自問した結果、まだ治療できないほどそれが悪化してはいないと思います。とにかく医者の手に安心して身を委ねます。習慣を改めるのが難しいことはわかっています。ですが、私はアリントンでは一日毎時間が楽しくて幸せだったことを認め、ここではすべての人に、またほぼすべてのものに退屈していることを真実として認めます。この家の娘の一人は好きですが、ほかの人たちには友人どころか、連れさえも見出せません。それでも、もしこんな盟友らから突然切り離されたら、私はとてもまずい状態に陥ってしまうでしょう。

ロンドンにのぼったら——今私は心から上京したいんです——、ここよりももっとくつろいで、もっとこだわりなくあなたに手紙を書くことができると思います。ここの人たちのあいだでは、私はほとんど本来の私、あなたにいつも知っておいてほしいと望む私ではないことがわかります。それでも、心からあなたを愛していると言うことができないほど、ここの瘴気にやられてはいません。たとえ私の身がここにあっても——実際には違います——、私の心はアリントンの芝生の上にあります。あの美しい芝生とあの美しい橋！ベルとあなたのお母さんに私からとよろしくお伝えください。お母さんにはほとんど私の母に話しているようにすでに感じています。リリー、愛する人、すぐ私に手紙を書いてください。あなたの手紙が私のよりも長い、立派な、明るいものであることを期待しています。ですが、ロンドンに戻ったら、私の手紙ももっと立派にしようと思います。

あなたに神の祝福がありますように。心からあなたのものである

A・C

彼は手紙を書く過程で徐々に温かい気持ちに包まれて、強いて愛情深くしようと、率直に、誠実に——そううぬぼれたけれど——なろうとした。とはいえ、彼は自分が世俗的だという部分に触れたとき、ある種の逃げを打っていることを一部意識していた。もしその逃げが最後に必要ならばの話だ。「やってみました」と彼は言うつもりでいた。「やろうと最善の努力をして、誠実に取り組みました。ですが、うまくやり遂げられるほど私は立派な人間じゃなかったんです」彼はこんなふうに言うことを前もって意図してこの手紙を

書いた、と私は言いたくはない。しかし、彼は書いたとき、そんなふうに扱われてもいいと思わずにはいられなかった。

彼はざっと手紙を読み返してみて、満足し、これから四十八時間は手紙から解放されるとはっきり思った。どんな罪にまみれるにせよ、リリーに対する義務ははたした！　彼はこんなふうに気楽に考えて、コーシー城の郵便箱に手紙を投函した。

註

（1）政府発行の刊行物、報告書、手引書。

（2）第二章註（5）参照。

（3）ミルクかクリームにワインを混ぜ、砂糖、香料を加えて固めたもの。

（4）『空騒ぎ』第二幕第一場のベアトリスの台詞に "happy as the day was long" の句がある。

（5）一ハンドレッドウエイトは重量の単位で、イギリスでは一一二ポンド（約 50.8kg）。

第十九章　郷士が「小さな家」を訪問する

デール夫人は老後の私的な幸せを見出す当てが、クロスビーの家にはあまりないと思った。クロスビーに嫌悪感とか、不信感を抱いていたわけではない。しかし、彼を充分見てきたので、ロンドンのリリーの将来の家が夫人の家にはなりえないと確信していた。彼は世俗的な人、少なくとも世慣れた人だった。収入を最大限に利用したがるだろう。たぶん金そのものを求めるのではなく、金だけがもたらすものを追い求める長い苦闘の人生を送るだろう。世のなかには年八百ポンドを大きな富と思う男がおり、それで人生に必要なあらゆる快適さがえられる家がある。しかし、クロスビーはそんな男ではなかったし、彼の家はそんな家ではなかった。デール夫人はリリーが彼と一緒になって幸せになってほしいと願い、彼の生き方に満足してほしいと願い、そうなることを信じようとした。しかし、そんな結婚なら、夫人はこの娘からまったく引き離されてしまうことを認めないではいられなかった。来るべき歳月に我が身を迎え入れてくれるとずっと期待していたあの快適な住まいは、野原や木々に囲まれたところにあって、ロンドンのどこか狭い通りにはないと思っていた。リリーは今都会の女性にならなければならない。しかし、ベルがまだ夫人には残っていた。ベルが田舎の家を見つけることは、まだ期待できるかもしれない。

リリーが初めて母に婚約の話をした日から、デール夫人は次女とよりもベルと頻繁に話し込んだ。クロスビーがアリントンにいるあいだ、これは当然のことだった。彼とリリーがもちろん一緒にいたから、母はベルと二人で残された。しかし、クロスビーが去ったあとでもこの状態が続いた。母と次女のあいだに何か冷めたものか、愛情の不足があったというのではない。リリーが恋人のことで夢中になっていたし、デール夫人は心から結婚に同意したものの、未来の娘婿にほとんど共感するところがないと感じていた。夫人は彼が嫌いだと思ったことは一度もなく、それどころか時々彼が好きだと胸に言い聞かせた。しかし、じつのところ彼は夫人の心にかなう男ではなく、夫人の息子、夫人の子とはなりえなかった。

とはいえ、夫人とベルはリリーの将来のことを話して、よく時間をすごした。「私はとても奇妙に感じます」とデール夫人は言った。「いろいろな娘がいるなかで、あの子がクロスビーのような男から思いを掛けられたとはね。あるいはあの子がクロスビーを好きになったとはね。リリーがロンドンで生活するなんて想像もできません」

「妹はもし彼から優しく愛されたら、どこに連れて行かれても幸せなはずです」とベル。

「私もそれを願っています。――確かにね。でも、あの子が私たちから遠く切り離されてしまうように感じます。切り離しているのは距離ではなくて、生活様式なんです。あなたがそんな遠くに連れて行かれないように願っていますよ」

「私がロンドンに連れて行かれることはないと思いますね」とベルは笑いながら言った。「でも、わかりません。もし行くことになったら、母さんも私たちについて来なくては」

「またクロスビーのような人なんてごめんですよ、あなた」

「でも、もしかしたら私も一人ほしいかもしれません。しかし、まだ母さんがおびえる必要はありません。アポロのような人が毎日この通りに現れるわけじゃありませんから」

「かわいそうなリリー！　あの子が初めて彼をアポロと呼んだときのことを覚えています？　私はよく覚

えています。バーナードから連れて来られた翌日彼がここに来たことや、私が隣の庭にいたとき、あなたたちが庭でどんなふうにクロッケーをしたか覚えています。それがこんなことになるとは、考えてもいませんでした」

「でも、母さん、後悔はしていないでしょう?」

「あの子が幸せになるんなら、後悔はしません。彼といて幸せになれるんなら、私はもちろん後悔しません。あの子が私たちから引き離されて世のはてまで連れて行かれても、後悔しません。あの子とあなたの幸せ以外に私が何を求めるというんです?」

「ロンドンの男性も田舎の男性と同じで、妻と一緒にいれば幸せなんです」

「ええ、そうね、全女性のなかで私がいちばんそれを認めなければね」

「それにアドルファスに対して私たちが不信を抱く理由はありません」

「そうね、あなた、そんな理由はありません。もし不信を抱いたら、私は進んで結婚に同意しなかったはずです。でも、それでも――」

「つまり、母さんは彼が好きじゃないんです」

「あなたが夫として選ぶ男性を好きになりたいと願うほどは心から好きになれないんです」

リリーはこの件についてデール夫人に何も言わなかったが、母が少し疎遠になったと感じていた。家族のあいだでクロスビーの名がしばしばあがるとき、デール夫人の声の調子や話す態度には真の共感に裏打ちされた熱意や誠意が欠けていた。リリーは内面を分析してみなかったし、母のそれを詳しく問い合わせてみることもしなかった。が、必ずしも願っているような状態ではないと思った。「母さんは彼が好きじゃないことがわかっています」と、クロスビーの最初の手紙を受け取った夜、リリーはベルに言った。

「あなたほど彼が好きじゃないかもしれません。でも、母さんは彼を愛しています」

「私ほど好きじゃないって！　そんなこと当たり前じゃない、ベル。母さんは当然私ほど彼を愛していません。でも、事実は母さんが彼をまるきり愛していないっていうことなんです。私がわからないとでも思います？」

「残念ながら、あなたにはたくさんのことがわかりすぎるんです」

「母さんは彼の悪口を言いません。でも、もし彼が本当に好きなら、時々何か好意的なことを言うはずです。あなたや私が母さんよりも前に彼のことを話し出さなかったら、母さんが彼を話題にすることはないように見えます。彼が気に入らないんなら、どうしてもっと早くそう言わないのかしら？」

「それは母さんに対して不当な言い分です」とベルは熱心に言った。「母さんは彼が気に入っています。気に入っていますとも。何か特別な理由でもない限り、母さんはこんな問題で私たちに干渉したくないんです。あなたにはそれがはっきりわかっているはずです。クロスビーさんについても、母さんは一瞬のためらいもなく結婚に同意しました」

「ええ、そうでした」

「じゃあ、どうして母さんは彼が気に入らないなんて言うんです？」

「母さんのあら探しをする気はありません。おそらくすべてがうまくいくと思います」

「うまくいきます」しかし、ベルはこのじつに満足できる見込みを述べたとき、リリーがクロスビーと結婚してロンドンへ連れて行かれたら、母や妹が思っているように、家族がばらばらになると思っていた。

翌朝デール夫人はベルと一緒に座っていた。リリーは上の自室にいて、恋人に手紙を書いているか、彼の手紙を読んでいるか、彼のことを考えているか、彼のため仕事をしているかしていた。ある意味彼のために時間を取られて、それで一人でいた。今は十月の半ばで、デール夫人の応接間には暖炉に火が点されていた。芝生に面している窓は閉め切られ、重いカーテンも降ろされて、この夏が終わったことをありがたくない事実として告げていた。デール夫人はこれをいつも悲しんだが、それをはっきり口に出して言うことはなかった。

「ベル」と、夫人は突然顔をあげて言った。「窓に伯父さんがいます。入れてあげて」というのは、カーテンが降ろされたとき、フランス窓も閉じられ、錠も掛けられていたからだ。それで、ベルは立ちあがって、郷士を入れるため通路をあけた。郷士はめったにこんなふうにやって来ることはなかった。こんなふうにやって来る時は、普通郷士にあらかじめ明確な目的がある時だった。

「何じゃ！　もう暖炉かね？」と郷士は言った、「十一月の頭まで朝、もう一方の家では火は入れんよ。ディナーのあとは火格子に火花を見るのは好きじゃがね」

「寒い時は火が好きです」とデール夫人。しかし、これは郷士と義妹とで以前から意見の合わない点だった。デール氏は用があったから、暖炉の問題で意見を主張して今精力を無駄にしたくなかった。

「ねえ、ベル」と彼は言った。「事務的なことで一、二分お母さんと話があるんじゃ。少しわしら二人だけにしてくれんかね？」それで、ベルは手元の仕事道具を集めると、二階の妹のところにあがった。「クリストファー伯父さんが母さんと下にいます」とベルは言った。「何か話があるようです。あなたの結婚にかかわることじゃないかしら」しかし、ベルは間違っていた。郷士の来訪はリリーの結婚とは無関係だった。

ベルが席を外したあと、郷士が何か質問を受けるものと思って間を置いたのは明らかだったが、デール夫人は動くことも口を利くこともしなかった。

「メアリー」と彼はとうとう言った。「私が来た理由を言おう」それで、夫人は手に持っていた編み物を前の仕事籠の上に置いて、郷士の話に耳を傾けた。

「ベルのことについて話があるんじゃ」

「ベルのことですって？」とデール夫人は言った。郷士が長女について言いたいことがあることにずいぶん驚いた様子を見せた。

「そうじゃ、ベルのことじゃ。リリーが結婚することになったので、ベルも結婚するのがいいじゃろ」

「おっしゃることがわかりません。そんなに急いでベルを嫁がせようとは思っていません」とデール夫人。

「そうじゃな、おそらくそうじゃろう。じゃが、もちろんあんたはベルの幸せだけを考えておるじゃろう。わしも同じように考えていると心から言うことができる。普通の状況ならベルが結婚を急ぐ必要なんかないんじゃ。じゃが、急いで結婚することが望ましい状況があるかもしれない。そんな状況があるとわしは思う」郷士が本気であることは声の調子と態度から明らかだった。しかし、用意した計画を夫人に伝えるのを難しいと思っていることも明らかだった。彼は声に少しためらいを見せたし、ほとんど神経質になっていた。デール夫人は少し意地悪なところを見せて、郷士の話を助けてやろうとしなかった。夫人は娘たちのことに郷士が干渉してきたことで嫉妬していた。もちろん郷士の言葉に耳を傾けなければならないが、彼に偏見を抱いていたから、彼が言おうとすることに何でも反対する気で聞いていた。郷士は状況についてささやかな発言を終えたあと、再び間を置いた。それでも、デール夫人は黙ったまま座り、彼の顔に目を向けていた。

「わしは娘たちを本当に深く愛している」と郷士は言った。「あんたはわしが娘たちを愛しているとは思わんじゃろうがね」

「あなたは確かに娘たちを愛してくれていると思います」とデール夫人は言った。「娘たちにもそれがわかっています」

「娘たちには不自由なく生きていってほしいとわしは願っている。わしには子供がおらんから、二人の弟の子供がわしにはすべてなんじゃ」

デール夫人は郷士の跡取りがバーナードであることをいつも当然のことと見なしていたから、娘たちがその点に関して何か要求できると感じたことはなかった。デール家のいちばん年上の男子卑属が、デールの土地と金のすべてを相続することが一族の了解事項だった。そんな取り決めが妥当であることも充分承知していた。あたかも共同の世継ぎでもあるかのように甥と二人の姪を一列に並べた点で、郷士がほとんど偽善の罪を犯しているように夫人は思った。郷士がバーナードを養子と見なしており、そんな養子を取る権利を有することは誰からも認められている。バーナードは郷士からすべてを与えられる代わりに、跡取りとして多くの点で郷士に従わなければならない。しかし、姪が世の伯父にとって何でもない存在であるように、娘たちは郷士にとって何でもない存在だった。結婚における姪の身の振り方は郷士とは無関係だった。母はすでに反旗を翻しており、我が身と子供の独立のため戦う用意があった。「もしバーナードが立派な結婚をしたら」と夫人は言った。「きっとあなたにとってこのうえもない幸せでしょう」――郷士には、それ以外の結婚について悩む権利なんかないことをほのめかすつもりで夫人はそう言った。

「そこなんじゃ」と郷士は言った。「そうなったら、わしには大きな慰めじゃ。彼とベルが一緒になる気持ちを固めてくれたら、あんたにとっても大きな慰めになるとわしは思う」

「バーナードとベルが！」とデール夫人は叫んだ。そんな結婚はこれまで一度も考えたことがなかった。今びっくりして黙って座っていた。夫人はずっとバーナードが気に入っており、家族以外ではデール家のほかの誰よりも彼に家族的な愛情を感じていた。彼は夫人の家でとても親しく振る舞っており、ほとんど娘たちの兄のような存在になっていた。しかし、夫人は彼を娘のどちらかの夫にしようと考えたことは一度もなかった。

「じゃあ、ベルはあんたにこのことを何も話しておらんのかね?」と郷士。

「一言も聞いていません」

「あんたは一度もこのことを考えたことがないのかね?」

「もちろんありません」

「わしはこれについてずいぶん考えたよ。この数年いつも考えてきた。それに望みを掛けてきたから、もし実現しなかったら、とても悲しいことじゃ。二人ともわしにとってじつにだいじな——誰よりもだいじな人たちじゃ。二人が夫婦になるところが見られたら、いつ何時二人に伝来の場所を譲っても構わんよ」

この発言には、義妹の前でこれまでに見せたことがない郷士の純粋な感情があったし、夫人が郷士にあると思っていた以上の誠意があった。娘がこの予期せぬ温かい愛情に包まれていたことと、そんな思いやりに感謝の気持ちを抱く必要があることを夫人は認めずにはいられなかった。

「ベルのことを親身に思ってくださってありがたいです」と母は言った。「とてもありがたいです」

「ベルのことはずいぶん考えている」と郷士は言った。「じゃが、今それはたいして重要なことじゃない。事実は、彼女がバーナードの申し出を断ったということじゃ」

「バーナードはもう娘に申し込んだんですか?」

「彼はそう言っていた。ベルから断られたともね。ベルが断ったのはおそらく当然じゃったろう。彼を恋人として見るような心の整理ができていなかったからね。わしはベルを責めることはできんし、怒ってもおらん」

「怒るですって! いいえ、従兄を愛せなかったからといって娘に腹を立てることはできません」

「怒っていないと言っているじゃろ。じゃが、ベルは申し出について考えてくれるとわしは思う。あんたはこの結婚が気に入ってくれるじゃろうね？」

デール夫人は初め何も答えないで、様々な観点から問題を思い巡らした。この結婚には一目でよいと思われる多くのものがあった。ここの状況のすべてがこの結婚に好意的だった。夫人について言えば、この結婚が実現すれば、夫人が望むものすべてを約束してくれそうだった。実現すれば、リリーにたくさん会える見込みがある。というのは、もしベルが伝来の屋敷に落ち着いたら、クロスビーは当然友人のところによく来るだろう。夫人はバーナードも気に入っていた。この結婚のことを思い巡らすとき、もし実現したら、夫人と老郷士のあいだにも真の思いやりのようなものが芽生えるだろうとも一瞬空想した。もしベルと子供がすぐそばに住めば、「小さな家」の夫人の老後はどんなに幸せだろう！

「どうかね？」と、郷士は余念なく夫人の顔を覗き込んで言った。

「考えているところです」とデール夫人は言った。「ベルはもう彼の申し出を断ったとおっしゃるんですね？」

「残念ながらそのようじゃ。じゃが、おわかりじゃろうが――」

「判断は当然娘に委ねられなければなりません」

「あんたがとても従兄とベルを結婚させられんというんなら、もちろんわしらはみな仕方がないと思うほかはない」

「それとは別のことが言いたいんです」

「ふん、どういうことなんじゃ？」

「問題はベル自身の決定に委ねられなければならないんです。あなたや私が説得してはいけないんです。

もしバーナードが娘を説得できるなら、本当にそれが――」

「そう、まさにその通り。彼はベルを説得しなければならん。彼は結婚を目指して自由に申し立てなければならん。その点でわしはあんたと同じ意見じゃね。じゃが、いいかい、メアリー。――ベルはいつもいい子じゃったから――」

「本当にいい子でした」

「あんたの一言がベルには大いに役立つじゃろう。――当たり前のことじゃがね。従兄と結婚することをあんたが望んでいると知ったら、ベルはそれを義務と考えることもあるん――」

「ああ！　でも、それこそ私が娘に考えさせたくないことです」

「わしにしまいまで話させてくれんのかね、メアリー？　言いたいことの半分も言わんうちに、あんたは話の腰を折ってわしを叱る。もちろん最近は若い娘に結婚を強要できんことはわかっている。もっともわしの知る限り、あまり思い通りにできない今よりも、昔のほうがうまくやっていたというわけでもないがね」

「娘に男性と結婚するように求める役なんか引き受けたくありません」

「じゃが、完全に断ってしまう前に、こんないい申し出はしっかり考えるのが義務じゃとあんたは娘に教えてやってもええじゃろ。娘は恋しているか、恋していないかじゃね。恋しているなら、喜んで相手をこっぴどくやり込める。それがリリーの場合じゃ」

「リリーは完全に求婚されるまで相手のことは考えていませんでした」

「うん、それはもう済んだことじゃ。じゃが、娘は相手に恋していないなら、これから先も恋することはないとはっきり誓う義務がある」

「ベルがその種のことをはっきり言ったことはないと思います」

「いや、はっきり言ったんじゃ。彼を愛していないと、愛することはできないと、――そして実際、それについてもうこれ以上何も考えるつもりはないと、姪はバーナードに言ったんじゃ。なあ、メアリー、いわゆる強情な、明確な回答と言っていいじゃろう。わしは姪を追い立てたくないし、あんたにも娘を追い立ててほしくない。じゃが、姪にとってじつに申し分のない取り決めがここにある。姪がバーナードとすばらしい間柄にあることをわしらはみな知っている。これまで喧嘩をしたり、憎み合ったりしたことなんかないようじゃ。姪はバーナードがとても好きじゃと言った。妹になりたいとか、何かそんな馬鹿げたことを言ったそうじゃ」

「馬鹿げたことではないと思いますが」

「いいや、馬鹿げたことじゃ。――こんな状況じゃからね。男は娘に求婚したら、妹になりたいという答えなんか聞きたくないはずじゃ。馬鹿げたことじゃとわしは思う。もし姪が問題を正しく考えたら、むしろ甥を愛するようになるじゃろう」

「そんな教えはかりに学ぶとしても、教師なしに学ばなければいけません」

「じゃあ、あんたはわしに何の手助けもしてくれんのかね?」

「私はとにかくあなたの顔に泥を塗るようなことはしません。本当のことを言うと、ベルに何と言うか決める前に問題を充分検討しなければなりません。娘から何も聞いていないところから判断すると――」

「姪はあんたに話すべきじゃったと思う」

「いえ、デールさん。もし娘が彼を受け入れていたら、当然私に話していたでしょう。もし結婚を考えていたら、おそらく私に相談していたかもしれません。でも、もし彼を拒絶しなければならないと決心したんなら――」

「姪はそんな決心をすべきじゃなかった」

「でも、もしそう決心したんなら、求婚のことを誰にも話すべきではないと娘が思ったのは、至極当然のことのように思えます。誰からも知られないほうが、バーナードから喜ばれるとおそらく娘は思ったんでしょう」

「ふん、――知られるじゃと！　もちろん知られるに決まっている。あんたがこれについて考える時間がほしいというので、今はこれ以上何も言うまい。もし姪がわしの娘なら、娘の幸せにとって何がいちばんいいか教えることをわしは躊躇せんね」

「私も躊躇しません。娘の幸せにとって何がいちばんいいか、私が心を決めるのにいくぶん躊躇はあるかもしれません。でも、デールさん、このことだけは確かです。娘に対するあなたの優しさと愛情を私は真剣に娘に伝えます。娘に対するあなたの思いやりを、私がとても強く感じていることをあなたに信じてほしいと思います」

郷士はこれに答えてただ首を横に振り、ぶつくさ言った。「二人が結婚するのを見たら、あんた自身も嬉しいじゃろう」と彼は聞いた。

「もちろん嬉しいです」とデール夫人は言った。「私はいつもバーナードが好きでした。娘は彼と一緒になったら安全だと信じます。それでも、おわかりでしょう、問題は私の好き嫌いとは無関係なんです」

そこで、二人は別れた。郷士はまた応接間のフランス窓を通って帰って行った。彼は面会に半分も満足していなかった。それでも、半分の満足でほとんど充足できた。彼自身が愛想よくしようと近づいて来る人々の期待をほとんど満足させたことがなかった。デール夫人は「小さな家」にやって来て以来、一度も彼の満足の源泉となったことがない。しかし、それだからといって夫人をここに連れて来たことを彼は後悔しなかった。彼は一貫して志操の固い男だった。しつこく計画を実行に移そうとするけれど、楽観的ではなく、すべてがすんなりいくとは決して考えなかった。彼は甥と姪を結婚させようと決意した。万一最終的にそれに失敗したら、それはおそらく彼の将来の生活をみじめにするだろう。——それでも、反対されたからといって、それに腹を立てたり、いらだったり、叱ったりするのは彼の気質に合わなかった。ベルを深く愛していると彼はデール夫人に言った。ベルに特別に配慮を見せて話し掛けることもめったになかったし、穏和に優しく接することもなかったが、深く愛していた。ベルから彼の願いに反対されても、それでもベルを愛していた。彼は一貫して変わらない人、感情を表に出さない人であり、表面的な考えによりもむしろ沈思にふける人、厳しい言葉によりも優しい思いに本音のある人であり、他人が信じているよりも、本人が思っているよりも、もっと情の深い人だった。しかし、とりわけ彼は一度一つのことを願ったら、常にそれを願う人だった。

デール夫人は一人取り残されたあと、郷士がいたときよりももっと存分にこの問題を考え始めた。この結婚は関係者みなにとって今の状況が提供できるいちばん幸せな家の取り決めではないだろうか？　娘は本人には財産がなくても、これなら財産が与える充分な快適さで嫁入り支度ができるだろう。バーナードが連れて来る一文無し、婚資なしの花嫁としてではなく、あらゆる候補者のなかでも友人らから望ましいと思われる妻として、伯父の家に招き入れられるだろう。それから、デール夫人自身について言うと、これは楽しいことが満載の結婚だった。夫人の将来の幸せについてあらゆる夢を実現させるものだった。

しかし、夫人が幾度も心に言い聞かせたように、こういう思いは何の役にも立たないだろう。バーナードの求婚に答えられるのはベルであり、ベルだけでなければならない。夫人の胸中には恋愛について神聖な考えがあった。リリーが恋人を心底から全力で愛したように、娘が絶対的に愛することなく誰か男と結婚しようものなら、夫人は娘を見捨てられた者と見なしかねなかった。

夫人はこんな強い信念を抱いていたので、あまり役に立つことをベルに言うことはできないと感じた。

第二十章　クロフツ先生

イザベラ・デールがこの世に確実だと思うことが何かあるとすれば、それはこれ――彼女がクロフツ先生に恋していないということだった。従兄のバーナードとの恋の可能性について、彼女は一度も胸に問うてみたことがなかった。従兄はとても好きだったが、結婚について一度も考えたことがなかった。従兄が求婚してきた今でも、それについて考える気にはなれなかった。しかし、クロフツ先生との結婚については、考えたことがあったし、決心を――今述べたかたちで――固めていた。

クロフツ先生から許可されない限り、ベルがそんな問題を心のなかで議論することは不当だと見なされるだろう。要するに、彼女はクロフツ先生からそんな許可を与えられていたと考えられる。許可は一度ならず与えられていたのかもしれない。ミス・デールは先生について胸に問うそれなりのチャンスがなければ、本人がそうしていることがわからなかったはずだ。

小さな田舎町の医者は普通若いころに大きな収入がえられる職業ではない。おそらく医者くらい稼ぎのため一生懸命働かなくてはならない、あるいは稼ぎなしにたくさん仕事をしなくてはならない職業はない。若い医者と老いた医者はあたかも同じ職業で違った結果を分かち合うことを、――若い医者が仕事を全部し、老いた医者が金を全部取ることを――、合意し合っているかのように私は感じている。もしこれが正しければ、若い医者の多くが普通よりも早く身につけるあの重々しい外見が説明できるかもしれない。こんな状況では、医者が人生初期に子供っぽい部分を捨てたいと願う気持ちもわかるかもしれない。

クロフツ先生はほぼ七年近くゲストウィックで開業していた。二十三歳の時にこの町に定住して、今の時点で三十だった。彼はこの七年間医術と勤勉の点で充分認められて、組合に属する貧乏人の医療を担当することに成功し、年百ポンドの報酬をえていた。その町で診療する小さな病院の外科医助手でもあり、二、三別の同じような公的地位にも就いていた。それらは彼が医者として尊敬をえ、全般的な熟達を遂げていることを証明した。さらに、彼はそれら公的地位によって怠惰の危険からも徹底的に守られた。しかし、不幸なことに彼は成功した職業人だと自分を見なすことができなかった。一方、老グラッフェン先生はほとんどの人々から悪口を言われているのに、ゲストウィックで財産を築いて、今でも町の病人からほとんど減ることのない収入を引き出していた。すでに述べたあの了解された取り決めが存在しなければ、今の状況はクロフツ先生には厳しかった。

先生はゲストウィックに定住するかなり前からデール家の人々の知己で、当時から今に至るまで彼らととても親しくしてきた。デール夫人が親しい友人と見なす老若あらゆる男性のなかで、先生は夫人からもっとも信頼され、称賛される人だった。彼は親しい人々から信頼されていたけれど、クロスビーのように利発な、すぐ使える人ではなかった。バーナード・デールのように実用的な、世慣れた良識を具えてもいなかった。精神的能力の点では、奥手の時期を完全に脱却したジョン・イームズよりも優れているかどうか疑わしい、と私は思う。しかし、クロフツは今いる三人と比べたとき、誰よりも信頼できる人だった。そのうえ彼には時々ユーモアのセンスがあった。それがなければ、デール夫人があんなふうに徹底して彼をひいきすることはなかっただろう。とはいえ、そのユーモアは多くの人々のなかでよりも、一人の友人といるときに出てくるような穏やかなユーモアだった。一方、クロスビーは一人の仲間といるときよりも、十数人のなかにいるときのほうが輝いた。バーナード・デールはまったく輝くことはなかった。ジョニー・イームズは――。しかし、ジョニー・イームズはこの輝きの点ではどうなるかまだ世間に示していなかった。

クロフツが友人のデール夫人の病気に際して、医学的助言を与えるため呼ばれてからもう二年がたった。夫人は長期間――二、三か月――病気を患った。この間、クロフツ先生はアリントンをしばしば訪れた。その時、彼はデール夫人の娘たちと――特に長女と――親しくなった。若い未婚の医者は若い娘がいる家から当然閉め出されるに決まっている。多くの賢いご婦人たちがこの考えに特に強く固執しており、医者は生計のため働き始める前に結婚しておくべきだとの考えを抱いていることを、少なくとも私は知っている。デール夫人はおそらく娘たちをまだほんの子供と見なしていたのだ。というのは、姉のベルはまだその時十八になっていなかったから。あるいは、夫人は世間の意見とは異なる軽率な、異端的な考えを抱いていたのかもしれない。あるいは、夫人は我が身に危険が降りかかるグラッフェン先生よりも、娘たちの身に危険が降りかかるクロフツ先生のほうを利己的に選んだのかもしれない。しかし、結果として、若い医者はある日ゲストウィックに馬で帰るとき、この世の幸せの多くがデール夫人の長女と結婚できるかどうかに懸かっていると一人つぶやいた。その時、彼は全部合わせてもせいぜい年に二百ポンドしかもらっていなかった。ゲストウィックの大衆の意見では、グラッフェン先生のほうが彼よりもいい医者と見られていた。もしグラッフェン先生が年を取りすぎて診療ができなくなったら、この医者の砂色の髪をした助手のほうが、町では自分よりも成功のチャンスが大きいと彼は思っていた。クロフツには財産がなかったし、ミス・デールにもないのがわかっていた。では、こんな状況で彼に何ができるだろうか？

この物語が始まる三年前、クロフツの人生に起こった恋愛の経緯を深く追及する必要はないだろう。医者はベルに愛情の告白をしなかった。しかし、ベルは若かったとはいえ、彼が勇気を持ち合わせていたら、いや分別のせいで思いとどまらなかったら、喜んで愛の告白をしていたとはっきり自覚していた。彼はデール夫人と話をして、娘に対する愛情を公言しはしなかったが、それをほのめかして、満たされない希望と職業的失望を伝えた。「私は貧乏であることについて不平を言うつもりはありません」と彼は言った。「とにかく貧乏で不快な思いをするほどではないのです。しかし、今の私の収入で結婚することはできません」

「でも、いずれ増えるんじゃありません？」とデール夫人。

「いつか私が老人になるころにはね」と彼は言った。「しかし、その時にはそれが何の役に立つというのでしょう？」

先生は貧しかったし、若い二人が一緒になれば、そんなに乏しい収入なら二重に貧しくなることがわかっていた。それでも、デール夫人は声に出して言いはしなかったが、本心を言えば、先生が娘に求婚して結婚するのは歓迎だと思った。しかし、彼はベルの名さえ出さなかった。たとえ出したとしても、夫人は希望を持って待つように指示することしかできなかっただろう。先生がはっきり愛の言葉をベルに告げることはなかった。ところが、ある秋の日、デール夫人がすでに回復期にあって往診の必要がなくなるころ、先生は低木林で半分隠れた小道をベルと二人で歩きながら、もし本当に彼女の心を自分の心に縛りつけたいと願っていたら、決して言うはずのないことを言った。先生は収入の話を繰り返して、貧乏がただただ結婚を考えられなくするので堪え難いとベルに説明した。「そうでしょうね」とベル。先生は「こんな状態で私の収入を分かち合うように女性に求めることは間違いだと思うのです」と言った。それで、ベルは女性のなかにはたくさん金を持っている者がいるから、そういうかたちで困難を乗り越えられるのではないかとほのめかした。「金持ちの娘と結婚するのはいやなのです」と先生は言った。「それに、それはもう問題外なのです」ベルはなぜそれが問題外なのかもちろん聞かなかった。二人はしばらく黙ったまま歩き続けた。「難しい」と彼はベルを見ないで、足元の砂利を見つめて言った。「考えないようにするのは難しい。しかし、これ以上考えないようにしようと決めたのです。男は結婚するのと同じくらい独身でも幸せでいられると信じます。――ほとんどね」「たぶん結婚する以上にね」とベル。それから医者は彼女を残して去った。私がすでに述べたように、ベルは先生に恋してなんかいないと心をかたくなにした。彼女がこれについて確実だと思っているほど確実なものはこの世にない、と私は言っていい。

さて、最近クロフツ先生はアリントンにあまり来なくなった。「小さな家」の誰かが病気になったら、先生はもちろん現れただろう。郷士は村の薬剤師に診てもらった。高度な治療が必要なとき、グラッフェン先生を呼んだ。デール夫人のパーティーのとき、クロフツは特別に招待されてそこにいた。とはいえ、デール夫人の特別招待なんてめったになかった。先生はその家族に会いたいと思ったら、みずからそんな機会を作らなければならないことを充分理解していた。しかし、彼はめったにそんな機会を作らなかった。おそらく救貧院や慈善院にいるほうが彼がいるべきところだと感じていたのだろう。

しかし、先生はちょうどこのころ非常に大きな、予期せぬ職業上の成功の一歩を踏み出した。彼はある朝ド・ゲスト卿を診てくれるようにとマナー・ハウスから要請されてすこぶる驚いた。マナー・ハウスの住人はこの三十年グラッフェン先生を呼んでいた。クロフツは伯爵の伝言を受け取ったとき、ほとんどそれを信じることができなかった。「伯爵はそんなに悪いというのではありません」と使いは言った。「ですが、できればディナーの前にちょっと診ていただけたら喜びます」

「私に診てほしいと言っているのは本当なんですか?」とクロフツ。

「ええ、そうです。本当ですとも、あなた」

「グラッフェン先生じゃないのですか?」

「はい、あなた。グラッフェン先生じゃありません。閣下はグラッフェン先生にうんざりしたと思います。あの先生はいつの間にか閣下をからかうようになったんです」

「閣下をからかうって。——閣下の手足をからかうとか、その種のことですか?」と先生は言ってみた。

「手足ですって!」と使いは言った。「いいえ、あなた、先生はまるで閣下を何者でもないかのように笑いものにしたんです。私は聞いていませんでしたが、コナー夫人は閣下がひどく怒ったと言っています」それで、クロフツ先生は馬に乗ると、ゲストウィック・マナーへ出掛けた。

レディー・ジュリアがすでにコーシー城へ行っていたので、伯爵は一人だった。「初めまして、ご機嫌はどうかな?」と伯爵は言った。「私はたいして悪くはないんだよ。だが、あなたからちょっと助言をいただけたらと思ったんだ。じつにささいなことだが、誰かに診てもらうほうがいいとね」それで、クロフツ先生はもちろん閣下の診察ができて嬉しいとはっきり言った。

「いいかい、あなたのことはみな知っている」と伯爵は言った。「あなたのお祖母さんのストッダードは私の叔母のとても古い友人だった。レディー・ジェマイマは覚えていないかね?」

「いいえ、そんな栄誉にあずかった覚えはありません」とクロフツ。

「すばらしい老婦人で、あなたのお祖母さんのストッダードをよく知っていた。知っての通り、グラッフェンが何年かわからないが、私たちを診てくれた。だが、誓って——」それから伯爵は喋るのをやめた。

「役に立たない風は悪い風ですね」とクロフツは少し笑って言った。

「今度はおそらく役に立つ風だろう。というのは、グラッフェンはちっとも役に立たなかったから。事実はこうなんだ、ご覧の通り、私はとても元気なんだ。——馬並みに強いね」

「とても元気に見えます」

「私くらい元気な人はいない――私の年でね。おわかりだろうが、六十だよ」

「どこも悪いようには見えません」

「私はいつも戸外に出ている。思うに、それが人にはいちばんいいことなんだろう」

「運動をたくさんすることとくらいいいことはありません」

「私はいつも運動している」と伯爵は言った「ここらあたりに私よりも一生懸命働く人はいない。いいかね、あなた、六百か七百エーカーの土地の管理を一手に引き受けたとき、金をなくしたくなければ、その土地の世話をしなければならない」

「閣下がいい農夫だという噂をよく聞きます」

「うん、そう。私の土地のどこに雑草が生えようと、私の足の下では生えない。六時にはしばしば寝床にいないことがあるよ」

このあと、クロフツ先生は特別どこが悪くて今呼び出されたのかあえて閣下に聞いた。

「ああ、ちょうどそれを言おうとしていたところだ」と伯爵は言った「ディナーのあと眠るのはとても危険な習慣だという話だね」

「あまり異常だとは言えませんね」と先生。

「私もそう思う。だが、レディー・ジュリアはいつもそのことで私に文句を言うんだ。本当のことを言うと、私は応接間の肘掛椅子に座ったら、ぐっすり眠り込んでしまう。そう思う。時々妹がまったく起こせないほどだ。――少なくともそう妹は言っている」

「ディナーの食欲はいかがですか?」

「ああ、その点では問題ないね。昼食会をしないから、ディナーをたっぷり楽しむ。それから三、四杯のワインを飲む――」

「そのあと眠くなるのですか?」

「その通りだよ」と伯爵。

医者の助言が正確にどんなものだったか聞く必要はないだろう。しかし、とにかくそれは与えられて、伯爵はもう一度先生に会えたら嬉しいと言った。

「いいかい、クロフツ先生、今ちょうど一人なんだ。あなたが明日来てディナーを一緒に取ってくれたら、そしてもし私が眠り込んだら、いいかい、レディー・ジュリアが大げさなことを言っていないか、私に教えることができるだろ。ここだけの話だが、妹の言うことが私にはまったく信じられないんだ。――私のいびきことだよ」

ディナーの夜が来た。その時は先生が見ているので伯爵が食欲を抑えたためか、特注されたお昼の羊肉片が望ましい効果をもたらしたためか、それとも先生の会話がレディー・ジュリアの会話よりも活発だったためか、わからない。しかし、その夜伯爵は意気盛んだった。ディナーのあと安楽椅子に座ったとき、瞬きを一、二度もしなかった。大きなお茶のカップを手に取ったとき、普段はそれを半分眠そうに飲んだのに、今回はまったく快活だった。

「うん、そうだね」と彼はふいに立ちあがり、目を擦って言った。「前よりも気が晴れたように感じるよ。ディナーのあといつもは居眠りを楽しむんだ。本当にうたた寝をする。好きなんだ。それでも、寝床に行くとすれば、恥ずかしいことでもしているように、こそこそした仕方で行く! 妹は椅子で眠り込むのを犯罪と――文字通り罪と――見なしている。妹がうたた寝をするところを誰も見たことがないね! ところで、クロフツ先生、バーナード・デールがアリントンに連れて来たクロスビーさんのことを知っているかね?

レディー・ジュリアとクロスビーは今同じ屋敷に泊まっている」

「デール夫人の家で一度会いました」

「娘の一人と結婚するつもりのようだね？」

それで、クロフツ先生はクロスビー氏がリリアン・デールと婚約したことを説明した。

「うん、そうだ。いい娘だと聞いている。あのデール家の人々とは姻戚関係があるんだよ。妹のファニーが彼らの伯父のオーランドーと結婚したからね。義弟は旅行が嫌いでね。だから、私はあまりオーランドーに会ったことがない。だが、もちろんあの家族には関心があるんだ」

「私のとても古い友人なのです」とクロフツ。

「たぶんそうだろう。二人、娘がいるね？」

「はい、二人です」

「ミス・リリーが妹だね。姉には結婚話はないのかね？」

「そんな話は聞いたことがありません」

「姉もとてもかわいい娘だよ。去年彼女の伯父の家で会ったのを覚えている。彼女は従兄のバーナードと結婚してもおかしくないね。彼は知っての通り財産持ちだし、私の甥だ」

「いとこ同士の結婚はどうでしょうか」とクロフツ。

「知っての通り、そういうことはよくあるよ。家族間の取り決めにうまく合致するんだ。デールはおそらく娘たちのため婚資を用意しなければならない。用意すれば、苦もなく娘たちを嫁がせることができるし、責任から逃れられる」

クロフツ先生は問題をそんなふうには見なかったし、伯爵と詳しくそれについて議論したくなかった。

「妹のほうは」と先生は言った。「自分で用意しました」

「何だって。夫をえることによってかね? だが、デールは妹のほうにも何か与えなければならないと思う。彼らはまだ結婚していないだろ。私が聞いたところによると、あの男はあてにならないやつだとわかるよ。老デールが妹のほうにも何かやらなければ、男は結婚しないだろう。あの男がどう出るかいずれわかる。あの男はコーシー城で二の矢をつがえていると聞いている」

クロフツはこのあとまもなくまた伯爵とディナーをする約束をしてから、馬に乗って家に帰った。

「そのころ来てくれるととても都合がいい」と伯爵は言った。「あなたは独り者だから、おそらく気にしないだろ。木曜七時に来てくれるね? 気をつけてくれよ。真っ暗だから。ジョン、クロフツ先生のため最初の門を開けに行ってくれ」それから、伯爵は寝床へ向かった。

クロフツは馬で家に向かうとき、アリントンの二人の娘について考えずにはいられなかった。「老デールが妹のほうにも何かやらなければ、男は結婚しないだろう」世間ではこういうことになったら、男は金で買収されなければならないのか? ロマンスは――騎士道精神は――もう人間世界ではすたれてしまったのか? 「あの男はコーシー城で二の矢をつがえている」と伯爵は言った。伯爵はそう言ったとき、少しも心に動揺を感じていないようだった。今男性が女性を語るのはこんな口調でだ。しかし、先生自身は愛する女性にとても畏怖の念を感じており、彼女の世間体を傷つけてはいけないと非常に気をつけていたので、彼女を愛していると告白する勇気がなかった。

第二十一章　ジョン・イームズは二つの冒険に直面して、両方で大きな勇気を示す

リリーは恋人の手紙を理想的なものと思った。彼女はコーシーとアリントン間の郵便の経路がどうなっているか知らなかった。それで、最初の日に手紙が来なくても、それほどひどく失望しなかった。しかし、手紙が届いていないか確認するため、午前中郵便局へ歩いて行った。

「まあ、お嬢さん、おわかりでしょ、手紙はみな配りましたよ」と郵便局長のクランプ夫人が言った。

「でも、一通残っているかもしれないと思って」

「集配人のジョンが今日もお宅へ伺って、お母さんに新聞を届けました。もし誰かが手紙を書かなかったら、手紙を届けることはできません」

「でも、時々手紙が残ることはあるんでしょう、クランプ夫人。もし通りに何も持って行くものがなければ、わざわざ一通だけ運ぶことはないんでしょう」

「なるほど、でもジョンには行かせます。手紙一通、新聞一部残させません。手紙を捜してここに来ても無駄ですよ、ミス・リリー。彼が書いてくれないんなら、私が彼に書かせることはできません」それで、哀れなリリーは打ち負かされてうちに帰った。

しかし、翌朝手紙が届いて、事なきをえた。彼女の判断によると、量の点でも愛情の点でも手紙は満足できるものだった。彼が最後の別れの痛みを避けるため、早い出発を計画したという部分を読んだとき、リ

リーはほほ笑み、手紙を握りしめ、彼に作戦で勝ったとこっそり喜んだ。それから、最後に一緒にいられて嬉しかったと彼が告げる言葉に口づけした。コーシーにいるよりもアリントンにいたときのほうが幸せだと彼が書いたとき、その言葉を完全に信じて、そうであることを喜んだ。彼が世俗的なものにまみれた人間だと自分を責めたとき、彼を許して、その点ではほかの人と同じでほぼ完璧だと信じた。ロンドンで生活し、世間でもまれてパンを稼ぎ出さなければならない男は、当然田舎娘よりも世俗的でなければならない。そんな田舎娘を愛し、妻に選ぶことができたという事実は、それだけで彼が世俗的なものの奴隷になっていない充分な証拠ではないだろうか？　「ぼくの心はアリントンの芝生の上にある」と彼は伝えていた。その言葉を読んだとき、彼女は再び手紙に口づけした。

彼女の目に、耳に、心に、それは美しい手紙だった。恋文を受け取るとき、身にやましいところが一点もないと知る娘、――置かれた立場を意識してかすかに頬を赤らめるだけで、両親の前で恋文を開封することができる娘、そんな娘に完璧な恋文がもたらす幸せほど大きい幸せはない、と私は信じる。あらゆる恋文のなかで最初のものは最高に甘美であるに違いない。一語一語に何という価値が込められていることか！　あらゆる表現が細かく調べられ、いちばん都合よく解釈される！　小さな文句のすべてに何という重要性が付与されることか。すぐ当然のように使われるたんなる文句に劣化するけれどだ。クロスビーは神のご加護があるように彼女に念じつつ恋文を締めくくっていた。「あなたにもよ」とリリーは言って、手紙を胸に押しつけた。

「彼は何か特別なことを書いていますか？」とデール夫人が尋ねた。

「ええ、母さん。全部、とても特別なことよ」

「でも、聞いていいことは書いていないんでしょう」

「母さんとベルによろしくと言っています」

「とってもありがたいことね」

「そう思っていただかないといけません。彼はバーチェスターにいたとき、聖堂に入ったそうです。牧師さんはダンベロー卿夫人のお祖父さんだったと言っています。コーシー城に着いたら、そこにダンベロー卿夫人がいたそうよ」

「何て奇妙な偶然なんでしょう！」とデール夫人。

「手紙についてはこれ以上何も教えません」とリリー。彼女は手紙を折り畳んで、ポケットにしまった。しかし、自室で一人になると、すぐまた手紙を取り出して、六回以上それを読んだ。

それが彼女の午前中の仕事だった。仕事はそれとクロスビー氏のためじつに込み入った装飾品を手作りすることだった。彼女は手仕事を一杯抱えた。――あるいはむしろ手仕事で忙しくするようその身を縛った。結婚したとき、新しい家にあらゆる種類の品物、すなわち彼女の勤勉と節約の産物を持ち込むつもりでいた。未来の夫のため何かしたいとはっきり言ったから、その何かをすぐ始めたかった。こんなふうにして約束したことを守ろうとし、立派な意図が未完のまま消えてしまわないようにした。彼が出発したあとすぐ没頭した刺繍入りのスリッパよりも、もっと難しい仕事をまもなく手元に置いた。デール夫人とベルは彼女を優しく笑いながらも、最愛の人が妻の座に就くとき、クロスビーの家が一杯になるように、長い仕事にも断固座り続けて、彼女と一緒に仕事をした。

しかし、返事を書くことがどうしても必要だった。彼女はコーシー城に手紙を送らないでその日の郵便をやりすごしたら、それを大きな罪――犯したいとは少しも思わない罪――と見なしただろう。こぎれいな文房具箱と書簡用の細々とした付属品を載せた小さなテーブルに着いて、手紙で伝えたいことが本当にたくさんあると感じたとき、彼女はこのうえもない喜びを味わった。これまで内容的な重みを文通に感じることがなかったから、それがおもしろいと思ったことがなかった。母や姉からほとんど離れたことがなかった。ほかに友人がいたとしても、郵便で伝えたいことがたくさんあるという状況になったことがなかった。手紙を書くことそれ自体が胸をときめかせるどんな内容を、ゲストウィックのメアリー・イームズに送られるというのか？　ジョン・イームズに手紙を書いて、母が何時にティーで会えたら嬉しいと言っていると「親愛なるジョン」に伝えるとき、彼女は書くことをたいして重要なこととは思わなかった。とはいえ、書かれたその手紙は送られたイームズには最高の宝物になっただろうが。

しかし、状況は今大きく変わった。「最愛のアドルファス」という文字を手紙に書いたとき、彼女はその重みに驚いた。「四か月前には彼の名を聞いたこともなかった」と、ほとんど畏怖の念にとらわれつつつぶやいた。彼は今や母や姉よりも近い、大きな存在だった！「小さな家」に最初に現れたとき、陰でどんなふうに彼を笑って気取り屋と呼んだか、またロンドンから来た見知らぬ人から散歩に誘われたとき、どんなふうに外見をよく見せようと無邪気に努力したか思い出した。彼はもはや見知らぬ人ではなく、最愛の友だった。

彼女はこんなことを考えて、――それを考えるのは決して初めてのことではない――、ペンを置いた。それから、手紙を書き終わる前に集配人が村に来るのを恐れるように、突然はっとしてまた書き始めた。「最愛のアドルファス、今朝あなたの手紙が届いたとき、私がどれだけ喜んだか言う必要はないと思います」しかし、私はここで手紙の全体を繰り返すつもりはない。彼女は語るべき出来事を持たなかった。クロスビー氏がバーチェスターでハーディング氏に会った話程度のおもしろい出来事もなかった。彼女はダンベロー卿夫人のような人にも、友人として一言称賛できるレディー・アリグザンドリーナのような人にも会わなかった。クロスビーがジョン・イームズを嫌っているのを知っていたから、ジョンの名も出せなかった。それにジョン・イームズについてはもう言っていないことはない。イームズはアリントンに来ると約束した。しかし、リリーがクロスビーに最初の手紙を送ったとき、この訪問はまだなされていなかった。今度の手紙は変わらぬ愛と尽きることのない確信を保証する甘い、思いやりのある、正直な恋文になった。リリーはコーシー城の貴族らを穏やかにからかったあと、彼から絶えず手紙をもらえて、クリスマスに彼に会える希望を持って生活できたら、幸せで、満足だと約束して文面を締めくくった。

「クランプ夫人、間に合いましたか?」と、彼女は郵便局に入ったとき言った。

「もちろん間に合いますよ。――三十分余裕があります。集配人は――まだパブから動きません。郵便箱に入れておいてくれませんか?」

「そこに置きっぱなしにしませんか?」

「置きっぱなしにするって! そんな話を聞いたことがあります? 郵便箱に入れるのが怖いんなら、持って帰ってもいいんですよ。それだけです、ミス・リリー」それから、クランプ夫人は洗濯用のたらいに向かって副業に取り掛かった。クランプ夫人はいつも不機嫌だったが、それも当然といってよかった。郵便局に来る手紙のほぼすべてが勤務時間外にばらばらに持って来られた。夫人はこれにひどくうんざりして、日当たった「二と四分の一ペンス」しか代償としてもらっていないとよく友人らにこぼした。「これでは革靴さえ手に入らないし、もうそれを手に入れるのさえあきらめました」クランプ夫人は月に一回教会へ行く以外に家を出ることがなかったので、本気で革靴についてこんな主張をしているとは思えなかった。

リリーはイームズからも手紙を受け取っていた。彼が約束のアリントン訪問をはたす前にそれに返事を書いた。読者は覚えておられるだろうが、イームズもまた手紙を受け取っていた。彼はミス・ローパーの手紙に返事を出したあと、二つのことにおびえつつ暮らしていた。アミーリアが恐ろしい返答を返して来るのではないかという小さな恐怖と、この恋人が彼を訪ねて来るのではないかという大きな恐怖だ。もしアミーリアがゲストウィックの家を実際急襲して、母と妹に彼の婚約者だと言い放ったら、その時彼にはどんな逃げ道が残っているのか？　しかし、アミーリアはまだそんなことをしていなかったし、彼の残酷な手紙に返事も寄こしていなかった。

「アミーリアを恐れるなんて何てぼくは馬鹿なんだろう！」とイームズは心でつぶやいた。アリントンへ向かう街道に沿って続くゲストウィック・マナーの楡の木の下を歩いていたときのことだ。彼は帰郷したあと初めてアリントンへ向かったとき、馬にまたがり、拍車をきらきら輝かせ、すばらしい服装と手袋をいくぶん拠り所にして進んだ。しかし、その時リリーの婚約については何も知らなかった。彼は今徒歩でも、平気だった。縁の垂れた帽子とステッキを母の家の廊下で手に取ったとき、外見には無関心だった。最初の三マイルはゲストウィックの楡の陰を、それから伯爵の柵の外側を囲む広い芝生を選んで、早足で歩いた。「アミーリアを恐れるなんて何てぼくは馬鹿なんだろう！」彼は手に大きなステッキを持って振り回し、あちこちで木を打ち、道の石を突きながら、真剣に自問して、置かれた立場を恥ずかしいと思い始めた。「彼女がどんな手を使おうと、結婚をぼくに強制することはできない」と彼は独り言を言った。「たとえぼくに一ダースの訴訟を仕掛けても、強制できるものではない。ぼくが一度も結婚を考えたことがないことは、彼女も同じように知っている。最初から最後までごまかしなんだ。もし彼女がここに現れたら、母の前で彼女にそう言おう」しかし、彼女が突然やって来るという幻影に襲われるとき、ジョンはまだ彼女に大きな恐怖を抱いていることを自覚した。彼女を愛していると言ったことがあった。そのようなことを文書にしたこともあった。強く迫られれば、罪を認めなければならないだろう。

それから、彼はアミーリア・ローパーからリリー・デールへと徐々に思いを移していった。そうしても、アミーリアのときよりもたくさん喜びが期待できるわけではなかった。ロンドンに帰る前にアリントンを訪れると言ったから、今その約束をはたすところだった。しかし、なぜそこを訪問する必要があるのかわからなかった。デール夫人の応接間で黙ったまままり悪そうに座って、今は人から隠さなければならない秘密を、態度で暴露するしかないと感じた。リリーの前では気楽に話すことができなかったし、胸に占める唯一の話題を口に出すこともできなかった。もし彼女が本当に一人でいるところで会えたら――。しかし、そんなところで会えたら、おそらく最悪の状況になっただろう。

彼が応接間に案内されたとき、そこには誰もいなかった。「三人とも少し前までここにいらっしゃいました」と下働きの娘が言った。「庭を歩いて行けば、ジョンさん、きっと誰かに会えると思います」それで、ジョン・イームズは少しためらったあと庭を歩いて行った。

彼はまず歩道を一巡りしたけれど、誰にも会わなかった。それから、芝生を横切ってもう一度家からいちばん遠い端へ行った。そこで「大きな家」に続く小道から一人で現れたリリーに会った。「あら、ジョン」と彼女は言った。「こんにちは。うちには誰もいないと思います。母さんとベルはホプキンズと一緒に大きい家庭菜園にいます」

「今来たところなんです」とイームズは言った。「約束しましたから。ぼくはロンドンに帰る前に来ると言いました」

「あなたに会えたら、二人とも喜びます。私も嬉しい。菜園のほうに二人を追いかけて行きましょうか？　でも、たぶん歩いて来られてお疲れでしょう」

「歩いて来ましたが」とイームズは言った。「あまり疲れていません」彼はそう言ったあと、リリーと一緒にいるあいだに何を話せばいいかまったく思いつかなかった。それでも、デール夫人のあとを追いたくなかった。彼は帰る前にリリーと二人きりで話す機会があればいいと思い、彼女が既婚者になる前に特別最後の面会をする機会があればいいと願った。とはいえ、今その機会をえたのに、彼にはそれを利用する勇気がほとんどなかった。

「このまま残って、私たちとディナーをいただきましょう」とリリー。

「いいえ、それはできません。母に帰ると特に言って来ましたから」

「私たちに会いにこんな遠くまで歩いて来てくださって、とてもいい人ね。もし本当にお疲れでなければ、母のところへ行きましょう。あなたに会えないのを母も残念に思うでしょうから」

彼女はこう言ったとき、ジョン・イームズについてクロスビーから指示されたことを思い出した。しかし、ジョンのほうはリリーと実際二人だけになっていたから、言いたいと思った言葉を言おうと、――そのためわざわざ歩いて来たのだ――、運命が与えてくれたチャンスを利用しようと決意した。

「郷士の庭には入りたくありません」と彼。

「クリストファー伯父さんはいません。どこか農場のほうにいます」

「もしよければ、リリー、ここにいたいんです。二人もじき戻って来るでしょう。もちろんロンドンへ行く前に二人には会いたいです。けれど、リリー、ぼくはおもにあなたに会うため、ここに来ました。ぼくに約束させたのはほかの誰でもなくあなたです」

クロスビーの指示は正しかったのか？　古い友人に心から親切にしようという彼女のささやかな努力は軽率だったのか？　「応接間に入りましょうか？」と彼女。そとの庭の灌木や小道にいるよりも、応接間のほうがいくらか安全だと感じたからだ。この点で彼女は正しかった、と私は思う。男はライラックやバラの花に囲まれてそとにいると愛の言葉を語りやすいが、四つの壁に囲まれた応接間で慎み深い礼儀を求められると黙りこくってしまう。ジョン・イームズも同じ考えにとらわれた。それで、できれば庭に残ろうと決心した。

「あなたが望むのでなければ、なかに入りたくありません」と彼は言った。「できればここにいたいんです。それで、リリー、結婚するつもりなんですね？」彼はこんなふうにすぐ話の核心に入った。

「はい」と彼女は言った。「そのつもりです」

「ぼくはまだお祝いを言っていません」

「あなたが心のなかでお祝いを言ってくれているのがよくわかります。私の幸せを願ってくれているのはいつも確かですから」

「それは確かです。お祝いを言うことがあなたの幸せをいつも願うということなら、ぼくはあなたにお祝いを言います。けれど、リリー」それから、彼は愛さずにいられないリリーの美しさ、純粋さ、女性としての優美さにまごついて間を置いた。

「言いたいことはみなわかりそうです。あなたを私のいちばんの友人にするように求めるのに、ありきたりの言葉を使う必要なんかありません」

「いえ、リリー。ぼくの言いたいことがわかっていませんね。ぼくがどれだけしばしば、どれだけたくさんあなたのことを思っているか、どれだけ深くあなたを愛しているか、あなたは知らないんです」

「ジョン、それを言ってはいけません」

「言わないで帰ることはできません。この前ここに来たとき、デール夫人からあなたがあの男と結婚することになったと聞いて――」

「クロスビーさんのことをそんなふうに言うのはやめてください」彼女はほとんど獰猛に食ってかかった。「あの男をけなすようなことをあなたに言うつもりはありません。そんなことをしたら、自分がいやになります。もちろんあなたは誰よりもあの男が好きなんでしょう?」

「ぼくもあなたを世界中の誰よりも愛しています」彼はそう言ったとき、リリーの前に思わず体を突き出した。

「世界中の誰よりも愛しています」

「ぼくがどれだけ貧しくて、あなたに値しないかわかっています。あなたがあの男と婚約している今、あなたに言うべきことではないと思います。もちろんあなたがぼくのような男を受け入れるはずがありません。けれど、あなたに物心がついたころから、ぼくはずっとあなたを愛してきました。あなたがあの男の妻になろうとしている今、その事実を言わずにはいられません。あなたはロンドンに出て、生活するんでしょう。けれど、ぼくはあなたにそこで会うことができません。ぼくはあの男の家に入ることができません」

「ああ、ジョン」

「はい、決して。あなたがあの男の妻になるんなら、会えません。ぼくはあの男と同じようにあなたを愛しています。この前デール夫人からあなたの婚約のことを聞いたとき、卒倒したといっていいでしょう。あなたに話し掛けることができなかったから、会わずに帰りました。馬鹿なことをして物笑いの種になりました。ずっと馬鹿だったんです。今こんなことをあなたに言っているのも愚かなことですが、どうしようもないんです」

「あなたが本当に愛せる娘に出会ったら、みな忘れてしまいます」

「ぼくはあなたを本当に愛していなかったでしょうか? まあ、気にしないでください。ここに来て言おうと思ったことは言いました。そろそろ行きます。もしぼくらがいつか田舎に来るようなことがあったら、たぶんまたあなたに会えます。けれど、ロンドンでは会えません。さようなら、リリー」彼は片手をリリーに差し出した。

「残って母を待たないいんですか？」と彼女。

「はい。お母さんとベルによろしくお伝えください。二人とも事情をわかってくれるはずです。ぼくが待たずに帰った理由もわかってくれるでしょう。あなたが誰かに何かしてほしいと思うようなことがあったら、ぼくはどんなことでもする用意があることを覚えておいてください」彼が芝生を横切って、リリーから遠ざかって行くとき、考えていたのは、彼女に味方する特別な行為――彼女のため心からしたいと思う一つのこと――は、クロスビーに身体的制裁を加えることだった。もし彼女がクロスビーから少しでも虐待されたら、もし結婚前に蛮行を振るわれたら、彼女が負った悪行の復讐のため、彼が必要とされることになったら！　彼はゲストウィックへの帰り道を歩きながら、その中味がわかったら、リリー・デールが決してありがたがらない空中楼閣を心に描き出した。

リリーは一人残されて、わっと泣き出した。彼女は見限られた求婚者に確かに励ましの言葉なんか与えなかったし、面会のあいだ立派に振る舞ったから、クロスビーにさえ不満を味わわせることはなかっただろう。しかし、イームズが去ってしまった今、彼に対する優しい気持ちに満たされて、彼のことも愛していると感じた。クロスビーを愛するのとは違うが、それでも優しい、穏やかな、誠実な愛で愛していた。もしクロスビーがこの瞬間彼女の胸のうちを知ることができたら、そこにあるものが気に入らなかっただろう、と私は思う。彼女はわっと泣き出したあと、帰って来た母やベルから見つからぬ人目につかないところへ急いで駆け込んだ。

イームズは杖を振り回し、ホコリを蹴散らし、すこぶる足早に歩いて進んだ。頭のなかはたった今起こった場面のことで一杯だった。彼は役の演じ方がへただったと、乱暴に振る舞ってしまったと、身勝手に愛情を表現してしまったと思い、嫌悪の念に駆られるとともに自分に腹を立てた。また、世界中の誰よりもクロスビーを愛していると、はっきり言ったリリーにも腹を立てた。彼女は当然あの男を愛しているに違いないこと、とにかくそんな状況があることは予想できた。それでも、それを言うのを控えてくれてもいいと思った。「リリーは今ぼくを軽蔑したいんだ」と彼は一人つぶやいた。「けれど、リリーがあの男を軽蔑したいと思う時が来るかもしれない」あのクロスビーは邪悪で、卑劣で、身勝手なやつだと、彼は完全に信じ込んでいた。あの男は彼女を虐待し、不幸にすると、彼は確信していた。あの男は彼女と結婚しないだろうとどこかで思い、この思いからわずかな慰めを引き出そうとした。もしクロスビーが彼女を捨てて、そのためこぶしであの男を死ぬまでなぐる特権を与えられたら、その時彼は世界が空っぽではないと思えるだろう。こんなふうに考えるとき、確かに彼はリリーに対してじつに残酷だった。――しかし、この間リリーは彼に対してじつに残酷ではなかったか?

ゲストウィックの最初の放牧場まで来たとき、彼はまだこんなことを考えていた。伯爵の土地の境界ははっきり示されていた。というのは、境界とともに道ばたに緑陰の多い楡の並木と、緑の芝生の広い縁取りが始まって、そこを歩く者にも、馬を使う者にも等しく心地よかったからだ。イームズは芝生の上に乗っても、考え事で頭を一杯にしていたので、足元が変わったことに気づかなかった。その時、次の野原に人の声と牛の大きな鳴き声を聞いてびっくりした。ド・ゲスト卿の優良畜牛がそこにいることを彼は知っていた。伯爵から莫大な価値があると評価されて、非常に気に入られている特別な一頭の雄牛だ。農場の人々はこの雄牛が凶暴だとはっきり言ったのに、ド・ゲスト卿はこの雄牛が自分に凶暴だったことはないと自慢した、という噂がある。「子供がこいつをからかい、大人が子供よりももっといじめる」と伯爵は言った。「だが、こいつは傷つけられなければ誰も傷つけない」伯爵はこんな持論に導かれて、群れのなかのこの雄牛を角のある、大きい、無垢な子羊と見なしていた。

イームズが道で足を止めたとき、伯爵の声を聞いたような気がしたが、それは難儀している声だった。それから、雄牛のほえる声が耳にはっきり、しかも間近で響いた。彼はそれを聞いて門に大急ぎで走り、何をしているかあまり考えることもなく門を飛び越えて、野原のなかを数歩進んだ。

「おおい！」と伯爵は叫んだ。「ここにいる。来てくれ」それから、途切れることのない伯爵の叫びがほとんど聞き取れない言葉になった。しかし、イームズは伯爵がたいへんな難儀と緊急事態にあって、助けを求めていることをはっきり知った。それぞれの突進で伯爵はすばやく数歩退却した。それでも、彼は常に敵にまっすぐ対峙して退き、牛が近づいて来ると、手に持っていた長い小ぐわで牛の顔を小突いた。しかし、こんなふうにうまく退却しながらも、門に向かって直線的に退却することができなかった。雄牛が生け垣に彼を追い詰める大きな危険があるように見えた。「来い！」と伯爵は叫んで、男らしく戦ってはいても、勝利の月桂冠を完全に勝ち取りたいとは少しも思っていなかった。「来い、ほら！」それから、伯爵は小道で立ち止まると、雄牛の顔に向かって叫び、小ぐわを振り回し、両腕を激しく動かした。これらの戦闘的な身振りで獣をいちばんうろたえさせられると思っていた。

ジョニー・イームズは土地の小作人の救援に駆けつけるように、貴族の救援に勇敢に駆けつけた。人生のこの時期にイームズが勇気にあふれていたと言えば、たぶん嘘になるだろう。誰も恐れない多くのものを彼が恐れていたからだ。しかし、彼は個人的な危険、あるいは皮膚や骨の怪我を恐れなかった。クレーデルはバートン・クレッセントの下宿から逃げ出した――抜け道を通ってそとに出た――とき、ルーペックスからなぐられるか、蹴られるか、そうでなければ虐待されるかを恐れて逃げた。ジョン・イームズも同じ状況なら逃げたいと思っただろう。とはいえ、彼が逃げたいと思ったのは、下宿人らから苦況にある姿を見られたくなかったからであり、片目を黒くし、破れた上着を着て、警官からしょっぴかれる恐怖を想像したからだ。今彼を見ている者は誰もいないし、怒る警察もいない。それで、彼はステッキを振り回し、雄牛と競うようにほえながら伯爵の救援に駆けつけた。

牛は味方の救援がないまま敵の数が二倍になったのを見て、どんな不公平な扱いを受けたか知り、人間の不当な仕打ちにうんざりしてしばらく立ち止まった。牛は止まったまま、天に頭を突きあげ、不平を大声で訴えた。「近づくな！」伯爵はそう言ったとき、ほとんど息を切らしていた。「少し離れていろ。うう！　うう！　うわ、うわ！」伯爵は男らしく両腕を投げあげ、小ぐわで小突き、時々手の甲で眉の汗をぬぐった。

牛が止ったまま、こんな状況では逃げるほうが怒りを満たすよりもましではないかと考えていたとき、イームズは牛に駆け寄って、その頭を叩こうとした。伯爵はこれを見て、一歩前進して、小ぐわでほとんど牛の目を打った。しかし、牛はこれらの無礼に我慢ができなかった。牛は攻撃を仕掛け、初めジョン・イームズに向けて頭をさげると、それから牛にとっても、将軍にとっても不名誉なあの弱々しい気の迷いを見せて、目標を変え、もう一方の敵に角を向けた。その結果、牛は二人のあいだに突っ込んでしまい、おかげで二人は尻尾のほうに回り込むことができた。

「今こそ門のほうへ」と伯爵。

「ゆっくり。ゆっくり。走らないで！」とジョニー。つい興奮して助言の口調だった。そんな口調は別の状況だったら彼には無縁のものだったろう。

伯爵は少しも怒らなかった。「わかった」と伯爵は言って、門のほうへ後ずさりした。牛が再び彼のほうへ顔を向けたとき、彼は地面から跳びあがり、腕と足を痛ましく懸命に動かし、常に小ぐわを敵に向け続けた。イームズは友人から少し離れた持ち場を守って、低く身をかがめ、ステッキで地面を叩き、挑戦するかのように牛を威嚇した。牛は挑戦されたと感じて、立ち止まり、ほえ、それから再び迷ったような攻撃をした。

「門に着くまで辛抱して」とイームズ。

「うう！　うう！　うわ！　うわ！」と伯爵は叫んだ。二人は徐々にかなり門に近づいた。

「さあ乗り越えて」とイームズ。二人とも門がある野原の角に着いたときだ。

「君はどうするのかね？」と伯爵。

「右手の生け垣に飛び込みます」ジョニーはそう言いながら牛の注意を一瞬引きつけるため、ステッキを激しく打ちつけた。伯爵は門に飛びついて、上の横木にうまくよじ登った。牛はえじきが逃げるのを見て、伯爵に向けて最後の突進を敢行し、頭を猛然と柵に打ちつけ、閣下を柵の向こう側に振り落とした。ド・ゲスト卿はすでに向こう側におり、怪我はしていなかった。落ちたけれど、門の向こう側の芝生の上に安全に落ちた。安全に落ちたとはいえ、まったく疲れ切っていた。イームズは意図した通り、ゲストウィック雑木林から野原を分けている厚い生け垣に向かってほとんど横っ飛びに飛んだ。そこにはかなり広い溝があり、溝の向こう側にはサンザシの生け垣があった。生け垣は門に近いこの角では不法侵入者によって荒らされ、痛めつけられていた。イームズは若く、敏捷で、立派に飛んだ。うまく飛んだので、生け垣の高さの真ん中まで体を運んで、それから向こう側へはい出た。服をかなり破り、手や顔にも傷を負った。

牛は木の柵にぶつかった衝撃から回復すると、低木の茂みのなかでもがいている逃げたこの最後の敵をものほしそうに見た。牛は溝と隙間のある生け垣をじっと見ていたが、そこで邪魔になる障害がどれほど小さなものか理解しなかった。牛は頑丈な柵――抵抗は強かった――を頭で突いたにもかかわらず、苦もなく足元で踏みつぶせるキイチゴに逡巡した。私たちのどれほど多くの人々がこの牛に似ていることか。私たちは何でもない抵抗に屈して顔を背ける一方、硬い無砕石(1)の岩に当たって足を折り、さらに悪いことに心も折ってしまう。雄牛は生け垣に立ち向かう勇気を己が持ち合わせないことを知ると、最後に一声ほえ、それから回れ右して、しずしずと群れのほうへ戻って行った。

ジョニーは雑木林から出る踏み越し段を通って道に戻り、伯爵を見おろして立った。引っ掻いた両頰から血を流していた。ズボンの脚の片方は杭に引っかかって尻から下へ裂けていた。帽子は野原に取り残されて、雄牛の唯一の戦利品になっていた。「怪我をしていなければいいんですが、閣下」と彼。

「ああ、君、怪我はない。だが、ひどく息が切れた。おや、君は血だらけだよ。牛にやられたんじゃないかね？」

「生け垣のいばらでやられたんです」とジョニーは片手で顔に触れて言った。「けれど、帽子をなくしてしまいました」

「帽子ならいくらでもある」と伯爵。

「帽子を取り返そうと思います」とジョニー。帽子を手に入れる収入が伯爵ほど多くなかったからだ。「牛は今落ち着いているようです」彼は門のほうへ歩いた。

しかし、ド・ゲスト卿はがばと立ちあがると、若者の上着の襟をつかんだ。「帽子を取りに行くって！」と伯爵は言った。「そんなことを考えるなんて馬鹿者に違いない。風邪をひくのがいやなら、私の帽子をあげるよ」

「風邪をひいても気にしません」とジョニーは言った。「あの牛はよくあんなふうになるんですか、閣下?」ジョニーは頭を牛のほうへ振って言った。

「どんな牛よりも優しいやつなんだ。普段は子羊のようでね。――本当に子羊のようにおとなしい。おそらく私の赤いハンカチが目に入ったんだろう」ド・ゲスト伯爵はそんな品を持っていることを友人に示した。

「だが、君が現れなかったら、今ごろ私はどこにいるだろう?」

「門には着いていますよ、閣下」

「そうだな。足を先にして四人の男に運ばれてね。とてものどが渇いたよ。携帯用の酒入れは持っていないかね?」

「いえ、閣下、持っていません」

「じゃあ、何とかうまく家に帰り着いて、ワインを一杯飲もう」今度の場合、閣下は申し出が当然受け入れられると思っていた。

註

（1）想像上の砕けない硬い鉱物で、金剛石とも磁石とも鋼玉とも考えられた。

第二十二章　ド・ゲスト卿の屋敷

伯爵とジョン・イームズは雄牛から逃れたあと、一緒にマナー・ハウスへ歩いて行った。「君はお母さんに手紙を書いたらどうかね。そうしたら、使いの少年に運ばせるよ」イームズがうちで家族が待っているからと、マナー・ハウスのディナーを断ったとき、伯爵はそう言った。

「けれど、服がひどい状態なんです、閣下」とジョニーは主張した。「生け垣でズボンを裂いてしまいました」

「私たち二人とクロフツ先生以外に誰もいない。それに、クロフツ先生も話を聞けば、わかってくれるよ。私としては、君が何も着ていなくても、気にしないね。ゲストウィックに帰る連れができるよ。だから、来なさい」

イームズはそれ以上言い訳を言って断ることができなかったので、言われた通りにした。雄牛と戦っていたときほど伯爵と心が通わなかった。今のようにぼろぼろの服で帽子のない姿を屋敷の使用人らから見られるのはどこか恥ずかしかったので、うちに帰りたかった。そのうえ、アリントンの庭で起こった場面を時々思い起こしていた。しかし、伯爵に従わざるをえないと思ったので、一緒に森を抜けて歩いた。

伯爵は疲れていたのと少し考え込んでいたのとで、あまり多く喋らなかった。伯爵がわずかに話したことから判断すると、特に雄牛の忘恩に傷つけられているように見えた。「私はあいつを一度もいじめたことがないし、決して苦しめたことがない」

「危険な獣なんだと思いますが？」とイームズ。

「きちんと扱えば、ぜんぜん危険なことはない。ハンカチのせいだったと思うね。鼻をかんだのを覚えている」

伯爵は助太刀に対する感謝の言葉をほとんど口にしなかった。「君が現れなかったら、私は今ごろどこにいるだろう？」と伯爵は救出された直後に言った。しかし、伯爵はそれを言ったあと、それ以上言う必要はないと思っていた。それでも、とても気持ちよく連れに接したから、連れは屋敷に着くころにはマナー・ハウスのディナーを押しつけられたのをほとんど喜んでいた。「さあ、飲めるぞ」と伯爵が言った。「君がどう思っているかわからないが、私は生涯でこれほど喉が渇いたことはないね」

二人の使用人がすぐ現れ、ジョニーの外見を見て驚いた顔をした。

「その紳士は怪我をされているんじゃありませんか、閣下？」と、執事は私たちの友の顔に血を見て聞いた。

「ズボンがいちばんひどくやられていると思う」と伯爵が言った。「私のズボンをはいたら、短かすぎたり、ぶかぶかだったりだろうね？　君に居心地の悪い思いをさせて申し訳ないが、今回だけは気にしないでおくれ」

「ぼくは少しも気にしません」とジョニー。

「もちろん私も気にしない」と伯爵は言った。「イームズさんはここで食事をされるよ、ヴィッカーズ」

「はい、閣下」

「彼の帽子が十九エーカーの真ん中に落ちている。それを取りに三、四人出してくれ」

「三、四人ですか、閣下！」

「そう、——三、四人だ。あの雄牛はどこか様子がおかしい。それから、使いの少年をポニーに乗せて、ゲストウィックのイームズ夫人のところへ手紙を持って行かせてくれ。ああ、やっと人心地がついたよ」伯爵は口に運んでいた大コップを置いた。「ここで手紙を書きなさい。そのあと、ディナーの前にお気に入りのキジを見に行こう」

ヴィッカーズと従僕は何か非常に重要なことが起こったことを知った。というのは、伯爵は普通ディナーの身だしなみには非常に気難しかったからだ。彼はお客がみな当代のファッションにかなう服装で身なりを整えて席に着くことを望んだ。彼は決して朝立派な服を身につけるわけではなかったが、ディナーの時はたとえ本人一人でも、必ず白いネクタイを締め、黒いスーツに身を包んで食事を取った。昼間は古いリボンで首に結んだ古い銀のハンター時計(1)を、夕方は必ず鎖と印章のついた小さな金時計——チョッキからぶらさげる——に取り替えた。グラッフェン先生はゲストウィック・マナーのディナーに一度誘われたことがある。「ただの独身者の食事です」と伯爵は言った。「屋敷には私以外に誰もいませんから」それで、グラッフェン先生は色のついたズボンをはいて来て——、以後二度とゲストウィック・マナーのディナーに呼ばれることはなかった。ヴィッカーズはこういうことをみなよく知っていた。伯爵は今若いイームズを屋敷のディナーに連れて来た。その若者はヴィッカーズが使用人の大広間ではっきり言ったところによると、破れた部分を服の至るところでぶらさげて、とても作法にかなった姿とは言えなかった。それで、使用人らはみな何かとても異様なことが起こったに違いないと思った。「雄牛がおかしくなったようだ」とヴィッカーズは言った。

——「しかし、なあ、雄牛はあんなふうに服を裂くことはできないよ！」

イームズは短い手紙を書いて、ド・ゲスト卿と冒険をしたと言い、卿から屋敷でディナーを一緒にするように誘われたことを母に伝えた。「ズボンを裂いてぼろぼろにしてしまって」と彼は追伸でつけ加えた。「そのうえ帽子もなくしてしまったんだ。それ以外には何の支障もないよ」伯爵もイームズ夫人に短い手紙を送ったことを彼は知らなかった。

親愛なる奥様（と伯爵は手紙に書いた。）――

あなたの息子さんは神のご意志のもと、たぶん私の命を救ってくれました。経緯は彼が話してくれるでしょう。彼は親切にも家まで私に付き添ってくれました。ここでディナーを取るクロフツ先生と一緒に、食後ゲストウィックに帰ります。非常に冷静な勇気と優しさを具えた息子さんを持たれたあなたにお喜びを申しあげます。

ド・ゲスト

ゲストウィック・マナーにて、一八六―年十月木曜

それから、彼らはキジを見に行った。「ねえ、ちょっと聞いてくれ」と伯爵は言った。「狩猟が好きになるように勧めるよ。猟の獲物を自由にできる力を手に入れることができたら、銃猟は紳士の娯楽だね」

「けれど、ぼくはいつもロンドンにいますから」

「いや、そうでもないね。今もロンドンにはいない。いつも休暇があるだろ。もしやってみたいと思ったら、ここにいるあいだは好きなだけ銃猟ができるように手配するよ。木の下で眠るよりもましだろ。はっ、はっ、は！　どうしてあんなところで寝ることになったか知りたいもんだ。その日も雄牛と戦ったのかね？」

「いえ、閣下。その時はまだあの雄牛を見てもいません」

「なあ、私が言ったことを考えてみてくれ。本気で言っているんだ。やってみようという気があるなら、たっぷり銃猟をさせてあげる」それから彼らはキジを見て、あたりをぶらついたあと、伯爵はディナーのため着替える時間だと言った。

「君には不本意な格好だね?」と伯爵は言った。「だが、とにかく手を洗って血を取りなさい。七時五分前に小応接間に降りるから、そこで君に会おう」

ド・ゲスト卿は七時五分前に小応接間に入って、ジョニーが本を前に広げてそこに座っているのを見つけた。伯爵は少し神経質になっており、慣れない用事をまもなくしなければならない人がよくするように、態度に落ち着きをなくしていた。片手に何か持っていて、その部屋を進むとき、少しぎこちない動きをした。いつものように黒い服を着ていたが、通常チョッキにぶらさがっている金の鎖がなかった。

「イームズ」と伯爵は言った。「私のささやかな贈り物を受け取ってほしい。――あの雄牛の事件の記念としてだ。おそらく私が死んだとき、時々事件を思い出させてくれるだろう」

「ああ、閣下」

「しばらく身につけていた時計だ。私はほかにも持っている。どこか二階に二、三個あるはずだ。断ってはいけない。断られるのは我慢できないんだ。身につけていた小さな印も二、三個ある。が、紋章のついた印ははずしてある。それは私には役に立っても、君には役に立たないからね。鍵は必要ないんだ。こんなふうに竜頭で巻くんだよ」伯爵は時計の仕様を説明し始めた。

「閣下、あなたは今日起こった事件を重く見すぎていますよ」と、イームズは口ごもりながら言った。

「いや、そんなことはない。じつに軽く見ている。自分が何を考えているかくらいはわかる。医者が来る前にポケットに時計をしまってくれ。ほら、馬の蹄の音が聞こえる。どうして馬車で来ないんだろう？　そうしてくれていたら、君を送って行くことができるのに」

「ちゃんと歩いて帰れます」

「それは私が何とかする。使用人をクロフツの馬に乗せて、小さなフェートン(2)で送ろう。こんにちは、先生？　イームズは知っていると思うが？　そんなふうに彼を見なくてもいいよ。脚は折れていない。ズボンが破れているだけだ」それから、伯爵は雄牛の話をした。

「ジョニーはロンドンですっかり英雄になりますね」とクロフツ。

「そうだね。ずいぶん功績を認められると思う。だが、私は彼よりも二倍長く堪えていたんだ。いいかね、若いの、私は門に着いたとき、それを乗り越える息が残っていないと思った。たった二十二くらいなら、生け垣に飛び込んでもいい。だが、六十になると、そんなことをするのをためらいたくなる。ディナーの用意はできたかね？　今日はあなたのあの羊肉片のことをすっかり忘れていたよ、先生。だが、雄牛と戦ったあとだから、たっぷり食べられると思う」

その夕べはあまりわくわくする楽しいこともなくすぎた。一杯のコーヒーを飲むと、すぐ伯爵が応接間でぐっすり眠り込んでしまったのは、残念だと言っていい。彼はディナーのあいだ二人の客にとても丁重に接して、イームズには愛想のいい、ほとんど愛情にあふれるなれなれしさを見せた。木の下で眠っているイームズを見つけた話をしてからかい、彼がその時見捨てられた様子に見えたことをクロフツに話した。「それで、私は彼が恋をしていることを疑わなかった」と伯爵は言った。それからジョニーに恋人の名を教えるように言い、冗談を支えるため半分忘れていた古典の素養を持ち出した。「すばらしいファレルノ(3)を私にもっと飲ませたければ」と、伯爵はポートワインのデカンターに片手を置いて言った。「その女性の名を教えてもらわなければいけないね。彼女がどんな女性でも、彼女のことで君が顔を赤らめる必要がないことははっきりしている。何だって！　言いたくないって！　それなら、私はもう飲まない」それから、伯爵はその冗談が不快なほどまとを射ていたことをジョニーの頬に見たあと、食堂を出た。それでも、伯爵は食堂を出るとき、イームズの肩に片手を置いて寄り掛かった。そばにいた使用人らはこの若者が伯爵から気に入られているのを見た。「あの若い人を跡継ぎにするつもりなんだ」とヴィッカーズは言った。「跡継ぎにしても、ちっとも不思議じゃないね」しかし、従僕はこの見方に反対して、伯爵が会ったことがない、伯爵が嫌うに違いないまたいとこの子が、ここの土地の習いに従って、跡継ぎになる予定だとヴィッカーズ氏に証明しようとした。「伯爵はわしやあんたとは違って跡取りを選べないんだよ」と、従僕は権威者ぶって言った。「けれど本当に選べないんですか？　とてもつらいでしょうね」とかわいいメイドが言った。「ふん」とヴィッカーズは言った。「何もわかっていないね。閣下は若いイームズを明日にも跡取りにすることができる。つまり、資産の跡継ぎにね。伯爵にすることはできない。なぜなら、それは血のつながった者にしかなれないからだ。ここの土地をイームズに残すことができるかどうか私にはまったくわからない。きっと従僕のリチャードにもわからないね」

「でも、もし血のつながった跡継ぎがいなかったら、どうなるんでしょう？」と、ヴィッカーズ氏をやりこめるのが好きなかわいいメイドが言った。

「血のつながった跡継ぎはどこかにいるに違いないね」と執事は言った。「そんなものは誰にでもいる。本人にはわからなくても、法律がそれを見つけ出すよ」それから、ヴィッカーズ氏はそれ以上の議論を避けて、立ち去った。

その間、伯爵は応接間でぐっすり眠り込んでいた。ゲストウィックから来た二人の若者はそんな伯爵のそばで、充分楽しむことができなかった。二人とも本を手に取ったが、読めなかった。本がただ怠惰や退屈を隠す口実にすぎない時があるものだ。ついにクロフツ先生は家に帰ることを考えるほうがいいと囁き声で提案した。

「えっ、そうだな、何だって？　眠ってはおらんよ」と伯爵。先生はこれに答えて、馬の指示を出すことを閣下が許してくれたら、うちに帰りたいと言った。しかし、伯爵はまたしっかり寝込んで、その提案をまるきり無視した。

「おそらく起こさないで出て行けますよ」とイームズは囁き声で提案した。

「えっ、何だって？」と伯爵。それで、二人ともまた本を読む振りをして、さらに十五分苦難を甘受した。それが終わるころ、従僕がお茶を運んで来た。

「えっ、何だって？　お茶かね！」と伯爵は言った。「そうだな、ちょっとお茶にしよう。君たちが話していることはみな聞いていたよ」それはレディー・ジュリアをいつもひどく怒らせる伯爵の言い草だった。

「私が話すことをあなたが聞いていたはずがありません、セオドア。私は何も話さなかったんですから」と妹はよく答えたものだ。「だが、話していたら、聞こえたはずだ」と伯爵は怒ったように言い返した。今の場合、クロフツもイームズも卿に反論しなかった。それで、伯爵はまだ四分の三は眠ったままお茶を飲み干した。

「もし許していただけたら、閣下、馬の用意をするように指示したいのですが」と先生。

「うん、馬だね、――うん――」と伯爵はうなずいて言った。

「私が馬に乗ったら、イームズ、あなたはどうします？」と医者。

「歩きます」とイームズはいちばん小さい声で囁いた。

「何――何――何だって？」と、伯爵はがばと立ちあがって言った。「うん、ああ、そうか、帰るんだね？ ここに座って私のうたた寝を見ているよりも帰ったほうがいいね。だが、先生、――私はいびきをかいていたかね？」

「ほんの時々です」

「大きくなかったかね？ なあ、イームズ、私は大きないびきをかいていたかね？」

「ええと、閣下、二、三度かなり大きないびきをかきました」

「かいたかね？」と伯爵はひどく落胆した声で言った。「だが、わかるだろ、君らが話すことはみな聞いていたよ」

　小さなフィートンがすでに命じられて、二人の若者は一緒にそれでゲストウィックに戻ることになった。屋敷の使用人が医者の馬に乗って後ろからついて来ることになった。「いいかい、イームズ」と伯爵は玄関の階段で別れるとき言った。「あさってロンドンに帰ると言ったね。だから、もう君には会えない」

「そうですね、閣下」とジョニー。

「さて、聞いてくれ。私はクリスマスの前に肥畜品評会[4]に出るため上京する。君は私と十二月二十二日七時きっかりに私のホテル、ジャーミン・ストリート[5]のポーキンズ[6]でディナーを一緒にするんだ。忘れないようにね。家に着いたら、手帳に書いておきなさい。さようなら、先生、さようなら。昼間あの羊肉片を忘れないように食べるよ」それから二人は出発した。

「伯爵は確かにあの若者を跡取りにする気だね」と、ヴィッカーズはゆっくり持ち場に戻りながらつぶやいた。

「あなたはアリントンから帰る途中だったのでしょう？」とクロフツは聞いた。「ド・ゲスト卿と雄牛の場面に出くわしたのは」

「はい。あそこの人々にさよならを言うため、ちょっと歩いて行ったんです」

「みんな元気でしたか?」

「一人にしか会いませんでした。ほかの二人は外出中でした」

「デール夫人でしたか?」

「いえ、リリーです」

「彼女はもちろん一人で座って、ロンドンの立派な恋人のことを考えていたのでしょうね? とても幸運な娘だと考えていいでしょう。きっと彼女自身もそう思っていますね」

「ぼくはそうは思いません」とジョニー。

「彼はとても好青年だと思いますよ」と先生は言った。「しかし、態度はあまり好きになれませんでした」

「もちろんなれませんね」とジョニー。

「しかし、たぶん彼のほうも私の態度が好きじゃなかったし、おそらくあなたの態度も好きじゃなかったのでしょう。それなら、まったく公平です」

「ぜんぜん公平じゃありませんね。あの男は紳士気取りの俗物なんです」とイームズは言った。「ぼくは自分を俗物じゃないと思っています」彼は伯爵の「すばらしいファレルノ」を一、二杯飲んでいたので、飲んでいないときよりも自信に満ちており、強い言葉を遣いたい気分になっていた。

「私は彼が俗物だとは思いません」とクロフツは言った。「もし俗物だったら、デール夫人は気づいたはずです」

「いずれわかります」とジョニーは言って、伯爵の馬に強く鞭を当てた。「いずれわかります。気取った態度を取るやつは俗物なんです。あの男は気取った態度を取るんです。ぼくはあの男が率直な人間だとは思いません。あの男がアリントンに来た日は、ぼくらみなにとって最悪の日でした」

「それはわかりませんよ」

「わかるんです。けれど、いいですか、こんなことは誰にも話したことがありません。話すつもりもなかったんです。話して何の役に立つでしょう？　彼女は今あの男と結婚する必要があるんでしょうか？」

「もちろんあるのでしょうね」

「そして彼女は一生みじめな生涯を送るんです。ああ、ああ」彼は深いうめき声をあげた。「まあ聞いてください、クロフツさん。あの男はこの国に生まれたもっとも美しい女性をこの国から奪っていこうとしているんです。けれど、あの男は彼女に値しません」

「彼女が姉に比肩するとは思いませんが」とクロフツはゆっくり言った。

「何ですって、いちばん美しいのはリリーじゃないんですか？」イームズは先生がまるきり筋の通らぬ主張をしているように言った。

「姉妹のうちベルのほうが世間で賛美されていると、私はいつも思っていました」とクロフツ。

「まあ聞いてください」とイームズは言った。「リリー・デールよりも美しいと思う女性にぼくは会ったことがありません。今あの獣は彼女と結婚しようとしているんです！　まあ聞いてください、クロフツさん。ぼくはいつかどうにかして、あの男に喧嘩を吹っ掛けるつもりです」それで、先生は連れが苦しんでいる不平の種が何かわかったので、リリーあるいはベルについてそれ以上何も言わなかった。

　イームズはこのあとすぐ自宅の玄関に着いて、そこで英雄として熱狂的に母と妹から歓迎された。イームズ夫人はド・ゲスト卿の手紙を読んだとき、「あの子が伯爵の命を救ったのよ」と娘に叫んだ。「ああ、神様！」夫人はほとんど失神したようにソファーに座り込んだ。

「ド・ゲスト卿の命を救ったですって！」とメアリー。

「そうよ――神のご意志でね」と、イームズ夫人はそのご意志が息子の善行に多くのものをつけ加えてくれるように言った。

「でも、どうやって救ったのかしら？」

「冷静な勇気と善意で――と閣下はおっしゃっていますが、実際どうやって助けたのかしら？」

「どんなやり方にせよ、服はぼろぼろになって、帽子はなくなったんです」とメアリー。

「そんなことはぜんぜん気にしません」とイームズ夫人は言った。「伯爵が所得税庁にコネがあるかどうか知りたいです。ジョニーを昇進させることができたら、何てすばらしいことかしら。すぐ年七十ポンドになりますよ。閣下から求められて、とどまって食事をしたのは元気な証拠です。クロフツ先生もそこにいるんです。お医者様のお世話になるような状況であるはずがありません」

「ええ、兄さんがズボンについて言っていることから見て、おそらく怪我はしていませんね」それで、母娘はジョンの帰りを待たなければならなかった。

「どうやって救ったんです、ジョン？」と、母はドアが開くとすぐ息子を抱きしめて聞いた。

「どうやって伯爵の命を救ったんです？」と母の後ろに立っていたメアリーが聞いた。

「もしあなたがいなかったら、本当に伯爵は殺されていたんですか？」とイームズ夫人が聞いた。

「伯爵はひどい怪我をしたの？」とメアリー。

「ああ、うるさいなあ」とジョニー。彼は一日歩き回ったことと伯爵のファレルノの影響下にまだあった。イームズ夫人は普通の場合息子からこんなふうに答えられたら、傷ついただろう。しかし、母は現在漠然と息子によかれと願い、あまりにも賛美の目を向けていたので、気分を害することはなかった。「ねえ、ジョニー、教えてちょうだい。もちろん私たちは話を全部聞きたいんです」

「一頭の雄牛が伯爵に向かって突っ掛かったとき、ちょうどぼくが通り掛かったということ以外、何も言うことはないね。それで、ぼくは野原に入って、卿を助けた。そうしたら卿から引き留められて、一緒にディナーをするように言われたんだ」

「でも、閣下はあなたから命を救われたと言っています」とメアリー。

「神のご意志のもとでね」と母がつけ加えた。

「とにかく卿は金時計と鎖をぼくにくれたんだ」とジョニーは言って、ポケットから贈り物を取り出した。

「とても時計がほしかった。けれど、もらうのはいい気持ちじゃないね」

「断ったりしたら、よくなかったでしょう」と母は言った。「あなたがこんな幸運にあずかったから、とても嬉しいです。いいですか、ジョニー、こんな友人があなたの前に立ちはだかったら、背を向けてはいけません」それから、彼はやっと母と妹の優しさに心を開いて、冒険の全容を話した。小ぐわによる伯爵の奮闘を説明したとき、彼は充分適切な敬意を払って後ろ盾となる貴族のことを話さなかった、と私は思う。

註

（1）狩猟者に適するガラスの蓋の上に金属の蓋のついた二重蓋懐中時計。

（2）二頭立て四輪軽馬車。

（3）ファレルノというイタリア南部カンパーニア州のマッシコ山山麓で生産されるワインはおいしいので有名で、ウェルギリウスやホラティウスによって謳われた。

（4）鉄道の発達に伴って輸送が可能となったため、家畜の品評会が盛んだった。スミスフィールド畜羊牛協会主催の「ロンドン肥畜ショー」が当時最大のものだった。
（5）リージェント・ストリートからセント・ジェームズ・ストリートまで東西に延びる通り。
（6）このホテルの名はディケンズの『マーティン・チャズルウイット』の作中人物の名から取られている。

第二十三章　プランタジネット・パリサー氏

　クロスビー氏は婚約の事実を言い触らされたからといって、あまり不快な目にあうこともなくコーシー城で一週間をすごした。ジョージ・ド・コーシーとジョン・ド・コーシーの両方から、それぞれ違ったかたちで彼の罪を咎められ、繰り返しそれに触れられて悩まされた。しかし、クロスビーはジョージあるいはジョンの機知とか、敵意とかをあまり気にしなかった。伯爵夫人はクロスビーが訪問した最初の日に数語話したあと、リリー・デールのことは置いて、アリントンでの振る舞いを彼のような立場の若者によくある悪さだと思いたがっているように見えた。彼は退屈な田舎の屋敷に誘われて、当然のことながらせいぜいそこが提供できる楽しみを味わい尽くした。彼はヤマウズラを撃ったり、当の女性といちゃついたりして、そんな気晴らしを郷士とすごす退屈の埋め合わせと考えた。おそらくその女性と少し遊びすぎたのかもしれない。しかし、若い男性にとって遊びすぎないで、ほどほどに遊びをやめることがいかに難しいか、伯爵夫人ほどよく知っている人はいなかった。若者の振る舞いの検閲官になることが、伯爵夫人の役割ではなかった。責められるべきところは、若者と同じくらい間違いなくミス・デールにもあるだろう。若い女性が失望を味わうことを、伯爵夫人は気の毒に思った。しかし、もし若い女性が軽率で、ねらい目以上の男性の気を引いて射止めようとするなら、必然的に失望を味わうほかない。ド・コーシー卿夫人はこんな言葉でこの件を娘たちに話した。クロスビーがリリー・デールと結婚することは考えられないとする点で、娘たちと母の意見は一致していた。クロスビーは予想していた冷たい揶揄を、その週のあいだアリグザンドリーナから浴びせられなかった。彼は城を出る前にリリーと知り合いになった経緯をすべて令嬢に説明すると約束した。令嬢はついに決意してこの約束をはたすように求めた。しかし、そういうふうに求める前に、令嬢は彼から不愉快な目にあわされたとか、友情を裏切られたとか、そんなことはまったく言い出さなかった。このころ二人の交際に見られた友情が、ロンドンで見られたときと同じくらい情愛のこもったものであったのを、私は残念に思う。

「あなたは約束した話をいつ私にしてくださるの？」と、アリグザンドリーナはある日の午後小さい声で彼に聞いた。ディナーのため着替える前のいつものあの暇な三十分に、ビリヤード室の窓のそばで二人が一緒に立っていたときのことだ。令嬢は乗馬のあとで、まだ乗馬服を着ていた。彼は銃猟から帰って来たところだった。彼女はぴったりの高い帽子と乗馬用の品々を身につけた姿が普段よりも格好よく見えることを知っていた。一日のこの時間に彼女はよく肩掛けを持ちあげながら巧みな歩調で屋敷のなかを歩き回った。まだ暗くない、たそがれ時で、ビリヤード室に人工的な明かりはなかった。彼女はボールを打つ振りをしたが、振りだけだった。「ディアーナ(1)でさえ」と彼女は言った。「乗馬服ではビリヤードをしません」彼女が突き棒(2)を置いたあと、二人は大きな弓形の張り出し窓の引っ込んだところに立っていた。

「私が何か約束しました？」とクロスビー。

「あなたはよくわかっているはずです。特に私に関心のある問題ではありません。ただあなたが約束したから、好奇心を膨らませただけです」

「特にあなたに関心のないことなら、約束を免除してくれてもいいでしょう」

「じつにあなたらしい言い方ね」と彼女は言った。「あなた方男性はいつも何て嘘つきなのかしら！　いつか打ち明けると嘘を言って、私を買収し、不快な話題について黙らせておくことに決めたんです。そして今になって、打ち明けるつもりがないなんて言い出すんです」

「この件に関心はないとあなたが言い出したんですよ」

「それもまた嘘です！　私の言いたいことがあなたにはよくわかっているはずです。あなたがここに来た日に私に言ったことを覚えていますか？　そういうことがあったあとで、私にとって若い女性とあなたとの結婚が特に関心のない問題であるはずがないでしょう？　でも、友人として――」

「ええ、友人として！」

「教えてもらえたら嬉しいんです――。打ち明けてくれと言うつもりはありません。ただし、はっきり言っておきます。偽りの旗を掲げて戦う人くらい私の目に浅ましいと思える人はいません」

「私が偽りの旗を掲げて戦っていると？」

「ええ、その通りです」レディー・アリグザンドリーナは今話すとき帽子の下で赤くなった。夕べの残照は明るくなかったけれど、クロスビーは彼女の顔を覗き込んで、赤くなっているのを見た。「ええ、その通りです。紳士が偽りの旗を掲げて戦っているんです。こんなふうに屋敷に入り込んで、婚約しているとまわりから噂されているのに、その種のことは何もないかのように振る舞っています。もちろん私には特別何の関係もないことです。でも、それは偽りの旗を掲げて戦っているということです。さて、あなた、あなたが初めてここに来たときに約束したことをはたしてもいいし、――放っておいても構いません」

　この女性がたいへん勇気を持って、ある程度巧みに彼女の戦いを遂行した、ということは認められるだろう。三日か四日もすれば、クロスビーは去ってしまう。もし戦いで勝利をえようとするなら、その三日か四日で勝利しなければならない。もし敗北したら、その時は二枚舌の罪でクロスビーに罰を与え、力の限り復讐することができたら、釣り合いが取れるというものだろう。彼女はひどい復讐を考えているわけではなかったし、強い怒りを向ける用意があるわけでもなかった。ほかの誰よりもクロスビーが好きで、彼からも好かれていると信じていた。彼女は強い情熱というものを知らないながらも、結婚生活が独身の喜びよりも心地よいと思っていた。彼がリリー・デールを妻にすると約束したことに何の疑いも持っていなかった。彼は自分にも前にそんな約束をしてくれた、それに近いことを言ってくれたと思っていた。これは公正な戦いであり、できれば勝ちたかった。もし負けたら、我慢できなかった。負けたら、クロスビーの前でリリーを鼻であしらったり、ささやかな悪口を陰で囁いたりして、穏やかな、弱々しい仕方で怒りを表すつもりでいた。彼女の怒りはそれ以上のものにはならなかっただろう。

「さて、あなた、あなたが初めてここに来たときにした約束をはたしてもいいし、――放っておいても構いません」令嬢はそう言って、彼から顔を背け、闇をじっと見つめた。

「アリグザンドリーナ！」と彼。

「まあ、何です？　そんなふうに私に話し掛ける権利なんかありません。そんなふうに洗礼名で呼ぶ権利はあなたにないことはご承知でしょう！」

「敬称をつけるように主張なさるんですか？」

「女性はみな紳士から敬称つきで呼ばれることを望んでいます。あなたが今要求しているよりももっと親しい特権がない場合はね。あなたも許可がもらえるまで、ミス・デールを洗礼名では呼ばなかったでしょう？」

「あなたはよく洗礼名で呼ばせてくれました」

「いいえ！　一度か二度あなたからそう呼ばれたとき、私は禁じるべきだったのに禁じなかったことがあります。よろしい、あなた、私に何も言うことがないようですから、私はよそへ行きます。あなたがこんな臆病者だとは思いもしませんでした」彼女は立ち去る用意をして、乗馬服のスカートを寄せ、窓敷居に置いた鞭を取りあげた。

「ちょっと待ってください、アリグザンドリーナ」と彼は言った。「私はみじめなんです。私をさらに不幸にするようなことを言わないでください」

「なぜあなたがみじめなんです?」

「なぜなら、——私が話す相手があなただけで、家じゅうの人にではないと確信できたら、すぐ話します」

「もちろん誰にも話しません。私が秘密を守れないとでも思っているんですか?」

「私は別の女性を愛しているのに、ある女性と婚約してしまったんです。今すべてをあなたに話しました。偽りの旗を掲げて戦っているとあなたがもう一度言うつもりなら、私はあなたに次に会う前に城を出て行きます」

「クロスビーさん?」

「今あなたはすべてを知って、私が幸せか、幸せでないか想像できるでしょう。着替えの時間だとおっしゃったと思います。——行きましょうか?」二人はそれ以上言葉を交わすこともなく、それぞれの部屋に戻って行った。

クロスビーは部屋で一人になるとすぐ肘掛け椅子に座り、今後の行動について決める仕事に取り掛かった。彼がたった今告白したことは、ただその時の苦境からひねり出したことだと考えてはならない。彼はこの一週間じわりじわりとコーシー城の雰囲気の作用を受けていた。聞いたあらゆる言葉、話したあらゆる言葉が彼のなかの立派な、誠実な部分を破壊し、利己的な、誤った部分を育んでいた。彼はリリー・デールと一緒になったら決して幸せになれないと、リリーを決して幸せにできないと、その一週間十数度も胸でつぶやいた。それから、彼がしたいと思うことをするのが正しいと納得したとき、昔ながらの詭弁に頼った。心が命じることに背いてリリーと結婚するよりも、捨てるほうがむしろリリーにとっていいことではないか？　もし彼がリリーを実際に愛していないのなら、捨てるよりも結婚するほうが大きな罪を犯すことになるのではないか？　リリーのような純粋な娘の愛が彼の幸せにとって充分ではないと思うほど、それほど強い支配力をコーシー城に与えてしまった点で、彼はひどい過ちを犯したと認めた。しかし、それが事実であって、彼は事実とは争うことができなかった。もし何か完全な自己犠牲によってリリーの幸せを確保することができるなら、彼は一瞬たりともためらうつもりはなかった。しかし、我が身を犠牲にすることもだが、リリーを犠牲にすることも、ありうるのではないか？

彼は胸中こんなふうに問題を検討して、とうとうリリーとの婚約を解消することが己の義務だと、ほとんど信じるまでになった。さらにド・コーシー家の娘と結婚することが彼の野心を満足させ、この世の戦いで彼を支えてくれると、ほとんど信じるところまで到達した。ミス・デールと婚約した罪を許してくれるように説得することさえできたら、レディー・アリグザンドリーナから受け入れられることは確かだと感じた。彼は令嬢がこんな問題でいかに簡単に許しを与えてくれるか想像していなかった。こんな令嬢がもし最終的な勝利をえられるなら、いかに簡単にそんな罪を許すことができるかまだ知らなかった。

クロスビーは現在の気分と願望に強く作用する別の動機によっても動かされていた。本来ならそれによって正反対の方向に突き動かされていてもおかしくなかった。彼は収入が少ないためリリーとの結婚を急ぐことをためらった。今その収入がかなり増える見込みがあった。役所の役員の一人がもっと高位の役員に昇進して、委員会総局の秘書官がその後任役員になることがみなに了解されていた。これについては疑問の余地がなかった。しかし、空いた秘書官のポストについて問題があった。クロスビーはこの件に関して二、三通手紙を受け取っていた。彼がこの空きポストを手に入れる見込みがかなりあるように思えた。昇進すれば収入は年七百ポンドから千二百ポンドに増えるし、地位も並みを超えたところにあがるだろう。友人である現在の秘書官はクロスビーに手紙を書いて来て、彼のほかに対抗馬になりそうな相手が話に出て来ていないと保証した。もしこんなすばらしい幸運が待ち構えているのなら、それはリリー・デールとの結婚を妨げている現在の困難を取り除いてくれるのではないか？　ところが、残念ながら、彼はそんなふうに問題をとらえなかった！　伯爵夫人はこの昇進を助けてくれないだろうか？　もし運命がこの世のよきもの――秘書官職、役員職、さらに部局長職――を彼に用意してくれるというのなら、いい縁故が与えてくれる援助によって出世街道を駆けあがるほうがいいのではないか？

彼はその夜自室でこのことをずっと考えて座っていた。コーシー城に着いてからリリーに二度手紙を書いた。最初の手紙はすでに読者に紹介した。二通目の手紙も一通目とほぼ同じ調子で書かれていた。しかし、リリーはそれを読んだとき、最初の手紙ほどどこか満足できないところを無意識に感じ取った。愛情の表現に欠けているわけではなかったけれど、曖昧で、思いやりに欠けていた。言葉自体にそういう罪を証明するものはなかったが、不誠実なところがあった。自信満々完璧に本当らしく嘘をつくことができる嘘つきはほとんどいない。クロスビーはワルだったにせよ、その完璧さに達するほどまだ充分ワルになり切っていなかった。彼は開かれた昇進の見込みの件をリリーに知らせていなかった。一方、彼はコーシー城の華やかさと虚栄から満たされないながらも充足をえていることを認め、世俗性にまみれていることをもう一度伝えた。彼は今愛しているとアリグザンドリーナに告白したからには、これからしようと決意している道を事実上踏み固めていた。賽は投げられたと認めざるをえなかった。

彼はこれらのことを考えたとき、リリーから逃れることにいくらか満足を感じないわけではなかった。アリントンでリリーに愛を告白したとき、喉を掻き切ってしまったように感じた。そんなふうに喉を掻き切っても、心地よく暮らしていけると思い込もうとした。リリーが一緒にいてくれる限り、暮らしていけると信じた。しかし、また一人になると、すぐこれを自殺行為だと思って自責の念に駆られた。まだアリントンにいるあいだでさえこういう気持ちを抱えていた。コーシー城に滞在するうちにこの気持はますます強まった。しかし、この自殺行為は完了していないから、まだ我が身を救い出すことができると思い始めた。これが彼にとって必ずしも勝利ではないのは言わずもがなのことだ。リリーを見捨てることに実際どんな難しさもなかった。――彼が直面しなければならない伯父や従兄や母の怒りはなかった。――怒った言葉の嵐で責める伯父や従兄や母よりも、沈黙のゆえにかえって彼の悪行を雄弁に物語る青ざめた顔の幻影もなかった。それでも、彼は完全に冷酷になれなかった。あんなに深く愛してくれた娘に――幸せになるにせよ、不幸せになるにせよ、その愛が彼女の未来の生活のすべてを形作るほど――そう彼は感じた――、それほど深く愛してくれた娘に――いったいどうしたらこういうことを切り出すことができようか？「私は彼女に値しないから、そう伝えよう」と彼は独り言を言った。いったいどれほど多くの卑劣な男が、こんな嘘の謙虚さで罪悪感を和らげようとしたことか？　とはいえ、彼は着替えるため椅子から立ちあがったとき、賽は投げられたと、レディー・アリグザンドリーナに言いたいことを言う道は今開かれたと感じた。「ほかの男たちも以前に同じような針のむしろを経験して」と、彼は階段を降りながら、心に言い聞かせた。「無傷で切り抜けてきたんだ」それから、彼のように若いころ女にだまされて、ささいな過ちを犯した世間で有名な男たちの名を思い出した。

彼は広間を歩くとき、レディー・ジュリア・ド・ゲストに追いつき、やっと間に合って彼女のため応接間のドアを開けた。彼は張り出し窓の近くでアリグザンドリーナと一緒に立っていたあいだ、レディー・ジュリアがビリヤード室の片側から入って、反対側に出て行ったのをそのあと思い出した。しかし、その時はレディー・ジュリアの動きをそれほど重視していなかった。老嬢を通すため脇に立ったとき、彼は差し障りのない言葉を掛けた。

しかし、レディー・ジュリアは特定の問題に関しては厳格な女性で、勇気に欠けるわけではなかった。彼女はこの一週間に起こったことを目撃し、ますます怒りを募らせていた。リリー・デールとの親戚関係は否定したものの、今リリーに対して同情とほぼ愛情を感じていた。レディー・ジュリアはほぼ毎日ミス・デールに対するクロスビーの求愛と婚約を伯爵夫人にしつこく繰り返した。――それを明々白々たる定まった事実として話した。伯爵夫人一人の時もあれば、伯爵夫人とアリグザンドリーナの二人の時もあれば、また城のすべての女性客がいる時にもこれを話した。しかし、彼女の言うことはただ信じ難いというほほ笑みで受け流された。「おやまあ！　レディー・ジュリア」と伯爵夫人はとうとう答えた。「あなた自身がクロスビーさんに恋しているのではないかと思い始めています。この件についてずっとくどくど言っていますから。一人の若い女性の成功が喧伝されるところを見ると、あなたが住んでいる地方の若い女性はよほど夫をえるのが難しいと見えますね」レディー・ジュリアはこれでしばらく黙っていたが、だいじな話題があるときは簡単に黙らされていなかった。

この老嬢が今クロスビーをすぐ後ろに従えて部屋に入って来たとき、コーシー城内のほとんどの人々がその応接間に集まっていた。老嬢は人混みの近くに来たとき、振り返って、応接間の会話に普通必要とされる以上の大声で彼に話し掛けた。「ねえ、クロスビーさん」と彼女は言った。「親友のリリー・デールから最近お便りはありました？」彼女はクロスビーの顔を真っ正面から、おそらく意図したよりもずっと意味ありげに見詰めた。すぐ応接間全体が静まり返って、みなの視線が二人に注がれた。

クロスビーはただちに勇敢に攻撃に堪えようとした。が、顔色を完全に制御することと、額から汗が吹き出るのを止めることができないと感じた。「昨日アリントンから手紙を受け取りました」と彼は言った。「あなたのお兄さんが雄牛と戦った話はお聞きになったと思いますが?」

「雄牛ですって!」とレディー・ジュリア。彼女が攻撃の裏をかかれ、虚を突かれたことはすべての人にすぐはっきりわかった。

「まあ驚いた! レディー・ジュリア、何て奇妙なことかしら!」と伯爵夫人。

「だが、雄牛とはどうしたんです?」とジョージ令息。

「伯爵は自分が所有する野原の真ん中で襲われたようなんです」

「まあ、たいへん!」とアリグザンドリーナが叫んだ。集まっていた女性たちからも様々な叫び声が聞こえた。

「ですが、伯爵は怪我をしませんでした」とクロスビーは言った。「イームズという名の若い男が空から降りて来て、背中に伯爵を乗せて運び去ったようです」

「はっ、はっ、は!」と、ド・コーシー伯爵は同僚貴族の失敗の話を聞いて、うなるように笑った。レディー・ジュリアはゲストウィックからその日手紙を受け取ったが、兄に重要なことは起こっていないと思っていたから、当面裏をかかれたと感じた。

「本当に事故なんか起こっていないといいんですが」と、ゲイズビー氏がとても心配そうな声で言った。

「昨夜兄はとても元気でした。お世話様」とレディー・ジュリア。それから、再びおのずと小集団がいくつか形成されて、レディー・ジュリアはソファーの隅に一人残された。

「あれは全部作り話だったんですか、あなた?」とアリグザンドリーナがクロスビーに聞いた。

「いいえ。今朝友人のバーナード・デール、あの意地悪ババアの甥から手紙をもらいました。ド・ゲスト卿は飼っている牛に襲われたんです。愚かな老卿の首が折れたと言えばよかったですかね」

「あらあら、クロスビーさん!」

「私のことに干渉するどんな権利が彼女にあるんでしょう?」

「でも、私はレディー・ジュリアと同じ質問をするつもりです。あんな眉唾ものの雄牛の話なんかで私の追及をかわさないでくださいね」とはいえ、彼女が質問しようとしたとき、ディナーが告げられた。

「ド・ゲストが雄牛の角で放りあげられたという話は本当かね?」と伯爵は聞いた。女性たちが食堂からいなくなったあとすぐのことだ。伯爵はダンベロー卿夫人の耳につぶやいた言葉以外に、ディナーのあいだほとんど話をしていなかった。卿が屋敷内の会話に関心を持つことはめったになかった。しかし、ド・ゲスト卿が角で放りあげられた話には滑稽味があって、卿でさえそれにくすぐられた。

「ただ倒されただけだと思います」とクロスビー。

「はっ、はっ、は!」と伯爵はうなるように笑った。それからグラスを満たして、ほかの人にボトルを回した。哀れな卿! 彼はこの世にもうあまり楽しみとなるものを持っていなかった。

「笑いごとではありませんよ」と、プランタジネット・パリサー(3)が言った。彼はダンベロー卿の向かい側、伯爵の右手に座っていた。

「そうかね?」と伯爵は言った。「はっ、はっ、は!」

「私なら絶対笑いません。噂によると、ド・ゲストは珍しいほどいい農夫のようです。たんに貴族だからといって、そんな農夫が角で放りあげられる話を冗談にする理由がわかりません。そうじゃありませんか？」パリサーはそう言って、向かい側に座っているゲイズビー氏に顔を向けた。伯爵は腐っても伯爵であり、ゲイズビー氏の義父でもあった。プランタジネット・パリサー氏は公爵家の跡取りだった。ゲイズビー氏はただにたにた笑うだけで、その問いに答えられなかった。パリサー氏はそれ以上何も言わなかった。伯爵も何も言わなかった。それで、その冗談は葬り去られた。

プランタジネット・パリサー氏はオムニアム公爵の跡取り――この貴族の爵位と莫大な富の跡取りで、それゆえ著名人であり、もちろん下院議員、二十五歳で未婚だった。彼は狩りも、銃猟もしなかったし、ヨットも所有しなかった。また生涯一度も競馬場に足を運んだことがないと噂された。とても地味な服を着て、その色や形を変えなかった。人との交際ではとても穏やかで、控えめで、しばしば沈黙に陥った。背が高く、細身で、見た目の姿形は悪くなかった。しかし、彼の個人的な外見についてはこれ以上――彼が紳士であることを誰も見誤ることはないということ以外――言うことはない。伯父の公爵とは仲よくしており、喧嘩をしたことは一度もなかった。甥は公爵から非常に気前のいい手当をもらっていた。とはいえ、二人は共通の趣味を持たなかったし、あまり会うこともなかった。パリサー氏は年に一度二、三日広大な田舎屋敷に公爵を訪問し、ロンドンの社交シーズンに普通二、三回公爵とディナーをともにした。パリサー氏は公爵の絶対的な支配下にある選挙区で議員になっており、好みのどんな政治的な立場を取ってもいい、との明確な了解のもとで議席を引き受けていた。こういう双方に了解された取り決めのもと、公爵と跡継ぎは幸せな家族の見本を世間に示していた。「伯爵とポーロック卿の間柄とは大違いだ！」と西バーセットシャーの人々はよく言った。公爵と伯爵は両方とも州の西部に在所を持っていた。

パリサー氏は新進の政治家として世間にはおもに知られていた。彼は快楽の点でこの世が提供するすべてを自由にできると言っていいだろう。富と身分と権力の三点セットを備えており、この世でいちばん輝かしい貴族の最高位を確実にえる立場にあった。彼は求愛できるほど近づけるすべての女性から言い寄られた。もっとも美しい、もっとも立派なイギリスの女性のなかから花嫁を選べたと言っても過言ではない。もし彼が競走馬を買って、競馬場で何千ポンドもすったら、伯父を喜ばせただろう。猟犬管理者になっても、鳥百羽の虐殺者[4]になってもおかしくなかった。しかし、彼はそんなことに身を捧げる気はなくて、政治家になることを選んだ。どんな職業でも、どんな商売でも、富を生み出したに違いない熱意と忍耐力でもって政治家の道に取り組んだ。八月の中旬まで絶えず委員会室に足を運んだ。重要な討論会や重要な分科会にはほとんど出席した。彼はめったに口を開かなかったが、必要とあれば話す用意はいつもできていた。彼が大きな才能を持っていると認める人はいなかったし、雄弁家か有力な政治家かになれると思っている人もあまりいなかった。しかし、世間は彼を新進の人物だと言った。内閣の老ネストール[5]はいつか遠い未来に若い閣僚の一人として彼を迎え入れることになると見ていた。彼はこれまで申し出られた下級職を断って、慎重に機会をうかがっていた。政治的傾向としてはリベラルであることが知られていたけれど、いかなる党派的枷にもまだ縛られていなかった。彼はたいした読書家だった。——偶然に任せてここで一冊、あそこで一冊と取りあげるのではなく、途方もない量の本に目を通して、世界史という大きな問題を勉強し、事実を頭に一杯詰め込んだ。——そんな事実は前例として使う以外に使い道はないのにだ。彼はまた外国語通になるため勤勉に努力して、様々な言語を相当理解するところまで修得した。丸みのない細く尖った印象を与える、こつこつ勉強する、尊敬すべき人物だった。老年期には国家の評議員の一人として席に着くことを許されるように、今若さのすべてを仕事に捧げるつもりでいた。

彼はこれまで当人が賛美していると思われるどんな女性とも名を結びつけられることがなかった。しかし、彼は最近ダンベロー卿夫人としばしば同じ部屋にいるところを目撃された。二人の関係はそれ以上のものではなかった。しかし、関係する二人がいかに控え目だったか――どちらもいかに感情を表さない気質だったか――を考慮に入れるなら、これだけでも注目に値する事件だと思われた。彼は関心のある様子で確かに時々卿夫人に話し掛けた。ダンベロー卿夫人は彼が部屋にいるのを見たとき、かすかに活気を帯びて頭をあげ、目を置く価値のあるものがそこにあるかのように顔を向けるのがよく観察された。そんな噂が広まっていたとき、おそらくド・コーシー卿夫人ほどそんな噂を利用する人はいなかった。パリサー氏がコーシー城に現れる予定だとの噂が流れたとき、多くの人々は伯爵夫人が招待に成功したことに驚いた。ほかの人々もダンベロー卿夫人が客になることに同意したことを知ると、大いに興味を掻き立てられた。しかし、二人が一緒に城に来ることがはっきり確認されたとき、人のいい友人らはド・コーシー卿夫人がとても賢い女性であることを認めた。パリサー氏か、ダンベロー卿夫人か、どちらか一方を客にしても自慢の種だろう。しかし、一方が客になることをそれぞれに知らせることで、両方を客にすることに成功したのはまさしく大勝利だった。しかし、ダンベロー卿夫人にとってこの取り決めは不公平だった。というのは、結局パリサー氏は二泊一日コーシー城にいるだけで、その一日のあいだ大きな青書(6)を何冊か抱えて閉じこもっていたからだ。彼がどんなふうに時をすごそうとド・コーシー卿夫人は気にしなかった。青書を相手にしようと、ダンベロー卿夫人を相手にしようと、卿夫人にとっては同じことだった。パリサー氏はコーシー城にいた。敵も味方もその事実を否定することができなかった。

彼の二泊目の夕べのことだった。彼は翌日午後一時にシルバーブリッジで選挙民に会う約束をしていた。彼の活動と政治状況一般を説明するためだった。彼がシルバーブリッジからコーシーへは戻って来ない予定だったので、ダンベロー卿夫人は少しでも彼に接近したければ、今の時間の短い日の輝きを利用しなければならなかった。しかし、卿夫人がパリサー氏の注意を独占するため、積極的に気持ちを表したとは誰にも言えなかった。彼がぶらりと応接間に入って来たとき、卿夫人は大きな低い椅子に一人で座っていた。ドレスが豊かに広がっていいように肘掛けのない、背がくり抜いて丸くなった支えの椅子だった。卿夫人は食堂を出てから何とか三言ほど口を開いていた。しかし、時が重苦しく刻まれていると感じているようでもなかった。レディー・ジュリアはリリー・デールとクロスビー氏のことで再び伯爵夫人を攻撃していた。アリグザンドリーナは怒りに駆られて、この件に特別な関心があることを隠すこともなく、部屋のいちばん遠い隅っこへ逃げて行った。

「クロスビーとその女性がさっさと結婚して、終わりにしてくれたらいいとどれほど願っていることでしょう!」と伯爵夫人は言った。「そうしたら、二人のことについてこれ以上耳にすることはなくなります」

ダンベロー卿夫人はこういうことをみな聞いて理解し、それに関心を抱いた。卿夫人はこういうことを覚えており、誰の話か学ぶと、学んだことによってみずからの行動を律した。彼女はこんな時、あるいは別のこんな機会に決して怠けていなかった。彼女なりのやり方でじつに厳しい仕事量をこなした、と私たちは見ていい。彼女はまわりの人々のお世辞にうなずくとき、小さな声を出す以外にただ黙って座っていた。それから、ドアが開いて、パリサー氏が入って来ると、彼女は頭をあげた。彼女はその時表情にかすかな満足の煌めきを表していたかもしれない。それでも、卿夫人は彼に話し掛けようとはしなかった。彼が一冊の本を取りあげて、テーブルのところで十五分立っていたあいだ、卿夫人はいらだちを表すことも、感じることもなかった。そのあと、ダンベロー卿が入って来て、本を持たずにテーブルのところで立った。その時でも、ダンベロー卿夫人はまったくいらだっていなかった。

プランタジネット・パリサーは小さな本を拾い読みして、おそらく何かを学んだ。彼は本を置くと、紅茶を少しすすって、シルバーブリッジまでほんの十二マイルだと思うとド・コーシー卿夫人に言った。

「百十二マイルだったらよかったと思います」と伯爵夫人。

「その場合は今夜のうちに出発しなければならなくなります」とパリサー氏。

「それなら千十二マイルだったらよかったのに」とド・コーシー卿夫人。

「その場合はまったく来てはいけませんでしたね」とパリサー氏。彼は無作法なことを言おうとしたのではなく、ただ事実を述べたにすぎなかった。

「若い男性って完全にがさつ者ですね」と、伯爵夫人は娘のマーガレッタに言った。

彼はその部屋に入ってほぼ一時間たったころ、ようやくダンベロー卿夫人の近くに――卿夫人のすぐ近く、近くにほかの邪魔者なしに――立っていた。

「あなたをここで見つけるとは予想もしていませんでした」

「私もです」

「しかし、そう言えば私たちは二人とも実家の近くにいますね」

「私の実家は近くありません」

「プラムステッドのことですよ。あなたのお父さんのおうちです」

「はい。そこが昔の私のうちです」

「あなたに私の伯父の屋敷を見せてあげられたらいいんですが。あの城はとても立派です。いい絵もいくつかあります」

「そう聞いたことあります」

「あなたはここに長くいるんですか？[7]」

「いいえ。あさってチェシャーへ行きます。狩りが始まると、ダンベロー卿はいつもそこへ行くんです」

「ああ、そうでしょう。卿は仕事を持たない何と幸せな人なんでしょう！　選挙民から悩まされることもないんですね？」

「あまり悩まされることはないと思います」

そのあと、パリサー氏はまたぶらりと去って行った。ダンベロー卿夫人はその夜の残りを黙ってすごした。共感に満ちたこの十分間の交流が、コーシー城にわざわざやって来た不便の報いをこの二人に与えてくれればいいと願われる。

しかし、私たちには罪のないことのように見えたものが、その屋敷の厳格な道徳家には違った目で見られていた。

「とんでもないことだ！」と、ジョージ令息はいとこのグレシャム氏に言った。「ダンベロー卿がどう思うか知りたいもんだ」

「ダンベロー卿はとても鷹揚に受け入れているように見えますね」

「何でも鷹揚に受け入れる男がいるものさ」とジョージ。この令息は結婚後こんな邪悪なことに対して神聖な恐怖を抱くようになっていた。

「彼女は心のうちを少し表し始めています」と、クランディドラム卿夫人がド・コーシー卿夫人に言った。二人の老女が奥の居間で一緒に暖炉にあたっていたときのことだ。「ご存知の通り、静かな流れは深いんです」

「彼女がパリサーと駆け落ちしても不思議じゃありません」とド・コーシー卿夫人。

「彼はそんな馬鹿ではありませんよ」とクランディドラム卿夫人。

「男は何でもしかねない馬鹿だと思いますよ」とド・コーシー卿夫人は言った。「けれど、もちろん彼は駆け落ちしても、何のかいもないでしょう。駆け落ちされても悲しまない人が誰かわかります。女に退屈している男がいるとしたら、ダンベロー卿こそ妻に退屈していますから」

しかし、このことではほかのことと同じように、邪悪な二人の老女が醜聞を口にしただけだ。ダンベロー卿はいまだ妻を誇りにしており、自尊心を満足させるだけの男に可能な精一杯の愛情で妻を愛していた。

パリサー氏とダンベロー卿夫人の会話に危険なところはほとんどなかった。しかし、クロスビーとレディー・アリグザンドリーナのあいだでその時起こっていたことについて、私は同じことを言うことができない。レディー・ジュリアが哀れなリリーについて攻撃を再開したとき、アリグザンドリーナはすでに述べたようにほとんど怒りを露わにしてその場を立ち去り、人々の輪のなかにその夜は戻らなかった。コーシー城には二つの大きな応接間があって、狭い一つの部屋でそれら二つがつなぎ合わされていた。その狭い部屋はもし床まで届く二つの窓で明かりが取り込まれていなかったら、もし二つの応接間のように絨毯が敷かれていなかったら、もしそこに備えつけの暖炉で温められていなかったら、通路と呼ばれてもよかったかもしれない。彼女はこの狭い部屋に逃げ込んでおり、結婚した姉のアミーリアがすぐ彼女のあとを追った。

「あの老婆のせいでほとんど気が狂いそうです」とアリグザンドリーナは言った。姉と二人で炉格子の前に立って一緒につま先を暖めていた。

「でも、あなた、そんなことで正気を失ってはいけません」

「いかにも安気なお話ね、アミーリア」

「問題はこういうことでしょ、あなた、――クロスビーさんの本心がどこにあるかということです」

「どうして私にそれがわかるんです?」

「あなたにそれがわからないのなら、彼はあちらの娘と結婚するつもりだと考えるのが無難です。その場合は――」

「で、その場合はどう？　あなたもレディー・ジュリアになりたいのかしら？　あちらの娘なんかどうでもいいことでしょう？」

「あなたがその娘に関心がないのはわかります。もしあなたがクロスビーさんのことも何とも思っていないのなら、話は終わりです。その場合、アリグザンドリーナ――」

「で、その場合はどうなんです？」

「私は説教なんかしたくありません。でも、あなたが本当は彼をどう思っているか、彼が好きなのかどうか、すぐ私に教えてくれませんか？　私とあなたはいつもいい友だちでしたね」結婚した姉はそう言って、結婚を望んでいる妹の腰に愛情を込めて腕を回した。

「私は彼がとても好きです」

「彼は何かはっきりしたことをあなたに言いましたか？」

「それなりのことは言いました。聞いて！　彼が来ます！」クロスビーは大きい部屋から入って来て、暖炉のところで姉妹に合流した。

「私たちはレディー・ジュリアのお喋りの炸裂でここに追い払われて来たのです」と姉。

「あんな婆さんには会ったことがありませんね」とクロスビー。

「あんな人はあまりいません」とアリグザンドリーナ。それから、彼らは一、二分黙って立っていた。レディー・アミーリア・ゲイズビーは二人をこのまま残して立ち去ったほうがいいのではないかと考えた。クロスビー氏が妹と結婚するつもりなら、そんな意志を明らかにする機会を彼に与えるほうがいいだろう。しかし、もしアリグザンドリーナがただ馬鹿な真似をしているだけなら、この場にとどまっているほうがいいだろう。「よそに行ってほしいと妹は思っていることでしょう」と姉は独り言を言った。それで、彼女は我々の行動を次々に導く規則に従って、人混みのなかに帰って行った。

「隣の部屋に行きませんか？」とクロスビー。

「ここがいいんです」とアリグザンドリーナ。

「ですが、あなたと話がしたいんです――特別に」と彼。

「ここでは話せないんですか？」

「はい。人が行ったり来たりしていますから」レディー・アリグザンドリーナはそれ以上何も言わないで、次の大きな部屋に先に立って歩いた。そこも灯火がともされており、四、五人の人がいた。レディー・ロジーナが隅で専用の明かりを手に入れて、千年王国に関する本を読んでいた。兄のジョンは肘掛椅子で眠っていた。若い紳士と淑女がチェスをしていた。それでも、部屋は広かったから、クロスビーとアリグザンドリーナは人から離れたところに場所を占めることができた。

「さて、クロスビーさん、私に何が言いたいんです？　でも、私はまずレディー・ジュリアの質問を繰り返します。あなたにそうすると言ったようにね。――ミス・デールから最後に便りをもらったのはいつなんです？」

「もうあなたに告白したあとで、私にそんな質問をするなんて残酷ですね。私がミス・デールと婚約していることはわかっているでしょう」

「まあいいです。そんなみなに知られていることを言うため、なぜ私をここへ連れて来たかわかりません。レディー・ジュリアのようなお触れ役がいますから、まったく聞く必要のないことです」

「もしあなたがそんな口調でしか答えられないのなら、すぐ話を終わらせます。婚約のことを話したとき、別の女性が私の心をとらえていることを話しましたね。私が間違えていなければ、誰のことをほのめかしたかあなたにはわかったと思いますが？」

「まったくわかりません、クロスビーさん。私は魔法使いじゃありませんし、ご友人のレディー・ジュリアのようにあなたを細かく詮索しませんから」

「私が愛しているのはあなたです。きっともうこんなことを言う必要はないんですが」

「あなたがミス・デールと婚約していることから判断すると――本当に言う必要はありません」

「それについては私が愚かな振る舞いをしたことを、あなたがそう言いたければ、愚かというよりももっと悪いことをしたことを、もちろん認めなければなりません。あなたが私を責めるとしても、私が自分を責めるほど完全に責めることはできません。ですが、一つだけ決心したことがあります。私は愛していない人とは結婚しません」ああ、リリーが彼のこの言葉を聞くことができたら！「ですから、ミス・デールを褒めることはできません。夫として彼女を幸せにすることができないことは確かです」

「求婚する前にどうしてそれを考えなかったんです？」とアリグザンドリーナ。しかし、彼女の声に非難の調子はほとんどなかった。

「そうすべきだったんです。ですが、あなたから厳しく責められるのは納得がいきません。この前ロンドンで一緒にいたとき、あなたがもう少し――」

「もう少し何です？」

「あなたがもう少し喧嘩腰でなかったら」とクロスビーは言った。「こんなことはおそらく避けられたかもしれません」

レディー・アリグザンドリーナは自分が喧嘩腰だったかどうか思い出せなかった。しかし、それは問題にしなかった。「ええ、もちろん私の過ちでした」

「私は落ち着かない気持ちでアリントンへくだって行って、今こんな災難にぶつかってしまいました。起こった通りあなたにみな話します。私はミス・デールと結婚することはできません。私の心が別の女性のものであることを考えると、そんなことをしたら、邪悪なことです。別の女性が誰かあなたに話しました。今答えをもらってもいいですか？」

「何の答えです？」

「アリグザンドリーナ、私の妻になってくれませんか？」

もし率直な結婚の誓いや申し込みを彼にさせることが目的なら、彼女は確かにもう目的を達していた。彼女は自分と母の処理能力にとても強い信頼を置いていたので、クロスビーを受け入れても、彼からリリー・デールのように扱われる危険はないと感じた。彼女は自分と彼の立場をよく知っていたから、捨てられることはないと思った。彼を受け入れたら、いくらミス・デールとその味方が反対しても、時が来れば妻になれるだろう。この点について危惧は感じなかった。しかし、彼女はすぐにはクロスビーを受け入れなかった。戦利品が提供されたとき、ほしかったけれど、女の自尊心のせいでそれをすんなり受け入れることができなかった。

「ミス・デールに同じ申し込みをしてから」と彼女は言った。「どれくらいたつんです？」

「もうみな話しました、アリグザンドリーナ、話すと約束した通りにね。もし話したことであなたから罰を受けるというんなら――」

「もう一つ質問してもいいのよ。どれくらいたったら、あなたは次の娘に同じ申し込みをするんです？」

彼は怒って回れ右をして歩き出したけれど、ドアまで半分のところまで行って引き返した。

「どうしても！」と彼はそう言うとき、いくらか乱暴な口の利き方をした。「回答がいただきたいんです。とにかく私を咎める根拠はあなたにはありません。私が犯した罪はみなあなたに関連するか、あなたのためにしたことです。あなたは私の申し込みを聞きましたね。私を受け入れる気持ちがあるんですか？」

「とても私を驚かせますね。たとえあなたが金あるいは命を要求するとしても、今ほど横柄な口は利けません」

「確かに今ほど固い決意の時はありません」

「もしその栄誉をお断りしたら？」

「女性のなかであなたがいちばん気まぐれだと思います」

「もし受け入れたら？」

「女性のなかであなたがいちばん立派な、いとしい、優しい人だと誓います」

「あなたからは悪く思われるよりもよく思われたいと思います」とレディー・アリグザンドリーナ。それで、この問題は決着したと双方とも了解した。彼女はその後リリーのことを話すように求められたとき、いつもリリーを「あの哀れなミス・デール」と呼ぶ一方、そのささやかな冒険のことで将来の主人を咎めるようなことは二度と言わなかった。「今夜母さんに話します」と彼女はクロスビーに言った。二人がいた部屋の隔離された隅っこで彼女がお休みの挨拶を言ったときのことだ。二人がその隅っこから出て来たとき、レディー・ジュリアの視線を再び浴びても、アリグザンドリーナはもうこの老婆のことなんか気にしなかった。

「ジョージ、私はあのパリサーさんのことがさっぱりわかりません。彼は公爵になるんじゃありませんか？貴族のはずでしょ？」ジョージ・ド・コーシー夫人が夫婦の部屋にいるとき、これを夫に聞いた。

「そうだよ。ご老人が亡くなったら、彼がオムニアム公爵になるんだ。彼は私がこれまでに会ったもっとも退屈な人だと思うね。けれど、ひどく資産をだいじにするだろ」

「でも、ジョージ、その説明をしてください。わからないのがしゃくに障るんです。大へまをしそうで口を利くのが怖いんです」

「じゃあ、口を閉じていなさい、おまえ。時が来ればそんなことはみなわかるよ。おまえが言い出さなければ、誰もおまえが知らないことに気づかないからね」

「ええ、でも、ジョージ――私は一晩中黙って座っていたくないんです。話すことができないんなら、小説でも持って来ればよかったわ」

「ダンベロー卿夫人をご覧。彼女は口を利こうとはしないだろ」

「ダンベロー卿夫人は私とは違います。でも、私に話して。パリサーさんって何者なんです?」

「公爵の甥なんだよ。もし公爵の息子だったら、今ごろシルバーブリッジ侯爵になっていただろうね」

「それで、伯父が亡くなるまで、爵位を持たないただの人なんですか?」

「そう、まったくただの人なんだ」

「何て気の毒なことなんでしょう。でも、ジョージ、もし私に子ができたら、もしその子が男の子なら、そしてもし――」

「何て、馬鹿な。その子が生まれてからでも、それについて話す時間はたっぷりあるね。もう寝るよ」

註

(1)月の女神で、処女性と狩猟の守護神。ギリシャ神話のアルテミスに当たる。

（2）昔キューの代わりにビリヤードで使われた先端が平らになった棒。
（3）トロロープはパリサーを扱う部分の原稿でほとんど修正を加えていないことが確認されている。トロロープには珍しく唐突にパリサーを作中に登場させているけれど、生硬さと誠実さの入り混じった彼の性格づけをはっきり確立してから登場させていることがわかる。
（4）古代ギリシャやローマで神々に捧げた雄牛百頭の生け贄に由来する。
（5）ピュロス（ペロポネソス半島南西部の港町）の王で、トロイ戦争におけるギリシャ軍の賢明な、尊敬される老顧問。
（6）第十八章註（1）参照。
（7）イングランド西部の州。農業地帯で、チェシャー・チーズや塩の生産で有名。

第二十四章　義母と義父

　プランタジネット・パリサー氏は翌朝朝食前に、――朝食か、さもなければロールパンとコーヒーという私的な慰めを与えられる前に、政治的使命をはたすため出発した。コーシー城の公的な朝食は十一時からだが、パリサー氏はその時間にすでにシルバーブリッジ市長と小部屋に閉じこもっていた。

「私は三時四十五分の汽車で出発しなければなりません」とパリサー氏は言った。「私のあとに話す方は誰ですか?」

「ええと、私が一言二言話します。それからグローディも。――彼も聞いてもらいたいと願っています。グローディはいつも公爵側にしっかり味方してくれますよ、パリサーさん」

「きっかり一時に部屋に入るようにしましょう。それから、私を駅へ送ってくれる一頭立て貸し馬車を庭に待機させてください。私はぎりぎりまでとどまっています。一時間半は私の担当ですね。いえ、結構。朝はワインを飲みません」パリサー氏はまだ演壇で喋っているグローディ氏を残して、三時四十五分の汽車で帰った、と私はここで言っておこう。彼は選挙民を尊敬を込めて扱わなければならない。しかし、今日は時間があまりにも足りなかったので、尊敬をけちと言っていいほど慎重に十五分単位で割り振る必要があった。

　その間、コーシー城にはたっぷり暇な時間があった。伯爵夫人もレディー・アリグザンドリーナも朝食に降りて来なかった。しかし、彼らがいなくても、特別注意を引くことはなかった。城の朝食には希望に応じて出ても、出なくてもよかったからだ。レディー・ジュリアはすこぶる憂鬱な顔つきをしてそこにいた。クロスビーは未来の義姉マーガレッタの隣に座り、義姉からすでに愛情に満ちた親しい態度を向けられていた。彼がお茶を飲み終えると、義姉は彼の耳に囁いた。「クロスビーさん、三十分割いてくださるかしら。母さんが自室であなたに会いたがっています」クロスビーは喜んで応じるとはっきり言い、その家に娘婿として歓迎されることに心から感謝した。しかし、彼は捕虜になってしまったように感じ、伯爵夫人の私的領域にあがって行くとき、捕虜の身になることを確実にしているように感じた。

彼はレディー・マーガレッタの案内を受けるとき、笑顔を保ち、軽い足取りで進んだ。「母さん」と令嬢は言った。「クロスビーさんをお連れしました。あなたもここにいるとは知りませんでした、アリグザンドリーナ。知っていたら、彼にそう伝えておくべきでしたね」

伯爵夫人と末娘は一緒に居間で朝食を食べており、今じつに調和した優雅な部屋着を着て座っていた。二人の女性が口をつけていたティーカップは格調の高い磁器で、ティーポットとクリーム入れは銀の彫金が施され、それなりに繊細だった。食べ残しは崩れていないフレンチ・ロールの数片とごく小さなバターの塊だった。食べ残しの外観が示すくらい朝食が実質のないものだとしたら、二人が早い昼食を食べようとしたと想像してもいいだろう。伯爵夫人は模様のある凝った絹の朝用ガウンを身につけていた。一方、無邪気なアリグザンドリーナはピンクの帯で結んだ、飾りのない白モスリンの化粧着を着ていた。令嬢はいつも結って長い巻毛にしているのに、今は髪を束ねないでゆったり肩に降ろしており、すでに持ち合わせている女性的な魅力に何かしらのものを確かにつけ加えていた。クロスビーが入って来たとき、伯爵夫人は立ちあがって、気前よく歓迎した。が、アリグザンドリーナは座ったまま、ただ少し会釈をしただけだった。「急いですぐ降りなければいけません」とマーガレッタは言った。「家のなかの仕事をアミーリアに全部押しつけることになります」

「アリグザンドリーナは私にみな話してくれました」と、伯爵夫人はいちばん甘い笑顔を浮かべて言った。

「私も同意しました。あなた方はとてもお似合いだと思います」

「とてもありがとうございます」とクロスビーは言った。「とにかくこれだけは確かです。――彼女は私にぴったりなんです」

「ええ、そう思いますよ。立派な賢い娘です」

「まあ、母さん。お靴が二つちゃん[1]ふうの言い方はやめて」

「あなたは賢い娘です。賢い娘でなければ、これからしようとしている結婚はやめておいたほうがいいと思います。もしあなたが軽薄で、無鉄砲で、身分や富やその種のことにかまけるなら、財産のない平民と結婚するのはやめたほうがいいのです。こんなことまで言いましたが、クロスビーさんはきっと許してくれると思います」

「私に大きな顔をする権利がないことは」とクロスビーは言った。「もちろんわかっています」

「ええ、私たちはそんなことはもう言いません」と伯爵夫人。

「どうかもう言わないで」とアリグザンドリーナは言った。「お説教みたいに聞こえます」

「お座りなさい、クロスビーさん」と伯爵夫人は言った。「少しお話しましょう。よければ、娘をあなたのそばに座らせます。馬鹿な真似はしないでよ、アリグザンドリーナ、彼から求められたら、逆らわないでね！」

「いやよ、母さん。――ここにいます」

「仕方がありませんね、あなた。――そこにいなさい。わがままな娘なのです、クロスビーさん。あなたが昨夜娘に言ったことを娘が言うのを聞いたら、あなたもそう思います」彼はそれを聞いてすぐ顔色を少し変えたが、何も言わなかった。「娘は話してくれました」と伯爵夫人は続けて言った。「アリントンにいる例の若い女性についてね。まあ、あなたってとても悪いことをしたようね」

「私は馬鹿だったんです、ド・コーシー卿夫人」

「もちろんそうでした。私はこれ以上悪態をつくつもりはありません。ええ、あなたは馬鹿でした。――軽率なやり方で遊んだのです。王様は願っていたほど簡単に例の田舎の女性が手に入らなかったので、おそらく少し感情を害して求婚なんかしたのです。けれど、そんなことはできるだけ早く決着をつけなければなりません。私は無分別な質問はしたくありませんが、もし例の若い女性が今もまだあなたが本気だと思っているとしたら、あなたはすぐ彼女の迷いを覚ますべきだと思いませんか?」

「もちろん彼はそうしますよ、母さん」

「もちろんあなたはそうなさるでしょう。問題がきちんと整っているとわかれば、アリグザンドリーナは安心します。レディー・ジュリアが年がら年じゅう何を言っているかご存知ですね。ええ、もちろんアリグザンドリーナはレディー・ジュリアのようなお婆さんが何と言おうと気にしません。けれど、そんな噂を排除できたら、関係者みなにとっていいことです。もし万一伯爵が噂を聞いたら、おわかりでしょうが、どんなことに――」伯爵夫人はそう言って首を横に振った。もし伯爵が何か手を打たなければならないと思い込んだら、仕出かしかねないことをこうすればいちばんうまく示せると思っていた。

クロスビーはリリーのことを伯爵夫人に親密に打ち明ける気にならなかった。とはいえ、彼は当然のこととしてできる限り遅れることなく、ミス・デールに事実を知らせる必要があるとぶつぶつぶやいて相手を安心させた。いつ手紙を書くか、リリーに書くか、その母に書くか正確に言えなかったが、ロンドンに帰ったらすぐそれをしなければならなかった。

「そっちのほうが簡単なら、私がデール夫人に手紙を書きますよ」と伯爵夫人。しかし、クロスビー氏はこの計画に非常に強く反対した。

それから、伯爵に関する話になった。「今日の午後卿に話します」と伯爵夫人は言った。「ですから、明朝卿に会うことができます。卿はあまり多く喋らないと思いますね。おそらく卿は思うかもしれません。――これを言ってもあなたは気になさらないでしょう。アリグザンドリーナはもっとましな結婚をしてもよかったと。でも、卿は強く反対しないと思います。もちろん夫婦財産契約とかその種のことが残っていますがね」伯爵夫人はこう言って立ち去り、アリグザンドリーナは恋人と半時間二人だけになった。その半時間がたったとき、彼はすぎ去ったこの二十四時間を取り戻せるものなら、この世に持つものすべてを投げ捨ててもいいと感じた。リリー・デールを捨てることはなるほどできても、レディー・アリグザンドリーナ・ド・コーシーを捨てることはできないと悟った。

彼は翌日十二時に彼女の父と面会した。非常に不愉快な面会だった。部屋に案内されたとき、大貴族は半ズボンのポケットに両手を突っ込み、暖炉を背にして絨毯の上に立っていた。

「それで、私の娘と結婚するつもりなのかね?」と伯爵は言った。「ご覧の通り、私の体調はあまりよろしくないんだ。よくなることはめったにない」

クロスビーがご機嫌伺いをしたとき、これらの言葉が伯爵から返って来た。クロスビーは伯爵に片手を差し出して、強い意志を示したので、伯爵も仕方なくポケットから片手を出して、名乗りをあげた娘婿と握手した。

「閣下にご異存がなければの話です。少なくともあなたの許可をもらうようにとの彼女の許しをえています」

「君には財産なんかないと思うが、どうかね？　娘にもないんだ。当然それは知っているだろ？」

「私は数千ポンド持っており、彼女も同じくらい持っていると思いますが」

「二人が餓死しない程度のパンを買えるお金かね。それくらいなら私には何でもない。君が望むなら娘と結婚してもいい。ただし、いいかね。馬鹿げたことはご免だよ。今朝私のところに婆さんが来ていた。——今屋敷内にいる客の一人だ。婆さんは君が笑いものにした別の娘の話をしてくれた。君がその種のことをどれだけたくさんしても、ここでそんなことをしなければ、私には何でもない。しかし、——もし君がそんな悪ふざけを私にしたら、間違ったことをしたことに気づくだろう」

クロスビーはこれにほとんど答えないで、できるだけ早く部屋を出た。

「君が持っているわずかなお金については、ゲイズビーと話をしたほうがいい」と伯爵。そのあと、伯爵はこの件をすっかり忘れてしまって、娘に対する義務を完全にはたしたと思っていた。

この翌日クロスビーは出発する予定だった。最後の日の午後、ディナーの少し前、彼はレディー・ジュリアの待ち伏せにあった。レディー・ジュリアは彼を捕まえる罠を用意して、その日をすごしていた。

「クロスビーさん」と彼女は言った。「一言言わせてください。今度のことは本当ですか？」

「レディー・ジュリア」と彼は言った。「どうして私の個人的な問題を詮索なさるのかまったくわかりません」

「いいえ、あなたはわかっています。充分ご承知のはずです。父も兄もいないあの哀れな若い女性は私の隣人であり、彼女の身内は私の身内でもあります。彼女は私の友人の一人です。私は老婆ではありますが、彼女のため代弁する権利があります。もし今度のことが本当なら、クロスビーさん、あなたが彼女を扱うやり方は悪党のやり方です」

「レディー・ジュリア、この問題をあなたと議論することをきっぱりお断りします」

「あなたがどんなに悪党かみんなに言います。本当に言います。――悪党であるうえ、哀れな、弱い、無力な馬鹿者だとね。彼女はあなたにはよすぎる人でした。彼女はそんな人でした」レディー・ジュリアがこの発言の最後の部分を浴びせている途中、クロスビーは逃げ出して、急いで階段を駆けあがった。しかし、老嬢は踊り場に立って大声を投げ掛けたから、逃げて行く敵から一言も聞き漏らされることはなかった。

「私たちはあの婆さんを追い払わなければいけません」と、それをみな聞いていた伯爵夫人はマーガレッタに言った。「彼女はこの家の平安を乱し、毎日自分を辱めています」

「彼女は今朝父さんのところへも行ったのよ、母さん」

「そんなことをしても、収穫はありませんよ」と伯爵夫人。

クロスビーは翌朝城を出てロンドンへ発つ直前、リリー・デールから三通目の手紙を受け取った。「今朝手紙が来なかったので、がっかりしました」とリリーは書いていた。「郵便集配人が手紙を持って来てくれると思っていましたから。でも、ロンドンに帰ったら、あなたはもっといい子になってくれると思いますから、叱りません。あなたを叱るって！　いいえ、たとえひと月手紙が来なくても、私は絶対あなたを叱りません」

もし彼の過去の事実からこのコーシー城の訪問を消し去ることができたら、すでに三回も述べたが、彼はこの世に持っているものを何でも差し出しただろう。

註

（1）ジョン・ニューベリーが一七六五年に出版したオリヴァー・ゴールドスミス作とされる児童書に由来する。貧しい女の子が初めて靴を一足買ってもらって、みんなに「お靴が二つ」と言って見せて回った。のちこの子が裕福になり、慈善事業に努めたところから、いい子ぶった人、善人ぶった人の代表と見られた。

第二十五章　アドルファス・クロスビーが社交クラブで一夜をすごす

クロスビーはホテルから借りたドッグカートで、城からいちばん近い鉄道駅に送ってもらった。馬車の旅のあいだ、彼はアリントンを発ったあの朝[1]——あれからまだ二週間もたっていない——のことを思い出さずにはいられなかった。あの朝のことを思うと、自分が悪党だと得心した。アリグザンドリーナは今朝彼の出発を見送るため、あるいは去って行く彼の姿を最後まで追うため、家から出て来なかった。彼があまり早く出発しなかったので、令嬢は朝食のテーブルに一緒に座った。しかし、ほかの人たちも一緒だった。彼が出発するため立ちあがったとき、令嬢はただ優しくほほ笑んで、片手を差し出しただけだった。クリスマスをコーシーですごす予定がすでに決められていた。アリントンでそれをすごす予定が前に定められていたようにだ。

レディー・アミーリアはド・コーシー一族のなかでいちばんクロスビーに優しかった。彼女はおそらく一族のなかで愛情の深さでいちばん評価できる人だった。彼女はあらゆることに対処するとき、血統のよさに信頼を置いて人生を始めた。父の身分と母の出生のせいで、地位をしっかり守る義務を課されたことを、いくぶん強く友人らに主張して人生を始めた。それにもかかわらず、彼女は三十三歳のとき、必ずしも名誉とは言えない状況で父の実務担当者と結婚した。とはいえ、彼女は確固とした目的と節操を持って、新しい人生の領域で義務をはたしてきた。妹が彼女と同じように今社会的地位の低い男性と結婚することになったとき、彼女は姉として、義姉として義務をはたす用意をした。

「私たちは十一月にはロンドンにいます。もちろんあなたもすぐ来てください。セント・ジョンズ・ウッド(2)のハミルトン・テラス、アルバート・ヴィラです。七時にディナーです。日曜は二時なんです。いつだって歓迎します。きっと訪問して、くつろいでくださいね。あなたとモーティマーが仲よくなってくれればいいと思います」

「もちろん仲よくしますとも」とクロスビー。しかし、彼は結婚してこの貴族の一員になったとき、モーティマー・ゲイズビーと親しくなるよりももっと高い望みを持っていた。彼はその望みの実現にこれほど近づいた今、その中味が何だったかはっきりさせることができなかった。ド・コーシー卿夫人は委員会総局のあの秘書官の件で、インド国務次官のいとこに手紙を書いてやると確約した。しかし、クロスビーはこの約束からどんないい結果が生じるか考えてみるとき、インド国務次官の影響力なんかなくても、彼の昇進のチャンスは大きいと見てよかった。今この貴族の一員になって――そう言っていいだろう――みると、この結婚から彼が期待した利点とは何か、ほとんど明確にすることができなかった。伯爵夫人を義母とすることは大きいと彼は独り言で言った。しかし、彼は期待しているものをまだ獲得する前なのに、今でさえもうそれは手に入れるに値しないと思い始めていた。

彼は列車の座席に座って新聞を開いたとき、ずっと自分が悪党として振る舞ってきたことを認めた。レディー・ジュリアはコーシーの階段で彼に真実を告げていた。彼は何度もそう心でつぶやいた。しかし、悪党として振る舞ったのに何もえないまま悪党になってしまったことで、悪党になってかえって多くのものを失ってしまったことで、おもに自分に腹を立てた。彼はリリーとアリグザンドリーナを比較して、リリーこそ男が娶ることができる最良の妻だと幾度も考えた。アリグザンドリーナの性格に薄っぺらなところがあるのを知っていた。結婚したら、彼女は夫に忠実だろう。妻や母としての義務には、遠回しの、不満を抱いた、憂鬱な仕方でおそらく忠実だろう。ほとんどレディー・アミーリア・ゲイズビーのそっくりさんになるだろう。しかし、そんな妻は勝ち取るため注ぐ勇気と技量の対価として、夫を満足させる豊かな褒美と言えるだろうか？　そんな妻は恐ろしい悪党の振る舞いを正当化する豊かな褒美と言えるだろうか？　彼はリリー・デールを愛していた。リリーなら生涯を通じて愛し続けることができるだろうと今確信した。しかし、アリグザンドリーナ・ド・コーシーには男が愛する何があるというのか？

城に着いて最初の四、五日、彼はリリー・デールを捨てる決意をしているあいだ、様々なロマンスの主人公を想起して良心を鎮める工夫をした。ロセリオやドン・ジュアンやラヴレース[3]のことを思い、この世はこれまでそんな女たらしで一杯だったと心に言い聞かせた。世間はそんな女たらしをきちんと扱って、悪党として罰するのではなく、むしろちやほや甘やかして、巻き毛の貴公子[4]と呼んだりする。どうして彼がほかの男のように巻き毛の貴公子であってはいけないのか？　ドン・ジュアンの性格は女性に好かれているし、男性にも広く人気がある。それから、彼は十数人の現代のロセリオの名をあげてみた。彼らはこの淑女を裏切り、あの淑女を死の瀬戸際に追い詰め、あるいはおそらく死に追いやったことが知られているにもかかわらず、首を水上に出して溺れないでいる男たちだ。戦争と恋愛は似ており、世間は敵味方双方の戦闘員がどんな策略を用いても許す用意があった。

しかし、彼は今女たらしとして振る舞ったあと、まったく別の角度からその振る舞いを見ずにはいられなかった。突然そのロセリオの性格を違った角度、その性格を自分のものとは思いたくない見方で見るようになった。彼はリリーにあの手紙を書くことが――どうしてもそれを書かなければならなかったのに――ほとんど不可能だと感じ始めた。唯一の脱出手段として自殺のことを考えるほどせっぱ詰まってしまった。二週間前、彼は望みのものをすべて前途に持つ幸せな男だった。今は伯爵から受け入れられた娘婿であり、役所の昇格に自信を持つ事務官だったが、この世でいちばんみじめな、堕落した人間だった。

彼はマウント・ストリートの下宿で服を着替えると、ディナーを取るため社交クラブへ行った。その夜は何もすることができなかった。アリントンへの手紙は確かにすぐ書かなければならない。しかし、次の夜の便よりも前に手紙を送ることができなかったので、その夜は必ずしもそれに取り掛かる必要はなかった。セント・ジェームズ・スクエアへ行く途中ピカデリーを歩いているとき、リリーに数行書くほうがいいかもしれないと思い当たった。時間稼ぎをするため、まるでリリーとの婚約がまだ継続しているかのように書いて、本当のこと――あの新しい婚約――については注意深く触れない数行だ。それから、バーナードに電報を打って、全部打ち明けることを考えた。バーナードは当然何らかの仕方で従妹の仇を討とうとするだろう。しかし、クロスビーはそんな仕返しは少しも怖くないと感じた。レディー・ジュリアは仇を討ってくれる父も兄もリリーにはいないと指摘して、彼を最低の臆病者だと責めた。「リリーに十数人の兄がいたらなあ」と彼は一人つぶやいた。しかし、なぜそんな願望を抱いたかわからなかった。

彼は十月末にロンドンに戻った。ウエストエンドの通りはほとんど空っぽだとわかった。それで、社交クラブでは一人だろうと思ったが、ディナー室に入ると、いちばん古い親友の一人ファウラー・プラットが暖炉の前に立っていた。彼はファウラー・プラットからセブライトに最初に連れて来てもらい、成功に満ちた経歴のほぼいちばん早い段階で出発点を与えてもらった。その時から友人のプラットと親しい交際を続けており、プラットが友だちづき合いでいつも優位に立っていた。プラットはクロスビーより数歳年上で、本当に多才な人だった。しかし、彼はあまり野心を持たず、世間で目立つのを好まず、一般の男たちからは人気がなかった。彼は適度な個人資産を所有しており、それを糧に穏やかで、慎ましい生活を送っていた。結婚なんかしそうもない独身者で、当たり障りがなく、いてもいなくても同じで、分別があった。ロンドンの生活の最初の数年間、クロスビーはプラットと一緒に暮らしたことがあり、友人の助言にずいぶん頼ったものだ。しかし、最近では彼のほうが目立つようになっていたので、年齢でも知恵でも下のデールのような男たちとのつき合いを楽しいと思うようになっていた。しかし、彼とプラットとのあいだに冷ややかさは通っていなかった。今、二人は心から温かい友情を抱いて会った。

「君はバーセットシャーにいると思っていた」とプラット。

「あなたはスイスにいると思っていました」

「スイスに行っていた」とプラット。

「私はバーセットシャーにいました」とクロスビー。それから、二人は一緒にディナーを注文した。

「それで、君は結婚するらしいね？」と、プラットは給仕がチーズを運び去ったとき言った。(5)

「誰から聞きました？」

「まあね、でも、するらしいね？　本当のことを言っているんなら、誰から聞いたか気にしなくてもいいだろ」

「ですが、本当じゃなかったら？」

「先月には聞いていた」とプラットは言った。「確かなこととして話されていたよ。本当だろ？」

「本当だと思います」とクロスビーはゆっくり言った。

「おいおい、そんな言い方をするなんて、いったいどうしたんだね？　お祝いを言ってもいいのかね、それとも悪いのかね？　相手の女性はデールの従妹だと聞いたよ」

クロスビーはテーブルから暖炉に椅子の向きを変えて、それには答えなかった。彼はシェリー酒のグラスを持って座り、石炭を見つめながら、プラットに全部話してしまっていいものかどうか考えた。プラットほどいい助言を与えてくれる人はいないだろう。プラットを知る限り、この友人ほどこんな話にショックを受けない人はいなかった。プラットは女性にうつつを抜かすことはなく、男女のことで高邁な理想を持つと称することもなかった。

「喫煙室にあがりましょう。そうしたら、全部話します」とクロスビー。それで、二人は出掛けた。喫煙室が空いていたので、クロスビーは話をすることができた。

話すのはとても難しいことがわかった。初めに思っていたよりもはるかに難しかった。「たいへんな災難にあってしまいました」と彼は話し始めた。それから、どんなふうにリリーと突然恋に落ちたか、どれほど性急で軽率だったか、どれほど彼女がすばらしかったか、――「私のような男には手が届かないほどすばらしい人でした」と彼は言った――、どんなふうに彼女から受け入れられたか、どんなふうに後悔したか話した。「私はレディー・アリグザンドリーナ・ド・コーシーとすでに半分婚約していたようなものでした」と彼はそれから言った。「それを前もって話しておくべきでした」しかし、読者はこの半分婚約していたという話が作り話だとわかるだろう。

「それで、君は今アリグザンドリーナと完全に婚約しているっていうんだね?」

「その通りです」

「それで、気が変わったことをミス・デールに知らせなければならないというんだね?」

「まずい振る舞いをしてしまったことはわかっています」とクロスビー。

「本当にまずかったね」と友人。

「ほとんど何が何だかわからないうちに巻き込まれてしまった。男がそう思う災難です」

「いや、私はそんなふうに見ることはできないね。男は娘と楽しんでもいい。結婚の申し込みをしないで、娘を失望させることがあるのも理解できる。——その種のことさえ私の流儀には合わないけれどね。しかし、とんでもないことだよ、九月にそんな娘に結婚を申し込んで、婚約者として娘の家族と一か月すごしたあと、十月にはしゃあしゃあと別のうちへ行って、別の身分の高い娘に結婚を申し込むなんて——」

「二つの話が無関係だということはおわかりでしょう」

「よく似ていると思うね。君はこの経緯をミス・デールにどう伝えるつもりかね？」

「わかりません」クロスビーはとても悲嘆に暮れた。

「伯爵の娘からはもう動かないことをはっきり決心したのかね？」

クロスビーはリリーの代わりにアリグザンドリーナを捨てることは一度も考えたことがなかった。今それを考えてみると、それが可能だとは思わなかった。

「はい」と彼は答えた。「レディー・アリグザンドリーナと結婚します。——つまり、ぼくが全関心を切り捨て、おまけに喉を掻き切ってしまわない限りはね」

「もし私が君の立場なら、全関心のほうを切り捨てるね。君のやり方には堪えられない。君はミス・デールの伯父にどう言うつもりかね？」

「ミス・デールの伯父のことは気にしません」とクロスビーは言った。「もし彼が今あのドアから入って来ても、今話したことを全部話します。恐れることなくね——」

クロスビーがまだ話をしている途中のことだった。社交クラブの使用人が喫煙室のドアを開けて入って来て、クロスビーが暖炉の近くの長い安楽椅子に座っているのを見ると、紳士の名刺を持って近づいて来た。クロスビーは名刺を受け取って名を読んだ。「アリントンのデール氏」

「その紳士は待合室におられます」と使用人。

クロスビーは一瞬黙り込んでしまった。デール氏に喜んで会いたいと断言したその時、まさしくその紳士がクラブ内の壁を隔てたところにいて、彼に会いたいと待っていたのだ！

「誰なんだい?」とプラットが尋ねた。クロスビーは名刺を手渡した。「ヒューゥーゥーウ」とプラットは口笛を吹いた。

「ぼくがここにいると客に伝えましたか?」とクロスビーが聞いた。

「二階におられると思いますと言いました」

「それでいいんだ」とプラットは言った。「その紳士はきっとしばらく待っている」それから、使用人が部屋から出て行った。「さあ、クロスビー、君は決断しなければならない。二人の女性のうちの一方とその味方全部から、君はこれから悪党と見なされることになる。彼らはもちろん目を光らせて、手に入る罰で君を罰するだろう。君はどちらの女性を苦しませるか、今選択しなければならない」

その男は心根が臆病だった。今この瞬間わだかまりのないかたちで――少なくとも敵対的な関係ではなく――老郷士に会ってもいいという考えは、初めてリリーを捨てる決意をしてから、これまで彼が抱いたどんな考えよりもリリーの側に立つ考えだった。彼は身体的に虐待されることを恐れなかった。――蹴られたり殴られたりすることは恐れなかった。しかし、彼は怒った男の正当な怒りと向き合う勇気は持ち合わせなかった。

「もし私が君なら」とプラットは言った。「今はつまらぬことで下に降りて行って、その男に会うようなことはしないね」

「ですが、ほかに何か方法がありますか?」

「クラブからそっと逃げ出しなさい。ただし、それをしたら、残りの人生のあいだずっと逃げ続けなければならないように思えるがね」

「プラット、あなたからは友情のようなものを期待していました」

「私に何ができるっていうんだね？　助けられないことがあるんだ。君はじつにまずい振る舞いをしたと、さっきはっきり言っただろ。君を助けられるとは思えない」

「できたら、彼に会ってくれませんか？」

「君の味方をしてほしいというんなら、もちろんできない」

「好きな立場を取ってください。――ただ本当のことを伝えてくれればいいんです」

「本当のことって？」

「私は別の娘と以前半分婚約していました。それを考えてみるとき、ミス・デールとは結婚しないほうがいいと思ったんです。私がまずい振る舞いをしたことはわかっています。ですが、プラット、数千人の男が前にも私と同じようなことをしてきました」

「その数千人が、幸運にも私の友人らのなかにいなくてよかったとしか言えないね」

「じゃあ、あなたはぼくに背を向けるんですか？」

「私はそんなことは言っていない。君の弁護は引き受けたくないんだ。というのは、君の行いに弁解の余地があるとは思えないからだ。君が望むなら、この紳士に会って君が言ってほしいことを何でも伝えるよ」

この時、使用人がクロスビーに手紙を持って帰って来た。デール氏は紙と封筒を出してもらって、次のようなメモを送ってきた。――「わしのところに降りて来るつもりはないのかね？　あんたがこの家にいることはわかっている」「お願いですから彼のところへ行ってください」とクロスビーは言った。「姪の持参金のことで私がだまされていたこと、――姪は彼からいくらか財産を受け取ることになっていると私が思い込んでいたこと――を彼はよく知っています。彼はその件について全部承知しているし、姪に何も与えないとはっきり口にしたとき、――」

「おやおや、クロスビー。別の使者を見つけてくれたらいいのに」

「ああ！　あなたにはわかりません」とクロスビーは苦しみもだえながら言った。「私が彼女の財産について今こんな言い訳をでっちあげているとあなたは思っているんでしょう。ですが、違うんです。郷士はわかってくれます。私たちは前にこういうことをみな話し合ったんです。彼は私がどれほどひどく失望したか知っています。ここであなたを待っていましょうか？　それとも、私の下宿に来ますか？　それとも、ボーフォートへ行って、そこであなたを待ちましょうか？」彼はこの社交クラブを抜け出して、プラットから面会についての報告を聞くため、ボーフォートで待ち合わせることが最終的に取り決められた。

「あなたが先に降りてください」とクロスビー。

「そう、そのほうがいいね」とプラットは言った。「そうしないと、君は見つけられてしまうかもしれない。デールさんから見つけられたら、家のなかで騒ぎになるだろう」プラットがそう言ったとき、顔に皮肉な笑みがあったので、クロスビーはみじめに思いながらも怒って、できればこんな使いで友人をわずらわせたくないと、自分のことは自分で処理したいと言いたかった。しかし、彼は悪党だという意識によって生気を奪われ、精神的に傷つけられていたから、自己主張と優位性を保つ力をすでに失っていた。身体的にでなくとも、精神的に蹴り倒されることに堪えなければならない。そんなことを仕出かしたのだという事実、頭を高く掲げていることがもう恥辱なしにはできなくなったのだという事実を彼は理解し始めていた。

プラットはデール氏の手紙を手に持って、応接室に入り、そこに郷士が立っているのを見つけた。郷士の位置から部屋の開いたドア越しに階段――クロスビーがクラブを出るにはこれを降りなければならない――の登り口を見通すことができた。クロスビーの使者は最初の用心としてドアを閉めると、デール氏にお辞儀をして、椅子に座りませんかと聞いた。

「クロスビーさんにお会いしたかったんじゃ」と郷士。

「その紳士に出したあなたの手紙を持っています」とプラットは言った。「この面会を私にしてもらったほうがいいと彼は考えたんです。いろいろ考えてみると、そのほうがいいでしょう」

「わしに会う勇気がないくらいあいつは臆病者なのかね？」

「デールさん、どんな男をも臆病者にする行為というものがあります。友人のクロスビーは、私の思うところ、言葉の普通の意味では充分勇敢です。しかし、彼はあなたを傷つけました」

「じゃあ、全部本当のことなのかね？」

「はい、デールさん。残念ながら全部本当です」

「それなのにあんたはあいつを友人と呼ぶのかね。ええと、あんたは――。名を聞いておらんな」

「プラット。ファウラー・プラットです。クロスビー氏を十四年知っています。――彼がまだ少年のころからね。どんな状況にあっても旧友を見捨てるのは、デールさん、私の流儀ではありません」

「殺人を犯してもかね？」

「そうです。たとえ殺人を犯しても見捨てません」

「わしが聞いたことが本当なら、あいつは殺人犯よりもたちが悪い」

「もちろん、デールさん、あなたが何を聞かれたか私にはわかりません。クロスビー氏はあなたの姪のミス・デールにひどい振る舞いをしたと思います。彼は姪と婚約したか、あるいはとにかくそんな申し込みを姪にしたと思います」

「申し込みじゃと！　なあ、あんた、それは完全にみなに了解されていたことで、州では誰でも知っていることじゃ。はっきり取り決められたことじゃから、秘密なんか少しもない。誓ってな、プラットさん、わしはまだ理解できんのじゃ。わしの記憶が正しければ、あいつがアリントンのわしの家を離れてから、二週間とたっておらん。——二週間とな。あのかわいそうな娘はあいつが去って行く朝許嫁として一緒にいたんじゃ。それから、二週間とたっておらん。今、わしは家族の古い友人からもらった手紙を持っているが、それにはあいつがド・コーシー卿の娘の一人と結婚することになったと書いてある！　すぐコーシーへ行ったら、あいつはロンドンへ発っていた。今あいつを追ってここに来たんじゃ。そうしたら、あんたは全部本当じゃと言う」

「残念ながらそうなんです、デールさん。本当です」

「それがわからんのじゃ。まったくわからん。先日わしの食卓に座っていた男が、そんなやくざ者じゃったとは信じられん。食卓に着いているときも、やつはずっとそれをねらっていたのかね？」

「いえ、きっと違います。彼はレディー・アリグザンドリーナ・ド・コーシーと古くから友人だったと思います。彼女とはたぶん痴話喧嘩をしたんです。コーシーへ行ってすぐ仲直りして、これがその結果です」

「わしのかわいそうな姪にそんな説明で充分じゃというのかね？」

「私がクロスビー氏を擁護するつもりがないことは、もちろんわかっていただけると思います。彼のしたことはとても嘆かわしい。——本当にとても嘆かわしいことです。言い訳として一つだけ言えるとすれば、女性にひどい振る舞いをしたのは、彼が最初の男ではないということくらいです」

「それがわしにくれるあいつの伝言なのかね？　それがわしが姪に伝えなければならないことなのかね？

『おまえはやくざ者にだまされたんじゃ。じゃが、それが何じゃ。だまされるのはおまえが最初じゃない』ってかね。プラットさん、わしは紳士として言うが、そんなことは理解できん。わしは世間離れした生活を送ってきたから、おそらく普通以上に驚いておるんじゃ」

「デールさん、お気の毒です――」

「わしが気の毒じゃと？　わしの姪はどうなるんじゃ？　わしがこのもう一つの結婚を許すとでも思うのかね？　ド・コーシーの連中や世間一般にあいつがどんな男か言い触らさないとでも、あいつを見つけ出して罰をくださないとでも思うのかね？　わしがこんなことに我慢できるとでも、あいつは思うのかね？」

「彼が考えていることはわかりません。まるで私が彼の犯罪の共犯者でもあるかのように、この件に私を巻き込まないように、あなたにお願いしなければなりません」

「わしが会いたがっているとあいつに伝えてくれないか？」

「そんなことをしても、役に立つとは思いません」

「あんたには関係のないことじゃ。あんたはあいつの伝言をわしに持って来た。今度はわしの伝言をあいつに持って行ってくれないか？」

「すぐ――今夜――今、伝えろということですか？」

「そうじゃ、すぐ――今夜――今、今すぐじゃ」

「あの、彼はもうこの社交クラブにはいません。私があなたのところに降りて来たとき、出て行きました」

「じゃあ、あいつはやくざ者であるだけじゃなく、臆病者じゃな」この指摘に答えて、ファウラー・プラット氏はただ肩をすくめるだけだった。

「あいつはやくざ者であるだけじゃなく、臆病者じゃ。臆病者で、やくざ者で、――それに嘘つきじゃとわしが言っていたと、あんたの友人に伝えてくれ、あんた」

「もしそうなら、ミス・デールはこの婚約から逃れられてよかったです」

「それがあんたの慰めの言葉かね？　今日日そんなもんがじつに結構な言葉かもしれん。じゃが、わしが若かったころ、こんな問題をそんなふうに話すくらいなら、舌を焼いたほうがましじゃった。本当じゃよ。さようなら、プラットさん。デール家の人間がまた会いに来ることをどうかあいつに伝えてくれ。あんたが言うように、あの家族の母娘はあいつとの交際がふさわしくないことをきっと学んでいることじゃろう」それから、郷士は帽子を取りあげて、クラブから出て行った。

「女性の持つどんな美しさ、どんな富、どんな身分と引き替えにしても」とプラットは一人つぶやいた。「私ならそんなことはしなかったね」

註
（1）背中合わせの座席が二つある（もと座席の下に猟犬を乗せた）一頭立て軽装二輪馬車。
（2）リージェンツ・パークのすぐ西に位置する。
（3）悪名高い誘惑者たち。ロセリオは第六章の註（4）参照。ラヴレースはサミュエル・リチャードソンの『クラリッサ』（1747-8）に登場する若い貴族。
（4）『オセロ』第一幕第二場。
（5）食事の終わりにクラッカーとともに出された。

第二十六章　家族のふところに抱かれたド・コーシー卿

レディー・ジュリア・ド・ゲストはアリントンのデール氏にこれまであまり手紙を書いたことがなかった。郷士があまり好きではなかった。しかし、レディー・ジュリアはコーシー家で何が進行中であるか、より正確に言えば、事態がすでにどこまで進んでいるか確信すると、座ってペンを取り、心がけている隣人の義務をはたす仕事に取り掛かった。

親愛なるデール様（と彼女は書いた。）

あなたの姪のリリアンがロンドンのクロスビー氏と婚約していることを秘密にする必要はないと感じます。もしこれが本当なら、クロスビー氏はこちらでとてもけしからぬ振る舞いをしていると、あなたに警告するほうがいいと思います。私はほかの人のことにあまりかかわる人間ではありません。普通なら、クロスビー氏の行動なんか気にも留めないか、――まるきり私とは無関係だと考えたことでしょう。それでも、私はほかの人からしてもらえたらと願うようにあなたにします。クロスビー氏がレディー・アリグザンドリーナ・ド・コーシーに求婚して、受け入れられたことは真実以外の何ものでもないと思います。明確な根拠がなければ、こんなことは言い出さないとあなたは信じてくださるでしょう。私の言うことに一理あると思われたら、哀れな若い娘のため真実を知る機会をえるほうがいいと思います。

私を誠実にあなたのものだと信じてください
ジュリア・ド・ゲスト

コーシー城にて、木曜

郷士はド・ゲスト家の誰も好きになったことがなく、なかでもレディー・ジュリアをおそらくいちばん嫌っていた。勇敢な少佐がレディー・ファニーと駆け落ちしたとき、その遠い過去に見せた彼女の敵意と自尊心を思い出して、郷士はよくおせっかい婆さんと呼んだものだ。郷士は最初この手紙を受け取って一読したあと、書いてあることをまるきり信じなかった。「へそ曲がりの鬼婆め」と彼は甥に大きな声で言った。「おまえの伯母が何と書いてきたか見なさい」バーナードは手紙を二度読むうち、顔をこわばらせ、怒りを見せた。

「信じたわけじゃなかろ?」と郷士。

「無視していいとは思いません」

「何じゃと!　おまえの友人は手紙で言われたようなことをすると思うのかね」

「確かに考えられますね。リリーに持参金がないとわかったとき、怒っていましたから」

「何と、バーナード!　おまえはあの件をそんなふうに言うのか?」

「手紙の内容が本当だとはっきり言えませんが、確かめるべきだと思います。ぼくがコーシー城へ行って、本当かどうか確かめて来ます」

郷士はみずから行くことをとうとう決意した。彼はコーシー城へ行って、クロスビーがほんの二時間前に発ったことを知った。レディー・ジュリアに会って、クロスビーが事実レディー・アリグザンドリーナの婚約者として城を去ったと教えられた。

「もし会えたら、伯爵夫人はきっと私が言うことを否定しないでしょう」とレディー・ジュリア。しかし、郷士はそうしたくなかった。姪のみじめな状況を必要以上に言い立てるつもりはなかった。それで、クロスビーの追跡を始めた。郷士がその夜どんな首尾に終わったか、私たちはもう知っている。

レディー・アリグザンドリーナもその母も、デール氏が城に到着したことを耳にしながらも、それについて言葉を交わさなかった。レディー・アミーリア・ゲイズビーはそれを耳にして、敢えて妹に問いただしてみた。

「あちらの関係はどの辺まで進んでいたか知らないのですか？」

「ええ、いえ。――まあ、つまりはっきりとは」とアリグザンドリーナ。

「彼は結婚について何かあの娘に言っていたと思うのですが？」

「ええ、そのようです」

「あら！　まあ！　じつに残念ね。あのデールってどんな人たちかしら？　彼はあの人たちについてあなたに話したことがあると思いますよ」

「いえ、話しませんでした。あまりたくさんはね。おそらくその娘は手管を弄する、ずる賢い人なんです！　男性がそんな娘に引っかかるのは本当に残念ね」

「その通りです」とレディー・アミーリアは言った。「でも、今度の場合その娘によりも彼のほうに罪があると思います。当然これは言っておかなければなりません」

「でも、私にどうしろと言うんです？」

「あなたにできることは何もないと思いますが、知っておくのはいいでしょう」

「でも、私にはよくわかりませんし、あなたにもわからないはずです。今この話をしても無駄ですね。私は彼のことをあの娘が知るよりもずっと前から知っていますが、娘が勝手に自分を物笑いの種にするようなことをしたんなら、それは私のせいじゃありません」

「誰もあなたのせいだとは言っていませんよ、あなた」

「でも、何だか説教されているみたいね。あの娘のことで私に何ができるっていうんです？　問題は、彼はその娘のことが少しも好きじゃないし、好きになったこともないっていうことです」

「それなら、彼は娘に好きだなんて言うべきじゃなかったのです」

「じつに結構なお説教ね、アミーリア。でも、人は必ずしもすべきことをするとは限りません。思うに、クロスビーさんが二人の女性に求婚した最初の男だというわけでもありません。おそらくそれは悪いことなんでしょうが、私としてはどうしようもありません。姪が虐待された話を持ってデールさんがここに来ても、とても見当違いだと、――本当にとてもお門違いだと思います。状況から見ると、クロスビーさんを引っ掛けようとする計画があちらのほうにあったように思えますね。そんな計画があったと私は信じます」

「喧嘩にならないことをただ願うだけです」

「近ごろ男たちは決闘なんかしませんよ、アミーリア」

「でも、哀れなオーガスタを裏切ったモファット氏に、フランク・グレシャムがしたこと[1]を覚えていますか？」

「クロスビーさんはそんなことを恐れません。それに、フランクが間違ったことをしたと、――とても間違っていると私はいつも思っていました。通りで二人の男がなぐり合って、何の意味があるって言うんですか？」

「でも、喧嘩にならないことを願います。何だか悪いことが起こりそうな予感がします。思うにあの伯父は事情を全部知って、結婚に同意していたに違いありません。でなければ、ここには来なかったでしょう」

「伯父が同意していようといまいと、大差ないと思いますね、アミーリア」

「そうね、あなた、たいした差はありませんね。すぐロンドンに上京して、クロスビーさんにできるだけたくさん会いましょう。式もすぐ挙げたほうがいいです」

「彼は二月と言っています」

「何をするにしろ、延期しちゃ駄目よ、アリー。こういうことにたくさん行き違いがあることはわかるでしょう」

「私はそんなことをまったく恐れません」と、アリグザンドリーナは頭を高く掲げて言った。

「たぶんそうね。でも、彼から目を離さないようにするのがだいじかもしれません。彼が私たちと一緒にディナーをするように、モーティマーにできるだけ頻繁に招待させましょう。休暇が取れなくなれば、彼はロンドンから出られません。クリスマスに彼はここに来る予定なのでしょう？」

「もちろん来ます」

「彼にその予定を守らせるように気をつけなさい。もし私があなたなら、あのデール家の人たちについて、思いやりのないことを他人に言わないように気をつけます。あなたの立場から言われると、聞こえが悪いですからね」レディー・アミーリア・ゲイズビーはこの助言を最後として話題をほかに移した。

その日、レディー・ジュリアはゲストウィックの屋敷に帰った。彼女はコーシー城の家族ととても冷たい別れをするあいだ、クロスビー氏とアリントンの許嫁のことにいっさい触れなかった。アリグザンドリーナはこの別れの場面に姿を現さなかった。事実、令嬢は応接間から退去せずにはいられないと感じたあの夜以来、この難敵にはまったく話し掛けなかった。

「さようなら」と伯爵夫人は言った。「お越しくださってありがとうございました。とても楽しかったです」

「お世話になりました。さようなら」と、レディー・ジュリアは堂々と丁重に言った。

「どうかお兄様にもよろしくお伝えください。お兄様にお会いしたかったです。お兄様がお――お――雄牛にひどく傷つけられていないといいんですけれど」それから、レディー・ジュリアは去って行った。

「あんな女をうちに入れるなんて、何て私は馬鹿だったのでしょう」伯爵夫人は客の背後でドアが閉まる前にそう言った。

「本当に馬鹿でした」と、レディー・ジュリアは廊下から叫び返した。それから長い沈黙があり、それから押し殺したくすくす笑いがあり、そのあと大笑いがあった。

「ねえ、母さん、どうしましょう?」とレディー・アミーリア。

「どうするって！　どうして何かしなくちゃいけないのです?　彼女は生涯で一度だけ真実を聞かされたのです」

「ねえ、ダンベロー卿夫人、私たちのことを悪く取らないでくださいね?」伯爵夫人はすぐここを発とうとしているもう一人のお客のほうを振り返って言った。「あんな女だとは知りませんでした」

「とてもいい人だと思います」とダンベロー卿夫人は笑って言った。

「その点ではあまりあなたに同意できませんね」とクランディドラム卿夫人は言った。「けれど、彼女は最善を尽くそうとする方だと思います。とても慈悲心の深い、そんな感じの方です」

「どうしてそんなふうに言えるのかしら」とロジーナは言った。「アイルランド西部にカトリック教徒抑圧派遣団を送り込むことに賛成の署名を彼女にお願いしたら、きっぱり断られましたよ」

「さあ、おまえ、準備ができたんなら帰ろう」とダンベロー卿は部屋に入って来て言った。それから、また別れの挨拶があった。しかし、伯爵夫人は今度はドアが完全に閉まり、去って行く足音が聞こえなくなるまで待った。「お気づきになりました？」と、伯爵夫人はクランディドラム卿夫人に聞いた。「パリサー氏が去ってから、ダンベロー卿夫人が意気消沈していたことにです」

「ええ、気づきました」とクランディドラム卿夫人は言った。「哀れなダンベローは私がこれまでに出会ったいちばん目の見えない男です」

「次の五月までに何か噂になるようなことが起こるはずです」と、ド・コーシー卿夫人はかぶりを振って言った。「けれど、そんなことになっても、彼女がオムニアム公爵夫人になることはありませんね」

「明日発つとき、あなたのお母さんが私について何と言うか知りたいものです」と、クランディドラム卿夫人が玄関広間を歩きながらマーガレッタに言った。

「母はあなたが紳士と駆け落ちする話なんかしませんよ」とマーガレッタ。

「少なくとも伯爵との駆け落ちはね」とクランディドラム卿夫人は言った。「はっ、はっ、は！　でも、私たちって人がいいんじゃありません？　いちばんいいのは言っていることがつまらない内容だってことです」

このようにして客が次第に去って、ド・コーシー一家は身内だけの家庭的な輪の至福に戻った。母と子供のあいだにたくさん共通の感情があったところを見ると、この輪に魅力がないわけではなかった、と私たちは想像していい。確かにこの輪には欠陥があって、おそらくそれはおもに伯爵の身体的な衰えからくるものだった。「しゅうとが私に話し掛けてくるとき」とジョージ夫人は夫に言った。「あまりに私をおびえさせるので、口を開いて答えることができません」

「父に思い切って立ち向かわなければいけないよ」とジョージは言った。「父はおまえを傷つけることなんかできないんだ。わかるだろ。おまえのお金はおまえのものだ。たとえぼくがこの家の跡継ぎになるとしても、父のおかげでじゃない」

「でも、しゅうとは私に向かって歯ぎしりするんです」

「噛まないんなら、気にすることはないよ。父は昔もよくぼくに歯ぎしりしたもんだ。お金をせびらなければいけないとき、ぼくはあの歯ぎしりが嫌いだった。でも、今はもう父のことなんかまったく気にしないね。ある日父は貴族名鑑(2)をぼくに投げつけてきたんだが、ぼくの頭から一ヤードも離れていた」

「しゅうとから何か投げつけられたら、ジョージ、私はその場で死んでしまいます」

しかし、伯爵夫人は子供の誰よりもいやな時間を伯爵とすごした。夫と毎日顔を会わせ、夫が聞きたくないたくさんのことを言い、夫を歯ぎしりさせる多くの願い事もしなければならない。伯爵は贅沢な生活しかできないのに、繰り返される出費を見るとみじめになるタイプの人だった。肉屋やパン屋や穀物小売商や石炭商が、ただで商品を供給してくれないことを、伯爵はこのころまでには知っていた。しかし、いつもここのこの期間だけは、商人らがただにしてくれることを期待しているように見えた。彼が金に困った人であることは間違いなく、ニューマーケットやホンブルク(3)でした投機につきがあったためしがなかった。とはいえ、まだ日々苦しまなくても生活できる手段を持っていた。それで、彼が好んでする金の悩みは実際の必要からというよりも、彼の気質からきていると想像してもいいだろう。妻には夫が本当に破産しているのか、ただそのように装っているだけなのかわからなかった。妻は生活面では今の立場にあまりにも慣れ切っていたので、金の心配のため幸せを犠牲にするようなことは受け入れなかった。妻はビロードのガウンや新しい手回り品や男性の料理人などを含めて、食料や衣類を難なく手に入れることができる。それらがこれからも引き続き手に入ると思っていた。しかし、妻は伯爵と日々顔を会わせてする相談をほとんど堪え難いものに感じていた。これを避けようと苦労した。もし夫が許してくれさえしたら、避けるやり方や手段についてはおのずと整うだろう。しかし、夫は毎日居間で妻に会うことを主張した。妻はあの三十分がまもなく我が身を殺すと、お気に入りの娘マーガレッタに言った。「私は時々居間を出る前に気が狂うのではないかと思うのよ」と妻は言った。妻はこういう状況のかなりの部分をみずから招いたこととして——おそらく根拠もなく——自分を責めた。伯爵は昔絶えず家を留守にしていたから、伯爵夫人はそのことで不平を言った。ほかの多くの女性と同じように、幸せなとき、妻はその理由がわからなかった。妻は不平を言って、夫に家庭の炉辺でもっと時間をすごすように迫った。夫が今しっかり家庭の炉辺への忠誠を見せるようになったのは、おそらく卿夫人の諫言によるというよりも、夫の健康状態によるほうが大きいだろう。しかし、妻が見捨てられ、嫉妬し、不満を言っていた幸せな日々を苦い悔恨とともに振り返っていたのは確かだ。「伯爵をドイツの温泉へ行かせるように、サー・オミクロンに言わせることができたらいいのにね?」と卿夫人はマーガレッタに言った。ここで言われたサー・オミクロンとはロンドンの著名な内科医で、うまくいけばきっとそんなふうに多くのことを取り計らってくれそうな人だった。

しかし、こんな幸せな指示はまだ出なかった。家族が予見できる限り、家長はコーシーで冬を一緒にすごすつもりでいた。客はすでに言ったようにみな去って、城には家族以外にいなくなった。デール氏が城を訪問した数日後も、十二時に卿夫人は夫に呼ばれた。伯爵はいつも朝食を一人で取り、そのあとフランスの小説と葉巻に慰め——こんな無邪気な気晴らしがまだ与えることができる慰め——を見出した。小説にもう飽きて、紫煙に浸されたあと、卿はよく妻を呼んだ。そのあと従者から服を着替えさせてもらった。「奥様はおれよりもこっぴどく叱られる」と従者は使用人らの大広間で言った。「奥様はずいぶんいやがっておられるようだ。おれはやめますと言えるが、奥様は言えないからな」

「痛風がよくなっているかって？　いや、よくならない」と、卿は妻の問いに答えて言った。「おまえが台所にあの料理人を置いている限り、よくなることはないね」

「けれど、もし彼を追い払ったら、どこから新しい料理人を手に入れたらいいのです？」

「料理人を捜すのはわしの仕事じゃない。どこで手に入れたらいいかわしは知らん。まもなく料理人は一人もいなくなると思うね。わしの許可なく家に余分に二人入っているようだな」

「お客様が来られるとき、ご承知のように使用人を入れなければなりません。ダンベロー卿夫人を迎えて、誰も仕える従者がいないというのはよろしくありません」

「彼女をここに呼んできっとあなたはお喜びになったでしょう」

「誰がダンベロー卿夫人を呼んだんだ？　わしは呼んでいない」

「ダンベロー卿夫人なんか糞食らえだ！」それから、間があった。伯爵夫人はこの主張にまったく異議がなかった。卿夫人の話が出たおかげで、使用人の話題が脇へどけられたことを喜んだ。

「ポーロックのその手紙を見てみろ」と伯爵は言って、不幸な母に長男の手紙を押しやった。母は子供みなのなかで長男をいちばん愛したのに、同じ屋根の下で会うことが許されなかった。「わしがかかわった人間のなかで、あいつがいちばん悪党ではないかと時々思うよ」と伯爵は言った。

母は手紙を手に取って読んだ。手紙は確かに父が息子から喜んで受け取れるようなものではなかった。しかし、その内容が不快なのは、息子のほうにではなく父のほうに責任があった。息子は当然もらわなければならない金が定期的にきちんと支払われていないと言い、それが受け取れないのなら、正式に法的手続きを取るように弁護士に指図するとほのめかしていた。ド・コーシー卿は跡継ぎの協力がなければ工面できない金を一族の資産を元に工面した。(4) 卿はその協力の見返りとして一定金額を長男に支払う義務を負った。卿はこれを父の手当と見なした。しかし、ポーロック卿はこれを法的に請求できる自分の金と見なした。息子は手紙のなかで愛情のこもった言葉を一言も用いていなかった。「ポーロック卿はド・コーシー卿に失礼ながらお知らせします――」手紙はそんなふうに始まっていた。

「あの子はお金を手に入れなければならないと思います。でないと、いったいどうやって生きていったらいいのでしょう?」と伯爵夫人は震えながら言った。

「生きていくって!」と伯爵は叫んだ。「それであいつが父にあんな手紙を書くのが正しいとおまえは思うんだな!」

「すべてとても残念なことです」と妻は答えた。

「お金をどこから出したらいいかわからない。たとえあいつが飢え死にしたとしても、正しい報いだ。名と家族の面汚しだよ。噂に聞くところによると、あいつは長生きしないな」

「まあ、ド・コーシー、そんなふうに言わないで!」

「では、どういうふうに言えばいいんだね? あいつがわしのいちばん大きな慰めで、貴族にふさわしく生き、年齢にふさわしい立派な、健康な男で、すばらしい妻とたくさんの摘出子に恵まれていると言えば、おまえは信じるのかね? 女はそんなに馬鹿なんだ。わしがどんなにあいつをけなしても、実物にはかなわないね」

「けれど、改心するかもしれません」

「改心するって! あいつは四十少しだろ。この前見たときは六十近くに見えたよ。ほら、――おまえが返信すればいい。わしはしない」

「それで、お金のことは?」

「あいつ、汚いお金のことはどうしてゲイズビーと相談しないんだろう? どうしてわしを困らせるんだ。あいつのお金なんかわしは持っていない。お金についてはゲイズビーに頼め。わしはわずらわされたくない」それから、また沈黙があった。そのあいだに伯爵夫人は手紙を畳んで、ポケットにしまった。

「ジョージとあの女はいったいどれくらい長く居座るつもりなんだ?」と卿は尋ねた。

「彼女が無害な人であることははっきりしています」と伯爵夫人は言い訳をした。

「わしはあの女を見ると、女中と一緒に食事をしているのではないかといつも思う。あんな女には会ったことがない。あいつはどうしたらあれに我慢ができるんだ。だが、あいつは何も気にしていないように見えるな」

「あれであの子はとても堅実になりました」

「堅実だって!」

「彼女はまもなくお産の床に就くので、ここにいるほうがいいのです。もしポーロックが結婚しないのなら、わかるでしょうが――」

「つまり、あいつはここに完全に居座るつもりなんだな? いいかね、言っておこう。わしはそんなことに我慢ができない。わしがあいつらのため何もしなくても、あいつと妻でちゃんと家を維持できるはずだ。だから、そう伝えてくれ。わしは我慢ができない。聞いているのか?」それから、また短い間があった。

「聞いているのか?」と卿は妻に叫んだ。

「はい、もちろん聞いています。ただお産が近づいているので、私が二人を追い出すようなことはあなたが望まないと思っていました」

「それがどういうことかわかっている。そうやって居座るんだ。わしは我慢ができない。おまえが言わないんならわしが言う」ド・コーシー卿夫人はこれに答えて彼女が伝えると約束した。ジョージ夫人の身に今訪れつつあるあの特殊な時期に、伯爵の口の利き方はためにならないとおそらく考えたのだ。

「知っていたか?」と、卿は急に新しい話題を取りあげて言った。「この家の誰かを訪ねてデールという名の男がここに来たことを」伯爵夫人はこれに答えて、知っていることを認めた。

「では、どうしてわしに隠していたんだね?」卿はそう言って、特にジョージ夫人から嫌われている歯ぎしりをした。

「たいした用件ではありませんでした。その人はレディー・ジュリア・ド・ゲストに会いに来たのです」

「ああ、だがそいつはあのクロスビーのことで来たんだ」

「そうだと思います」

「どうしておまえは娘に馬鹿な振る舞いをさせている? あの男が娘に悪党の仕打ちをするのは目に見えているぞ」

「いえ、あなた、そんなことはありません」

「いったい娘はどうしてあんな男と結婚したがっているんだ?」

「彼は非常に立派な紳士で、いいですか、それに世間では高く評価されています。決して娘にとって悪い人ではありません、かわいそうな子。近ごろはお金がなければ娘が結婚するのはとても難しいのです」

「それで、娘たちはどんな男とでも親しくなろうとするわけか。わしが見る限り、この件はアミーリアの場合よりも悪質だな」

「アミーリアはちゃんとやっていますよ、あなた」

「おまえは娘たちがちゃんとやっていると言うが、とても、とても。わしなら途方もなく悪いと言うね。ちゃんとやってこれほど悪くはなれないというくらいひどいな。しかし、おまえの仕事だ。今まで娘に干渉したことはないし、今も干渉するつもりはない」

「あの娘は幸せになると本当に思います。娘はあの若者を心から愛しています」

「あの男を心から愛しているって！」伯爵がこの言葉を繰り返した口調と態度を見ると、彼にもし役者になる気があるなら、舞台も立派に務められるだろうとの意見を保証するものがあった。「人がそんなふうに話すのを聞くと、胸糞が悪くなるな。娘は結婚したがっているが、骨折り損のくたびれもうけだろう。――わしにはどうしようもない。ただ覚えておけ。あのアリントンの娘に関する馬鹿げたことはここではいっさい無用だぞ。あの男がその種のことでわしを困らせるなら、畜生、あの男を殺してやる。結婚はいつになるんだ？」

「二月と言っています」

「わしはどんな馬鹿な真似も、出費も認めん。娘が役所の事務官と結婚したいんなら、娘には事務官がするような結婚をさせよう」

「彼は結婚する前に秘書官になっています、ド・コーシー」

「それがどれほど違うというんだ？　本当に、秘書官だって！　秘書官がどんなやつらだとおまえは思っているんだね？　どこから来たともわからん乞食だ！　わしはどんな馬鹿な真似も受け入れられん。聞いているのか？」伯爵夫人はそれに聞いていると答えたあと、何とかすぐ逃げ出すことができた。従者がそのあと卿夫人と交代した。従者は一時間仕事をしたあと、癇癪を起こした悪魔がいつもよりも「闇の王」にふさわしい口汚さだったと仲間に言った。

註

（1）『ソーン医師』第二十一章参照。

（2）ジョン・バーク（1787-1848）やジョン・ディブレット（1750?-1822）らの出版物に見られる貴族と家系と爵位の名鑑。

（3）ニューマーケットはケンブリッジの近くで、有名な競馬場がある。ホンブルク（正式名バートホンブルク）はドイツ中部ヘッセン州南西部の都市で、名高い賭博場がある。

（4）ド・コーシー伯爵は土地につけられていた限嗣相続の取り決めをほごにする操作を息子のポーロック卿と交わしたことがわかる。父はこれによって土地を自由に処理できるため、習慣的な浪費生活による窮乏を一時しのぐことができた。

第二十七章　本当にわしには理解できん

その間、レディー・アリグザンドリーナは置かれた立場の強みと弱みをすべて理解しようと努めた。彼女は強い愛情も、人格的な深さも、高い目標も持たなかったけれど、愚かな人でも、義務の意識に欠ける人でもなかった。彼女は現在の独身生活を続けても、欲望をかなえられるほど幸せかどうか幾度も自問して、できれば別の生活に移りたいといつも自答した。充分誇りに思っている身分についても自問して、重い痛みなくして身を落とすことはできないと自答した。しかし、父の家で未婚の娘としてとどまるよりも、クロスビーのような男の妻になるほうが、えるものが多いとついに信じるようになった。姉のアミーリアの立場を多くの点で羨ましいとは思わなかったが、もう一人の姉のロジーナの立場はもっと羨ましいと思わなかった。セント・ジョンズ・ウッド・ロードにあるゲイズビーの屋敷は、コーシー城ほど壮大ではなかったにせよ、それでもその家は退屈ではなく、苦痛の苦味もなく、そのうえ姉自身が所有するものだった。

「とても多くの女性が平民と結婚するんです」と、彼女は以前マーガレッタに言った。

「ええ、そうね、もちろんよ。おわかりのように、男が資産を持っていたら、事情は違ってくるんです」

もちろん事情は違っていた。クロスビーは資産なんか持っていなかった。ゲイズビー氏ほども裕福ではなく、馬車を持つことも、田舎の屋敷を持つこともできなかった。とはいえ、彼は最新流行の人であり、ゲイズビー氏よりも世間では評価されていた。おそらく役所でも出世するだろう。――とにかく人前に出ても見劣りがしなかった。年五千ポンドの紳士なら、彼女はそっちのほうがよかった。しかし、年五千ポンドの紳士が現れなかったから、未婚のままでいるよりもクロスビーといたほうが幸せではないか？　彼女はそれほどクロスビー氏を愛していたわけではないが、何とか快適に生活できると思い、総じて結婚はいいことだと思った。

アリグザンドリーナは夫に対する義務をはたす方法についていくつか意を固めた。姉のアミーリアは家庭内で至高の権力を握り、堪えられる穏やかな支配力で夫に有利になるように統治していた。アリグザンドリーナは彼女の場合家庭内での支配が許されないのではないかと恐れつつも、とにかく支配をめざしてやってみようと思った。夫を快適にするため全力を尽くすとともに、高い身分を前面に打ち出して夫をいらだたせることがないように特に気をつけるつもりでいた。この点で、とても従順に振る舞うつもりでいた。もし子供が産まれたら、祖父はただの聖職者か、弁護士でしかないように子供に身を入れるつもりだった。彼女は哀れなリリアン・デールについてもずいぶん考えた。この点で義務に潔癖であろうとして様々なことを自問自答した。彼女がリリアン・デールからクロスビー氏を奪ったのは誤りだったのか？　この問いに答えて、誤ってはいなかったと自信を持って回答することができた。クロスビー氏がリリアン・デールと結婚することはありえない。彼から一度ならず、しかも真面目にそう言われた。それゆえ、彼女がリリアン・デールに害をなしているはずがなかった。リリアン・デールを捨てたクロスビーの罪は、もし彼女が伯爵の娘でなかったら、もっと重かっただろうと、――彼女の身分が恋人の罪をいくぶん軽くしたと、たとえ薄々思ったにせよ、胸のうちでそれを言葉にしては言わなかった。

彼女は家族からあまり同情をえられなかった。「彼は残念ながら宗教的義務を軽視するのではないかしら。あの種の若者は軽視すると聞いています」とロジーナが言った。「あなたが間違っているとは思いません」

とマーガレッタは言った。「決してね。アミーリアがあなたと同じことをしたとき、間違っていると思いました。その時よりも、今は確かにこんなことを軽く受け止めています。私ならこんなことはしません。それだけよ」父は彼女が固く決意して考えをぐらつかせることはないと思うと言った。母は彼女を慰め、ある程度祝福しようと努めるかたわら、娘が身分も資産もない男と結婚することについて絶えずくどくど愚痴を言った。母の祝福は言い訳がましく、母の励ましはごまかしの慰めだった。「もちろん金持ちにはなれませんよ、あなた。けれど、あなたならうまくやれると思います。クロスビーさんはどこでも受け入れてもらえるから、彼を恥ずかしがる必要はありません」伯爵夫人はこの言葉で、既婚の長女には夫のことを恥じるように迫る状況が時々あることを暗に示した。「彼があなたのため馬車を手に入れてくれたらと願っています。けれど、おそらくいつか手に入れる日が来るでしょう」アリグザンドリーナは全体から見て後悔しておらず、考えをぐらつかせてもいないことを父に強く訴えた。

この間もリリー・デールはまだ完全に幸せだった。待ち望む恋人の手紙が一、二日遅れても、彼女が不安になることはなかった。恋人を二度と疑わないと約束したから、その約束を守ろうと固く決意していた。実際、約束を破るなどという発想はこの時みじんも持ち合わせなかった。郵便集配人が来て、一通の手紙も持って来なかったら、がっかりした。乾いた土地をよみがえらせる待ち焦がれる雨が降らないとき、農夫ががっかりするようにがっかりしたけれど、彼女は決して怒っていなかった。「彼が説明してくれます」と一人つぶやいた。愛する人から引き離されたとき、女性が感じるその人の手紙への飢えや乾きを、男性はまるきり理解できないのだと彼女はベルに言った。

それから、「小さな家」の人々は郷士がアリントンからいなくなったとの知らせを受け取った。この数日間彼らはバーナードにあまり会わなかった。今その知らせはこの従兄からではなく、ホプキンズから届いた。

「郷士がどこへ行ったか、ミス・ベル、おれにはまるきり見当がつかん。種とか、そんなものを買いに行く場合を除くと、郷士がおれに行き先を教えることはないんだ」

「突然出かけられたんですね」とベル。

「うん、お嬢さん、おれは何とも言えないね。郷士がその気になったら、突然出掛けてもおかしくないだろ。おれが知っているのはただ郷士がギグに乗って駅へ向かったことだけだ。たとえ生き埋めにされても、これ以上は何も言えない」

「あんな不機嫌な老人ですから、生き埋めにしてみたいです」と、リリーはその場を離れるとき言った。「バーナードは伯父さんと一緒に行ったのかしら」それから、姉妹はそれ以上そのことについては考えてみなかった。

次の日、バーナードが「小さな家」にやって来たが、郷士の不在については何も説明しなかった。「伯父はぼくが知る限りロンドンにいます」とバーナード。

「伯父さんがクロスビーさんを訪ねてくれるといいんですが」とリリー。しかし、この件についてバーナードは何も言わなかった。彼はアドルファスから手紙があったかとリリーに聞いた。彼女はその朝手紙が来なかったことをできる限り無関心な声を装って答えた。

「彼がきちんと文通してくれない人なら、怒ります」と、デール夫人がリリーと二人きりになったとき言った。

「駄目よ、母さん、彼を怒ってはいけません。私がそうさせません。彼は私の恋人であって、母さんの恋人じゃないことをどうか覚えておいて」

「でも、あなたが郵便集配人を待ち構えているのがわかります」

「母さんがクロスビーさんについて悪印象を持つんなら、私はもう郵便集配人を待ち構えたりしません。ええ、悪印象よ。彼が悪いことをするなんて、ちょっとでも母さんに思ってもらいたくないんです」

翌朝、郵便集配人は手紙、というよりも覚え書を届けた。リリーはクロスビーからだと一目で見て取った。彼女は手紙を待ち構えているところを母から見られないように、何も届いていなければ、がっかりするところを見られないように、郵便集配人が訪れる裏口で途中受け取る工夫をした。忠実な、親切な少女が小さな手紙を持って駆け寄って来たとき、「ありがとう、ジェーン」と彼女はとても穏やかに言った。早く中身を見たい気持ちを隠しながら、一人になるためその場を離れた。その覚え書がとても小さく見えたので、驚いた。しかし、開封したあと、内容にもっと驚いた。前置きも、結びの言葉も、愛情に満ちた呼びかけも、署名もなかった。そこには二行しか書かれていなかった。「明日もっと長い手紙を書きます。今日がロンドンの初日で、私は手紙を書くことができないほど追いまくられています」それだけが用紙の半分に殴り書きされていた。とにかくどうして彼女を最愛のリリーと呼んでくれないのだろう？　どうして彼がリリーのものだと言って、安心させてくれないのか？　それくらいならたくさん気持ちが込められるうえ、ペンをさっと動かすだけで伝えられるのに。「ああ」と彼女は言った。「私がどれだけ彼の愛に飢え、乾いているか知ってくれていたら！」

しかし、母と姉のもとに戻るのに一瞬しか残っていなかった。リリーは彼との約束を思い出すのにその一瞬を使った。「心配はいらないと思う」と彼女は胸に言い聞かせた。「こういうことについて彼と私は考えが違うんです。ぎりぎりの瞬間に書かなければならなかったんです。――役所を出ようとするね」それから、彼女は落ち着いた笑顔で朝食用の居間に入った。

「彼は何て書いてきました、リリー？」とベルが聞いた。

「教えたら何かくれます？」とリリー。

「全部教えてくれても、二ペンスあげません」とベル。

「手紙を書いてくれる人ができたとき、あなたがその手紙をみんなに見せてくれるかどうか知りたいものです？」

「でも、ロンドンに特別なニュースがあれば、聞いてもいいと思いますよ」とデール夫人。

「でも、母さん、ロンドンに特別なニュースがなかったら書けません。あの人はロンドンに到着して一日しかたっていないんです。おわかりでしょう。年のこの時期にニュースなんかないんです」

「彼はクリストファー伯父さんに会ったかしら？」

「会わなかったと思います。でも、何も書いていません。ニュースのことは伯父さんが帰って来たとき、教えてもらいましょう。伯父さんはアドルファスよりもロンドンのニュースに興味がありますからね」それから、手紙についてはそれ以上何も話されなかった。

しかし、リリーは朝食のテーブルで受け取った二通の手紙をこれまでは繰り返し読んでいた。音読することはなかったものの、手紙のなかの多くの言葉を繰り返し注釈をつけて話したから、聞いている母がほとんど完全にその言葉を再現できるほどだった。三通目の今回、彼女は手紙を見せることさえしなかった。そのうえ、手紙を読むのに一、二分も姿を消していなかった。デール夫人はこういうことをみな観察して、娘がまたがっかりしていることを知った。

実際には、その日リリーは悲しんでいるのではなく、とても真剣な態度を見せた。ベルは朝食後早く牧師館へ行き、デール夫人とリリーは縫い物をしながら座っていた。「母さん」と娘は言った。「私がロンドンへ行って住むとき、母さんと別れ別れにならなければいいのにね」

「心が別れ別れになることはありませんよ、あなた」

「ええ、でもそれだけでは幸せになれません。最悪の不幸を食い止めるためにはそれで充分かもしれませんが。私は今のように母さんを見て、触って、撫でていたいんです」そして彼女は近づいて、母の足元のクッションにひざまずいた。

「あなたには抱きしめて撫でるほかの相手ができます。——たくさん小さいのもね」

「私を捨てると言いたいんですか、母さん？」

「とんでもありません、あなた、子供を捨てる母はいません。あなたとベルを奪われたら私に何が残るというんです？」

「でも、母さんが私たちと別れ別れになることは決してありません。それが私の言いたいことなんです。私たちはたとえ結婚しても、母さんといつまでも今のままです。私は今のままこれからもこの家にいる権利があるはずでしょう。お返しに母さんにも彼の家に同じようにいる権利をあげます。彼の家は母さんの家でもなければなりません。——母さんがいちばんいい服を着て時々訪問していい、冷ややかな家じゃなくてね。私たちが別れ別れになってはならないと言うとき、私の言っている意味がわかるでしょう」

「でも、リリー——」

「何、母さん？」

「私たち——あなたと私——はこれからもきっとともに幸せになれると思います」

「でも、それ以上のことが言いたいんでしょう？」

「ただこれだけ、——あなたの家はこれから彼の家になり、私がいなくても一杯になります。娘の結婚はいつも辛い別れなんです」

「そうなんですか、母さん？」

「別れを実際とは別のように考えるつもりはありません。あなたをこのままうちに置いておきたいと私が願っていると考えては駄目よ。もちろんあなた方二人は結婚して私のもとを去って行くんです。あなたが身を委ねようとしている彼があなたを愛し守るため、神のご加護をえることを願っています」それから、未亡人は胸を一杯にして、顔を隠すため娘を遠ざけた。

「母さん、私は母さんから離れたくありません」

「駄目よ、リリー、そんなことを言ってはいけません。娘が両方とも結婚するのを見なければ、私はこの人生に満足できません。それが女性に完全な満足と喜びを与える唯一の定めだと思います。二人には結婚してほしいんです。もし別のことを願ったら、私はいちばん利己的な人間になってしまいます」

「ベルは母さんの近くで暮らすから、きっと私よりもしばしば母さんに会えて、愛してもらえるのね」

「取り立ててあなたよりも愛することはありません」

「ベルがロンドンの人と結婚してくれたらいいのに。そうしたら、母さんも私たちのところに来て、近くにいられるのよ。母さん、わかるかしら、母さんはここがあまり好きじゃないと時々思うんです」

「それはわかっています。私たちはここにいて幸せでした。でも、ベルが母さんのもとを離れたら――」

「伯父さんはここを私たちに与えてくれてとても親切でした」

「では、その時は私もここを出なければなりません。伯父さんはとても親切でしたが、その親切が一人では支えきれないほど負担に感じることがあります。その時は、私がここにとどまっている理由があるでしょうか？」デール夫人はこれを話すとき、その「ここ」は義兄の慈悲心によって与えられた家の枠を超えるように思えた。夫人に関する限り、世のなかのすべてが「ここ」に含まれているのではないだろうか？　二人の娘を奪われたら、いったいどうやって生きていけばいいのだろう？　母はクロスビーの家が母の家にはなりえないと、一時的な住み家にすらなりえないと、すでに気づいていた。母はその家を訪ねるとき、リリーがほのめかしたように正装を着用して行くのがふさわしいだろう。母はこれをリリーに説明することができなかった。娘の心の英雄がしゅうとめに無愛想だとは思えなかった。とはいえ、クロスビーの性格について母はそんなふうに読んでいた。ああ、悲し、事態の進行から見て、彼のもてなしのよさ、悪さなんか母娘にとって重要な問題ではなかったのだ。

姉妹は午後もう一度会った。リリーは常になくまだ真剣だった。結婚が間近に迫っており、家を出る用意をしていることが、彼女の態度から推察されるかもしれない。「ベル」と彼女は言った。「クロフツ先生はなぜ今私たちに会いに来てくれないのかしら？」

「彼が私たちのパーティーに来てからまだ一か月もたっていません」

「一か月ですって！　でも、先生が一日置きにここに来る言い訳をしていたころがありました」

「そう、母さんが病気のころね」

「いいえ、母さんがよくなったあともよ。でも、あなたとの約束があって、それを破ってはいけないと思うんです。まだ先生の話をしてはいけないんですか？」

「彼のことを話してはいけないとは言っていません。私が言いたかったことはわかるでしょう、リリー。その時言いたかったことを今も言いたいんです」

「じゃあ、ほかのことを言いたくなるのにどれくらいかかるんです？　いつかそんな時が来てほしいと――本当にそう思います」

「そんな時は来ませんね、リリー。私はクロフツ先生が好きだと一度思ったことがありますが、ただの空想でした。それはわかります。なぜなら――」ベルはその日以後別の男性を愛しているように感じたから、これが確かにわかると説明しようとした。しかし、その別の男性がクロスビー氏だったから、発言を控えた。

「先生がここに現れて、あなたに求婚してくれればいいのに」

「先生はそんなことをしません。女性のほうから励まされなければ、先生は求婚しません。私はそんな励ましを与えません。彼は金がないのに無分別なことをしているという、そんな思いを払拭できるまで、結婚には手を出しません。彼には悲しむことなく一人で貧乏に堪える勇気はあるけれど、妻とともに貧乏に堪える勇気はありません。彼の気持ちがよくわかるんです」

「まあ、いずれわかります」とリリーは言った。「あなたのほうが先に結婚しても私は驚きませんよ、ベル。私の場合、結婚を三年待つこともありますから」

その夜遅く郷士はアリントンに帰った。バーナードが駅まで馬車で迎えに行った。郷士は甥に夜の汽車で帰ると電報で伝えていた。しかし、出発してからそれ以外の知らせを送って来なかった。その日、バーナードは「小さな家」の誰とも会わなかった。現在ベルと気安く会うことは不可能だった。彼は二人のあいだにある特別な関心事に立ち返ることなく、ベルと二人だけでは会えなかった。また、その関心事について深く考えることもなく話をしたくなかった。彼が受け入れられるにしろ、受け入れられないにしろ、たいしたことではないと思って、じつに軽々にベルの求婚に取りかかったとき、彼は己を知らなかった。今、それをもう軽々なこととは思わなかった。彼を熱心にさせているのが愛――立派な、誠実な、率直な愛――だったかどうか、私にはわからない。しかし、彼は目標を設定して、デール家独自の頑固さでその目標を追求しようと決めていた。従妹をあきらめるなんて思いも寄らなかったが、苦労なしに、おそらくいくぶんか遅れなしに、彼女は手に入らないとついに納得していた。

彼はデール夫人にもリリーにも話し掛ける気分にならなかった。レディー・ジュリアがもたらした知らせは本当ではないか、――そこにいくらか真実が含まれているのではないかと恐れた。こんな疑念にとらわれたなかで、「小さな家」へ行くことはできなかった。それで、彼は葉巻を口にくわえて、何か悪いことが起こるのではないかと恐れつつ、屋敷内を一人うろついていた。電報が送られて来たとき、ほとんどぶるっと身震いして、ギグに座った。もしクロスビーがレディー・ジュリアから告発された下劣な行為を本当にしていたら、そんな危急事態にどう対処したらいいのだろうか？　三十年前なら男を呼び出して決闘[1]を申し込み、当たるまで弾を撃つことができただろう。今日ではそんなことをすることはほとんど不可能だった。しかし、こんなひどい目にあいながら復讐もせずに見逃したら、彼はいったい世間から何と言われるだろうか？

伯父は旅行カバンを手に持って駅から出て来たとき、厳粛に、陰鬱に、黙り込んでいた。出て来てほとんど何も言わずにギグの席に座った。あたりに人がいたので、甥は最初何も聞くことができなかった。ギグが駅の構内から出る角を曲がったとき、教えてくれるように頼んだ。

「どんなことを聞いて来られたんです？」と彼は聞いた。

しかし、郷士はその時もすぐ答えなかった。首を振り、聞かれるのを拒否するかのように顔を背けた。

「彼に会いましたか、郷士？」とバーナード。

「いや、私に会おうともしなかった」

「では、本当なんですか？」

「本当じゃと？――うん、みな本当じゃ。なぜおまえはあんな悪党をここに連れて来たんじゃ？　おまえの責任じゃ」

「いえ、郷士、それは違います。悪党だとは知らなかったんです」

「じゃが、ここの人たちのところに連れてくる前に、あいつについて知っておくのはおまえの義務じゃった。かわいそうな娘！　どう知らせればいいんじゃ？」

「では、まだ知らないんですか？」

「知らないと思う。母娘に会ったかね？」

「昨日会いました。その時は知っていませんでした。今日聞いているかもしれません」

「そうは思わんな。あいつはひどい臆病者じゃから、彼女に手紙を書くことさえできないと思う。ひどい臆病者じゃ！　普通の人間でも、そんな手紙を書く勇気がどこにあるじゃろう？」

郷士は徐々に話をした。どんなふうにレディー・ジュリアに会いに行ったか、ロンドンに向かったか、社交クラブまでクロスビーを突き止めたか、そこでクロスビーの友人、ファウラー・プラットから真実を教えられたか、私たちはすでに知っている。「あの臆病者は寄越した男とわしが話している隙に逃げ出したんじゃ」と郷士は言った。「あいつが仕組んだ通りの行動じゃな。わしはあいつが正しかったと思う。社交クラブの玄関広間であいつの頭を打ち砕いておけばよかった」翌朝、宿にクロスビーの謝罪を持つプラットの訪問を受けた。「謝罪じゃと！」と郷士は言った。「それはまだわしのポケットに入っている。哀れなヘビ野郎め。不愉快なウジ虫野郎め。わしには理解できん。本当に、バーナード、わしにはあんな手紙は書けんな」彼はどんなふうにプラットが手紙を持って来たか、クロスビーの面会拒絶を伝えたか、話し続けた。「その紳士はあいつと面会しても、いいことは何も出てこないと親切にわしに請け合ったよ。『あんたは』とわしは答えた。『ピッチに触われば必ず汚れると言いたいんじゃろ！』(2)紳士はあいつがピッチであることを認めたんじゃ。実際、彼は友人のため何一つ弁明することができなかった」

「ぼくもプラットを知っています。彼は紳士です。弁解しろと言われても、彼はあいつの弁解なんかしません」

「あいつの弁解じゃと！　いったいあいつの弁解が誰にできるというんじゃ？　弁解する言葉が見つからんじゃろ」それから、郷士は半マイル走るあいだ静かに座っていた。「本当に、バーナード、わしはまだ信じる気になれんのじゃ。わしには新奇なことじゃ。世のなかが変わってしまったと、人がそこに住む価値はないと、この件でわしは感じている」

「それで、彼はその別の女性と婚約したんですか？」

「うん、そうじゃ。家族みなの同意をえてな。みな取り決められて、夫婦財産契約もおそらく今ごろは弁護士の手に委ねられている。あいつはリリーをポイ捨てにすることを決めて、ここを立ち去ったに違いない。実際、彼女と結婚する気があったとは思えん。あいつはこの田舎で羽目を外したかっただけじゃ」

「ここを発つまでは本気だったんでしょう」

「そうは思わんな。もしわしが彼女に持参金を与えるか、与える気があるとわかったら、あいつはおそらく彼女と結婚していたかもしれない。じゃが、わしが彼女に何も与えるつもりがないと言ったあと、一瞬も本気になったことはないとわしは思う。さあ、着いた。心にこんな傷を負ってうちに帰って来たことは一度もないと言っていい」

伯父と甥は黙って夜食の席に着いた。郷士はその性格からは予想もできない悲しみを露わにした。「この朝わしは母娘に何と言えばいいんじゃ？」と彼は幾度も繰り返した。「どう言えばいいんじゃ？　わしが母に言ったら、母は娘にどう言えばいいんじゃ？」

「彼は心のうちをどこかで表していると思いますか？」

「わしが知る限り、何も表しておらん。プラットという男はあいつが昨日の午後まだ誰にも、何も伝えていないことを知っていた。わしが彼に悪党の友人がどんな気持ちでいるか聞いたところ、彼は知らないと答えた。――クロスビーがまともな人間なら、わし宛てに何か書いてきてもおかしくないと彼は言った。それから、彼はわしにこの手紙を持って来たんじゃ。これがその手紙じゃよ」郷士はそう言って、テーブル越しに手紙を投げて寄越した。「読んだら返してくれ。おそらくあいつはこの騒動が終わったと思っておるんじゃろう」

それは下劣な手紙だった。――言葉使いが悪いからでも、表現が不人情だからでも、事実を誤って伝えているからでもない。――述べられていることそのものが下劣な手紙だった。説明に堪えられない行為がある。――犯した者がへビ野郎としてしか話せない罪がある。人を無価値なウジ虫野郎に変身させる状況がある。クロスビーはあの夜プラットと会ったあと、手紙を書くため家に帰って、書こうと懸命にもがいた。しかし、彼は下宿の椅子にふさぎ込んで座ったまま、ペンを手に取ることができなかった。プラットが翌朝役所に来ることになっていた。役所の机で書こうと決心して床に就いた。翌日、プラットが来たとき、まだ一言も書いていなかった。

「こういうことには我慢ができないな」とプラットは言った。「私に手紙を運んでもらいたいんなら、すぐ書いてくれ」クロスビーは胸中うめきながら、テーブルに着いた。ついに言葉が出て来た。次のような言葉だ！「私があなた――あるいは彼女に言い訳ができないことはわかっています。ですが、私の現在の状況を考えると、真実を伝えるのがいちばんいいと思いました。私はおそらくミス・デールを幸せにできないと感じています。それで、誠実な男として、あなたと彼女が私に差し出してくれた栄誉を捨てることが、いちばんよく私の義務をはたすことだと思います」手紙はこんな具合に続いている。が、こんな手紙がどんな言葉でできているか、男がヘビ野郎として書かなければならないと感じたとき、どんなことを書くか、私たちはみな知っている。

「誠実な男としてじゃと！」と郷士は繰り返した。「本当に、バーナード、一人の紳士として、わしには理解できん。こんな手紙を書いた男が、先日客としてわしの食卓に着いていたことがわしには信じられん」

「ぼくらは彼をどうしたらいいんでしょう？」とバーナードがしばらくして言った。

「ネズミ野郎にするようにしてやればいい。足元に来たら、杖で叩いてやればいい。じゃが、おまえの家には入れないように気をつけろ。もうわしらの家には手遅れじゃからな」

「それ以上のことが必要でしょう、伯父さん」

「それ以上のことはわしにはわからん。犯せば二重に呪われる行為がある。悪行がもとで生じた明らかな罰からその身をかばうことじゃ。わしらはリリーの名が傷つかないように、またリリーに慰めが与えられるように、最善を尽くさなければならない。かわいそうな娘！　かわいそうな娘じゃ！」

それから、彼らは黙り込んだ。とうとう郷士が立ちあがって、寝室用のろうそくを手に取った。「バーナード」と彼は言った。「朝早く義妹に伝えてくれ。朝食後私のところに来てくれたら、ここで会いたいとな。『小さな家』ではそれ以上何も触れるな。あいつが手紙を出しているかもしれない」

それから、郷士は寝床に就いた。バーナードは食堂の暖炉の前に座って、考え込んだ。彼はクロスビーに対してどう振る舞ったらいいと、世間から望まれているのだろうか？　社交クラブでクロスビーに会ったとき、彼はどう振る舞ったらいいのだろうか？

註

（1）本書の五年後に書かれた『フィネアス・フィン』では、フィンとチルターン卿が決闘するが、この挿話はきわめて例外的なものと見なされている。
（2）カトリックでは『集会の書』、プロテスタントでは『ベン・シラの知恵』と呼ばれる聖書外典中最大の文書の第十三章第一節に出てくる。

第二十八章　局内役員会

クロスビーは私たちもすでに知っているように、ファウラー・プラットにアリントンの郷士の応対を任せて、セブライトから逃れた。彼はその夜ファウラー・プラットに再び会ったが、その面会のあとがどうなったか流れをたどってみよう。翌朝、彼はホワイトホールの役所へ行った。

クロスビーはどちらもペンをすらすら走らせることができない二通の手紙を書く仕事を抱えていた。それで、役所に早く出た。一通は郷士への手紙で、友人に届けてもらうことにしていた。もう一通はかわいそうなリリーへの破局の手紙で、日がたつにつれて彼はそれを書きあげることができないと知った。私たちがすでに見たように、彼は郷士への手紙を脅しつけられて書いた。その時、そんなものを書いた浅ましさによって、世のならず者の位置にまで身を落としたと思われる。

しかし、彼が役所に着くと、別の事柄――何にでも喜びを見出せる精神状態にあったら、ずいぶん喜んだだろう関心事――が待っていた。十時に役所のロビーに入ったとき、そこに集まっていた使い走りらから、いつもよりも敬意をもって迎えられた。彼は常に委員会総局の大物だった。しかし、大物にも、偉さにも、微妙な陰影の差があって、定義なんかとてもできないけれど、それでも経験を積んだ目や耳にその差は明白だった。彼は持ち場へ歩いて行き、彼宛ての二通の公文書が机の上にあるのを見つけた。最初に手に取った手紙は半公式のものだが小さくて、親展と記されていた。それには昇進する旧友の秘書官、バターウェルの筆跡で宛名書きがあった。「あなたがこの手紙を受け取るころ、朝会いに行きます」と半公式の手紙は書いていた。「ですから、私の古い靴を引き継ぐ件で私があなたにお祝いを言う一番手になるに違いありません。私の場合靴は初め少し魚の目に当たりましたが、あなたの場合とても楽でしょう。靴にはたぶん新しい中敷きが必要であり、おそらくかかとにすり減りがあります。しかし、ちゃんと直してくれる優れた靴屋が見つかります。私が履いて悲しいほど失われた優雅さを、あなたが履いて取り戻してくれるでしょう。あなたがその靴で大いに楽しんでくれることを願っています」などなど。彼はそれから大きいほうの公文書を開いたところで、それにはもうあまり関心を見せなかった。見なくても内容を言うことができそうだった。局内役員会はバターウェルの役員会への昇進に伴って空いた秘書官の職に、クロスビーを昇任させることを大いに喜んでいた。そして、その手紙はバターウェル氏本人によって署名されていた。

彼がほかに心配事を抱えていなかったら、役所に戻った直後のこの歓迎をどんなに喜んだことだろう！　彼はこの昇進を思うとき、リリーの魅力を再び想起していた。今娶る運命にあるド・コーシーの血統の高貴な若枝よりも、リリーがどれほど優れていたか、優雅さと美しさ、信頼、初々しさ、女性的美徳の点で、選んだ花嫁よりも、拒絶した花嫁のほうがどれほど優れていたか考えた。彼の生涯の事実から最後の二週間を拭い消すことさえできたら！　しかし、そんな二週間は拭い消せるわけがない。――ごしごし退屈に削り落とす悲しい長い歳月をもってしても消せるわけがない。

彼はリリーとの結婚を考えたとき、不安を覚えた障害がこの瞬間みな取り除かれていることを悟った。年七百か八百ポンドなら不愉快な生活も、千二百か千三百ポンドなら楽しい生活になるだろう。運命はなぜこれほど彼には不親切だったのか？　この昇進の話がなぜもう二週間早く彼に届かなかったのか？　あの恐ろしい城を訪問する前に、なぜ彼に告げられなかったのか？　プラットがデール氏に会う前にこの事実を知っていたら、彼は郷士に違った伝言を送って、ド・コーシーの一族郎党の怒りに敢然と立ち向かっただろう、とさえ思った。しかし、彼はこの点で自分に嘘をつき、嘘をついていることを知っていた。彼の想像のなかで、伯爵[1]はあまりにも強い神性で取り囲まれていたので、アリグザンドリーナを裏切ったらどうなるか盗み見ることしかできなかった。最初に婚約破棄の計画を迫られたとき、小さな田舎郷士の姪を捨てることは考えたものの、伯爵夫人の娘を捨てることは夢にも考えなかった。

彼は赤ん坊で一杯のセント・ジョンズ・ウッドのあの家を、コーシー城に到着した晩、部屋に座って見たのとは、今まったく違った外観のもとに見た。あの時、そんな家を墓地のような雰囲気の場所と思い、生きたままそこに生き埋めにされてしまいそうに思った。今やそんな家が手の届かないところにあったので、彼はそれを地上の天国と見なした。それから、レディー・アリグザンドリーナから提供される天国とはどんなものか考えた。今現在彼が掛けている眼鏡を通して見ると、レディー・アリグザンドリーナがいかに醜いか、いかに年を取っているか、いかに優雅さがないか、いかに快い魅力に欠けているか見えて驚いた。

彼は役所に来て最初の一時間、何もしなかった。二、三人の若い事務官が入って来て、心から彼を祝福した。彼は役所では人気者であり、昇進によって事務官らを一歩前進させていた。そのあと、二、三人の年上の事務官に会って、あまり気のない祝福を受けた。「うまくいくと思うよ」と無愛想な老紳士が言った。「私の時代は終わったと思う。私は結婚が早すぎたから、若いころいい上着を着ることができなかった。貴族あるいは貴族の家族と一度も知り合いになれなかった」この発言に含まれるとげがいっそうクロスビーの身に応えた。なぜなら、彼が結んだやんごとない筋との関係や貴族との縁故が、みないかに無益なものか感じ始めていたからだ。実際のところ、彼はどの事務官よりも仕事をよく知っていたから昇進したのだ。ド・コーシー卿夫人がたとえインド省に影響力を持っていたとしても、この昇進をもたらすにはまだ手紙を書く時間さえなかった。

十一時、バターウェル氏がクロスビーの部屋に入って来た。新しい秘書官はほほ笑みを浮かべ、上辺を繕わなければならなかった。バターウェル氏はおよそ五十歳で、愛想のいい、美男子だった。彼はいまだかつて世間をあっと驚かせたことがなかったし、そうしようと試みたこともなかった。理想的な場合よりも少しだけ大物には礼儀正しすぎ、目下の者には恩着せがましすぎた。しかし、有力者に対してお辞儀をする仕方には率直な、イギリス人的なところがあった。有力でない者に対しても、厳格でも、傲慢でもなくむしろじつに礼儀正しかった。彼はあまり賢くないと自認していたが、賢い人の扱い方も心得ていた。その点で、めったに間違いを犯さなかった。他人の感情を害さないようにじつに慎重に振る舞った。敵はおらず、一、二人の友人がいた。それゆえ、バターウェル氏は慎重に人生行路を歩んできたと言っていい。三十五歳のとき、少し財産を持った女性と結婚して、今はパトニー[2]の郊外住宅で心地よい、安楽な、笑顔の生活を送っていた。バターウェル氏はイギリス紳士が国内でパンをえることが難しいとの噂を聞く――しばしばそれを聞く――とき、彼の経歴を満足とともに顧みた。「機転ですね」と、バターウェル氏はパトニーの住宅地の小道を歩くとき、よく独り言で言ったものだ。「機転、機転、機転です」

「クロスビー」と彼は部屋に陽気に入って来て言った。「心からあなたを祝福しますよ。本当に心からね。人生の早い段階で一歩前進したんです。あなたはそれに完全に値する人です。――私が同じ役に任じられたときよりもはるかに優れています」

「あ、いえ」とクロスビーは陰気に答えた。

「しかし、そうです、ああ、その通りなんです。こんな人材を抱えていたのはじつに幸運だと役員らに言いました」

「あなたにはずいぶん感謝しています」

「私はあなたの昇進を知っていました。――あなたがここを発つ前からね。サー・ラフル・バフル(3)は所得税庁へ行くことになっていると私に言いました。長官の椅子は二千ポンドであることはご存知ですね。私は役員会の次長の椅子を約束されました」

「ああ、――それがわかっていたらよかったのに」とクロスビー。

「あなたは現状よりもずっとよくなります」とバターウェルは言った。「人をびっくりさせることとくらい、楽しいことはありませんね！　そのうえ、この種の人事については知っていても、知らない振りなんです。今なら私が知っていたと言っても――知っていたと誓っても、構いません。しかし、おといなら、誰にも言いませんでした。コップと唇のあいだで行き違いがあるんです。万一サー・ラフルが所得税庁へ行かなかったら！」

「その通りですね」とクロスビー。

「しかし、もう大丈夫です。実際昨日役員会に出席しましたし、のちに手紙にも署名しました。私はえたものよりも、たくさん失うことは確かです」

「どうしてです！　年に三百ポンド増えて、仕事は少なくなりますよ？」

「うん、しかし重みを見てください。秘書官はすべてを見、すべてを知るんです。しかし、私は年を取ってきたから、あなたが言うように、軽い仕事のほうが合っています。ところで、明日パトニーに来られませんか？　バターウェル夫人は新任の秘書官に会えたら、とても喜ぶでしょう。今はロンドン中心部に誰もいませんから、拒絶する理由がありません」

しかし、クロスビー氏には拒絶する理由があった。現在の精神状態でバターウェル夫人のテーブルに座り、ほほ笑むのは不可能だった。彼は個人的に重要な問題で、どうしてもその夜中央部にとどまっていなければならないことを、謎めいた、半分説明的な仕方でバターウェル氏に伝えた。「本当に」と彼は言った。「今は我が身が思う通りにならないんです」

「うん、――もちろんそうでしょう。その件であなたにお祝いを言うのをすっかり忘れていました。つまり、あなたは結婚するんですね？　うん、私はとても嬉しい。あなたが私と同じくらい幸運であればいいと思います」

「ありがとうございます」とクロスビーは再び陰気に言った。

「ゲストウィックの近くのお嬢さんなんでしょう？　あるいはそこらあたりの」

「い――いえ」とクロスビーは口ごもった。「バーセットシャーの出です」

「そう、名を聞きました。ベルかテイトかボールか何かそんな名じゃなかったかな？」

「いえ」と、クロスビーは振り絞れる限りの大胆さを装って言った。「名はド・コーシーです」

「伯爵の娘の？」

「そうです」とクロスビー。

「あれ、ごめんなさい。聞き違いをしていました。非常に高貴な家族と結ばれるんですね。あなたの成功を聞いて心から嬉しいです」それから、バターウェルはねんごろに彼と握手した。――が、彼はベルかテイトかボールと結婚すると信じていたとき、特別抱いていた賛成の印を態度から隠した。バターウェルはやはりどこか行き違いがあると思い始めた。彼は疑う余地のない情報源から、クロスビーがゲストウィックの近くで投宿した郷士の姪と、――一銭も金を持たない娘と――婚約したと聞いた。バターウェル氏は世故に長けていたから、友人のクロスビーが苦労の割にずいぶん愚か者だと思っていた。しかし、今友人はド・コーシー家の一人と結婚しようとしていた！　バターウェル氏はかなり途方に暮れた。

「ええと、私たちは二時に役員会を開きます。もちろんあなたは出席するんですよ。その前に時間があったら、私が持っている書類を渡します。私は役所ではエルドン卿(4)じゃありません。書類の山であなたをつぶしたりしません」

その直後、ファウラー・プラットがクロスビーの部屋に案内された。クロスビーはプラットの目の前で郷士への手紙を書いた。

彼は昇進について少しも喜びを感じることができなかった。プラットが去ったあと、心を明るくしようと努めた。リリーと悪事を背後にうっちゃって、これから重ねる成功に思いを凝らそうとしたものの、できなかった。みずから蒔いた面倒は追い払おうとしても追い払えなかった。もし人が友人の過失で、あるいは運命の成り行きで千ポンドを失ったら、その人が立派な男なら、悲しみを抑え、足下に封じ込めることができる。嘆きの霊を振り払うことができ、悪霊を家から追い出すことができる。しかし、悲しみがその人の愚かさと罪から、特にその人の自分本位からきたものなら、そんな悪霊払いは行えない。こういう場合こそ、人を深酒に誘い、思考停止に追いやり、賭博師や向こう見ずな放蕩者にし、自殺に駆り立てる。どうすればリリーにこの手紙を書かなくて済むだろうか？　頭を撃ち抜いてもいい。そうすれば、すべてが終わる。昇進から満足をえようと努めながら座っているとき、浮かんでくるのはそんな思いだった。

しかし、クロスビーは自殺なんかする男ではなかった。彼を正当に評価するなら、彼はそんなことをするには立派すぎたと、私は主張しなければならない。拳銃による一撃がすべてで、それで終わり(5)にするわけにはいかないことを彼はよく知っていた。卑怯な逃げ方をすることができないほど男らしかった。重荷に堪えなければならない。しかし、どのように堪えればよかったのか？　彼はそこに二時まで座って、バターウェル氏と役所の書類を無視し、使い走りから役員会に呼び出されるまで席から動かなかった。彼が役員室に入ってみると、役員会はおそらく一般の人が想像するようなものではなかった。円卓があって、数本のペンがその上に載っていた。ドアからいちばん遠い円卓のそばに、心地よさそうな革張りの肘掛椅子が一つあった。サー・ラフル・バフルは同僚のもとを去るところで、暖炉に背を向けて立ち、大声で話していた。サー・ラフルは弱い物いじめがひどかったから、役員会は彼がいなくなって非常に喜んでいた。しかし、これが局内役員会への最後の出席だったので、役員らはおとなしく彼の声を聞いていた。バターウェル氏はサー・ラフルのすぐ近くに立って、彼の冗談を聞きつつ、穏やかに笑っていた。せいぜい五フィートほどの身長の小男——正直そうな小さな目と、ごく短く刈った髪の持ち主——が、肘掛椅子の後ろに立って、両手を擦り合わせながら、サー・ラフルが出て行ったらその席に座ろうと待っていた。これが新任の局長オプティミスト氏だった。日刊紙『ジュピター』(6)は大声でオプティミスト氏の指名を称賛し、現在の大臣が優秀さだけの理由で昇進を考える点で、前任のすべての大臣よりも優れているのは明らかだと断言した。日刊紙(7)『ジュピター』は二週間前にすこぶる雄弁な記事を出して、オプティミスト氏の主張を強く支持していたから、記事の助言が受け入れられたとわかって当然喜んだ。従順な大臣が支配的権力——新聞——をあがめ奉る権利を持っているのは明らかではないか?

　オプティミスト氏は実際勤勉な、小柄な紳士だった。彼は非常に有力な縁故を持っており、一生公に奉仕して、とにかく処理が誠実だった。前任者のような弱い者いじめもしなかった。しかし、彼が今就いた指揮部門で充分な大砲を備えているかどうかは問題だったかもしれない。役員会にはほかに一人しかいなかった。フィアスコー少佐という不満顔の、失意の、無口な役員で、どこからも必要とされないとの理由で数年前委員会総局に送り込まれていた。少佐は公務員になったとき、大きな志を抱いていた男で、ほどほどの規模のものに対しては才能と精力を具えていた。彼はある程度役所の上司にふさわしい識別力も身につけていたのに、どういうわけかいろいろなことに恵まれなかった。走路を走っているうち、行動を誤った。フィアスコー少佐はまだ人生の盛りにいるにもかかわらず、みなに知られていることだが、大衆からも政府からも何も期待されていなかった。少佐はすでに気前のいい収入をえながら、それに応える仕事をしていないと取り沙汰されていた。一日四時間、週四、五日ただ椅子に座って、用紙と文書に署名し、書類を読むか、読む振りをしているけれど、実際には何も役立つことはしていないと、噂する人にこと欠かなかった。一方、フィアスコー少佐は自分を深く傷ついた人と見なしており、仕出かしたことをくよくよ考え込みながら生きていた。少佐は誰も、何も信じなかった。彼は誠実でありたいと願って公務員生活を始め、今はまわりのすべてを不誠実なものと見ていた。この同輩あるいはあの同輩が私利私欲に走り、誤り、不正を犯したと事件によって暴露される、その時見出す関心以外に人のことには無関心だった。「私に言わないでくださいよ、バターウェル」と彼はよく言ったものだ。――というのは、彼はバターウェル氏と何らかの半公式の親交を維持していたからだ。そんな時、彼はその紳士の折り襟をつかんで、身近に引き寄せて言った。「私に言わないでくださいよ。人がどういうものかわかっています。世間を見てきましたから。目を見開いてずっと見ています。彼が何をしているか知っていました」それから、彼は二人がよく知っているある事務官の不正行為の話をした。決してそれを非難するのではなく、問題の男が悪党であるのは当然のことだと見なしていた。バターウェルは肩をすくめ、穏やかに笑って、誓って世間はフィアスコーが思うほど悪くはないと思うとよく言ったものだ。

バターウェルはフィアスコーのようには考えなかった。というのは、彼は多くのことを信じていたからだ。彼はこの地上のパトニーの郊外住宅を信じ、また殉教の憂き目にあうこともなく、あの世でもある種パトニーの郊外住宅を実現できると信じていた。付随する安楽をすべて備えたパトニーの郊外住宅が第一で、そのあと大衆への義務が続いて来る。バターウェル氏が彼の行動を律したのはそんな仕方でだ。彼は郊外住宅が同じように妻にも心地よい家であってほしいと念じ、特別友人らには心地よくあってほしいと願ったので、その信条を問題にする必要はない、と私は思う。

オプティミスト氏はすべてを信じた。特に首相と、日刊紙『ジュピター』と、委員会総局と、本人を信じた。彼はおよそすべてが正しいとずっと思っていたが、今や自分が委員会総局の局長になったからには、すべてが正しくなければならないと固く信じた。サー・ラフル・バフルを信じたことは確かに一度もなかった。あの恐ろしい勲爵士のいやな口調を聞くように二度と求められることがないのを、おそらく人生最大の喜びと見なしていた。

新しい役員会の顔ぶれを見ると、クロスビーが局内で影響力のある立場に立てると期待したことは想像できる。実際、事務官のなかには、新しい秘書官がかなり思い通りにするだろうとためらわずに言う者が何人かいた。「老オプト」を操るのは難しくない、と彼らは言った。これこれの決定はオプト自身の決定だと言いさえすればそれでいい。そうすれば、きっとオプトはそう言う者を信じるだろう。バターウェルは仕事好きではなくて、長年クロスビーに頼ることに慣れていた。フィアスコーは口では皮肉を言っても、実際にはまったく無関心だった。もし局内全体が堕落したら、フィアスコーは彼なりの不愉快な仕方で混乱を楽しむだろう。

「せいぜい楽しんでくれよ、クロスビー」サー・ラフルは暖炉の前の敷物の上でそう言うと、新任の秘書官が近づいて、握手を求めに来るのを待った。しかし、サー・ラフルが役員会を去る人だったから、新任の秘書官は甘い顔をしなかった。

「ありがとうございます、サー・ラフル」クロスビーはそう言ったものの、敷物には近づかなかった。

「クロスビーさん、心からお祝いを言いますよ」とオプティミスト氏は言った。「あなたの昇任は完全にあなた自身の優秀さの結果です。あなたが職務上の面倒な仕事をはたすのに最適な人物だと思われたので、今一人で占めるように要請されている高い職に選ばれました。ふん――ふん――ふむ。大蔵省に提出義務がある推薦状で私が役割をはたすとき、生涯でいちばん推薦に躊躇を感じなかったと言わなければなりません。役員会のほかの顔ぶれについても、同じことを言っていいと信じます」

オプティミスト氏はそう言うと同意を求めて見回した。彼はクロスビーを歓迎するため、椅子の後ろの立ち位置から進み出て、心から握手した。フィアスコーも席から立ちあがると、異様に上手に金持ちになったなとクロスビーに囁き声で言い、それからまた座った。

「私もまったく同じことを言っていい」とバターウェル。

「わしは大蔵大臣に言ったよ」とサー・ラフルがとても大きな声で、威厳を持って言った。「大臣がどこかよそから第一級の人物を見つけられなくても、私はふさわしい候補者の名をあげられますとね。『サー・ラフル』と大臣はおっしゃった。『役所内にはそんな人材がいると思うから、あなたの意見が聞けたら嬉しいよ』『その場合、大臣』とわしは言った。『クロスビー氏が打ってつけの人材です』『クロスビー氏を当てよう』と大臣がおっしゃった。それで、クロスビー氏が当てられたんだ」

「あなたの友人のサークがそれをブロック卿(8)に話したんです」とフィアスコーは言った。ところで、サーク伯爵はその時大きな影響力を持つ若い貴族で、ブロック卿は首相だ。「あなたはサーク卿に感謝しなければなりませんね」

「サーク卿の推薦はわしの従僕がつぶやくのと同じくらいの影響力しかないな」とサー・ラフル。

「私を好意的に見てくれた役員会にとても感謝しています」とクロスビーは重々しく言った。「サーク卿にも感謝します。——また、もしあなたがおっしゃるようにあなたの従僕が私に好意的な関心を抱いてくれたんなら、その従僕にも感謝します、サー・ラフル」

「わしはその種のことは何も言っておらん」とサー・ラフルは言った。「大蔵大臣の心を勝ちえたのは、もちろん公式に表明されたわしの意見だとあんたに気づかせるほうがいいと思ったんだ。さて、紳士方、わしはシティで必要とされているから、あんた方にさよならを言おう。わしの馬車は用意ができているか、ボッグズ？」それに応えてお付きの使い走りがドアを開けた。偉大なるサー・ラフル・バフルはこの職場からついに旅立った。

「あなたの新しい職務については」と、オプティミスト氏は敵の出発には注意を払わないで、話を続けた。しかし、彼の目は輝きを増し、声はより満ち足りたものに変化していた。「すぐそれに慣れることがわかるよ」

「本当にすぐ慣れます」とバターウェル。

「変わることのないあなたの信用と、局内の満足と、大衆の利益を念頭に置いて、あなたが職務をはたすと私は信じています。立ちはだかる重要問題についてあなたの意見がもらえたら、私たちはいつも感謝します。局内の規律に関しては、安全にあなたに任せておけると感じています。重要な問題ではもちろん私たちに相談してください。お互いに自信を持って、一緒にとても心地よく仕事をやれると確信しています」オプティミスト氏はそう言うと、同僚役員を見、肘掛け椅子に座り、前にある書類を手に取って、通常業務を始めた。

この特別な時に秘書官が役員室から自室に戻ったのはほぼ五時だった。サー・ラフルが大口を叩き、オプティミスト氏が発言するあいだ、彼は一瞬たりとも肩から重荷が降りたとは感じなかった。役員らのことではなく、リリー・デールのことをずっと考えていた。役員らは彼が何を考えているか知るよしもなかったが、いつもの彼ではないことに気づいていた。

「幸運にあって、あんなに喜んでいない人をこれまで見たことがありません」とオプティミスト氏。

「うん、心に何か問題を抱えているんでしょう」とバターウェルは言った。「結婚するところだと思います」

「それが本当なら、喜んでいないのも不思議じゃありませんね」とフィアスコー。彼は独身だった。

クロスビーは自室に戻ったとき、すぐ一枚の便箋に飛びついた。急げば、アリントンに向けて例の手紙を書きあげられるかのように振る舞った。しかし、眼前には紙、手にはペンを用意したのに、文字は思い浮かばなかった。どうしても書くことができなかった。どんな言葉で書き出したらいいのか？　誰に向かって書いたらいいのか？　どうやって自分を悪党——悪党になってしまった——だと断言したらいいのか？　役所の手紙は毎夜六時直後に集められた。しかし、六時になっても一言も書いていなかった。「今夜家で書こう」と彼は独り言を言い、一枚引き剥がして、数行——リリーが受け取って、母にも姉にも伝えなかった数行——を殴り書きした。クロスビーはそれを書いたとき、リリーの周辺の人々がこれから訪れる打撃に哀れな娘を備えさせるだろうと、——まずい状況が娘に待ち受けていることを知らせるだろうと考えた。しかし、彼はそう考えたとき、リリーの性質にある節操の堅さを計算していなかったし、どんなことがあっても彼を二度と疑わないと誓った彼女の約束を考慮していなかった。彼は殴り書きしたあと、帽子を手に取って、十一月の夕闇のなかチャリングクロスとセント・マーティンズ・レーンを歩き、セヴン・ダイアルズとブ[9]ルームズベリーのほうへ向かった。ロンドンでも彼がこれまであまり行ったことがない、見ず知らずの地域に入った。彼はどこに向かい、何のために行くかわからなかった。今彼を押しつぶそうとしている重荷からどうしたら逃れられるだろう？　彼が犯したような信頼の裏切りを役所の下級事務官が心に抱えていなかったら、彼はその下級事務官と感謝して立場を交換してもいいと思った。

彼は七時半にセブライトにいて、そこで食事をした。たとえ心が打ちひしがれていても、人は食事をする。それから辻馬車に乗り込み、マウント・ストリートの自宅に運んでもらった。歩いているあいだ、手紙を書いて投函するまで、その夜は寝床に就くまいと心に誓った。便箋に最初の数語を書いたのは十二時をすぎていた。しかし、彼は誓いを守った。二時と三時のあいだの冷えた月光のなか、外にはい出て、最寄りの郵便局に手紙を投函した。

註

（1）『ハムレット』第四幕第五場に「王の身のまわりには天の加護がある。反逆は盗み見ることしか許されない」とある。
（2）ロンドン南西部、テムズ川南岸の住宅地区。
（3）トロロープのかつての上司だったウィリアム・リーダー・メーバリーをモデルにしているとの説がある。第三十六章註（5）参照。
（4）初代エルドン伯爵ジョン・スコット（1751-1838）。裁判官、政治家、大法官。「法律家は隠者のように生活し、馬のように働くべきだ」と主張し、実践したという。
（5）『マクベス』第一幕第七場に「この一撃がすべてで、それだけで終わりになるものなら」とある。
（6）『慈善院長』や『バーチェスターの塔』では『タイムズ』を指していたから、ここでもそうだろう。が、本書には新聞の名として別に『タイムズ』の名も出てくる。

（7）公務員の採用に関するノースコウト・トレヴェリアン報告の結果、一八六〇年代初期にはいわゆる業績による昇任の制度が確立した。トロロープは年功序列による昇任を支持してこれに反発した。年功序列のほうが嫉みや怨恨をあまり生まず、家族に優しい制度と見たからだ。

（8）パーマーストン卿を指す。一八五九年に再び首相に返り咲き、死ぬまでその職にとどまった。

（9）コヴェント・ガーデンにある七本の通りが集中した交差点。中心にはドーリス式の柱が一本立っていて、六つの（七つでなく）日時計がその柱の上に設置されている。十八、十九世紀には泥棒や呼び売り商人、バラッドの印刷屋などが集中する評判の悪い地域だった。

第二十九章　ジョン・イームズがバートン・クレッセントに帰る

ジョン・イームズとクロスビーは同じ日ロンドンに帰って来た。雄牛の件でイームズがどうド・ゲスト卿を助けたか、その時の伯爵の感謝がどれほど大きかったか、覚えておられるだろう。イームズはそんな記憶に支えられ、そんな友人を作った勇敢さで母や妹から強い励ましをもらった。それで、家にとどまっている残りのあいだはわずかな満足をえた。しかし、女性にまつわる二つの悲運があまりにも深刻だったので、芯から幸せな気持ちにはなれなかった。彼はリリー――いやな男と婚約してしまったリリー――をあとに残して去るところだ。彼はバートン・クレッセントに帰って行くが、そこでアミーリア・ローパー――激怒するか、恋するアミーリア――と対峙しなければならない。アミーリアが激怒していると想像するととても恐ろしかった。しかし、彼がいちばん恐れているのは恋するアミーリアだった。彼は手紙で結婚を断った。しかし、もしアミーリアからすべてに反論され、彼の意向を無視して教会に引きずって行かれたら、どうなるだろう!

ロンドンに到着して、旅行カバンを持って辻馬車に乗り込んだとき、御者にバートン・クレッセントへ行くように命じる勇気がなかった。「ホテルで一泊したほうがいいな」と彼はつぶやいた。「そうしたら、事態がどうなっているか役所でクレーデルから聞くことができる」しかし、彼はバートン・クレッセントへ行くように指示した。いったん指示したら、それを変えることを恥じた。しかし、馴染みのドアに乗りつけたとき、心臓の鼓動を止まってしまうのではないかと思うほど弱々しく感じた。御者からノックしましょうかと聞かれたとき、答えることができなかった。メイドからドアで出迎えられたとき、ほとんど逃げ出しそうになった。

「誰がうちにいます？」と彼はとても小さな声で聞いた。

「女将と」と少女は答えた。「ミス・スプルースとルーペックス夫人がいます。ルーペックス氏のほうはまた癇癪を起こしてどこかへ行ってしまいました。それから、——さんは」

「ミス・ローパーはいます？」と彼はまだ囁くように聞いた。

「ええ、もちろん！　ミス・ミーリアはいます」と少女はひどく大きな声で言った。「今食堂にいて食器を並べています。ミス・ミーリア！」少女はその名を呼んで、食堂のドアを開けた。ジョン・イームズは膝がとても弱くて、体を支えられないように感じた。

しかし、ミス・ミーリアは食堂にいなかった。彼女は契りを交わした崇拝者の辻馬車が近づいて来るのに気づくと、台所仕事から離れているほうがいいと思い、ブラシやリボンで防御を固めてよそ行きの装いをした。戦闘態勢に入るように求めた敵がどんなに弱く、臆病か知っていたら、彼女はおそらく戦い方を変えて、一、二発強い弾をぶっ放し、それだけですばやく勝利をつかめたかもしれない。しかし、敵の状態を知らなかった。彼女は自分がイームズを巧みに扱う力を持ち、操ることができるとは思っていた一方、相手が体を支えられないほど弱々しい脚をして、息を吹きかけるだけで倒れるとは思っていなかった。なるほど、極悪非情の女以外には、男に及ぼせる女の力の限度を知らない。極悪非情の男以外には、女に及ぼせる男の力の限度を知らない。アミーリア・ローパーは必ずしも女の立派な見本ではなかったが、彼女より悪い女はたくさんいた。

「いませんね、イームズさん。でも、応接間で会えます」と少女は言った。「あなたにまた会えたら、彼女は喜ぶでしょう、イームズさん」しかし、彼はなかを見ないで慎重に上の階の居間のドアを通りすぎ、誰にも会わずに自室にたどり着くように工夫した。「お湯を置いておきますね、イームズさん」と少女は半時間たつとあがって来て言った。「十分するとディナーの用意ができます。クレーデルさんも、女将の息子さんも帰っています」

彼は出かけてストランド街のどこかで食べることもまだできた。約束があると言づてを残して飛び出し、悪夢の時間を先延ばしにすることもできた。そうしようと決心していたから、踊り場にいるとき、居間のドアが開かなかったら、疑いなくそうしていただろう。ドアが開いたとき、彼は集まっている下宿の一同と向き合ってしまった。クレーデルが最初に出て来た。彼の腕にもたれかかっていたのは、私は言いづらいが、ルーペックス夫人――エジプトの女！(1)――だった。それから、ミス・スプルースが若いローパーと出て来た。アミーリアと女将が一緒にしんがりを務めた。もはや逃亡は論外だった。哀れなイームズは何をしているかわからないうちに、一同から食堂に連れて行かれた。みんな彼に会えて喜んでおり、帰って来た彼を温かく迎えた。とはいえ、彼のほうはあまりにも気が動転していたので、アミーリアの声が歓迎の声に交っていたかどうか確かめることができなかった。食卓に着いて、スープの皿を前にして初めて、ローパー夫人とルーペックス夫人のあいだに座っていることに気がついた。後者の夫人は食堂に入ったとき、クレーデル氏から離れていた。「いろいろな状況から見て、私たちはおそらく離れているほうがいいんでしょう」とルーペックス夫人は言った。「女性はいくら後ろ指を指されないように注意しても、しすぎることはありませんん。そうでしょう、ローパー夫人？　夫人と私のあいだにいれば、何の危険もありませんよ、イームズさん、――特にアミーリアが向かいに座っているときはね？」ルーペックス夫人は最後の言葉を囁くように彼の耳に注いだ。

しかし、ジョニーはその夫人に何も答えないで、額から汗を拭って、差し当たり満足した。向かいにアミーリアがいて、彼を見ていた。——彼が手紙を書いて結婚の栄誉を拒否したあのアミーリアだ。彼に対してアミーリアがどんな気持ちでいるか、その表情から読み取ることはできなかった。彼女は顔をただいかめしくして、感情を表さないようにし、黙ったままディナーを取ろうとしているように見えた。ルーペックス夫人が囁くのを聞いたとき、アミーリアは顔にかすかに嘲りの笑みを浮かべ、同時に鼻を少しつんと高くしたのが見て取れた。それでも、彼女は何も言わなかった。

「美しい秋の田舎にいて、イームズさん、楽しかったと思います」とルーペックス夫人。

「ずいぶん楽しみました、ありがとう」と彼は答えた。

「一年のうち秋の田舎ほどいいところはありません。私は社交界が幕を引いたあとで、ロンドンにとどまっていたことがありません。私たちはいつもブロードステアーズ[2]へ行きました。とても魅力的な場所で、じつに上品な社交界もあるんです。でも、今は——」夫人はそう言って頭を横に振った。それで、夫人がルーペックス氏の罪に触れようとしていることが一同にわかった。

「私はロンドンを出てどこかに泊まりたいと思ったことはありませんね」とローパー夫人は言った。「女がいったん家を構えたとき、そこを出て心が安らぐことはないと思います」

女将はルーペックス夫人に持ち家がないことで、何か不名誉な点があると言おうとしたわけではなかったが、相手の夫人はすぐ喧嘩腰になった。「それはまるきりのろまが言うことよね、ローパー夫人。持ち家を持つことはとてもすばらしいことよ、確かにね。けれど、それは状況によります。最近私は下宿に住むほうが気に入っています。でも、これよりもっと低いところに落ちないとも限りません。そして——」しかし、彼女はここで自制すると、クレーデル氏を見やり、うなずいた。

「そしてあなたも下宿を貸さなければならなくなるんでしょ」とローパー夫人は言った、「あなたが私よりもいい下宿人に恵まれることを祈っていますよ。ジェマイマ、ミス・スプルースにジャガイモを渡して差しあげて。ミス・スプルース、もう少し肉汁をあなたにつがせてくれないかしら？　ここにたくさんあるのよ、本当に」ローパー夫人はおそらくトジャーズ夫人(3)のことを考えていた。

「ええ、恵まれればいいですね」とルーペックス夫人は言った。「けれど、今言っているように、ブロードステアーズは楽しいところです。ブロードステアーズへ行ったことはおありですか、クレーデルさん？」

「ないんですよ、ルーペックス夫人。ぼくは基本的に休暇は海外に出ています。世間をたくさん見るためにね、わかるでしょう。この六月にはディエップ(4)にいて、とても楽しいことがわかりました。――かなり寂しいところですけれどね。今年はオステンド(5)へ行くことにしています。ただし、十二月はオステンドへ行くには遅すぎます。休暇が十二月になるのがひどく残念です。ねえ、ジョニー？」

「うん」とイームズは言った。「ぼくはもっとうまくやりました」

「何をしていらしたの、イームズさん？」と、ルーペックス夫人はいちばん甘い笑みを浮かべて聞いた。「何をしていらしたにせよ、あなたは美という大目的には、きっと誠実ではありませんでしたね」夫人はわけ知り顔でそれからアミーリアを見やった。しかし、アミーリアは料理の皿に集中してディナーを続け、ルーペックス夫人にも、ジョン・イームズにも目を向けなかった。

「特に何もしていません」とイームズは言った。「ただ母のところに帰っていました」

「ここではみんなすごく仲よくしていました。でしょ、ミス・アミーリア？」とルーペックス夫人は続けた。「ただ時々空に雲がよぎって、宴会の明かりが暗くなったんです」それから、夫人はハンカチを目に当てて、強くすすり泣いた。それで、夫人がまた夫の罪に触れていることがみなにわかった。

ディナーが終わるとすぐ、若いローパー氏と女性たちは一緒に出て行った。イームズとクレーデルは二人だけ取り残されて、食堂の暖炉の前で一人はワイン、一人はジンの水割りを飲んだ。「ねえ、コードル」と一人が言った。「何だい、ジョニー」ともう一人が答えた。「役所には何かニュースはあるかい?」とイームズ。

「マガリッジがいざこざを起こしたよ」マガリッジはクレーデルの部屋にいる二等事務官だった。

「ぼくらは彼を村八分にして、事務的なこと以外は話をしないつもりなんだ。だが、本当のことを言うと、ぼくはこの下宿のことで手一杯だから、役所のことはあまり考えられない。彼女をどうしたらいいんだろう?」

「彼女を? どうするって?」

「そう、彼女をどうしたらいいんだろう? どう扱ったらいいんだろう? ルーペックスは嫉妬の発作を起こしてまたイカれている」

「けれど、それは君の責任じゃないだろ?」

「いや、ただそう言うだけでは済まなくなっている。彼女が好きだ。要するにすごく好きなんだ」

「けれど、ねえ、コードル、彼女が人妻だということはわかっているだろ」

「うん、そんなことはわかっている。弁解するつもりはないよ。間違っていることはわかっている。――楽しいことだが、間違っている。だが、どうしたらいいんだろう? 道徳の点で厳しく見るなら、ぼくは下宿を出るべきなんだろうね。だが、畜生、なぜそんなふうに追い出されなければいけないのかわからない。それに、ローパーの女将に借金の踏み倒しはできないからね。だが、ねえ君、金の鎖は誰からもらったんだい？」

「うん、ゲストウィックにいる家族の古い友人からなんだ。というよりむしろ、ぼくの父を知っている人と言ったほうがいいかな」

「君の親父を知っているというのでそれをくれたって！　時計がついているのかい？」

「うん、ついている。詳しい話をしていないね。雄牛のせいで困ったことがあったのさ。本当のことを言うと、ド・ゲスト伯爵からもらったんだ。君がこれまでに会ったことがないようなひどく風変りな人さ、コードル。けれど、好漢なんだ。ぼくはクリスマスに伯爵のところへ行ってディナーを一緒にいただくことになっている」それから、イームズはお馴染みの雄牛の話をした。

「ぼくも野原で雄牛と一緒にいる伯爵を見つけることができたらなあ」とクレーデル。しかし、たとえ彼がそんな願望を抱いても、時計を手に入れられたかどうか疑わしいと、私たちは思っていい。

「わかるだろ」と、クレーデルは話して楽しい話題に戻して続けた。「あの男の行状はぼくの責任じゃない」

「君に責任があるって誰か言うのかい？」

「いや、誰もそんなことは言わない。だが、みんながそう考えているように見える。あの男がそばにいるとき、ぼくは彼女にほとんど話し掛けない。彼女は考えなしで、軽薄だから、――女性にはありがちだろ――、ぼくの腕を取ったり、その種の振る舞いをしたりするんだ。わかるだろ。それがあの男を怒り狂わせる。だが、誓って、彼女に悪気があるとは思えないね」

「ぼくもそう思う」とイームズ。

「うん、悪気があるのかもしれないし、ないのかもしれない。ぼくは悪気はないと心から信じている」

「今彼はどこにいるんだい？」

「ここだけの話だけれどね、いいかい。彼女は今日の午後あの男を捜しに出掛けたんだ。あの男から金をもらわなければ、彼女はここにいることができないし、さらに言えば、逃げ出すこともできない。君に話しても、誰にも言わないだろ？」

「もちろん言わないよ」

「何と引き替えにしても、教えたくないいんだが。ぼくは彼女に七ポンド十シリング貸している。ぼくがローパーの女将に借金をしているのはそのせいなんだ」

「それなら、君は骨折り損の馬鹿だと思うね」

「うん、君らしい考えだね。君には本物のロマンスの感情が欠けているとぼくはいつも思っている。一人の女が好きになったら、ぼくは着ているものまで全部彼女に差し出すよ」

「ぼくならもっとうまくやる」とジョニーは言った。「ぼくなら心を差し出すよ。愛した女のためなら、生きたまま切り刻まれてもいい。けれど、ほかの男の妻を相手にして、そんなことはしないよ」

「それは趣味の問題だね。だが、彼女は今日ルーペックスに会うためドゥルーリー・レーンにある彼の馴染みの店へ行った。彼女はそこでひどい騒動にあったんだ。あの男は通りの真ん中で自殺しようとしたらしい。すべて嫉妬から来たことだと彼女は言った。ぼくがどんな時をすごしてきたか考えてくれ。――ずっと火薬の上に立っているようなものなんだ。あの男はいつ何時ここに現れるかわからない、わかるだろ。だが、誓って、どうしても彼女を捨てられない。もしぼくが見離したら、彼女はこの世に一人も味方がいなくなる。L・Dのほうはどうだい？　状況を君に教えてやろう。――君はこれからすてきなアミーリアと困ったことに巻き込まれると思うね」

「ぼくがかい？」

「そう、君がだよ。だが、Ｌ・Ｄはどうしてる？」

「Ｌ・Ｄはアドルファス・クロスビーという名の男と婚約した」と、哀れなジョニーはゆっくり言った。

「よければ、彼女についてはもう何も言いたくない」

「ヒュー――ウ――ウ！　そりゃあ君は意気消沈だね！　Ｌ・Ｄはクロスビーと結婚するのか！　何だ、そいつは委員会総局の新しい秘書官じゃないか。局長だった老ハフル・スカフルがぼくらのところに来たんだ。委総は総入れ替えだった。そのクロスビーは秘書官になったよ。幸運なやつだな」

「あの男の幸運のことは知らなかった。あの男は最初に会ったときから胸糞が悪くなる、そんなやつなんだ。生き延びていつかあいつを蹴り倒してやろう、そんな思いに駆られるね」

「じゃあ、潮時だね？　アミーリアは今思い通りにできると思う」

「いいかい、コードル。ぼくはアミーリア・ローパーと結婚するくらいなら、上げぶたを抜けて屋根にのぼり、中庭に身を投げたほうがましだね」

「帰って来てから彼女と何か話をしたかい？」

「一言も口を利いていていない」

「じゃあ、君は困ったことに巻き込まれそうだと正直に言っておこう。アミーリアとマライア――つまりルーペックス夫人――は今非常に親密な間柄なんだ。二人は君のことを話し合っていた。マライア――つまりルーペックス夫人――がぼくに全部打ち明けてくれたよ。自分がどこにいるか気をつけなければいけないね、君」

　イームズは問題をこれ以上議論する気になれなかった。それで、黙って酒を飲みほした。しかし、クレーデルは人妻との情事に自慢できるところがあると感じていたから、じつに異様な立場の話にすぐ戻った。「何とまあ、こんな状況に巻き込まれた男はいないと思うよ」と彼は言った。「彼女は身を守ってくれる男としてぼくを当てにしている。だが、ぼくはどうしたらいいんだろう?」

クレーデルはついに立ちあがって、女性たちのところへ行かなければならないと言った。「彼女はとても神経質になっているので、支えてくれる人がいなければ、体を壊してしまう」

イームズは喫茶店か、劇場へ行くか、もしくは通りを散歩する意志をはっきり友人に伝えた。バートン・クレッセントの美女の笑みにもう何の魅力も感じなかった。

「帰って来た最初の夜は君に一緒にお茶を飲んでほしいとみんな思っている」とクレーデル。しかし、イームズは勝手にそう思っていればいいと言った。

「そんな気分じゃない」と彼は言った。「じつを言うとね、クレーデル、ぼくはここを出て、どこか別のところに部屋を借りようと思っている。二度とこの下宿には帰らない」

彼はそう言ったとき、食堂のドアのそばに立っていた。しかし、そんなに簡単に逃げ出すことはできなかった。彼が廊下に出たとき、ジェマイマが三角折りの手紙を手に持ってそこにいた。「ミス・ミーリアからです」と彼女は言った。「ミス・ミーリアは今奥の居間に一人でいます」

哀れなジョニーは手紙を受け取ると、玄関ドアのランプにかざして読んだ。

「帰って来たその日にあたしに何か言うことはないの? あたしにまったく会わないで逃げ出すことなんか考えられません。あたしは奥の居間よ」

彼は帽子をかぶったまま廊下で立ち止まって、この伝言を読んだ。ジェマイマは若い男が奥の居間に一人で待っている恋人に会うのをためらうわけがわからなかったので、聞こえるようにもう一度囁いた。「ミス・ミーリアはそこに、残りの方々は上の階にいます!」イームズはそう強く促されて、帽子を脱ぎ、ゆっくりした足取りで奥の居間に入った。

どういう状況で敵と対峙することになるのだろうか? 激怒するアミーリアに会うのか、それとも恋するアミーリアに会うのか? 食卓越しに盗み見したとき、彼女は厳しい態度を取って、喧嘩腰に見えた。彼女はないがしろにされたことを派手な脅迫と抗議で追及してくるだろう。彼は今そう予想した。ところが、そうではなかった。部屋に入ったとき、彼女は背を向けて炉棚に寄り掛かり、初めは話を切り出そうとしなかった。彼は部屋の真ん中まで歩くと、そこに立って彼女が話し始めるのを待った。

「ドアを閉めてちょうだい!」と、彼女は肩越しに見て言った。「あたしに言わなければならないことを小娘に聞かせたくないでしょ!」

それで、彼はドアを閉めた。それでも、アミーリアは炉棚にもたれ掛かり、彼に背を向けて立っていた。彼は言うことがなかったから、黙りこくっていた。

「さて!」と、アミーリアは長い間を置いたあと口を切って、また肩越しに見た。「それで、イームズさん!」

「ジェマイマから手紙をもらったから、ここに来たんです」と彼。

「あたしたちはこんなやり方で会うの!」と彼女は叫んで、突然食ってかかり、長い黒髪を肩の後ろに振りあげた。彼女は確かに美しかった。眼は大きく輝いて、肩は均整が取れていた。ユデト[6]に扮して画家のモデルになったとしてもおかしくなかった。とはいえ、その顔をじっくり見たら、彼女が妻として成功すると考える男性はいない、と私は思う。「ねえ、ジョン、あたしたちのように愛し合ったあとで、こんなことになるの?」彼女は両手の指を組み合わせてしっかり握り、彼の前に立った。

「あなたの言いたいことがわかりません」とイームズ。

「もしあなたがL・Dと婚約したんなら、すぐそう言ってちょうだい。男らしくはっきり言って」

「いえ」とイームズは言った、「あなたがほのめかした女性とぼくは婚約なんかしていません」

「名誉に誓って?」

「彼女のことに触れてもらいたくないんです。彼女とは結婚しない。それで充分でしょう」

「あたしが彼女のことを話したがっていると、あなた、思うの? L・Dがあなたにとって何でもないんなら、あたしにとってそんな話に何の意味があるっていうの? ねえ、ジョニー、どうしてあたしにあんな心ない手紙を書いたの?」それから、アミーリアは彼の肩に寄り掛かった。――あるいは寄り掛かろうとした。


イームズは彼女を振り払った、と私は言うことができない。そんな勇気を持ち合わせていなかったからだ。しかし、肩をもぞもぞ動かしたので、彼女は居心地悪い支えしかえられなかった。それで、また真っ直ぐ立たずにはいられなかった。「どうしてあんな残酷な手紙を書いたのよ?」と彼女はもう一度聞いた。

「それがいちばんいいと思ったんです、アミーリア。年九十ポンドの収入でどうしろって言うんです? わかるでしょう」

「でも、あなたのお母さんが二十ポンドのお手当をくれるでしょ」

「では、百十ポンドでどうしろって言うんです?」

「毎年五ポンドずつ昇給があるわ」と、事情をよく知っているアミーリアは言った。「もちろんあたしたちは母さんと一緒にここに住んで、あなたは今のまま母さんに下宿代を払い続ければいいのよ。あなたの心根がちゃんとしているなら、ジョニー、金のことはあまりくよくよ考えないでしょ。あなたがあたしを愛しているなら、――愛していると言ったよね――」それから、小さなすすり泣きがあって、言葉が止まった。アミーリアは話をやめて、また彼の肩に寄り掛かった。彼はどうしたらよかったのだろうか？　本当のところ、唯一の願いは逃げ出すことだった。しかし、腕はまるきり意志とは反対に彼女の腰に回っていた。こういう戦いで、女は利点をたくさん持っている！「あら、ジョニー」と彼女は腕の圧力を感じるとすぐまた言った。「まあ、何てきれいな時計を持っているの、あなた」彼女はジョンのポケットから時計を取り出した。「買ったの？」

「いえ、もらったんです」

「ジョン・イームズ、L・Dからもらったの？」

「いや、いや、違うよ」と、彼は声を荒げて床を踏み鳴らした。

「まあ、ごめんなさい」とアミーリアは相手の勢いに一瞬呑まれて言った。「ひょっとするとあなたのお母さんからね」

「いえ、男性からもらったんです。時計のことはもう気にしないでください」

「もう一度愛していると言ってくれたら、ジョニー、あたしはもう何も気にしません。おそらくあなたに質問なんかして悪かったわ。女性にふさわしいやり方じゃなかったかもね。でも、あたしの心があなたのものだと思われているとき、そうしないではいられなかったの。さあ、一緒に上にあがって、お茶にしましょう？」

彼はほかに何ができただろう？　上にあがってお茶を飲むと答えた。彼女をドアに連れて行くとき、顔を降ろして、口づけした。ああ、ジョニー・イームズ！　しかし、それでも女はこういう戦いでは利点をたくさん持っている。

註

（1）オウィディウス『転身物語』第十五巻に「ローマの一将軍の妻となったエジプトの女はその契りを信じるあまり、ついに倒れる」とある。エジプトの女はマルクス・アントニウスの情婦となったクレオパトラを軽蔑的に指す。

（2）ケント州の東部に位置し、マーゲートとラムズゲートの中間地点にあるドーバー海峡に臨む穏やかな気候の海辺の保養地。

（3）トジャーズ夫人はディケンズの『マーティン・チャズルウィット』の作中人物。夫人の下宿はペックスニフ一家が住んだロンドン大火記念塔の近くの迷路のようなところにある。夫人は「肉汁一つだけでも、人に二十も多く歳を取らせるもんなのよ、本当に」とこの小説の第九章で言う。

（4）フランス北部ルアンの北にあり、イギリス海峡に臨む港町。

（5）ベルギー北西部の港町で保養地。ドーバーから航路がある。

（6）「ユデト書」（旧約聖書外典の一書）のなかで、美しい未亡人ユデトはバビロン王ネブカドネザルの将軍ホロフェルネスの首を切り落として、ユダヤを救った。

第三十章　それは彼の手紙？

クロスビーがアリントンへ運命を決する手紙を書いて投函したことはすでに述べた。私たちはこれからその手紙を追わなければならない。郷士が屋敷に戻った翌朝、アリントンの郵便局長クランプ夫人は局長宛の封筒を郵送で受け取った。女局長がそれを開くと、デール夫人にすぐ直接届けてほしいと書かれた添え書きと、夫人宛ての手紙があった。これがクロスビーの手紙だった。

「ミス・リリーの紳士からだわ」とクランプ夫人は筆跡を見て言った。「何かあったのね。さもなければこんなふうに母に手紙を出すことはないから」そこで、クランプ夫人は時を移さずボンネットをかぶり、手紙を持って「小さな家」へとぼとぼ歩いた。「奥さんに直接会わなければ」とクランプ夫人は言った。それで、デール夫人が二階から玄関広間まで呼び出されて、封筒を受け取った。リリーは朝食室にいたから、郵便局長が来るのを見、――手に手紙を持っているのも見た。リリーは一瞬それが自分に来たものではないかと思って、老婦人がたんに人のよさから手ずから運んで来たものと想像した。しかし、リリーは母の名が呼ばれるのを聞いて、すぐ退き、朝食室のドアを閉めた。何かおかしいと疑いを抱いたものの、それが何か考えてみようとはしなかった。結局、いつもの集配人が期待する手紙を持って来てくれるだろう。ベルはまだ下に降りていなかった。リリーは何か怖いものが待ち構えているように感じながら、朝食用テーブルの上のティーカップを見おろしてたたずんでいた。母はすぐ朝食室に入って来ないで、少し間を置いたあとまた二階へあがって行った。それで、彼女は十分ほど食卓にもたれ掛かったり、窓のところに立ったり、二つの肘掛け椅子の一つに座ったりしているうち、ベルが入って来た。

「母さんはまだ下に降りて来ないんですか?」とベルが聞いた。

「ベル」とリリーは言った。「何か起こったんです。母さんに手紙が来たのよ」

「起こったって! 何が起こったんです? 誰か病気かしら? 誰の手紙です?」それから、ベルは母を捜してドアを通り、二階へ戻ろうとした。

「待って、ベル」とリリーは言った。「まだ母さんのところへ行かないで。たぶん——アドルファスの手紙だと思うのよ」

「え、リリー、どういうことです?」

「私にもわかりません。少し待ちましょう。そんな顔をしないで、ベル」リリーは穏やかな顔つきをしようと努めて、何とか成功した。

「怖いんです」とベル。

「私も怖いのよ。彼は昨日一行しか書いて寄こしませんでした。今日も音沙汰なしです。万一彼に何か不幸なことが起こっていたらどうしましょう! クランプ夫人は直接母さんに手紙を持って来たんです。変でしょう」

「彼の手紙というのは確かなんですか?」

「いいえ、母さんと話していませんから。今から母さんのところへあがろうと思います。姉さんは来ないで、ベル。ねえ! ベル、そんな悲しそうな顔をしないで」リリーは姉に近づいて口づけした。そのあと、静かな足取りで母の部屋へあがって行った。「母さん、入ってもいい」と彼女。

「ああ！　私の子！」

「それは彼の手紙なんでしょう、母さん。すぐすべて教えてください」

デール夫人は手紙を読み終わっていた。すばやい、さっと滑らす目で手紙の内容をすべて理解して、襲って来た悲しみの性質と程度にすでに気づいていた。希望の余地などない悲しみだった。この手紙を書いた男は二度と戻って来ることはない。たとえ戻って来ても、歓迎されることはない。打撃が加えられたのであり、それに堪えなければならない。手紙のなかにリリー宛ての小さな手紙が入っていた。「今渡すのが間違いだとあなたが思わなければ」と、クロスビーは手紙に書いていた。「同封のものを彼女に渡してください。あなたが読めるようにそれに封をしないでおきます」しかし、デール夫人はまだそれを読んでいなかった。夫人は今それをハンカチの下に隠した。

私はクロスビーのデール夫人への手紙を細部に渡って繰り返すつもりはない。手紙は便箋を四方まで埋め尽くしたもので、それを書いたどんな男も悪党だと感じたに違いない手紙だった。彼がそれを書くのに苦労したことを私たちは見た。しかし、奇跡は人がそんなものを書くことができるとわかったことだ。「私があなたに呪われるのはわかります」と彼は書いていた。「呪われて当然です。私はこのことで罰せられると思うし、罰に堪えなければなりません。私の最悪の罰は、――もう二度と再び頭を高く掲げて歩くことができないことです」それから、彼はまた次のように書いていた。「唯一の言い訳として、私には彼女を決して幸せにすることができないとの確信があることです。彼女は天使として育てられました。純粋な考えと清らかな望みを心に抱き、善い、高い、高貴なものをみな信じる天使です。私は半生を低い、浅ましい、卑しいもので取り巻かれてきました。いったいどうして私が彼女と暮らせるでしょう？　彼女が私と暮らせるでしょう？　今これが真実だとわかっています。私が彼女と一緒にそこにいたとき、それがわからなかったんです。そんな過ちを犯しました。あなたにはすべてを話したいんです」手紙の終わりのほうで彼は次のように続けていた。「それゆえ、私がほかの女性と婚約したことをあなたにお知らせします。ああ！　あなたがこれを読むとき、どんなに苦々しい思いをするか予見できます。ですが、その思いはこれを書いている私の思いほど苦々しくはないでしょう。そうです。私は私にぴったりの女性、彼女も彼女にぴったりの私とすでに婚約しています。親しい近い婚約者の悪口を私が言うことを期待しないでください。ですが、結婚すれば相手の幸せを壊すかもしれないと思いつつも、結婚してもよい相手が彼女なんです。私はリリアンに」と彼は書いた。「いつも祈りを捧げます。彼女はじきに誠実な男を愛して、――アドルファス・クロスビーのような不実な男を知ったことをすぐ忘れると思います」

彼は小さい寂しいランプの青ざめた光の下に座って、こんな言葉を書いたとき、どんな顔つきをしていたのだろうか？　もし彼がこの手紙を昼間役所で――同僚が部屋を出たり入ったりするなかで――書いたとしたら、自分についてこれほどはっきりは書けなかっただろう。書かれた言葉が残ることや、将来意図した人以外の人の目に触れることを考えただろう。しかし、彼は夜なかの一時二時に真の悔悟で罪を悔いながら一人で座っていたとき、それが誰から読まれようと気にしないとはっきり胸に言い聞かせていた。少なくともその言葉は真実だろう。今その言葉を宛てた相手の女性がそれを読んだ。娘は運命の宣告を聞くため、母の前に立っていた。

「すぐ教えてください」とリリーは言った。しかし、母はどんな言葉で娘に答えたらいいのだろう？

「リリー」と母は言うと、椅子から立ちあがって、長椅子に二通の手紙を残した。娘に宛てられた手紙はハンカチの下に隠され、読んだほうの手紙は開いたまま、見えるところにあった。母は娘の両手を取って、顔をじっと覗き込んで言った。「リリー、私の子！」それから、ふいにすすり泣いて、話をすることができなくなった。

「それは彼の手紙、母さん？　読んでもいい？　彼はひょっとして——」

「クロスビーさんからよ」

「彼は病気なの、母さん？　すぐ教えて。病気なら、彼のところへ行きます」

「いいえ、あなた、病気じゃありません。まだ駄目。——まだ読んではいけません。ああ、リリー！　悪い知らせです。とても悪い知らせよ」

「母さん、彼が危険な状態じゃないんなら、私は読めます。彼にとって悪いことなんですか？　それとも、ただ私にとって悪いこと？」

この時、使用人がドアをノックして、答えを待たずにドアを半分開いた。

「よろしければ、奥様、バーナードさんが下に来られています。お話したいそうです」

「バーナードさん！　ミス・ベルに応対するように言って」

「彼はミス・ベルと一緒にいます、奥様。でも、彼は特別奥様とお話がしたいと言っています」

デール夫人はリリーを一人残してここを離れることはできないと感じた。手紙を持ち去ることもできないし、手紙を開いたまま娘と残すこともできなかった。

「彼には会えません」とデール夫人は言った。「用件を聞いてください。今は下に降りられないと伝えてちょうだい」それで、使用人は立ち去り、バーナードは伝言をベルに残した。

「バーナード」とベルは少し前に言った。「何か知っていますか？　クロスビーさんに何か悪いことでもあったんですか？」それで、彼はベルに数語ですべてを話した。それから、叔母が下に降りて来られない理由がわかったので、「大きな家」へ帰って行った。ベルは知らせを聞きほとんど茫然自失して、思わずテーブルに座り込んで手枕をした。

「これはリリーを殺してしまう」とベルはつぶやいた。「私のリリー、私の大切なリリー！　これはきっとリリーを殺してしまう」

しかし、母はまだその娘と一緒にいて、その話をまだ伝えていなかった。

「母さん」とリリーは言った。「どんな話であろうと、私は当然知らなければなりません。本当のことが推測できそうです。あなたが言うのがつらいんなら、自分で手紙を読みましょうか？」

デール夫人は娘の冷静さに驚いた。娘は本当のことを推測できるはずがない。推測していたら、母の前で涙のない目とつぶれぬ勇気を具えて、そんなふうに立ってはいられないだろう。

「手紙を読ませます。でも、まず私の口から言わなければ。ああ、私の子、私のかわいい子！」リリーは今ベッドに寄り掛かり、母は娘のそばに立って愛撫した。

「さあ、教えて」と彼女は言った。「でも、私はどういうことかわかります。私から離れているあいだに、彼は思い直したんです。私たちが考えたようになってはいけないと、わかったんです。彼が帰って行く前、私は彼を自由にすると申し出ました。彼は私の申し出を受け入れるほうがいいと思ったんです。そうでしょう、母さん？」デール夫人はこれに答えて何も言わなかった。しかし、リリーは母の素振りからそういうことだと理解した。

「彼は私に手紙を書いてくれればよかったのに、私宛てにね」とリリーはじつに堂々と言った。「母さん、朝食に降りて行きましょう。では、私には何も送って来なかったのね？」

「手紙はあるんです。彼は私にそれを読むように言っています。でも、開いていません。ここにあるの」

「私にください」とリリーは厳しい口調で言った。「彼の最後の言葉を私にください」彼女は母の手から手紙を受け取った。

「リリー」と手紙は書いていた。「お母さんからすべてを聞いたことと思います。この数語を読む前に、あなたはまったく信頼できない人間を信頼してしまったことがわかるでしょう。ぼくを憎むこともわかります。――許してくれとあなたにお願いすることさえできません。やがてあなたが幸せになるようにぼくに祈らせてください。――アドルファス・クロスビー」

彼女はまだベッドに寄り掛かったまま、この数語を読んだ。それから、立ちあがると、椅子に歩いて行って、母に背中を向けて座った。デール夫人は黙ったまま娘を追って、椅子の後ろに立った。話し掛ける勇気がなかった。娘は開いた窓に目を据え、クロスビーの手紙を手に持って、五分はそんなふうに座っていた。

「私は憎みません。許します」とリリーはついに言った。声を制御しようともがいたにもかかわらず、少しも制御することができなかった。「私はたぶん二度と彼に手紙を書きません。でも、母さんのほうから許すと手紙で伝えてください。さあ、朝食に降りましょう」彼女はそう言うと、椅子から立ちあがった。

デール夫人は娘に話し掛けるのが怖かった。娘はまったく落ち着いており、こわばった厳しい態度を保っていた。哀れみや同情を示す方法が母にはわからなかった。哀れみはほとんど必要とされず、同情さえ求められていないことがわかった。母はリリーの言ったことがぜんぜん理解できなかった。彼を自由にする申し出とはいったい何のことだろう？　では、彼が帰って行く前に二人のあいだに何かいさかいがあったのだろうか？　クロスビーは手紙で何もそれに触れていなかった。しかし、デール夫人には質問してみる勇気がなかった。

「あなたが怖いんです、リリー」と母は言った。「あなたの冷静さが怖いんです」

「愛する母さん！」哀れな娘は母を抱きしめながら、はっきりほほ笑んだ。「冷静だからといって私を怖がる必要はありません。私は本当のことがよく見えます。とても不幸な目にあいました、とても。人生のいちばん明るい希望が消えてしまいました。——私がこの世を超えて愛した彼にもう二度と会えません！」それから、彼女はついに崩れ落ち、母の腕のなかで泣いた。

リリーはこういうことをした彼に怒りを向けなかった。デール夫人は怒りに任せて彼の悪口を言うことができないように感じた。怒りの言葉が哀れなリリーから出て来る様子がなかったからだ。実際には、リリーは今のところまだ手紙を読んでいなかったから、彼の罪の全容を知らなかった。

「その手紙を見せて、母さん」とリリーはとうとう言った。「遅かれ早かれ、見せてくれなければいけません」

「今は駄目です、リリー。私はみな話しました。——今あなたが知る必要があることはみなね」

「いえ、今です、母さん」あの甘い銀の声は再び厳しい声に変わった。「今読みます。そして、終わりにします」それで、デール夫人は娘に手紙を渡した。娘は静かにそれを読んだ。母はいくぶん娘の後ろに立って、読んでいる娘の姿を細かく見詰めた。娘は今ベッドに横たわって、片腕で体を支えていた。手紙は枕の上にあった。涙がこぼれた。彼女は読むのをやめて、時々涙を拭った。すすり泣きも聞こえた。それでも、娘は着実に読み続けて、クロスビーがほかの女性とすでに婚約したと告げる行まで進んで来た。その時、母は娘が突然読むのをやめ、かすかに全身を震わせるのを見ることができた。

「彼はとても手が早いのね」と、リリーはほとんど囁き声で言った。それから、手紙を読み終えた。「彼に伝えて、母さん」と彼女は言った。「許します。憎みません。そう伝えてください。——私からと。いいでしょう?」それから、彼女はベッドから起きて、立ちあがった。

デール夫人はそんな安請け合いをすることができなかった。現在、母はクロスビーに対して理解することも、分析することもできない感情を抱いていた。もしこの男がここにいたら、雌虎のように飛び掛かっているると感じた。この男を憎むほど今人を憎んだことはなかった。母にとって、この男は人殺しであり、人殺し[1]よりももっとたちが悪かった。この男はオオカミのように母の小さな囲いに入り込み、大切な雌の子羊を引き裂き、手足切断の傷を一生残した。母がそんな犯罪をどうして許すことができようか？　許しを伝達する仲介者となることに、どうして同意することができようか？

「そう彼に伝えてくれなければいけません、母さん。あなたがそうしてくれないんなら、私が伝えます。私が彼を愛していることを覚えておいてくださいね。一人の男を愛するということがどういうことか、母さんは知っています。彼は私をとても不幸にしました。まだどれほど不幸にしたか私にはわかっていません。でも、私は彼を愛したし、今でも愛しています。彼がまだ私を愛していることを心では信じています。こういう愛のあるところでは、許しがあり、憎しみはありません」

「私が彼を許せるようになるように祈ります」とデール夫人。

「でも、母さんは私の言葉を彼に伝えてくれなくてはいけません。本当にそうしなければね、母さん！『あなたを許しており、憎んでいないと伝えるように娘から指示されました』ってね。そう私に約束して！」

「今は何の約束もできません、リリー。それについて考えて、私の義務をはたすように努力します」

リリーは今座って、母のスカートをつかんだ。

「母さん」と彼女は母の顔を見あげて言った。「今あなたは私にとても優しくして、私はあなたにとても優しくしなければなりません。私たちはいつも一緒にいましょう。私は母さんのよき友人、相談相手になり、これまで以上にあなたのすべてにならなければなりません。今あなたに恋をしなければなりません」彼女は再びほほ笑んだ。頬の上の涙はほとんど渇いていた。

二人はやっと朝食室に降りた。ベルはその部屋から動いていなかった。デール夫人が先にそこに入り、一瞬母に隠れてリリーが続いた。それから、彼女は大胆に進み出て、ベルを腕に取り、ぴったり胸に抱き締めた。

「ベル」と彼女は言った。「彼がいなくなってしまいました」

「リリー！　リリー！　リリー！」ベルは涙ながらに言った。

「彼がいなくなってしまいました！　数日したらこのことを話し合いましょう。みじめななかでも自分を見失わずに話し合う仕方がわかるでしょう。今日はこれ以上話せません。とても喉が渇いたんです、ベル。お茶をください」彼女はそう言って朝食用テーブルに着いた。

リリーは紅茶をもらって、飲んだ。身を入れて食事をする者は誰もいなかった、と言っていい。母娘は恐ろしい雷がいつ落ちてもおかしくない様子でそこに座っていた。クロスビーとその行為には誰も触れなかった。母娘は朝食後すぐ別の部屋に入った。リリーはいつものようにすぐ絵の前に座った。母は悲しそうな目で娘を見て、難儀を避けるように言いたかったが、干渉することに尻込みした。リリーは手に絵筆か、鉛筆を持ち十五分画板の前に座っていたあと、立ちあがってそれを片づけた。

「外見だけ繕っても無駄ね」と彼女は言った。「ただいろいろなことを台無しにしているだけ。でも、明日はよくなります。失礼して、一休みしますね、母さん」彼女はそう言って部屋を出て行った。

このあとすぐデール夫人はベルから義兄の伝言を受け取ると、ボンネットをかぶり、「大きな家」へ向かった。

「郷士が私に言いたいことがわかります」と夫人は独り言を言った。「でも、行ったほうがいいでしょう。この件について話し合うことが必要です」夫人は芝生を横切って歩き、「大きな家」の玄関広間に入った。

「義兄は書斎ですか？」と夫人はメイドの一人に聞いた。それから、ドアをノックして、名を呼ばれることもなく入って行った。

郷士は肘掛け椅子から立ちあがり、彼女を迎えるため進み出た。

「メアリー」と彼は言った。「あんたはみな知っていると思うが」

「はい」と夫人は答えた。「これを読んでください」夫人はそう言ってクロスビーの手紙を手渡した。「人がこんなに邪悪になれることを、どうして予見することができるでしょう？」

「あの子は知らせを聞いたかね？」と郷士は聞いた。「堪えられたかね？」

「立派にね！　リリーの芯の強さに驚きました。それが怖いんです。揺り戻しが必ず来ると思いますから。あの子はこの打撃で少しも落ち込みませんでした。私が打撃に堪えることができるのはあの子の力のおかげだと感じます」それから、夫人は朝起きたことをみな郷士に話した。

「かわいそうな子じゃ！」と郷士は言った。「かわいそうな子じゃ！　あの子のためわしは何をすることができるじゃろう？　しばらく転地でもするのがいいんじゃないか？　彼女は優しい、立派な、愛らしい娘じゃ。そんな目にあうような娘じゃない。悲しみと落胆はわしらみなを襲うが、それがあまりにも早く来ると、二倍の重みがあるな」

デール夫人は郷士が見せる深い同情にすっかり驚いた。

「彼の罰はどうなるんでしょう？」と夫人は聞いた。

「人々が彼に抱く軽蔑じゃな。尊敬とか軽蔑とかは他人に対する関心の問題じゃが、少なくともそんな人々の判断じゃ。わしはそれ以外の罰を知らない。あんたは法廷にリリーの名を持ち出されたくないじゃろ？」

「確かにそれはいやです」

「わしはバーナードにあの男と喧嘩をさせるつもりはない。きっと制裁なんかしても、何の役にも立たない。というのは、近ごろ男は決闘なんかするように求められていないからね」

「私がそんなことを望まないことはご存知ですね」

「じゃあ、どんな罰があるか？　わしは思いつかん。誰も罰することができない、男の仕出かす悪事がある。わしはどんな罰も思いつかん。あの男のあとを追ってロンドンへ行ったけれど、あの男はずるく工夫してわしの前からこそこそ逃げてしまった。恥を知らぬドブネズミには近づかないようにする以外に何ができるじゃろう？」

デール夫人は骨が全部痛むほどクロスビーが殴られればいいと思った。そんな考えが女性のものであるはずがないと私は思うが、それが夫人の考えだった。夫人はあの男を決闘に持ち込むことは望まなかった。決闘ということにでもなれば、邪悪なことがたくさんあるうえ、夫人の評価によると、いいことは何もなかった。しかし、夫人はバーナードがこの臆病者を卑怯と言って打ち据えてくれたら、これまで以上に甥が好きになると感じた。バーナードもまた従妹をポイ捨てにした男を制裁するように、世間から期待されていると思った。復讐の仕事を引き受けるように求められても、純然たる身体的危険が克服できないとは思わなかった。しかし、そんな仕事は多くの点で不愉快だった。社交クラブで喧嘩をするという考えがいやだった。従妹の名が公に出ることはまったく望まなかったし、無分別なことは避けたかった。クロスビーは悪事を働いたから、憎まれて当然だった。彼は進んでクロスビーを憎む用意があった。しかし、彼個人に関して言うと、ごく最近まで友人だった男を罰するように世間から望まれていると思うと悲しくなった。そのうえ、あの男をどこで捕まえ、捕まえたとき、どうやって打ち据えたらいいかわからなかった。彼は従妹をとても気の毒に思った。そしてクロスビーが逃げることは許されるべきではないと強く感じた。しかし、どうしたらいいのだろう？

「あの子はどこかへ逃げ出したいじゃろ？」郷士はできれば何か気前のいい行動で姪を元気づけたいと願ってそう言った。この時、郷士はもしそうすることが役に立つなら、生涯年百ポンドを姪に与えることを決めただろう。

「家にいるほうがいいんです」とデール夫人は言った。「かわいそうな子。しばらくは外出をいやがるでしょう」

「そうじゃな」それから会話が途絶えた。「いいかね、メアリー、わしは理解できん。誓って、わしは理解できん。これはわしのポケットから金をすり取っている現場で紳士を取り押さえたのと同じくらい、驚くべきことなんじゃ。わしが若かったころは、紳士の地位にある人間なら、そんなことはしないと思われていた。紳士なら、そんなことをする人間はいないとわしは思う。じゃが、男は今そんな振る舞いをしてもいいし、どんな罰も受けない。あの男にはロンドンに友人がいてな、そいつがわしのところに来て、まるでこんな悪事は日常茶飯事でもあるかのように話したよ。ああ、入っていいよ、バーナード。かわいそうな子はもうみな知っている」

バーナードは言わなければならない慰めと同情を叔母に言った。さらに、このオオカミを羊の群れに招き入れたことについて、中途半端な謝罪を口にした。「社交クラブであの男はいつも高く評価されていたんです」とバーナード。

「最近のロンドンの社交クラブをわしはあまりよく知らない」と伯父は言った。「あの男が今回仕出かしたことのあとで、クラブとあの男の交際が続くとすれば、そんなものは知りたくもない」

「せいぜい六人も今回のことを知らないと思います」とバーナード。

「ふん！」と郷士は叫んだ。彼はリリーの名が密接に結びついていたので、クロスビーの悪事が喧伝されることを望まなかった。それはその通りだが、クロスビーが広く世間の渋面によって罰せられなければならないとの考えにも傾いていた。この時点から先、クロスビーに話し掛けるどんな人間も、話し掛けたことで恥曝しな真似をしたと思うべきだと郷士は思っていた。

デール夫人が帰ろうと立ちあがったとき、「あの子によろしく言っておくれ」と郷士は言った。「わしが心から愛していると。老いた伯父に何かできることがあったら、ちょっと知らせておくれとね。あの子はわしの家であの男に会った。あの子に大きな負い目を感じている。あの子にわしに会いに来るように言っておくれ。家でふさぎ込んでいるより、きっといい。それから、メアリー」――郷士はこれを夫人の耳に囁いた――「ベルについてあんたに言ったことを考えておくれ」

デール夫人は自宅へ帰る途中、夫人に対する義兄の態度がこれまで知っている態度とは違っていることに気がついた。

その日一日じゅう、「小さな家」でクロスビーの名が口の端にのぼることはなかった。姉妹はともに外出しなかった。ベルは午後の大半をソファーの上で腕を妹の腰に回してすごした。姉妹はともに本を携えており、ほとんどお喋りをしなかったのに、ほとんど読んでいなかった。リリーがクロスビーとすごした時間を思い出すとき、――温かい彼の愛の保障、受け入れられた彼の愛撫、彼の愛情に包まれて知った制御できぬ喜びを思い出すとき、その胸によぎる思いを誰が描き出すことができようか？　思い出はみな彼女にとって神聖なものだった。その時神聖であったものは彼の過ちによって今ほとんど恥ずべきものになった。とはいえ、そのことを考えるとき、リリーは幾度も彼を許すと、いや、もう許していると胸に言い聞かせた。「彼にもそれを伝えます」と、彼女はほとんど大声で言った。

「リリー、愛するリリー」とベルは言った。「できれば、しばらくあのことから考えをそらしてください」

「追い払えないのよ」とリリーは言った。この件について姉妹のあいだで交わされた会話はこれだけだった。

　みながこの件を知ることになるだろう！　こういう状況に置かれた娘が飲み干さなければならないコップの中味のうち、それがいちばん苦い一滴に違いない、と私は思う。彼女が婚約破棄の憂き目にあったことを小間使いがよく知っていることを、リリーはもうその日早く知っていた。小間使いは同情を示したい素振りで、憐れみを表情に浮かべていた。リリーは一瞬怒りを感じた。しかし、彼女はそれも無理からぬことだと思い直して、少女にほほ笑み掛け、優しく話した。たいした問題ではない。一、二日もすれば、世間の人みなが知ってしまう。

　翌日、リリーは母の助言に従って伯父に会いに出掛けた。

「わしの子」と郷士は言った。「あんたが気の毒でならない。あんたのことを思うと心に血が流れる」

「伯父さん」と彼女は言った。「心配しないでください。ただこれだけはお願いします。――この話はしないでください。――つまり私には」

「うん、うん、しないよ。わしの家のなかにあんなひどい悪党が入り込んで来ようとは――」

「伯父さん！　伯父さん！　聞きたくないんです！　彼を非難する言葉は誰からも聞きたくないんです。――一言も。忘れないでください！」そう言うとき、彼女の目がきらりと光った。

　郷士は返事をしないで、姪の手を取り、しっかり握った。それから、彼女は去って行った。「デール家の人間はいったん愛情を抱くと頑固に変わらない！」彼は家の前のテラスを行ったり来たりしながら、そう心に言い聞かせた。「頑固に変わらない！」

註

（1）「サムエル記下」第十二章第一節から第四節に、ある金持ちが「自分の羊または牛のうちから一頭を取って、自分のところに来た旅人のために調理することを惜しみ、その貧しい人の子羊を取ってこれを自分のところに来た人のために調理した」とある。

第三十一章　傷ついた小鹿

およそ二か月がすぎて、アリントンは今クリスマスの季節だった。二軒の家がどちらも陽気にしようという気にならなかったことは想像できるだろう。リリー・デールが負ったような心の傷は、すぐ治るようなものではなかった。楽しい行事を不可能にする重荷がのし掛かっていることを、家族のみなが感じていた。リリーを見ると、女性が持ちうる最大の勇気で悲運に堪えていたと言っていい。第一週、彼女はまるで風に逆らう一本の木のように立っていたが、たわむことを知らなかったから、すぐ粉みじんになった。その第一週、母と姉はリリーの落ち着きと忍耐が怖かった。彼女はちゃんと日課をこなした。最初の日曜には家を出て、教会のいつもの席に現れた。夜は涙に堪えながら座って本を読み、真剣に心配して見守る母や姉を見つけてたしなめた。

「母さん、何事もなかったかのように振る舞ってください」と彼女は言った。

「ええ、あなた！　それができたらいいと思います！」

「心のなかでは不可能です」とリリーは答えた。「でも、外面的には可能です。母さんらが普段よりも私に優しくしていると感じます。それが私をうろたえさせるんです。怠けていると私を叱ってくれたら、すぐよくなります」しかし、母はかわいい娘が悲しみにあわなかったら話したように話すことができなかった。母は心配そうなあの優しい視線を絶やすことができなかった。それで、リリーはほとんど致命的な傷を負った小鹿のように見られていると思った。

第一週の終わりにリリーは崩れ落ちた。「起きられないのよ、ベル」ある朝、彼女はほとんどすねたように言った。「病気なんです。――邪魔にならないようにここに横になっていたほうがいいです。大騒ぎしないでね。私は馬鹿で、阿呆。それで病気なんです」

デール夫人とベルはこれにぎょっとして、互いに無表情な顔を覗き込むと、恋愛がかなわなくて死んだ――強風の前のろうそくの小さな炎のように消えた――哀れな傷心娘の話を思い出した。しかし、リリーは実際にはそんな華奢なろうそくの炎ではなかった。たわまないからといって折れる木の幹でもなかった。彼女はその週の病気のあいだ突風に身を屈していた。それから、まだ背筋を真っ直ぐにした優雅な姿で、輝く光を消されることなく立ちあがった。

彼女はそのあと前よりも率直に失ったものについて母に話した。――襲ってきた不幸を正しく把握して、心を引き裂かれた人と我が身を見る見方を嘲る力強い確信をもって話した。「私はこれに堪えられると思います」と彼女は言った。「いつまでも不幸を引きずることなく、これに堪えられると思います。もちろん私はずっと彼を愛します。父さんを亡くしたとき、母さんが感じたように、私は感じなければいけません」

デール夫人はこれに対して何も言うことができなかった。夫人はクロスビーをどう思うかはっきり言い、あの男がリリーの愛に値しなかったと断言することができなかった。愛は高い価値のものに与えられるのではないし、卓越したものに与えられるのでもない。――愛は虐待によって破壊されることもないし、打撃や手足の切断によって殺されることもない。リリーが虐待した男をまだ愛していると言ったとき、デール夫人は口を開こうとしなかった。母娘は互いに相手を理解していたとはいえ、彼らでさえこの件について考えを自由に交換することができなかった。

「私を嫌いにならないと約束しなければいけませんよ、母さん」とリリーは言った。

「子供からどんなことをされても、めったに母は子が嫌いになることはありません」

「娘がいかず後家になるとき、そう言ってもらえるかどうか自信がありません。自分の意志を持つつもりよ、母さん、できれば自分なりのやり方もね。ベルが結婚したら、私は母さんを後家仲間と見なします。もう母さんの言うことには従いません」

「備えあれば憂いなしね」

「その通りよ。――私は母さんの不意を突きたくありません。ベルが結婚するまで、もう一、二年は娘として従順にしています。でも、生涯ずっと娘が従順でいるなんて、とても馬鹿げています」

デール夫人はその発言をみな完全に理解した。リリーは一度は男性を愛したが、二度と愛することはできないと主張していた。彼女はほかの女性が望むように夫という褒美をえることを望んで、一度勝負したが、負けてしまったから、二度と勝負することができないという。こんなことを母に言ったのはリリーに確信があったからだ。しかし、デール夫人は決してこの確信を共有する気にはなれなかった。夫人は時がリリーの傷を癒してくれると、娘にはまだこれから幸せな結婚の喜びが与えられると信じて疑わなかった。夫人は運命をすでに定まったものと見るリリーのそんな予定説に同意しようとしなかった。夫人は求婚者としてじつはクロスビーが気に入っていなかった。むしろジョン・イームズのほうが、奥手という欠点はあるにしろいいと思っていた。ジョン・イームズの恋がかなうこともあるかもしれない。

しかし、リリーはそうしているあいだに、すでに述べた通り、固い勇気を持って、ほかの人よりも不幸になったのだから、ほかの人よりも怠けていいというかなりはっきりした自信を持って、生きる仕事を再開した。彼女は朝晩クロスビーのため祈った。毎日ほとんど毎時間彼を愛することがまだ義務だと確認した。愛を表現する力を奪われたとき、この愛するという義務はつらかった。それでも、彼女は義務をはたそうとした。

「彼の結婚の日取りが決まったと聞いたら」と彼女はある朝言った。「すぐ教えてください、母さん。どうか私を蚊帳のそとに置かないでね」

「二月の予定ですよ」とデール夫人。

「でも、その日を教えてください。私にとってそれは普通の日ではないんです。でも、母さんは悲しい顔をしないで。物笑いの種になるようなことはしませんから。こっそり出かけて、教会に亡霊のように現れたりしません」彼女はちょっと冗談を言ったあと、すすり泣いて、母の胸に顔をうずめた。やがて顔をあげて言った。「母さん、信じて。悲しくなんかありません」

第二週が終わったあと、デール夫人はクロスビーに手紙を書いた。


あなたの手紙を受け取ったことを（――と夫人は書いた。）知らせるのが正しいと思います。ほかにあなたに言うことはありません。あなたの行為について思っていることを口にしたら、女性としての私のらちを踏み越えてしまいそうです。でも、あなたの良心が同じことをあなたに言うと信じます。もし言わないとすれば、あなたは本当に無感覚になっているに違いありません。私は娘の伝言をあなたに送ると約束しました。あなたを許したと、憎んでいないと、あなたに伝えるように娘は言っています。神もあなたを許しますように、あなたが神の愛を取り戻しますようにお祈りします。

メアリー・デール

この手紙に対して私にも、私の家族の誰にも、返信されないようにお願いします。

郷士は受け取った手紙に返事を書かなかったし、クロスビーをすぐ罰する措置も講じなかった。実際、郷士はそんな措置は取らないとはっきり言い、あんな男はドブネズミを扱うようにしか扱えないと甥に説明した。

「あの男に二度と会う気はない」と郷士はもう一度言った。「もし会ったら、ためらわずこの杖で頭を殴ってやる。じゃが、そんな目的を持ってあの男を追い掛けたりしたら、我が身に愛想が尽きるだけじゃ」

しかし、老人は自分と身内をこんなふうに傷つけた悪党が罪を免れていることをひどく悲しんだ。郷士はクロスビーを許さなかった。許すなどという思いを胸によぎらせることはなかった。こんな傷を受けながらあの男を許す気になれると思ったら、己のほうを憎んだだろう。「かなりの非道――たちの悪い浅ましさがあるから、とてもわしには理解できない」と郷士は何度も甥に言った。それから、彼はテラスを一人で歩くとき、バーナードが従妹の被害に復讐するため、何らかの措置を取るかどうか思いを巡らした。「バーナードは正しい」と郷士はつぶやいた。「彼はまったく正しい。じゃが、わしが若いころなら、我慢ができなかったじゃろう。当時なら、紳士はわしらを扱ったように扱った相手を決闘に呼び出していたとしてもおかしくない。報復したと感じることには満足があった。今は世界が変わったとわしは思う」世界は変わった、しかし、郷士は世界がよくなったとは少しも思わなかった。

バーナードもまた大いに悩んでいた。今でも決闘が可能なら、クロスビーと決闘することにやぶさかではなかった。しかし、彼は決闘なんかもはや不可能だと信じた。――少なくとも嘲笑を浴びることなしにはだ。もし決闘ができないとすれば、ほかのどんな方法で罰することができるだろうか？　こんな悪事を働いても、世間から何の罰も与えられないというのが本当のところではないのか？　娘の一生を犠牲にして一、二週間楽しんで、まったく何の罰も受けないで逃れるのは、クロスビーのような男の甲斐性ではないのか？「あの男には会いたくないから、社交クラブに出入りするのはやめよう」とバーナードは独り事を言った。「が、あの男がクラブから閉め出されることはないんだ」そのうえ、この件はクロスビーにとって失点というよりも勝利の一つになると思った。リリー・デールのような娘に求婚する喜びをえ、かつそんな楽しみに普通結果として伴う罰にあわなければ、クロスビーは大きな称賛に値すると、多くの人々は思うだろう。彼がデール家のみなに罪を犯したのに、デール家のものだけがその罪の苦しみを味わわされることになる。事件の全体像を考えるとき、これがバーナードの理解だった。悲しいことに――復讐したいけれど、どこに復讐したらいいかわからなかった。クロスビーの欺瞞は友人らから褒めそやされると見る点で、バーナードはまったく誤っていた、と私は信じる。世間の人々はまだこういう手柄話を軽々に口にして、恋愛は戦争と同じで何でも可だと主張し、熟練した詐欺師の幸運をほとんどうらやましそうに話す。しかし、私は個々の事件について実際にこんなふうに考える人にはまだ会ったことがない。クロスビーの判断――仕出かしたことで身に負った結果に関する本人の判断――は、バーナードの判断よりも正しかった。クロスビーは行為をしているあいだ――行為を取り消す力がまだあるあいだ――その行為を許されるものと見なした。しかし、行為が完了した瞬間から、その行為が彼のものの見方に適切な刻印を押した。彼は自分がならず者だったと知り、ほかの人々からもそう思われていることを知った。彼の友人ファウラー・プラットは女性をたんに玩具としてしか見ない名うての男だったが、そのプラットでさえ彼をならず者と見た。彼は仕出かしたことを自慢するどころか、泥棒が盗品の話を恐れるように、結婚の話に触れられることを恐れた。彼は社交クラブの仲間から不信の念をもって見られていることにすでに気づいていた。彼は決して身体的な面で臆病ではなかったが、いつか杖の武器を意図して持つバーナード・デールに出会うのではないかとの、漠然とした恐怖を抱いた。郷士と甥はクロスビーが罰せられていないと思う点で間違っていた。

冬が来たとき、クロスビーはド・コーシーの高貴な一族によって厳重に監視されていると感じた。彼は高貴な一族の何人かをすでに心底嫌うようになっていた。ジョン令息は十二月にロンドンに上京して、彼をひどく悩ませた。――セブライトでディナーをさせろと、未来の義弟の部屋で午後ずっと煙草を吸わせろと、未来の義弟の持ち物を貸せと主張した。とうとうクロスビーはジョン令息と喧嘩をするほうが利口だと決めた。――それで令息と喧嘩して、これ以上関係を持ちたくないとたくさん文句を言い、部屋から追い出した。「あなたは私の例に倣って一族と関係を保たなければなりません」と、モーティマー・ゲイズビーは彼に苦言した。「一族のことを考えると、私はそれがいやでたまりませんでした。しかし、レディー・アミーリアは関係を保たなければいけないと言ったんです」それで、クロスビーはこのモーティマー・ゲイズビーの助言を受け入れた。

しかし、彼はおそらくジョン令息のしつこい要求よりもゲイズビー家のもてなしに辟易した。未来の義姉は彼を放置しないようにしようと決めているように見えた。モーティマーは日曜の午後には妻から送り出されて、彼を迎えに来た。クロスビーは意に反してセント・ジョンズ・ウッドの郊外住宅へ行くように強いられていると知った。彼は置かれた状況を必ずしも充分分析できなかったけれど、蹴爪を抜かれた雄鶏のように、牙を抜かれた犬のように感じた。我が身が卑しく、ふがいなくなっているのを感じた。彼はレディー・アミーリアを恐れ、モーティマー・ゲイズビーさえ恐れて、それを自覚せずにはいられなかった。二人から監視され。動向のすべてを握られていることに気づいた。二人はクロスビーをアドルファスと呼んで、飼いならし、二月に来る邪悪な日のことを彼の耳にやかましく繰り返した。レディー・アミーリアは彼の家具を探すためよく外出し、寝具とシーツについて時間単位で話した。「台所用品はトムキンズで揃えたほうがいいです。全部いい品ですよ。現金で払えば十パーセントまけてくれます。――もちろん現金で買いますよね？」彼がリリー・デールを犠牲にしたのはこんなことのためだったのか？――彼がド・コーシーの高貴な一族と縁組をしたのはこんなことのためだったのか？

クロスビーがロンドンに帰って来た当初から、モーティマーは一緒に財産処理に当たって、彼をすでにがんじがらめにしていた。彼は生命保険に入れられて、モーティマーが証書を保管した。クロスビーのわずかな金はすでに取りあげられて、レディー・アリグザンドリーナのわずかな金と一つにまとめられた。取り決めはすべて、彼にすみやかに死んでもらい、レディー・アリグザンドリーナにかなりの金――セント・ジョンズ・ウッドには充分な金――を遺すように企画されているように見えた。クロスビーが自分の金を、あるいは彼女の金を使うことさえできないように設定されていた。モーティマー・ゲイズビーのお節介のおかげで、新婚夫婦は保険料の支払いに入る。もし新郎が結婚の翌日に死ねば、アリグザンドリーナに伯爵の娘が受け取るにふさわしい多額の金が実際に入ることになる。六か月前だったら、彼はどんな問題が起こってもモーティマー・ゲイズビーなんか意のままに操れると思っただろう。彼はたまたま出会ったとき、じつに謙虚なゲイズビーからほとんど目上の人のように扱われた。彼のほうは非常に高い目線からゲイズビーを見おろしていた。しかし、今はこの男の手にすべてを握られて自分が無力に思えた。

しかし、彼がいちばん嫌ったのはおそらく伯爵夫人だった。伯爵夫人はまるで彼が使用人ででもあるかのように、頼み事をたくさん書いた小さな手紙を絶えず送りつけてきた。伯爵夫人は頼み事よりもさらにたちの悪い助言で彼を苦しめた。アリグザンドリーナが期待する生活がどんなものか彼に教えたり、こんなやんごとない家族に受け入れられることは、その特権と引き替えに高い金を払わなければ、彼のような者には望めないと、頻繁に警告したりした。彼は伯爵夫人の手紙を非常に不快に思った。保留して、一日開封しないまま置いておいた。結婚したらすぐ伯爵夫人とも喧嘩しようと、可能ならこの家族から距離を置こうと決心した。しかし、彼はド・コーシー家との縁組から生じる利点をみな掌中に入れる目的でおもにこの婚約に入ったのだ！　郷士と甥はこの男が罰を受けないで逃げおおせると思ってみじめになったが、事情を知れば、そんなみじめな思いをしなくても済んだかもしれない。

彼がクリスマスをコーシー城ですごすことは初めから了承されていた。この約束から身を振りほどくことはとてもできなかった。しかし、できる限り訪問を短くしようと思った。クリスマスは不運なことに月曜に当たっていた。土曜は委員会総局が休みであることはド・コーシー家に知られていた。この三日間は逃れられそうになかった。しかし、彼は三人の役員がその三日の休みを延長してくれない鉄の男たちだとアリグザンドリーナに納得させた。「私は当然また二月に休みを取らなくてはいけません」と、彼はほとんど悲しんでいるようにも見える言い方で言った。「それで、月曜以降はそこにとどまることができないんです」もしコーシー城に何か魅力的なものでもあるのなら、彼は一週間か十日休めるようにオプティミスト氏と調整しただろう。「私たちは離れ離れですね」と伯爵夫人は彼に手紙を書いた。「あなたがこれまでに学んできた以上に、私たちのやり方を学ぶ機会があればいいと思います」彼はこれに胆汁の苦味を味わった。しかし、この世では価値ある商品にはみな高い値段がついている。クロスビーのような男が高貴な一族との縁組を熱望するとき、買う品物の市場値は払わなければならない。

「あんた方は月曜にうちに来てディナーをしてください」と、郷士は前の週のなかごろデール夫人に言った。

「いいえ、出られないと思います」とデール夫人は答えた。「おそらく私たちだけでいるほうがいいんです」

この時、郷士と義妹はこれまでにないほど深く理解し合えた。郷士は夫人の回答を善意に受け止め、夫人の気持ちをくみ取った。それで、郷士は強く申し出て、受け入れてもらった。

「あんたは間違っていると思う」と彼は言った。「楽しいクリスマスになるとは思わんよ。あんたと娘たちはプディングをここで食べようと、『大きな家』で食べようと、どっちでもいいことじゃろう。じゃが、わしらが一緒に食べるように試してみることがいいんじゃ。そうするのがいい。わしはそう考えている」

「リリーに聞いてみます」とデール夫人。

「そうじゃ、そうしておくれ。わしからとよろしく伝えておくれ。いろいろなことがあるけれど、クリスマスはまだ喜びの日であるはずじゃと、彼女に伝えておくれ。使用人らに午後の残りを休ませるため、三時ごろに食事じゃ」

「もちろん行きます」とリリーは言った。「当然でしょう？　いつもの通りです。もし伯父さんが呼んでくれたら、去年のようにボイス家のみなと目隠し遊びをします」しかし、ボイス家の人々は今年はそこに呼ばれなかった。

しかし、リリーはそういうことに平然と対処するかたわら、ずいぶん苦しんでおり、本当は大いに悩んでいた。もしあなたが、読者よ、雨の日にたまたま側溝に落ちたら、通行人の同情がその悲運のなかでいちばん身に染みるものではないだろうか？　もし通行人があなたを見ないで、ただ歩き続けてくれたら、そのほうがずっといいとあなたは心でつぶやかないだろうか？　それでも、立ち止まって同情してくれる人たち、あるいは水を拭ってくれ、濡れた帽子を取り戻すのを助けてくれる人たちを責めることができない。人が落ちるのを見たら、あなたは何事もその人に起こらなかったかのように歩き去ることはできない。リリーもそういう状態だった。アリントンの人々はどうしても普通の目で彼女を見ることができなかった。彼女が傷ついた小鹿だと知っているので、彼らは優しく見守った。それがかえって傷の痛みを悪化させた。老ハーン夫人はおそらく立ち直って昔のようになれると言ってリリーを慰めた。リリーはこの件で嘘をつこうとはしなかった。「ハーン夫人」と彼女は言った。「この話は私には苦痛なんです」ハーン夫人はこの話に二度と触れなかったが、二人が会うたびに口で言えないことを顔つきで表した。「ミス・リリー！」とホプキンズがある日言った。「ミス・リリー！」――彼はリリーの顔を覗き込んだとき、老いの目に涙を浮かべていた。「おれは最初からあの男がどんなやつかわかっていたよ。何と、ひどい！　何と、ひどい！　あの男を殺してやれたら！」「ホプキンズ、よくもまあそんなことが？」とリリーは言った。「もしそんなことをまた私に言ったら、伯父に言いつけます」彼女は背を向けたけれど、すぐ向き直って小さな手を差し出した。「お願いよ」と彼女は言った。「あなたがどれだけ優しい人か知っています。あなたのそんなところが好きです」彼女はそれから立ち去った。「いつかあの男を追い掛けて、汚い首根っこをへし折ってやる」と、ホプキンズは小道を歩きながら独り言を言った。

クリスマスの日の直前、リリーは姉と一緒に俸給牧師館を訪れた。その訪問の途中、ベルは今年最後の菊の花を見るため、ボイス家の娘の一人と部屋を出た。その時、ボイス夫人はこの機会を利用して話し掛けた。「ねえ、リリー」と夫人は言った。「あなたに何か一言言わないと、冷たい人だと思われてしまいます」「いえ、そんなふうには思いません」とリリーは傷に触れようとする指にすくんで鋭く答えた。「触れてはならないこともありますから」「ええ、ええ、そうですね」とボイス夫人。しかし、夫人はしばらくほかの話題に戻ることができないで、座ったまま苦痛と優しさの混じった目でリリーを見詰めた。そんな視線のもとでリリーがどんなに苦しんだか、私があえて言う必要はないだろう。しかし、リリーはみじめに思う一方、悪いのはボイス夫人ではないと考えて、それに堪えた。ボイス夫人は優しく見詰める以外にどうすることができただろう?

リリーはクリスマスの日に「大きな家」でディナーの席に着き、悲運の深みに沈んで引きこもっているわけではないことをアリントンの人々に示すことにした。彼女の判断が正しかったことに疑問の余地はない、と私は思う。しかし、教会から帰る途中、母と姉とともに小さな橋を渡ったとき、伯父のディナーに出る代わりに引き返して寝床に就くことができたら、彼女は代わりに何でも差し出すことができると思った。

第三十二章　ジャーミン・ストリートのポーキンズのホテル

ロンドンの肥畜品評会はこの年十二月二十日に開催された。ド・ゲスト卿が出品した雄牛が、品種改良と飼育と状態のすべてで最優秀を実現していると首都の肉屋から宣言された、と私は聞いている。半世紀後の肉屋らはさらに多くのことを学んでいるだろうから、このゲストウィックの牛はもし防腐処理され、未来の品評会に再度出品されたら、今という時代の農業の無知に対してただ嘲りを招くだけだろう。しかし、ド・ゲスト卿は賞を受け取って、喜びの第七天にいた。彼を貴族の模範として見てくれ、その仕事の真価を理解してくれる肉屋や牧畜業者、販売員らに取り囲まれているとき、郷はいちばん幸せを感じた。「あいつを見てみろ」と、伯爵は受賞した雄牛を指さしてイームズに言った。イームズは役所の仕事のあと、品評会にいる後見人と合流して、ガス灯の光で生きた牛肉を見物していた。「あいつは雄親に似ていないかい？　ラムキンの子なんだ」

「ラムキン」とジョニー。彼はゲストウィックの牛の系統がまだよくわからなかった。

「そう、ラムキン。私たちが災難にあった雄牛だよ。あの親の背中と前四半部をそっくり受け継いでいる。わからないかね？」

「あまりよく」とジョニー。一生懸命見たが、わからなかった。

「とても奇妙なことだ」と伯爵は言った。「だが、あの日以来あの牛は穏やかにしている。――どの牛よりも穏やかなんだ。私のハンカチのせいだったに違いない」

「それかたぶん」とジョニーは言った。「ハエのせいだったんでしょう」

「ハエだって！」と伯爵は怒って言った。「あいつがハエに慣れていないとでも思うのかい？　こっちへ来なさい。七時にディナーと言ってある。今六時をすぎている。義弟のデール大佐がロンドンに来ていて、一緒に食べることになっている」卿はジョニーの腕を取って、品評会のなかを導き、歩きながら、彼の牛よりも劣る何頭かの牛に若者の注意を喚起した。

それから、彼らはポートマン・スクエアとグローヴナー・スクエアを抜け、ピカデリーを越えてジャーミン・ストリートに着いた。通りを抜けて歩くとき、伯爵を腕に寄り掛からせているのは奇妙だと、ジョン・イームズは思った。下宿のいつもの生活では、日々の仲間はクレーデルやアミーリア・ローパー、ルーペックス夫人、ローパー夫人だった。落差はとても大きかった。しかし、伯爵に話し掛けるのは、ルーペックス夫人に話し掛けるのと同じくらい気安いことを彼は知った。

「君はアリントンにいるデール家のことは当然知っているだろ」と伯爵。

「ええ、はい、知っています」

「だが、たぶんまだ大佐には会ったことはないね」

「会ったことはないと思います」

「大佐は風変わりな人だ。――それなりにとても立派な人なんだが、何もしていない。彼と私の妹はトーキーに住んでいて、私が知る限り、二人とも何も仕事をしていない。彼は今ロンドンに出て来ている。私たち二人で一家の弁護士に会って、書類に署名しなければならないからだ。だが、彼はこの旅を大きな難儀だと思っている。私は彼よりも一つ上だがね、毎日ゲストウィックを出たり入ったりしても苦にならない」

「元気なのは牛の世話のおかげでしょう」とイームズ。

「そうだね！　ジョニー君、君は正しい。妹とクロフツは好きなことを言っていればいい。男が毎日八、九時間戸外に出ているとき、そのあとでどこで寝ようとどうでもいいことだ。これがポーキンズだよ。――すばらしい店だが、先代のポーキンズが生きていたころほどよくないんだ。手を洗うため、イームズさんを寝室に案内しておくれ」

デール大佐は顔が兄によく似ていたが、兄よりももっと背が高く、細身で、明らかに年上に見えた。イームズが居間に入ったとき、大佐はそこに一人でいたので、自己紹介をしなければならなかった。大佐は椅子から立ちあがらないで、その若者に優しくうなずいた。「イームズさんだね？　ずいぶん昔のことだが、ゲストウィックのあなたのお父さんを知っていた」それから、彼は顔を暖炉のほうに戻して、溜息をついた。

「今日の午後はとても冷えますね」と、ジョニーは会話をしようと思って言った。

「ロンドンはいつも寒いよ」と大佐。

「八月にここにいなければならなくなったら、そうはおっしゃらないでしょう」

「断じていたくない」と大佐は言うと、暖炉に目を据えてまた溜息をついた。オーランドー・デールがすさまじい障害を前にしてド・ゲスト卿の妹と駆け落ちを押し通したとき、とても勇敢だったとイームズは噂に聞いていた。恐れを知らぬ恋人を今見るとき、当時から今までに大きな変化が生じたに違いないと彼は思った。そのあと、伯爵が降りて来るまで言葉を交わさなかった。

ポーキンズの店はすべての点で古風だった。ディナーが始まったとき、当主のポーキンズが伯爵のすぐ後ろに立って、みずからスープ鉢のふたを取った。ド・ゲスト卿はあまりほかの人の配慮を求めない人だったが、もしふたを取ってもらえなければ、当惑しただろう。実際には、卿は太った牛のことでポーキンズに丁寧な言葉を掛け、それでポーキンズを給仕の一人と間違えていないことを表した。ポーキンズはそれから卿のワインの注文を聞いて、奥にさがった。

「彼はこの古い店をかなり立派に守っている」と伯爵は義弟に言った。「三十年前の店とはかなり違うがね。こういうものはみなどんどん悪くなっている」

「そう思うね」と大佐。

「先代のポーキンズが私の家にあるのと同じか、ほぼ同じくらいいいポートワインを持っていたのを覚えている。今は手に入らないんだ」

「ポートワインは飲まない」と大佐は言った。「ディナーのあとはニーガス(1)を少したしなむ程度だね」

義兄は何も言わなかったが、顔をスープ皿に向けたとき、非常に雄弁なしかめっ面をした。イームズはそれを見て、笑いをこらえることができなかった。九時半に大佐が部屋を出て行ったとき、ドアが閉まると、伯爵は両手を投げあげて、「ニーガス!」と一言言った。それで、イームズは勇気を奮い起こして、大声で笑った。

ディナーは非常に退屈だったから、大佐が寝床に就くまでに、ジョニーはポーキンズで夕食を取るように誘われたことを後悔した。伯爵からディナーに誘われるのは、とてもすばらしいことかもしれない。ジョン・イームズは誘われたことによって役所のなかで少し貫禄が増しており、それに気づいて悪い気はしなかった。しかし、彼は乾いた木の実の皿と四、五個のリンゴが載る食卓に座って、目を開いていようと努めている伯爵を見、一方連れが起きていようと、寝ていようとまったく無関心のように見える大佐を見ていると、払っている代価は高すぎると思った。ローパー夫人の喫茶用小テーブルは、心地よくなかったにせよ、疲れ切った二人の——共通の話題のない——老人と同席する、ポーキンズの店の陰気な黒いマホガニーよりもましだった。彼は一、二度大佐に話し掛けてみた。大佐が目を開いて座って、暖炉を見ていたからだ。しかし、単音節語のそっけない答えしか返って来なかった。大佐が話したくないのは明らかだった。デール大佐はディナーのあと膝の上にこぶしを置いて、じっと座っているだけで充分だった。

しかし、伯爵は何が起きているか知っていた。伯爵はすさまじい眠りとの戦いのあいだ、眠りの神によって二十分はしっかり征服されていた。その間、客をもてなしていないとの良心の呵責をずっと感じていた。彼は自分にとても腹が立って、目を覚まして話そうとしたが、義弟は何もしてくれなかった。イームズさえ気を利かせて手助けしてくれなかった。それで、彼はぐっすり二十分寝て、本人のいびきで起きた。「いやはや！」伯爵はそう言って飛びあがり絨毯の上に立った。「コーヒーを飲もう」そのあと、彼は寝なかった。

「デール」と彼は言った。「もう少しワイン飲まないかね？」

「もういらない」大佐は暖炉を見詰めたまま、とてもゆっくりかぶりを振った。

「さあ、ジョニー、グラスを満たしなさい」伯爵は若い友人をジョニーと呼ぶことにもう慣れていた。イームズ夫人が息子を普段そう呼んでいることがわかったからだ。

「ぼくはずっとグラスを一杯にしています」イームズはそう言いながら、デカンターをまた手に取った。

「君が楽しめるワインがあって嬉しいよ。というのは、君とデールはあまり話すことがないように見えたからね。ずっと聞いていたんだ」

「寝ていたんだろ」と大佐。

「それなら、口をつぐんでいたことについて私はちゃんと言い訳ができるわけだ」と伯爵は言った。「それはそうと、デール、あなたはあの男クロスビーについてどう思う？」

イームズは耳をすぐ油断のない警戒態勢に入れ、退屈気分を吹き飛ばした。

「どう思うかって？」と大佐。

「罰として骨をみな折られてもおかしくない」と伯爵。

「その通りです」と、イームズは熱意のあまり椅子から立ちあがり、おそらく年長者の前で場違いな大声で言った。「それに決まっています、閣下。あの男はこれまでに会ったいちばん忌まわしい悪党です。ぼくはリリー・デールの兄であればと願っています」彼はそれからまた椅子に座った。リリーの兄の立場に立つと思われるバーナード・デールの父、リリーの伯父の前で話していることに思い当たったからだ。

大佐は顔を回して、驚いた様子で若者を見た。「すいません、大佐」とイームズは言った。「けれど、ぼくは生まれてこの方デール夫人とあなたの姪を知っているんです」

「ああ、そうだったのか？」と大佐は言った。「それでも、たぶん若い女性の名をやたら口にするのはよろしくないね。あなたを責めるわけではないがね、イームズさん」

「当然責めはしないよ」と伯爵は言った。「私は彼の気持ちを大いに尊重するね。ジョニー、ねえ君、もし不運にもあの男に会ったら、私は思っていることをあの男に言おうと思う。君も同じことをしてくれると信じているよ」ジョン・イームズはこれを聞くと、伯爵にウインクして、背を向けている大佐を頭で指した。それで、伯爵はイームズにウインクを返した。

「ド・ゲスト」と大佐は言った。「私は上へあがる。いつも少量のくず粉[(2)]を部屋で食べるんだ」

「ろうそくを持って来るように呼び鈴を鳴らしてもいいかな」と主人役は言った。大佐が出て行き、ドアが彼の背後で閉まったとき、伯爵は両手を上にあげて、「ニーガス！」と一言言った。それで、ジョニーは大笑いし、暖炉の前に回って、大佐が座っていた椅子に座った。

「きっと体に悪くはないんだろうが」と伯爵は言った。「私はニーガスを飲んだり、寝室でくず粉を食べたりする気にはなれないね」

「害はないと思います」

「いや、君。ポーキンズがそんな彼をどう思うか考えるんだ。だが、ホテルにはいろんな種類の客があると思うね」

「大佐がそれを注文しても、給仕は何とも思わなかったようです」

「いや、いや。たとえセンナ[3]と塩を要求しても、給仕は驚かなかっただろう。それはそうと、君はあの哀れな娘のことで大佐を刺激してしまったね」

「してしまいましたか？　そんなつもりはなかったんですが」

「大佐はバーナード・デールの父だからね。で、問題は、あの男が仕出かしたことをバーナードが罰すべきかどうかという点なんだ。誰かが罰すべきなんだ。あの男が逃げるのは正しいことではない。いかに悪党であるかを誰かがクロスビー氏に教えなければならない」

「明日にでもぼくがやります。ただ問題なのは――」

「いや、いや、いや」と伯爵は言った。「それをすべき人は君ではない。君がこの件にどんなかかわりがあるというんだね？　ただ家族の友人として知っているだけだろ。だが、それだけでは充分じゃない」

「そうですね、そう思います」とイームズは悲しそうに言った。

「おそらく現状がいちばんいいんだね」と伯爵は言った。「あの男を殴っても、何の役にも立たない。キリスト教徒でいたければ、キリスト教徒らしくしなければならないと思う」

「あの男はキリスト教徒らしく振る舞ったんですか？」

「それも一理あるね。私がバーナードなら、従順についての聖書の教えを忘れそうだ」

「知っていますか、閣下。ぼくなら、あの男を襲うことがこの世でもっともキリスト教徒にふさわしいことだと思います。本当にそう思います。青あざができるくらい殴っても当然だと思う悪事があります」

「二度とあんなことを犯させないようにかね？」

「その通りです。人を吊るすのはキリスト教徒らしくないとあなたは言うかもしれませんが」

「殺人者ならいつも首吊りにするね。羊を盗んだくらいで吊るすのは誤りだろうな」[4]

「クロスビーのような男は首吊りにするほうがずっといいんです」とイームズ。

「うん、私もそう思う。もし男が今その哀れな若い女性に取り入りたければ、こんないいチャンスはないね」

ジョニーは答える前に少し黙り込んだ。「それはどうでしょうか」彼は裏切った男を打ちのめすことによっても、リリーに取り入るチャンスがないとすれば、それは嘆かわしいと言わんばかりに悲しげに言った。

「私は女性についてあまり知ったか振りはできないが」と伯爵は言った。「チャンスはあると思うよ。あの男が制裁されたと、あの男が懲らしめを受けたことを世間が知ったと、聞くことほど彼女を喜ばせるものはないと思う」伯爵は女性についてあまりよく知らないと明言したが、そう言ったとき、たぶん正しかった。

「ぼくがそう思ったら」とイームズは言った。「明日にもあの男を捜し出します」

「なぜかね？　復讐をしたからと言って、それが君にどうだというのかね？」それから、またしばらく間があった。その間、ジョニーはとてもおどおどした表情をした。

「君はミス・リリー・デールに恋しているんじゃなかろうね？」

「彼女に恋しているかどうかよくわかりません」ジョニーはそう言って、とても赤くなった。それから、彼は友人に本当のことをみな打ち明けようと、かなり乱暴に決心した。ポーキンズのポートワインがこの決心にいくぶん関係していたのかもしれない。「けれど、ぼくは彼女のためなら水火も辞さない覚悟なんです、閣下。あの男が彼女に会う何年も前からぼくは彼女を知っていました。あの男が誰か人を愛するよりもずっと深く彼女を愛してきました。彼女があの男を受け入れたと聞いたとき、ぼくはぼくの喉か――あの男の喉を掻き切ることを半分考えました」

「あきれたなあ」と伯爵。

「とても馬鹿げていることはわかっています」とジョニーは言った。「復讐しても、彼女はもちろんぼくを受け入れてはくれないでしょう」

「それはわからないよ」

「ぼくは一シリングも持っていません」

「娘はあまりそれを気にしないね」

「それにただの所得税庁の事務官！　そんな哀れな男です」

「もう一人の男も別の役所のただの事務官だろ」

ゲストウィックの田舎に住む伯爵は、ホワイトホールの委員会総局とシティの所得税庁が、ダイブズとラザロ[5]くらいかけ離れており、越せぬ深い淵で隔てられていることを知らなかった。

「ええ、そうです」とジョニーは言った。「けれど、彼の役所は別物なんです。それに、あの男はあの時気取り屋でした」

「いやはや、私にはわからんね」と伯爵。

「彼女があの男を受け入れても少しも不思議ではありません。ぼくは初めて見た瞬間からあの男が大嫌いでした。けれど、それは彼女があの男を嫌いになる理由にはなりません。あの男にはそれなりの流儀があるんです。あの男は気取り屋であり、娘たちはその種のものが好きなんです。ぼくは彼女に怒りを感じたことはないんですが、あの男なら食べることだってできます」彼は話すにつれて、もしクロスビーが目の前にいたら、本当に食べようとするような表情をした。

「一度でも彼女に一緒になってくれと申し込んだことはあるのかね?」と伯爵。

「いいえ、彼女に与えるパンもないとき、どうして申し込めるでしょう?」

「では、君は一度も――彼女に恋していると、つまりその種のことを言ったことがないんだね」

「彼女は今は知っています」とジョニーは言った。「先日ぼくは――彼女が結婚すると知ったとき、さよならを言いに行ったんです。その時告白せずにはいられませんでした」

「だが、クロスビーに大いに感謝しなければならないように、ねえ君、私には思えるよ。――つまり、もし彼女を手に入れる気が君に――」

「あなたが言いたいことはわかります、閣下。けれど、ぼくはあの男に感謝する気なんか少しもありません。この件は彼女を殺しかねなかったとぼくは信じています。ぼくとしては、もし彼女がいつかぼくを受け入れてくれたら――」

それから、彼はまた黙り込んだ。伯爵は彼の目に涙が溜まっているのに気がついた。

「私もようやくわかってきた」と伯爵は言った。「君にちょっと助言を与えよう。ゲストウィックに来て、私とクリスマスをすごしなさい」

「まさか、閣下!」

「閣下と呼ぶのはもういいよ。だが、私の言う通りにしなさい。今まですっかり忘れていたが、レディー・ジュリアから君に伝言があったんだ。妹は野原で私を助けてくれたお礼を直接言いたがっている」

「それはまったく馬鹿げています、閣下」

「よろしい。妹に君がそう言いなさい。次のことでも私の言うことを信じていい。――私の妹は君と同じくらいクロスビーを嫌っている。妹はもしやり方さえわかれば、君が言う『あの男を襲う』ことさえやりかねない、と私は思う。君はクリスマスにゲストウィックに来て、そのあとアリントンへ行き、君の意図をみなにはっきり伝えなさい」

「言えといわれても、今は彼女に一言も言えません」

「それなら郷士に言いなさい。郷士のところへ行って、君の意図を伝えなさい。――男らしく頭を高くあげてね。気取り屋のことなんか私に言わないでくれ。誠実な男が私の知るいちばんの気取り屋なんだ。そういう男が私の認める唯一の気取り屋だね。老デールのところへ行って、私のところから来たと言いなさい。――ゲストウィック・マナーから来たと。鍋を沸騰させるため郷士が小さな枝をくべるなら、私はもっと大きな枝をくべると郷士に伝えなさい。それがどういう意味か郷士にはわかるよ」

「いえ、いえ、閣下」

「だが、私はいいと言っている」伯爵はそう言ったとき、今暖炉の前の敷物の上に立って、ズボンのポケットに両手を深く突っ込んでいた。「私はあの娘が大好きだし、彼女のためできれば多くのことをしたいと思う。君がそんなふうに臆病な羊の目を投げ掛ける姿を知る前から、私がそう言っていなかったか、レディー・ジュリアに聞いてみなさい。私は君にもひそかに親切を考えているんだ、ジョニー君。うん、私は君のお父さんをほかの誰よりもよく知っていた。本当のことを言うと、私が彼の破滅の手助けをしたと思っている。彼は私の土地を使って、わかるだろ、自滅したことは間違いない。彼がやっていたとき、牛についてはあの――あの――あの給仕と同じくらい何も知らなかった。たとえ今日までその仕事を続けていても、賢くなってはいないだろう」

ジョニーは目に一杯涙を溜めて黙って座っていた。友人に何と答えたらいいのだろう?

「田舎の私のところに来なさい。そうしたら、私たちが事態をちゃんと整えていることがわかるだろう。君が今その娘に話していないのはたぶん正しい。しかし、彼女の伯父さんには全部話しなさい。それからお母さんにもね。何よりもだいじなのは、君が自分をつまらない人間だと思わないことだ。男はそんなふうに思ってはいけない。世間の人は、たいてい君自身の評価で君を見るというのが私の信念だ。もし君があの男クロスビーのように汚物でできているとするなら、きっと最後には本性が明らかになる。しかし、私は君が汚物でできているとは思わんよ」

「そんなものでできていなければいいと思います」

「私もそう思う。田舎へくだって来なさい。あさって私のところではどうかね?」

「残念ですが無理です。休暇を使い切ってしまいました」

「私が老バフルに手紙を書いて、頼もうか?」

「いえ」とジョニーは言った。「それはしたくありません。けれど、明日成り行きを見て、それからあなたにお知らせします。いずれにしろ土曜に郵便列車で行けます」

「それは落ち着かないな。できれば様子を見て、私と一緒にくだろう。では、お休み、親しい友。これは覚えておいてくれ。――私が言ったことは本気なんだ。これまで私は言ったことから後退したことがないのを自慢にしていいと思う」

伯爵はそう言いながら左手を客に差し出し、若者の頭上をいくぶん堂々と見て、右手で胸を三度叩いた。ジョン・イームズはそのささやかな姿を見たとき、相手がどこからどこまで伯爵だと思った。

「あなたに何と言って感謝したらいいかわかりません」

「何も言わなくていいよ――何もね。だが、弱気が美人をえたためしはないと、胸に言い聞かせなさい。お休み、親しい友、お休み。明日は外食するから、君は訪ねて来て、六時ごろ知らせておくれ」

イームズはそれ以上何も言わずに部屋を出て、ジャーミン・ストリートの冷たい空気のなかに歩いて出た。月は澄んで輝いており、月光に照らされた歩道は淑女の手のようにきれいに見えた。ポーキンズのホテルに入ってから全世界が変わって見えた。リリー・デールを妻にすることは、それでは可能なのだろうか？　今でもアリントンの郷士のところへ大胆に出掛けて、リリーについて考えていることを伝えられるというのは本当だろうか？　伯爵の言葉をどの程度まで本気に考えていいのだろう？　リリー・デールと結婚するまでに、信じ難い額の金が必要になるだろう。少なくとも年に二、三百ポンドだ！　こんな目的のためこれほどの金を揃えられるとは、伯爵といえども彼を納得させることができなかった。それでも、彼はバートン・クレッセントへ向かって帰るとき、ゲストウィックへくだって行こうと思い、伯爵の指示に従おうと決めた。リリーにはまだ何日も何も言えないと感じた。

彼が掛け金の鍵を開けて入ったとき、「あら、ジョン、遅いのね！」と、アミーリアは奥の居間から抜け出して来て言った。

「うん、――とても遅くなった」とジョン。彼はろうそくを取ると、それ以上何も言わずに階段の彼女の脇を通りすぎた。

註

（1）ワインに湯、砂糖、レモン果汁、香料を加えた飲み物。
（2）クズウコンの根茎の澱粉から作られた医療用食べ物。
（3）乾燥したセンナの葉や実から作られた緩下剤。
（4）一八三二年まで羊を盗むことは極刑に値した。
（5）「ルカによる福音書」の第十六章第十九節から第三十一節において描かれた寓話で、金持ちダイブズ（ラテン語で金持ちの意）と貧乏人ラザロのあいだには死後「大きな淵」があるとされている。

第三十三章　いつか時が来る

「若いイームズがゲストウィック・マナーに滞在しているという話は聞いたかね？」クリスマスの日に教会のあと「大きな家」へ向かって一緒に歩いているとき、郷士はデール夫人に最初にそう言った。それで、ジョニーがマナーに滞在している話を聞いて、郷士が強い印象を受けていることは明白だった。

「ゲストウィック・マナーにですって！」とデール夫人は言った。「何とまあ！　聞きました、ベル？　ジョニー君がたいした出世よ！」

「ジョンが雄牛に襲われた閣下を助けたことがあるのを、覚えているでしょう、母さん？」とベル。

リリーは前回会ったとき、ジョン・イームズと交わした言葉をみな正確に覚えていたので、何も言わなかった。しかし、彼がこんな時にこんな近くに来ていると思うと、どこか胸に痛みを感じた。そばに来てあいうことを言ってくれたことで、知らず識らず彼が好きになっていた。前回会ったあと、彼を前よりも格上げして見るようになっていた。しかし、もし彼が今の状況で目の前に現れたら、心を傷つけられ、傷を広げられると感じるほかなかった。

「ド・ゲスト卿があんなにわずかな親切で、あんなにたくさん感謝を表す人だとは思ってもいなかった」と郷士は言った。「じゃが、明日はあそこのディナーへ行くつもりじゃ」

「若いイームズに会うためですか?」とデール夫人。

「うん、――特にイームズに会うためじゃ。少なくともわしは特別に招待されていて、彼が出席すると言われている」

「バーナードも行くんですか?」

「もちろんぼくは行きません」とバーナードは言った。「こちらに来てあなた方と食事をします」

リリーはあまりはっきりしないある考えにとらわれて、この会合が召集されたのは、おそらく自分にかかわりがあるのだと一瞬想像した。しかし、そんな想像は浮かんだと同時に消えて、ただあとに痛みだけを残した。全身に痛みを与えるような病気がある。患者はどこを触られても――ほとんど触られてもいないのに――、全身が痛むように苦痛でうめく。心の病気の場合にも、そういうものがある。哀れなリリーが出会った悲しみは、どこを触っても痛むような苦痛を残して、患者にこれから出会う新しい傷を恐れさせる。リリーは背負った十字架に勇敢に、立派に堪えた。それでも、やはり重くのしかかる十字架を絶えず意識していた。なぜなら、彼女が十字架を背負っていないかのように歩く力を具えていたからだ。彼女が出会うこと、彼女の前に起こることは、必ず何らかのかたちで悲しみと結びついた。伯父はド・ゲスト卿の屋敷にジョン・イームズに会いに行く。もちろんそこで男性たちは彼女のことを話し合うのだ。彼女はそういう話し合いがあることで傷ついた。

その日の午後は目立ったこともなくすぎていった。使用人が食堂にいるあいだ、ディナーはほかのディナーとたいして変わらなかった。人々は親密な家庭的な集まりでは、いつもある程度ちょっとした見栄を張り、――身内だけで何かいい話があるという振りをしなければならない。人々は雑多に集まるディナー・パーティーでは、使用人のリチャードとウィリアムがいようといまいと、同じ言葉を遣って話をすることができる。そんなに雑多だと、身内の者が本心をそこで漏らすことがないからだ。しかし、親密な友人らが集まっているときは、部外者が出て行くまで、ちょっとした作為的な沈黙を維持する。こんな会合では、作為的な沈黙が役に立ち、いい結果を生み出すからだ。しかし、部外者が閉め出され、使用人らがいなくなるとき、いったい彼らにどれほど楽しい思いがあるというのだろう？　そのクリスマスの日、顎ひげはどれほど愉快に揺すられたというのだろう？

「父はロンドンに上京してね」とバーナードは言った。「ド・ゲスト卿と一緒にポーキンズのホテルへ行ったそうです」(1)

「どうしてあなたは卿に会いに行かなかったんです？」とデール夫人。

「うん、どうでしょう。卿から望まれなかったようです。ぼくは二月にトーキーへ行きますからね。二週間もしたら、いいですか、ずっとロンドンにいなければいけないんです」それから二、三分また沈黙があった。もしバーナードが本当のことを言うことができたら、クロスビーに会ったときどう対処していいかわからなかったから、ロンドンに上京しなかったと認めただろう。バーナードがこの件にこだわったため、哀れなリリーは暗い影響を受けて、再び傷口を広げられたと感じた。

「甥には軍務をきっぱりやめてほしいんじゃ」と、郷士がゆっくり毅然とした口調で言った。「そのほうがわしら双方にとっていいと思う」

「彼の年齢でそれは賢い選択でしょうか？」とデール夫人は言った。「これまで彼はうまくやってきましたからね？」

「やめるほうが賢いとわしは思う。こいつが実子なら、ロンドンに残るとか、インドへ行かされるとかよりも、将来小作人になる連中に混じって、ここの自分の土地で生活するほうがいいと思う。こいつにはこの土地の後継者としての仕事がある。それで充分と思うんじゃ」

「ここにいたら退屈な生活しかありません」とバーナード。

「そうなるのはおまえ自身のせいじゃ。じゃが、わしが言ったようにするなら、生活は退屈じゃなくなる」

郷士はここでバーナードに提案した縁談に触れていた。しかし、ベルがいる前でそれ以上言えるはずがなかった。ベルはそれを充分承知しており、控え目な――おそらくどこか厳しさのある表情で黙って座っていた。

「でも、実際のところ」と、デール夫人はこれから言うことをよく考えたあと、低い声で言った。「バーナードはあなたの実子ではありません」

「それがどうしたというんじゃ？」と郷士は言った。「こいつが役所をやめるなら、資産を設定するとまで申し出ている」

「実子にはたすほどの義務をあなたは彼にはたさなくてもいいんです。ですから、実父にはたすほどの義務を彼はあなたにはたさなくてもいいんです」

「こいつに強制ができないとあんたが言いたいんなら、それはよくわかる。金に関しては、どんな父が一人息子にしてやらなければと感じるよりも多くのことを、わしはこいつにしてやろうと申し出ている」

「ぼくを恩知らずだと思わないでください」とバーナード。

「いや、そんなふうには思わんよ。じゃが、おまえは思慮に欠けていると思う。しかし、わしにはこれ以上何も言うことはない。――これについては何もね。もしおまえが結婚するんなら――」それから、彼はベルがいる前では先を続けることはできないと感じて、発言を控えた。

「もし彼が結婚するんなら」とデール夫人は言った。「たぶん奥さんは家をほしがるでしょうね」

「このうちじゃ駄目かね？」と郷士は怒って言った。「充分広いじゃろ？　わしは一部屋でいい。必要なら、それも放棄していい」

「それは馬鹿げています」とデール夫人。

「馬鹿げてはおらんよ」と郷士。

「あなたはこれから二十年アリントンの郷士でいます」とデール夫人は言った。「郷士でいるあいだ、あなたがこの家の主人です。少なくとも私はそうあってほしいと思います。若い人に譲って退位する君主なんか認められません」

「伯父のクリストファーはカルル五世[2]のようにいい顔はできないと思いますね」とリリー。

「退位しても、あんたにはいつも一部屋取っておくよ、かわいい子」と、郷士はリリーを見ながら苦痛が混じる特別な優しさを表して言った。リリーはデール夫人の隣に座っていたが、ひそかに片手を伸ばして、母の手を取った。それで、伯父から提供される部屋を使うつもりがないことと、修道院的な隠居の仲間として伯父を当てにするつもりがないことを表した。そのあと、バーナードの将来の見込みについてはそれ以上話されなかった。

「ハーン夫人は俸給牧師館で食事をしていると思うんじゃが？」と郷士は尋ねた。

「そうです。教会のあとそこへ行きました」とベルは言った。「ボイス夫人と一緒に行くのを見ました」

「冬に暗くなったあとでは、二度とあそこで食事をしないとハーン夫人は言っていましたのに」とデール夫人は言った。「夫人はこの前あそこへ行って、うちに帰るとき、使いの子がランプの火を消してしまって、道がわからなくなったんです。本当はボイス氏が送ってくれなかったので、夫人が怒ったんです」

「あのハーン夫人はいつも怒っている」と郷士は言った。「わしは今滅多に夫人から話し掛けてもらえない。

先日夫人はジョリフに家賃を払うとき、その金が大いにわしの役に立てばいいと思うと言ったんじゃ。まるで家賃を取るわしを人でなしの獣とでも思っているかのようにね」

「そう思っているんですよ」とバーナード。

「ご存知のように、かなりお年ですから」とベル。

「もし私があなたならね、伯父さん、あの家を夫人にただであげます」とリリー。

「いや、あんた。あんたがわしなら、そんなことはしないじゃろう。そんなことをしたら、ひどい間違いを犯すことになる。肉か服をただでもらうように、いったいどうしてハーン夫人が家をただでもらわなければならんのじゃ？　毎年夫人に多額の金を与えたら、そのほうがもっと納得できるじゃろう。じゃが、夫人は慈善の施しを受ける人じゃないから、わしがそんなことをするのは間違いじゃ。――夫人がそれを受け取るのも間違いじゃ」

「夫人はそんな金を受け取りませんよ」とデール夫人。

「受け取らないと思うね。じゃが、もし受け取ったら、夫人はその額が本来の額の半分じゃといってきっと不平を言うじゃろう。もしボイス氏が夫人を夜送ってくれたら、彼が速く歩きすぎるといって不平を言うじゃろう」

「とてもお年寄りなんです」とベルはまた言った。

「じゃが、それでもハーン夫人は使用人に向かってわしをけなさない程度の分別を持っていてほしいな。もっと自尊心を持っていてほしい」郷士はそれをとてもだいじにしていることを声の調子で示した。

そのクリスマスの夜は非常に長くて、とても退屈だった。軍務をやめてアリントンの生活に身を縛るなんてじつに愚かだと、バーナードは強く感じた。女性は男性よりも長く、退屈な、暇な時間に慣れている。それで、デール夫人と娘たちは勇敢に退屈に堪えた。バーナードがあくびをして、手足を伸ばし、部屋を出たり入ったりしているあいだ、夫人らは控え目に座って、郷士がささいな問題で独断的な物言いをするのを聞き、時々その気になったら異議を唱えた。「もちろんあんたはわしよりもよく知っている」と郷士は言った。「そんなことはありません」とデール夫人。「わしはそれについて知っている振りなんかしない。じゃが――」こんな具合にその夕べはすぎていった。郷士は九時半に一人残されたとき、悪い一日ではなかったと感じた。それが彼の生活様式だった。何もえるものはなかったし、何も期待しなかった。すべてが愉快に進むとは思っていなかったから、幸せではないにしても、とにかく満足だった。

「ジョン・イームズがゲストウィック・マナーにいるなんてちょっと考えてみて！」と、ベルはうちに向かって歩いているとき言った。

「彼がそこにいていけない理由はありません」とリリーは言った。「私がそこにいるよりも彼がそこにいるほうがいいんです。なぜなら、レディー・ジュリアはとても気難しいからです」

「でも、伯父のクリストファーに特別ジョンに会うように求めるなんて！」とデール夫人は言った。「それには何か理由があるはずです」そのとき、リリーは再び痛みが襲って来るように感じて、この件についてそれ以上口を利かなかった。

それには特別な理由があることを、またリリーが痛みを覚える不思議な予感に誤りがないことを読者は知っている。イームズはポーキンズのホテルでディナーを取った夜、伯爵に会って、土曜の夕方までロンドンを発つことはできないけれど、火曜までそちらにとどまっていられると説明した。水曜は十二時までに役所に出なければならないが、ゲストウィックからの早朝の汽車でどうにか間に合うはずだった。

「それでいいよ、ジョニー」と伯爵は友人に話し掛けた。伯爵は服を着替えるため上にあがろうと、寝室用のろうそくを手に持っていた。「それから、いい考えがある。ずっと考えていたんだ。火曜のディナーに来るようにデールを招待しよう。郷士が来たら、私が彼に全部説明しよう。彼は実務家だから、わかってくれるよ。もし郷士が来なかったら、その時はあなたがアリントンへ出掛けて、できれば火曜の朝郷士を捜し出さなければならない。あるいは、私が彼のところへ行こう。そのほうがいいね。今はとても遅いので、私を引き留めないでおくれ」

イームズは伯爵を引き留めるつもりはなかった。いろいろなことが彼のため、とてもすばらしい仕方で手配されていると感じつつホテルを退去した。彼はアリントンに着いたとき、郷士が伯爵の招待を受け入れたことを知った。その時、後戻りはもはや不可能だとはっきり心に言い聞かせた。もちろん後戻りなんかしたくなかった。リリー・デールを彼のものと呼ぶことを人生の大きな願望としてきた。しかし、彼は郷士が怖かった。郷士から軽蔑され、鼻であしらわれることを恐れた。お気に入りの若者が郷士から嘲られ、無視されるのを見て、伯爵から眼鏡違いをしていたと思われることも恐れた。ディナーの前に数分間伯爵が郷士を私室に招き入れることが取り決められていた。二人の老人が一緒に現れて来るとき、応接間で持ちこたえられないのではないかとジョニーは感じた。

彼はレディー・ジュリアととても仲よくしていた。老婦人は気取らなかったし、非常に礼儀正しかった。兄から話を全部聞かされて、あのぞっとするクロスビーの代わりに、別の夫をリリーに与えたいと、兄と同じように感じていた。「彼女があんな男から逃げられたのはむしろ幸運でした」と老婦人は兄に言った。「非常に幸運でした」伯爵はこれに同意して、彼の意見ではお気に入りのジョニーのほうが、クロスビーよりもはるかにいい恋人になるだろうと言った。レディー・ジュリアはリリーが黙って言う通りになってくれないのではないかと思った。「でも、セオドア、ジョニーにはまだしばらくこの話をミス・リリアン・デールにしないように言わなければいけません」

「そうだな」と伯爵は言った。「一か月かそこいらは駄目だな」

「六か月黙っていられたら、ジョニーには大きなチャンスがあります」とレディー・ジュリア。

「おやおや！　その前に彼女はほかの男にさらわれてしまうよ」と伯爵。

レディー・ジュリアはこれにただかぶりを振るだけだった。

クリスマスの日、ジョニーは教会のあと母のところへ行って、母と妹から礼を尽くした歓迎を受けた。母から伯爵家の食卓作法に関する指示や、長靴やシャツ、下着の細部にまで及ぶ多くの指示を与えられた。しかし、人の生活様式が結局考えられているほど変わらないことを、ジョニーはマナー・ハウスですでに感じ始めていた。レディー・ジュリアの作法は、確かにローパー夫人のそれとあまり違わなかった。つまり、老嬢はバートン・クレッセントでお茶を入れるのとほとんど同じやり方でお茶を入れた。とにかく二日目の朝、イームズは銀のゆで卵立てに宝冠がついていても、手を震わせることもなく卵を食べることができるようになった。彼は日曜にマナーの信者席に座り、会衆みなから見られているのを意識して、かなり場違いな思いをした。しかし、クリスマスの日にはこれを克服して、説教のあいだ柔らかな隅でとても心地よく座れたから、居眠りをしそうになった。彼は教会のあと伯爵と一緒に歩いて、伯爵があの時苦労してよじ登った門までで来た。彼がジャンプして抜けた生け垣を調べた。その時、彼はとんぼ返りを打ったことで威厳のある連れをひやかしたから、そのささやかな冗談でじつにくつろいだ気分になった。とはいえ、若者が年上の人、目上の人と自由にくつろいでいられるには二つの様式——快い様式と不快な様式——があることをいつも覚えておいてほしい。ジョニーの性質のなかに後者を試みるようなところがあったら、伯爵はすぐ腹を立てて、伯爵との楽しい交際は終わってしまっただろう。しかし、ジョニーにそんなことを試みるようなところはなかった。

伯爵が彼をひいきにしたのはそのせいだ。

とうとう火曜のディナーの時間が来た。少なくとも郷士がマナー・ハウスに来るように招待された時間が来た。イームズは後見人との合意で、面会のあとで姿を現すことになり、階上にとどまっていることになった。三人の議論の場で、レディー・ジュリアは郷士を玄関で歓迎する役を引き受けた。伯爵の私室に入るように使用人のほうから郷士に求めることになった。三人は一緒になって共謀するとき、見ていて快かった。計画し、熱心にたくらむとき、すばらしく生き生きとした新鮮な姿を見せた。

伯爵は郷士のことを「非常に気難しくもなれる人だよ」と言った。「彼の神経を逆なでしないように気をつけなければならない」

「ぼくは下に降りて来たとき、郷士に何と言っていいかわかりません」とジョン。

「ただ握手するだけで、彼に何も言ってはいけません」とレディー・ジュリア。

「ポートワインを飲ませたら、彼の気持ちが和らぐだろう」と伯爵は言った。「それから夜彼が何と言うか見てみよう」

郷士の小さな幌なし馬車の車輪の音を聞いたとき、イームズは震えた。郷士はたくらみがあることを知らないまま、すぐレディー・ジュリアから歓迎され、到着から二分もしないうちに伯爵の私室に案内された。

「もちろん、もちろんそうじゃ」と郷士は言って、男の使用人のあとに続いた。彼が私室に入ると、伯爵はその中央に立っていた。丸い薔薇色の顔は上機嫌そのものだった。

「あなたに来ていただいて嬉しいよ、デールさん」と卿は言った。「話したいことがあるんだ」

デール氏は気質でも、態度でも伯爵よりも暗かったが、主人から差し出された手を取ると、わずかに頭をさげて、何でも耳を傾ける気であることを表した。

「お話したと思うが」と伯爵は続けた。「若いジョン・イームズがロンドンから来ている。だが、役所で必要とされているから、明日帰ることになっている。とてもいい男だね。私は彼が大好きになった」

デール氏はこれにあまり多く答えなかった。席に座って、差し障りのない言葉でイームズ家全体への好意を表した。

「ご存知のように、デールさん、私は話をするのが得意じゃないんだ。それで、今言わなければならないことを率直に言おうと思う。あの悪党のクロスビーがしたこと、やつがあなたの姪のリリアンにした仕打ちのことを私たちはみな当然聞いている」

「あいつは悪党、――混じりけのない悪党じゃ。じゃが、それについては黙っていてくれれば黙っていてくれるほど、それだけいいんじゃ。こんな問題で娘の名を出されるのはよろしくない」

「だが、デールさん、今はそれに触れなければならない。私は彼女を慰めるため何でもするよ！　そして、慰めるためできることがあればいいと思う。かわいそうな娘、クロスビーが彼女に会うずっと前から、あの若者が彼女に恋していたことをあなたはご存知だったかな？」

「何じゃと、――ジョン・イームズが！」

「そう、ジョン・イームズがだ。あなたがお宅に泊めなければならなかったあの悪党が彼女に会う前に、ジョンが彼女の好意を勝ち取っていればよかったと、私は心から彼のため思うね」

「避けようがない定めじゃよ、ド・ゲストさん」と郷士。

「そう、そう、その通り！　世間にはあんな下劣なやつがいる。一目でそんなやつを見抜くのは不可能だからね。あいつは甥の友人だった。甥が悪かったと言うつもりはないよ。だが、彼女がこの若者の気持ちを最初に知っていたらと私は思う。――そう思うと言うだけだよ」

「じゃが、あんたが言うようには、彼女はジョンを考えなかったかもしれない」

「彼は非常に顔立ちのいい若者だね。背はまっすぐで、肩幅は広い。立派な誠実な目と、若者にふさわしい勇気を持っている。人真似猿のように気取った態度を取ることは学んだことがない。だが、それでますます彼は魅力的になっていると私は思う」

「じゃが、もう遅すぎるじゃろ、ド・ゲストさん」

「いや、いや。そこが問題だね。遅すぎることはない！　悪党があの娘に卑劣な振る舞いをしたからといって、彼女が完全に命を失ってしまうわけではない。もちろん彼女は苦しむだろう。新しい恋人のことを話しても、今は役に立たないと思う。だが、デール、いつか時が来るんだ。いつか時が来る。――常にいつか時が来る」

「あんたとわしには時は来なかったじゃろ」と、郷士は乾いた頬にごくわずかにほほ笑みを浮かべて言った。この二人の生涯の物語はほとんど同じだった。二人とも愛して、二人とも失恋して、そのあと二人とも独身を通してきた。

「いや、時は来たんだよ」と伯爵は言った。その言葉にわずかな感情もロマンスの味わいも込めていなかった。「私たちはそれなりに輝きで飾り立てたから[3]、人生は荒涼としたものとはならなかった。だが、彼女は――。お母さんやあなたはいつか彼女が結婚するのを楽しみにしているだろ」

「そういうことは考えたことがない」

「だが、今あなたには考えてほしい。あなたにはこの若者に好意的な関心を示してほしい。そうしてくれたら、あなたと胸襟を開いてつき合えるだろう。あなたは彼女に持参金を与えるつもりのようだね？」

「はっきりしておらんのじゃ」と、郷士はこの種の問いにほとんど気分を害して言った。

「うん、それなら、あなたが彼女に持参金を与えようと与えまいと、私は若者に持参金を与えよう」と伯爵は言った。「そうやって私は彼に正当に質問ができる立場に身を置くつもりだ。そうしなければ問題に干渉する勇気を私は持てないだろう」話すとき、貴族はきりっと直立した。「そんな縁組ができあがったら、あなたの姪にとって金銭的な観点からも悪い結婚ではない。私は彼に持参金を持たすことができて嬉しい。だが、私が与えるものを彼女が共有してくれたら、もっと嬉しい」

「彼女はあんたに大いに感謝しなければならないな」と郷士。

「若いイームズの人となりがわかったら、彼女はこれに感謝すると思うね。彼女が感謝する日が来ればいいと願っている。二人が一緒になって幸せになる姿を私たちが見られればいいと思う。二人を幸せにするため一役買ったことで、あなたも私に感謝すればいいと念じている。さあ、レディー・ジュリアのところへ行こうか?」伯爵は必ずしも説得に成功しなかったと、申し出はいくぶん冷たく受け取られたと感じた。たとえ最良のポートワインの助けを借りても、この日はもうこれ以上あまり進展に希望を持てなかった。

「ちょっと待ってください」と郷士は言った。「即答できないとわかる問題があるじゃろ。これはきっとそんな問題なんじゃ。お許しいただけたら、あんたが言ったことをよく考えて、もう一度お会いしたい」

「もちろん、もちろんそうだね」

「じゃが、この問題にかかわったあんたの役割に、あんたの大きな寛大さと優しい心に、慎んで心から感謝を捧げたい」それから、郷士は深くお辞儀をして、伯爵よりも先に部屋から出た。

ド・ゲスト卿は説得に成功しなかったとまだ感じていた。郷士の性格と特異性を考えれば、このような問題について最初の申し出で際立った成功を収めることはありえないと、おそらく私たちは考えていいだろう。重要な問題では即答したことがないと郷士本人が言っていた。しかし、そういうことにはすぐ頭が回らないと郷士がはっきり言っていたら、彼の性格をもっと正確に言い表していただろう。実際のところ、伯爵は失望した。しかし、郷士の性格を読むことができたら、失望はそれほど大きくなかったはずだ。デール氏は伯爵から丁重に扱われたことを、また彼の身内に対する親切からこの尽力がなされたことをよく承知していた。しかし、感情をそとに表し、感謝をすばやく表すのは彼の気質ではなかった。それで、郷士は冷たい、穏やかな顔つきで応接間に入った。イームズもレディー・ジュリアも説得が成功しなかったと推測した。

「初めまして、郷士」ジョニーはかなり乱暴に近づいてそう言った。あらかじめ考えていたようにしようとしたけれど、冷静さを欠いてそうしてしまった。

「こちらこそ、イームズさん」と郷士は非常に冷たい声で言った。それから、ディナーが告げられるまで、それ以上何も言葉を交わさなかった。

「デールさん、あなたはポートワインをよく飲まれると聞いているが」と、伯爵はレディー・ジュリアが去って行くと言った。「これが嫌いと言うなら、ワインについてあなたは何も知らないと言えるね」

「うん、これは二十年物[4]じゃな」と郷士は味見をして言った。

「その通りだとも」と伯爵は言った。「私がそれをいち早く入手できたのは幸運だった。三十年ずっと飲んできたよ。あなたのように一目でわかる人に飲ませたいね。さて、友人のジョニーがそこにいるが、彼にはこれは捨てるようなものだ」

「いえ、閣下、無駄にはなっていません。非常にすばらしいワインだと思います」

「非常にすばらしいって！　シャンパンでもジンジャービール[5]でも棒つきキャンディーでも非常にすばらしいんだろ。――そういうものが好きな連中にはね。塩漬けのオレンジを半分口にくわえて、ちゃんとワインが味わえるとでも言うつもりかね？」

「いつか彼にも味がわかるようになるよ」

「彼が私たちと同じ年になっても、二十年物のポートワインはわからないだろう」と伯爵。そのころまでには六十年物のワインが、その時生きている年寄りには、今のお気に入りのビンテージと同じくらいすばらしいことを卿は忘れていた。

郷士はおいしいワインのおかげで、少しだけ心を和ませた。しかし、当然のことながら、新しい結婚計画についてはそれ以上何も触れなかった。とはいえ、デール氏が若い友人に対して礼儀正しく、親切にして、ロンドンの生活についてあれこれ質問したり、所得税庁の仕事について何か言ったりしているのを伯爵は観察した。

「激務なんです」とイームズは言った。「あなたが水準以下なら、上司[6]はそれを大げさに騒いで、呼び出し、銀行強盗でもしたかのように見ます。けれど、五時まで拘束することは考えません」

「だが、昼食と新聞にどれくらい時間がもらえるのかね？」と伯爵。

「十分ももらえません。半日かけて二十人で一つ新聞を回します。一人きっかり九分です。昼食では、ビスケットをインクに浸すほどです」

「インクに浸すじゃと！」と郷士。

「口をもぐもぐさせているあいだも、書かなければいけないから、そんなことになるんです」

「あなたのことは噂に聞いている」と伯爵は言った。「サー・ラフル・バフルは私の旧友なんだ」

「ぼくの名を長官はまだご存知ないと思います」とジョンは言った。「けれど、長官を本当にご存知なんですか、ド・ゲスト卿？」

「この三十年彼には会っていない。だが、知っている」

「ぼくらは長官を老ハフル・スカフル[7]と呼んでいます」

「ハフル・スカフルだって！　はっ、はっ、は！　あいつはいつもハフル・スカフルだったね。騒々しくて、気取っていて、頭が空っぽなやつだ。だが、あなたの前でこんなことは言うべきじゃなかったね、若い人。さあ、応接間へ行こう」

「それで、彼は何と言いました？」と、レディー・ジュリアは郷士が帰るとすぐ尋ねた。

ジュリアは隠し立てしようという配慮をまったくしなかった。ジョニーがいる前でそれを尋ねた。

「うん、あまり話さなかったよ。いい兆しと見られるような話は出なかったね。郷士は考えてみて、もう一度私に会うと言っている。あなたは頭を高く掲げていなさいよ、ジョニー、味方がいないわけではないことを覚えておいておくれ。弱気が美人をえたためしがないんだ」

翌朝七時、イームズは帰路に就いて、所得税庁の長官との約束に従って十二時には机に着いていた。

註

（1）第十五章註（2）参照。
（2）神聖ローマ帝国皇帝カルル五世（1500-1558）は一五五六年退位して、嗣子フェリペ（二世）にスペイン王位を譲った。
（3）ミルトンの『リシダス』第一六八行から一七一行に
　　昼の太陽もまた大海の寝床に沈むが、
　しかし、すぐうなだれた頭を正し、
輝きで飾り立て（tricks his beams）、新しい鉱石の煌めきで
朝の空の額のなかで燃えあがる

とある。また、ブラウニング夫人による『縛られたプロメーテウス』の英訳で場面一の第二八行に（太陽は）朝の霜を飾り立てた輝き（retrickt beams）で追い払う

とある。どちらからの引用か不明。

（4）名高い当たり年のワイン。『バーセット最後の年代記』第二十二章にも言及がある。

（5）発酵させたショウガを用いた清涼飲料。

（6）ヴィクトリア時代の公務員の通常勤務時間は午前十時から午後四時までだ。しかし、ジョニー・イームズも、トロープ自身もしばしば昼食時間まで出勤しない時がある。

（7）一陣の風と乱闘の意。

第三十四章　戦い

　ジョン・イームズは十二時きっかりに役所に着いた、と私は言った。しかし、彼の到着前に年代記のなかでも重要な――これから語る――ある事件が起こった。――とても重要な事件なので、是非ともその状況を詳細に説明する必要がある。

　リリー・デールとその現在の境遇について、ド・ゲスト伯爵はイームズと交わした様々な会話のなかで、クロスビーを常に非常に激しい嫌悪を込めて話した。「あの男は忌ま忌ましい悪党だ」と、伯爵はまん丸い目から火を発して言った。ところで、伯爵はこれらの言葉が通常表している呪いと悪態を好んでいるわけではなかった。それゆえ、卿は今引用したような語句を使うとき、ある意味本気で言っていたと見ていい。確かに本気であり、クロスビーの行為が最悪の悪党の罰に値すると言いたかった。

「首根っ子を折られて当然です」とジョニー。

「その点はどうかな」と伯爵は言った。「現代は行儀よく振る舞うようになったから、身体的罰はすたれたように思える。もし何か代わりに罰を与えられるなら、私は身体的罰にこだわらない。だが、クロスビーのような悪党は今すっかり無傷で逃げおおせるように見えるね」

「あの男はまだ逃げ切れていません」とジョニー。

「余計な手出しをして、我が身を物笑いの種にしてはいけないよ」と伯爵。クロスビーの悪事に激しく反発していい人間がいるとするなら、それは郷士の甥バーナード・デールであるはずだ。伯爵はそう感じたが、現在の状況ではそんな激しい復讐はあってはならないと思っていた。「私の若いころとは状況が違っている」と伯爵はつぶやいた。しかし、イームズは伯爵の声の調子から、言葉と本心は必ずしも一致していないと推測した。それで、イームズはクロスビーがまだ逃げ切れていないと何度も胸に言い聞かせた。

イームズはお仕着せを着た伯爵の馬丁に付き添われていたので、一等の切符を買って、ゲストウィックで汽車に乗った。もし一人だったら、もっと安い客車に乗っていただろう。じつに意志薄弱だった。卑しくもあり、浅ましくもあった。友よ、彼の年齢のとき、あなたも同じことをしなかったと言えるだろうか？　彼の年齢の倍でも、同じことをしなかったと言い切れようか？　いずれにせよ、ジョン・イームズはそんな愚かなことをして、おまけにお仕着せの馬丁に半クラウン貨まで与えた。

「また近々こちらにくだって来られるんでしょう、ジョンさん」と馬丁。馬丁はイームズ氏がマナーの馴染みになることを承知しているように見えた。

彼はぐっすり眠り込んで、汽車がバーチェスター・ジャンクションで止まるまで目を覚まさなかった。それから、イームズはまた眠り込んで、数分後客室に大急ぎで乗り込んで来る人たちによって起こされた。「バーチェスターから来るのぼり列車を待っているところです」と車掌は言った。「いつも遅れるんです」その時いた路線管理官が本線の乗客をこれ以上待たせられないと意を固めたとき、支線列車が入って来た。それで、男女の旅客や荷物の乗り換えは大急ぎで行われた。新しい席に今着いている人々は回りを見る間もほとんどなかった。一人の老紳士が口のあたりを真っ赤にして、ジョニーのいる仕切り客室――その時までそれを一人の老婦人と彼で分かち合っていた――に最初に入って来た。その老紳士はせき立てられていたから、みなを罵っていた。仕切り客室に入らないで、入り口で立ち往生し、段に立っていた。

「さあ、あなた、ゆっくり時間をかけていいんです」と老紳士の背後から声が掛かった。その声がイームズを一瞬席ではっと驚かせた。

「急いで入るよ」と老人は言った。「が、脚でも折ったらもってのほかだからね」

「ゆっくりしてくださいい、あなた」と車掌。

「そのつもりだよ」老人はそう言うと、開いたドアのすぐそば、老婦人の向かいの席に座った。その時、イームズは初めに声を掛けたのがクロスビーだとはっきりわかって、彼が客室に入って来るのを見た。

クロスビーは初めの一瞥で老紳士と老婦人しか見ていなかった。彼は空いた隅の席にすぐ座って、傘や化粧道具入れを忙しく移動した。押したり、急いだりで少しあたふたしていた。客室が実際ごたごたしているさなか、ジョン・イームズが向かい側に座っているのに気がついた。イームズはこの男に触れないように本能的に足を引き、顔が真っ赤になるのを感じた。実際、額から汗が噴き出して来た。これは大きな出来事だった。——今にももめ事が起こりそうな点でも、彼に行動の機会が与えられた点でも大きかった。敵を認めた最初の瞬間、彼はどう振る舞ったらよかったのだろうか？　またこれからどうしたらよかったのか？

クロスビーもまた知人の伯爵とクリスマスをすごして、役所に帰るところだった。そういうことは説明の必要がないだろう。彼は哀れなイームズよりもある意味かなり幸運だった。というのは、女性の恋人のほほ笑みで幸せにしてもらっていたからだ。アリグザンドリーナと伯爵夫人はまわりで穏やかにそわそわして、彼を今やド・コーシーの高貴な家に属する飼いならされた持ち物として扱った。彼は著名な一族の家庭生活にこういうふうに導き入れられた。ダンベロー卿夫人にかしずくため雇われていた余分の二人の男性使用人は姿を消した。シャンパンの絶え間のない流れは止まった。レディー・ロジーナは孤立状態を脱して、彼に絶えず説教した。レディー・マーガレッタは倹約について教訓を垂れた。ジョン令息は最近彼といさかいをしていたのに、彼から五ポンド借りた。ジョージ令息は次の五月に姉のところに来て泊まる約束をした。伯爵は義父の特権を利用して、彼を馬鹿者と呼んだ。レディー・アリグザンドリーナは一度ならずかなり辛辣な声で、これをしなければ、あれをしなければと彼に言った。伯爵夫人は口から出るすべての言葉に彼が当然従う義務があるかのように指示を与えた。そういうのが彼のクリスマスの楽しみだった。そういう楽しみを切りあげて今ロンドンに帰る途中、鉄道の客室でジョン・イームズと向き合っていた！

二人の目が合って、クロスビーは軽くお辞儀をした。イームズはこれをまったく無視して、相手の顔を真っ直ぐ見た。クロスビーは互いに知り合える相手ではないとすぐ見て取って、それでいいと満足した。多くのもめ事を抱えるなかで、ジョン・イームズの敵意なんかたいしたことはなかった。私たちの友イームズがとまどった様子を様々に見せたのとは対照的に、彼は当惑した様子なんかこれっぽっちも見せなかった。彼はカバンを開け、本を取り出し、すぐそれに没頭して、向かいの男がまったく見知らぬ人でもあるかのように勉強を続けた。彼が本から注意をそむけることはなかった、と私は言うつもりはない。というのは、考えずにはいられない多くのことがあったからだ。とはいえ、ジョン・イームズのことは二度と考えなかった。実際、パディントン駅に汽車が到着したとき、彼はイームズのことをすっかり忘れていた。手にカバンを持って、客車から降りたとき、イームズについてはまったく気に掛けていなかった。

しかし、イームズはそうではなかった。運命によって敵が手の届くところに入って来た今、どうすべきか旅のあいだずっと頭をしぼった。考えすぎて気分が悪くなったほどだ。汽車が止まったとき、どうするかまだ決めていなかった。クロスビーと偶然出会ってから、顔はずっと汗でぐっしょり濡れ、手足は思うように動かせなかった。大きなチャンスがここに訪れた。とはいえ、あまりに自信がなかったので、このチャンスを上手に使えないのではないかと不安になった。二度か三度客室でクロスビーの喉に飛び掛かりそうになった。しかし、老婦人のいるところでそんなことをしたら、世間や警察は味方してくれないと思い直して、自分を抑えた。

しかし、クロスビーが背を向けて出て行ったとき、彼は断固何かしなければならなかった。この男に制裁を加える必要があると主張したあとで、逃がすつもりはなかった。どんな恥辱を受けるとしても、逃がすよりはましだろう。それで、敵を見失ってはいけないので、急いであとを追い、襲う前にはクロスビーに振り返って列車のほうを向く時間しか与えなかった。「この忌ま忌ましい悪党め！」と彼は叫んだ。「この忌ま忌ましい悪党め！」彼は襲いかかって、相手の喉をつかんだ。怒りに満ちた目は相手をほとんどむさぼり食いそうだった。

プラットホームはそれほど混み合っていなかった。しかし、このささやかな劇の立派な観客になるくらいの人は充分いた。クロスビーは動転して、一、二歩後退した。イームズの攻撃の重みで後退がかなり加速した。クロスビーは敵からつかまれた喉を振りほどこうとしたが、まったくうまくいかなかった。とはいえ、しばらく決定的な一撃を何とか免れていた。やられなかったのは、彼の努力によるというよりもイームズの手際の悪さのせいだった。クロスビーは警察を、というようなことをやっと口にすることができた。そんな役人を呼ぶ声がもちろんあった。およそ三分後、三人の警官が六人の赤帽の助けをえて、私たちの哀れな友ジョニーを捕らえた。しかし、この救援はクロスビーには充分早く訪れなかった。傍観者らは不意を突かれて、争っている二人がスミス氏の書籍売店(1)に倒れ込むのを許してしまった。そこでイームズは新聞のなかに敵を押さえ込んだ。彼自身も怒りの勢いが余って六シリングの黄表紙本のなかに倒れ込んでしまった。しかし、彼は倒れるとき、クロスビーの右目にこぶしの一撃——強烈な一撃——を打ち込むことができた。クロスビーはどの点から見ても打ちのめされた。

「忌ま——忌ましい悪党、ごろつき、やくざめ！」と、ジョニーは警察によってしょっ引かれて行くとき、残された力の限り叫んだ。「この男が何を——何を仕出かしたかあなた方にわかりさえしたら——」しかし、彼はその間警官からしっかり捕らえられていた。

当然のこととして大衆の同情はまずクロスビーに集まった。彼は襲撃されたのであり、襲撃はイームズによってなされた。イギリス人の胸のなかには、確立された秩序に対する確固たる愛があるので、この事実だけで、三人の警官と六人の赤帽の支援に二十人の騎士を送り込むのに充分だった。それで、たとえ願っても、イームズに逃げるチャンスはなかった。しかし、彼は逃げたいとは思わなかった。たった一つの悲しみに今呑み込まれていた。クロスビーを攻撃したのに、成果をあげられなかったと、チャンスをえたのに、それをうまく使えなかったと感じていた。彼はあの鮮やかな一撃に気づいていなかったから、敵の目がすでに膨れあがり閉じられて、一時間後には彼の帽子と同じくらい真っ黒になるという事実を知らなかった。

「あの男は忌ま——忌ましいごろつきなんだ！」と、イームズは警官と赤帽によってしょっ引かれるとき叫んだ。「あなた方はあの男が何を仕出かしたか知らないんだ」

「ああ、わしらは知らない」と古参の警官は言った。「しかし、わしらはあんたが何をしたか知っている。おい、ブッシャーズ、被害者の男性はどこにいる。彼も一緒に連れて来たほうがいいぞ」

クロスビーは散らかった新聞のあいだから別の警官と二、三人の赤帽によって助けあげられた。汽車の車掌からも付き添われた。車掌はクロスビーを知っており、彼がコーシー城から上京して来たことも知っていた。ヒルをすぐ当ててやろうと申し出た親切な医者と一緒に、三、四人の取り巻きも彼のまわりに立っていた。彼がもし思い通りにできたら、何事もなかったかのように黙って立ち去り、——イームズにも同じように立ち去らせたことだろう。彼はひどい悪に見舞われたにもかかわらず、襲った男を告発することによってその悪を和らげることができなかった。この件をできるだけ人の口にのぼらないようにすることが、彼にできるせいぜいのことだった。イームズを留置し、罰金を科し、警察裁判所判事から説諭してもらったからといって、どうなるというのか？　そんなことをしても、受けた災難を減らすことができるわけではない。もし彼が敵の攻撃をかわすことができ、敵に勝つことができたら、もし彼が目のまわりを黒くする代わりに、殴って相手の目のまわりを黒くすることができたらよかった。その時は本当に社交クラブでこの件を笑い飛ばすことができ、腕力の成功によって元々の悪事をいくらか言い繕うことができるだろう。とはいえ、そんな幸運は彼のものではなかった。しかし、彼はその場ですぐどうするか決めるように迫られた。

「やつをここに留置しましたよ、あなた」と、ブッシャーズは帽子に触れて言った。クロスビーがいくぶん大物であることを、つまりしばしばコーシー城を訪れる客であり、首都の上層部では名声と地位をえた人物であることを車掌から知らされていた。「警察判事が今パディントンで仕事に就いています、あなた。――少なくともわしらがそこに着くまでには就いています」

このころまでに鉄道の有力な大物、――何台もの機関車の重量を額で支えているような厳しい役人――、が現場にやって来て、騒ぎの事実を知った。その姿を見れば、喫煙者は葉巻を思わず取り落とし、赤帽らは六ペンスを握り締める大物だ。顎をあげ、すばやい足取りで歩き、ブラシをちゃんと当ててつばを見事に上に向けた威圧的な帽子をかぶる大物だ。これがプラットホームの最高責任者であり、警官よりも場を取り仕切る力を持つ役人だ。

「私の部屋に入りなさい、クロスビーさん」と彼は言った。「スタッブズ、あの男を連れて来なさい」それで、クロスビーはこれとは別の行動を取る決意をする前に、最高責任者の部屋に入った。車掌と、ジョニー・イームズをあいだに挟んだ二人の警官がその場に現れた。

「これはどういうことなんですか?」と、最高責任者は帽子をかぶったまま言った。というのは、彼は個人的な威厳が高まるかどうかがその帽子のかぶり方で決まると思っていたからだ。彼はそう言うとき、犯人にもっとも厳しいしかめ面をした。「クロスビーさん、私たちのプラットホームであなたをこんな蛮行に曝させてしまって、じつに申し訳ないことをしました」

「あなた方はこの男が何をしたか知らないんです」とジョニーは言った。「この男はこの世でいちばん忌ま忌ましい悪党なんです。この男はずたずたに——」この忌ま忌ましい悪党は若い美女の心をずたずたに引き裂いたんですと、彼は最高責任者に言おうとした。が、この聴取でこれ以上特にリリー・デールに触れることはやめようと思い直した。

「この男が誰か知っているかね、クロスビーさん?」と最高責任者。

「はい、知っています」とクロスビーは言った。目のまわりがすでに青くなりかけていた。「彼は所得税庁の事務官で、イームズという名です。彼のことは私に任せてくれたほうがいいと思います」

しかし、最高責任者は書字板にすぐ「所得税庁——イームズ」という文字を書いた。「私たちのプラットホームであんな騒ぎを起こされて、見て見ぬ振りはできない。もっとも恥ずべきことだよ、イームズさん、——もっとも恥ずべきことだね」

しかし、ジョニーはクロスビーの目のまわりの状態にその時までに気づいていたから、意気盛んになった。そこは朝やったことが無駄ではなかったことを満足できるかたちで示していた。今後この話が都合よく広まりさえすれば、最高責任者も、警官さえも、屁とも思わなかった。クロスビーを打ちのめすことが目的だった。今敵の顔を見たとき、神意は我に味方したと合点した。

「それはあなたの意見にすぎません」とジョニー。

「そうだね、あなた、その通りだ」と最高責任者は言った。「あなたの上司にこの件をどう知らせたらいいかわかるよ、若いの」

「あなたはすべてを知らないんです」とイームズは言った。「あなたは決して知ることはないと思います。ぼくは客室でこの悪党を最初に見つけたとき、どうするか決心していました。今それをやり遂げたんです。客室でやったら、もっとひどいことになっていました。ご婦人がそこにいましたからね」

「クロスビーさん、この男は確かに警察判事の前に連れて行ったほうがいいと思うね」

しかし、クロスビーはこれに反対した。彼はこの件をどう処理したらいいか知っていると最高責任者に請け合った。――しかし、それこそクロスビーが知らないことだった。彼は鉄道の使い走りの一人に辻馬車を呼んでもらえないだろうか、荷物を探し出すように取り計らってもらえないだろうか、と最高責任者に頼んだ。彼はイームズ氏の無礼にこれ以上曝されることなく、家に帰ることを切望した。

「まだイームズ氏の無礼は終わっていないぞ、いいか。ロンドンじゅうの人にこの事件を聞かせ、理由を知らせてやる。もしおまえに恥の気持ちがあるなら、顔を人前に出すことを恥ずかしがらせてやる」

不幸な男！　罰が――適切な罰が――身に降りかかったと言わない人がいるだろうか？　クロスビーは差し当たって所得税庁の事務官に殴られたという思いを胸に、目のまわりを黒くしてこそこそ家に帰らなければならない。将来はレディー・アリグザンドリーナ・ド・コーシーとの結婚に身柄を引き渡されることになる！

クロスビーはプラットホームにもう一度行くことを免れて、荷物を二人の勤勉な赤帽に運んで来てもらい、こっそり辻馬車に乗り込んだ。しかし、こうしても彼の傷ついた自尊心を癒してくれるものはなかった。辻馬車の御者にマウント・ストリートへ行くように命じたとき、彼はコーシー城で踏み出した人生の一歩で身を破滅させたと感じた。どちらを見ても、慰めとなるものはなかった。「畜生――馬鹿野郎！」と彼は辻馬車のなかで大声を出しそうになった。彼は声では表面的にイームズを指して言うけれど、心ではその呪いを自分に向けていた。

ジョニーはプラットホームへ行くことを許されて、そこで彼のカーペット地の旅行かばんを見つけた。しかし、一人の若い赤帽が近づいて来て、親しく彼に話し掛けた。

「やっと最後の瞬間にしっかりした一撃を加えてやりましたね、あなた。しかし、ねえ、あなた、最初から激しく打ってかかるべきでした。男の襟首をつかんで何の役に立つんです？」

その時すでに十一時十五分だった。それでも、イームズは十二時ちょうどに役所に現れた。

註

（1）W・H・スミス・アンド・サン書店は一八五〇年代から六〇年代にかけて全盛期にあった。一八四八年にこの書店は鉄道による書籍販売を始め、各駅に書籍と商品のコーナーを置いた。小説は黄表紙本で、表紙に物語から取られた絵が載り、一冊六シリングで売られた。トロロープの小説が最初に「イエロー・バックス」に登場したのは一八六六年だ。

第三十五章　敗者ハ無残ナルカナ(1)

クロスビーにはその日二つ約束があった。一つは役所の仕事にかかわる約束。もう一つはセント・ジョンズ・ウッドでレディー・アミーリア・ゲイズビーとディナーをともにするという、今ではしばしば当然のものと見られつつある約束だった。鏡に姿を映して見たとき、どちらの約束も守れそうもないことが明白だった。「あら、まあ、クロスビーさん」と下宿の女将は彼を見て言った。

「ああ、わかっています」と彼は言った。「事故にあって、目のまわりに黒あざができてしまったんです。何が効きますかね？」

「まあ！　事故ですか！」と女将は言った。彼女はそんな跡は別の男のこぶしによってつけられたものだとよく知っていた。「生の牛肉がいちばんよく効くと言われています。それでも、午前中ずっとつけていなければいけませんよ」

ヒルは噛み跡がいつまでも傷の告げ口をするから、何でもヒルよりはましだった。それで、クロスビーはその午前中の大部分を目に生の牛肉を押さえてすごした。

しかし、彼は牛肉を押さえながら、短い手紙を二通書かなければならなかった。一通は役所のバターウェル氏に、もう一通は将来の義姉にだ。ある程度状況がきっと知られるから、この災難がどういうものだったか完全に隠そうとしても、賢いやり方ではないと感じた。もし石炭入れにか、炉格子で倒れて顔を打ったと言ったら、みんな彼が嘘をついていると、また嘘をつかなければならない理由があったと知るだろう。それで、彼は大まかな文言で手紙を書いた。バターウェルには事故にあって——あるいはむしろ喧嘩をして——、顔にかなりの怪我を負ったと書いた。見苦しかろうと見苦しくなかろうと、明日は役所に出るつもりだが、体裁を考えると、半日置いたほうがいいと思ったと。それから、彼はレディー・アミーリアにも事故にあって、少し傷ついたと伝えた。「たいした怪我ではなく、ただ見栄えが悪いだけです。それで、一日家にいるほうがいいと思います。もちろん日曜にはお伺いします。明日からはうちにいませんので、ゲイズビーにわざわざ私のところに来させないでください」確かにゲイズビーはことさらしばしばマウント・ストリートにやって来た。ゲイズビーの事務所があるサウス・オードリー・ストリートは、不快なほどマウント・ストリートに近かったから、クロスビーはできれば身を守ろうとこの文句を挿入した。それから、彼はゲイズビーが仕事のあと訪ねてくることを恐れて、誰が来ても不在だと答えるように特別に指示を出した。身を安全にして、セント・ジョンズ・ウッドへは彼のほうから行くためだ。

牛肉とか、薬の服用とか、一晩中当てた冷水とかの処置にもかかわらず、翌朝の十時になってもあの恐ろしい青黒いあざに効果がなかった。

「確かに腫れは退きましたよ、クロスビーさん、確かにね」と下宿の女将は患部に指で触って言った。「でも、あざはすぐには消えません。本当にね。もう一日家にとどまることはできませんか？」

「ですが、その一日で治りますか、フィリップさん？」

フィリップ夫人はそれでよくなるとは責任を持って言えなかった。「あざが退くとき、たいてい小さな赤い筋がいくつか現れるんです」フィリップ夫人は目の黒あざのことをじつによく知っていたので、プロボクサーの妻かと思われるほどだった。

「明日まで赤筋の状態にはなりませんね」とクロスビーは気に病むなかで、陽気な振りをして言った。「三日目までそうなりません。――それから、徐々に退いていくんです。ヒルは役に立たないとわかっています」

彼は二日目も自宅にとどまっていた。翌日はその時黒あざがあろうとなかろうと、役所へ行こうと決心した。彼は二日目の朝刊で事件の記事を見た。それによると、委員会総局のC――氏はまもなくド・C――伯爵の美しい令嬢を結婚の祭壇に導こうとしているが、グレート・ウエスタン鉄道駅のプラットホームで暴漢の襲撃を受けた。その時負った怪我のせいで、彼は今部屋に閉じこもっている。記事は続けて次のように述べていた。犯人は厚かましくも同じド・C――令嬢に横恋慕したと信じられており、犯人の図太さは問題の貴族全員からも侮蔑をもって見られている。「しかし、C――氏は充分反撃して問題の若者を叩きのめしたので」と新聞は書いていた。「事件以来犯人が寝床から出られなくなっているというのは結構な話だ」

クロスビーはこれを読んだあと、すぐ外出を始めて、彼が言わなくても世間が最終的に確かめたがる範囲内で、真実を伝えるほうがいいと感じた。それで、彼はまだ黒あざに赤筋が出る段階に至っていないのに、三日目の朝、帽子と手袋を携えて役所へ向かった。役所の廊下を歩いて、使い走りらが詰めるロビーを通り抜け、自室へ向かうのはとても不愉快だった。みんなからもちろん視線を浴びた。気にしていないかのように見せる振りにも、当然失敗した。「ボッグズ」と彼は通りがかりの男に言った。「バターウェルさんが自室にいるかちょっと見てくれ」それから、予想した通り、数分もたたないうちにバターウェル氏が彼のところにやって来た。

「おやおや、こりゃひどいね」と、バターウェル氏は秘書官の傷ついた顔を見て言った。「私があなたなら、出勤して来なかったと思うね」

「もちろんあざは不愉快です」とクロスビーは言った。「ですが、我慢するほうがいいんです。人が一、二日姿を見せなければ、よくない噂をされるでしょう。あざがあっても平静を装うほうがいいんです」

「そりゃあ、あなたには今とてもできないことだよ、え、クロスビー?」それから、バターウェル氏はくすくす笑った。「しかし、いったい何があったんだね? 新聞にはあなたが若者にしっかりお返しをしたと書いてあるがね」

「新聞は嘘を書いています、いつものようにね。私は相手に触れてさえいません」

「触れていないのかね、本当に? 顔にそんな傷をつけられたんなら、私なら相手に一発食らわせておきたかったね」

「警官が来て、いろいろなことがありました。その種の喧嘩はソールズベリー・ヒース(2)でなら最後まで戦えますが、ここでは最後まで戦うことができません。私が相手に勝てたと言うつもりはありません。相手がぼくに勝てたかどうかわかるわけがありません」

「もし相手が殴られていないんなら、――あるいは相手が殴っていないんなら、確かに記事をどう考えたらいいかわからないな? しかし、相手の男はいったい何者なんだね? 男が貴族全員から侮蔑をもって見られているという話はどうなるんだね?」

「もちろんそれも嘘八百です。彼はド・コーシーの誰にも会ったことがありません」

「思うに真実はあのもう一つの婚約のほうに関連しているんだろ――え、クロスビー? あなたよりも前から、私はあなたがもめ事に巻き込まれるんじゃないかと思っていたよ」

「私がどうして襲われたか、なぜ彼があんな獣になれたかわかりません。アリントンの人々のことをあなたは何かご存知なんですか?」

「うん、そう。噂に聞いたことがあるよ」

「私はアリントンの人々と事を構えるつもりはなかったんです。それは神のみがご存知です。彼らにはそれがわからなかったんです」

「しかし、その若者は彼らを知っているんだろ？　ああ、そうだ、全部わかった。若者はあなたの後釜になることをねらっているんだ。彼はかなりいいかたちで仕事に取りかかったと言っていいね。しかし、あなたは彼をどうするつもりなのかね？」

「どうもしません」

「どうもしないって！　それは奇妙に見えるんじゃないかね？　私なら相手を治安判事の前に引き出すがね」

「いいですか、バターウェルさん、私にはその娘の名を救い出す義務があるんです。私がひどい振る舞いをしたことはわかっています」

「うん、そう。残念ながらそうだね」

バターウェル氏はかなり毅然たる声でそう言った。歯に衣着せぬつもりか、意見をまったく隠さぬつもりのようだった。クロスビーはこの結婚問題で自己批判をするかたちになってしまったが、本心ではその批判を聞く他人が、彼の過ちの言い訳を言ってくれることを期待していた。そんな微罪は珍しいことではなく、方向がわからなくなるようなことは、生きていくうえで時々起こるものだと、友人なら言ってくれても損はないだろう。彼はファウラー・プラットにそんな慈悲心を期待したけれど、かなえられなかった。バターウェルはまわりの人たちみなから気に入られたがっていた。バターウェルは感情面でも、道徳面でも、高い調子を気取らない、善良な、寛大な人だった。それでも、彼はバターウェルから慰めの言葉をもらうことができなかった。あれは罪ではないかのように、ただの不幸な手落ちででもあるかのように、彼に代わって罪を見逃してくれる、そんな人を見つけることができなかった。言わば彼を所有して、生きたまま丸呑みにしたド・コーシー家の人々を除いて、誰もいなかった。

「今はもうどうしようもありません」とクロスビーは言った。「ですが、あの朝私をあんなふうに野蛮に襲った男は、彼女のペチコートの陰に隠れて身が安全であることを知っていました。私が彼女の名を不用意にあげることができなかったからです」

「ああ、そうだね、わかるよ」とバターウェルは言った。「とても不幸なことだ、とても。私はあなたに何もしてあげられないと思う。今日の役員会には出るかね？」

「はい、もちろん出ます」と、クロスビーは胸に痛みを感じ始めて言った。世のバターウェルらの敬意や誠意は、――少なくともしばらく――彼には断たれたことを鋭い耳で聞き取っていた。彼は役所では目下でも、高い地位のバターウェルからいつもご機嫌を伺うかのように扱われていた。クロスビーは役所でも、役所のそとでも、彼が正当に主張できる本来の地位よりもはるかに高い地位に立っており、また立っていることを知っていた。今、彼はその地位から引きずりおろされてしまった。こんな問題でバターウェルくらいいい試金石はなかった。バターウェルは世間がどの方向に向かおうとしているかほとんど本能的に察知して、世間が向かうほうに向かった。彼はパトニーの郊外住宅の小道を歩くとき、「機転、機転、機転」と独り言を言う癖があった。クロスビーは数か月前までただの事務官だったが、今は秘書官に昇進していた。しかし、バターウェル氏は本能的にクロスビーが失脚したと判断した。それで、バターウェル氏は不幸に見舞われた男に同情を寄せなかった。秘書官の部屋を出たとき、そこをまた訪れることはしばらくないだろうと感じた。

クロスビーは胸に痛みを感じつつ、今後は厚かましく開き直って押し通そうと意を固めた。目の黒あざについてできる限り無関心な振りをして、役員会に出るつもりだった。誰かからそのことを聞かれても、答えを用意しておくつもりだった。社交クラブにも行くつもりだった。彼を軽んじる態度を取る相手には、受けて立つ彼の激しい怒りに用心させよう。ジョン・イームズには食ってかかることができなかったにしろ、ほかの人には必要なら食ってかかることができる。彼が世界を前に地位をえて、数年間それを守ってきたのは、一度過ちを犯しただけですぐつぶされるためではない。もし世界が、彼が置かれた世界が戦争を選ぶなら、彼には対抗して戦う覚悟があった。無能なバターウェル、退屈なバターウェル、——ささいな職務上の問題を抱えるたびに過去何年も彼を頼って来たバターウェルには、友人になってやった人をこんなふうに裏切ったら、どうなるか教えてやるつもりだった。役員会では役員らみなに軽蔑を示して、彼らの主人になるつもりだった。それから、彼は将来の行動方針についてその他の決意をしたとき、ド・コーシー家の人々についても一、二の決心をした。彼は卑屈な使用人になるつもりはないことを彼らに知らせて、かなり率直に彼の考えを伝えるつもりだった。それで彼らが「婚約」を破棄するなら、そうすればいい。悲しむことはない。彼がこういうことを考えながら、肘掛椅子に寄りかかっているとき、ある漠然とした思い——実現可能なイメージというよりも、むしろ空中楼閣のような思い——が浮かんできた。そんな蜃気楼のような思いのなかで、彼はリリーの足元に再びひざまずいて、許しを求め、もう一度心に受け入れてほしいと請うている自分の姿を見た。

「クロスビーさんは今日は来ていますよ」と、バターウェル氏はオプティミスト氏に言った。

「ああ、そうか」とオプティミスト氏はいとも重々しく言った。というのは、鉄道駅の騒動についてみな聞いていたからだ。

「とんでもない見せ物になりました」

「とても遺憾な話だね。とても――とても――とても――遺憾な。若い事務官だったら、わかるだろ、局の信用を傷つける事件だと注意するところだ」

「目に一撃を食らったら、どうすることもできませんよ、わかるでしょう。思うに彼のほうから求めてやったことじゃありませんから」とフィアスコー少佐。

「彼が求めてやったことじゃないのはよくわかっている」とオプティミスト氏は続けた。「しかし、彼の立場なら、そんな喧嘩に近づかないようにすべきだったと確かに思う」

「それができるんなら、全力でそうしたでしょう」と少佐は言った。「私だって、彼だって、好き好んで殴られたいとは思いません」

「私は目に黒あざなんか作られたことはないね」とオプティミスト氏。

「まだ作られていないだけです」と少佐。

「あなたがそんな目にあわなければいいと思いますよ」とバターウェル氏。それから、会議の時間になって、クロスビー氏が役員会室に入ってきた。

「私たちはこの不幸な話を聞いてとても悲しい」と、オプティミスト氏がとても重々しく言った。

「私の半分も悲しくはないでしょう」とクロスビーは笑って言った。「目に黒あざを作って、プロボクサーのような顔で歩き回るのはとても不愉快です」

「それも試合に負けたプロボクサーのようにだろ」とフィアスコー。

「たいした違いはないと思います」とクロスビーは言った。「とにかく全体が厄介で、よければこれ以上これについて触れないようにお願いします」

オプティミスト氏はこの件について、もっと何か言うのが義務だと感じた。彼は役員会の議長であり、クロスビーは秘書官にすぎないのではないか？　二人の立場を考えると、こんな明白な不行跡を注意もしないで見逃していいのか？　バターウェル氏が秘書官のとき、目に黒あざを作って役所に来たら、サー・ラフル・バフルは何も言わなかっただろうか？　彼は議長として全権利を行使することを望んだ。しかし、彼は秘書官を見るとき、当惑して、的確な言葉を見つけることができなかった。「ふ――む、はあ、あの。よかったら、さあ仕事に入ろう」彼は役員会の通常の仕事が終わったら、秘書官の黒あざの問題に再び戻る権利を留保するかのようにそう言った。しかし、役員会の通常の仕事が終わったとき、秘書官は目についてそれ以上何も触れることなく部屋から出て行った。

クロスビーは下宿に帰ったとき、モーティマー・ゲイズビーが待っているのを見つけた。

「おやおや」とゲイズビーは言った。「ひどく不愉快でしょうね」

「とても不愉快な目にあいました」とクロスビーは言った。「あまりに不愉快ですから、誰にもこの件について話したくありません」

「レディー・アミーリアはとても悲しんでいます」彼は弟や妹と話すときも、いつも妻をレディー・アミーリアと呼んだ。彼はすこぶる行儀がよかったので、伯爵の娘をあっさり洗礼名で呼ぶことなんかできなかった。たとえその伯爵の娘が妻であってもだ。「妻はあなたがひどい怪我を負ったのではないかと心配しています」

「怪我はありませんが、見ての通り見栄えが台無しです」

「しかし、あなたは相手をしっかり殴ったんでしょう？」

「いえ、殴っていません」とクロスビーはとても怒って言った。「私はまったく殴っていません。あなたは新聞で読むことを全部信じているんじゃないでしょうね？」

「いや、必ずしも信じていませんがね。相手がレディー・アリグザンドリーナとの結婚を望んでいたなんて当然信じませんでした。もちろんそんなことは嘘ですから」ゲイズビー氏はそんな比類のない無分別が信じられないことを声の調子で表した。

「あなたは何も信じてはいけません。――私が目に黒あざを作ったということ以外はね」

「確かに黒あざがありますね。今夜私たちのところに来てくれたら、あなたの気持ちがもっと安らぐと、レディー・アミーリアは考えています。もちろんあなたは外出できませんね。しかし、レディー・アミーリアはとても親切にも、彼女に気を遣う必要はないと言ってくれています」

「ありがたいんですが、遠慮します。日曜に行きます」

「もちろんレディー・アリグザンドリーナが私の妻の便りを待ち望んでいるからです。それで、レディー・アミーリアはあなたに来るように強く勧めるように特に私に念を押しました」

「ありがたいんですが、今日は行けません」

「どうしてです?」

「うん、ただ家にいるほうがいいから」

「来るよりも家にいるほうがどうしていいんです? あなたがほしいものは何でも手に入りますよ。レディー・アミーリアも気にしません、わかるでしょう」

彼が応接間に座って、目にもう一枚ビーフステーキを当て、冷水の眼帯あるいはそれに似たささやかな医学的処置を施すこと、――こういうことをレディー・アミーリアは家庭的な善意から気にしないでいてくださるのだ!

「今夜奥さんを煩わせるつもりはありません」とクロスビー。

「しかし、誓って、あなたは間違っていると思います。あらゆる種類の話がコーシー城と、伯爵夫人の耳に届きます。どんな害がそこから生じるかあなたにはわからないんです。レディー・アミーリアは手紙を書いて、家族に説明したほうがいいと思っています。しかし、あなたから事件について何か聞くまで、そうすることができません」

「いいですか、ゲイズビーさん。どんな話がコーシー城に伝わっても私はちっとも気にしません」

「しかし、もし伯爵が万一何か聞いて、腹を立てたら?」

「伯爵はいちばん気に入ったやり方で怒りを鎮めます」

「ねえ、あなた。それは乱暴な話ですよ」

「伯爵がいったい私に何ができると思うんです? 娘と結婚するからといって、私が一生ド・コーシー卿を恐れて生活すると思いますか? 私はアリグザンドリーナに今日自分で手紙を書きますから、あなたは奥さんにそうお伝えください。顔の状態に問題がなければ、日曜にディナーにお伺いします」

「教会に間に合うように来ないんですか?」

「こんな顔で私に教会に行かせたいんですか?」

それから、モーティマー・ゲイズビー氏は去って行った。彼は家に帰ると、クロスビーが事態を横柄にとらえていると妻に言った。「事実はね、あなた、彼は自分を恥じていて、それで平静を装おうとしているんです」

「あの若い男の行く手に立ちふさがるなんて、彼はとても馬鹿でした」とレディー・アミーリアは言った。「――とてもね。日曜に彼にそう言います。もし彼が私に見栄を張りたければ、はなはだ間違っていると理解させましょう。彼の身の振る舞い方が私たち家族にとって大問題になることを今彼は忘れてはなりません」

「当然忘れてはなりません」とゲイズビー氏。

日曜になると、黒あざに赤筋が現れる時期になっていたが、あざはまだ消えていなかった。役所の人々はそれにほとんど慣れてしまった。クロスビーは社交クラブへ行く決心をしていたけれど、まだどのクラブにも出掛けていなかった。もちろん教会へも行かなかったが、五時にはセント・ジョンズ・ウッドに現れた。そこでは、日曜にいつも五時にディナーを取ることになっていた。そうすることで、七時にディナーを取ったときよりも、安息日をうまく遵守できると考えていた。もし安息日の遵守が早く寝床に就くことにあるとすれば、あるいはそんな早寝が遵守に一役買うとすれば、彼らは正しかった。その少し早いディナーは、午後教会へ行けない言い訳にもなるので、料理番にはおそらく都合がよかったのかもしれない。使用人と子供のディナーが、朝教会へ行けない言い訳を料理番に与えるのと同じだ。そんなささやかな善の試み――善に至る不快な道を半分進む、あるいはおそらく今度の場合のように四分の一進む試みは、レディー・アミーリアのような上品な人々にはごく普通のことだった。もし彼女が一時にディナーを取って、冷たい肉を食べたら、絶賛に値するとおそらく思われるかもしれない。

「おや、おや、おや。とても嘆かわしい状態ですね、アドルファス?」と、レディー・アミーリアは彼の姿を見てすぐ言った。

「ええ、嘆かわしい状態なんです、アミーリア」クロスビーはいつも彼女をアミーリアと呼んだ。相手が彼をアドルファスと呼んだからだ。ゲイズビーはそれを聞いて、あまり機嫌がよくなかった。レディー・アミーリアはクロスビーよりも年上で、好きな呼び方で呼んでよかった。しかし、彼のほうは身分の大きな違いに留意すべきだった。「嘆かわしい状態なんです、アミーリア」と彼は言った。「ですが、一つお願いしたいんです？」

「何ですか、アドルファス？」

「これについてはもう触れないでほしいんです。黒あざの目は確かにみっともないことで、散々私を苦しめました。ですが、友人らの同情のほうがもっと私を苦しめるんです。私は家族の憐れみを金曜にたっぷりゲイズビーさんからいただきましたから、もう一度繰り返されたら、倒れて死にます」

「ドルファス叔父さんは目が悪くなったから、死んじゃうの？」と、ド・コーシー・ゲイズビー――家族の希望である長男――が彼の顔を見あげて聞いた。

「ん、いや、愛する坊や」とクロスビーはその子を抱きあげて言った。「黒あざの目になったからじゃないんだ。これはそんなに痛まないし、君も学校を卒業する前にたくさんこんな目になるよ。そうじゃなくて、みんなからこの目のことを言い立てられるからなんだ」

「でも、叔父さんの目がとても醜くなったら、ダイナ叔母さんはあなたが嫌いになるね」

「でも、アドルファス」と、レディー・アミーリアは議論をしようと決心して言った。「あなたが言いたいことはよくわかります。――あなたを煩わせるのは確かにとても申し訳ありません。でも、目の件について何も触れないまま、どうして見て見ぬ振りができるでしょう。母から手紙をもらったのです」

「ド・コーシー卿夫人がお元気ならいいと思います」

「母は元気ですよ、ありがとう。でも、当然母はこんどの事件をとても心配しています。母は新聞に書かれた記事を読みました。モーティマーは一族の弁護士として、この件を取りあげることが必要かもしれません」

「まったく論外ですね」とアドルファス。

「私はそんな措置の助言はすべきでないと思います」とゲイズビー。

「おそらく、いえ、間違いなくそんなことはすべきじゃないのでしょう。でも、こんな状況のなかで母が事実関係を知りたがっても、モーティマー、不思議じゃありません」

「不思議じゃありませんね」とゲイズビー。

「では、この一回限り、事実をあなた方にお話しましょう。汽車を降りたら、前に一度だけ会ったことがある男から襲われて、警察が来る前に顔を殴られたんです。それで話は全部終わりです」

その時、ディナーの準備ができたという案内があった。「レディー・アミーリアに腕を貸してやってくれませんか？」と夫が言った。

「とてもあきれたことね」と、レディー・アミーリアは頭を少しぐいと上にあげて言った。「妹がずいぶん忌ま忌ましい思いをすると思います」

「ダイナ叔母さんが醜い黒あざのある私を嫌うという、ド・コーシー少年の意見に賛成するんですね？」

「そんな冗談ごとではないと思いますよ」とレディー・アミーリア。彼女はそれ以上この件には触れなかった。

ディナーのあいだこの件について何の発言もなかった。しかし、レディー・アミーリアの表情を見れば、彼女が未来の義弟の行動を好ましく思っていないことは明らかだった。彼女は食べ物を勧めて義弟をとてもよくもてなすあいだ、彼の不幸な現状について、ささやかな当てつけを繰り返した。揚げたプラムプディング(3)は悪くないと思うが、ディナーのあとポートワインを飲むのは控えたほうがいいと彼女は注意した。「それはそうと、モーティマー、そろそろクラレットは終わりにしたほうがいいでしょう」と彼女は言った。

「アドルファスは温まるものを口にしてはいけません」

「ありがとうございます」とクロスビーは言った。「もしゲイズビーさんがくれるなら、私はブランデーの水割りをいただきます」

「ブランデーの水割りですって！」とレディー・アミーリア。クロスビーは実際にはブランデーの水割りなんか飲む習慣はなかった。しかし、もしレディー・アミーリアの気遣いにさらに追いまくられたら、喜んで生のジンを要求するつもりだった。

これら日曜のディナーでは、家の女主人は男性を残して応接間に出て行くことはなくて、夕食を取ったテーブルでいつもお茶を飲んだ。これも週の初めの安息日を神聖に守ろうとするもう一つのささやかな措置だった。レディー・ロジーナが逗留していたころ、彼女は酒がさげられるとすぐマホガニーの上に六、七冊の信頼できる立派な本を積みあげて悦に入った。ロジーナは最初の長い滞在のとき、説教を読む特権を手に入れた。ところが、読んでいるとレディー・アミーリアもゲイズビー氏も眠ってしまった――さらに従僕までもが眠ってしまいそうになった――ので、それを断念した。しかし、家の主人ゲイズビーはロジーナがいるこんな夕べには、退屈して座っているか、信頼できる立派な本に慰めを見出すかしかなかった。しかし、彼女は今は田舎にいるので、テーブルに本は備えられていなかった。

「それで私は母に何と答えたらいいのでしょう？」と、レディー・アミーリアは家族だけになったとき聞いた。

「くれぐれもよろしくお伝えください」とクロスビー。彼が権威に対して反逆を企てていることは夫にも妻にも明白だった。

それから、十分程度何も話されなかった。クロスビーは少年と遊んで楽しんだ。彼はその少年ド・コーシーをディクシーという愛称で呼んだ。

「ママ、ディクシーって呼ばれるよ。ぼくはディクシー？　ぼくは叔父さんをオールド・クロス（古い十字架）って呼ぶけれど、そう呼ぶと、ダイナ叔母さんはあなたが嫌いになるよね」

「子供をあだ名で呼んでもらいたくありませんね、アドルファス。あなたは名をけなそうとしているように見えます」

「たぶん彼にそんなつもりはないと思いますよ」とゲイズビー氏。

「まったくありません」とクロスビー。

「我が家の名は国の記録のなかでもまだあだ名で呼ばれたことがなくて、恥ずかしめられたことがありません」と一家の誇り高い娘は言った。父が時々激しい言葉を遣うことから、ド・カースイー[4]卿と多くの仲間から呼ばれていることを娘はおそらく知らなかった。「そんなあだ名は私の耳に障るんです。私は家をだいじにしています、本当よ、アドルファス、夫もそうです」

「とてもだいじにしています」とゲイズビー氏。

「私も名をだいじにしています」[5]とクロスビーは言った。「私たちみなにとってそれは当然のことです。私の祖先の一人はウィリアム征服王とともにこの国に来ました。王の天幕にいた料理番助手だったと思います」

「料理番だって！」と若いド・コーシー。

「そうですよ、坊や、料理番です。旧家の大部分が貴族にしてもらったのはそんな仕方でした。王の料理番とか、執事とか——あるいは時にはもっと下の仕事の人とかです」

「でも、あなたの家は貴族ではありませんね？」

「はい。——どうしてそうなったか教えてあげましょう。王は勝手な動きをしようとした六人の武官に毒を仕込めとその料理番に命じましたが、料理番は言ったんです。『いえ、陛下、私は料理番であり、死刑執行人ではありません』と。それで、彼は食器部屋に送られて、ほかの使用人らがみな男爵や卿と呼ばれるとき、クッキーとしか呼ばれなかったんです。それ以来徐々に名をクロスビーと変えたんです」

ゲイズビー氏は恐れにとらわれた。レディー・アミーリアは顔を暗くした。家族はふところの奥で温めるためこのヘビを受け入れたにもかかわらず、それはマムシに変わって、家族を刺そうとしているのが明らかではなかったか？　その夕べにはそれ以上ほとんど会話がなかった。料理番の話をしたあとすぐ、クロスビーは立ちあがってうちへ帰った。

註

（1）紀元前三八七年アッリアの戦いでローマを征服したガリアの首領ブレンヌス（Brennus）の言葉。

（2）ストーン・ヘンジのあるウィルトシャーのソールズベリー・プレーンのこと。

（3）小麦粉、パン粉、スエット、干しぶどう、すぐり、卵、香辛料、時にブランデーなどを入れて作った濃厚な味のプディング。

（4）おまえらを呪う（curse ye）の意。

（5）クロスビーの話はトロロープの家に伝わるはっきりしない逸話に関連する。トロロープの先祖は最初征服王ウィリアムとともにイギリスに来て、もとはタリーホージャー（Tallyhosier）という姓だったようだ。しかし、ニュー・フォレストで王と狩りをしたとき、三匹のオオカミを殺したので、Troisloups（三匹のオオカミ）と名を変えるように命じられたという。トロロープはこの逸話をハロー校で話したところ、ひどくからかわれたという。

第三十六章　見よ、勇者は帰りぬ①

ジョン・イームズは十二時ちょうどに役所に着いたとき、足で立っているか、頭で立っているかわからない状態だった。朝全体が強烈な興奮の時となり、そのあとはある程度勝利の時となった。とはいえ、結果がどうなるかまったくわからなかった。治安判事の前に連れて行かれて、拘禁されるのだろうか？　役所では騒ぎになるだろうか？　クロスビーは喧嘩を挑んでくるのではないか？　その場合、ピストルで決闘しなければならなくなるのではないか？　ド・ゲスト卿――リリーが受けた被害に報復する役割など引き受けないように、特に警告していたド・ゲスト卿――は何と言うだろうか？　デール家の人々はみな彼の行動を何と言うだろう？　とりわけリリーはどう思い、どう言うだろう？　それでもやはり勝利感は圧倒的だった。今、彼は時々こぶしがクロスビーの目に入った感覚を喜びとともに噛み締めた。

役所に着いた最初の日、彼は事件について何の噂も聞かなかったし、誰にも何も言わなかった。彼がド・ゲスト卿とクリスマス休暇をすごすため、田舎へ帰ったことは部屋の同僚らに知られていた。彼はそれで一目置かれていた。ジョニー・イームズが所得税庁の役人らのなかで徐々にちゃんとした地歩を築いていたことを、彼を正当に扱うため私は説明しておかなければならない。彼は仕事に精通しており、部署の有力者の顔に時々浮かぶしかめっ面を男らしく無視し、雄々しい自信を持って力の限り仕事をしていた。そのうえ、彼には人気があった。――役人としての振る舞いは幾分急進派であり、たとえ有力者がしかめっ面をしても、自己の権利を固く守った。彼は疑いなく奥手から脱却して、初期の壮年期に入りつつあった。人生のその時期につきものの偽りの感傷や多くの愚かな行いを、おそらく経験しなければならないだろう。が、彼の性格に予兆を読める者は、その先に真の男らしさを実現する有望な見込みを読むことができるだろう。

その最初の日、彼はこのクリスマスがどれほど栄光に包まれたものだったかたくさん質問を受けた。しかし、ほとんどそれに答えなかった。田舎のその場所にくだって行った大きな目的と、休日が終わったときの状況がなかったら、このクリスマスの訪問くらい平凡なものはなかっただろう。この二つのどちらについても大っぴらに話す気になれなかった。とはいえ、クレーデルと一緒にバートン・クレッセントに歩いて帰るとき、彼はクロスビーの一件について話した。

「それで、君は駅で彼を襲ったのかい?」と、クレーデルは称賛と疑いの入り混じった口調で尋ねた。

「うん、襲った。そこでやらなかったら、どこでやれる? やると言っていたので、彼に会ったとき、やったんだ」それから、事件の全容、目の黒いあざ、警察、最高責任者のことを話した。「次にはどうなるかな?」と私たちの勇者は聞いた。

「うん、あの男はもちろん事件を友人の手に委ねるだろうね。ルーペックスのあの件でぼくがフィッシャーに委ねたようにね。誓って、ジョニー、ぼくはあんなことをまたやらなければならない。昨晩のルーペックスの行動は常軌を逸していたよ。君は信じられるかい――」

「うん、彼は馬鹿だね」

「彼が狂気の発作に取り憑かれたときは、いいかい、とても会いたくない馬鹿だね。ぼくは本当に昨晩夜通し寝室で起きていなければならなかった。ローパーの女将はもしぼくが応接間にとどまるんなら、警官を呼ばなければならないと言った。あの、ぼくはどうしたらいいんだろう? もちろん女将から火を入れてもらったよ」

「それから、寝床に入ったんだね」

「ぼくはとても長いあいだ待っていた。マライアがぼくに会いたいだろうと思ったからね。とうとう彼女はぼくに手紙を送ってきた。マライアはとても軽率だからね。夫が彼女の手紙に何か証拠を見つけたら、わかるね、ひどいことになるだろう。――とてもひどいことに。ジェマイマが告げ口をしないと誰が言えるだろう？」

「それで、彼女は何と言ってきたんだい？」

「そりゃあ、思いのたけを伝える手紙さ、ジョニー君。予期せぬことが起こってはいけないから、用心して今朝役所のほうに手紙を持って来たよ」

もしイームズが重大な冒険をみずから抱えていなかったら、友人の冒険の重さに目を見張ったかもしれない。しかし、彼は実際には目を見張ることはなかった。

「あの男クロスビーが友人のところへ頼って行くのはあまり気にしないけれど」とイームズは言った。「警察裁判所判事のところへ行くのは気になるな」

「あの男はもちろんそれを友人の手に委ねるさ」と、クレーデルはこんな問題を経験によって熟知している男の口調で言った。「そして、君は当然ぼくのところに頼って来る。こういう問題はもちろん役所の人間にとってひどく厄介なことだからね。だが、ぼくは友人を見捨てるような男じゃない。ぼくは君の力になるよ、ジョニー君」

「うん、ありがとう」とイームズが言った。「その必要はないと思う」

「友人の用意が必要だね、わかるだろ」

「田舎で知っている友にたぶん手紙を書いて、助言を求めるよ」とイームズは言った。「年取った友なんだ」

「とんでもない。おい君、君がしていることに気をつけろよ。尾に白い羽をつけて(2)いるなんて人に言わせちゃいけないね。ぼくは何と言われようと名誉に掛けて、臆病者とは言われたくない——本当に何と言われようとね」

「そんなことは気にしないね」とイームズは声に軽蔑を込めて言った。「今どき白い羽などという発想はあまりないよ。——決闘の邪魔になる白い羽なんて」

クレーデルはそのあと何とか会話を、ルーペックス夫人と彼の独自な立場の話に引き戻すことができた。イームズは抱えている問題で友人からこれ以上助言を求める気になれなかったので、バートン・クレッセントに着くまでほとんど黙っていた。

「やんごとない伯爵と無事会えたんならいいですが」と、ローパー夫人はディナーの席にみなが着くとすぐイームズに言った。

「やんごとない伯爵と無事会いました。ありがとう」とジョニー。

ド・ゲスト卿との親交という栄誉を与えられたときから、イームズの地位がまったく変わってしまったことは、ローパーの下宿のみなにはっきり知られるようになっていた。ルーペックス夫人は際立った礼儀正しさでイームズに接した。——彼はクレーデルの危険な接近から言わばルーペックス夫人を守るため、ディナーではいつも夫人の隣に座った。ミス・スプルースはいつも彼を「サー」と尊称で呼び掛けた。ローパー夫人は紳士のなかでいちばん先に彼に食べ物をよそってやり、脂身と肉汁に注意した。アミーリアは彼の心と愛情を所有していると前ほど主張することができないように感じた。アミーリアが戦いをあきらめて、恋敵が彼をさらって行くのを指をくわえて見ているとと考えてはならない。しかし、どうも彼を屈服させるしか方法が残っていないように感じた。それは完全な平等が保たれる二つの心の結合とは両立しがたいものだった。

「貴族と訪問し合う間柄なんてすごい特権ですね」とルーペックス夫人は言った。「私が少女のころは非常に親しかったんです。——卿と」

「あんたはもう少女じゃないんだから、もうそんなことは言わないほうがいいね」とルーペックス氏。彼は舞台の背景描きが終わったあと、ドゥルーリー・レーンのあの小さな店に寄ってから帰っていた。

「ローパー夫人の下宿のみなさんの前で、あなた、私に獣のような口の利き方をしないでください。私が今ではもうわからない感情に駆り立てられて、あなたと結婚して、本来所属すべき仲間から離れたとき、どれほど後悔しなければならなかったか、みなさんの前であなたから教えてもらわなくても結構です」ルーペックス夫人はそう言ってナイフとフォークを置き、ハンカチを目に当てた。

「食事を取りながらこういう目にあうのは、男にとって気持ちのいいことなのかね？」と、ルーペックスはミス・スプルースに訴えるように言った。「おれはこの種のことに事欠かない。おれがどれほどこんなことを嫌っているかおわかりになるだろう」

「神が合わせられたものを、人が離してはなりません(3)」とミス・スプルースは言った。「私はただの老婆にすぎません」

この小さないさかいがディナーの食卓の上に暗い影を投げ掛けたので、イームズの経歴に点された栄光の件はそれ以上話されなかった。しかし、アミーリアは鉄道駅で起こった喧嘩の話を夕方耳にして、それをすぐ自分の目的に利用しようと考えた。

「ジョン」と彼女はほとんど二人だけになったとき、襲う機会を見つけて生け贄に囁いた。「あたしが聞いたこの話はどういうこと？　ちゃんと教えてもらわなければいけません。あなたは決闘でもするつもり？」

「馬鹿げたこと」とジョニー。

「でも、馬鹿げたことなんかじゃないのよ。決闘になると思ったら、あたしがどんな思いをするか、あなたにはわかっていません。あなたってとても冷酷なのね！」

「ぼくは冷酷じゃないです。それに決闘をするつもりもありません」

「でも、あなたが駅でクロスビーさんを殴ったというのは本当でしょ？」

「本当です。あの男を殴りました」

「ねえ、ジョン！　あなたが間違っていると言うつもりはないのよ。あなたのそんな気持ちを本当に尊重するわ。若い男が若い女をだまして、女心をえたあとで捨てるくらい恐ろしいことはありません。――特に女がはっきりした言葉で、あるいはおそらく文書ででも、男の約束をもらっている場合にはね」ジョンは自分が書いたあのぞっとする、愚かな、ひどい手紙のことを思い出した。「哀れな娘は約束違反を訴え出て、身の証を立てる以外に、どうしていいかわかりません。そうでしょ、ジョン？」

「そんなふうに身の証を立てるような娘は、手に入れる価値がないと思います」

「それはどうかしら。哀れな娘がそんな立場に立ったら、友人らから助けてもらわなければいけません。ミス・リリー・デールは助けてもらえるから、男を約束違反で訴えることはないと思うのよ」

哀れなイームズはこんな場所でリリーの名をこんなふうにあげられて、冒涜に等しいものを感じた。「あなたが話している女性の意図が」とイームズは言った。「どこにあるか私にはわかりません。しかし、彼女の友人らについて私が知っていることから判断すると、彼女が友人らに助けを求めたからといって、それが恥ずかしいことだとは思いません」

「ミス・リリー・デールはそれでいいのかもしれません――」とアミーリアは言って、それからためらった。まだジョンを脅すのはよろしくない。――脅さなくても手に入る可能性がある限り、よろしくないと彼女は思い直した。「もちろんあたしは事情をみな知っているの」と彼女は続けた。「彼女があなたのL・Dということね。あたしは彼女に嫉妬したことなんか一度もないわ。あなたにとって彼女は幼友達にすぎなかったのよね、ジョニー?」

彼は片足で床をどすんと踏みつけて、席から飛びあがった。「幼友達とか何とかそんなたわごとは嫌いです。嫌いなんです。二度とこの家に入らないとぼくに誓わせたいんですね」

「ジョニー！」

「そう誓うよ。すべてのことがうんざりなんです。あのルーペックス夫人のことも――」

「もしこれが伯爵のお屋敷に出掛けてね、ジョン、あなたが考えたことなら、出掛けないであなたの友人らと一緒にいるほうがよかったと思うわ」

「もちろんそうでしょう。――友人らと一緒にいるほうがずっといいんでしょう。ルーペックス夫人なんかとね。けれど、とにかく夫人には堪えられません」それで、彼はそとに出ると、クレッセントのまわりを歩き、ニュー・ロードを通り、ほとんどリージェンツ・パークのなかに入った。その間、リリー・デールのことを思い、アミーリア・ローパーに対する小心のことを思った。

彼は翌日一時ごろ使い走りの口から役員室に来るようにという伝言を受け取った。「サー・ラフル・バフルがあなたに会いたいと言っています、イームズさん」

「私に会いたいって、タッパー！　何のために?」とジョニーは言って、ほとんど当惑したように使い走りのほうを向いた。

「私にはわかりません、イームズさん。しかし、サー・ラフル・バフルは役員室にあなたに来てほしいと言っています」

役人暮らしのなかで、こんな伝言はいつも若者の心に畏怖の念を引き起こす。しかし、若者は普通こんな面会から重大な難儀にあうこともなく帰って来て、出会った老紳士のことを嫌味を込めてたっぷり嘲笑する。──今の俗語で言うとおちょくるのだ。そういう気分にさせるのは「王の身のまわり」にあるあの「天の加護」(4)のせいだろう。雄の七面鳥は農家のおのが庭にいるとき、そこの主人であり、そのせいで見る者に畏怖の念を掻き立てる。寒冷紗の袖をつけた主教、判事席の裁判官、大きな部屋で長いテーブルの上座に着く議長、丸形ランプを持って巡回する警官は、みな身に帯びた権威のそんな印でまわりの人々を恐れさせる。しかし、自宅にいる警官は何と平凡なんだろう！　古いスリッパを履いて食後に座って眠るサー・ラフル・バフルはほとんどの人があまり考えない姿だ！　もうずっと昔に亡くなったある立派な老紳士(5)が、両手をゆっくり重ねて擦り合わせ、天井を見あげ、私の不正を考えると途方に暮れるというようにかすかにかぶりを振ったとき、怒りに満ちた彼の威厳が私の胸に掻き立てた恐怖を何とよく覚えていることだろう！　私は胃が痛くなり、まるで足首を折られたかのように感じたものだ。あの上目遣いはあまりにも完全に私の男らしさを奪ったので、身を守る言葉もなかった。あの老人は持っている力の程度を知らなかった、と私は思う。

昔々一人の不注意な若者が王に宛てた手紙の束、すなわち処理される過程で侍従長補佐以上にのぼらない請願書やその他の書簡を管理していた。その若者が手紙を入れた郵便袋を間違えて送ってしまった。宮廷がロンドンにあれば、おそらくウィンザーに、ウィンザーにあれば、セント・ジェームズ宮殿に送ってしまった。その結果、若者は召喚された。この時の大物は椅子から立ちあがると、両手を宙に振りあげ、二度叫んで満足した。「君主の郵便袋を間違えて送った！　君主の郵便袋を間違えて送った！」その若者はどうやって役員室から抜け出したかわからなかった。しかし、その若者はしばらくあらゆる気力を奪われて、六か月の休暇を取り、ラム酒とロバの乳で気力を回復するまで、再び仕事に就くことができなかった。この例では、君主という特殊な言葉の使用によって、大物の役人は思いもつかない力を手に入れたのだ。この話は伝説的なものだが、これが起こったのはかなり最近で、ジョージ三世の時代[6]だと信じられている。

ジョン・イームズは今の所得税庁長官を大らかに笑って、老ハフル・スカフルとか、それに似たあだ名で呼ぶことができた。しかし、呼び出された今、彼はいつもの急進的な傾向にもかかわらず、足首の関節ががたがたするのを少し感じた。伝言を聞いた最初の瞬間から、鉄道駅のあの事件に関連して呼び出されたのだと思った。公の場所でこぶしを振るった事務官は解雇される、との規則がおそらくあるのかもしれない。――何かそんな規定を覚えていたような気がし始めた。とはいえ、彼は立ちあがって、一度友人らを見回したあと、タッパーのあとについて役員室に入った。

「スカフルズ爺さんからジョニーが呼び出されたぜ」と事務官の一人が言った。

「クロスビーとの喧嘩の一件だね」と別の事務官が言った。「役員会はあの件で彼に手を出せませんよ」

「出せないかなあ？」と最初の事務官が言った。「若いアウタナイツはリンゴ酒貯蔵室のあの喧嘩のせいで、辞職しなければならなかったろ？　いとこのサー・コンスタント・アウタナイツができる限りのことをしたけれどね」

「しかし、あいつは融通手形でいつも困っていたからね」

「ぼくはちょっとぐらい金をもらっても、イームズと同じ立場には立ちたくないね。クロスビーはスカフルズがここに来る前に局長だった委員会総局の秘書官だよ。もちろん連中は非常に親しいんだ。連中がイームズを屈服させ、謝罪させなかったら、そっちのほうが不思議だね」

「ジョニーは謝罪なんかしないよ」と相手が言った。

その間、ジョン・イームズは威厳のある人物の前に立っていた。サー・ラフルは非常に大きな部屋の長いテーブルの上座、大きなナラの肘掛け椅子の玉座に着いていた。彼のそば、テーブルの隅に秘書官補の一人が席に着いていた。役員会に属するもう一人も、長いテーブルに着いて仕事中で、サー・ラフルから少し距離を置いて、書類を読んだり、署名をしたりして、まわりのことにまるきり無関心だった。傍観者である秘書官補はサー・ラフルがこの同僚の注意不足に当惑しているのを把握していたけれど、そういうことはイームズには何のことかわからなかった。

「イームズさんかね？」と、サー・ラフルはこの時大きな鼻に乗せた金縁眼鏡で犯罪人を見て、独特の耳障りな声で言った。

「はい」と秘書官補は言った。「イームズさんじゃないかね？」

「ええと！」――それから、しばらく間があった。「この人がイームズです」

ニーはトルコ絨毯の上を音もなく近づいた。「もっと近くに来てくれないかね、イームズさん」ジョ
「確か二等事務官だね？　なあ！　イームズさん、あんたはわしがグレート・ウエスタン鉄道会社の重役秘書から手紙を受け取ったことを知っているかね？　その手紙が正しく述べているとするなら、あんたには大いに不名誉となる状況をこと細かく伝えている」

「昨日そこで喧嘩になりました、長官」

「喧嘩になったって！　非常にゆゆしい喧嘩になったように見えるね。わしは厳正な法的措置を取る必要があると、グレート・ウエスタン鉄道会社の重役に伝えなければならないようだ」

「それは少しも構いません、長官」イームズは事件をこんなふうに見てくれて、少し気分を明るくした。

「構いません、長官って！」とサー・ラフルは言った。――というよりも目の前の犯罪者にその言葉を叫んだ。長官はもっと穏和な口調で口を利いていたら、あげられたかもしれない効果をあげられなかったから、やりすぎた、と私は思いたい。王の郵便袋のささやかな話では非常に効果的だった、あの威厳のある態度と声の演劇的妥当性が長官の場合にはおそらく欠けていた。実際、ジョニーは少し飛びあがったが、そのあとは前よりも楽な気分になった。「構いません、長官って。国の犯罪裁判所に引き出されて、重罪人として――あるいはむしろ非行で――公共のプラットホームで暴力を振るったかどで――罰せられるとき、構いません、長官って！　どういうつもりかね、君？」

「警察裁判所判事はこの件を問題にしないと思うという意味です、長官。クロスビー氏も手続きを取らないと思います」

「しかし、クロスビー氏は手続きを取るに違いないね、若いの。首都の平和を踏みにじっておいて、相手が問題を追及したがらないので、罰せられることはないと思っているのかね？　あんたはずいぶん無知に違いないと思うよ、若いの」

「おそらくそうなんでしょう」とジョニー。

「本当に無知な――本当に無知な。そんな不名誉な暴力の咎で警察裁判所判事から公に罰せられたら、あんたがこの部署の仕事にとどまっていられるかどうか、ここの役員会で問題になることは、あんた、わからんのかね？」

ジョニーはもう一人の役員のほうを見たが、その紳士は書類から顔をあげなかった。

「イームズさんはとてもいい事務官です」と、秘書官補はイームズにその言葉が聞こえるように囁いた。

「私たちのところにいるいちばんいい若者です」と、彼は聞こえない声でつけ加えた。

「ほう、――ええ。よろしい。さて、いいかい、イームズさん、これをあんたの教訓にしてほしい。――とても重大な教訓だよ」

秘書官補はサー・ラフルの頭の少し後ろになるように椅子の背に寄り掛かって、もう一人の役員の目を何とかとらえた。もう一人の役員はほとんど顔を動かさないで、少しほほ笑んだ。それから、秘書官補もほほ笑んだ。イームズはこれを見て、彼も笑みを浮かべた。

「どんな隠れた結果が、あんたの公序違反に待ち受けるかまだ言える段階ではないが」とサー・ラフルは続けた。「今は行っていい」

ジョニーは長官の威厳に前よりも敬意を抱くことなく持ち場に戻った。

彼は翌朝大喜びしている同僚の一人から新聞の一節を見せられた。それは彼がクロスビーからあまりにも激しく打たれたから、受けた打擲の結果、現在もなおベッドから離れられないと世間に知らせていた。それで、彼は怒り心頭に発して、秘書官補や係長課長や役所の大物らをまったく無視し、所得税庁の大部屋を飛び跳ねるように歩いて、公的新聞の嘘偽りを糾弾し、こんな大胆なでたらめを蔓延させる国よりも、ロシアに住むほうがいいと意見を述べた。

「あの男はぼくに触ってもいないよ、フィッシャー。触ろうともしなかったと思うね。誓って、あの男はぼくに触れていない」

「でも、ジョニー、ド・コーシー卿の娘に言い寄るなんて君も大胆だね」とフィッシャー。

「ぼくは生まれてこのかたそんな娘には会ったこともないね」

「彼はもう完全に貴族のあいだで番を張っているんだ」と別の事務官が言った。「子爵よりも下の人間は見たくないんじゃないか？」

「あの盗人編集長が新聞に載せるのを、ぼくがどうやって止めることができるだろう？　ぼくが打擲されたって！　ハフル・スカフルはぼくを重罪人と言った。けれど、打擲したというこの男の半分ほどもぼくは悪くない」ジョニーはその部屋に新聞を蹴飛ばした。

「名誉毀損で編集長を告発してやれ」とフィッシャー。

「特に君が伯爵の娘と結婚したがったと書いたことでね」と別の事務官。

「私はこんな醜聞は聞いたことがないよ」と第三の事務官が断言した。「娘が君を見ようともしなかったと言うなんてね」

しかし、それでもやはり事務室のみなが感じていた。ジョニー・イームズが彼らの主導的な人物になりつつあると、事務官の誰もが喜んで親しくなりたがる人物だと。役所の大物らも鉄道駅のこの事件で、イームズに何の悪感情も抱かなかった。クロスビーが打ちのめされて当然のことをしたことと、イームズが彼を打ちのめしたことが知れ渡っていた。サー・ラフル・バフルが警察裁判所判事や不品行のことを口にするのはいいだろう。しかし、所得税庁の人々はみなイームズが昂然と頭をあげて、順調な出足であの事件から踏み出したことをよく知っていた。

「新聞のことは気にするな」と、思慮深い上役の老事務官が彼に言った。「あの男は罰を受け、君は受けなかったから、君は新聞を笑い飛ばすことができる」

「あなたなら、編集長に手紙を書きませんか？」

「うん、うん、私なら書かないね。馬鹿以外に誰も新聞を相手に(7)身の証しを立てようとは思わない。――名を書き立てられたがっている人以外はね。君は福音と同じくらい本当のことを書いていい。が、連中はそれをこけにする方法を知っている」

　それで、ジョニーは怒りの手紙を編集長に書くという考えを捨てた。しかし、ド・ゲスト卿には事件の全容を説明する義務があると感じた。事件は伯爵の屋敷から帰る途中で起こったし、彼の関心のすべてが今親切な友にとっても大きな関心のまととなっていたので、事実にしろ、でたらめにしろ、伯爵を新聞の情報のまま放置することは、礼儀から見てもできないと思った。それで、彼は役所を出る前に次のような手紙を書いた。――

所得税庁にて、一八六――年十二月二十九日

閣下――

（彼はこれまで貴族に宛てて手紙を書いたことがなかったので、文体についてずいぶん考えた。紙に「親愛なる閣下」と書き始めたが、厚かましすぎると思ってそれを破棄した。）

閣下――

　あなたがぼくにとても親切にしてくださるので、先日朝ぼくがゲストウィックから帰る途中、鉄道駅で起こったことをあなたにお伝えする必要があると感じています。あの忌ま忌ましいクロスビーがバーチェスター・ジャンクションでぼくと同じ仕切り客室に入って来て、ロンドンまでずっと真向かいに座っていました。ぼくは彼に何も言わなかったし、彼からも何も言われませんでした。けれど、彼がパディントン駅で降りたとき、彼を逃がしてはならないと思いました。それで、ぼくは――ぼくは思い通り殴ったと言うことはできませんが、殴ってあの男の目に黒あざを作ってやりました。大勢の警官がまわりにいて、ぼくには正当なチャンスが与えられませんでした。ぼくが間違った行動を取ったとあなたから思われることはわかります。

おそらくぼくは間違っていました。けれど、あの男が二時間ぼくの真向かいに座っていて、ロンドンじゅうでいちばん立派な男だと思っているような顔つきをしていたとき、いったいぼくにそれ以外どうすることができたでしょう？

一部の新聞にひどい記事が載って、ぼくがあまりにもひどく「打擲された」ので、それ以来動くこともできないと書き立てられました。それはほかの新聞記事がみなそうであるように、まったくたちの悪いでたらめです。ぼくはあの男から触れられてもいません。あの男は牛ほども手こずらせることがなく、とてもおとなしく制裁を受け入れたように見えました。けれど、あの男は受けるに値する制裁をまだ受けていないことを認識しなければなりません。

あなたの友人のサー・R・Bは今朝ぼくを呼び出して、ぼくを重罪人だと言いました。ぼくは殺人者だとも、強盗だとも呼ばれてよかったから、あまり気にしません。とはいえ、あなたを怒らせたら、それはずいぶん気になります。けれど、いちばんぼくが恐れるのはアリントンにいる――別のある人の怒りです。

ぼくがあなたにとても感謝していて、とても誠実にあなたのものであることを、

閣下、信じてください

ジョン・イームズ

「彼はチャンスがあったらやると思っていた」と伯爵は手紙を読んだあと言った。それから、部屋を歩き回りながら両手を打ち鳴らし、チョッキのポケットに両親指を突っ込んだ。「彼がちゃんとした中味のあるやつだとわかっていた」伯爵はお気に入りの人物の武勇に触れて大いに喜んだ。「もし私がクロスビーに会っていたら、私が制裁を加えていただろう」それから、彼は朝食室に戻って、レディー・ジュリアに言っ

た。「どう思うかね？」と彼は言った。「ジョニー・イームズがクロスビーに出会って、ひどい制裁を加えたよ」

「まさか！」レディー・ジュリアはそう言って、新聞と眼鏡を降ろすと、邪悪な行為に触れたキリスト教徒の恐怖とは決して言えないものを目の光のなかに表した。

「だが、彼は制裁を加えたんだ。クロスビーに会ったら、そうするだろうと思っていたよ」

「打ちのめした！　本当にあの男を打ちのめした！」

「目のまわりに二つ黒あざを作って、あの男をレディー・アリグザンドリーナのところに送り返したんだ」

「目のまわりに二つ黒あざ！　何という若い悪戯小僧！　でも、彼は傷つかなかったんですか？」

「引っ掻き傷一つないと言っている」

「相手方は彼をどうするんでしょう？」

「何もしないね。クロスビーは何か手を打つほど馬鹿じゃない。あの男がしたような悪さをしたら、人は無法者になるんだ。誰から手をあげられても、文句は言えない。大きな顔をして人前に出ることもできない。わかるだろ。人前に出ても、あの男がしたことについて質問に答えられないんだ。法は扱えないけれど、大衆の感情をあまりにもひどく逆なでするので、誰が制裁の義務を引き受けてもいい違反がある。あの男は打ちのめされた。それはあの男が死ぬまでつきまとうだろう」

「傷を負っていなければいいと祈っていると、ジョニーに伝えてください」とレディー・ジュリア。老女は彼の武勲を祝福することまではできなかったが、その次にできることをした。

しかし、伯爵は心から彼を受け入れて祝福した。

「私も君の年齢で、同じ状況だったら、同じことをしていたと思う」と彼は手紙に書いた。「あの男が牛よりも手こずらせなかったとわかってとても嬉しい。クロスビー君を相手にするとき、君が味方に欠けることはなかったと確信している。アリントンのあのもう一人の人については、私が問題を正しく理解しているとするなら、君を許してくれると思う」しかし、伯爵がそんな問題を理解していたかどうか疑問かもしれない。伯爵は追伸として次のようにつけ加えた。「次に私に手紙を書くときは、冒頭の部分で悩まないで、『私の親愛なるド・ゲスト卿』と書き始めておくれ。それが適切なやり方だね」

註

（1）ヘンデル作曲のオラトリオ『ユダス・マカベウス』（初演はロンドンで一七四七年）にある曲名。台本はトマス・モレル（1703-84）が書いた。
（2）臆病者の印。尾の白い羽毛は弱いシャモを表すと言う。
（3）「マルコによる福音書」第十章第九節。
（4）第二十八章註（1）『ハムレット』からの引用参照。
（5）トロロープが入省した翌年一八三六年に郵政省に入省し、一八五四年までいたウィリアム・リーダー・メーバリー大佐を指すと言われる。
（6）ジョージ三世の在位は1760-1820。
（7）グラントリー大執事も同様の新聞批判を『慈善院長』第七章で繰り広げている。

第三十七章　老人の不平

「ぼくが君に言ったことを考え直してみてくれたかい、ベル？」と、バーナードはある朝従妹に言った。

「あのことを考え直すって、バーナード？　どうしてこれ以上考えなくてはいけないんです？　あなたが忘れてくれたらいいと思っていました」

「いや」と彼は言った。「ぼくはそんな甘い気分にはなれないね。馬を買うときのような具合にこの問題を考えることはできない。ご存知の通り、馬なら、ぼくの財布でまかなえないとわかったら、悲しまずにあきらめることができる。が、ぼくは心のうちを確かめるまで、君を愛しているとは言わなかった。心のうちを確かめたあとでは、それを変えることはできない」

「でも、私には心変わりを求めているんでしょう」

「うん、もちろんそうだよ。もし君の心が今誰のものでもないんなら、君がほかの男を愛するようになる前に、もちろんそれを変えてもらわなければならない。そんな心変わりを求めている。しかし、君が誰かを愛しているんなら、その時は君の心を変えることは容易ではないね」

「でも、私は誰も愛していません」

「それなら、希望を持ってもいいだろ。ぼくは必要以上に長くここで頑張ってきたんだ、ベル。というのは、もう一度これを言わないで君のもとを去る気にはなれないからだ。しつこいと君に思われたくはないん

──時はすぐ来ると郷士は思った──、昼がいい陽気になり、夕べが再び長くなるおそらく春になれば──、その新家庭が設けられるとき、郷士は伯爵とともに喜んで分担をはたすつもりでいた。クロスビーには何もやらないと言った。そんなふうに拒絶したことで良心に悔恨の陰があった。しかし、もしリリーがこのもう一人の男を愛する気になれるなら、郷士はもっと気前よくするつもりでいた。リリーにはじつの娘のように取り分を与えるつもりでいた。それでも、「小さな家」の人々のためこれだけのことをするからには、彼らからもお返しに何かしてもらってもいいのではないか？　郷士はそう考えると、彼の考えを説明しようと決心して、また義妹のところへ行った。説明したら、かなり厳しい言葉を交わす危険を犯すことになるとしてもだ。郷士は厳しい言葉を浴びせられてもあまり気にしなかった。人の発言は厳しく、痛ましくなりうるものだと思っていた。愛情のこもった優しい、心地よい挨拶は期待しなかった。そんな挨拶はたとえもらっても、ありがたいとは思わなかった。郷士は庭で歩いているデール夫人を捕まえて、彼の部屋に連れて来た。夫人のうちでよりもそこでのほうが、うまくいくチャンスがあると感じたからだ。夫人はその部屋で説教されたいやな記憶があったから、そんな面会を避けようとしたけれど、うまくいかなかった。

「それで、わしはジョン・イームズにマナー・ハウスで会ったんじゃ」と郷士は庭で夫人に言った。

「あら、そうですか。そこで彼はどんなふうでした？　あのジョニーが伯爵やその妹と一緒に休日をすごしているなんて想像もつきませんね。貴族を相手にどう振る舞っていました？　貴族はどう振る舞っていました？」

「彼はそこでとてもくつろいでいたと請け合っていいよ」

「彼が、本当ですか？　ええ、そういうことが彼のためになればいいと思います。確かにとてもいい若者です。ただぎこちないところがありますけれど」

「彼にぎこちないところがあるとはちっとも思わなかったな。彼はこれからね、メアリー、うまくやっていくことがわかるじゃろう。——彼の父よりもはるかに立派にじゃ」

「そうなればいいと本当に思います」デール夫人はそう言って、逃げ出そうとしたが、郷士は夫人を捕虜にして、家に連れ去った。「メアリー」と彼は夫人を座らせるとすぐ言った。「甥と姪のこの話を決めるべき時じゃな」

「決めるような話はないと思いますが」

「どういう意味じゃね。——あんたはこの話を拒んでいるのかね?」

「決して拒んではいません。——個人的にはです。この話をとても強く望んでいます。でも、私の希望はこの話とは何の関係もありません」

「いや、関係はあるね。すまぬことじゃが、関係はなければならんし、大ありのはずじゃ。もちろん、わしは今誰かと誰かを強制的に結婚させなければならんと言っているわけじゃない」

「そうであってほしいです」

「強制的に結婚させると言ってもいないし、そう思ってもいない。じゃが、いいかい、家族みなの願いは立派に育てられた娘にとって大きな重みを持つとわしは思う」

「ベルが立派に育てあげられたかどうかわかりません。でも、こんな重大な問題では、誰から願われても、ベルにとってそれは羽毛一本の重みもありません。事実、私でさえそんな願いを口にする責任を引き受けられません。もしあなたが願っているように、ベルが従兄のことを考えることができたら、私はとても嬉しいんです」

「ベルに話をするのが怖いとあんたは言うのかね?」

「それを言うなら、間違っていると思うことをするのが怖いんです」

「わしはわしの願いを伝えることが間違っているとは思わんよ。じゃから、わしは自分でベルに言うよ」

「それはあなたが判断する問題です、デールさん。私はそれを止められません。あなたがこんな問題でベルを悩ますのは間違っていると思います。娘の答えがあなたを満足させるものではないとも思います。あなたが娘に意見を言いたければ、そうするほかありません。もちろん私はあなたが間違っていると思います。それだけです」

デール夫人がこう言ったとき、声は充分厳しかったし、顔つきも厳しかった。夫人は義兄が娘に考えを伝えるのを禁じることができなかった。しかし、夫人は義兄が娘に干渉するという考えが特に気に入らなかった。郷士は立ちあがると、怒らず理性的に答えるため部屋を歩き回って、心を落ち着かせようとした。

「もう行っていいでしょうか?」とデール夫人。

「行っていいかって? もちろん行きたければ、行っていい。あんたの二人の娘の幸福、――わしを愛するように教えられていないとわかっていても、わしがじつの娘と見なそうとしている二人の娘の幸福、それについて話すとき、わしがあんたの気持ちを踏みにじっていると思うなら、二人の娘の幸福を願うことがわしの干渉だと思うなら、もちろん行っていい」

「あなたを傷つけることを言うつもりはないんです、デールさん」

「わしを傷つけるって! わしが傷つけられようと、傷つけられまいと、どうでもいいことじゃ? わしは子供を持たん。もちろんわしの人生の唯一の関心事は、甥や姪に必要なものを提供することじゃ。もし彼らからお返しに愛されることを期待したら、わしは年寄りの馬鹿じゃな。もしあえて期待を口にしたら、わしは干渉し、間違ったことをすることになるんじゃ! これはつらい。――じつにつらい。彼らがわしを嫌うように育てられたのをわしはよく知っている。じゃが、わしは彼らのため義務をはたすつもりじゃ」

「デールさん、その非難には根拠がありません。甥や姪はあなたを嫌うように育てられてはいません。彼らはあなたを伯父として愛し、尊敬していると信じます。でも、そんな愛と尊敬があるからといって、彼らの結婚を処理する権利があなたに与えられているわけではありません」

「誰が彼らの結婚を処理したがっているって？」

「どんな伯父も——親も——干渉することが許されないと思う、いくつかのことがあります。そんなことのなかでおもなものがこの結婚問題です。もしそれでもあなたがベルに願いを伝えたければ、もちろん伝えられます」

「あんたが娘をわしに背くように仕向けたあとでは、あまり効果は期待できんね」

「デールさん、あなたには私にそんなことを言う権利はありません。そんなことを言うなんてじつに不当です。もし私が娘をあなたに背かせたとあなたから思われるくらいなら、私たちはみんなでアリントンを出て行ったほうがましです。私は子供への義務をはたすことが難しい状況に置かれてきました。でも、私は個人的な欲求を捨てて、義務をはたそうと努力してきました。しかし、あなたを嫌うように娘たちを教育したと言われるようなら、娘たちをここに引き留めておくことはまったく誤りです。そんなことを言われることには本当に堪えられません」

デール夫人はこれらのことを決然とした態度で、感情を害されたことを表す声で言った。それで、郷士は夫人がひどく真剣だと感じた。

「娘たちにかかわる様々なことで」と郷士は自分を弁護した。「あんたがわしを疑いの目で見てきたことは本当じゃないのかね？」

「いえ、それは違います」それから、夫人は郷士の最後の主張にいくぶん真実味があると感じて、発言を訂正した。「もちろん疑いの目などで見ていません」と夫人は言った。「でも、その問題について、私の本当の気持ちがどうだったか説明します。世俗的な面であなたは私の娘たちに多くのことができて、これまでに多くのことをしてくださいました」

「さらに多くのことをしたいと思う」と郷士。

「きっとそうしてくださるでしょう。でも、私はそういうことがあるからといって、子供の残った片親として私の立場を放棄することはできません。娘たちは私の子供であり、あなたの子供ではありません。あなたが娘たちの守護者として、生来の保護者として振る舞うことを、たとえ私が許す気になれても、娘たちが受け入れることはありません。それだからといって娘たちがあなたを疑いの目で見ていると言うことはできません」

「わしはそれを母の嫉妬と呼ぶね」

「母が子供の愛情に嫉妬してはいけないんですか?」

郷士はこの間ずっとズボンのポケットに両手を入れて、部屋を行ったり来たりしていた。デール夫人がこの最後の発言をしたとき、彼は黙ってしばらく歩き続けた。

「あんたが言いたいことをはっきり言ったのは、おそらくいいことじゃ」と郷士。

「あなたが私を非難したせいで、そうせずにはいられなかったんです」

「あんたを非難するつもりはなかったんじゃ。今も非難するつもりはない。じゃが、あんたはわしにずっととても厳しかった、そして今も――本当にとても厳しいと思う。わしはあんたと娘たちをわしの富の共有者とするように努めてきた。あんたの安楽と娘たちの幸福を増やすように努めてきた。わしは娘たちの未来の幸福を確実なものにしたい。もしわしが娘たちのためを思ってするこういうことを拒否したら、あんたは過ちを犯すことになるじゃろう。じゃが、あんたはそのお返しとして、こんな親切に普通伴う愛情と従順をわしに出し渋った。出し渋らなくてもよかったと思う」

「デールさん、私はそういうものを出し渋ったことはありません」

「わしは傷ついた。――傷ついたんじゃ」と彼は続けた。夫人は彼の言葉のいつにない温かさによりも、苦渋に満ちた彼の表情に驚いた。「あんたが今言ったことは、この間ずっと本当であることがわかっている。じゃが、事実はそうだと感じていたが、あんたからはっきり言われて、わしは確かに傷ついた」

「子供が私のものだと言ったからですか?」

「いや、あんたはそれ以上のことを言った。あんたと娘たちはここに、わしの身近に、――もう何年になるだろうか?――住んできた。そんな長い年月のあいだ一緒に住んできたのに、わしに親切にしようという感情をまったく育ててこなかった。あんたはわしが聞くことも、見ることも、感じることもできないと思っているのかね? わしが馬鹿で、何もわからんと思っているのかね? あんたは体裁上『大きな家』に入らなければならんと感じなかったら、この家に入ろうとさえしない。みなそうしなければならないからやっているという感じじゃ。わしは子供を持たないから、姪に対しては親の義務を負っている。じゃが、姪からお返しに愛とか、敬意とか、従順とかを期待することは許されんのじゃ。わしはあんたを意に反してここにとどめているようじゃな、メアリー。もうそんなことはしない」郷士は夫人に帰ってもいいという合図をした。

夫人は席から立ちあがったとき、郷士に対して和らいだ気持ちになっていた。最近郷士は娘たちにずいぶん親切にしてくれた。これまで彼に見られたよりもずっと優しい、愛情に近い親切だった。彼はリリーの悲運にあって厳しささえも溶かしたようで、言葉と態度で親切にしようとした。今まるで娘たちを愛してきたのに報われなかったかのように話した。彼はなるほどつき合いにくい隣人で、気前がよかったことはないと夫人はひそかに思った。郷士は疑いなく子供に対する母の権威を奪い、子供を我がものにしようという無意識の願望に突き動かされていた。夫人は彼の弟と結婚した最初の日から確かに彼から無視されてきた。彼を最初に知ったときからこのことに気づいていたが、「小さな家」に住んだ最初の一、二年に、愛情をもって彼とともに生活しようという夫人の努力が失敗して以来、ますます鋭くそれを意識するようになった。しかし、それでも、それにもかかわらず、夫人は今郷士のため胸に血を流した。夫人は子供に対して持つ母の立場を確保することによって彼に勝利した。しかし、今彼がこの戦いで負けたと不平を言ったので、彼のため血を流した。

「お義兄さん」と夫人は言って、彼に両手を差し出した。「たぶん私たちは当たり前の思いやりをお互いに向けてこなかったということでしょう」

「わしは努力してきた」と老人は言った。「わしは努力してきた――」それから、気持ちが高ぶって邪魔したからか、言いたいことを表す必要な言葉が見つからなかったからか、話をやめた。

「もう一度努力しましょう――二人で」

「何じゃと、七十近くになってもう一度かね！　いや、メアリー、わしにもう一度はないよ。こういうことがあっても、娘たちはこれまで通りにしておかなくてはならない。わしがここにいるあいだは、家は娘たちのものじゃ。娘たちが結婚したら、彼らのためできる限りのことをわしはしてやる。バーナードが真剣に求婚しているとわしは信じている。もしベルが彼の言うことを聞くなら、わしはベルをアリントンの女主人として、今でもここに迎え入れるつもりじゃ。あんたが言ったことは言わなかったのと同じにする。――じゃが、もう一度始めることについては不可能じゃ」

デール夫人はこのあと庭を通って、一人で家に帰った。郷士は生きているあいだは、住んでいる家を母にではなく、子供に貸すと熱心に言った。郷士は思いやりのある温かい夫人の申し出をはっきり拒絶した。夫人は彼の話を聞いて、二人がこれからは互いをほとんど敵と見なすことになると思った。郷士が姪への義務をはたしたいので、夫人は敵ではあるけれど、彼の寛大さをまだ受け取ることが許されていると理解した！

夫人は応接間の暖炉の前の肘掛け椅子に座ったとき、「私たちは『小さな家』を出たほうがいいかしら」と独り言を言った。

第三十八章　クロフツ先生が呼ばれる

デール夫人は応接間に長く座っていなかった。引っ越しの問題から注意をしばらくそらされる知らせを受け取ったからだ。「母さん」とベルが部屋に入って来て言った。「ジェーンが猩紅熱に罹ったようです」部屋付きメイドのジェーンはこの二日間伏せっていたが、これまでたいしたことはないと思われていた。

デール夫人はすぐ飛びあがって、「ジェーンと一緒にいたのは誰です?」と聞いた。

ベルとリリーの二人がそのメイドと一緒にいたこと、リリーが今もまだ部屋にいることが回答からわかった。それで、デール夫人は階段を駆けあがった。突然家のなかが騒々しくなった。一時間かそこらもすると、村の薬剤師がやって来て、メイドの病気を間違いなく猩紅熱だと診断した。デール夫人はこの薬剤師の医術上の評判に長年異議を唱えていたから、これに納得しないで、クロフツ先生を呼ぶためゲストウィックに少年を送った。二人の娘には、もう二度と哀れなジェーンのところへ行かないようにはっきり命じた。夫人本人は猩紅熱に罹ったことがあったから、好きなように動けた。それから、看護婦を一人雇った。

デール夫人はこれらのおかげで数時間本来の考えの方向からそらされた。しかし、夕方になると、朝の会話の問題に戻って、三人の女性が寝床に就く前に、この問題について戦術会議を開いた。クロフツ先生はゲストウィックにいないことがわかった。先生は翌朝早くアリントンを訪れるとの伝言を本人に代わって届けてきた。デール夫人はお気に入りのメイドが猩紅熱ではないとほとんど確信していた。とはいえ、メイドの寝台に近づかないように娘たちに指示してそれをゆるめなかった。

「すぐここを出て行きましょう」とベルは言った。ベルは母よりももっと伯父の支配に反対した。交わされた議論のなかでバーナードの求婚の全体が俎上にのぼった。ベルは従兄の求婚をできる限り秘密にしてきたけれど、伯父がデール夫人にこの件を強要して以来、これ以上秘密にしておくことができなくなった。母がバーナードに味方するような態度で話したとき、「母さんは本当は私に彼と結婚してほしいと願っているんでしょう?」とベルは聞いた。デール夫人はこれに答えてそんな願いは持っていないと強く抗議した。リリーはまだクロフツ先生支持に固執していたから、姉と同じように強く反発した。娘たちは伯父が金銭的援助の圧力を背景として、彼らの人生観に何らかのかたちで介入してくることを不快に感じた。娘たちは母によって受け入れてもらえる限り、考えてよいどんな結婚にも伯父には反対する権利がないと主張した。哀れな老郷士は母娘から疑いの目で見られていると言った点で正しかった。彼はそういうふうに見られていた。母の心をえることに価値があるとは思わないで、娘たちの心をえようとした点で、郷士はなるほど過ちを犯した。娘たちはそんな試みがなされたと無意識に感じて、それに激しく反発した。彼らは伯父の家で住むように連れて来られて、ポニーに乗るように、特に伯父のパンだけを食べるように仕向けられた。それは彼らの責任ではなかった。娘たちはそんなふうに食べ、そんなふうに生活して、感謝の言葉を伝えた。郷士がそれなりにいい人だったから、彼らはその人のよさを高く評価した。とはいえ、それだからといって彼らは子として母に負う忠誠をこれっぽっちも伯父に移そうとは思わなかった。伯父がその朝話した言葉を母から説明されたとき、娘たちは伯父をずいぶん嘆かせることになるのを残念に思った。それでも、母が罪を犯してもいないのに、罪を犯したと見なされたのは間違いないと強く母に言った。

「すぐ出て行きましょう」とベルが言った。

「言うは易く行うは難し、ですよ、あなた」

「もちろんそうです、母さん。もしそうでなかったら、私たちは今ここにはいないでしょう。私が言いたいのはね、――ただちに必要な第一歩を踏み出そうということです。私たちがここにとどまっていれば、私たちに対して何か言う権利があると伯父が思うのは明らかです。伯父がそう思うのは間違いだなんて言えません。そう思うのはおそらく当然なんです。伯父の親切を受け入れるなら、おそらく私たちは伯父に従う必要があります。もしそうなら、それが私たちがここを出て行かなければならない決定的な理由なんです」

「私たちはハーン夫人のように、伯父に家賃を払うことはできないんですか?」とリリーは言った。「もしそれができたら、母さん、ここにいたいでしょう」

「でも、私たちにはそれができないんですよ、リリー。ここよりももっと小さな家、庭にかける出費が苦にならない家を選ばなくてはいけません。たとえここにほどほどの家賃を払うとしても、そんなことをしたら、今度は生活費がなくなってしまいます」

「トーストと紅茶で生活しても駄目ですか?」とリリーは笑って聞いた。

「でも、私はあなたにトーストと紅茶だけの生活なんかさせたくありません。そんな食事なら、すぐ飽きてしまいます」

「いいえ、飽きませんよ、母さん」とリリーは言った。「私が骨付きの羊肉を食べたいのは間違いありません。でも、あなた方はそんな俗悪なものは食べたくないと思います」

「とにかくここにとどまることは不可能です」とベルは言った。「クリストファー伯父さんは母さんから家賃なんか受け取らないでしょう。たとえ受け取っても、そんな変更のあとでその他の取り決めをどう続けていいかわかりません。やはり、私たちは大好きなこの『小さな家』をあきらめなければならないんです」

「大好きなこの家」とリリー。彼女はそう言いながら、子供時代の喜びのどれよりも、クロスビーが秋の日々に一緒にいた最近のあの庭の場面のことを考えた。

「結局、引っ越しすることが正しいかどうかはっきりしませんね」とデール夫人は疑いを交えて言った。

「いえ、いえ」と二人の娘はすぐ言った。「もちろん引っ越しが正しいんです。それに疑いの余地はありません。もし私たちが田舎家か、下宿でもいい、手に入れることができたら、ここにいるよりもいいに決まっています。クリストファー伯父さんがそれをどう思うかわかるからです」

「引っ越ししたら彼はとても悲しみますね」とデール夫人。

しかし、娘たちは母のこの主張に少しも動じなかった。娘たちは伯父が悲しむことはとても気の毒に思った。娘たちはこれまで以上に伯父に愛情を見せて、できれば思いやりに満ちた感情を抱いていることを伯父に示したかった。もし伯父から話し掛けられたら、娘たちは伯父への思いがことごとく愛情に満ちたものだと説明しようとしたことだろう。それでも、娘たちは積み重なる感謝の重荷をますます増やしてまで、アリントンにとどまることができなかった。返せないと感じる支払いを伯父が期待していることがわかっていたからだ。

「もし私たちがここにとどまっていたら、伯父のものを盗むことになります」とベルは断言した。「取引の正当な取り分と伯父が信じているものを勝手に盗むことになります」

それで、母娘は「小さな家」を出て行く意志を伯父に通知する必要があると結論づけた。

それから、新しい家をどうするかという問題が出てきた。デール夫人は収入が少なくともイームズ夫人のそれよりも多いと知っていた。それゆえ、ちゃんとした根拠のもとにゲストウィックに一軒の家を持つ余裕があると思った。「出て行くんなら、私たちはそうしなければ」と夫人。

「スーザン・ボイスの代わりにメアリー・イームズと散歩しなければいけませんね」とリリーは言った。

「結局たいして変わりはありませんせん」

「その点で得失はほぼ同じです」とベル。

「それからお店がいくつかあるのがすてきね」とリリーは皮肉に言った。

「ただし、金がないので何も買えませんせん」とベル。

「でも、私たちはもっと世間を見ることができます」とリリーは言った。「レディー・ジュリアの馬車が週に二回町にやって来ます。それから、グラッフェン姉妹がたいそう立派に馬車を乗り回すんです。全体的に見て、私たちはえるもののほうが多いでしょう。昔から見てきたあの庭が見られなくなるのは残念ね。ホプキンズと離れ離れになったら、母さん、私は胸が張り裂けると思います。もし私がいなくなったあと、彼がまたいつか頭を高く掲げて歩くようなら、私は人間というものに失望します」

しかし、実際には母娘の決意には多くの悲しみが伴っていた。デール夫人は問題の処理を誤って娘たちを巻き添えにしてしまったと、母の過失で娘たちに貧乏と不幸を招いてしまったと思った。リリーがひょうきんなことを言おうとする背後に、どれほど大きな悲しみが潜んでいるか夫人はよく知っていた。リリーが人間というものに失望すると言ったとき、デール夫人はほとんど震え――夫人の本心を思わず漏らす震え――を抑えることができなかった。今夫人は居心地のいい家から、芝生と庭の贅沢から娘たちを引き離して、田舎町のくすんだ小さな一角に移り住むことに同意するところだった。――なぜなら、夫人が義兄と幸せに暮らすことができなかったからだ。夫人の感情が傷つけられたからといって、アリントンで享受した利点――まさしく正統な出所から与えられている利点をみなあきらめてしまうのは、はたして正しいことなのか？

待ち受ける新しい家庭が慰めのないむさ苦しいところだと予想されるとき、母の誤った自尊心のせいで娘たちをそんなところに連れ込んだと、夫人はいつも自責の念に駆られることになるのではないか？　とはいえ、デール夫人にはもうほかに選択肢がないように思われた。夫人はもう娘たちに伯父の願いに素直に従うように説得することができなかった。郷士が決めたので、バーナードと結婚するほうがいいと、ベルを納得させることができなかった。夫人はこういう思いに深く染まっていたので、もう後戻りできなかった。

「レディー・デイ[1]には引っ越ししなければならないかしら？」とベルは言った。彼女は即座に引っ越しに賛成した。「もしそうなら、クリストファー伯父さんにすぐ知らせるほうがいいんじゃないかしら？」

「それまでに家は見つからないと思います」

「どこかに入り込めますよ」とベルは続けた。「ゲストウィックにはたくさん下宿がありますから」とはいえ、デール夫人の耳には下宿という言葉が気に入らなかった。

「行かなければいけないのなら、すぐ行きましょう」とリリーは言った。「引き払うのに手続きに構う[2]必要はありません」

「伯父さんはひどくショックを受けるでしょうね」とデール夫人。

「母さんのせいだとは言えないはずです」とベル。

それで、郷士に必要な情報をすぐ伝える必要があること、昔から住む愛する家を永久に立ち退く必要があることで母娘は意見が一致した。世間的な目から見ると、アリントンの「小さな家」からゲストウィックの狭い通りの家への引っ越しは、大きな墜落だろう。アリントンでは住まいの状況から見て、彼らは郷士や他の郷士と同じ地位に高められて、州の名門に位置した。しかし、ゲストウィックでは町の人々のあいだでさえ取るに足りない存在になるだろう。イームズ一家と同レベルになり、グラッフェン一家からずいぶん見くだされるだろう。レディー・ジュリアがゲストウィックの彼らの家を訪問するとはとても思えなかったから、ゲストウィック・マナーを訪問する勇気もなくすだろう。ボイス夫人からはきっと恩着せがましい態度を取られるだろう。ハーン夫人から言われる遺憾の言葉を今から予想することができた。実際、彼らのこんな引っ越しは、世間の多くの人々が聞いている前で失敗を告白するのに等しかった。

こんな配慮が「小さな家」の母娘には無縁の問題だと、読者に思ってもらっては困る。強い精神を持つ女性、張り詰めた哲学的傾向を持つ女性には、そんな配慮は無縁であるかもしれない。しかし、デール夫人はそんなタイプの女性ではないし、娘たちも違った。この世のよきものは母娘の目にもやはりよきものだった。彼らは友人らのあいだで保っている心地よい特権的地位を重んじた。偶然によってこれまで与えられていたこの利点を、高い目線から軽蔑することなんかできなかった。尾羽うち枯らした貧乏な姿を楽しみつつ、旅立つこともできなかった。今にも捨てようとしている贅沢を言い値で買うこともできなかった。

「伯父に手紙を書いたほうがいいんじゃないかしら？」と娘の一人。しかし、デール夫人はこんなわかりやすい問題で手紙を書くには及ばないとこれに反対した。そして、翌朝郷士に会いに行くと言った。「ひどくいやな仕事になるでしょう」と夫人は言った。「でも、すぐ終わります。私がひどく恐れているのはその時彼が言うことではなく、あとで会った時の彼の苦々しい非難の顔なんです」それで、翌朝夫人は今度は招待されたわけではなく、郷士の書斎にまた進んで行った。

「デールさん」と夫人は言って、混乱した態度と早口で仕事に取り掛かった。「昨日一緒に話し合ったことについてじっくり考えました。そして結論に至りましたから、一瞬も遅れることなくあなたにお知らせするほうがいいと思います」

郷士も二人で話し合ったことを考え、考えながらずいぶん苦しんだ。しかし、彼は厳しさや怒りを交えることなく考えた。彼の考えは常に言葉よりも優しく、彼の心は表に出す心の表象よりも穏やかだった。彼は弟の子供を愛したかったし、彼らから愛されたかった。それに失敗したとしても、彼らに親切にしたかった。あの面会のあとも、デール夫人に腹を立てることなどまったくなかった。心地よく会話を進めることができなかったけれど、物事が心地よく進むとはほとんど思っていなかった。その時彼が口にした発言からデール家の母娘によくない考えが取り憑くとは思ってもいなかった。彼は「大きな家」を我がものと思うのと同じくらい確かなものとして、「小さな家」を母娘の住まい、母娘の家庭と見なしていた。郷士を正当に評価すると、彼の恩恵として母娘が「小さな家」と援助を受け取っていると言われることは、彼の思いとはかけ離れていた。ハーン夫人は正価の半分で田舎家を彼から借りているのに、ほとんど毎日彼に不平を言った。だからといって、彼は家賃をあげることも、あげないで特別気前よく振る舞うことも、考えたことがなかった。ぶつぶつ不平を言う、へそ曲がりの、不快な世間しかこれまで見たことがなかった。彼はハーン夫人からにしろ、義妹からにしろ、これまで慣れてきたもの以上のものを期待しなかった。

「ベルと従兄の結婚にかかわることじゃったら」と郷士は言った。「とても嬉しい」

「デールさん、それは問題外なんです。確信がなければ、そんなことを言ってあなたを困らせることはしません。でも、娘のことはよくわかっています」

「それなら、時の流れに任せなければならんな、メアリー」

「ええ、もちろん。でも、いくら時間をかけても、ベルの気持ちを変えることはできませんよ。けれど、この話は置きましょう。さて、デールさん、ほかに話さなければならないことがあるんです。――私たちは『小さな家』を出る決心をしました」

「何を決心したじゃと？」郷士はそう言って、見開いた目を夫人に向けた。

「私たちは『小さな家』を出る決心をしました」

「『小さな家』を出るじゃと？　いったいどこへ行くつもりなんじゃね？」

「ゲストウィックへ行こうと思います」

「なぜ？」

「ええと、説明するのは難しいんです。あなたに話した通り、ただ事実を受け入れてくだされば、こういう結論に至った理由を聞かずにいてくだされば、ありがたいんです！」

「だが、それは論外じゃよ、メアリー。こんな大きな問題では理由を聞かなければならない。そんな思いを実行に移すとき、わしの考えでは、あんたは娘たちに対する義務をはたすことにならないことも言っておかなければならない。理由が本当に大きい理由でない限りね」

「でも、本当に大きな理由からなんです」とデール夫人は言って、間を置いた。

「わしには理解できん」と郷士は言った。「あんたが本当に真剣に言っていることじゃとは信じる気になれん。あそこは快適じゃないのかね？」

「私たちの生活手段では手に入らないほど快適です」

「じゃが、あんたはいつも金に関してとてもうまくやっていると思っていた。一度も借金をしたことがないじゃろ」

「はい。借金はしていません。確かに金のことではないんです。本当の理由は、デールさん、家賃を払わなかったら、私たちにはあの家に住む権利がないんです。でも、家賃を払ったら、そこに住む余裕がないんです」

「誰が家賃の話をしたんじゃ？」と、郷士は言って椅子から飛びあがった。「わしに隠れて誰かがわしのことで嘘をついたな」彼は真実のかすかな光さえまだ見ていなかった。彼の発言の結果、彼の縁者が家を出なければならないと判断した、とは思いつきもしなかった。彼は特別デール夫人らに気前よくしたと思ったことがなかった。たとえ彼が熱く、強く怒っても、母娘が住んでいる家を捨てることに理があるとは思わなかった。「メアリー」と彼は言った。「真相を究明しなければならない。家を出ることは、論外じゃ。いったいどこであそこと同じか、あそこよりいい生活ができるというんじゃ？　ゲストウィックへ行って、娘たちにどんな生活が待っているというんじゃ？　わしはそんなことをみな論外のこととして無視する。じゃが、あんたがなぜこんな提案をする気になったか知る必要がある。正直に話してくれ。――誰かが陰でわしの悪口を言ったのかね？」

デール夫人は反対や叱責を受ける覚悟をしていた。しかし、郷士の言葉には決然としたところがあり、態度には家長の雰囲気があった。それで、夫人はこれまで以上に立場の難しさを認めて、目的の達成には自分が力不足ではないかと恐れ始めた。

「本当にそういうことではありません、デールさん」

「じゃあ、どういうことかね？」

「話そうとしたら、あなたはいらだって、私の言うことに反対するとわかっています」

「おそらくいらだつじゃろう」

「でも、致し方ありませんね。実際、あなたと娘たちに正しいことをしようと努めているんですから」

「わしのことはどうでもいい。娘たちのことを考えるのがあんたの義務じゃ」

「もちろんそうです。こうすることについて、娘たちは心から私に賛成しています」

デール夫人はそんな主張をするとき、弱味を見せてしまった。郷士はすぐそれにつけ込んだ。「あんたは娘たちに義務を負っている」と郷士は言った。「じゃが、負っているからといって、その時その時で娘たちをいちばん喜ばせる仕方で振る舞わせることがあんたの義務じゃと、わしは言うつもりはない。娘たちが何かロマンティックなたわごとを早合点して鵜呑みにするのはわかるが、あんたが早合点するのは理解できんね」

「じつはこういうことなんです、デールさん。あなたは娘たちに恩を施しているので、親にするように娘たちから従順に従ってもらわなければならないと、思っていることでしょう。娘たちが日々非常に多くの支援をあなたから受け取っているので、ここにとどまっている限り、あなたからそう思われるのは当然です。ベルにかかわるこの不幸な件では――」

「わしはその種のことを一度も言ったことがない」と郷士は夫人を遮って言った。

「はい、口に出して言ったことはありません。愚痴を言っていると思われたくありませんが、そういうことだと私は感じ、娘たちもそう感じています。それで、家を出ていく決心をしたんです」

デール夫人は言葉を切ったとき、うまく話ができなかったことに気がついた。夫人は話を伝える力量にまったく欠けていたことを認めた。どうしても家を出て行くことを、しかもできるだけ義兄に苦痛を与えないでこれを承知させることをおもに目指した。うちに帰ったとき、問題が決着したと娘たちに言えるように議論を運ぶことができたら、郷士から愚か者と思われても気にしなかった。ところが、郷士は言葉でも態度でも夫人にこの特権を与えるつもりがないように見えた。

「わしがこれまでに聞いた提案のなかで」と郷士は言った。「いちばん筋の通らぬものじゃな。こういうことになるかな。あんたはあまりにも自尊心が強いので、夫の兄の家には家賃がただではとても住めないというわけじゃね。それで、非常に苦しい収入のなかであんたと娘たちをひどく不便な目にあわせようというわけじゃ。もしこれがあんただけにかかわることなら、わしには何も言う筋合いはない。じゃが、娘たちに関しては、あんたを知るみなが、まるきりあんたの見当違いな判断じゃと言うと思う。娘たちがあの家に住むのは、ことの成り行きから見て理の当然じゃな。あの家は貸し出されたことなんかない。わしが知る限り、あの家は建てられたときから家賃を取ったことがない。いつもそこに住むいちばんいい資格を持つと思われる家族の一員に与えられてきた。あんたがあの家に持つ足場は、わしがこの家に持つのと同じくらいしっかりしたものとわしは見てきた。わしと娘たちが喧嘩をしたら、おそらく娘たちは気にしないじゃろうが、わしは大きな災難と思う。じゃが、たとえそんな喧嘩をしても、娘たちがあの家を出る理由にはならんじゃろう。もう一度思い直すようにあんたにお願いしたいな」

郷士は必要に応じて権威ある態度を取ることができたので、今もそういう態度を取った。デール夫人は答えとして意志をただ繰り返せばいいとわかっていたにもかかわらず、実際にはまったく有効な回答をすることができなかった。

「あなたが娘たちにとても親切にしてくださっているのはわかります」と夫人。

「そういうことについて何も言うつもりはないよ」と郷士。彼は「小さな家」のことはその時考えていなかった。考えていたのは、長女に与えたいと思っているアリントンの女主人の完全な特権のことと、――哀れなリリーの砕かれた運命を補修する手段のことだった。そのあと二人のあいだで話されたことは、たいした内容のあるものではなかった。デール夫人は失敗したと感じながら、立ち去った。夫人が去るとすぐ、郷士は立ちあがり、大外套を着て、帽子とステッキを持ち、家の正面へ向かった。もっと自由に考えるため、傷ついた人が傷をなめるときに見出すあの慰めにふけるため、外に出た。むごい扱いを受けたと、――己と己が動機をほとんど疑い始めるほどむごい扱いを受けたと、彼ははっきりつぶやいた。まわりの人々がこれほど彼を嫌い、——避け、人々の幸せのため尽くそうとする彼の努力を歪めるのはいったいなぜなのか？　彼は息子の全特権を——実際には息子の特権以上のものを——甥に提供した。お返しとして、甥のものになる家にずっと住む同意を求めただけだった。それなのに甥は拒絶した。「甥はわしと一緒に住むことに堪えられんのじゃ」と、老人は痛ましく胸に言い聞かせた。アリントンの直系の娘たちが、じつの父から普通扱われるよりも寛大に、彼は姪らを扱う用意があった。それなのに姪らは彼の親切をはねつけ、逃げ出し、彼の恩義は受けないと公然と言い放った。彼はテラスをゆっくり行ったり来たりしながら、非常に苦々しくこのことを考えた。彼は悲しみをなめるとき、悲しみから通常えられるあの慰めを見出すことができなかった。なぜなら、考えるとき他人よりも自分を責めたからだ。生まれつき憎まれるたちなんだと彼は胸で断言した。残されたデール家の者が幸せに暮らしていけるように、彼が死んで彼らの記憶の底に埋められればいいと願った。それから、こんなふうに考えていくにつれて、思いはとても優しくなった。彼は不当な扱いを受けたのに、いちばん傷つけた人たちにいちばん愛情を注いだ。しかし、そんな思考と感情を言葉や外的印でそとに表現するのは、まるきり彼の力の及ばぬことだった。

　もう年の終わりに近づいていた。しかし、天気はまだ穏やかで暖かかった。空気は冷たいというよりも湿気を帯びて、芝生と野原は新たな植物のせいでまだ緑色を保っていた。郷士がテラスを歩いているとき、ホプキンズが近づいて来て、帽子に触れて挨拶してから、ここ一、二日のうちに霜が降ると言った。

「そうじゃろうな」と郷士。

「小葡萄温室に火を入れて使う前に、煙道を工事する職人を入れなければいけません」

「どの葡萄温室じゃね？」と郷士は不機嫌に聞いた。

「ほら、あっちの庭の葡萄温室ですよ、郷士。本当は去年にやっておかなければいけなかったんです」ホプキンズは不機嫌に対応した主人を罰するためこう言った。庭師はデール夫人の葡萄温室の煙道問題をじっくり考えたあと、去年の冬のあいだは主人を大目に見ていた。今はこれを思い出させておく必要があると感じたのだ。「ちゃんと直すまで、火は入れられないし、使えません。それは確かだね」

「じゃあ、火を入れるな」と郷士。

問題の葡萄は今特別元気がいいと見られており、「小さな家」の庭の誉れとなっていた。それは「大きな家」の葡萄ほど大がかりではなかったものの、いつも促成栽培されていた。ホプキンズはひどく当惑した。

「完熟しませんよ、郷士。この一年ずっと熟しません」

「じゃあ、熟さなくていい」と郷士は歩きながら言った。

ホプキンズは理解ができなかった。郷士はいつもならこんな問題を怠けることを好まなかった。特に「小さな家」にかかわることで怠慢があることを嫌った。それで、ホプキンズはテラスの上に立って、帽子を持ちあげ、頭を掻いた。「何かいさかいがあったんだろう」と庭師は悲しそうに独り言を言った。

しかし、郷士はテラスの端まで歩いて行って、家の側面に回る小道を曲がったとき、立ち止ってホプキンズを呼んだ。

「煙道に必要なことを職人にさせなさい」と郷士。

「はい、郷士。了解しました、郷士。レンガを積み直すだけです。この冬にはほかに何もする必要はありません」

「おまえが管理しているあいだは、そこを完璧な状態にしておいてくれ」と郷士は言って、歩き去った。

註

（1）聖母マリアの受胎告知の祝日で、三月二十五日。四季支払日の一つ。伝統的に土地や家屋の賃貸借契約や農業雇用契約の期限の日。

（2）『マクベス』第三幕第四場のマクベス夫人のせりふに「ただちにお引き取りくださいませ。ご挨拶、席次などにお構いなく」とある。

第三十九章　クロフツ先生が追い返される

「『小さな家』の消息をお聞きになりました、あなた?」とボイス夫人が夫に聞いた。デール夫人が郷士を訪問した二、三日後のことだった。午後一時で、教区牧師は妻と子供と一緒に食事をするため職務から帰っていた。

「何の消息かね?」とボイス氏。彼は何も聞いていなかった。

「デール夫人と娘たちが『小さな家』を出て、ゲストウィックへ移り住むそうです」

「デール夫人が出て行くって。馬鹿な!」と俸給牧師は言った。「いったいどうしてゲストウィックなんかへ行く必要があるんだね?　今いるところなら家賃を払わなくてもいいんだから」

「確かに本当の話です、あなた。私は今までハーン夫人と一緒にいました。夫人は直接デール夫人から聞いたんです。ハーン夫人は人生でこんなに面食らったことはないと言っていました。何かいさかいがあったようです。これであなたも納得したでしょう」

ボイス氏は黙って座ると、昼のディナーの準備のため汚れた靴を脱いだ。教区の生活にかかわるこれほど重要な知らせを何日も知らなかった。知らされても、こんなに短時間でそれを信じる気になれなかった。

「デール夫人は何があっても引っ越しの気を変えることはないと決心しているらしくて、しっかりそう話したとハーン夫人は言っています」

「夫人は理由を言ったのかね？」

「いえ、理由は正確にはわかりません。でも、夫人と郷士のあいだで口論があったと思うとハーン夫人は言っていました。ほかに理由は考えられませんからね。おそらくクロスビーというあの男と何か関係するんでしょう」

「一家は金のことで困ることになるね」と、ボイス氏はスリッパに足を突っ込みながら言った。

「それこそ私がハーン夫人に言ったことです。あの娘たちは現実の経済問題にまったく慣れていません。娘たちがこれからどうなるかわかりませんよ」ボイス夫人は親しい友人らに同情を示すとき、これから貧乏になる彼らの前途にかなり慰めを見出した。普通そんなものだろう。だからといって、ボイス夫人がほかの隣人らより悪い人だというわけではない。

「その日が来る前に仲直りすることになるよ」とボイス氏は言った。そんな仲直りをあまりにも調子がよすぎると思ったので、じつは信じていなかった。

「残念ですが」とボイス夫人は言った。「仲直りはないと思います。彼らは両方とも頑固なんです。娘たちに乗馬させたり、帽子や服を与えたりするのは有害だと、私はいつも思っていました。それって郷士が娘たちをじつの娘のように扱うことです。彼らは郷士のじつの娘じゃありません」

「ほとんど娘のようなものだよ」

「でも、今は違いがわかるでしょう」と賢明なボイス夫人は言った。「デール夫人は間違ったことをしていると私はしばしば言いました。結局私が正しかったことがわかります。引っ越ししても、訪問したり、つき合ったりするのはこれまでと少しも変わりません」

「もちろん変わるわけがないね」

「それでもやはり違いがあります。とても大きな違いです。立派な夫も何もかも失った哀れなリリーには、ひどい凋落になるでしょう」

ボイス氏が昼のディナーのあと職務で再び出掛けたとき、ボイス夫人と娘たちは同じ話題を議論した。たとえデール夫人がゲストウィックでとてもみすぼらしい家に住むことになっても、これまでと少しも変わらずにいい人であり、淑女であると、母は娘たちに注意深く教えた。その教えからボイス家の娘たちはデール夫人がベルとリリーとともに没落しそうなこと、彼らはそれを相応に扱わなければならないことをはっきり学んだ。

こういうことを見れば、デール夫人は郷士の主張に直接答えることはできなかったが、それに屈しなかったことがわかるだろう。夫人は家に帰ったとき、郷士の主張にほとんど負けたと感じた。それで、どうしたら義務がはたせるかわからない女の態度と口調で娘たちに事情を伝えた。しかし、娘たちはその場の郷士の態度を見ていなかったし、郷士の言葉も聞いていなかったので、郷士がいやがるからといって、元々の目的をあきらめることが理解できなかった。それで、娘たちは母を説得して再度決意を固めさせた。翌朝、デール夫人は義兄に手紙を書いて、郷士の言ったことはみな尊重すると保証しながらも、「小さな家」を出ることを義務と見なしていることをもう一度はっきり伝えた。郷士はこれに何も答えなかった。それで、夫人はこの件を秘密にしないほうがいいと考えて、ハーン夫人に考えを伝えた。

「あなたの義妹さんが私たちのところから出て行くと聞いて残念です」と、ボイス氏は同日の午後郷士に言った。

「誰がそれをあんたに話したんじゃね?」と、郷士は牧師が選んだ話題がまるきり気に食わないことを声の調子で表して聞いた。

「ええ、家内から聞きました。家内はハーン夫人から聞いたと思います」

「ハーン夫人には人のことに干渉しないでほしいし、つまらぬ噂を広めないでほしいな」

郷士がそれ以上何も言わなかったので、ボイス氏は不当にあしらわれたと感じた。

クロフツ医師がやって来て、病気がやはり猩紅熱だと告げた。村の薬剤師は常に疑いを抱かれ、不当に扱われている。というのは、町の医者は現れたとき、いつも薬剤師が言ったことを追認するからだ。

「猩紅熱であることに疑問の余地はありません」と医者ははっきり言った。「しかし、症状は幸い重くありません」

しかし、これよりももっと悪いことが起こった。二日後リリーは気分が優れないことに気がついた。彼女は患者として医者の世話になることを恐れたから、隠そうとした。しかし、そんな努力は功を奏さなかった。翌朝彼女も病気になったことがわかった。クロフツ先生はすべてが病人にとって好都合だと断言した。空気が冷たかった。家のなかにすでに病気があったことで、みなが注意を払っていた。さらに、いい助言がすぐ手近にあった。先生はデール夫人に不安にならないように求め、特に姉妹が一緒にいないように熱心に説得した。「ベルをゲストウィックへ――イームズ夫人のところへ非難させることはできませんか？」と先生。しかし、ベルはイームズ夫人のところへ送られるのをいやがった。病人のリリーが寝かされた母の寝室に近づかないようにすることさえやっと説得されて受け入れた。

「私に言わせてもらえるなら」と、先生はリリーが病気を訴えた日から二日目にベルに言った。「あなたがこの家にとどまっていることは間違いです」

「母さんがたくさん問題を抱えているとき、当然私はそばを離れません」とベル。

「しかし、もしあなたが病気になったら、お母さんはもっと問題を抱えることになりますよ」と先生は主張した。

「ここから離れられません」とベルは答えた。「たとえ私がゲストウィックへ連れて行かれても、とても不安になって、抜け出せる最初の機会にアリントンに帰っています」

「お母さんはあなたがいないほうが安心すると思いますがね」

「母さんは私がいるほうが安心すると思います。私は病人から逃げ出す女性の話は聞きたくありません。姉とか、娘とかが逃げ出したら、そんな持ち場放棄には堪えられません」それで、ベルは妹に会う許可は当然もらえなかったが、大いに必要とされる周辺部の様々な仕事をしながら、家にとどまった。

こんなふうにあらゆる難儀が「小さな家」の住人に押し寄せ、まるで山になって彼らの上にのしかかった。クロスビーにかかわるあの恐ろしい知らせ――それだけで母娘を押しつぶすのに充分だとその時感じられた知らせ――が届いてから、まだたった二か月しかたっていなかった。今その悲運を追い掛けるようにさらに悲運が加わった。先生の親切な予言にもかかわらず、リリーはひどく悪くなり、二、三日たつと、譫妄状態に陥った。リリーはすぎ去ったこの秋に母に話したように、よくクロスビーのことを話した。しかし、彼女は錯乱状態にあっても、今住んでいる家を出る決意を思い出して、ゲストウィックの下宿の準備ができているか先生に二度尋ねた。

クロフツが引っ越しの意図を初めて聞いたのはこんなふうにしてだった。彼は今リリーの病気が最悪のとき、毎日アリントンに来て、一度はそこに徹夜した。それでも、まったく診察料を受け取ろうとしなかった。――デール夫人からは一度も診察料を受け取ったことがなかった。「こんなにしばしば来てくれなくてもいいのに」とベルは先生に言った。ある夕方先生が患者の部屋から出て来たあと、応接間の暖炉の火に当たりながら一緒に立っていたときのことだ。「私たちは報いられないほど重い恩義をあなたに負っています」リリーはその日最悪の高熱を克服していた。先生はもう危険はないと思うとデール夫人に言うことができた。

「これから長引くことはないと思います」と先生は言った。「最悪の状態はすぎました」

「あなたからそう言っていただけると、何と嬉しいことでしょう。私たちは妹が助かったのはあなたのおかげだと思っています。それでも――」とベル。

「ああ、いえ、今猩紅熱は昔ほど恐ろしい病気ではありませんから」

「それならどうしてこんなにあなたの時間を妹に捧げてくれるんです？　あなたに負わせた損害を思うと、怖くなります」

「私の馬は私以上にそれを感じています」と先生は笑って言った。「ゲストウィックには私の患者はそんなに多くいません」それから、先生は帰るのでなく、一転して座り込んだ。「本当なんですか」と先生は聞いた。「あなた方みながこの家を出て行くというのは？」

「そうです。リリーが動けるくらいになったら、三月末には出て行きます」

「リリーはそれよりもずっと前によくなればいいですがね。確かにこれから何週間もそとに出られないでしょう」

「妹の病気で足止めされなければ、私たちはきっと三月末には出て行きます」ベルも今また座った。二人ともしばらく黙って炉の火を見詰めた。

「なぜ出て行くのです、ベル？」と先生はとうとう言った。「私にそれを聞く権利があるかどうかわかりませんが」

「あなたは私たちにどんな質問でもしていいんです」とベルは言った。「伯父はとても親切なんです。親切を通り越して気前がいいんです。でも、私たちがここに住む限り、伯父は母さんに干渉する権利があると考えているように見えます。私たちはそれがいやで、出て行くんです」

先生は暖炉の片側に座り、ベルは彼に向き合って座っていた。しかし、二人のあいだに打ち解けた会話はなかった。「あまりいい知らせではありませんね」と先生はとうとう言った。

「とにかく私たちが病気になったとき、あなたはこんなに遠くまで診に来なくてもよくなります」

「うん、それはそうです。あなた方が私の家の近くに来ることを喜ばなければ、無作法ということになりますね。しかし、少しも喜べないのです。あなた方がここアリントン以外のところで生活するなんて、考えることさえできません。デール家の人々がゲストウィックの通りにいたら、場違いです」

「デール家にとってもつらいことです」

「つらいことでしょうね。それなりの体裁を維持しなければならないのは、高い身分に伴う義務というあのじつに専制的な法のせいなのです。できることなら、あなた方はアリントンを離れるべきではないと思います」

「でも、状況は避けられないんです」

「その場合、まいったなあ！」それから、先生はまた沈黙した。

「あなたは母さんがここにいることで悲しがっているのを見たことがありませんか？」と彼女は少し間を置いて聞いた。「私は前にはそういうことが理解できませんでした。でも、今はそれがわかります」

「見たことがあります。――少なくともあなたが言っているような状況を見たことがあります。お母さんは拘束された生活を送っていました。それでも、そんな拘束は生きていくうえでしばしば必要なものではありませんか？　お母さんがそういうことのため引っ越すとは思えません」

「そうなんです、私たちのためなんです。でも、あなたが言うその拘束のせいで私たちは悲しい目にあったんです。母さんはその拘束にとらわれ、牛耳られています。伯父は金に関しては寛容なんです。でも、ほかのことでは――感情面では――寛容ではなかったと思います」

「ベル」と先生は言って、それから間を置いた。

彼女は先生を見あげたけれど、何も答えなかった。先生はいつも彼女を洗礼名で呼んだ。二人はずっと親密な友人だと互いに思っていた。彼女は今の瞬間それ以外のことはみな忘れていた。そこに座って、先生と話していることに計り知れない喜びを感じた。

「私はおそらく聞いてはいけない質問をあなたにしようとしています。妹に話し掛けていると感じるほど長く、あなたを知っているということでもなければね」

「お聞きになりたいことを聞いてください」とベル。

「あなたの従兄のバーナードのことです」

「バーナードのこと！」とベル。

今は夕暮れ時だった。二人は暖炉の火以外に明かりを置かずに座っていた。それで、彼女は従兄の名が出されたとき、顔に差した赤らみに先生から気づかれなかったことを知っていた。しかし、たとえ昼の光が部屋全体に広がっていたとしても、クロフツは火をしっかり見詰めていたから、その赤らみを見たかどうか疑わしい。

「そう、バーナードのことです。あなたに聞くべきかどうかわかりません」

「きっと何も答えられません」と、ベルは無意識に言葉を口にしていた。

「ゲストウィックで噂があったのです。彼とあなたが――」

「それは嘘です」とベルは言った。「まるきり嘘です。もしまた噂を聞いたら、あなたは否定してください。

なぜそんな噂があるのか不思議です」

「そうなれば、すばらしい結婚になるでしょう。あなたの友人らみながそれを認めるに違いありません」

「どういう意味ですか、クロフツ先生？『すばらしい結婚』という言葉を私がどんなに嫌っているか知りませんね。その言葉にはこれまでに聞いたどんな言葉よりも邪悪な世俗性が含まれています。ただ大きな家と馬車が持てるから、あなたは私に従兄と結婚してほしいんでしょう。あなたが友人であることはわかっています。でも、そんな友情は嫌いですね」

「私を誤解していると思いますよ、ベル。二人が互いに愛し合っていたら、すばらしい結婚になると言っているのです」

「いいえ、誤解なんかしていません。もちろん互いに愛し合っていれば、すばらしい結婚になるはずです。あなたは私が肉屋かパン屋かを愛しても、愛しあっていれば同じことを言うかもしれません。でも、あなたが本心で言っているのは、金があることが相手を愛する理由になるということです」

「そんなことは言っていないと思います」

「じゃあ、あなたは何も言っていないのと同じです」

そのあと、また数分の沈黙があった。そのあいだにクロフツ先生は帰るため立ちあがった。「あなたからとてもひどく叱られました」と彼は少しほほ笑んで言った。「干渉したから、叱られて当然だと思います」

「いいえ、干渉したからじゃありません」

「しかし、とにかく帰る前に私を許してくれなければね」

「あなたが罪を悔いて、邪悪な心を完全に改めなければ許しません。すぐグラッフェン先生と同じくらいの悪人になってしまいますよ」

「私が？」

「ええ、でも、私はあなたを許します。というのは、結局あなたはこの世でいちばん寛大な人ですから」

「うん、そう。もちろんそうです。では、――さようなら」

「でも、クロフツ先生、ほかの人はあなたが考えるほど世俗的じゃありません。金をそんなにほしがってはいけませんね――」

「しかし、私はとても金がほしいのです」

「もし金がほしいんなら、あなたは毎日ここにただでは来ないでしょう」

「私はとても金がほしい。金を稼ぐチャンスがえられないから、ときどき心が折れそうになるのです。金は人が持てるいちばんいい友人ですから――」

「まあ、クロフツ先生！」

「――人が持てるいちばんいい友人ですから、もしそれが正直に手に入るのならね。そんな友人がいないことで、男性に降りかかる悲しみが女性には理解できません」

「もちろん男性は職業を通して恥ずかしくない生活費を稼ぎ出すんです。あなたはそうすることができます」

「それはどこまで恥ずかしくないと言えるか基準によりますね」

「まあ！　私の基準は決して高くありません。私には豚小屋でも生活できる適性があります。――横になれる新鮮な乾いた豆の茎が敷かれたきれいな豚小屋でね。私を淑女にしようとしたら、間違っていると思いますよ。本当にそう思います」

「そうは思いませんね」とクロフツ先生。

「あなたは私のことがまだ少しもわかっていないんです。一日に三回服を着替えることに私は少しも喜びを感じません。教えられてきた生活様式に従って、そういう習慣になって、私はしばしば一日三回服を着替えます。でも、ゲストウィックに着いたら、そんなことは全部改めるつもりです。あなたがお茶にいらっしゃっても、朝着ていたのと同じ茶色のワンピースを見ることになります。――実際に朝の仕事で茶色のワンピースが汚れていなければの話です。ねえ、クロフツ先生！ これからゲストウィックの楡の並木の下をおうちまで、真っ暗ななかの乗馬になりますね」

「暗いのは気になりません」と先生。まだ帰るつもりがほとんどないように見えた。

「でも、私は気になります」とベルは言った。「ろうそくを持って来るように鈴を鳴らしましょう」しかし、引きひもに手を伸ばしたとき、彼はベルを止めた。

「ちょっと待ってください、ベル。私がまだいるのに、ろうそくを持って来る必要はありません。うちに帰ればまったく独りぼっちになることを考えれば、私がここにとどまっているのを渋らなくてもいいでしょう」

「あなたがとどまっているのを渋るって！」

「しかし、渋るのです。もし渋っていなければ、私を歓迎してくれるでしょうからね」先生はまだ彼女の手首をつかんでいた。彼女が使用人を呼ぶのを止めたとき、それをつかんでいた。

「何が言いたいんですか？」とベルは言った。「私たちが五月の花のようにあなたを歓迎していることはわかるでしょう。あなたはいつも歓迎です。今災難に見舞われた私たちのところに来てくださっているのに、――あなたを追い返すなんて、とにかくそんなことを言われたくありません」

「そう言われたくないですか？」先生はまだ彼女の手首をつかんでいた。先生はずっと椅子に座ったままだったが、ベルは彼の前、彼と暖炉のあいだに立っていた。先生がこんなふうに彼女を捕らえていたとき、彼女は先生の言葉や行動のことをほとんど考えていなかった。二人はとても親しく相手を知っていた。リリーはクロフツ先生がベルの恋人だと言って、相変わらずベルを笑ったが、そんな感情は二人のあいだには存在しないとベルはずっと心に言い聞かせてきた。

「追い返していると言われたくないですか、ベル？　私のようなとても貧しい男が、従兄のバーナードのような金持ちにさえあなたが差し出そうとしない手を求めて求婚したら、あなたはどうします？」

彼女はすぐ手を引っ込めて、絨毯の上をすばやく一、二歩後ずさりした。もし先生から侮辱されたら、――どんな状況でも言う権利のない言葉を先生から掛けられたら、彼女がするかもしれない仕草だった。

「うん、そう！　こういうことになると思いました」と先生は言った。「もう帰れと言われて、追い返されることがわかります」

「何を言いたいんです、クロフツ先生？　何を言っているんです？　どうしてそんな馬鹿げたことをおっしゃって、私が怒るかどうか見ようとするんです？」

「はい、馬鹿げたことです。こんなふうにあなたに話し掛ける権利など私にはありません。今は医者の仕事であなたの家に入っていますから、確かにこんなことをすべきじゃなかったんです。すいません」今は彼も立っていたが、暖炉のそばを動かなかった。「帰る前に私を許してくれますか？」

「何のことであなたを許すんです？」と彼女。

「厚かましくもあなたを愛していることで、ほとんどあなたが覚えていられないくらい長くあなたを愛してきたことで、ほかの誰よりも深くあなたを愛していることで、許してほしいのです。これくらいは許してくれなければいけません。しかし、これを口にしたことで私を許してくれませんか？」

先生はこれまでベルに一度も結婚を申し込んだことがなかった。彼女もまた先生の求婚を期待していなかった。彼女自身が先生の言葉の意味をまだほとんど理解していなかった。彼の言葉に対して与える回答を胸に問うてみることもやはりしていなかった。恋人がいかにもこれから求婚するぞと言わんばかりに女性の前に現れるので、彼が発する最初の愛の告白が彼の心のうちをすべて吐露し、女性のほうもそれを待ち受けているから驚かない、そんな例がある。恋人が古くからの友人でない場合、知り合ったのがごく最近である場合、一般的にこうなる。クロスビーとリリー・デールの場合が典型例だ。クロスビーがリリーのところに来て求婚したとき、まったくたやすく、完全に冷静に求婚できた。なぜなら、それが期待されているのがほぼわかっていたからだ。リリーは一瞬狼狽したものの、すぐそれに答えた。すでにその男を心から愛し、彼がそばにいることを喜び、彼の男らしさという太陽光線に浴し、彼の機知を楽しみ、彼の声の調子に耳を同調させていた。求婚が型通りになされ、世間からもそれが期待されていた。それがなされなかったら、リリーは虐待されたことになる。——ああ、悲し、悲し、未来にははるかに重い虐待が彼女に待ち受けていた！　しかし、恋人が求婚者として心のうちを告白するとき、大きな困難を伴う例、告白してもすぐ色よい返事が期待できない別のタイプがある。恋人が古い友人同士である場合に、こんな困難が普通重くのしかかる。それが彼らには厳しい。クロフツはデール家ととても親しかったので、その娘の一人と結婚することはありうることだと非常に多くの人々から考えられていた。デール夫人自身がそう思い、それをほとんど期待していた。リリーも確かに期待していた。この思いと期待はいくらか色褪せたにせよ、そういう思いと期待が前にあったということが先生には有利に働いた。しかし、今先生がどうにか心のうちを吐露したとき、ベルは驚いて彼から後ずさりし、彼が真剣であることを信じようとしなかった。ベルはおそらく先生を誰よりも愛していたのに、彼から思いを打ち明けられたとき、それをはっきり理解する気になれなかった。

「あなたが言いたいことがわかりません、クロフツ先生。本当にわかりません」とベル。

「あなたに妻になってくれるように求めたつもりです。それだけです。しかし、私を拒絶する苦痛をあなたに与えるつもりはありません。今日ここに馬で来るとき、求婚のことを考えました。最近しばしば乗馬するとき、ほかのことはほとんど考えないのです。しかし、そんな権利は私にはないと胸に言い聞かせていました。あなたが住むにふさわしい家さえ私は持っていません」

「クロフツ先生、もし私があなたを愛していたら――もしあなたと結婚したいと思ったら――」それから、彼女は自分を抑えた。

「しかし、あなたはそうではないのでしょう?」

「はい。そう思います。そうだと思います。でも、とにかく金のことは結婚とは何の関係もありません」

「しかし、あなたが愛せるあの肉屋かパン屋に私はなれますか?」

「いえ」とベル。それから、彼女はそれ以上話すのをやめた。その一語で答えのすべてを伝えようとしたのではなく、それ以上何と言っていいかはっきりしなかった。

「そうとわかっていました」と先生。

この恋人の行動と求婚の仕方を親切にも批判する人々は、先生が残念ながらこんな仕事には不向きな人だと思うだろう。女性は先生に勇気が欠けていたと言い、男性は先生に機転が欠けていたと言うだろう。しかし、先生は普通男性がこういう場合に振る舞うように振る舞い、いい平均的な恋人であることを示したと、私は信じたいような気がする。鳥を撃ち落とすように最愛の女性を撃ち落とす大胆な恋人がいる。そんな大胆な恋人はあちこちで不敬な言葉を吐き、銃が狂っていたと断言し、鳥を落とせなかったら、まるで世界が終わるとでも思っているかのようにきょろきょろ見回す。一方、銃をぶっ放すとき、目をしばたたく臆病な恋人がいる。そんな臆病な恋人は一羽も仕留めることができないことを、ニッカーボッカーにボタンを留める瞬間から確信している。友人らの盛大な祝いの言葉を聞くとき、臆病な男は彼の力でその美しい翼の生き物を本当に袋に入れたことが信じられない。臆病な男はその美しい翼の生き物が同じような獲物の群れのなかで見失われてしまわないように、獲物の荷車に雑多に投げ込まれることを断って、それを胸に抱えてうちに運ぶ。百単位で鳥を殺す男たちが殺された百羽の鳥を思うよりも、臆病な男はその美しい鳥をずっといとしく思うのだ。

しかし、クロフツ先生はまばたきをしたので、鳥を仕留めたかどうか少しもわからなかった。実際、先生はそばに祝いの言葉を掛けてくれる人に一人も恵まれなかったので、鳥が傷つくこともなく隣の野原に飛び去ったと確信した。先生の最後の遠回しな問いに対して、「いえ」というのがベルが答えた唯一の言葉だった。「いえ」は恋人にとって幸先のいい言葉ではない。しかし、もし先生にまだ機転があったら、ベルの「いえ」には、鳥が怪我もなく逃げたわけではないことを教えてくれるものがあることがわかったはずだ。

「さあ、もう帰ります」と先生。それから、彼はを待って間を置いたけれど、答えらしきものをえることができなかった。「私が追い返されたと言った意味がわかりますね」

「誰も――あなたを追い返したりしません」ベルはそう言うとき、ほとんどすすり泣いていた。

「しかし、帰る時間です。そうでしょう? そして、ベル、こんなことがあったからといって、私があなたの妹の寝台に近づかなくなるとは思わないでください。明日もまたここに来ます。あなたは私が今と同じ人だとは思えないことがわかります」それから、先生は闇のなかで片手を彼女に差し出した。

「さようなら」ベルはそう言って手を相手に与えた。先生はしっかりその手を握った。彼女は握り返したかったが、そうすることができなかった。彼女の手は怒った印をそとに表すこともなく、受け身のまま先生の手のなかにあった。しかし、完全に受け身の手だった。

「さようなら、最愛の友」と先生。

「さようなら」とベルは答えた。――それから、先生は帰って行った。

ベルは先生の背後で玄関ドアが閉まる音を聞くまでじっと動かずに待っていた。それから、寝室まで忍び足であがって行き、炉火のそばの低い揺り椅子に座った。ティーの準備が階下でできるまで、母がリリーと一緒にいることはすでに定められた習慣になっていた。というのは、リリーが病気になってこの方、用意されるそんな夕食は早めに取られていたからだ。それで、ベルは自分だけの――邪魔されずに座って考えていられる――時間がまだ三十分あることを知っていた。

ベルの最初の思いは何だったろうか？　ベルは彼女をしっかり愛している――と今わかった――男性を、いつもいちばん温かい友情を感じている男性を無慈悲に拒絶したと思っていただろうか？　いや、ベルは拒絶したとは思っていなかったし、決してそれに近いことをしたとも思っていなかった。彼女は長い歳月――数年をそのように計算するのだ――を越えて、すぎ去った過去に思いを巡らし、先生から愛されていると夢見、先生を愛していると空想した古きよき時に戻って行った。彼女はいかにその時以来自分を鍛えてその古きよき時を忘れようとし、彼女の思いが大胆すぎたと理解するように自分を教育してきたことか！　その古きよき時が今また甦ってきた。彼女はこれまで好きになったただ一人の男性から愛されていることが今わかった。それから、クロスビーから賛美されたと思って誇らしかったある一日、賛美が本当ならいいと願ったある一日の記憶を心に思い浮かべた。彼女はそれを思い起こしたとき、顔を赤らめ、床の上で足を二度踏み鳴らした。「愛するリリー」と彼女は心でつぶやいた。――「かわいそうなリリー！」しかし、妹のことをその時思った感情はクロスビーを最初に心に思い描いた感情とはまったく無縁だった。

この男性――貴重な比類のないこの男性――、先生は長い歳月を通して彼女を愛してきた。あのもう一人の男が嘘つきだとわかったのとは対照的に、先生は骨の髄まで誠実だった。もう一人の男が腐っているとわかったのとは対照的に、先生は健全だった。暖炉を見ながら座ってこのことを考えたとき、笑みが彼女の顔に浮かんだ。先生は彼女が所有するに値する愛で彼女を愛していた。彼女は先生を拒絶したのか、受け入れたのかほとんど覚えていなかった。これからどうするか自問してみることもほとんどなかった。たくさんそういうことを考える必要があった。しかし、すぐその必要に迫られてはいなかった。今のところ彼女は座って、勝利を噛み締めていてよかった。――それで、そこに誇らしげに座っていた。すると、老看護婦が入って来て、母が下で待っていると告げた。

第四十章　結婚の準備

二月十四日が、クロスビーがいちばん幸せな男性になる日とついに定められた。初めはもっと遅い日付があげられていた。三月の第一週よりもいい案として二十七か二十八日が提案された。しかし、レディー・アミーリアはあの日曜の夜のクロスビーの振る舞いにおびえたから、不必要な遅れがあってはならないと伯爵夫人を説得した。「彼はその種のことをためらいません」と、レディー・アミーリアは手紙のなかで言った。身分の権威に対する信頼――アミーリアは当然それに信頼を置いていた――を脅かされた口調だった。伯爵夫人は長女の意見に賛成した。クロスビーは二十八日よりも十四日のほうが都合がいいとの理由をいちいちあげた、義母の愛情のこもった書簡を受け取った。その時、駆け引き上あげられた日よりも二週間前の日取りで、幸せになれない理由を彼はでっちあげることができなかった。相手の言いなりになってはならないという衝動をまず感じた。駆け引き以上のものが強要されてはならないと思う感情から生じた衝動だった。しかし、喧嘩をして何の役に立つというのか？　少なくともまさしくこの時喧嘩が何の役に立つというのか？彼は今よりも結婚してからのほうがド・コーシーの横暴から容易に身を解放することができると信じた。レディー・アリグザンドリーナをおのがものにしたとき、彼が主人であることを教えるつもりでいた。そう教えるとき、もし彼がド・コーシー家から完全に身を引き離さなければならないなら、当然そういうことも必要だろう。とにかくこの問題では、今のところ彼らに服従しよう。それで、結婚式は二月十四日に決まった。

　一月の第二週にアリグザンドリーナは下見のため、あるいはもっと貴族ふうな言葉を遣うと、婚礼の衣装合わせのためロンドンに現れた。彼女はこういう仕事を一人で――あるいは姉の監督と支援のもとでも――きちんとできなかったので、ド・コーシー卿夫人も来る予定だった。しかし、アリグザンドリーナは先に来て、伯爵夫人が現れるまでセント・ジョンズ・ウッドの姉のところに泊まった。伯爵夫人はこれまで身を低くして婿のゲイズビーの親切なもてなしを受けたことがなく、いつも冷たいわびしいポートマン・スクエアの家、何年にも渡るド・コーシー家のロンドン屋敷へ行った。伯爵夫人はこの家をオックスフォード・ストリート[1]よりも南側の家だったら、ずっと前に喜んで交換していただろう。しかし、伯爵は強情だった。伯爵が時々使っていた社交クラブや宿は、オックスフォード・ストリートのちゃんと南側にあった。なぜ昔からある屋敷を変える必要がろうか？　伯爵夫人は今回セント・ジョンズ・ウッドにさえ泊まるように求められなくて、ポートマン・スクエアに入ることになった。

「お母さんをうちに招待したほうがいいと思いませんか」と、ゲイズビー氏はほとんど震えながら、妻に主張を繰り返した。

「そんなことはしないほうがいいと思いますよ、あなた」とレディー・アミーリアは答えた。「母さんはあまり気難しい人じゃありませんが、小さなことがいろいろありますからね――」

「うん、そうですね、もちろん」とゲイズビー氏。それから会話は途絶えた。彼は威厳のある義母が首都にとどまっているあいだ、できれば快くもてなしたかった。しかし、もし義母が彼の家に滞在したら、そのあいだ義母がいることでみじめになっただろう。

　しかし、アリグザンドリーナは一週間ゲイズビー氏の屋根の下に滞在して、その間クロスビーは期待に満ちた花婿の喜びを味わい尽くし、幸せになった。彼はもちろん毎日ゲイズビーの家でディナーをいただき、そこで夜をすごしたいと思った。現在の状況で彼がそうしないわけがなかった。確かに今はアミーリアのところへ行かなかったら、時間をひどく持て余しただろう。彼は目の黒あざについてした大胆な決意にもかかわらず、また最近の喧嘩の印のせいで、社交の喜びから閉め出されたくないとの意志にもかかわらず、あの事件以来社交クラブへはあまり頻繁に足を運ばなくなっていた。ロンドンは再び人でかなり一杯になっていたのに、彼は今までのようにあまり外出していないことに気づいた。近づく結婚の輝きによっても、彼の人気を高めることはできないようだった。実際、彼は世間――彼を取り巻く世界――から冷ややかに見られるようになっていた。それゆえ、セント・ジョンズ・ウッドに毎日出掛けることを思ったよりも退屈に感じなかった。

新婚夫婦の住まいとしては、ベイズウォーター・ロード[2]に隣接するとても上流の家並みからプリンセス・ロイヤル・クレッセントと呼ばれる家が選ばれた。この家はかなり新しかった。道路が未完成のため、あたりにモルタルの強い臭いがあり、建設業者が残した柱や煉瓦のかけらなどがいつも見られた。それでも、この家はじつに正しい選択と認められた。クレッセントの一端からはハイド・パークの一角を見ることができ、もう片方の端は非常に見事なテラスに隣接していた。そのテラスには南米の大使や、銀行の幹部や、この国[4]の貴族が住んでいた。ベーカー・ストリート[3]という音の響きがどれほど不快か、フィッツロイ・スクエアの名が上品な耳にどれほど薄汚く聞こえるか[5]私たちは知っている。とはいえ、その地域の家々は頑丈で、暖かく、申し分のない大きさだ。プリンセス・ロイヤル・クレッセントの家[6]は確かに頑丈な家ではなかった。というのは、今時頑丈に建てられた家は金銭的に引き合わないからだ。正直に言うと、まだ完全にできあがってもいなかったから、この家が暖かくなるはずがなかった。大きさのことを言えば、応接間は階段用に一角を切り取られた建物全体の広さからなる立派な一部屋だけれど、家はほかの部分では非常に窮屈であり、尻のないケルビム[7]のように作られていた。クロスビーが階段下の押し入れを化粧室に割り当てられそうになって、この家に反対したとき、「でも、もし個人資産がなければ、何から何まで手に入れることはできません」と伯爵夫人は言った。

レディー・アミーリアは家の問題を最初に議論したとき、セント・ジョンズ・ウッドに住まいを選ぶように切望したが、クロスビーはこれをきっぱり拒否した。

「あなたはセント・ジョンズ・ウッドを嫌っているようね」と、レディー・アミーリアはいくぶん厳しく彼に言った。彼を威圧して、その地域に敵意なんか抱いていないとはっきり言わせたいと思ったからだ。しかし、クロスビーはそれほど弱くなかった。

「はい、好きじゃありません」と彼は言った。「ずっと嫌いでした。たぶん、偏見になっていると言っていいんです。ですが、もしそこに住むことになったら、最初の六か月できっと喉を掻き切ると思います」

レディー・アミーリアはその時つんと反り身になって、我が家がそんなに嫌われるのは悲しいとはっきり言った。

「いえ、あなた、違うんです」と彼は言った。「あなたのうちはとても好きですし、何よりもここに来るのを楽しみにしています。ここに住むことが私に及ぼす影響のことを言っているんです」

レディー・アミーリアはとても賢かったから、こういうことをみな納得したうえで、妹の利害を考えた。それで、セント・ジョンズ・ウッドに固執するのはあきらめて、義弟に対して愛情のこもった配慮を保ち続けた。クロスビー本人はヴォクソール・ブリッジ[8]とテムズ川に近い、ピムリコー地区[9]の新しい広場に住むことを望んだ。その地区とレディー・アミーリアが住む北の地区との大きな距離をおもに考慮してそう思った。

しかし、レディー・アリグザンドリーナはこれに強く反対した。もし二人がイートン・スクエア[10]か、イートン・スクエアから続く通りに家を確保することができたら、――もしベルグレーヴィア[11]の縁あたりに忍び込めたら、花嫁は喜んだだろう。彼女は初めそれが新郎からなされた提案だと思って、もう少しでだまされるところだった。彼女のピムリコー[12]の地理的な知識が完璧ではなかったから、もう少しで致命的な失策を犯すところだった。しかし、友人が親切に介入してくれた。「後生ですからお願い、あなた、エクルストン・スクエア[13]を越えたところに連れて行かれてはいけません」と、信頼のおける既婚の姉がうろたえて叫んだ。アリグザンドリーナはこう忠告されて、しっかり態度を固め、今一端からハイド・パークが見えるプリンセス・ロイヤル・クレッセントにテントを張ることにした。

家具はおもにレディー・アミーリアの検閲と経験に頼って注文された。クロスビーはまんざらでもない顔つきで、義姉のほうが安くものを手に入れることができると、自分はそんな仕事をする審美眼を持ち合わせていないと断言した。それでも、彼は我が身が横暴に曝されていると、――服従を強いる親指の束縛のもとに置かれていると感じた。彼はベッドや椅子を選ぶこの問題に心から身を入れることができなかった。それで、ついにド・コーシーの一党にこのすべてを任せた。これにはこれまでに述べられていない別の理由があった。家具を買う金を工面したのはモーティマー・ゲイズビー氏だった。ゲイズビー氏はほとんど理解しがたいド・コーシー家に対する忠誠心に突き動かされて、扱えるクロスビーの金を一銭残らずレディー・アリグザンドリーナの利益に結びつけた。彼は花嫁のため仕事に取り掛かり、ここをこそぎ落とし、そこを操作し、結婚の取り決めという砥石に新郎をこすりつけた。あたかも彼ゲイズビーの子の未来のパンは、彼の法律上の技量の大きさに懸かっているかのようだった。ゲイズビー本人はこれに対して一銭も受け取らなかったし、現時点でも、将来的にも、利益をえなかった。これは忠誠心――ド・コーシー卿が身につけている宝冠への忠誠心——から来ていた。ゲイズビーによると、伯爵とそれに属するものにはそんな忠誠心を求める権利があるという。それは彼が教育された原理であり、無意識に実践する崇拝だった。個人的には、彼は虐待するド・コーシー卿を嫌った。伯爵が非情な、残酷な、悪い男だと、知っていた。とはいえ、彼はどんな平民も与えることができない奉仕を伯爵に与えることができた。ゲイズビー氏はレディー・アリグザンドリーナの——名目上予想される——寡婦生活に有利になるように、手に入る資金をこんなふうに縛りつけながら、新しい家に備えつける家具の金を自前で提供した。「弁済されるまで年百五十ポンドを四パーセントの利息で私に払ってください」と、彼はクロスビーに言った。クロスビーはぶつぶつ不平を言いながらそれに同意した。クロスビーはこれまでロンドンで上流社会の人として贅沢に生活してきた。が、誰にも一銭も借金をしたことがなかった。彼は今借金生活を始めることになった。しかし、公職に就く事務官が伯爵の娘と結婚するとき、すべてを思い通りにすることはできない。

レディー・アミーリアは一般的な家具を買った。——ベッド、階段用絨毯、洗面台、台所用品など。ゲイズビーはディナー用テーブルと食器棚を特価で買った。しかし、応接間の付随品については、レディー・アリグザンドリーナ当人が当たることになった。伯爵夫人が手助けするつもりでいたのは、衣装の問題に関してだった。衣装代についてはゲイズビーに請求書を送りつけて、彼のほうから五パーセントの利子で花婿に支払わせるわけにはいかなかった。嫁入り支度はド・コーシーの資産から出さなければならない。それゆえ、伯爵夫人本人が現場に現れる必要があった。「わしは請求書なんか受け取らん、聞いておるかね？」と、伯爵は特別醜い黒い歯一本で単語をピシピシ発しながら、うなるように言った。「わしはこの件でどんな請求書も受け取らん」ところが、伯爵は手持ちの現金も出してくれなかった。伯爵夫人自身が現場に出向くことがこんな状況ではぜひとも必要だった。婦人帽製造業者の請求書は、家具製造業者や陶器商人やそういう新居用の請求書に紛れ込ませてもいいのではないか。伯爵夫人はそんな漠然とした申し出をゲイズビー氏にほのめかした。氏が最近コーシー城に行った仕事上の訪問のあいだでのことだ。伯爵夫人は当人なりの言い方をして、最近はやり方が変わってきたと、そんなやり方がこの世で本当に生活する人々のあいだで正しいと見なされるようになってきたと、優しく提案した。しかし、ゲイズビーは頭の切れる、誠実な男であり、伯爵夫人をよく知っていた。彼はそんなやり方は今回の場合できないと思った。それで、伯爵夫人はそれ以上強引に提案を押し通すことはやめて、みずからロンドンに上京しなければならないと決心した。

レディー・アミーリアとレディー・アリグザンドリーナがボンド・ストリート[14]の広い絨毯専門店に座ったとき、応対する四人の男性に質問したり、頭を寄せて囁いたり、一ヤードにつき二ペンスを余分に加えて正確に計算したり、掛けられる限りの迷惑を店に掛けたりするのを見るのは楽しかった。二人は絨毯の大きな巻物のあいだでスカートの大きな張り骨を器用にさばきながら、徹底的に愉快にすごして、当然のことのように男たちの忠誠を要求したから、二人を見るのは楽しかった。しかし、クロスビーを見るのはそれほど楽しくなかった。彼は絨毯の選択権を実際には与えられておらず、男たちからまったく余計者と見られていたので、役所に逃げ出そうとそわそわしていた。二人の女性は十時半に店に行く約束をした。それなら、クロスビーは役所に十一時か――それより少しあとに到着できる。ところが、彼らがゲイズビー家を出たのは十一時近くだった。絨毯が三十分で選べないのは明らかだった。まるで何マイルもの絢爛豪華な色が彼らの前で広げられたかのようだった。模様が役に立ちそうだと見られたとき、前へ後ろへ広げられて、部屋はほとんど絨毯で覆い尽くされてしまった。クロスビーは絨毯の大きな山を引きずっている男たちに同情した。しかし、レディー・アミーリアは倉庫内のすべての絨毯を調べるのが義務ででもあるかのように落ち着いて座っていた。「底にあるあれをもう一度見たいのです」すると男たちは仕事に取り掛かって、山を取り除いた。「いえ、あなた、渦巻き模様のあの緑のは駄目です。もし熱湯がこぼれたら、すぐ色が飛んでしまいます」男は言いようのない笑みを浮かべて、あの特別な緑はどこにも飛んで行かないと断言した。しかし、レディー・アミーリアは男に注意を払わなかった。そのために山が取り除かれた絨毯は、別の山の一部となった。

「それがいいかもしれません」とアリグザンドリーナは言った。すばらしい深紅の地に幾筋もの黄色い川が曲がりくねり、その流れのなかに無数の青い花を運んでいる図柄を見ていた。彼女はそう言うとき、上品に頭を片側に傾け、どうかしらというように絨毯を見おろした。レディー・アミーリアは耐久性を試すように日傘でつついて、汚れが目立つ黄色について何か囁いた。

「見事な絨毯です、お嬢様。私たちが手に入れた最新の品です。クロスビーは時計を取り出して、うめいた。ルールヒ城に四百五十ヤード敷きました。つい先月のことです。南ウェールズの公爵夫人のためクースグ在庫がなかったからです」そこで、レディー・アミーリアはもう一度それをつつき、立ちあがって、その上を歩いた。レディー・アリグザンドリーナは頭をさらに片側に傾けた。

「五シリング三ペンス?」とレディー・アミーリア。

「いえ、いえ、奥様、五シリング七ペンスです。店にあるいちばん安い絨毯ですよ。色に一ヤード当たり二ペンス余分にかかります。本当です」

「何割引?」とレディー・アミーリアは聞いた。

「二・五パーセントです、奥様」

「ああ、あなた、それじゃ駄目です」とレディー・アミーリアは言った。「私はいつも即金なら五パーセント引いてもらいます。——即金ですからね」男はそれに対して店主と相談しなければならないと言った。二・五パーセントが店の規則ですから。クロスビーは窓の外を見ていたが、誓ってこれ以上待てないと言った。

「これをどう思います、アドルファス？」とアリグザンドリーナ。

「どう思うって？」

「この絨毯――これについてですよ、おわかりでしょ！」

「ああ――この絨毯についてどう思うかって？　黄色い縞模様はあまり好きじゃありませんね。赤すぎるんじゃないですか？　私は模様の小さな茶色の絨毯がいいと思いました。ですが、誓って私はどれでもあまり気にしません」

「もちろん気にしませんね」とレディー・アミーリア。二人の女性はさらに五分間頭を寄せ合わせたあと、その絨毯が――割引の条件に従って――選ばれた。「さて、次は敷物ですね」とレディー・アミーリア。しかし、クロスビーはここで反抗して、二人を残して役所へ行かなければならないと主張した。「敷物については私がいる必要はないでしょう」と彼は言った。「ええ、そうかもしれません」とレディー・アミーリア。しかし、アリグザンドリーナがこんなふうに男性の付添いから置き去りにされたくないことは明らかだった。

　オックスフォード・ストリートでは椅子とソファーで同じことが起こった。クロスビーはたとえ階段下の押し入れで着替えることになっても、心の落ち着きをえたいと願い始めた。彼はセント・ジョンズ・ウッドの家全体、そこに属するもののすべてを嫌うようになっていた。彼は小さな家庭経済というものをそこで教えられた。その必要性を特に説明され、そういうものについてこれまで何も知らなかったから、吐き気を感じた。これから彼が身を置こうとする立場の男、――つまり、限られた資産のなかで社交界に向けて上品な体面を維持しなければならない男には、そんな家庭経済観念が特に必要だった。ほとんど外出しない人や外出するとき最初に手に入る馬車を使う人の場合、肉屋から充分な肉の供給を受け、洗濯屋を好きなだけ使い、請求書に支払いをするには、年千五百ポンドあれば充分かもしれない。しかし、レディー・アリグザンドリーナにはしなければならないいろいろなことがあった。それゆえ、もっとも厳しい家庭経済観念が必要だった。リリー・デールなら、夫のビーフステーキときれいなシャツを犠牲にしてまで、馬車の使用を要求して、まるでそれが私用にどうしても必要だという表情をするだろうか？　クロスビーはその問いやその他同種の問いをしばしば胸に問うた。

それでも、彼はアリグザンドリーナを愛そうとし、むしろ愛していると心に言い聞かせた。彼女をド・コーシー一家から引き離し、特にゲイズビー分家から引き離せば、完全に切り離すことができる。辻馬車に誇らしく座っているよう、テーブルに気前よく仕出しを頼むよう、彼女に教えることができるだろう。彼女に教えるって！　三十を越えた年齢の、すでに念入りに貴族的教育を受けてきている彼女に教えるって！　親戚に会うことや、セント・ジョンズ・ウッドへ行くことや、伯爵夫人やレディー・マーガレッタと文通することを禁じるつもりなのだろうか？　彼女に教えるって、本当に！　染み込んだ習慣がいくら洗っても落ちないことを、――たとえ彼が洗い落とす名人だったとしても、落ちないことを教わらなかったのだろうか？　実際には彼は誰よりも習慣を洗い落とすのが苦手だった。しかし、いったい誰が彼を哀れむことができようか？　彼の胸に住んでいるリリーは決してそんな習慣に染まっていなかった。

それから、ド・コーシー卿夫人がロンドンに現れる日がやってきて、アリグザンドリーナはポートマン・スクエアへ引っ越した。クロスビーはこれによって明らかに快適になった。というのは、わびしい北西への毎日の旅を免れることができたからだ。彼はゲイズビーの家へ行くため歩かなければならない、教会近くの風当たりの強い街角が大嫌いだった、ドアへ導いてくれるランプやドア自体も嫌いだったのを、私は知っている。このドアは壁に埋もれるように立っており、いわゆる庭園か、前庭かを突っ切る狭い通路に向かって開いていた。通路の両側にはゼラニウム用の二つの――パリシーの陶器[15]に見えるように彩色された――鉄製プランターがあった。庭の台座には裸体の女性像が置かれていた。ドアのすぐ前のその歩道よりも寒いところはロンドンにはない、と彼は思っていた。私は三分を超えたことはないと信じるのに、彼の主張によると、五、十、十五分そこで待たされた。その間に使用人のリチャードが作業着を脱いで、見事な衣装に着替えるのだ。

私はいちばん素朴な、自然な仕方で使用人がドアを開けてくれるのがいいと思う！　私は最近火曜の午後に堂々とした正門の前で数分間待たされた。だんだんいらだってきたとき、かわいい少女が現れて開けてくれた。手や顔やエプロンが火格子の仕事をしていたことを物語る、かわいい少女だった。「まあ、あなた」と彼女は言った。「訪問者を受け入れる日は水曜です。その日に来たら、お仕着せを着た男性がお迎えしますのに！」少女はエプロンの隅で私の名刺を受け取り、お仕着せを着た男性とまったく同じことをした。しかし、そのわずかな言葉が女主人から立ち聞きされたら、少女はどうなることだろう？

クロスビーはセント・ジョンズ・ウッドの家を嫌った。それで、伯爵夫人の到来でほっとした。ポートマン・スクエアのほうが簡単に行けたし、伯爵夫人のもてなしはゲイズビー家のそれほど押しつけがましくはないだろう。彼が最初に行ったとき、家の裏側に面する家族用の大食堂に案内された。家族はロンドンにいないことになっていたので、もちろん正面の窓は閉まっていた。彼がこの部屋に十五分くらいいると、伯爵夫人が壮麗な姿で降りて来た。たぶんこれまでこんな壮麗な姿の卿夫人を見たことがなかった。ドレスはすこぶる大きくて、もっと広い通路を要求するかのように、広い入口を通るときサラサラ音を立てた。驚くべきボンネットをかぶり、スカートとほぼ同じくらい広いビロードのマントを身につけていた。卿夫人は彼に話し掛けるとき、頭を少しのけぞらせた。卿夫人が愛情にあふれている一方で、いくぶん軽蔑を含む恩着せがましい煙霧に包まれていることに、彼はすぐ気づいた。彼は昔伯爵夫人が好きだった。いつも機嫌を取る、へつらうような態度を彼女が見せたからだ。二人の交際では受け取るのと同じくらい与えたことを、――伯爵夫人もそれを認めていることを、彼は感じることができた。その交際のあらゆる場面で、彼が優位に立っており、それゆえ彼は交際を快く感じた。伯爵夫人は温厚な、愛想のよい人で、身分と地位の重みでその家を彼にとって心地よいものにした。それゆえ、彼は放つ光で卿夫人の上に輝くことを引き受けた。今二人のあいだにいい感情が生まれるさらに強い根拠があるのに、立場が逆転したのはなぜだろう？　そんな逆転が生じているのを彼は意識した。胸に苦々しい呵責を感じながら、この女が彼を支配しようとしていることを察知した。彼は伯爵夫人の友人であるあいだは、彼女の目には大物だった。――彼の力を認めてくれているのがちょっとした卿夫人の言葉や表情から読み取れた。しかし、彼は今義理の息子としてじつに小さな男に見えたのだ。――モーティマー・ゲイズビーのように！

「ねえ、アドルファス」と、卿夫人は彼の両手を取って言った。「式の日がずいぶん近づいてきましたね？」

「本当にとても近くなりました」と彼。

「ええ、近づきました。あなたが幸せな男だと感じてくれていればいいのですが」

「ええ、はい、当然です」

「そうでしょう。真面目に考えて、当然そうだと思います。娘は妻として望まれるすべてを備えています。今は身分のことを言っているのではありません。身分でも娘が大きな利益を与えてくれると、もちろんあなたは感じているでしょうがね」

クロスビーは宝くじの当たりを引いたと思うというようなことを何かつぶやいた。しかし、卿夫人の耳には家来の感謝の表れのように聞こえないつぶやきだった。「あなたほど幸運な男性を知りません」と卿夫人は続けた。「あなたがその点に充分気づいていることが娘にもわかればいいと思います。娘はかなり疲れた表情をしているようです。買い物で無理をさせていますね」

「確かにたくさん買い物をしています」とクロスビー。

「娘はこの種のことにあまり慣れていません！　けれど、もちろん事態がこういうふうになったからには、自分で買い物をすることが必要です」

「彼女はむしろ買い物が好きなんだと思いますね」とクロスビー。

「娘は義務をはたすことが好きなんだと信じています。私たちはこれからマダム・ミルフランの店へ絹を見に行きます。——あなたもきっと行ってみたいでしょう？」

ちょうどこの時アリグザンドリーナが部屋に入って来た。娘はまるであらゆる点で母の小型版のように見えた。母娘は二人とも発育のいい、立派な、大きな体つきで、ほぼ美しいと言っていい雰囲気を具えていた。伯爵夫人の顔は、近くで細かく見ると、当然のことながら、年齢の深いしわがあった。しかし、卿夫人は近くで細かく見られないように上手に身をこなしていた。年齢から見て、卿夫人の通常の外見は確かによかった。それ以上のことは娘に有利になるようにはほとんど言えなかった。

「まあ、駄目よ、母さん」と娘は母の言葉の末尾を聞いて言った。「彼はどのお店でも最悪の客なんです。何を見ても好きでも嫌いでもない。そうよね、アドルファス？」

「そうなんです。私は安いものはみな好きで、高価なものはみな嫌いです」

「それなら絶対にマダム・ミルフランの店へは連れて行きません」とアリグザンドリーナ。

「買い物なんて彼には重要とは思えないのでしょうね、あなた」と伯爵夫人。彼女は最近ゲイズビー氏にした提案のことをおそらく考えていた。

今回の場合、クロスビーはディナーのあとポートマン・スクエアに来ることをただ約束しただけで、買い物の付き添いからは何とか逃げ出すことができた。「それはそうと、アドルファス」と伯爵夫人は言った。玄関先に止まった貸し馬車に彼から手を取られて乗せられるときのことだ。「私の代わりにラドゲート・ヒル[16]にあるランバートの店に行ってほしいのです。あそこは三か月も私のブレスレットを預かったままなのです。行ってください、いい人ね。できればそれを手に入れて、今夕持って来てちょうだい」

クロスビーは役所に戻る途中、伯爵夫人の指示には従わないことを誓った。安物を受け取りにシティへとぼとぼ歩きたくなかった。しかし、五時になると、役所を出てそこへ行った。ほかにすることがないからと心に言い訳して、今の時点では義母のしかめ面よりも笑顔を見るほうが都合がいいと考えた。それで、ラドゲート・ヒルのランバートの店へ行って、そこでブレスレットは丸々二か月前にコーシー城へ送られていることがわかった。

そのあと、彼の社交クラブ――セブライト――でディナーを食べた。机の上に半パイントのシェリー酒を置き、至福の思いなどすることなく座って一人で食べた。近づいて来た男から時々話し掛けられた。一人から数語、別の一人から数語。二、三人から結婚の祝福の言葉を掛けられた。しかし、クラブは以前と同じところではなくなっていた。彼は今絨毯の真ん中に立つことはなかった。そんな時まわりの人々みなに、あるいは誰に向かおうとおかまいなく話し、今にも冗談を飛ばそうとし、その日の最後のニュースを派手に油断なく注視したものだ。誇りに満ちた地位から人が落ちるとき、高さがそれほどでなくても、落下がごくかすかであっても、何と簡単に見分けられることだろう。そんな落下を顔や声、足取り、手足のあらゆる動きに表さずに堪えられる男がどこにいようか？　クロスビーは我が身が落下したことに気づいており、羊肉の切り身を食べる態度によって気づいていることを表した。

彼は八時半にポートマン・スクエアに戻ると、奥の小応接間で二人の女性が小さい暖炉に寄り添っているのを見つけた。家具はみな茶色のホランド布[17]で覆われており、部屋には人の住まぬ部屋にいつもあるあの冷たい、慰めのない雰囲気があった。クロスビーは社交クラブからポートマン・スクエアまで歩くあいだに、ある真剣なもの思いにふけった。彼はこれまで送ってきた生活を確かに失った。二度とクラブのお気に入りになることはないだろう。努力しなくてもあらゆるよきものが与えられる人として甘やかされることも二度とないだろう。数年間そんな幸運に恵まれたが、もはやそんな幸運を手にすることはないだろう。失ったものの代わりにえられるものが、手の届くところにあるだろうか？　役所のなかではほかの連中よりも能力を具えているので、勝ち誇っていられるかもしれない。しかし、そんな成功だけでは不充分だった。うちのなかの世界で、これから持つ家庭内で、彼は妻と幸せになれるだろうか？　――アリグザンドリーナが母から引き離されたとき、彼が愛せる妻になれるだろうか？　失敗ほど男の気持ちを和らげるものはない。そとで出会う打擲ほど男を家庭という慰めに熱心に向かわせるものはない。彼はリリーを捨てた。そとの世界があまりにも輝いて見えたので、その世界を捨てることができなかったからだ。彼はリリーの場所を何とかアリグザンドリーナで埋めようとした。そとの世界があまりにも苛酷で、そこから支えてもらうことができなかったからだ。悲しや！　悲し！　男はそんなに簡単に罪を悔悟し、汚点を洗い流して真っ白になることはできないのだ！

彼が部屋に入ったとき、私がすでに言ったように二人の女性が暖炉の近くに座っていた。クロスビーは伯爵夫人の気分が優れないことにすぐ気づいた。実際、嫁入り支度の問題で母娘のあいだにいさかいがあったのだ。アリグザンドリーナはいやしくも結婚するからには、伯爵の娘にふさわしい自前の衣装で結婚するとはっきり母に言った。衣装についていちばん望ましいのは、貴族の両親が用立てるよりもむしろ平民の夫がやることだと、母が遠回しに説得しても無駄だった。アリグザンドリーナは断固として権利を主張し、もし華美な服装と装飾品の注文が両親によって承諾されなければ、いかず後家としてコーシーに戻り、ロジーナと同一歩調を取る用意をすると伯爵夫人に言い立てた。

「あなた」と伯爵夫人は悲しそうに言った。「父さんから私がどんな目にあわなければならないか、あなたには想像できないのです。もちろんあとで、こういうものはみなあなたのものになります」

「父さんがそんなふうに私を扱っていいわけがありません。父さんが自分の金を私に出すつもりがないのなら、私自身の金を私に出してくれなければいけません」

「ああ、あなた、それはゲイズビーさんの落ち度なんです」

「誰の落ち度かなんてどうでもいいことです。確かなのは私の落ち度ではないということです。私は彼から言われたくありません」――彼とはアドルファス・クロスビーを指していた――「彼が私のウエディングドレスを支払わなければならなかったと」

「もちろんそういうことではありませんよ、あなた」

「そういうことなんです。私がすぐ手に入れたかったものも同じく彼の支払いになっています。結婚を延期しなければいけないとただちに彼に伝えたほうがましです」

アリグザンドリーナはもちろん主張を通した。伯爵夫人はペリカンのそれとほぼ同じ母の献身(18)を見せて、伯爵には妻を殺す以上のことはできないと考えた。それで、アリグザンドリーナが注文したいと思ったように、品物が注文された。伯爵夫人はゲイズビー氏に請求書を回すように望んだ。母が多くの献身を見せたのに、娘はまったく見せなかったと母は思った。それゆえ、母はアリグザンドリーナにとても腹を立てた。

クロスビーは椅子を取って二人のあいだに座り、じつに上機嫌な口調でブレスレットの一件を説明した。「卿夫人は記憶違いをしていたようです」と彼はほほ笑んで言った。

「私の記憶力はとてもいいのです」と伯爵夫人は言った。「本当にいいのです。もしトゥイッチが預かって、私に教えていなかったのなら、私のせいではありません」トゥイッチは卿夫人の侍女だった。クロスビーは形勢を判断して、これ以上ブレスレットのことは言わなかった。

彼は一、二分後片手を差し出して、アリグザンドリーナの手を取った。二人は一、二週間もすると結婚する予定だから、たとえ花嫁の母の前であっても、そんな愛情表現は許されると思った。彼女の指をとらえることには成功したけれど、優しい反応が少しもないことに気がついた。「やめて」とレディー・アリグザンドリーナは言うと、手を引っ込めた。その言葉を発した声の調子は彼の耳にとげとげしく届いた。その瞬間、彼はある夜アリントンの小さな橋の上で起きた一場面を思い出した。彼が愛撫したときのリリーの声、リリーの言葉、リリーの情熱。「ああ、私のいとしい人、私の恋人、私のいとしい人！」

「あなた」と伯爵夫人は言った。「使用人らは私がどれだけ疲れているかわかっているはずよ。紅茶か何か出してくれるつもりはないのかしら」それで、クロスビーはベルを鳴らして、再び椅子に戻るとき、許嫁から椅子を少し離して置いた。

まもなく家政婦助手が紅茶を持って入って来た。助手はその場のため身繕いしたようには見えなかった。彼は自分がその場にふさわしくない存在だと思った。しかし、これは彼の思い違いだった。家族として受け入れられたから、そんなささいな遠慮は気にされなくなったのだ。二、三か月前なら、クロスビー氏の前にそんな使用人が茶盆をもって現れると思ったら、伯爵夫人は失神しただろう。しかし、卿夫人は今そんな配慮にすっかり無関心だった。クロスビーは家族として受け入れられ、それゆえ特権的資格を与えられ、――

家庭内の欠点にもまた曝されることになったのだ。デール夫人の小さな家庭が壮麗なものに届くことはありえなかった。それでも、急にこんなふうに泥に落ち込むこともなかった。クロスビーは紅茶を片手に持ちながら、そのことも思った。

しかし、彼はすぐ逃げ出した。彼が出て行くため立ちあがると、アリグザンドリーナも立ちあがった。彼が敬意を表して鼻を彼女の頬骨に押しつけることを許してくれた。

「お休みなさい、アドルファス」と伯爵夫人は言って、彼に手を差し出した。「けれど、ちょっと待って。あなたにしてほしいことがあるのです。明朝役所へ行く前にちょっと立ち寄ってくださるでしょう」

註

（1）ベイズウォーター・ロードから東へまっすぐ延びる通り。トテナム・コート・ロードに至る。
（2）ハイド・パークやケンジントン・ガーデンズの北に隣接して東西に走る通り。
（3）グロスター・プレイスの東側をそれに並行してリージェンツ・パークから南へ走る通り。
（4）リージェンツ・パークから南東へ少し離れたところで、トテナム・コート・ロードとポートランド・プレイスの中間に位置する。
（5）第六章註（3）参照。
（6）トロロープの『リッチモンド城』（1860）第三十五章には「年百二十ポンドで借りられるブルームズベリー・スクエアの広い、頑丈な家のほうが、ほぼ二倍の家賃を払わなければならないハイド・パークの西側の、狭い、木舞と漆喰だらけの、立てつけの悪い共同住宅よりも住む価値がある」という発話がある。
（7）聖書（「エゼキエル書」第一章第十節）では、ケルビムは動物の体を持つものとして描かれている。あるいは、絵画ではケルビムのモチーフは「二つの翼を持つ子供の頭」としてしか定義されていない。

(8) ヴィクトリア駅とテムズ川南岸のヴォクソールを結ぶ橋。
(9) ウエストミンスター南端のテムズ北岸地域。北西に高級住宅街ベルグレーヴィアがある。
(10) ヴィクトリア駅西側で、バッキンガム・パレス・ロードの北側をそれに並行して走る通り。
(11) ハイド・パーク南のベルグレーヴィア・スクエアを中心とする高級住宅地。
(12) クロスビーは職業人であり、上昇志向を持つから、ベルグレーヴィアに隣接するピムリコーを魅力的な地域と思っている。しかし、それは上流階級のド・コーシーには受け入れられない地域だ。最上の階級にとって、住宅地として南はエクルストン・スクエアまでしか許容できなかった。ベイズウォーター・ロードのプリンセス・ロイヤル・クレッセントは上流階級には許容できる。なぜなら、クレッセントの一端からはハイド・パークの一角を見ることができるからだ。
(13) ヴィクトリア駅の東側すぐ近く。
(14) オックスフォード・ストリートとピカデリーを南北に結ぶ通り。リージェント・ストリートの西側をそれに並行して走る。
(15) フランスの陶芸家ベルナール・パリシー（1510-89）は王室の庇護を受けて、魚や爬虫類の浮き彫り模様を持つ彩色陶器の製作で有名だった。
(16) フリート・ストリートから続いてまっすぐ東へ向かう通りで、セント・ポール大聖堂に至る。
(17) 晒していない平織りの麻布で、家具の覆いに用いる。
(18) ペリカンの母は胸をつついて、その血で子を養うとの誤った説があった。

第四十一章　下宿のもめ事

　クロスビーがランバートの店でド・コーシー卿夫人のブレスレットを無益に問い合わせていたころ、ジョン・イームズはバートン・クレッセントのローパー夫人の玄関ドアに入るところだった。

「ねえ、ジョン、クレーデルさんはどこにいるの?」という言葉が彼を出迎えた。すてきなアミーリアが発した言葉だった。さて、アミーリアは普通クレーデル氏の居場所について関心を持つことはあまりなかった。

「クレーデルがどこにいるかって?」とイームズは問いを繰り返した。「ぜんぜん知りません。一緒に歩いて役所へ行ったけれど、それ以後会っていません。ぼくらは同じ事務室に座っていませんからね」

「ジョン!」それから、彼女は言葉を切った。

「今度は何があったんです?」とジョン。

「ジョン!　あの女が逃げて、夫のところを出たの。あなたの名がジョン・イームズであるのと同じくらい確実に、あの女はあの馬鹿な男と一緒に逃げたはずよ」

「えっ!　クレーデルが?　信じられません」

「あの女は午後二時にこの家を出て、帰って来ないの」それははっきり言って現在の時間からたった四時間しかたっていなかった。それくらいの時間なら昼間家からいなくなっても、愛人と逃げたという大罪で既婚の女性を非難するには証拠が薄弱だった。アミーリアはこれを感じて、説明を続けた。「彼は上の応接間にいるわ。やるせない姿そのままでね」

「誰が――クレーデルが?」

「ルーペックスよ。どうやら少し飲んでいるようね。とても悲しそうにしている。四時にここで妻と会う約束だったらしいの。ここに帰って来て、妻がいなくなっているのがわかったのよ。自室に駆けあがったわ。妻が彼の箱を壊して、金をみんな取ったと今は言っている」

「けれど、ルーペックスは金なんか持っていませんでしたよ」

「おととい母にいくらか払ったのよ」

「それこそ彼が今日金を持っていない理由なんです」

「あの女はもしただ買い物か何かそんなことで出掛けたんなら、持って行かないものを確かに持って行ったようよ。あの女はネックレスを三つ持っていたの。たいした値打ちのものじゃありません。でも、あの女はそれをみな身につけたか、ポケットに入れて持って行ったわ」

「クレーデルはそんなふうに女と駆け落ちなんかしませんよ。彼は馬鹿かもしれないけれど――」

「ええ、あの男は馬鹿よ。わかるでしょ。あれくらい女について馬鹿な男は見たことがないわ」

「けれど、彼は安っぽいものをいくつか盗んだり、夫の金を取ったりするような人間じゃとにかくありません。彼は無関係だと思いますね」それから、イームズはその日の状況を思い返してみて、確かに朝からクレーデルに会っていないことに気がついた。この公務員は昼休みにイームズの事務室にぶらっと入って来て、ビスケットのかけらがインク壺のなかに落ちるといくらジョニーから注意されても、パンとチーズとビールをそこで飲み食いするのが習慣だった。しかし、この日に限ってクレーデルはそうしていなかった。「彼がそんなに馬鹿だとは思えません」とジョニー。

「でも、馬鹿なのよ」とアミーリアは言った。「もうディナーの時間ね。あの男はどこにいるのかしら？　金はいくらか持っていたの、ジョニー？」

イームズはそう聞かれて、ほかの場合だったらとても聞き出せそうもない友人の打ち明け話を明らかにした。

「ルーペックス夫人は四季支払日直後およそ二週間前にクレーデルから十二ポンド借りたんです。それ以前にも彼から金を借りています」

「まあ、何て間抜けな男！」とアミーリアは叫んだ。「あの男はこの二か月一銭も母に払っていないのよ！」

「ローパー夫人がおととい ルーペックスから受け取ったのは、おそらく彼の金でしょう。もしそうなら、女将にとっては同じことです」

「あたしたちはどうしたらいいの？」と、アミーリアは恋人の前に立って二階にあがるとき言った。「ねえ、ジョン、もしあなたがこんなふうにあたしに振る舞ったら、あたしはどうなるかしら？　もしあなたがほかの女と駆け落ちしたら、あたしはどうしたらいいの？」

「ルーペックス夫人は駆け落ちなんかしていませんよ」とイームズ。彼はこれほど身近なものとして問題を提示されて、何と言っていいかわからなかった。

「でも、状況は同じことね」とアミーリアは言った。「心が引き裂かれるのよ。一つに結び合わされていた心が引き裂かれるようなことがあってはいけないでしょ？」それから、応接間のドアに着いたとき、彼女は彼の腕にすがりついた。

「心も、恋の矢も、屁みたいに馬鹿馬鹿しい」とジョニーは言った。「男は結婚なんかしないほうがいいというのがぼくの信念ですね。こんにちは、ルーペックスさん？　何か問題でもありましたか？」

ルーペックス氏は部屋の真ん中で椅子の背に頭をのけぞらせて座っていた。彼はあまりにも落胆した姿をしていたので、持ち主が意図しているように頭が進路をたどったら、後ろに落ちて床をころがったことだろう。両腕も椅子の後ろ脚に沿って下に落ちて、指はほとんど床に触れるほどだった。外見は力を落とし、うなだれて、痛ましかった。ミス・スプルースは部屋の片隅で手を膝の上で組んで座っていた。ローパー夫人は厳しい雄々しさ――外見から判断すると非常に厳しい雄々しさ――を額に表して敷物の上に立っていた。女将はその厳しさをルーペックス夫人にだけ向けるつもりではなかった。女将はルーペックス氏にもうんざりしており、請求書の支払いに見合うくらいの持ち物さえ残してくれれば、彼も逃げ出してくれたら、嬉しかった。

ルーペックス氏はジョン・イームズから当初話し掛けられたとき、身動きしなかった。しかし、後ろ頭に発作的な動きが現れて、応接間への新しい人々の到着を機に、彼の苦悩を表現する新鮮な場面が訪れたことを知らせた。椅子も彼の体の下で震えた。指は床にさらに伸びておののいた。

「ルーペックスさん、すぐディナーになりますよ」とローパー夫人は言った。「イームズさん、友人のクレーデルさんはどこにいるんです？」

「まったく知りません」とイームズ。

「けれど、おれは知っている」ルーペックスはそう言って飛び起き、まっすぐ立ち、今まで支えていた椅子を倒した。「家庭の幸せの裏切り者！　おれは知っている。やつがどこにいようと、腕にあの不貞女を抱いているんだ。やつがここにいたらなあ！」彼はその最後の願望を言い表したとき、手と腕で一つの動作を行った。その動作は、もしその不幸な若者がここにいたら、引き裂き、二つ折りにし、カバンにぎっしり詰め込み、遺体を無限の空間を越えて闇の王子に急送してやることを表すように見えた。「裏切り者！」と彼はその動作を終えると叫んだ。「不実な裏切り者！　汚い裏切り者！　あの女もだ！」それから、彼は逃げた妻のことを考えたとき、また椅子に戻る準備をした。床に倒れている椅子を見つけて、拾いあげなければならなかった。拾いあげて、再度頭を椅子の背越しに放り出し、指先をほとんど絨毯まで降ろした。

「ジェームズ」と、ローパー夫人は今部屋にいる息子に言った。「私たちがディナーをしているあいだ、あなたはルーペックスさんのそばに付き添っていたほうがいいと思います。おいでください、ミス・スプルース。こんなことであなたにご迷惑をお掛けしてすいません」

「何でもありませんよ」とミス・スプルースは部屋を出ようとして言った。「私はただの老婆ですから」

「ご迷惑って！」とルーペックス。彼はまた椅子から立ちあがった。いつか支払いをしなければならないディナーが下で食べられているあいだ、上にとどまっている気におそらくなれなかったのだ。「ご迷惑って！　おれの不幸によって女性が迷惑を受けるのは、おれにはじつに心外だな。ミス・スプルースにはその性格に深い尊敬を抱いている」

「私のことを気に掛ける必要はありません。私はただの老婆ですから」とミス・スプルース。

「けれど、誓っておれは気に掛けるよ！」とルーペックスは叫んで、急いで進み出てミス・スプルースの手を取った。「おれはいつも思っているが老いにはそれなりに資格が――」しかし、ルーペックス氏が老いに与えた特別な資格は、ローパー夫人の下宿の人々に知らされることはなかった。というのは、この瞬間部屋のドアが開いて、クレーデル氏が入って来たからだ。

「現れたね、君、自分で謎を解いてくれ」とイームズ。

クレーデルは下宿に入って来たとき玄関で何か聞いていたが、ルーペックスが応接間にいるとは聞いていなかった。それで、この紳士の顔を見たとたん少しはっと驚いて引いた。「言葉と名誉にか、か」とクレーデルは言い掛けて、それ以上発言を続けることができなかった。ルーペックスは敬意を表していた老女の手を落とすと、あっという間に彼を襲った。クレーデルは胸倉をつかまれてアスペン[1]の葉のように震えた。アスペンの葉が揺らされるとき、目を閉じ、口を開け、舌を出すとするなら、彼はアスペンの葉には似ていなかった。

「ねえ、やめてください」と、イームズは友人を助けるため割って入って言った。「こんなことをしても何の役にも立ちませんよ、ルーペックスさん。飲んでいますね。明朝まで待って、それからクレーデルに話し掛けるほうがいいです」

「明朝だって、マムシめ」とルーペックスは叫んだ。彼はまだ餌食を捕まえたまま、肩越しに振り返ってイームズを見た。マムシがどちらを指すかはっきり示さなかった。「こいつはおれの妻をいつ返すんだ？　おれの名誉をいつ返すんだ？」

「か、か、か、掛けて私の――」哀れなクレーデル氏がその時我が身の無実を主張し、ルーペックス夫人について名誉に掛けて潔白を証明しようと試みても無駄だった。ルーペックスは敵のネクタイをまだ締めあげていた。イームズが今彼の腕をつかんで、これまでのところそれ以上重大な攻撃に進まないように動きを妨げていた。

「ジェマイマ、ジェマイマ、ジェマイマ！」とローパー夫人は叫んだ。「急いで警察を呼んで、急いで警察を！」しかし、アミーリアは母よりもずっと冷静だったから、表の窓のほうへ向かうジェマイマを止めた。「そこにいなさい」とアミーリアは言った。「一、二分もするとおとなしくなるわ」アミーリアは確かに正しかった。家で騒ぎがあるとき警察を呼ぶのは、台所の煙突でススが燃えているとき消防車を呼ぶのに似ている。そんな場合、いい処置は消防車の助けを借りないで、ススが燃え尽きるに任せることだ。現在の例の場合、警察は呼ばれなかった。警察が来ても、当事者の誰の得にもならなかった、と私は思う。

「私の名誉に掛けて――、彼女のことは何も知りません」というのが、クレーデルが言えた最初の言葉だった。ルーペックスがイームズの説得に応じてついに力を緩めたからだ。

ルーペックスはミス・スプルースのほうを振り返ると、にやりと冷笑した。「こいつの言葉を聞いただろ――。この家庭の幸せの敵のね！――はっ、はっ、は！　何とまあ、おれの妻をどこへ連れて行ったのか言え！」

「たとえあなたがイギリス銀行をくれると言っても、知らないんです」とクレーデル。

「彼はきっと知らないんですよ」とローパー夫人。夫人のクレーデルへの疑いは収まり始めていた。ところが、疑いが収まるにつれて、彼への尊敬も薄れていった。ミス・スプルースも、アミーリアも、ジェマイマも同じ思いを味わった。ルーペックス夫人と駆け落ちするなんて、大馬鹿者だとみなが彼を思っていた。しかし、駆け落ちをしなかったから、みなは今彼を哀れな人だと思い始めた。もし彼が積極的に愚かな行為をしていたら、おもしろい馬鹿だった。しかし今、みなと同じようにルーペックス夫人のことを彼が知らないのなら――そう彼らは推測した――、おもしろみのまったくない馬鹿だった。

「もちろん彼は知らないんです」とイームズ。

「私が知らないのと同じよ」とアミーリア。

「表情そのものが無実であることを表しています」とローパー夫人。

「本当にそうです」とミス・スプルース。

ルーペックスは疑惑の男をみながこのように擁護するので、一人また一人と次々に顔を見て、それぞれの主張に対して頭を横に振った。「もしこの男が知らなかったら、誰が知っているっていうんだ?」と彼は聞いた。「おれがこの三か月あれを見ていなかったとでもいうのかい?　生涯家庭の安楽に慣れ切っている妻が、ディナーのときに宝石とおれの金を持って、こんなふうに出て行った。それなのに誰も妻をそそのかしていない。誰も妻を助けていない。そんなふうに考えるのが合理的なことだとでもいうのかい?　そんなことが信じられるか!」ルーペックスは言った。話し終えたとき、彼はハンカチを激しく床に投げつけた。「おれはどうしたらいいか知っている、ローパー夫人」と彼は言った。「どんな措置を取ったらいいか知っている。明朝この件を弁護士の手に委ねるよ」それから、彼はハンカチを拾って、食堂に降りて行った。

「当然君はこの件について何も知らないんだろ?」とイームズは友人に聞いた。友人が手を洗っているあいだに一言言うため上に駆けあがった直後のことだ。

「何について、——マライアについてかい?　彼女についてなら、どこにいるか知らない」

「それについてに決まっているだろ。それ以外に何がある?　どうして君は彼女をマライアなんて呼ぶんだい?」

「不適切だった。不適切だったと認める。思わず言ってしまった、わかるだろ」

「思わず言ってしまったって!　まあ聞いてくれ、君、厄介なことに巻き込まれるよ。しかもまったく無益にね。あの男は君が金品を盗んだと警察に届け出るよ——」

「だが、ジョニー——」

「状況はみなわかる。もちろん君は何も盗んでいない。もちろん盗むものなんかなかったんだ。けれど、君が彼女をマライアと呼び続けたら、あの男は君の首根っこを押さえていることに気づくよ。ほかの男の妻を人は意味もなく洗礼名では呼ばないからね」

「もちろん彼女とぼくは友人だから」とクレーデル。彼は問題をこんなふうに見るのがかなり気に入っていた。

「うん、——君らは立派な友人同士だね！　君は彼女からだまされて金をまきあげられた。それがすべてだ。今君がもし友情を見せびらかし続けるなら、もっと金をまきあげられるだろうね。君は馬鹿な真似をして物笑いの種になっている。それがすべてだ」

「君はあの娘を相手にして物笑いの種になってはいないのかい？　ぼくよりももっと馬鹿がいるよ、ジョニー君」イームズはこの反撃に答えられる何の回答も持ち合わせていなかったから、部屋を出て、下へ降りた。クレーデルもすぐあとに続いて、数分もすると、ローパー夫人のもてなしのいいテーブルでみんな揃ってディナーをいただいた。

ディナーが終わるとすぐルーペックスは出て行ったから、上では女性の失踪について大っぴらな会話がなされた。

「もし私が彼なら、妻のことは何も聞かないで、行かせてあげるわ」とアミーリア。

「そうだね。それから、おまえがどこへ行っても、彼女の請求書がどっさり追っかけて来るんだよ」とアミーリアの兄。

「ぼくは彼女よりも請求書のほうがましですね」とイームズ。

「彼女は虐待された女性だというのがぼくの意見です」とクレーデルは言った。「もし彼女が尊敬できる、愛そうと思えば愛せる、そういう夫を持っていたら、魅力的な女性になっていたと思います」

「彼女はどの点から見ても夫と同じくらいに悪質ですよ」とローパー夫人。

「ぼくはその意見に賛成しかねますね、ローパー夫人」とその女性の擁護者は続けた。「ぼくはおそらくここにいる誰よりも彼女の立場をよく理解しています。そして――」

「そして、それこそまさしくあなたが理解する必要のないことなんです、クレーデルさん」とローパー夫人。下宿の女将は母の威厳たっぷりに少し女性の厳しさを混ぜて今心のうちを吐露した。「それこそまさしくあなたのような若者が知る必要のないことなんです。あんな女があなたにとって、あるいはあんな女にとって何だというんです？　あるいは彼女の立場を理解することがあなたに何の関係があるっていうんです？　あなたが妻を持ったとき、もしいつか持ったらですよ、あなたに干渉するほかの人間がいなくったって、その時充分苦労することがあるのがわかります。それでも、ルーペックス夫人に関してはあなたが子羊のように無実だと私は信じます。つまり、実害に関する限りはね。でも、あなたはお節介をしてこのもめ事にはまり込んでしまいました。上であの男から首を絞められて当然なんです。あなたがそんなふうに女に、しかもあなたの母といってもいいほどの年の女に、恋している振りを続けるなら、そんな目にあっても、誰が不思議に思うでしょう？　お母さんはあなたがそんなことにかかわっているのを見たら、何と言うでしょう？」

「はっ、はっ、は！」とクレーデルは笑った。

「あなたが笑うのは結構です。でも、私はそんな愚かな行為が嫌いです。若者が若い女性に恋しているのを見たら、私はそれで彼を尊敬します」そう言って女将はジョニー・イームズを見た。「私はそれで彼を尊敬します、たとえ彼が時々してはいけないことをしたとしてもです。若者はたいていそんなことをするんです。でも、身の処し方もわからない年取った既婚女性にぶらさがっている、あなたのような若者を見るとね、クレーデルさん、これもみな女が若者にそれをさせるからなんですが、吐き気がします。――おえっ！――ペチコートを履いた古いほうきの柄が同じことをするんです。そんなものを見ると吐き気がします。それが本当のことです。そんなことは男らしいとは言えません。男らしくなんかありませんよね、ミス・スプルース？」

「もちろん私はそんなことについてはよくわかりません」と、老女はこんなふうに訴えられて答えた。「でも、若い紳士ははっきり言うときが来るまで、思いを胸にしまっておくべきです。――それでも、こんなことを言う私を許してくださいね、クレーデルさん」

「既婚の女が夫以外に追っ掛けを作って、何を望んでいるのか私にはわかりません」とアミーリア。

「おそらくわからないわけではないと思います」とジョン・イームズ。

玄関のベルが鳴ったのは。これからおよそ一時間がたったころだった。ジェマイマの叫び声が全員に決定的な瞬間が訪れたことを知らせた。アミーリアは飛びあがってドアを開けた。すると、女のドレスのさらさらという衣擦れの音が階段の下で聞こえた。「あら、まあ、奥さん、本当に驚きました」とジェマイマは言った。「あなたが逃げたんだと、みんなが思いました」

「ルーペックス夫人よ」とアミーリア。さらに二分もすると、その取り沙汰された女性が部屋に現れた。

「あの、あなた方」と彼女は陽気に言った。「私のためディナーを待ってくれていなければいいんですが」

「ええ、待ちませんでした」と、ローパー夫人はとても重々しく言った。

「私のオーソンはどこかしら？　夫はここで夕食を食べなかったんですか？　あなた、クレーデルさん、私のショールを取っていただけません？　でも、おそらくあなたが取らないほうがいいでしょうね。人々は難癖をつけたがりますからね、スプルースさん？　イームズさんにしてもらいます。そのほうが安全だとみんな知っています。そうじゃありません、ミス・アミーリア？」

「そう、たぶんそうね」とアミーリア。ルーペックス夫人は今この方面で味方を見つけることができないことがわかった。

「オーソンはここで夕食を食べなかったんですか？　おそらく劇場に足止めされているんでしょう。でも、鳥が逃げてしまったと夫が思ったら、何とおもしろいことになるんだろうと、私はずっと思っていました」

「ご主人はここで夕食を食べましたよ」とローパー夫人は言った。「うちの食事は気に入らなかったようです。きっとあまり楽しくなかったと思いますね」

「楽しくなかったって、本当に？　私を無理に引き留めて長話をするのが、男性は好きなんでしょう。数人の友人に偶然出会ったんです。——女性の友人よ、クレーデルさん。でも、そのうち二人には旦那さんがいました。それで、私たちは一隊を作って、ハンプトン・コート(2)へ行ったんです。それで、私の夫はまたいなくなったんですね？　私がほっつき回った結果としてえるものはそれね、ミス・スプルース？」

ローパー夫人はその夜寝床へ向かうとき、代償と苦労がどれほど大きくても、この下宿人夫婦に出て行ってもらうのに、これ以上時間を無駄にすることはできないと決意した。

註

（1）ポプラの類。微風でも震えてカサカサ音を立てる。
（2）リッチモンド・アポン・テムズ自治区のテムズ河畔にある豪壮な旧王宮。

第四十二章　リリーの枕元で

リリー・デールは体調良好であり、再発も、長引く衰弱による回復の遅れもなかった。とはいえ、熱が引いたあとも、何日も寝床にとどまっていなければならなかった。クロフツ先生はこの期間毎日訪ねて来た。デール夫人が先生に毎日来てもらわなくてもいいと請うても、診察が必要でなくなった今、報酬のない労働をこんなふうに続けさせるわけにはいかないと率直に言っても、無駄だった。先生はちょっとした冗談で答えたり、まったく答えなかったりした。とはいえ、先生は毎日一日が終わりに近づくころいつも同じ時間にやって来て、黄昏時に十五分間往診し、そのあと闇のなかを馬でゲストウィックに帰った。このころベルは妹の部屋に入ることを許されて、リリーの枕元でいつもクロフツ先生に会った。しかし、先生が言いたいことの半分も言えない言葉でベルに求婚し、彼女も同じような言葉でそれを断った日から、ベルは先生と二人だけになることはなかった。その日から階段にいたり、玄関広間に立っていたりする先生に偶然会うこともあった。しかし、昔のように話し掛けて、先生と二人だけで一緒に座ることはなかった。先生は言いたいことの半分が言えるかたちであろうと、全部が言えるかたちであろうと、あの日以来ベルに愛を告白していなかった。

ベルもまた先生とのあいだに起こったことを誰にも話さなかった。リリーならおそらく母にも姉にもすぐ話していただろう。しかし、ベルに起こったそんな場面は、リリーなら起こらなかっただろう。リリーなら、やり取りがどんなふうに進もうと、二人の出会いが終わったとき、語るべき明確な話がきっとあっただろう。リリーなら、相手の男を愛しているか、あるいは愛せるかわかって、正しい、わかりやすい回答を与えていただろう。ベルはそんなふうにしないで、正しいけれどわかりづらく、わかりやすいけれど正しくない回答を与えた。しかし、ベルは起こったことを振り返ってみるとき、嬉しくて、満たされたし、ほとんど勝ち誇っていられた。クロフツ先生からあれ以上のものを期待していたかどうか、あれ以上のものとは何だったか、まだ一度も自問してみたことはなかった。——それでも、彼女は幸せだった！

リリーは病気中の苦しみや拘束を埋め合わせるように、回復期の病人に許されるちょっと気取った態度を取って、今ベッドのなかで生意気に、横柄に振る舞っていた。彼女はディナーの内容についてたくさん注文を出し、クロフツ先生がどんなに指示しても、これこれの日には外出すると主張した。「先生は結局年寄りの野蛮人なんです」と、リリーは先生が去ったある夜姉に言った。「ほかの人たちと同じ悪者なんです」

「ほかの人たちというのが誰なのか、私にはわかりませんが」とベルは言った。「いずれにしても先生はそんな年寄りじゃありません」

「私が言いたいことはわかるでしょう。先生はグラッフェン先生と同じくらい気難しくて、みなが彼の言うことを聞いてくれると思っています。もちろん姉さんは彼の肩を持つでしょうけれどね」

「先生がどれだけよくしてくれたか考えれば、当然あなたも彼に味方しなければなりません」

「姉さん以外の人を相手にするときは、もちろん私は先生の肩を持ちます。姉さんを相手にするときは先生の悪口を言いたいんです」

「リリー、リリー！」

「そうしたいんです。姉さんを叩いて火を着けるのはとても難しいから、火打石が転がっているところでは、それを打たずにはいられないんです。日曜に起きてはいけないと先生は言ったけれど、どういうつもりかしら？　もちろん私は起きたいときに起きます」

「母さんが起きてはいけないと言ったら、あなたは起きないでしょう？」

「うん、でも、先生が干渉したり、指図したりしなければ、母さんはそうは私に言いません。ねえ、ベル、結婚したら、先生はひどい暴君になるんじゃないかしら！」

「そんな暴君になるかしら？」

「姉さんが先生の妻になったら、どんなに彼の言いなりになることでしょう！　あなた方が愛し合っていないのは、とても残念です。――つまり、もし愛し合っていないとしたら」

「リリー、その件について私たちのあいだで約束があったと思いますよ」

「うん！　でも、それはかなり前のことです。約束した日から状況は一変しました。――世界のほうが変わったんです」こう言ったとき、リリーの声の調子が変わって、ほとんど悲しげになった。「今は好きなことを話してもいいように感じます」

「話したいんなら、話してもいいんですよ、あなた」

「どういうことかわかるでしょう、ベル。私自身のことについてはもう二度と話すことができないんです」

「ねえ、あなた、そんなことは言わないで」

「でも、そうなんです、ベル。あのことは話してもいいでしょう。一人の時間に私があのことを考えないと、――あのことを考え、考え、考え尽くさないと思いますか？　いいですか、――時々あのことを私に話させるのを渋ってはいけません」

「私は渋ったりしません。どうぞ話してください。ただし、いつも話させる必要があるとは思いません」

「姉さんにあのことが起こったらどうだったか胸に聞いてみてください、ベル。でも、あなたは違った尺度で私を計っていると時々思います」

「きっとそうです。というのは、あなたがどれだけ私よりも優れているか知っているからです」

「姉さんと少しも変わりません。あのことをきっぱり忘れることができないくらいですから。私は忘れることはないと思います。あのことについてはっきり確かに心を決めたんです」

「リリー、リリー、リリー！　どうかもう言わないで」

「でも、言います。でも、私はそんなに意気消沈したり、憂鬱になったりしてはいません。そうでしょう、ベル？　それはちょっと自慢していいと思います。でも、困ったことに姉さんはわずかな特権も私に許してくれないんです」

「どんな特権がほしいと言っているんです？」

「クロフツ先生について話すことよ」

「リリー、あなたは意地悪な、意地悪な暴君ね」ベルは体をかがめて、妹に覆い被さり、夜の闇に顔を隠して口づけした。そのあと、ベルがクロフツ先生にまんざら無関心ではないということが、姉妹のあいだで了解されることになった。

「先生がおっしゃったことを聞いたでしょう」とデール夫人が言った。翌日クロフツ先生が去ったあと、部屋に三人だけになったときのことだ。リリーが二人に文句を言っているとき、デール夫人はベッドの片側に、ベルは反対側に立っていた。「あなたは明日一、二時間なら起きてもいいんです。でも、部屋からは出ないほうがいいと先生は言っています」

「そんなふうに閉じ込めて何の役に立つんですか、母さん？　ずっと同じ壁紙を見続けるのはもううんざりなんです。とても退屈な壁紙よ。人に何度も何度も模様を数えさせるんです。どうして母さんがずっとここにいられるかわかりません」

「私はもう慣れましたね」

「私はこういうものに慣れることができなくて、ひたすら、ただひたすら数え続けるほかないんです。私がしたいことを教えてあげます。それができたらきっといちばんいいんです」

「何がしたいんです?」とベル。

「ただ明日九時に起きて、何事もなかったかのように教会へ行くだけです。それから、夕方クロフツ先生が来たら、私は日曜学校へ行ったと姉さんが先生に言うんです」

「それは勧めませんね」とデール夫人。

「そうしたら、先生に喜ばしい驚きを与えることになります。私はもちろん定めによると死ななければいけないんですが、すぐ死なないとわかったとき、先生は私に愛想づかしをするでしょう」

「控え目に見ても、そんなことを先生に言ったらとても恩知らずです」とベル。

「いいえ、ちっともそんなことはありません。先生はここに来たくないんなら、来る必要なんかなかったんです。それに先生が私を診に来ているとはぜんぜん思えません。母さん、そんな表情をするのはじつに結構なんですが、それがきっと本当なんです。私がどうするか教えてあげますね。また悪くなった振りをするんです。そうしないと、あの哀れな先生はたった一つの幸せを奪われてしまうからです」

「リリーがよくなるまで、好きなことを言わせておかなければと思いますね」とデール夫人は笑って言った。今はもうほぼ真っ暗だったので、デール夫人はベルの手が寝具の下をはって、妹の手を握ったことに気づかなかった。「本当なんですよ、母さん」とリリーは続けた。「それが否定できるなら否定してごらんとベルに言います。もし先生がベルの心を奪って恋に落とすことができたら、先生が私をずっとベッドに閉じ込めていたことを許します」

「よくなるまで」とベルは言った。「好きなことを言ってもいいという取引を妹としたんです、母さん」

「私はいつも言いたいことを言う。それが取引よ。それを固く守るつもりです」

翌日曜、リリーは起きあがったが、母の寝室を出なかった。クロフツ先生が来たとき、彼女は病人が最初に起きあがったときの、半分威厳のある半分快適な姿でそこに座っていた。彼女は焼いた羊肉の小さな一切れを食べて、もう一口を食べさせてもらえないので、母をけちな婆さんと呼んだ。ポートワインをグラスに半分飲んで、まずい振りを、医者の薬の倍はまずい振りをした。老若混じり合う読者大衆の耳障りな批評のなか、完結したばかりのすばらしい新刊小説があった。彼女はそれを読んで、日曜だったけれど、日光の名残を存分に楽しんだ。

「彼を受け入れるとき、きっとヒロインは正しかったんですよ、ベル」日の光が薄れてくるころ、彼女はそう言うと、本を置いて小説を褒め始めた。

「お定まりでしたね」とベルは言った。「小説のなかではいつもうまくいくんです。ですから私は小説が嫌いです。あまりに口当たりがよすぎるんです」

「それで私は小説が好きなんです。とても甘口ですから。説教はあなたが何者であるかではなく、どうあるべきかを教えてくれます。小説はあなたが手に入れるものではなく、手に入れたいものを教えてくれます」

「もしそうなら、私は小説の古い流派に戻って、ヒロインらしいヒロインがいいです。エディンバラからロンドンまで歩き通したり、泥棒らの仲間に身を落としたりとか、傷ついた主人公を看病して、戦いの様子を窓辺で伝えるとかです。[1]結局、私たちはそういう古い流派の小説に飽きてしまったんです。あるいは作家が今日そういう小説を書くことができないんです。でも、もし現実の生活を描いてもらえるなら、現実的な小説のほうがいいです」

「いいえ、ベル、違います！」とリリーは言った。「現実の生活は時としてあまりに痛ましいんです」その時、ベルはすぐ妹の足元の床にかがみ込んで、手に口づけし、膝を撫で、傷が癒されるように祈った。

その朝、リリーは姉がクロフツ先生から言われたことをみな姉に打ち明けさせることに成功した。ベルはその時自分が言ったこともみな同じように話すつもりでいた。しかし、話の肝心の部分までたどり着いたとき、とてもあやふやな説明をした。「私は何も言わなかったと思います」とベル。「でも、沈黙していれば同意と受け取られたでしょう。彼は同意してくれたと思うでしょう」とリリーは言い返した。「いえ、彼はそう思っていません。沈黙していても私は同意を与えませんでした。それは確かです。彼は同意をえたとは思っていません」「でも、彼を拒絶する気はなかったんでしょう？」「拒絶するつもりだったと思います。どうする気だったかわかりません。それで、同意の表情をするよりも、拒絶の表情をするほうが無難だったんです。たとえ口には出さなかったとしても、確かに拒絶の表情をしていました」「でも、今は彼を拒絶する気はないんでしょう？」とリリーは聞いた。「わかりません」とベルは言った。「私が決心するには何年もかかるように思えます。彼は二度と求婚してきません」

ベルがまだ妹の足元にいて、膝を撫で、傷がやがて癒えますようにと心から祈っているとき、デール夫人が入って来て、先生の往診を知らせた。「じゃあ、私は行きます」とベル。

「いえ、行かなくていいんです」とリリーは言った。「先生はただ朝の往診に来ただけですから、逃げる必要はないんです。さて、クロフツ先生、時計を持って立って、脈をとる必要なんかありません。握手以外に私の手に触れさせませんから」リリーはそう言うと、先生に手を差し出した。「舌についても声に聞く以外に見せません」

「あなたの舌は見たくありません」

「おそらくそうでしょうね。でも、近いうちにあなたは私の話が聞きたいと思います。その気になれば私ははっきりものを言うことができますから。そうでしょう、母さん？」

「クロフツ先生にはたぶんもうちゃんとわかっていると思いますよ、あなた」

「そうとも限りません。紳士にはなかなかわからない事柄もあるんです。でも、クロフツ先生、くつろいで、しかし礼儀正しく座っていてください。というのは、あなたはもうここの主人ではないことを了解しなければいけません。私はもうベッドから出ましたから、あなたの支配は終わったんです」

「これまでの娘の深い感謝の気持ちの表れなんです」とデール夫人。

「医者に感謝する人なんていたかしら？　医者はただほかの医者に勝ち誇るため、グラッフェン先生の玄関先へ行って『ほら、もしあなたを呼んでいたら、彼女はずっと前に死んでいるか、十二か月は病気になっていただろう』と断言するため、治療をするんです。グラッフェン先生の患者が亡くなったら、あなたは飛びあがって喜ぶでしょう？」

「もちろん喜びます――みんなから見られるように市場に出てね」と先生。

「リリー、どうしてそんなぎょっとさせることが言えるんです？」と姉。

それから、先生は座り込んだから、彼らはみな暖炉の前で医療に関係のない話か、半分医療にかかわる話をしながら、とても心地よくくつろいだ。徐々にイームズ夫人とジョン・イームズに話題が移った。二、三日前のことだが、クロフツ先生は鉄道駅のあの出来事――その時までデール夫人はそれについて何も耳にしていなかった――を夫人に話した。デール夫人は若いイームズがクロスビーに途方もない制裁を加えた――ゲストウィックで具体的に描かれた事件の知らせはその出会いをそうとらえていた――と確信したとき、拍手喝采を抑えることができなかった。

「いい子ね！」とデール夫人は思わず言った。「いい子ね！　それが誠実な心の表れです！」それから、夫人は先生に特別な指示――事件のことをリリーの前では一言も話してはいけないという、明らかに不必要な指示――を与えた。

「私は昨日マナーにいたのですが」と先生は言った。「伯爵はジョニー君のことばかり話していました。伯爵は今見出せるもっとも立派な人物が彼だと言っています」その時、デール夫人は話がジョニーの武勇伝のほうにつながっていくのを恐れて、足で先生に触れた。

「私はとても嬉しいんです」とリリーは言った。「いつかはジョニーのよさが見出されるといつも思っていました」

「レディー・ジュリアも負けずに彼が好きなのです」と先生。

「まあたいへん！」とリリーは言った。「二人が結婚することにでもなったら！」

「リリー、どうしたらあなたはそんなに変になれるんです？」

「ええと、そんなことになったら、ジョニーは私たちとどんな関係になります？　彼はきっとバーナードの伯父さんになり、クリストファー伯父さんの遠い義弟になります。そうなったら、変かしら？」

「かなり変よ」とデール夫人。

「ジョニーがバーナードに親切にしてくれたらいいと思います。そうじゃない、ベル？　彼は所得税庁をやめることになりますか、クロフツ先生？」

「そう決まったとは聞きませんでした」彼らはそんなふうにジョン・イームズの話を続けた。

「冗談は抜きにして」とリリーは言った。「ド・ゲスト卿が彼の味方になったのはとても嬉しいです。伯爵がほかの人よりもいい人だと思うからではないんです。それはジョンに立派な素質があるのを人々が理解し始めたことを表しているからです。ジョンを笑った人たちはいつかジョンが胸を張って歩くのを見ることになると、私はいつも言っていました」これらの言葉はみなデール夫人の胸中に深く染み込んだ。いつの日かだいじな娘がこの新しい若い英雄を愛するように仕向けられさえしたら！　しかし、その時は彼のその最近の英雄的な行為が、かえってそんな愛の可能性に不利に働くのではないだろうか？

「さて、そろそろ私は帰ったほうがいいでしょう」と先生は言って椅子から立ちあがった。その時、ベルは部屋から出ていたが、デール夫人はまだそこにいた。

「そんなに急ぐ必要はありません。特に今夜はね」とリリー。

「どうして今夜は特になのですか？」

「これが最後になるからです。もう一度座ってください、クロフツ先生。あなたにちょっとお話があるんです。朝のあいだずっとその準備をしてきました、それを言う機会を与えてくれなければいけません」

「あさっても来ますから、その時に聞きます」

「でも、私は今聞いてもらいたいと、先生、思うんです。私が初めて私の玉座にのぼるとき、言うことを聞いてもらえないんですか？　ああ、親愛なるクロフツ先生、あなたがしてくださったことに対して私はどうやって感謝したらいいんでしょう？」

「私たち一人一人どうやって感謝したらいいんでしょう？」とデール夫人。

「私は感謝されるのは苦手です」と先生は言った。「感謝は一度優しい視線を向けられることで充分です。

この家ではたくさんそんな視線をいただきました」

「少なくとも私たちの心からの愛情をあなたは受け取っています」とデール夫人。

「あなた方に神のご加護がありますように！」彼はそう言うと、家を去る用意をした。

「でも、まだ話が終わっていません」とリリーは言った。「じつのところ、母さん、あなたは部屋を出て行ってください。そうしないと、話ができません。母さんを追い出すなんてとても無作法ですけれどね。でも、三分もかかりませんから」それで、デール夫人はちょっとした冗談を言って、部屋から出て行った。しかし、夫人は部屋を出るとき、心は穏やかではなかった。クロフツ先生に言う必要があるという言葉をリリーの分別に委ねて、部屋を出て行っていいものだろうか？　夫人はこれまで娘を――娘の分別も――疑ったことはなかった。それで、指示されたとき、部屋を出るのは当然だった。しかし、階下に出たとき、夫人は正しかったかどうか疑いを抱いた。

「クロフツ先生」とリリーは二人だけになるとすぐ言った。「そこに座ってください、私の近くに。あなたに一つ質問したいことがあるんです。先夜あなたが居間でベルと二人きりになったとき、ベルに言ったことは何だったんですか？」

先生は答えないでしばらく座っていた。リリーは先生を見詰めていたから、その質問をしたとき、先生がはっと驚いた――ほとんど身震いした――のを暖炉の火で見ることができた。

「私がベルに何を言ったかですか？」と、先生はとても低い声で相手が言った言葉を繰り返した。「もし私を愛せるなら、妻になってくれないかと彼女に聞いたのです」

「姉はあなたに何と答えましたか？」

「彼女が何と答えたかですか？　あっさり断られました」

「いえ、いえ、いえ。姉を信じてはいけません、クロフツ先生。そうじゃないんです。——そうじゃなかったと思います。いいですか、姉の代弁者として私は話すことができません。姉は自分の気持ちを話してくれないからです。でも、もしあなたから本当に愛されているなら、姉があなたを断るなんて正気じゃありません」

「私は彼女を愛していますよ、リリー。それはとにかく本当です」

「それなら、もう一度姉のところへ行ってください。今は私自身のために言っています。私はあなたのような兄を失いたくありません。私は心からあなたを愛しているので、あなたなしにはいられません。姉は——あなたが愛されたいと思うように、あなたを愛するようになると私は思います。姉の気質は——どんなに寡黙で、自分のことを話すのを嫌うか——ご存知でしょう。姉は心のうちを何も私に話してくれません。ただ一つ——あなたが姉に打ち明けて驚かせたこと——を除いてね。もう一度姉にチャンスを与えてくれませんか？　こんな問いかけをするのがどれだけ間違っているかわかっています。でも、結局真実こそ最善ではありませんか？」

「もう一度チャンスですって！」

「あなたの言いたいことはわかります。でも、姉にはあなたの妻になる値打ちがあると思います。本当にそう思います。もしそうなら、姉にはとても値打ちがあるに違いありません。私のことは言わないでくださいね、先生？」

「ええ、あなたのことは言いません」

「もう一度やってもらえますか？」

「はい、もう一度やってみます」

「ああ！　兄さん！　私は――あなたが兄になってくれればいいと思います」それから、先生が再び彼女に手を差し出したとき、彼女は頭を持ちあげ、先生は体をかがめて額に口づけした。「母さんを呼んでください」先生がドアを出るとき、彼女が言った言葉がそれだった。

「じゃあ、話はしたんですね」とデール夫人。

「ええ、母さん」

「分別のある話だったらいいと願っています」

「私も願っています、母さん。でも、そのせいでとても疲れました。もうベッドに戻りたいんです。私が日曜学校へ行っていたら、ここまでいいことはできなかったと思っているのがわかりますか？」

それから、デール夫人は娘が過労で負った消耗分を取り戻させたくて、先生にした別れ際の話についてはそれ以上触れることはやめた。

クロフツ先生は馬で帰るとき、上首尾にいった恋人の勝利感をわずかしか味わえなかった。「リリーは正しいかもしれない」と彼は一人つぶやいた。「とにかくもう一度申し込んでみよう」それにもかかわらず、ベルが言い、繰り返したあの「否」がいまだに彼の耳に厳しく決定的に響いていた。耳にとどろく「否」の響きが真の否定の意味を持って聞こえない人々がいる。一方、いったん口にされた言葉が、たとえそれがとても優しく囁かれたものであっても、最高裁判所の不変の評決のように聞こえる人々がいる。

註

（1）ベルはおそらくサー・ウォルター・スコットの『ミドロジアンの心臓』（1818）で、ジーニー・ディーンズが有罪を宣告された妹の嘆願のため、エディンバラからロンドンに歩いたこと、ジーニーがエディンバラの下層階級に落ちていたこと、に言及している。また、ウィリアム・サッカレーの『虚栄の市』（1847）第三十二章で、アミーリア・セドリーが怪我をしたエンサイン・スタブルをワーテルローの連続砲撃の音が聞こえるところで看病したことに言及していると思われる。

第四十三章　おえっ、おえっ！

読者はあの恋愛を覚えているだろうか？　いや、恋愛ではない。恋愛という語は読者の記憶を呼び覚ますことができないほどあれにはまったく不適切な言葉だ。ダンベロー卿夫人とプランタジネット・パリサーの恋愛ではない、恋愛遊戯のことだ。あの遊戯がコーシー城で行われたとき、世間の目には大罪と映った。世間の目が衝撃を受けたとすれば、その目はじつに簡単に衝撃を受けると見られなければならない。

世間の目が衝撃を受けている一方で、道徳にうるさい人々はとても奇妙なことを言った。ド・コーシー卿夫人は首を横に振り、謎めいた言葉を漏らし、ちょっと変わったことをほのめかした。一方、クランディドラム卿夫人はもっと大っぴらにこの件を口にして、ダンベロー卿夫人が五月までに駆け落ちしているだろうとはっきり意見を述べた。二人の卿夫人は妻を失うことがダンベロー卿にはまんざら悪いことではないとの意見で一致した。二人は哀れなプランタジネット・パリサーのことを話すとき、とても悲しげにかぶりを振った。二人はそのころコーシー城でほとんど崇拝せんばかりだったダンベロー卿夫人の運命については、胸を痛める素振りさえ見せなかった。

パリサー氏が――広まっている噂を少しでも知っていたら――、ちょっと軽率に振る舞っていたことは否めない。パリサー氏はコーシー城を訪問した直後、シュロップシャーのハートルトップ卿夫人の領地へ行って、帰り際に二月にはまたここに戻って来ることを明らかにしたあたり、やはり軽率だった。ダンベロー一家がそこで冬をすごすことになっていたからだ。ハートルトップ家の人々がパリサー氏の来訪をうるさく求めていたとき、ダンベロー卿が特に強い招待の声をあげた。したがって、ハートルトップ家の人々はその噂を耳にしていなかったと考えるのが理にかなっている。

プランタジネット・パリサー氏はクリスマスを伯父のオムニアム公爵とギャザラム城ですごした。彼はクリスマスイヴのディナーに間に合うように城に到着して、クリスマスの日の翌朝、城を発った。これは彼の生活のいつもの習慣だった。オムニアム家の小作人、家来、従者は公爵と甥のあいだで交わされるイギリス的な健全な家庭的感情をいつも喜んでいた。しかし、両者のこういう親交の量は徐々に少なくなっていた。公爵は甥に右手を差し出したとき、よくほほ笑んで言ったものだ。

「さて、プランタジネット――とても忙しそうに見えるね」

公爵は面と向かって彼をプランタジネットと呼ぶただ一人の人だった。プタンティ（植物系）・パルと陰口を叩く男たちはたくさんいたけれど、名で呼ぶのは公爵一人だった。いまだにそれが続くことを、女性が彼を洗礼名で呼ぶという、性質からみて危険で、状況からみて不適切な例外が生じないように願いたいところだ。

「さて、プランタジネット」と今回公爵は言った。「とても忙しそうに見えるね」

「はい、忙しいんです、公爵」とパリサー氏は答えた。「男がいったん馬具をつけたら、簡単にはずせません」

公爵は甥が去年のクリスマスの訪問のときにもほとんど同じことを言ったのを思い出した。

「それはそうと」と公爵は言った。「おまえが発つ前に一言二言言っておきたいことがある」

公爵のそんな提案はいつもの習慣から大きく逸脱していたが、甥はもちろん伯父の指示に従った。

「明日ディナーの前にお会いしましょう」とプランタジネット。

「ああ、そうしよう」と公爵は言った。「五分も引き留めやしないよ」次の日の午後六時に二人は公爵の私室に二人だけで閉じこもっていた。

「噂にたいした意味はないと思うが」と公爵は口を切った。「人々はおまえとダンベロー卿夫人のことを噂している」

「本当に人々はとてもお節介焼きですね」パリサー氏はある事実を思い出した。――というのは、確かにそれは事実だったから。――長年に渡って人々は伯父とダンベロー卿夫人のしゅうとめについて噂していた。

「そうだな。かなりお節介だね。違うかい？　おまえはハートルベリーから来たところだと思うが」ハートルベリーはシュロップシャーにあるハートルトップ侯爵の領地だった。

「はい、そうです。二月にはまたそこへ行くつもりです」

「ああ、それは申し訳ないことになるな。おまえの予定に口出しするつもりはもちろんない。何であれ私が口出しすることなんか滅多にないことがわかるだろう」

「はい。ありませんでした」と甥。伯父のそんな口出しなんかありえないと信じて心を慰めた。

「しかし、今度の場合、できる限りハートルベリーへ行かないようにするのが私にも、おまえにも好都合だと本当に思う。おまえはそこへ行くと言っていたね。もちろんおまえは行くだろう。しかし、私がおまえなら、一、二泊以上は滞在しないね」

プランタジネット・パリサー氏はこの世で持つすべてを伯父から受け取っていた。彼は伯父の縁故で国会に議席を保っており、伯父の一言で明日にでも打ち切られる年何千ポンドもの手当をもらっていた。彼は伯父の跡取りであり、伯父が結婚して子をもうけない限り、公爵領を限嗣相続で最終的に受け継ぐことになっていた。しかし、公爵の資産のはるかに大きな部分が限嗣相続になっていなかった。(1)公爵はこれからおそらく二十年以上生きるだろう。公爵を怒らせたら、公爵自身が結婚して父になることもありえた。プランタジネット・パリサーが伯父に依存するほど深く、他人に依存する人はいないと言っていい。公爵ほど跡取りに干渉しないし、困らせない父または伯父はいないと言っていい。それでも、甥は私生活へのこの口出しによって不当に扱われたと感じ、そんな監督を受ける気はないとすぐ心に決めた。

「どれくらい滞在するかわかりません」と彼は言った。「しかし、私の訪問がそんな噂によってあれこれ影響を受けることはないと思います」

「そうだな、おそらくそうだろう。しかし、私の希望によってなら、おそらく影響を受けることだろう」

公爵はそう言うとき、少し怒った表情をした。

「根拠のない噂を重く見るように、あなたは私に求めるようなことはなさらないでしょう」

「私は根拠について問題にしているのではない。おまえの生き方に干渉しようとも思っていない」甥はほかの紳士の妻を奪い取るのは自由だが、ダンベロー卿の妻を奪い取ることだけは、憶測さえも他人に抱かせてはならない。公爵はこの言葉でそう甥に理解させようとした。「事実はこういうことなんだ、プランタジネット。私は長年あの家と親交がある。今私にそれほどたくさん親交が残っているわけではない。おそらくこれから増えることもないだろう。私は保っているそんな友人をこれからも保っていたい。今言ったような噂が立てば、私がハートルベリーへ行くのも、ハートルベリーの人々がここに来るのも、不快になるのが容易にわかるだろう」公爵はなるほどこれ以上はっきりとは言えなかった。パリサー氏は公爵が言いたいことを完全に理解した。二つの家のあいだの二つの密通は、両方とも快く続けられるとは思えなかった。第二の密通のほうは噂だけでも第一の密通の快適さを損なうだろう。

「以上だ」と公爵。

「非常に馬鹿馬鹿しい中傷です」とパリサー氏。

「たぶんね。そんな中傷はいつだって馬鹿馬鹿しい。しかし、私たちに何ができるっていうんだね？　人々の舌を縛ることはできない」公爵はまるでこの話題を処理し終わったことのように見て、一人にしてほしいと願う表情をした。

「しかし、中傷は無視することができます」と甥は軽率に言った。

「おまえは無視できるかもしれない。私は決して無視できなかった。それでも、人の噂に屈しているという評判を、私は受けたことがないと信じている。私が多くのことを要求していると思っているようだが、これまでおまえに多くのものを与えて、何も要求しなかったことを思い出してほしい。この件では私を喜ばせてくれることを期待している」

それから、プランタジネット・パリサー氏は脅されたと思いながら部屋を出た。公爵が言いたかったことはつまるところこういうことだ。――もしおまえがダンベロー卿夫人につきまとうのをやめなければ、おまえに与えている年七千ポンドを止めるつもりだ。シルバーブリッジから立つおまえの次の立候補に反対する。遺言を作って、サリー州にある――結婚するとき、その使用をパリサー氏にすでに申し出ていた――美しい土地「マッチングとホーンズ」と、ヨークシャーにあるリトルベリーのすべての土地と、スコットランドの膨大な資産をおまえからはずす。私の個人資産と、貸つけ、株、投資については一シリングも、一シリングの価値のものもおまえには触れさせない。そのほうがいいと思ったら、家族を代表するただの甥、プランタジネット・パリサー氏に戻すかもしれない。

パリサー氏はこの脅迫の意味するところをみな理解した。彼はこのことを考えたとき、ダンベロー卿夫人に愛のようなものを感じたことがないのを自覚した。二人のあいだで交わされた会話としては、読者が例を見たもの以上に温かい会話はなかった。ダンベロー卿夫人は彼にとって何でもない存在だった。しかし、今、――こんなふうに問題が目の前に提示された今、すでに名が彼の名と結びついているあんな美女と恋に落ちるのが、紳士としてふさわしい振る舞いではないだろうか？　私たちはみな告解室で馬の歯に獣脂を塗るように馬丁に教えた司祭の話[2]を知っている。「まだやったことはないが」と馬丁は言った。「しかし、今度はやってみよう」この例で、公爵は悪事を促す司祭の役割を演じた。パリサー氏はその夜が終わる前に、喜んで馬丁の生徒になっていた。公爵の脅迫を真に受けるようなら、パリサーとしても、プランタジネットとしても、名折れだった。公爵は結婚なんかしないだろう。公爵は鼻をちょん切っておのが顔に恨みを晴らすようなことを誰よりもしない人だった。パリサー氏はあとは運を天に任せてやってみるつもりだった。それで、彼はダンベロー卿夫人に特別な関心を向けることをはっきり決意して、二月初めにハートルベリーへ向かった。

　ハートルベリー家に一杯いる人々のなかに、彼はポーロック卿を見つけた。卿の目にはどこか父譲りの無慈悲なところがある一方で、口には父の獰猛さがまったくなかった。ほっそりした、病弱な、やつれはてた男だった。

「じゃあ、あなたの妹さんは結婚することになったんですね？」とパリサー氏。

「そうです。父が娘たちを導いている生活を念頭に置くなら、娘たちが何をしようと驚くに当たりません」

「あなたにお祝いを言います」

「それはやめてください」

「コーシーで妹さんのお相手の男性に会いましたよ。彼が気に入りました」

パリサー氏はコーシーでクロスビー氏とわずかに言葉を交わした。彼は普段の生活で誰ともそれ以上のことをしたことがなかった。

「そうですか?」とポーロック卿は言った。「あの哀れな娘のためにも、その男が悪党でないことを祈ります。どうしたら男が娘をもらいたいと私の父に申し出ることができるのか、私にはとても理解できません。母はどんな様子でしたか?」

「どこも悪いようには見受けられませんでした」

「父はいつか母を殺すと思いますよ」それで、その会話は終った。

パリサー氏はダンベロー卿夫人に近づいたとき、彼女が社交上の努力によって生き生きと見えることに気がついた。――彼女を見たとき、それに気づかずにはいられなかった。彼女は話し掛けられるとき、ほほ笑む癖があった。しかし、いつもそのほほ笑みは無意味で、ほとんど不活発で、それを向けられた人を決して嬉しがらせなかった。非常に多くの女性たちが話し掛けられるとき、答えとともにほほ笑んで、愛敬を振りまく。そんなことはあまりにも当たり前のことで、誰もそれについて考えてみようとしない。愛敬は人を喜ばせるが、意味はない。女性は愛想よくするのが義務だから愛想よくする。ほほ笑みに関する限り、ちょっとした笑みでも愛想よくできるからそれを使う、といった印象がある。それでも、女性はほほ笑みで社会にわずかながらも貢献している。女性は一夜に百回も同じ貢献をするが、おべっかを使っているとは誰からも思われない。本人は意識しなくても、世間からは愛想のいい女だと言われる。しかし、ダンベロー卿夫人はいつも笑みに愛敬を交えなかった。卿夫人の笑みは冷たく、無意味であり、特殊な視線を伴うことがなかった。笑みはめったに特定の個人に向けられることがなく、部屋全体に向けられていた。部屋にいる人々は卿夫人が気取った態度を取っていると思い、その笑みを尊大なものと受け取った。とはいえ、パリサー氏が近づいたとき、卿夫人は席でわずかに、じつにごくわずかに体を動かして、一瞬目を彼の顔に向けた。それから、彼がずいぶん寒かったですねと言ったとき、卿夫人はその発言の正しさを認めて、実際に彼にほほ笑んだ。パリサー氏は愚かな伯父から馬の歯に獣脂を塗るというあの教訓を教えられていたから、こういうことをみな観察しようと心に言い聞かせていた。

それにもかかわらず、パリサー氏はハートルベリー滞在の最初の一週間、その天気の話以外に卿夫人とは一言も言葉を交わさなかった。彼は演説を引き受けていたから、本当に多忙だった。議会がまさに開会されようとしており、彼は統計に基づいて演説を作ることにしていたので、数字と書類に囲まれていた。文通は急を要したし、一日は目的に照らせば充分とは言えない長さだった。求める卿夫人との親密さは毎日の仕事によって妨げられていると感じた。しかし、彼はハートルベリーを去る前に卿夫人に特別な好意を示す行動を起こすつもりでいた。彼の秘密——心の秘密と言ってもいい——が卿夫人に見えるようなことを言うつもりだった。来る日も来る日もそんな決心をした。しかし、日々はすぎていったが、何も言えなかった。ダンベロー卿の態度が前よりもいくぶんよそよそしくなり、卿の顔つきが不機嫌になっていると思ったけれど、胸にはっきり言い聞かせたように、ダンベロー卿の表情なんか気にしなかった。

「いつロンドンへ上京されるんですか?」と彼はある晩卿夫人に言った。

「おそらく四月です。それより前にハートルベリーを出ることはありません」

「ああ、そうでしょう。狩猟のため滞在しておられるんですね」

「そうです。ダンベロー卿はいつも三月中はここにおります。一、二日はロンドンへ出掛けるかもしれませんが」

「何て快適な生活なんでしょう！　ご存知の通り、私は木曜にはロンドンに帰らなければなりません」

「国会が開かれるのでしょう?」

「その通りです。じつに退屈なんです。しかし、やらなければ」

「男性がそれをお仕事になさるとき、やらなければならないと思います」

「ええ、あなた、そうなんです。どうにも避けられないことです」それから、パリサー氏は室内を見回して、ダンベロー卿の目が自分に注がれているのを見たと思った。接近はじつに難しい仕事だった。本当のことを言うと、彼はどうやって始めたらいいかわからなかった。卿夫人に何と言えばいいのか？　どうやって会話を始めて、愛情のこもった発言で終わらせたらいいのか？　卿夫人は確かにとても美しくて、彼に関心を抱いている表情をした。しかし、何か特別なことをどうやって彼女に切り出したらいいかわからなかった。ダンベロー卿夫人のような女性との――プラトニックな、無垢な、それでいてとても親密な――密通がもし可能なら、かなり無味乾燥な彼の現在の生活にきっと優雅さをもたらしてくれるだろう。伯父を通してえた世間の噂によって、卿夫人にはその気があると教えられた。彼女は確かにその気があるように見えた。しかし、どうやって始めたらいいのだろうか？　彼は膨大な量の統計的正確さで下院をぎょっとさせ、イギリス国民を恐れさせる技をすでに身につけていたのに、一人の美女にどうやって声を掛けたらいいかわからなかった。

「四月にあなたがロンドンにいるというのは確かですか？」

これは別の場面での会話だった。

「ええ、はい。そう思います」

「カールトン・ガーデンズ[3]にいる、と思いますが」

「はい。ダンベロー卿は今その家の借用権を持っています」

「そうなんですか、本当に？　ええ、すばらしい家です。時々そこに呼んでいただけたらいいんですが」

「もちろんお呼びします。ただし、あなたはとてもお忙しいのでしょう」

「土曜と日曜は忙しくありません」

「私はいつも日曜にお客様をお迎えします」とダンベロー卿夫人。パリサー氏はこの会話のなかに特別愛想のいいところがあるように感じなかった。彼女の知人らがおそらくたくさんいる場面への招待はたいしたものではなかった。それでも、おそらくこの機会でえられるせいぜいの収穫だった。彼は顔をあげて、ダンベロー卿がまた彼に視線を向け、眉根を寄せているのを見た。人々が一か所に集まる田舎の家はこんな策略には適していないと、彼は思い始めた。ダンベロー卿夫人はとても美しくて、彼女を見詰めるのは好きだった。しかし、ハートルベリーの応接間で彼女の興味を引く話題を見つけるのは難しい。彼はその夕方遅く砂糖税のことを彼女に少し話した。それから、あきらめたほうがいいとわかった。あと一日しか残っておらず、その一日はどうしても演説を書くため必要だった。彼女に近づくのはロンドンでなら比較的容易だろう。接近はその時まで延期しようと思った。ロンドンの人でごった返した部屋でなら、私的な会話はもっとうまくいく可能性があり、目の前でダンベロー卿から監視され、見張られることもないだろう。ダンベロー卿夫人は砂糖に関する彼の話をとても親切に受け止めて、価格に応じた税の定義について尋ねてきた。彼がこれまでにしてきたどの会話よりも本物の会話に近かった。しかし、あいにくの話題だったから、色事のほうへねじ曲げるのはとても手に余った。それで、彼はロンドンに春が来て状況が好転するまで、色事を延期しようと決めた。そう決めると、しばらく重荷から解放されたように感じた。

「さようなら、ダンベロー卿夫人」と彼は次の夜言った。「明朝早く発ちます」

「さようなら、パリサーさん」

卿夫人はそう言うとき満面に笑みを浮かべていたが、まだ彼をプランタジネットと呼ぶようになっていなかった。彼はロンドンにのぼって、すぐ仕事に取り掛かった。分量たっぷりの正確な演説は、かなりの栄誉――そういう男に与えられるあの穏やかな持続的な栄誉――をもたらした。演説は上品で、退屈で、正確だった。人々はそれを聞いたか、座って帽子を目にかぶせ、聞いている振りをして眠ったかした。日刊紙『ジュピター』は翌朝その演説について社説を載せた。とはいえ、それは結末部分でパリサー氏が金融の偉大な権威者になれるかどうか読者に疑問を抱かせるものだった。パリサー氏は金融界のまぶしい光、銀行界の栄光となるかもしれない。将来の大蔵大臣かもしれない。しかしまた、彼はこういう問題でたんに人を迷わす鬼火、盲目の案内者、非常に上品だが、深みがないと見放されるいかさま師かもしれない。それゆえ、現在の時点でパリサー氏が問題を理解しているかどうか断定して、いったい誰が名誉を危険に曝すことができようか？　私たちは世界から提供される全情報と知性を求めて新聞を当てにするが、満足できない。当てにするとき、私たちは日々の新聞が霊的世界から届いて来るかのように新聞を見る。もちろん結果として――新聞は霊的世界から日々届いて来るような振りをする。しかし、ご神託は昔のそれと同じようにじつに疑わしい。

プランタジネット・パリサーはこの記事に満足したけれど、オールバニー(4)の部屋に座っているとき、何かが彼の幸福には欠けていると感じた。この種の生活はなるほどとても快適だった。野心は壮大だった。政治を職業とすることは未来の貴族パリサーにふさわしいことだった。しかし、森陰でアマリリスと戯れる(5)ため、一、二時間くらい時間を割いてもいいのではないか？　彼のこの生活は厳しすぎるのではないか？　ダンベロー卿夫人からほほ笑みを向けられていると言われて以来、彼は実際統計に支障が生じるほど彼女のほほ笑みのことを考えた。まるで体のなかで新しい血管が使われるようになり、これまで血が通っていなかったところに血が巡るようになったかのようだった。もしダンベローがグリゼルダに会う前に、彼が会っていたら、彼女と結婚していなかっただろうか？　ああ！　その場合、もし彼女がただのミス・グラントリー、あるいは場合によってはレディー・グリゼルダ・グラントリーだったら、もっと気安く彼女と会話をすることができたかもしれない。彼は同じ階級の男たちが同種の不義を生涯続けているという噂を聞いたことがある。しかし実際には、田舎ではこの課題が難しいことがわかった。私としては、世間が噂する罪人の数は実際の罪人の数よりもはるかに多いと信じている。

彼がそこに座っているとき、フォザーギル氏がやって来た。フォザーギル氏は伯父の日常事務の大部分を処理する紳士で、――利害関係にさとい人だった。フォザーギル氏は当然跡取りに気に入られたいと思っていた。とはいえ、主人である公爵に気に入られることが彼の生涯の仕事であり、何ものにもその仕事の邪魔をさせなかった。今回の場合、彼は礼儀正しい力強い演説をしたことで将来のパトロンを褒めて、霊的世界から来るか来ないかする新聞よりも断定的にパリサー氏の政治的能力を予言した。フォザーギル氏は事務的な問題を一言、二言伝えるため来ていた。パリサー氏の金全部がフォザーギル氏の手を通して渡されていたうえ、選挙の諸事がフォザーギル氏によって管理されていた。フォザーギル氏は頻繁にやって来て、必要な言葉を掛けた。仕事が終わったあと、場合に応じて必要な、あるいは不必要な言葉も掛けた。

「パリサーさん」と彼は言った。「あなたはご結婚のことは考えておられないんですか？　こんなぶしつけな質問をお許しください」

パリサー氏ははっきり許せなかったから、威厳を踏みにじられた最初の兆候を示そうと椅子のなかでふいにまっすぐ座った。しかし、奇妙なことに、彼はその時まさしく結婚のことを考えていた。ダンベローとの縁談が取り決められる前に美しいグリゼルダを知っていたら、彼はどうしていただろうか？　彼女と結婚していただろうか？　彼女と結婚していたら、快適だっただろうか？　たとえダンベロー卿夫人に恋していたとしても、問題の女性には不幸なことに夫がいたから、今結婚することはできなかった。しかし、彼は結婚を考えていたにせよ、言わば伯父の代理人からこんなふうに乱暴に問題を目の前に突きつけられたり、膝の上に投げ出されたりするのは好きではなかった。フォザーギル氏は踏みにじられた威厳の最初の兆候を相手にはっきり見た。というのは、賢い、鋭い男だったから。しかし、彼はおそらく実際にはその兆候をたいして重く見ていなかった。何よりも重視しなければならない指示を公爵から受けていたからだ。

「お許しください。パリサーさん。ええ、本当に。しかし、親しい交わりが、おそらくそう呼んでいいでしょう、あなたと伯父さんのあいだの親しい交わりがいくらか、いくらか減ってしまうのを半分恐れるから、私は言うんです。そんなことにでもなったら、途方もなく残念なことです」

「そんな可能性はないと思いますよ」

パリサー氏はかなり威厳を込めてそう言った。そう言ったとき、嘘をついたと思った。

「そうです。おそらくそう。そんな可能性はないと信じます。しかし、公爵は何か思いついたら、決然としたお方です。――そのうえ、大きな権力を握っておられます」

「私は公爵に支配されてはいないよ、フォザーギルさん」

「ええ、ええ、その通りです。この国では人はほかの人に支配されることはありません。――そうではなくて、ご存知でしょう、パリサーさん、公爵を怒らせても、何の益もありません。そうでしょう?」

「当然のことながら私は公爵を怒らせたくなんかありません。実際、誰も怒らせたくありません」

「その通りです。とりわけ公爵を怒らせてはいけません。公爵は全資産を手中に収めています。全部と言ってもいいんです。というのは、公爵は望めば明日にでも結婚することができます。それに精力もご立派で、公爵ほど年齢の割にかくしゃくとした人を知りません」

「それを聞いてとても嬉しい」

「そうでしょうとも、パリサーさん。しかし、もし公爵が腹を立てでもしたら、おわかりでしょう」

「私はそれに堪えなければいけません」

「その通りです。あなたは堪えなければいけません。しかし、公爵がどれだけ大きな権力を握っているか考えると、もし怒りが避けられるものなら、避けるほうが得策です」

「公爵はあなたを使いに出したんですか、フォザーギルさん？」

「いえ、いえ、違います。――そんな役は仰せつかっていません。しかし、公爵は先日ふと言葉を漏らしたんですが、それで公爵があなたのことではあまり、あまり安心しておられないんだと知りました。資産の跡取りが生まれるのを見たら、公爵は本当に喜ぶだろうと、私はずっと思っていました。先日ある朝、――何かあったか知りませんが――、公爵が現在の取り決めに何か変更を加えようとしているように見えました。公爵は結局変更しませんでしたから、私のただの空想だったかもしれません。ただ考えてみてください、パリサーさん、公爵は一言でどんなことができるかをね！　一言言ったら、二度と後戻りしませんよ」フォザーギル氏はたくさんこんなふうに話して帰って行った。

　パリサー氏はこういう言葉の意味を充分理解していた。フォザーギル氏本人にこんな忠告を与える権利はなかったが、フォザーギル氏から忠告されるのはこれが初めてではなかった。パリサー氏は差し出がましいことをしていることをフォザーギル氏に伝えるため、いつも半分威厳を傷つけられた態度でこんな忠告を聞いていた。とはいえ、その忠告がどこから来ているかよくわかっていた。パリサー氏はこういう場合たいていそんな忠告には従うまいと意を定めていたけれど、結果的にはいつもかなり正確にフォザーギル氏の忠告に従った。公爵は確かに一言で多くのことができた！　パリサー氏はダンベロー卿夫人との色事では当初の計画に従おうと決めていた。とはいえ、公爵が一言で多くのことができるのは疑いのない事実だった！
パリサー氏がハートルベリーを去る前に、よこしまな情熱をすでにどれくらい募らせていたか、秘密を握る私たちは知っている。私たちほど事情をよく知らないほかの人々は、パリサー氏がダンベロー卿夫人の件ではもっと成功を収めていると思った。クランディドラム卿夫人はパリサー氏の出発直後、ド・コーシー卿夫人に次のような内容の手紙を書いた。その紳士が朝出発するとの意向をみなに告げたとき、ダンベロー卿夫人が彼と一緒に駆け落ちしていることを朝食のテーブルで知ることになると、クランディドラム卿夫人は自信を持って予想したという。彼女の口調から判断すると、ダンベロー卿夫人が夫の先祖伝来の広間にその後長く滞在したことから、期待していた喜びは裏切られたように見える。「でも、ダンベロー卿夫人がこの春よりも長く」とクランディドラム卿夫人は続けた。「婚家にとどまることはないと確信しています。パリサーさんくらいのぼせあがった男性を私は見たことがありません。彼はここに滞在しているあいだ卿夫人を片時も離さなかったんです。ハートルトップ卿夫人でなければ誰もそんなことを許さなかったでしょう。でも、ご存知の通り、昔からの立派な家族間の友情ほど気持ちのいいものはありませんからね」

註

（1）限嗣相続が設定されていない資産については公爵が自由裁量権を持っていることを意味する。
（2）ルーベン・パーシーとジョン・ティムズ作『文学と笑いと教訓の鏡』（1839）第三十四巻に司祭と馬丁の話がある。告解のとき、馬丁は司祭から客の馬にえさを食べさせないように、馬の歯に獣脂を塗る罪を犯したことはないかと聞かれて、ないと答える。しかし、次の告白で馬丁は司祭から教えられたあとこの罪を犯したことを認める。

（3）一八三〇年から三三年にかけて拡張されたカールトン・ハウス・テラスの西側の部分。セント・ジェームズ宮殿の東に位置しパルマルに通じる。
（4）ロンドンのピカデリーにある建物。十八世紀末に建てられた子爵邸を増築、独身者用のアパートとしたもの。バイロン卿、マコーレー、パーマーストン、グラッドストーンなど有名人が住んだ。
（5）アマリリスはローマの詩人ウェルギリウスの十篇からなる牧歌『詩選』（42-37B.C.）に出る羊飼いの娘。ミルトンの『リシダス』第六十七から六十九行に「ほかの者と同じように森陰でアマリリスと、あるいは乙女ネアイラの乱れ髪と戯れたほうがましではないか？」とある。

第四十四章　アリントンのバレンタインの日

リリーは病気になる前、母に約束を取りつけた。回復期にしばしばそれに触れて、約束があること、それを守らなければならないことを母に思い起こさせた。クロスビーが結婚する日を教えてほしいという約束だ。二月に結婚式が行われることを彼らはみな徐々に知った。しかし、それだけではリリーには充分ではない。その日を知る必要があった。

リリーはその日を待つあいだに体力を増し、医者の診察を受けることも少なくなった。その日が近づくにつれ、クロスビーとアリグザンドリーナの結婚のことが「小さな家」でかなり頻繁に話されるようになった。デール夫人やベルなら選ばなかった話題だが、リリーがみずからそれに触れた。彼女はほとんどおどけた口調で話し始めて、我が身が舞台に登場する見捨てられた乙女でもあるかのように言い、それからクロスビーの利害がまだ彼女の重大事だと述べた。しかし、彼女はそんなふうに話しているうちによくわっと泣き崩れて、何か悲しい言葉か憂鬱な口調で、心の重みがどれほど大きいか明らかにした。デール夫人とベルはそんな話題をできれば避けたかったのに、リリーはどうしてもそうさせてくれなかった。デール夫人とベルにとって、リリーが聞いているところで話をするのはとても難しかった。二人はクロスビーを非難する言葉なら、どんなに厳しくても厳しすぎることはないと思っていた。しかし、彼を侮辱する言葉を遣うことは許されなかった。二人は彼の行動についてリリーが創りあげる言い訳を聞くように強いられる一方、そういう言い訳がいかに無駄か指摘する勇気がなかった。

実際、リリーは当時女王として「小さな家」を統治した。虐待と病気が一緒になってそんな権力を彼女に与えたので、ほかの二人の女性は逆らうことができなかった。リリーがしばらく君主であることは、口に出して指示されることはなかったにせよ、ジェーンも料理人も含めて全員に了解された。リリーは愛らしい、慈悲深い、情愛深い、勇敢な女王だったから、――クロスビー賛歌が家来の耳にひどく耳障りでない限り、――誰も反抗しようとしなかった。結婚式の日取りはすぐ決められて、その知らせがアリントンに届いた。クロスビーが幸せな男になるのは二月十四日だった。このことは十二日までデール家の者にはわからなかった。彼らは知らずにいることができれば、喜んで知らずにいたかった。しかし、そうはいかなかったので、その日の夜リリーに伝えた。

このころベルは毎日伯父に会いに行った。訪問は表向き郷士にリリーの健康状態を伝えるという口実でなされた。しかし、家族が三月末に「小さな家」を出る予定だったから、郷士に恭順の意を表するのが適切だとの思いが訪問の根底にあった。母娘はあれ以来引っ越しについて何も――郷士へは何も――触れていなかった。しかし、それは進行中であり、郷士はそれを知っていた。クロフツ先生はすでに彼らの代理としてゲストウィックにある家具つきの小さな家を交渉中だった。郷士はそれをとても悲しんだ。――本当にとても悲しんだ。郷士はホプキンズからその件を知らされたとき、その忠実な庭師に口をつぐむように鋭く求め、正式に発表されるまで、アリントンの従者が口にすべき問題ではないと承知させた。郷士はベルの訪問のあいだ、引っ越しの話は持ち出さなかった。ベルは従兄との結婚を断り、理にかなった忠告に耳を傾けることさえ断ったから、いちばんの罪人だった。郷士はデール夫人からお節介を許さないと特別に言われていたので、この件についてもベルと話し合うことはできないと感じた。たとえベルと議論しても、そんな議論からえられるものは何もないとおそらく気づいていた。それで、会話は普通クロスビーのことになり、「大きな家」でクロスビーのことが話される口調は、リリーが目の前にいるときの口調とは大いに違っていた。

「あの男は不幸になるじゃろう」と、郷士は結婚式の日取りをベルに伝えるとき言った。

「私は彼に不幸になってほしくありません」とベルは言った。「でも、彼が罰せられないまま、まかり通ることはないと思います」

「あの男は不幸になるじゃろう。あの男は彼女と結婚しても財産を手に入れることができない。彼女は金でえられるものは何でも与えてもらえることを期待している。彼女はあの男よりも年上だ、とわしは思う。わしには理解できん。誓って、男がどうしたらあれほど悪党に、あれほど愚かになれるのかわからん。リリーによろしく伝えておくれ。明日かあさってかにリリーに会いに行くよ。彼女はうまくあの男から逃れられた。それは確かじゃね。――彼女にそう言っても役に立たんじゃろうが」

十四日の朝が「小さな家」に訪れた。長いあいだ待ち設けられて、このあと長く記憶される特別な日の朝と同じようにだ。その朝は厳しい固い霜――肌を刺す黒霜――、配水管を壊し、地面を花崗岩の硬さまで固める霜とともに訪れた。リリーは女王だったとしても、まだ自室に戻ることを許されていなかった。彼女は母の部屋の大きいほうのベッドを占め、母は小さいほうのベッドを使っていた。

「母さん」と彼女は言った。「あの人たちは何と寒い思いをするんでしょう！」母は黒霜のことを娘に教えていた。娘が話した最初の言葉がこれだった。

「彼らの心も冷たくなっているのではないかしら」とデール夫人。夫人はそんなことを言うべきではなかった。クロスビーか、その花嫁かに敵意を表すようなことを言わないという、家庭内で承認された規則を破ってしまった。しかし、この時夫人はあまりにも強い感情に動かされていたので、それを抑えることができなかった。

「どうして彼らの心が冷たくなるんです？　ねえ、母さん、それはひどい言葉です。どうして彼らの心が冷たくなるんです？」

「そうならなければいいと思います」

「もちろんです。もちろん私たちはみなそう望んでいます。彼はいずれにしても冷淡ではありません。自分のことがわからないからといって、その男性は冷淡ではありません。母さん、あなたには彼らの幸せを願ってほしいんです」

デール夫人はこれに答えるまで、一、二分黙っていた。「そうします」と夫人は言った。「彼らの幸せを願いたいと思います」

「私は確かにそう願っています」とリリー。

このころリリーは二階で朝食を食べていたが、朝のあいだは応接間に降りた。

「下に降りるとき、注意深く着込まなければいけませんよ」と、ベルはトーストと紅茶を運んで来た盆のそばで言った。「本当に寒さが厳しいんです」

「私ならもし起きて、外出することができたら、寒さが笑えると言います」とリリーは言った、「彼が最初に来た日に俗語を遣うからといって、私にお説教したのを覚えています？」

「そうでしたか、あなた？」

「私が彼を気取り屋って呼んだのを覚えていないんですか？　まあ、母さん！　そう呼んだんです。あれは間違いでした。最初から間違いだとわかっていました。みな私のせいです」

ベルは一瞬顔を背けて、床を足で打った。怒りを抑制するとき、母よりも姉のほうがそれに苦労した。

――今、怒りを抑えきれないのを隠したくて、姉はそんなふうにそれにはけ口を求めた。

「わかりますよ、ベル。あなたの足がそんなふうに動くとき、それが何を意味するかわかります。でも、それは許せません。こっちに来て、ベル、キリスト教の精神を教えてあげます。私は立派な先生でしょう？気取り屋って本気で言ったんじゃないんです」

「できれば別の人から教えてもらいたいです」とベルは言った。「いわゆるキリスト教の精神は私には不可能だと思えるところがあるんです」

「姉さんの足がそんなふうに動くとき、じつに非キリスト教的な足なんです。ですから、動かさないようにしなければいけません。彼は幸せになれないことが、――つまり結婚しても、私とでは幸せになれないことが、手遅れになる前にわかったんです。それなのに、姉さんの足は彼に怒っていることを表しています」

「そんなにじっくり私の足を調べないでくださいよ、リリー」

「でも、姉さんの足は、姉さんの目も、声も、精緻な調査を受けなければいけません。私と恋に落ちるなんて彼はとても愚かだったんです。一目見て、――言わば考えなしに――彼に愛させるなんて私もとても愚かでした。私は彼をとても誇りに思っていましたから、彼に考える機会を与えないで、すぐ身を委ねてしまいました。一、二週間で婚約が終わってしまいました。そんなものが長続きするのを誰が期待できるでしょう？」

「期待しますよ、誰だって。あなたは馬鹿げたことを言っています、リリー。でも、私たちはこの件では口を利かないようにしましょう」

「あら、でも、私は言いたいんです。事情は私が言った通りなのよ。もしそうなら、彼が間違いに気づいて、誠実になれる唯一のことをしたからといって彼を憎んではいけません」

「何ですって？　一週間もしないうちに二度目の婚約をしたんですよ！」

「古くから親密な友情があったんです、ベル。それを頭に入れておかなければいけません。でも、私が言っているのは私に対する彼の行動であって、――さんに対する行動ではありません」その時、リリーはその名を身につけると思うととても誇りに思った名を、もう一人の女性がまさにこの瞬間身につけようとしていることを思い出した。「ベル」と彼女は話を突然中断して言った。「ロンドンで彼らは何時に結婚するんでしょう？」

「あら、何時でも考えられます。――十二時前ならいつでもね。流行を追う人たちですから、朝早くは結婚しませんね」

「じゃあ、彼女はまだクロスビー夫人になっていないと思うのね？」

「レディー・アリグザンドリーナ・クロスビーですって」とベルは身震いしながら言った。

「ええ、私、忘れていました。彼女にとても会いたいんです。彼女にとても関心があります。髪は何色かしら。ユーノー[1]のようなタイプの女性だと思います。――とても背が高くて、美しいんです。きっと私みたいな獅子鼻ではありません。彼の長子の名づけ親になりたいと私が本当に思っていることを、ただしそれは不可能なんですが、知っていますか？」

「まあ、リリーったら！」

「なりたいんです。不可能だとわかっていると言ったのを聞きませんでした？　ロンドンに上京して、名づけ親になりたいと申し出る気なんか私にはありません。彼女には名づけ親になろうとする貴顕がたくさんいるでしょうからね。そんな貴族が本当にどんな人たちか知りたいです」

「違ったところはないと思いますよ。レディー・ジュリアを見てご覧なさい」

「ええ、彼女は高貴な人ではありません。ただ肩書を持っているというだけでは駄目ね。パリサー氏が貴族のなかではほぼいちばん高貴な方だと、彼が言ったことがあるのを覚えていませんか？　みんな高貴な人が好きなんだと思います。彼は長いあいだそんな貴族のなかにいたので、貴族から離れているのがとても難しいと、いつもよく言っていました。私がその種の方面で役に立つはずがありません。そうでしょう？」

「あなたが言うその種の方面くらい私が軽蔑するものはありません」

「そうなんですか？　私は軽蔑しません。結局、貴族がどれくらいたくさん仕事をするか考えてみてください。彼はよく私にそう教えてくれました。貴族は統治のすべてを握っていて、それに対してほとんど金を受け取っていないんです」

「国にとってはあいにくなことですね」

「国はとてもうまくやっているように思います。でも、姉さんは急進派ね、ベル。もし避けられるなら、あなたは淑女にはなりたくないんだと思います」

「私はむしろ誠実な女性になりたいです」

「そうでしょう。私の親愛なる、最愛の、誠実なベル――。あなたは私が知っているもっとも美しい女性です。もし私が男性なら、ベル、あなたはまさしく私が崇拝する女性よ」

「でも、あなたは男性じゃないから、そんなことは何の役にも立ちません」

「でも、姉さんはあんなふうに足を迷わせて動かしてはいけません。本当にいけません。『存在するものは何でも正しい』[2]と誰かが言っていました。私はそれを信じているとはっきり言います」

「存在するものはみな間違っていると、私は時々考えたくなります」

「それは姉さんが急進派だからよ。私はもう起きようと思うの、ベル。ただし、怖いのはものすごく寒いっていうことね」

「大きな火があります」とベル。

「ええ。わかっているの。でも、暖炉の火は寝床のように私を包んでくれません。二人が祭壇にのぼる時間がわかったらいいんですが。まだ十時半でしょう」

「もう式は終わっていてもおかしくありません」

「終わっていて！　何という言葉かしら！　式が終わって、誰がどうしようともうそれを元に戻すことができないなんて。結局、彼が不幸になったら、どうしましょう？」

「彼はこの結婚に賭けなければいけないんです」と、ベルは彼が勝負に勝つ見込みはあまりないと思いながら言った。

「もちろん彼は賭けなければね。さて、——もう起きます」それから、リリーは寝床を離れて、冷たい世界に最初の一歩を踏み出した。「私たちはみんな賭けなければね。式は十一時半と決めました」

十一時半になったとき、彼女は応接間の暖炉の火に当たりながら、大きな安楽椅子に座っていた。一冊の小説を置いた小さなテーブルがそばにあった。彼女はその朝本を一度も開かないで、目を閉じ、手に懐中時計を持って、完全に黙り込んでしばらく座っていた。

「母さん」と彼女はついに言った。「きっともう終わりました」

「何が終わったんです、あなた？」

「彼があの女性を妻にしたんです。神が二人を祝福するように、二人が幸せになるように祈ります」彼女がこう言ったとき、その口調にはデール夫人とベルをはっとさせる異様な厳粛さがあった。

「幸せになればいいと私も思いますよ」とデール夫人は言った。「さあ、リリー、頭からその話題を振り捨てて、ほかのことを考えるように努めてみてはどうかしら?」

「でも、できないのよ、母さん。そう言うのは簡単なんですが、人は考えを選ぶことができないんです」

「努力すれば、たいてい思い通りに考えの方向を変えることができます」

「でも、努力することができないんです。努力しなければいけない理由もわかりません。彼のことを考えるのは、私にとって自然なことのように思えます。それはあまり間違っていないと思うんです。あなたがある人にとても深い関心を持っているとき、急にその人を断ち切ることはできないでしょう」それからまた沈黙があり、しばらくしてリリーは小説を手に取った。彼女は母が言ったその努力をしたものの、まったく成果をあげられなかった。「はっきり言いますね、ベル」と彼女は言った。「これはこれまで読もうとした小説のなかでいちばんつまらないものよ」これは特別恩知らずな発言だった。なぜなら、ベルがその本を薦めたからだ。「本はみな馬鹿げたものになりました! 私はまた『天路歴程』[3]を読もうと思います」

「『ロビンソン・クルーソー』はどう?」とベル。

「あるいは『ポールとヴィルジニー』[4]でしょう?」とリリーは言った。「でも、やはり『天路歴程』にします。理解できないけれど、それだからいっそういいと思います」

「理解できない本は嫌いです」とベルは言った。「全体の意味がすぐわかる流れる水のように澄んだ本が好きです」

「意味をすばやく理解できるかどうかは読者にもよりますね、そうでしょう?」とデール夫人。

「読者はもちろん愚かであってはいけません」とベル。

「それでも、非常に多くの読者は馬鹿なんです」とリリーは言った。「でも、読書からは何かをえられるんです。クランプ夫人はいつも『ヨハネの黙示録』を熟読して、ほとんど暗記していますね。彼女は一つのイメージさえ解釈できないと思いますが、真実をぼんやりした、曖昧な考えでとらえています。彼女はそれが好きなんです。――なぜなら、理解できないほど美しいからです。私が『天路歴程』が好きな理由もそれなんです」それで、ベルは問題の本を手に入れようと申し出た。

「いえ、今は駄目よ」とリリーは言った。「姉さんがとてもすばらしいと言うから、私はこの本を読み続けます。作中人物はいつも腹を立てていて、まるで正気を失った人のように行動します。母さん、二人はどこへ新婚旅行に行くか知っていますか？」

「いえ、あなた」

「彼は湖水地方へ行くことをよく私に話したんです」それから、また間があった。ベルはその時母が不安で顔を曇らせたことに気がついた。「でも、私はもうこれは考えません」とリリーは続けた。「精神を何か別のものに集中させます」それから、彼女は椅子から立ちあがった。「私が病気じゃなかったら、それほど集中は難しくないと思います」

「もちろん難しくありませんよ、あなた」

「私はまたすぐ元気になります。ええと、カーライルの『フランス革命史』を読むように言われました。今から読み始めようと思います」ベルもデール夫人もはっきり気づいたが、それを読むように薦めたのはクロスビーだった。「でも、『大きな家』から借りて来ることができるまで、読むのを延期しなければいけませんん」

「本当に読みたいんなら、ジェーンに取りに行かせますよ」とデール夫人。

「午後行くとき、ベルに取って来てもらいます。そうしてもらえます、ベル？　そのあいだこの本を読み続けます」それから、彼女はまた本のページに目を置いて座った。「こう考えてはどうかしら、母さん――。

今日という日がすぎてしまえば、ほかの日に私が騒ぎ立てることはなくなるから、気が楽になるかもしれません」

「騒ぎ立てるなんて誰も思っていませんよ、リリー」

「いいえ、でも、私は思っているんです。バレンタインの日に式が行われるってね、ベル、奇妙じゃありません？　この日だからと故意にそう決めたのかどうか知りたいです。ああ、母さん、私は彼から恋人（バレンタイン）と言ってもらえるこの日、彼から受け取る手紙のことをしばしば考えたものです。でも、彼は今別の恋（バレン）——人（タイン）——を手に入れたんです」彼女はそこまではっきりした声で言ったあと、ふいに発作的なすすり泣きになり、まるで心も砕けよとばかり母の腕のなかで泣いた。しかし、彼女は心を砕かれていなかった。悲しみには圧倒されまいとみずから固めた決意を守った。本人が言っていたように、病気で弱っていなかったら、それはそんなに難しくなかっただろう。

「リリー、ねえ、あなた、かわいそうな、虐待された、いとしい私の娘」

「やめて、母さん。私はそんな人になりたくありません」彼女は圧倒するヒステリックな悲しみに打ち勝とうと哀れにもがいた。「私は虐待された人とは思われたくありません。特に虐待された人とはね。でも、私はいとしい娘、あなたのいとしい娘です。ただし、こんな馬鹿になったときは、同情する代わりに、私を叩いたり、殴ったりしてほしいんです。人が馬鹿な真似をして物笑いの種になるとき、優しくするのは間違いです。ほら、ベル。あなたのつまらない本よ。もう読みたくありません。こんなになったのはこの本のせいだと思います」彼女はそう言って本を押しのけた。

　このささやかな場面のあと、彼女はその日それ以上クロスビーと花嫁には触れないで、ゲストウィックで捜している新しい家の見込みのほうへ会話を移した。

「クロフツ先生の近くに住むのは、大きな慰めになりますね、ベル?」

「どうかしら」とベル。

「なぜなら、私たちが病気になっても、先生はあんな遠い距離を来なくてもよくなりますから」

「先生には楽になります。たぶんね」とベルは遠慮がちに言った。

夕方に『フランス革命史』の第一巻が手に入った。リリーは称賛すべき根気強さで読書に没頭した。女王だったが、八時に母から寝るよう強く言われた。

「王がそんなに悪い男だなんて、わかるでしょう、ぜんぜん信じられません」とリリー。

「私は信じます」とベル。

「ええ、それは姉さんが急進派だからよ。王がほかの人々よりもずっと悪い人だなんて、私は信じません。チャールズ一世(6)なんか歴史上でいちばんいい人でした」

これは古くからしている議論の一つだった。しかし、リリーは今の場合思い通りにすることが許された。——病人だったから。

註

（1）神々の王ジュピター（ユーピテル）の妻で、ローマ最大の女神。
（2）アレクサンダー・ポープの『人間論』（1733）の書簡第四に「高慢の悪意、過ちを犯す理性の悪意のなか、真実は一つだけはっきりしている。世に存在するものはみな正しい」とある。
（3）ジョン・バニヤンの寓意物語（1678, 1684）
（4）フランスの作家・植物学者ベルナルダン・ド・サンピエール（1737-1814）が一七八七年に発表してたいへんな

人気を博した、モーリシャス島で育った少年少女の純愛物語。

（5）カーライルの『フランス革命史』（1837）の第一巻「バスティーユ」はルイ十五世の最期の日々と彼の統治の評価から始まる。カーライルはそれを「うつろな走馬燈」と言い、みだらな、自己満足的な、わけのわからないものと切り捨てた。

（6）スチュアート朝の王（在位 1625-49）。ピューリタン革命の結果処刑された。

第四十五章　ロンドンのバレンタインの日

ロンドンの二月十四日はアリントンと同様冬らしい冬で、暗澹として寒かった。おそらくいくぶんアリントンよりも憂鬱な寒さだった。それでも、レディー・アリグザンドリーナ・ド・コーシーがその朝十一時に馬車から降りて、セント・ジェームズ教会[1]に歩いて入ったとき、花嫁衣裳で可能な限り美しく輝いていた。

結婚式はロンドンですることが最終的に取り決められた。コーシー城で結婚するほうが都合がいい理由がじつはたくさんあった。ド・コーシー一族は田舎の城のまわりに集まっていたので、そこなら金も苦労もかからずに式に出席できた。城も生活の暖かさがあったから、家庭の快適さが娘の旅立ちに優美さを添えただろう。家臣も使用人もいたから、もしそこで祝われたら、クロスビーは高貴な縁組の豊かな円熟味を少なくとも堪能できたかもしれない。ポートマン・スクエアの屋敷がとても寒いこと、そこからの結婚が寒々としていることは、ド・コーシー卿夫人にはわかっていたに違いない。ロンドンで式を挙げても、『モーニング・ポスト』紙のコラムで取りあげてもらったり、社交界の喝采をえたりする希望がないこと、名誉や栄光と結びつく希望がないことは、わかっていたに違いない。しかし、もし田舎で結婚したら、伯爵が出席するだろう。ロンドンなら、伯爵が式に出席するためわざわざ上京して来る可能性はなかった。

伯爵は最近手に負えない状態になっていた。アリグザンドリーナは未来の夫との文通で秘密を漏らすことができるようになると、伯爵を鬼として語った。生活のあらゆる関心事において避けられない鬼だが、状況を自分に有利になるように微妙に工夫し、注意深く扱うことで時々近寄らずにいられる鬼だった。クロスビーは悪意ある怪物の領地から将来は完全に離れていられるから、鬼を特別恐れないと一度ならずほのめかした。

「伯爵が新しい家に住む私に会いに来ることはないでしょう」と、彼はある時少し愛情を込めて許嫁に言った。しかし、レディー・アリグザンドリーナはこの場合こんな見方に反対した。問題の鬼が父であるだけでなく、貴族でもあるから、彼女は伯爵との、また貴族一般との関係を将来的に断ち切るような取り決めには同意できなかった。父は疑いもなく鬼で、近づく人たちを鬼らしくおびえあがらせる。しかし、鬼のような伯爵でも近くにいるほうが、まったくいないよりもましではないか？　それゆえ、彼女は鬼に堪えなければならないことをクロスビーに説いた。

とはいえ、伯爵を幸せな式から排除することはだいじなことだった。伯爵が式にいたら、とてもひどいことを言うだろう。――ひどいことを言って、新郎が堪えられなくなるかもしれない。伯爵はクロスビーの鉄道駅での事件を聞いて以来、娘婿に加えられた打擲について絶えず悪魔のような喜びを交えて話した。ド・コーシー卿夫人はクロスビーをかばって、この縁談が娘にふさわしいことを主張するとき、娘婿が流行界の人だということをあえて夫の前で断言した。伯爵は胸糞が悪くなるようなにたにた笑いを浮かべて、新郎の流行の型はパディントン駅のささやかな冒険で改善されたかどうか聞いた。クロスビーはこういうことを聞かされていなかったから、できれば田舎で式を挙げることを望んだ。しかし、伯爵夫人とレディー・アリグザンドリーナは事情をもっとよく理解していた。

伯爵はどんな支出も厳しく禁じた。伯爵夫人は当然これを不必要な出費を禁じるものだと解釈した。「当座の費用をかけないで娘を結婚させることなんか無理です」と伯爵夫人は長女に言った。

「私ならできるだけ出費を抑えます」とアミーリアは先日答えた。「この結婚にはね、母さん、今人があまり話したがらないいろいろな事情があるのはおわかりでしょう。あの娘の件があります。――それに、駅のあの喧嘩の件も。本当に式はできるだけ地味にしたほうがいいと思います」レディー・アミーリアは、母が認める通り、良識という点で議論の余地がなかった。しかし、たとえ結婚式が名うての地味婚で執り行われるにしろ、地味だという悪評は派手婚の試みと同じくらい危険だろう。「でも、金はかかりません」とアミーリアは言った。それで、結婚式はとても地味にすることに決められた。

クロスビーは伯爵夫人が式についての考えを説明する仕方を好ましいとは思わなかったが、これに快く同意した。

「あなたに説明する必要はないでしょう、アドルファス」と伯爵夫人は言った。「私がどれだけ心からこの結婚に満足しているかね。私のいとしい娘があなたの妻として幸せになれると感じています。これ以上何を望むことができるでしょう？　私は彼女とアミーリアにはっきり言いました。娘たちについて私に野心はないと、娘たちが満足できればいいとね」

「満足できればいいと思います」とクロスビー。

「満足できると思いますよ。それでも、――私の言うことがわかってもらえるか心配です」

「わかっていますよ、ド・コーシー卿夫人。もしアリグザンドリーナが侯爵の長男と結婚するんなら、彼女が私と結婚する場合よりも教会へ行くのに長い行列が必要になるということでしょう」

「あなたは奇妙な表現の仕方をするのね、アドルファス」

「私たちが互いに理解し合っている限り、心配はいりません。私に行列なんかいらないのは確かです。ダービーとジョーン[2]のようにアリグザンドリーナと腕を組んで道を進み、教会書記から花嫁を引き渡してもらえたら満足です」

もし彼が腕にまったく余計なものを抱えないで道を進むことができたら、もっと満足できたはずだ、と私たちは言えるかもしれない。しかし、今彼が余計なものから解放される可能性はまったくなかった。

レディー・アミーリアとゲイズビーの夫婦は、彼の苦悩と後悔をずっと前に発見していた。ゲイズビーは貴族の義妹がみじめな結婚生活に入りそうだと、妻にあえて言ってみたことがあった。

「彼は結婚生活に慣れたら、穏やかに、幸せになります」と、レディー・アミーリアはおそらく我が身の体験を思い出して答えた。

「どうですかね、あなた。彼は穏やかな人ではありません。目を見れば、彼が女性に苛酷になれることがわかります」

「今はもう結婚を取りやめることができないくらい状況は進んでいます」とレディー・アミーリアは答えた。

「ええ、おそらく」

「そのうえ、私は妹をよく知っています。結婚の取りやめというような提案に、聞く耳を持たないでしょう。二人が結婚してお互いに慣れてきたら、うまくいくと本当に思います」

ゲイズビー氏には自分の体験もあったので、結婚の取りやめまで望む勇気はなかった。彼は計算高い人だったので、家計を満足できる状態に保っていた。計算を正しくして、最終的な収支結果を喜んで受け入れた。これまで成功裏にそうしてきた。家のなかでは――彼がとてもよく知っているように――妻が最高権力を握っていた。とはいえ、たとえ妻がどんなに努力しても、収入の三分の二以上を使うように彼に仕向けることはできなかった。妻もこれを知っており、この点では彼に合わせてそれなりに臨機応変の措置を取っていた。しかし、そんな知恵、そんな臨機応変の措置、そんな適応性のどんな見込みがクロスビーとレディー・アリグザンドリーナにあるだろうか？

「とにかくもう遅すぎます」とレディー・アミーリアは言って、この会話を打ち切った。

それにもかかわらず、ぎりぎりの時点で、ささやかな栄誉への試みがあった。新婚夫婦のささやかなディナー・パーティーで、ただ揚げた舌平目と羊の脚だけという素朴な献立が、徐々に広げられることは誰でも知っている。澄ましスープや、舌平目のあとに手渡される不幸にも冷めた肉団子の皿や、野心の最後のあがきで、隣の菓子職人の店に注文する輝く赤いゼリーや、美しいピンクのクリームにまでだ。

「料理番とセアラだけしかいないからね、おまえ、ディナーは出せないよ」

話はそんなふうに始まって、夫は献立を広げる気がないことをはっきり打ち出した。「もしフィップスとダウニーがここに来て羊肉を食べるんなら、歓迎だね。もしそれで満足できないんなら、来てもらわなくてもいい。あなたはフィップスの妹を招待するほうがいい。応接間へ一緒に行ってくれる人が必要だからね」

「私は一人で行くほうがいいです。そうしたら本が読めますから」――あるいはうたた寝することも、とつけ加えてもいいだろう。

しかし、夫はこんな寂しい状態なら妻に友人がいないと人から思われると説明した。そこで、フィップスの妹を招待することになった。それから、献立はあの高価なゼリーにまで広げられ、最後のあがきでそれが注文された。たんに羊の脚だけにしておけば、みんなもっと楽しめるのにとの確信が夫婦双方の胸にあった。あの肉団子が出前持ちによって運ばれて来なかったら、熱いジャガイモを添えた羊肉がセアラによってミス・フィップスに手渡されていたら、ミス・フィップスは若いダウニーから話かけられても、あんなに意味もなく堅苦しく照れ笑いすることはなかっただろう。みんなもっと楽しんでいただろう。「もっと羊肉はいかが、フィップスさん。どこの部分がお好き?」これなら、何と快く聞こえることだろう! しかし、私たちはみんなそれが不可能なことを知っている。私の若い友人はみんなに楽しんでもらおうと意図したが、ディナーはその意図からそれて、冷めたい肉団子と菓子職人の色つきデザートになってしまった。クロスビーの結婚はそれと同じだった。

花嫁は適切に指定された馬車で教会を去らなければならない。御者は婚礼のチップをもらわなければならない。そういうことで、式は大きくなった。大きくする試みを正当化し、お祭り騒ぎを実現しようとしたあげく、貴族の大きさにも、真の栄誉ある大きさにもならなかった。心地よく運ばれて来るよく調理されたリソール[3]は食べてもおいしい。お祭り騒ぎの結婚はすべてが調和するとき、すばらしい娯楽になる。お祭り騒ぎの結婚を神は禁じていない! しかし、明らかな作法に背いてなされ、失敗を心のどこかで確信してなされる小さな場当たり的な試みは、結婚式でも、ディナーでも、人生のあらゆる行事でも、確かに自粛されなければならない。

新婦の付添人らがいて、朝食が用意された。マーガレッタとロジーナは式のためロンドンに上京した。彼女らのいとこ、父が同じ州に住んでいるミス・グレシャム[4]という女性も上京した。グレシャム氏はド・コーシー卿の妹と結婚しており、この叔父の協力も要請された。彼は花嫁を花婿に引き渡す役を務めるため引っ張り出された。なぜなら、伯爵は新聞の小さな記事で明言されていたように、一族に世襲的に伝わる敵、すなわち痛風によってコーシー城に閉じ込められていたからだ。四人目の花嫁付添人も召集されて、付き添いの一団ができた。しかし、今では一般に望ましいとされるほど大きな一団にはならなかった。教会には三、四台の馬車しか来なかったけれど、それでもたいしたものだった。寒気があまりにも厳しかったので、女性たちの明るい色の絹は動くと寒々として不快感を与えた。霜の朝、明るい色のドレスでもきれいに見えるには、若い娘でなければならない。レディー・アリグザンドリーナの結婚式の花嫁付添人らはそれほど若くなかった。レディー・ロジーナの鼻は真っ赤だった。レディー・マーガレッタはとても寒がって、とても不機嫌に見えた。オフラハティ令嬢は四番目の花嫁付き添いだったが、こんなに退屈な式に一役買うため招かれたことがわかってすねていた。

ともあれ、結婚式は挙行された。クロスビーは男らしく悲運に堪えた。モンゴメリー・ドブズとファウラー・プラットは友人のそばに立って、そう思いたいが、新郎が世間からまるきり見捨てられているわけではないことを保証した。新郎が手足を拘束されて降参し、あらゆることでド・コーシー一族から好きなように扱われているわけではないこともだ。クロスビーがじつに嘆かわしいと思ったのは、そんなふうに飼い慣らされることだった。一方では、彼が最終的にド・コーシー家に反逆することに成功しても、世間から孤立してしまうのではないかという思いも嘆かわしかった。

「うん、私は結婚式に行くよ」と、ファウラー・プラットはモンゴメリー・ドブズに言った。「できる限りあいつにずっとくっついていよう。クロスビーはならず者のように、馬鹿者のように振る舞った。私がそう思っていることを彼は知っている。だが、それだからといって彼を見捨てる理由にはならない。彼から頼まれたから私は行く」

「私も行く」とモンゴメリー・ドブズ。彼はファウラー・プラットがすることは何でも真似するほうが安心だと考え、結局のところクロスビーは伯爵の娘と結婚するのだと胸に言い聞かせた。

それから、結婚式のあと朝食会があって、伯爵夫人が非常に気高い気品を見せて主人役を務めた。卿夫人は教会へ行って腰痛の危険に身を曝さなければ、きっと祝宴で上手に機嫌を保てると思い、教会へは行かなかった。テーブルの末席には、乾杯とスピーチという肝心な部分を任せられた卿夫人の義弟グレシャム氏が座った。ジョン令息は臨席して、妹と新しい義弟についていろいろ意地悪を言っていた。というのは、令息はねらっていたテーブルの末席とスピーチをはずされたからだ。しかし、アリグザンドリーナはその役を兄に任せるつもりがないことをはっきり伝えた。ジョージ令息は出席しそうもなかった。というのは、伯爵夫人が彼の妻を招待しなかったからだ。

「マライアはのろまで、その種の欠点がたくさんあるかもしれないが」とジョージは以前言っていた。「しかし、私の妻です。妻にはほかの人が持っていないものがあります。ご存知のように、私を愛し、私の愛犬を愛してくれます」それで、――私が思うにじつに適切にも――、彼はコーシーにとどまった。

アリグザンドリーナは朝食会の前に新婚旅行に発つことを望んだ。クロスビーは脱出がどれほど早く提供されても、気にならなかっただろう。しかし、伯爵夫人はもし娘が朝食会に残らなかったら、朝食会そのものがまったく意味をなさなくなり、式も実際たんなる式以外に何もなくなってしまうと娘に言った。もし盛大なパーティーでもあるのなら、新郎新婦のそんな脱出はいいかもしれない。とはいえ、今回のような場合、犠牲に捧げられた二人の存在だけがお祝いに現実味を与えると伯爵夫人は感じた。それで、クロスビーとレディー・アリグザンドリーナ・クロスビーはグレシャム氏のスピーチを聞いた。氏はそのスピーチのなかで、生身の人間にはとても実現できそうもないたくさんの幸福と繁栄を新婚夫婦に予言した。若い友人のクロスビーは、氏は喜んで知己になりたいと願っているが、国家の新進の柱としてよく知られている。彼の将来の経歴は国会議員に向かうにしろ、このまま公務員としてとどまるにしろ、どちらにせよすばらしい、高貴な、前途洋々たるものになるだろう。愛する姪について言うと、今花嫁という若い女性にとってもっとも美しい、もっとも栄光ある地位に就いている。彼女はこれ以上の結婚相手を見つけることができなかっただろう。姪は富よりもむしろ天才を選んだのだから、――そうグレシャム氏は言った――、それにふさわしい報酬をえるだろう。選択がどうあろうと、彼女がふさわしい報酬を見出すことについてグレシャム氏は疑いなく正しかった。その点について私もまったく疑っていない。そのあと、クロスビーが答礼をして、こういう場合の十中、八、九の新郎よりもずっといいスピーチをした。そして朝食会は終わった。その他のスピーチは許されないで、それから三十分以内に新郎新婦は駅伝馬車に乗っており、その後フォークストン[5]鉄道駅まで運ばれた。そこが新婚旅行先として選ばれた場所だった。フォークストンへの旅はたんにパリへの旅の第一段階にすぎないものとして一時企画されていたが、パリや外国への旅は徐々に放棄された。

「フランスは少しも好きじゃありません。――私たちはしばしばそこへ行っていますから」とアリグザンドリーナ。

彼女はナポリへ連れて行ってほしいと望んでいたが、クロスビーはナポリへ行くのは問題外だと最初の蜜話で納得させた。今は何よりも支出に気をつけなければならない。結婚生活のしょっぱなから、一シリングを節約できるところで一シリングを節約しなければならない。生活についてのこんな見方にド・コーシー側の反対はなかった。レディー・アミーリアはすぐ家を維持するつもりなら、家の費用を残すような新婚旅行をすべきだと妹に説明していた。新婚旅行なら、金がかかる最低限のことをしなければならない。花嫁は身なりのいい小間使いを引き連れなければならない。フォークストンのホテルの部屋は広くて、二階でなければならない。滞在するあいだ、馬車を借りなければならない。一シリング一シリングを節約して、その節約がそとに見えないようにしなければならない。ああ、金がないのに金持ちの振りをする人々の貧しさから私たちを救い出してください！　白く塗られた墓[6]の白さに匹敵する偽善はない！

クロスビーはちょっとした賄賂を使って、仕切り客室を本人と妻用に確保した。彼は明るい色の衣装で快適にくるみ込まれたアリグザンドリーナの向かいに座ったとき、これまで彼女と二人きりになったことが一度もないことに気がついた。しばしば彼女とダンスをして、旋回運動のあいだに数分間二人だけになったことはあった。人でごったがえす応接間で彼女といちゃついたことがあり、リリアン・デールと婚約していたにもかかわらず、一度はコーシー城で求婚する機会を見つけた。しかし、リリーと歩いたように、彼女と何時間も一緒に歩いたことはなかった。彼は政府や政治や本について彼女と話したことがなかったし、彼女もまた詩や宗教や、生活のささやかな義務と慰めについて彼と話したことがなかった。彼はレディー・アリグザンドリーナをこの六、七年知ってはいても、リリー・デールを二か月で知るようになったようには、彼女を知ることはまったくなかった。おそらくこれから先も知ることはないだろう。

彼女が妻になった今、彼は妻に何を話し掛けたらいいのだろう？　彼らは残りの人生のあいだ一心同体の配偶者として生活を始めたばかりだ。互いに最愛の人になる必要があった。しかし、彼はそんな最愛の関係をどうやって始めることができるのだろう？　聖職者から祝福を捧げてもらったら、クロスビーはほかに何もする必要がないのだろうか？　彼女、実際の妻、彼の骨の骨[7]は今向かいに座っていた。妻に何を話し掛けたらいいのだろう？　彼は緋色の縁取りのついた上質な毛皮を膝の上に掛け、――それで妻の衣服も覆った――、席に座り、これがリリーに話し掛けるのだったら、どれほど簡単だっただろうと考えた。リリーなら、耳も精神も機知も総動員して彼の胸に浮かぶどんな思いにもすばやく入り込もうと構えただろう。リリーなら、その点本当に立派な妻――すばやい精神活動で夫の内面世界に入り込む妻――になってくれただろう。役所の仕事を始めたら、リリーなら彼のため仕事の準備をしてくれただろう。が、アリグザンドリーナは公務員の生活について何一つ質問したことがなかった。明日の幸せの計画を立てたら、リリーなら熱心にそれを話題にしてくれただろう。が、アリグザンドリーナはそんなささいなことにまったく無関心だった。

「快適ですか？」と彼はついに聞いた。

「ええ、とても。ありがとう。ところで、私の化粧道具入れはどうしました？」

彼女は力を込めてその質問をした。

「あなたの足元にありますよ。もしよかったら、足台として使うこともできます」

「あら、いいえ。たぶん引っ掻いてしまいます。もしハナが持っていたら、なくしてしまうのではないかと心配したんです」それから、また沈黙があった。クロスビーは次に妻に何を言おうかまた考えた。

こんな状況ではどうしたらいいか、私たちはみな昔の助言を知っている。しかし、新婚の夫がその助言に従ったら、許されるはずがない。それで、彼は妻の手に手を伸ばして、体を引き寄せた。

「ボンネットに気をつけて」彼が口づけしたとき、妻は客車の揺れを感じてそう言った。彼は妻とボンネットを無事フォークストンで降ろすまで、二度と口づけしなかった、と私は思う。これがリリーだったら、彼は幾度口づけしたことだろう。リリーならそれを歪めたと言って叱るとき、何とすばらしく幸せそうな表情をしたことだろう！　旅の目的地に着いたとき、ボンネットはどれほどかわいく変形していたことだろう。しかし、アリグザンドリーナはボンネットについてはじつに真剣で、幸せを自然に表に出せないほど真面目すぎた。

それで、彼は汽車がトンネルに入るまで一言も話さずに座っていた。

「私はトンネルがとても嫌いなんです」とアリグザンドリーナ。

彼はトンネルがいいチャンスを与えてくれるという誤った考えに陥っていたから、また手を差し出そうとした。望めば、旅全体が一つの長いチャンスだった。しかし、妻からトンネルが嫌いだと言われて、また手を引っ込めた。リリーのきゃしゃな指なら、いつでも彼の指に応えてくれただろう。彼はそれを考え、また考えずにはいられなかった。

彼は化粧カバンのなかに『タイムズ』紙を持っていた。妻も小説を持っていた。新聞を取り出して読み始めたら、妻は不快に思うだろうか？　汽車はとてものろのろ進んでいるように感じられた。フォークストンまでまだ一時間かかった。彼は『タイムズ』を読みたかったけれど、妻が先に読むまで読むまいとついに思いを定めた。妻も小説のことを思い出していたが、生まれつき彼よりも辛抱強かったうえ、新婚旅行で本を読むのはおそらく不作法だと思った。それで、妻は静かに座って、夫の頭上の網棚をじっと見詰めていた。

彼はついに堪えられなくなり、愛情を込めて突然真剣に言葉を掛けた。

「アリグザンドリーナ」と彼は言った。もし妻の耳がこういうことに敏感だったら、彼の声が優しく真面目な調子に調整されていることがわかっただろう。「アリグザンドリーナ、あなたと私が今日踏み出したのはとても重要な一歩です」

「ええ、本当に」と彼女。

「互いに相手を幸せにできると信じています」

「はい、そう願っています」

「もし私たち二人がこれを真剣に考え、主なる義務として自覚したら、きっと幸せになります」

「はい、幸せになると思います。ただ宿があまり寒くなければいいんですが。宿はとても新しいんです。私は風邪で頭痛になりやすいたちですから。アミーリアはそこがとても寒いだろうと言って、私たちがそこへ行くのにずっと反対していました」

「宿はちゃんとしたいいところです」とクロスビー。アリグザンドリーナは夫の言葉に何か主人の口調のようなものがあるのを感じ取ることができた。

「私はただアミーリアが言ったことを繰り返しているだけです」と彼女。

もしリリーが花嫁で、将来の生活や互いの義務について夫から言われたら、この話題にどんなに燃え立ったことだろう！　リリーなら、彼の足元の客車の床にひざまずいて、彼の顔を見あげ、最善を――最善を――まさしく最善を尽くすと約束したことだろう。どれだけ熱心な決意を固めて約束を守ろうとしたことだろう。彼は今そんなことを考えながらも、考えるべきではないと承知していた。それから十五分もたつと、彼は新聞を取り出し、それを見た彼女も小説を取り出した。

彼は新聞を取り出したものの、その日の政治記事に精神を集中することができなかった。ひどい過ちを犯したのではないか？　向かいに座っている女性は、彼の人生においてどんな役割をはたすというのか？彼は大きな罰に見舞われたのではないか？　そんな罰に値したのではないか？　実際、大きな罰に襲われていた。結婚生活における高い義務を理解できない女性と結婚したばかりでなく、その義務を理解できる女性の真価を今見て取ることができた。彼はリリー・デールと結婚していたら、幸せになっていただろう。それゆえ、レディー・アリグザンドリーナと一緒にいる不幸はいっそう堪え難かった、と私たちは推測していい。姉のアミーリアと結婚するとき、モーティマー・ゲイズビーが彼女にうまく合わせたように、レディー・アリグザンドリーナのような女性と結婚するとき、この女性にさえもちゃんとうまく合わせられる男性がいる。ダンベロー卿夫人となったミス・グリゼルダ・グラントリーは、レディー・アリグザンドリーナよりもいくぶん賢く冷たいにしろ、二人は同種の女性だ。しかし、グリゼルダと結婚するとき、ダンベロー卿はこの女性にちゃんとうまく合わせた。――意地悪な世界がこの女性をそばに置いてくれさえすればだ。クロスビーの失敗がじつに嘆かわしいのはこの点だった。――つまり、彼はよりよい道を見出して、それをいいと思ったのに、悪い道を歩むほうを選んだ。コーシー城のあの一週間――アリントンの訪問直後そこですごした一週間――のあいだに、彼はいい道よりも悪い道のほうが気性に合うと慎重に心に言い聞かせた。彼は今その道を目の前に見ており、その道を歩まざるをえなかった。その道にちゃんとうまく合わせなければならなかった。が、彼はそれができなかった。

彼らがフォークストンに着いたとき、とても寒かった。レディー・アリグザンドリーナは駅に送られて来た自家用らしく見える馬車に乗り込むとき、身震いした。

「ホテルのパーラーには暖かい火があります」とクロスビー。

「ええ、そうであればと願っています。寝室もね」とアリグザンドリーナ。

若い夫はふと怒りに駆られたが、なぜか理由がわからなかった。怒りに駆られたから、ささやかな義務を最後までやり通すようにやっと心に言い聞かせた。もしそうしなかったら、みんなに怒りを気づかれてしまっただろう。しかし、彼は妻のショールや衣装に注意したり、ハンナに上機嫌に話し掛けたり、化粧カバンに特別注意を払ったりして、仕事をはたした。

「何時にディナーにしたいですか?」と、彼は妻とハンナを寝室に残す用意をしながら聞いた。

「お好きなときにいつでもどうぞ。ただ私はじきお茶とバターつきパンをいただきます」

クロスビーは居間に入って、お茶とバターつきパンを注文し、ディナーも注文してから、暖炉に背を向けて立って、将来の展望を少し考えた。

彼は人生で成功を収めなければならないとずっと昔に決意した。もしそれがただ決意だけの問題だったら、すべての男がそう決意してもおかしくない。しかし、大部分の男は、私はそう思うが、そんな決意はしない。多くの男は決意しても成功しない。しかし、クロスビーは成功を決意して、目標を実現するためたくさん努力した。脚光を浴び、確かな名声をえた。しかし、彼が認めるように、その名声は失われつつあった。彼はこの問題に正面から向き合って、華やかなやり方はやめなければならないとつぶやいた。しかし、役所の問題がまだ残っていた。彼はまだオプティミスト氏を支配し、バターウェルを奴隷にしている。今それが必要な路線となっているから、しっかりそれを守るように努力しなければならない。妻と家庭に朝食とおそらくディナーを頼ろう。快適な肘掛け椅子を手に入れよう。アリグザンドリーナが母になったら、子供を愛するように努力しよう。そして、とりわけリリーのことは考えないようにしよう。そのあと、彼は立ったまま半時間リリーのことを思った。

「よろしかったら、旦那様、何時にディナーを注文したか奥様が知りたがっておられます」

「七時だよ、ハンナ」

「奥様はとても疲れているから、ディナーの時間まで横になるとおっしゃっています」

「よろしい、ハンナ。着替えの時間になったら、妻の部屋へ行きます。階下ではあなた方を快適に扱ってくれればいいんですがね？」

それからクロスビーは冬の寒い夕暮れのなか、桟橋の上をぶらついた。

註

（1）サー・クリストファー・レンが一六七六年から一六八四年にかけて建設した教会。十八世紀ピカデリーのセント・ジェームズはロンドンでもっとも流行の先端を行く教会だった。一八六〇年代中頃までには式場としての人気に陰りが出ていた。

（2）愛すべき古い有徳の夫婦の典型とされる。ヘンリー・ウッドフォールが一七三五年『ジェントルマンズ・マガジン』に書いたバラッドの作中人物。

（3）パイ生地に詰め物をして、小さな半月形にまとめて、揚げたもの。

（4）『ソーン医師』でゲイズビー氏との結婚を望んだオーガスタ・グレシャム。
（5）ケント州のドーバー海峡に臨む港町。
（6）「マタイによる福音書」第二十三章第二十七節に「偽善な律法学者、パリサイ人たちよ。あなた方はわざわいである。あなた方は白く塗った墓に似ている。外側は美しく見えるが、内側は死人の骨や、あらゆる不潔なもので一杯である」とある。
（7）「創世記」第二章第二十三節。

第四十六章　役所のジョン・イームズ

クロスビーと妻は二月中旬にフォークストンへ新婚旅行に行き、三月終わりごろロンドンに帰って来た。私たちの物語に関連して特別興味を引くような重要な出来事は、その六週間に何も起こらなかった。若い新婚夫婦の海辺の行動が特別興味を引くということがなければの話だ。クロスビーは旅行が終わったとき、とても喜んだ、とだけ私は言える。行楽というのはつらい仕事で、何もすることのない行楽ほどつらいものはない。彼らは三月の終わりに新居に入った。レディー・アリグザンドリーナが新居をすこぶる寒いと感じなければいいが、と私は願う。

リリーはこの間に病気から完全に回復した。ぶり返しも、何か新しい恐れが生じることもなかった。それにもかかわらず、クロフツ先生はレディー・デイにリリーを新しい家に引っ越しさせるのは妥当でないとの意見を述べた。三月は病人の移動に望ましい月ではない。それで、デール夫人は無念の思いを抱き、ベルは辛抱できないと感じ、リリーもかなり率直に抗議の声を発しながら、郷士に四月一杯まで「小さな家」にとどまらせてくれるように要請した。郷士がこの要請をどのように受け入れたか、どんな仕方で医者の論理に同意したか次の一、二章で語ることにする。

この間、ジョン・イームズはロンドンで仕事を続けた。イームズ本人も、心の女王に選ばれたと自負する女性も、不満を抱えた状態だった。ミス・アミーリア・ローパーは事実非常に不機嫌になり、怒りっぽくなって、ぞっとするほどたくさんのもめ事をバートン・クレッセントで起こした。彼女はクレーデル氏との恋の戯れを始めて、ジョニー・イームズの前だけでなく、ルーペックス夫人の前でもそれを見せつけた。ジョン・イームズは馬鹿だったから、これが気に食わなかった。彼は何よりもアミーリアとその要求を一掃したいと願っていた。あまりにも払拭したかったので、憂鬱なとき、ロンドンの役人の仕事に悲劇的な終止符を打つことを自罰的にいろいろ考えた。入隊しよう。オーストラリアへ行こう。頭を吹き飛ばそう。アミーリアに「言い訳」を言い、雌狐だと雑言を浴びせ、嫌悪をはっきり伝えよう。アリントンへ飛んで行って、リリーの足元に希望もなく身を投げ出そう。アミーリアは彼の人生のお化けだった。それでもやはり、アミーリアがクレーデルといちゃつくとき、彼はそれが気に食わなかった。それをクレーデルに話してしまうほど馬鹿だった。

「もちろんぼくは気にしないよ」とイームズは言った。「ただ君が馬鹿なことをして世間の物笑いの種になるのではないかと思ってね」

「君は彼女を捨てたがっていただろ」

「彼女はぼくには何でもない人だ。ただそんなことをされたら、わかるだろ――」

「何をされたらというんだい?」とクレーデル。

「ほら、もしぼくがあの既婚女性といちゃついたら、君は気に入らないだろ。それだけだよ。君は彼女と結婚するつもりかい?」

「誰と!　アミーリアとかい?」

「そうさ、アミーリアとだよ」

「そんなことをするものか」

「じゃあ、ぼくが君なら、彼女を放っておくね。彼女はただ君を笑い物にしているだけだよ」

イームズの助言は正しかったし、アミーリアの行動に関する彼の見方は正しかったかもしれない。しかし、この恋愛沙汰におけるイームズの役割を見るとこの介入は賢明ではなかった。ミス・ローパーは間違いなく彼に焼き餅を焼かせたかった。そして、彼から嫌悪され、愛情をよそに向けられているという状況をものともせず、焼き餅を焼かせることに成功した。ミス・ローパーは彼に優しい言葉を掛けさせることができず、様々な手管にもかかわらず週に一回も嬉しい優しい言葉を彼から引き出すことができなかった。とはいえ、クレーデルから彼女に、彼女からクレーデルに優しい言葉が掛けられたとき、イームズは居心地の悪い思いをした。こういう状況を見ると、ジョン・イームズはまだまだ奥手の無知のなかでもがいていることを、私たちは認めてもいいのではないか?

ルーペックス夫妻は出て行けと繰り返し警告されたのに、この時まだクレッセントの下宿を一歩も退いていなかった。ローパー夫人は貸した金をみな捨てたものと見なすと絶えず言ってはいても、当然ながらいまだに金を払ってほしいと願っていた。警告のたびに支払い要求をし、分割で内金を払ってもらうといった、そんな状況がぐずぐず幾週も続いていた。四月の初めになっても、ルーペックス夫妻はまだローパー夫人の下宿人だった。

イームズはクリスマスの訪問とそれ続くド・ゲスト卿との文通以来、アリントンのことを何も耳にしていなかった。母の手紙には、狩りの獲物がゲストウィック・マナーからたびたび送られて来ると書かれていた。こうして彼は伯爵から忘れられていないことを知った。しかし、リリーについては一言も伝えられなかった。――本当のところ、デール一家が「小さな家」からゲストウィックへ引っ越ししようとしているという、今や知れ渡った噂があるだけだった。彼はこの噂を初めて耳にしたとき、都合よく解釈して、リリーがアリントンの威光から切り離されたら、おそらくもっと手の届くところに近づくと考えた。しかし、最近はそんな希望を捨てて、マナーの友人は結婚をまとめる意図をすっかり放棄してしまったと胸でつぶやいた。アリントン訪問からすでに三か月がたっていた。クロスビーが彼女を捨ててから五か月だ。五か月もすればクロスビーのような悪党はきっと忘れられているだろう！　もし郷士が何か措置を取るなら、きっと三か月もあれば充分イームズの取りなしをすることができるだろう！　アリントンに希望がないのは明らかであり、オーストラリアへ逃げ出すほうがきっといいのだろう。オーストラリアへ行こう。しかし、行く前にアミーリア・ローパーにちょっかいを出したので、まずクレーデルを打ちのめそう。これが四月第一週のだいたいの彼の精神状態だった。

それから、伯爵の手紙が一通彼のもとに届いて、彼の気持ちをすぐ大きく変えた。おかげで、彼はオーストラリアを絵空事と見なすようになり、クレーデルに対してもほとんど愛想よくなった。伯爵はアリントンにおけるイームズの利益を決して忘れていなかった。そのうえ、その利益はいまや伯爵よりもこの問題でははるかに強力な盟友によって支援されていた。郷士がイームズの後押しに同意したのだ。

伯爵の手紙は次のようなものだった。

ゲストウィック・マナーにて、一八――年、四月七日

親愛なるジョン

私は返事を書くように言ったのに、君は書いてくれなかった。先日お母さんにお会いしたよ。さもないと、君が死んでいようと、生きていようと、私の知ったことではなくなっていた。若者は手紙を書くように言われたら、いつも書かなければいけないね。（イームズはここまで読んだとき、この叱責を受けてかなり悲し

くなった。後援者を手紙で邪魔してはいけないと気兼ねして意図的に出すのを控えていたからだ。ジョニーは若者の義務としてこんなふうに教えられて、「そうだ伯爵がぼくにうんざりするまで、これから毎週手紙を書き続けよう」と独り言を言った。）

今、私は君に長い話をしなければならない。面倒が省けるから、君がこちらに来てくれたら、ずっとそのほうがいいんだ。だが、その時まで君を待たせたら、君から意地悪と思われるだろう。私は先日デール氏にお会いしたんだ。郷士はある若い女性が私の若い友人の話を聞く決意をしてくれたら、非常に嬉しいと言ってくれた。それで、私は郷士にその女性の財産をどうするつもりか聞いた。郷士は生存中は年百ポンドを、死後は四千ポンドを彼女に設定するとはっきり言った。私は同じ額を若者のほうにするつもりだと言った。だが、年二百ポンドと君の給料では、二人で生活を始めるのには充分ではないだろう。それで、私は年百五十ポンドにすることにした。君はすぐ役所で出世していくだろう。年五百ポンドなら何とかやっていけるはずだ。特に君は生命保険に入る必要はないからね。私なら最初はブルームズベリー・スクエアあたりに住む。なぜなら、君はほとんどただ(1)で家を手に入れることができると聞いているからね。結局、流行なんて何の価値があるんだ？　君は秋にはこちらに奥さんを連れて来て、猟をするといい。奥さんは木の下で君を眠らせはしないだろう。きっとそうだよ。

だが、君はその若い女性のほうを自分でどうにかしなければいけない。誰も彼女にこのことは話していない点を承知しておいてほしい。話しているとしても、私は知らない。郷士が味方についたことがわかるだろう。それだけだ。君は何とか次の復活祭にこちらに来ることはできないだろうか？　私からよろしくと老バフルに伝えて、君が必要とされていると言いなさい。君が望むなら、私が彼に手紙を書いてあげよう。彼に好感を抱いていたとはとても言えないが、一時は彼を知っていたからね。リリーに会わないままで、君がうまくやっていけるとは思えない。手紙のほうが好きでなければだがね。手紙はいつもあまりおもしろくないやり方だと私には思える。君はこちらに帰って来て、正式の旧式なやり方で求婚したほうがいい。レディー・ジュリアが君に会うのを楽しみにしているのは言うまでもない。鉄道駅のあの事件以来、妹は君をいちばんのお気に入りにしている。妹は雄牛の件よりも駅の件のほうをずっと重視している。

さて、親愛なる友よ、これで事情はみな話した。すぐ返事をくれなかったら、君がどこかとても具合が悪いのではないかと思うよ。

君の誠実な友
ド・ゲスト

イームズは役所の机に座って、この手紙を読み終えたとき、驚きと高揚感のせいで、自分がどこにいるか、何をすればいいかほとんどわからなかった。リリーの伯父が結婚を認めてくれただけでなく、姪に相当な財産を与える約束をしてくれたという。それは本当だろうか？　ジョニーは数分間あたかも幸せを妨げる障害がみな取り除かれたように思い、これまで夢見る勇気さえなかった至福にすんなり到達できるように感じた。それから、伯爵の気前のよさを考えたとき、もう少しで泣き出しそうになった。考える心を落ち着かせ、手紙を書く手を落ち着かせることができなかった。人からそんな金銭的恩恵を受けるのが正しいかどうかもわからなかった。伯爵の申し出は断らなければならないと考えた。郷士の金に関しては、受け入れてもよいと思った。男性は若い女性の財産のかたちでくるものはみな受け取っていいからだ。

伯爵の手紙に返事を出さなければならない。しかもすぐにだ。返事を出すまで役所を出るつもりはなかった。返事が来ないなどという非難を友人の伯爵に二度と言わせないようにしよう。今の状況では、手紙の件で伯爵にした失礼を考えることが、いちばん重大であるかのように手紙の問題を取りあげた。しかし、ついに真の問題にたどり着いた。彼はリリー・デールから受け入れられるのだろうか？　結局、幸運の実現は完全にリリーの意向に懸かっていた。これを考えたとき、ひどく不安になった。若い恋人の普通の疑念——奥手の男の内気さにありがちな恐怖と震え——ばかりでなく、クロスビーのあの件がまだ邪魔をしているとの思いが彼の胸を満たした。彼はリリーが悩んだことのすべてをおそらく正しく把握していなかった。が、それでもこの五か月でもまだ癒されぬ傷が残っていると考えた。リリーがその傷を癒す役を彼にはたさせてくれるだろうか？　これを考えるとき、克服できない内気さと無価値感に圧倒されて、ほとんど地面に押しつぶされそうに感じた。リリアン・デールのような娘から受け入れてもらえるのに、彼がどんなものを提供できるというのだろう？

国王はその日給料に見合った奉仕をジョン・イームズから引き出せなかったのではないか、と私は心配する。しかし、彼が過去にした奉仕が充分適切なものだったので、彼の昇進が所得税庁全体で取り沙汰されて、クレーデルやフィッシャーやその他近い同僚や仲間たちの大きなやっかみのまとになっていた。噂によってイームズが就くとされる地位は、公務員の世界では申し分のない楽園だと一般に考えられている地位だ。噂によると、彼は長官の個人秘書官になる予定で、この昇進によって絨毯の敷かれていない現在の大部屋から敷かれている個室へ移動することになるという。彼は今その大部屋で、二匹の犬が一緒につながれていると感じるように、屈辱的に縛られていると感じるもう一人の男と同じ机を共有していた。その大部屋は事務室という名の熊闘技場であり、十二人から十四人の男が座っていた。大きなシロメのポットがいつもたくさん午後一時に持ち込まれて、非貴族な雰囲気を醸し出していた。大部屋を直接支配していると見られるのはラヴ氏という人で、鈍感な、のろくさい、野心のない古いタイプの事務官だった。ラヴ氏はイズリントンでも遠い端に住んでいた。(2) 彼は大部屋を越えた役所内では若い同僚の誰からも知られておらず、大部屋に悪影響を与えていると一般に見られていた。大部屋の事務官らはある気取り屋の役人によってしばしば派手に叱り飛ばされていた。その役人は私たちが今話した紳士ラヴ氏よりも若くて高い地位にあるキッシング氏だ。キッシングはすばやい足取りと傲慢な態度で、隣の自室から大部屋に飛び込んで来た。仕事用のスリッパを履いて足を引きずり、入って来るたびにまるで全公務が止まってしまう理由でもあるかような表情をした。そして、厳しい言葉――大部屋の一部事務官には堪え難い言葉――を吐いた。髪にはいつもまっすぐブラシをかけ、眼はいつも大きく見開いていた。彼はたいてい大きな信書控え帳を持ち運び、ある場所に指を挟んでいた。その控え帳が力に余るほど重すぎたから、彼はここではこの事務官の机に、あそこではあの事務官の机にという具合に、よくそれをどすんと落とした。長く頻繁にそんなふうに落としてきたから、事務官らから大いに嫌われていた。キッシング氏とラヴ氏は昔の怨恨のせいで、面と向かって話を交わさなかった。このためこんなあら探しの場面では、たいてい叱り飛ばされた若者はキッシング氏のことをよくその敵に訴え出た。

「私はそれについて何も知らない」と、ラヴ氏は机から一瞬も顔をあげないでよく答えたものだ。

「この件は間違いなく役員会に持ち込むからな」と、キッシング氏は言うと、それから大きな控え帳を持って足を引きずりながら大部屋から出て行った。

キッシング氏は実際時々役員会に問題を持ち込んだから、彼とラヴ氏と二、三人の怠けた事務官がそこに呼び出された。それでも、めったに重大な結果を招くことはなかった。怠けた事務官らは注意を受けた。一人の役員がラヴ氏に内々で一言言葉を掛けた。別の役員が内々でキッシング氏に一言言葉を掛けた。それから、役員らだけになると、ちょっとした冗談を言い、キッシングは好意に基づくものだろうが、ラヴは常にみなの王でなければならない(3)と言った。しかし、こういうことはサー・ラフル・バフルが役員会に入ってくる前の、平穏な時代のことだ。

ジョン・イームズは初めこれをおもしろがったが、最近はうんざりするようになっていた。彼はキッシング氏と大きな控え帳――これでいつも仕事上の罪で咎められた――が大嫌いだった。キッシング氏とラヴ氏を無理に並べる冗談にも飽きてしまった。彼はサー・ラフルから個人秘書官に抜擢されようとしていることを初めて秘書官補からほのめかされたとき、革の肘掛け椅子と備えつけの洗面台がある絨毯敷きの――そうなったら専用に使用できる――小さな居心地のいい部屋を思い浮かべた。また、年に百ポンド給料があがることや、さらに上への昇進の足がかりになることを考えて大喜びした。しかし、それにはある欠点があった。現在の個人秘書官――前長官の個人秘書官でもあった――はこの楽園を捨てた。サー・ラフルの声の調子に堪えられなかったからだ。サー・ラフルは普通以上に媚びへつらう個人秘書官を求めていることがわかっていた。イームズは自分がその地位にふさわしいかどうかほとんど疑問に思った。

「なぜ長官はぼくを選んだんでしょう?」と彼は秘書官補に尋ねた。

「うん、そのことを一緒に話し合ってきたんです。彼は名があがったほかの誰よりもあなたが好ましいと思っているんです」

「けれど、彼は鉄道駅の件ではぼくにたいへん厳しかったですよ」

「彼はあれからさらに何か耳にしたと思います。何か伝言があなたの友人のド・ゲスト伯爵から届いていたと思います」

「ああ、そうなんですか!」とジョニー。彼は伯爵を友人として持つことがどういうことか納得し始めた。貴族との交際が始まって以来、彼は役所で伯爵の名を出すことを慎重に避けていた。それでも、交際の事実が役所ではよく知られており、少なからず考慮されていることをほぼ毎日薄々感じていた。

「けれど、彼はとても粗野ですね」とジョニー。

「それは我慢できます」と友人の秘書官補は言った。「口やかましいけれど、心根は悪くないんです。それに年百ポンド増えるのは価値がありますよ」イームズはその時悲観的人生観に陥っていたから、たとえその役職を申し出られても、断るつもりでいた。しかし、今椅子で体をのけぞらせれば読めるように、机の引き出しに手紙を開いて座っているとき、事態を全体に違ったふうに見ることができた。第一に、リリー・デールの夫は絨毯と肘掛け椅子のある専用の事務室を持つべきだろう。それから、百ポンド増えれば、伯爵がはっきり定めた総額に収入をすぐ引きあげることになる。しかし、復活祭に休暇を取ることができるだろうか？　もしサー・ラフルの個人秘書官になることを承諾すれば、承諾するから休暇をくれと取引することができるかもしれない。

この時、大部屋のドアが開いて、キッシング氏が非常に速い小さな足取りで入って来た。彼は足を引きずりながらジョンの机に一直線にやって来て、控え帳をどすんと机の上に落とした。ジョンは貴重な手紙が入った引き出しを閉じる時間がなかった。

「その引き出しに何をしまっているのかね、イームズ君？」

「私的な手紙です、キッシングさん」

「おや。――私的な手紙かね！」とキッシング氏。彼はそこに小説が隠されていることを強く確信したけれど、あえてそれを口には出さなかった。「私は今朝の半分のあいだね、イームズ君、海軍省宛てのこの手紙を探していたんだ。君はこれをSの項目の下に入れていただろう！」キッシング氏の口調を傍観者が聞いていたら、こんなふうに明らかにされたひどい不正のため、所得税庁全体が危険に曝されたと信じないではいられないだろう。

「サマセット・ハウス[4]の項目です」とジョニーは抗弁した。

「ふん。――サマセット・ハウスだと！　ロンドンの役所の半分は――」

「ラヴさんに聞いたほうがいいです」とイームズは言った。「彼の特別な指示ですべてがなされています」

キッシング氏はラヴ氏を見たけれど、ラヴ氏は動じずに机に向かっていた。「ラヴさんが項目分けについてはすべてご存知です」とジョニーは続けた。「彼がこの部署全体の項目分けの担当ですから」

「いや、私は違うよ、イームズ君」とラヴ氏は言った。彼はキッシング氏を心底嫌っている一方、ジョン・イームズにかなり好意を抱いていた。「しかし、項目分けはこの部屋では全体としてうまく機能していると思うね。手紙をどうやって見つけたらいいかわからない人もいるけれどね」

「イームズ君」とキッシング氏は間違えたSを厳しい非難の指でまだ差しながら、大部屋全体の利益と老ラヴ氏の消滅を目的として演説を始めた。「海軍省（アドミラルティ）という言葉がSではなくAから始まるということをまだ知らないんなら、君はこの役所に入る前に習得していないことがたくさんあるということだね。サマセット・ハウスは部署ではないよ」それから、彼は広く大部屋全体へ振り返って、肝に銘ずるなら非常に有益であるかのように語尾を繰り返した。「部署ではないよ。大蔵省は部署だね。内務省は部署だね。インド省（ボード）は部署だね――」

「いえ、キッシングさん、それは違います」と、大部屋のいちばん遠いところから若い事務官が言った。

「私が何を言いたいか君はよくわかっているだろ。インド省（オフィス）は部署だね」

「省（ボード）はありませんよ、課長」

「小さなことだろ。しかし、紳士が三か月役所にいて――三年とは言わないよ――、どうしてサマセット・ハウスを部署と思えるのか私には理解できないね。もし君らが誤った指示を受けているとしたら――」

「次回にはぼくらはみなわかっています」とイームズは言った。「ラヴさんがメモを取っておいてくれますから」

「私はそんなことはしませんよ」とラヴ氏。

「もし君らが誤った指示を受けているとしたら――」とキッシング氏は話を蒸し返して、ラヴ氏を盗み見した。しかし、その時ドアが再び開いて、使い走りがジョニーを真の大物のところへ呼び出した。「イームズさん、サー・ラフルのところへお越しください」ジョニーはそれを聞くとすぐ立ちあがり、キッシング氏と大きな控え帳を机に置き去りにした。この戦いがどのように行われて、大部屋でどのように荒れ狂ったか、私たちはここにとどまって聞くことができない。サー・ラフル・バフルの前に出頭する主人公のあとを追う必要があるからだ。

「ああ、イームズか――そうだね」と、サー・ラフルは若者が入って来たとき、机から顔をあげて言った。「少し待ってくれないか?」勲爵士は今の仕事のわずかな遅延が、広く国家に多大な害をもたらすことを恐れているかのように、書類に向かった。「うん、イームズ――ええと――そうだね」と彼は仕事をしていた書類をほとんどぐいと押しのけて再び言った。「あんたはここの仕事の内容をよく把握していると聞いたよ」

「それなりにです、長官」とイームズ。

「ええと、うん、それなりにか。だが、あんたがわしのそばに来たければ、すべてを把握していてくれなければならない。それから利口でなければならないよ。フィッツハワードがやめることは知っているだろ?」

「聞いています、長官」

「とても優秀な若者だよ、おそらく――合わなかったんだろう。だが、それは気にしない。仕事が少し負担だったんだろう。彼は一般事務に戻ることになる。ド・ゲスト伯爵はあんたの友人だと思うが、そうかね？」

「はい、ぼくの友人です。とても親切にしてくれます」

「うん、そうか。わしは伯爵を長年に渡って知っている。――じつに長年に渡ってね。一時は親しかったんだ。おそらく伯爵がわしの名を口にするのを聞いたことがあるかもしれない」

「はい、あります、サー・ラフル」

「わしらはかつて親しかった。それももう昔の話だ、わかるだろ。伯爵は田舎のネズミで、わしは都会のネズミというわけだ。はっ、はっ、は！　わしがそう言っていたと彼に言ってもいい。わしから言われても彼は気にしないからね」

「いいえ、言うつもりはありません」とイームズ。

「伯爵に会うとき、わしのことを伝えるようにしなさい。伯爵はわしがいつも非常に尊敬を抱いてきた方だ。――本当に大きな尊敬をね――敬愛といってもいいだろう。さて、イームズ君、あんたがフィッツハワードの役職を引き継ぐというのはどうかね？　仕事はつらいぞ。それは言っておいたほうが公正だろう。仕事は間違いなく非常につらい。わしは前任者よりも仕事で大きな役割をはたしている。そんな人が求められていたから、わしがここに呼ばれたと言っていいだろう」サー・ラフルの声は話し続けるにつれて、どんどん耳障りになった。イームズはどんなにフィッツハワードが賢かったか考え始めた。「わしは職務をはたすつもりだ。わしの個人秘書官にもそれを期待している。だが、イームズ君、わしは人を忘れない。その人がいい人だろうと悪い人だろうと、わしは人を忘れない。あんたは遅い時間は嫌いじゃないと思うが」

「役所に遅く来るということですか？　いえ、少しも嫌いではありません」

「遅くまで仕事するということ、残業(5)ということだよ。必要とあれば六時か七時までな。馬車がぬかるみにはまったとき、車輪に肩を貸し合って協力するんだ。わしがこれまでずっとやってきたのはそれだ。上司はわしがどういう人間かよく知っていた。上司はいつもわしにぬかるみの道を用意した。もし役所が時間単位で給料を払うなら、わしは誰よりもたくさん給料をもらったと思うよ。あんたが隣の空き部屋に入るなら、これが冗談ではないことがわかる。これは言っておいたほうが公正だろう」

「ぼくは誰よりも一生懸命働くことができます」とイームズ。

「よろしい。それでよろしい。仕事に執着してくれ。そうしたらわしもあんたに執着する。そばに旧友ド・ゲストの友人を置けたら、わしにとっても大きな喜びだ。わしがそう言っていたと伯爵に伝えなさい。さああんたは今からすぐその仕事に掛かったほうがいい。フィッツハワードがそこにいる。そこへ行っていなさい。きっかり四時半にあんたらに会うよ。わしは非常に几帳面なんだ、いいかね、非常にね。――だから、あんたも几帳面になりなさい」それから、サー・ラフルは一人にしてほしいような顔つきをした。

「サー・ラフル、あなたに一つお願いがあります」とジョニー。

「何だね？」

「ちょうど復活祭あたりに二、三週間お休みをいただきたいんです。十日くらいしたら、出かけたいんです」

「復活祭に三週間休むって、議会の仕事が始まるころだぞ！　個人秘書官にそれは不可能だな」

「けれど、とても大切な用事があるんです、サー・ラフル」

「不可能だね、イームズ、まったく論外だ」

「ぼくのほとんど生死にかかわる問題なんです」

「ほとんど生死にかかわるって。おや、何をしたいんだね?」サー・ラフルは威厳と国家的重要人物の雰囲気を漂わせている一方で、目下の者のことをとても知りたがった。

「ええと、正確に言うことはできないんです。自分でもあまりはっきりしていないんです」

「それなら馬鹿なことを言い出すんじゃないよ。一年のちょうどその時期に、個人秘書官なしで切り抜けるなんて考えられないことだ。わしにはできない。公務がそれを許さないね。その時期にここを離れる権利はあんたにはない。個人秘書官はだいたい秋に休暇を取るもんだ」

「秋にも休暇をいただきたいと思いますが、――」

「話にならんね、ジョン・イームズ君」

それから、ジョン・イームズはこんな緊急事態では切り札を繰り出す必要があると考えた。この切り札を使うことはじつにいやだったが、切り札が必要になる時もあると胸に言い聞かせた。「ぼくは今朝ド・ゲスト卿から手紙を受け取ったんです。そのなかで卿から復活祭に来るように強く勧められました。仕事のことなんです」とジョニーはつけ加えた。「もし難しいようなら、卿があなたに手紙を書くと言っていました」

「わしに手紙を書くって?」サー・ラフルは伯爵からでも職場でなれなれしくされるのが好きではなかった。

「もちろんぼくは卿にそんなことはさせられません。けれど、サー・ラフル、もしぼくがあちらの職場に残っていれば」とジョニーは頭で大部屋のほう指し示した。「四月に休暇を取ることができました。問題はぼくにとって、また伯爵にとって非常に重要なので――」

「いったいその問題とは何だね?」とサー・ラフル。

「たいへん個人的なものです」とジョン・イームズ。

それで、サー・ラフルは交換条件を持ち出されていると感じて、すこぶる不機嫌になった。この若者は条件を呑んでくれれば、個人秘書官になってもいいというのだ！「まあ、今はフィッツハワードのところへ行ってくれ。こんなふうに一日を無駄にすることはできんからな」

「けれど、復活祭の時にここを離れることができるでしょうか？」

「わからないね。考えてみよう。だが、今は立ち話をやめてくれ」それから、ジョン・イームズはフィッツハワードの部屋に入って、その紳士から任命のお祝いの言葉をもらった。「サー・ラフルはまるで使用人を呼ぶように君を呼びつけるよ。君がそれを好きになってくれればいいけれどね。というのは、彼はいつもあの呼び鈴を鳴らして呼ぶんだ。耳が聞こえなくなるまで、どなりつけるよ。ディナーの約束はみなあきらめなければならない。というのは、あまり仕事はないのに、帰らせてくれないからだ。彼は誰からもディナーに誘われたことがないと思う。というのは、七時までここにいるのが好きだからね。君は大人物らにあらゆる種類の嘘を書かなければならない。時々ラファティを個人的な仕事でそとに出したとき、彼は君に靴を持って来るように言いつけるよ」さて、ラファティというのは長官の使い走りだった。

しかし、このささやかな引き継ぎが、去って行く挫折した個人秘書官によってなされたということは覚えておかなければならない。「男は別の男に靴を持って行く気になれない」とイームズは一人つぶやいた。「そうすることがふさわしいと納得しない限りはね」それから、彼はサー・ラフルの靴についてで胸でささやかな決意を固めた。

註

（1）ただ同然というのは年百二十ポンド程度という意味。第四十章の注（6）参照。

（2）ロンドン北部フィンズベリーの北、ハイベリーの南。社交界から遠く隔たった場所だ。

（3）サー・ウォルター・スコットの物語詩『最後の吟遊詩人の歌』（1805）第六歌第十一節第四行からのひょうきんな引用。遠くはヴェルギリウスの『詩選』第十歌六十九行の影響がある。

（4）第二章の註（9）参照。海軍省がそこにあった。

（5）第三十三章の註（6）参照。

第四十七章　新しい個人秘書官

所得税庁にて、一八――年四月八日

親愛なるド・ゲスト卿

ぼくはあなたの手紙にどう返事を書いたらいいかわかりません。とても親切な申し出で、――本当にそれ以上のご厚意です。手紙を書かなかったことについては、――ぼくは手紙を送ってあなたを煩わせたくなかったと説明しなければなりません。ぼくが手紙をたくさん書いたら、あなたの私生活を侵害するように思えたんです。実際、あなたのことを考えなかったから手紙を書かなかったというのではありません。まず金のこと――つまり、あなたの提案のことですが、あなたにどう言っても間抜けに見えるのではないかと本当に感じています。本当のところ、ぼくはどうしたらいいかわからないので、あなたがぼくを間違った道へ追いやることはないと信じることしかできません。父あるいは父に代わる人から以外、男は贈り物として金を受け取るべきではないとぼくは考えています。あなたがあげた金額がとても大きいので、そんなことはしてくれなければいいのにと願うほどです。そんなに寛大にしてくださるなら、遺言でそれを遺すほうがいいのではありませんか？

「いつも私が死んでくれればいいと願っていたいからだよ」と、ド・ゲスト卿は妹にこの手紙を大きい声で読むとき言った。

「彼はきっとそんなことは願いませんよ」とレディー・ジュリアは言った。「でも、あなたはあと二十五年は生きるかもしれません」

「五十年と言ってくれ」と伯爵。それから、ジョンの手紙を続けて読んだ。


けれど、これはみな彼女の意向次第のことですから、ほとんど話す価値もないほどです。もちろんぼくはデール氏に感謝します、本当にとても。姪に対してとても気前よく振る舞ってくれていると思います。けれど、それがぼくに役に立つかどうかはまったく別問題です。でも、ぼくはあなたのご親切な復活祭の招待にきっと応じて、彼女から受け入れてもらうチャンスがあるかどうか確かめます。サー・ラフル・バフルがぼくを個人秘書官にしたことをお伝えしなければなりません。それでぼくは年百ポンド収入が増えます。彼は何年も昔にあなたのすばらしい友人だったと言って、好んであなたのことを話しています。あなたにはそれが何を意味するかおわかりのことと思います。彼はこれまでにかなりたくさんの伝言をあなたに送っているんですが、あなたは受け取りたくないだろうと思います。ぼくは明日サー・ラフルに会います。噂に聞いたことから判断すると、ぼくは彼の下でつらい時間をすごすことになりそうです。


「まったくね、つらい目にあうだろう」と伯爵は言った。「かわいそうなやつ！」

「でも、個人秘書官の仕事なんて何もすることがないと思っていました」とレディー・ジュリア。

「私ならサー・ラフルの個人秘書官なんかになりたくないね。だが、彼は若いし、年百ポンドの増収は大きいよ。私たちはみなどれほどあいつを嫌ったことか。あいつの声はひび割れのある鐘のようなんだ。誰かがバフルの声を消してくれればいいといつも願ったものだ。あいつは役所でハフル・スカフルと呼ばれているらしい。かわいそうなジョニー!」それから、伯爵は手紙を読み終えた。——

復活祭の休暇がほしいとぼくは彼に求めました。彼は初め不可能だとはっきり言いました。けれど、ぼくは主張を通すつもりです。首相の個人秘書官になるんだったら、職場を留守にするようなことはしません。けれど、長官の個人秘書官なら、ぼくがこれからするいいことのためには留守にするほうがいいと感じます。レディー・ジュリアによろしくお伝えください。ぼくがどれだけ彼女に感謝しているか言ってください。あなたへの感謝は表現することができません。親愛なるド・ゲスト卿、いつもとても忠実にあなたのものであることをどうか信じてください。

ジョン・イームズ

イームズが手紙を書き終えるころはもう遅くなっていた。彼は大部屋から出る支度をして、後任者のため机や書類を整えていた。五時半ごろクレーデルがやって来て、一緒に下宿まで歩こうと提案した。

「何だ! まだここにいたのかい?」とイームズは言った。「君はいつも四時には帰ると思っていた」クレーデルは新しい個人秘書官と一緒に歩いて帰るため、役所内にとどまっていた。しかし、イームズは一人で考えたいことがたくさんあったから、それを望まなかった。彼は一人で帰っていいんなら、そのほうが嬉しかった。

「うん。仕事があったんだ。いいかい、ジョニー、君の昇進を心から祝福するよ。本当に祝福する」

「ありがとう、君!」

「わかっているだろうけれど、とてもすばらしいことだね。年百ポンドいっぺんにあがるんだ！ それに、あんな居心地のいい専用の部屋がある！ あのキッシングのやつはもう君に近づくことができない。一日じゅうあんなに獣になって突っ掛かっていたのにね。だが、ジョニー、君がひとかどの人物になることはわかっていた。いつもそう言っていたよ」

「この人事に変則的なところは少しもないんだ。老ハフル・スカフルがひどく不愉快に振る舞っていると、フィッツが言っている点を除くとね」

「フィッツの言うことは気にするな。全部嫉妬なんだ。君がてきぱきやれば、思い通りにできるよ。君はいつも思い通りにやっているとぼくは思う。そろそろ準備はできたかい？」

「いや、――まだだ。ぼくを待たないでくれよ、クレーデル」

「いや、待つよ。待つことは気にしない。もしぼくらが帰らなかったら、ディナーを取っておいてくれるさ。待つことなんか何でもないよ。君のためならそれ以上のことをする」

「ぼくは八時まで働いて、厚切り肉の出前を取ろうと思っている」とジョニーは言った。「それに――一人で訪問しなければならないところもあるんだ」

するとクレーデルは泣き出しそうになった。二、三分黙ったまま感情を抑えようとした。とうとう話し出したが、ちゃんと話すことができなかった。「ねえ、ジョニー」と彼は言った。「ぼくにはどういうことかわかるよ。君は出世しようとしているから、ぼくを見捨てようとしているんだね。ぼくはどんなことでもいつも君にくっついて離れなかった、そうだろ？」

「しっかりしてくれよ、クレーデル」

「そう、くっついて離れなかった。ぼくなら個人秘書官になっても、君に対する態度は変わらなかったね。

何の変化も見せなかっただろう」

「何て君は馬鹿なんだろう。シティでディナーをしたいと思ったからといって、ぼくが変わったとでも言うのかい?」

「それもみな君が前と同じように下宿に一緒に帰ってくれないからさ。ぼくはそれがわからないような馬鹿じゃない。だが、ジョニー——もう君をジョニーと呼んではいけないと思うね」

「そんな——馬鹿げた——つまらないことは言うなよ」それから、イームズは立ちあがると、部屋のなかを歩き回った。「一緒に帰ろう」と彼は言った。「ここにいることにはこだわらない。どこでディナーを取るかも気にしないね」彼はせかせか動いて、帽子と手袋を取り、クレーデルに追いつく時間を与えないまま通りへ出た。「何がいやかと言うとね、クレーデル」と彼は言った。「その種のおべっかがみなむかつくんだ」

「だが、君はどう思う?」とクレーデルはべそをかきながら言った。友人のあの輝かしい鉄道駅の勝利以来、彼は評価においても友人と対等の立場に立つことができなかった。ジョニーがクロスビーを打ちのめしたように、もし彼がルーペックスを打ちのめしていたら、彼らはその時本当に対等になっていたかもしれない。——英雄二人組だ。しかし、事実は打ちのめしていなかった。彼は自分が臆病者だと思ったことは一度もなくて、状況が自分にはとりわけ不親切だったというふうに考えていた。「だが、君はどう思う?」とクレーデルはべそをかいて言った。「もしこの世で誰よりも好きな友人から背を向けられたら」

「君に背を向けたことはないよ。君を充分速く歩かせることができなかったとき以外はね。早く来いよ、君。馬鹿げたつまらないことは言うなよ。その種のことが嫌いなんだ。友人が威張るはずだと想像するんじゃなくて、威張るまで待つべきだろ。一、二か月以上ぼくが老スカフルズのそばにいられるとは思わないね。ぼくが聞いたことから判断すると、長官のそばで堪えることができる限度はそれくらいだろう」

それからクレーデルは徐々に幸せになり、心が温まっていった。彼は歩いているあいだじゅうあらゆる種類のおべっか――彼はその達人だ――をイームズに遣った。ジョニーは「その種のおべっかがみな」嫌いだと明言したのとは裏腹に、おべっかに簡単に屈した。フィッツハワードが凶暴な勲爵士を扱うことができなかったのに対して、彼なら扱えるだろうとクレーデルが言ったとき、彼はクレーデルの発言を信じる気になった。「靴を取って来させることについては」とクレーデルは言った。「ぼくは長官がそんなことを君に頼むとは思わないいね。特別急いでいるとか、何かそんな状況がなければね」

二人がバートン・クレッセントに隣接する通りに入ったとき、「ねえ、ジョニー」とクレーデルは言った。「君を怒らせることこそ、ぼくがいちばんしたくないことだということはわかってくれるね」

「わかったよ、コードル」とイームズは歩きながら言った。一方、友人のほうは立ち止まろうとする素振りを見せた。

「いいかい、ねえ。アミーリア・ローパーのことで君を怒らせたんなら、ぼくは二度と彼女に話し掛けないことを約束するよ」

「アミーリア・ローパーなんか糞食らえだ」イームズはそう叫んで、突然立ち止まり、クレーデルを立ち止まらせた。一、二の通行人の注意を引くほど強い怒りの声だった。ジョニーが呪いの言葉を口に出すのはまったく間違っていた。人に対してそんな呪いの言葉を発すること、特に女性に対して恐ろしいけんまくでどなることは間違っていた。しかも彼が愛していると公言した女性に対してだ！　しかし、彼は呪いの言葉を口にした。私は語りを完全なものにするため、この邪悪な言葉も記録しておかなければならない。

クレーデルは相手の顔を見あげて、見詰めた。「ぼくはただ言いたかっただけさ」とクレーデルは言った。「この件で君がしてほしいことなら何でもするとね」

「それなら、二度とぼくの前で彼女の名を口に出さないでくれ。君が彼女に話し掛けることについては、よければ精根尽きはてるまで話し掛けていいよ」

「へえ。――知らなかった。先日はそれが気に入らないように見えたがね」

「先日は馬鹿だった。――とんでもない馬鹿だった。ぼくは半生ずっと馬鹿だった。アミーリア・ローパーか！　いいかい、コードル、もし彼女が今夜君に言い寄ってきたら、きっと言い寄ってくると思うよ、というのは、彼女は今絶えずそんな遊びをしているようだから。彼女に好きなようにやらせてやれ。ぼくのことは気にしないでくれ。ぼくはルーペックス夫人かミス・スプルースと楽しむから」

「だが、そんなことをしたらルーペックス夫人のたたりがあるよ。ぼくがアミーリアから話し掛けられるたび、夫人はこれ以上ないほど不機嫌になるんだ。嫉妬深い女性というものがどんなものか君は知らないね、ジョニー」クレーデルは優位に立てる足場に立った。彼はこの足場でなら、対等だと感じられた。イームズが一人の男を打ちのめしたというのはその通りだ。イームズが非常に高い社会的地位に昇って、個人秘書官になったというのもその通りだ。しかし、危険な、神秘的な、圧倒的な、生命を包み込む陰謀については、彼クレーデルこそ定評のある英雄ではないか？　彼はルーペックス夫人との楽しいつき合いと引き替えに、金と精神の両面で高い代償を払った。しかし、高すぎるほどの代償とは思わなかった。男が高価と思う贅沢がある。それでも、贅沢は値段くらいの価値はあるのかもしれない。クレーデルはローパー夫人の下宿の階段を登っていくとき、友人に親切を施して、アミーリアに話し掛けてやろうと決心した。そうすれば陰謀はより神秘的に、より生命を包み込むようになり、より危険のないものになるだろう。というのは、ルーペックス氏が苦しめられないことがわかるからだ。

ローパー夫人の下宿人全員がその日ディナーに集まっていた。ルーペックス氏はこの愉快な食卓にめったに参加しなかったのに、この時は出席して、声も態度も上機嫌だった。クレーデルは友人に舞い降りたすばらしい幸運を応接間で下宿の一同に話した。それで、ジョニーはかなり崇拝のまとになった。

「まあ、本当！」とローパー夫人は言った。「あなたのお母さんがそれを聞いたら、何と喜ぶことでしょう。でも、あなたは気に入られて高い地位に昇ると私はいつも言っていました」

「行いが立派なのが立派な人です」とミス・スプルース。

「まあ、イームズさん！」とルーペックス夫人は優美に感激して叫んだ。「心の底からおめでとうを言います。何てすばらしい地位なんでしょう」

「私心のない真の友の手を受け取ってください」とルーペックス。手は全体がペンキで汚れてとても汚かったが、ジョニーはそれを取った。

アミーリアは離れたところに立って、目配せで――あるいは一連の目配せで、と言った方がいいかもしれない――祝福を与えた。「今、――今あなたはあたしのものになる気はないの？」と目配せは伝えていた。「今あなたが富と成功にひたりきっているときに」それから、彼女はみなが下へ降りて行く前に一言ジョニーに囁いた。「ああ、あたしはとても幸せよ、ジョン。――とても幸せよ」

「うるさいな！」と、ジョニーは女性の耳に充分届く相当大きな声で言った。それから、彼は部屋を歩いて、ミス・スプルースに腕を貸した。アミーリアは一人で階下に降りるとき、彼の心を踏みにじってやろうと心を固めた。彼女はここ数日それに取り掛かり、かなり成功して驚いていた。彼女がクレーデルに接近したことで、イームズが憤慨しているのは明らかだった。それゆえ、彼女はこの計略を最後まで続けようとした。

「ねえ、クレーデルさん」と、彼女はクレーデルの隣の席に座って言った。「あたしの好きな人はいつも変わらない人なの。突然の出世なんかあたしは嫌いよ。人はしばしば出世のせいで正気じゃなくなるから」

「ぼくはいつも変わらずにいたいですね」とクレーデル。

「そうね、出世しても、人が変わるわけじゃないとあたしは思う。本当にそう思うのよ。もちろんあなたにも出世する時が来るわ。あれをもたらしたのは伯爵——牛に襲われたあの伯爵よ。伯爵というものがどういうものかわかっているから、あたしたちにそれはいりません」それから、アミーリアは頭を少しぐいと持ちあげて、クレーデルの目には本当に似合っていると思われる仕草で、ずるそうにほほ笑んだ。しかし、彼はテーブルの向かい側からルーペックス夫人に見られているのに気づいたので、神々によって用意された魅惑を必ずしも楽しむことができなかった。

女性たちが食堂から出たとき、ルーペックスと二人の若者は暖炉の近くに椅子を寄せた。それぞれが当人に合った酒を準備した。イームズは食堂を出ようと少し試みたところ、ルーペックスからその場にとどまるように友情に満ちた真剣な懇願を受けた。彼は気取っていると非難されるのを弱気にも恐れたから、望まれた通りにした。

「イームズさん、あんたのため乾杯する」とルーペックスは言って、湯気が立つお湯割りのジンの酒杯を口に掲げた。「あんたが職場で長年成功することを願っている」

「ありがとうございます」とイームズは言った。「成功についてはどうだかわかりませんが、とても感謝します」

「うん、うん。あんたと同年くらいの若者が世に出るのを見るとき、これから躍進するんだろうなと思う。そうなんだ、イームズさん。クレーデルさん、あんたのためにも乾杯。不人情な行為はみなあふれる大杯で水に流してくれ。いいかい、イームズさん。おれは出世したことがない。この世で役に立ったことがないんだ。これからもそうだろう」

「ねえ、ルーペックスさん。そんなことは言わないでください」

「けれど、言うよ。おれは逆境にしがみついて絶えず戦ってきた。しかし、しっかりしがみついてきたのに、あまり多くのものを手に入れることができなかった。なぜだか言おう。若いころにチャンスがなかったからだ。おれがあんたの年頃に大人物の肖像、わかるだろ、花形の肖像を描くことができたら、たとえばあんたの友人、サー・ラフルのような人の――」

「何という花形なんです！」とクレーデル。

「けれど、彼は世間にかなりよく知られた人だと思う、そうだろ？　あるいはダービー卿(1)とか、スパージョン氏(2)とかね。おれが言いたいことはわかるだろ。もしおれに若いころチャンスがあったら、狭苦しい二流の劇場で背景画描きの仕事なんかしていないはずだ。あんたは今チャンスをえたが、おれはえたことがない」

その時、ルーペックス氏はジンのお湯割りの一杯目を飲み終えた。

「とても奇妙なものだな。――人生というのは」とルーペックスは続けた。彼はもう一杯のトディ(3)を大胆に混ぜ合わせる作業にすぐ入らないで、まるで本能でそうしているように、その作業に必要なものを徐々にもてあそび始めた。「とても奇妙なものだな。さて、覚えておきなさい、若い紳士方、人生における成功がよい行いに懸かっていることをおれは否定しない。――もちろんそうなんだ。しかし、よい行いというのはしばしば成功から生じるものだ！　もしおれが画家になろうともがいていたとき、ある大人物が手を取って導いてくれていたら、おれは今のおれになっていたと思うかね？　導いてくれていたら、お湯割りのジンだけでなくクラレットとシャンパンも飲むことができただろう。かつてはおれをひどく気に入ってくれていたのに、今では通りで会っても話し掛けてもくれない多くの人々と同じように、おれは優雅なひだ飾りのシャツを身につけることができただろう。おれはチャンスをえたことがない。——一度もね」

「けれど、まだ遅すぎませんよ、ルーペックスさん」とイームズ。

「いや、遅すぎるよ、イームズ、——遅すぎるんだ」今ルーペックス氏はジンの瓶をつかんだ。「もう遅すぎる。勝負は終わって、負けたんだ。才能のある人がここにいる。おれはかつてのように今もおれの才能を信じている。その才能を疑ったことがない、一瞬もね。おれのように立派な真の線描の目も、色彩の感覚も持たないのに、最近では画架で年千ポンドを稼ぐ連中がいる。おれは連中の名をあげることもできる。ただあげないだけだ」

「どうしてもう一度やってみようとしないんです？」とイームズ。

「たとえおれが人の目を楽しませる最高の一枚を描いたとしても、誰が見に来てくれるんだね？　誰がここまで来て、本物かどうか見るほどの信頼をおれに寄せてくれるだろう？　いや、イームズ。おれはおれの立場と、おれのやり方と、おれの弱さを知っている。一日の終わりに何シリング稼げるかはっきりしなければ、おれは今一日の仕事もやる気になれないんだ。逆境にあうと、人はそうなるよ」

「ですが、背景画を描けば、たくさん金が稼げるとぼくは思っていました」

「たくさん稼げるとあんたが言うのがわからんね、クレーデルさん。おれは多いとは思わん。けれど、不平は言わない。誰に感謝しなければならないかもわかっている。たとえおれが頭を撃ち抜いて自殺するとしても、他人は非難しない。もしおれの忠告を聞いてくれるなら」——今彼はイームズのほうを振り返った。——「早すぎる結婚を避けるように気をつけなさい」

「もしちゃんと結婚できるなら、男は早く結婚すべきだとぼくは思います」とイームズ。

「誤解しないでくれよ」とルーペックスは続けた。「おれが言っているのはルーペックス夫人のことじゃない。おれはいつも妻をじつに魅力的な女性だと思ってきた」

「謹聴、謹聴、謹聴！」と、クレーデルは言って、テーブルをげんこつで叩いた。

「確かに奥さんはそうですね」とイームズ。

「早婚をしないようにあんたに忠告するとき、誤解しないでくれ。おれは妻を非難するようなことは言いたくなかったし、これからも言わない。もし夫が妻の味方をしなかったら、誰が味方をするっていうんだね？　おれはおれ以外に誰も責めたりしない。けれど、これは言っておこう。おれは一度もチャンスをえたことがない。――一度もチャンスをえたことがない。――チャンスをえたことがない」彼は三度それを繰り返しているあいだに、唇をすでに酒杯の縁に押し当てていた。

この時、食堂のドアが開いて、ルーペックス夫人が顔を出した。

「ルーペックス」と夫人は言った。「何をしているんです？」

「ああ、おまえ。今は何もしていないと言えるね。この若い紳士らに少し助言をしていたんだ」

「クレーデルさん、あなたにはあきれますね。イームズさん、あなたにもあきれます。――あなたほどの地位にあって！　ルーペックス、すぐ上にあがって来て」夫人はそれから食堂に入って来て、ジンの瓶を取りあげた。

「ねえ、クレーデルさん、こっちに来て」と、アミーリアは男たちが上に現れるとすぐいちばん快活な声で言った。「この半時間あなたを待っていたの。あなたに解いてもらいたい難問があるのよ」彼女は自分と壁のあいだの椅子に座らせるためクレーデルに道を開けた。クレーデルは差し出された椅子に座るとき、人生の浮沈を半分恐れる顔つきをした。しかし、彼は座って、ミス・ローパーのクリノリンの強さと幅によってすぐどんな身体的な攻撃からも安全に守られた。

「何とまあ！　たいした変化ね」とルーペックス夫人は大声で言った。

ジョニー・イームズはそばに立って、夫人の耳に囁いた。「変化は時々喜ばしいんです！　そう思いませんか？　ぼくはそう思います」

註

（1）第十四代ダービー伯爵（1799-1869）保守党の指導者。首相（1852, 58-59, 66-68）

（2）チャールズ・ハッドン・スパージョン（1834-92）。バプティスト派の牧師で著名な説教者。彼のためロンドンに六千席を有するメトロポリタン教会堂（1859）が建てられた。

（3）ウィスキー、ラム、ブランデーなどに湯と砂糖とレモンなど香料を加えた飲料。

第四十八章　応報天罰の女神

クロスビーは今結婚生活の穏やかな現実に身を落ち着けた。小さくはミス・デールを虐待したため、大きくはジョン・イームズから受けた制裁のため、一、二週間取り憑いていた世の悪評が消えつつあると思い始めた。以前の生活の基調をどうにか取り戻したわけでも、そうしたいと希望したわけでもなかった。しかし、彼は当惑することなく社交クラブに出入りすることができた。役所ではいつもの声で話すことができ、いつもの権威を見せて行動することができた。レディー・アリグザンドリーナが会ったらとても喜ぶだろうと、声に少し喜びを込めて友人らに言うことができた。ディナーのあとはスリッパを履き、新聞を持ち、椅子に座って、快適にすごすことができた。居心地よくすることができたし、少なくともいい気分だと妻に言うことができた。

この生活はとても退屈だった。この点を考えるとき、彼が送っている生活が退屈であることは否めなかった。彼はとまどうことなく社交クラブに入ることができたが、ディナーをともにするように誰からも誘われなかった。うちでディナーを取るのが当然と思われていたからだ。腹を立ててクラブに逃げ出すこともなかったので、いつも家で食事した。彼は今三週間家にいた。ド・コーシー家の友人らによっておもに催される二、三の婚礼のディナー・パーティーに出席するように妻とともに誘われた。そんな場合を除くと、彼はそとでは夜をすごさなかった。結婚以来、まだ妻から離れて一度もディナーをしたことがなかった。こういう立派な振る舞いは、彼の決意の結果だった。それでも、何もすることがないように感じた。誰からも劇場へ行こうと誘われなかった。誰からも夜立ち寄るように誘われなかった。誰からも三回戦勝負(1)をしない理由を聞かれなかった。役所を出たあとたいていセブライトに入って、三十分部屋をぶらつき、数人の男性に話し掛ける。誰からも無礼な扱いは受けなかった。しかし、彼はすべてが変わってしまったことに気づいたから、知恵を働かせて、変化した状況に順応しようと決意した。

レディー・アリグザンドリーナも新しい生活がかなり退屈だとわかって、時々少し愚痴を言った。妻は一度も外出していないとよく言い、一緒に歩こうと夫から申し出られると、通りを歩くのは好きではないと言った。「どこを歩きたいか、それじゃあ、わからないじゃないですか」とクロスビーは一度返事をした。妻は乗馬が好きだとか、ハイド・パークがそんな運動にふさわしい場所だとか明言はしなかった。しかし、妻はそんな表情をしたから、彼は妻の言いたいことを理解した。「私は妻のためできる限りのことをしよう」と彼はつぶやいた。「だが、破産する気はないね」「アミーリアが私を馬車で連れて行ってくれます」と妻は別の機会に言った。「ああ、それはとてもいいですね」とクロスビーは答えた。「いえ、そんなによくもありません」とアリグザンドリーナは言った。「アミーリアはいつも商人らと買い物や駆け引きをするんです。でも、ずっと外出しないで家に閉じ込められているよりもましでしょう」

夫婦は名目上九時半に朝食を取った。実際にはいつも十時に近かった。レディー・アリグザンドリーナが部屋から出るのが難しいことがわかったからだ。彼はきちんと十時半に家を出て、役所へ向かった。普通六時に帰宅した。それから、ディナー前の時間の大部分を着替えの儀式に使った。少なくとも妻と二言三言言葉を交わしたあと、化粧室に入って、何かを引っ張り出したり、爪を切ったり、手に入る新聞に目を通したり、時間をつぶしたりしてそこにいた。彼はきちんと七時にディナーに呼ばれることを期待して、待たされると少し不機嫌になった。ディナーのあと、妻がまだいるところで一杯ワインを飲み、もう一杯を一人で飲んだ。一人で飲む儀式では、よく熱い石炭をじっと見詰め、自分のしたことを考えた。それから上の階へ行って、まずコーヒーを一杯飲み、次に紅茶を一杯飲んだ。新聞を読み、本を一冊か二冊開き、あくびをするときは顔を隠し、こういうことが気に入っている振りをした。妻は愛情の印や言葉を夫に表したり、夫の膝に座ったり、愛撫したりすることはなかった。夫との生活で幸せが訪れたことを一度も口にしなかった。夫婦は互いに愛し合っていると思っていた。――互いにそう思っていた。しかし、愛情も、共感も、温かみもなかった。雰囲気は冷たかった。――どんな暖炉の火もその冷気を取り除くことができないほど冷たかった。

もしリリー・デールがレディー・アリグザンドリーナの代わりに妻として彼の向かい側に座っていたら、どう違っていただろうか？　彼はどちらが妻でも同じだったろうと、妻が家庭生活にすぐ慣れなかったのだと、いずれ不慣れなところは直さなければならないと、しばしば一人つぶやいた。しかし、漠然とした一連の思考のなかでそうつぶやく一方、別の一連の思考のなかでは、リリーなら、持ち前の輝きで家全体を輝かせただろうと、リリーを炉辺に連れ返っていたら、毎朝夕太陽の輝きが注がれていただろうと胸中断言した。しかし、それでも彼は義務をはたそうと努め、役人の仕事の興奮がまだ彼には開かれていることを思い起こした。朝十一時から午後五時まで人々から尊敬を込めて見られ、敬意を持って話し掛けられる社会的地位をまだ保つことができた。この点で、彼は妻よりも恵まれていた。というのは、妻には逃げて行ける役所なんかなかったから。

「ええ」と彼女はアミーリアに言った。「すべてがとてもすてきよ。家が湿っていることは気にしません。でも、私は一人でいることにすごく飽きてしまいました」

「役人と結婚した女性の場合、それは仕方がありませんね」

「ええ、不平を言っているわけではないんです。もちろんどういう状況に私が置かれているかわかっています。みんながロンドンに来てくれたら、こんなひどい退屈はなくなると思いますね」

「クリスマスが終わったら、社交界にはあまり大きな変化はないと思います」とアミーリアは言った。「でも、きっと五月には[2]ロンドンは陽気になります。来年にはもっとそれが気に入りますね。おそらく赤ちゃんができますから」

「ふん！」とレディー・アリグザンドリーナはふいに叫んだ。「赤ちゃんなんかほしくありません。赤ちゃんができるなんて考えないで」

「赤ちゃんを作るのはいつだって立派なことですよ」

レディー・アリグザンドリーナは積極的な気質の持ち主ではなかったけれど、自分が過ちを犯したことを認めずにはいられなかった。彼女はクロスビーが社交界の人だったから、結婚する気になった。それなのに今、ロンドンの社交界に大きな変化はないと言われた。——ロンドンの社交界はたとえ楽しい遊びの満足を与えてくれなくても、これまでいつもパーティーの興奮をもたらしてくれたのにだ。彼女が結婚する気になったのは、母や介添役に縛られる娘よりも、既婚の女のほうが拘束なしに社交を楽しむことができると、娘よりももっと行動の自由がえられると思ったからだ。今彼女は赤ちゃんを待つほかに何もすることがないと言われた。なるほどコーシー城は時々退屈だった。しかし、コーシー城のほうがこれよりもまだましだった。

赤ちゃんについてのこのささやかな会話があった日、クロスビーは帰宅したとき、次の日曜にゲイズビー一家とディナーをすることになったと妻から伝えられた。彼はこれを聞くとすぐ、いらだって首を横に振った。しかし、新婚旅行から帰って、彼はセント・ジョンズ・ウッドに一度しか連れて行かれていなかったから、不平を言う資格はないと悟った。とはいえ、不満を言える一点があった。「ねえ、いったいどうして日曜なんです?」

「アミーリアが私に日曜と言ったからです。日曜と言われたら、月曜に行くことはできないでしょう」

「日曜の午後なんてとてもひどいですね。何時です?」

「姉は五時半と言っています」

「何とまあ！　夜のあいだずっと何をしたらいいんだろう?」

「私の親戚のことをそんなふうに言うなんて、アドルファス、優しくありませんね」

「ねえねえ、あなた、冗談ですよ。あなたが二十回も同じことを愚痴るのを私はちゃんと聞いていましたから。あなたはもっとたくさん姉さんのところへ行かせてほしいと、手厳しく不平を言っていましたね。私のどんな不平よりも鋭くね。あなたの姉さんが私のお気に入りであることはわかるでしょう。ゲイズビーもあの男なりにとてもいいやつです。ですが、三、四時間も彼と一緒にいたら、もう堪えられないと思い始めますね」

「あちらの家のほうがずっと退屈じゃありませんよ、このまま自宅にいるよりも――」が、レディー・アリグザンドリーナは話し終える前に自分を抑えた。

「自宅なら少なくともいつも本を読むことができますからね」とクロスビー。

「必ずしもいつも読んではいられません。でも、あなたも日曜に行くともう伝えました。もし行きたくないんなら、あなたが手紙を書いて説明してください」

日曜が来て、クロスビー夫妻はもちろんセント・ジョンズ・ウッドへ行き、彼がとても嫌う玄関に五時半きっかりに到着した。彼は最初にド・コーシーとの縁組を考えたとき、ごく早い段階でゲイズビー家に完全に敵対する決意をした。できれば彼らに会いたくなかった。彼らとの縁故を振り払いたかった。彼が姻戚関係を求めたのは分家とではなかった。しかし、今や事態が進行してみると、彼が結びついたのはその分家とだけだった。彼はいつもゲイズビー家の話を聞いた。アミーリアとアリグザンドリーナは絶えず一緒にいた。今彼は日曜のディナーによって引きずり回されていた。しばしばそれで思い通り操られていると、――そんなふうに言いなりになるのは避けることができないと感じた。彼はすでにゲイズビーから金を借りており、諸事がもう取り返しが利かない仕方でこの弁護士の手に落ちていることに気づいた。彼の家は完璧に家具を備えつけられていた。家具の請求書に支払いがなされたことはわかっていた。しかし、彼は払っていない。一銭残らずモーティマー・ゲイズビーを通して支払いがなされていた。

「母さんと叔母さんと一緒に行きなさい、ド・コーシー」と、弁護士はディナーのあとぐずぐずしている我が子に言った。それから、クロスビーは義兄と二人だけになった。これが彼にとって非常に恐ろしい煉獄の時だった。彼は義姉とだったら話すことができた。おそらく彼女が伯爵の娘であることをいつも思い起こしたからだ。しかし、ゲイズビーとは共通するところが何もなかった。彼はかつてゲイズビーから多大な尊敬を込めて扱われていたのに、今そんな敬意はどこにも見出せなかった。クロスビーはかつて弁護士の目には社交界の人だった。が、それは終わった。クロスビーは今弁護士の目にはたんに役所の秘書官――彼に金を借りた男――にすぎなかった。二人の男は姉妹と結婚していた。羽振りのいい弁護士の光が、さえない公務員の光の前で強く光らないわけがなかった。こういうことはみな双方の男によって完全に了解されていた。

「コーシーからひどく悪い知らせがあります」と、弁護士は子供がいなくなるとすぐ言った。

「へえ、どうしたんです?」

「ポーロックが結婚したんです。――ほら、あの女です」

「そんな馬鹿な」

「結婚したんですよ。老卿夫人は告白せずにはいられなかったんです。彼女はほとんど胸が張り裂けてしまったようでした。しかし、それは私が思うに最悪の事態ではありません。ポーロックが堕落していること は世間が知っています。しかし、彼は手当の滞りのことで、父を訴訟に引き出すつもりなんです。金が手に入らなかったら、すべてを裁判沙汰にすると脅しています」

「ですが、彼に支払わなければならない金なんてあるんですか？」

「ええ、あります。二千ポンドくらいですね。私はそれをどこからかひねり出さなければなりません。しかし、誓って、どこからひねり出せばいいのかわかりません。本当にわかりません。私はやっとのことで千四百ポンドをあなたのため用立てたんです」

「千四百ポンドですって！」

「そうですよ。保険やら、家具やら、清算にかかった私たちの事務所(3)の請求書やらでね。最後のはまだ支払われていませんが、同じことです。男はただで結婚はできません、本当にね」

「ですが、担保は取っているでしょう」

「それはそうです。担保を取っています。しかし、問題は現金です。私たちの事務所はド・コーシーの家にかなり金の工面をしてきたので、これ以上出費することができません。私がこれを自力でしなければならないのはそのためです。事務所は手を引かなければなりません。――それで終わりです。伯爵とジョージのあいだでひどい口論がありました。ジョージはかっとなってポーロックの結婚が伯爵のせいだと言ったんです。結局ジョージは妻とともに城から追い出されてしまいました」

「ジョージは自前の金を持っているんでしょう」

「うん、しかし彼はそれを使いません。彼はここに現れて、私たちにまつわりついてくるのがわかります。私は彼のためここに寝床を与えるつもりはありません。君もそんなことをしないように忠告します。いったんそんなことをしたら、彼を追い出せなくなりますよ」

「とにかく私は彼がいちばん嫌いです」

「そう、彼は悪いやつです。ジョンもそうです。ポーロックはいちばんましですが、完全に破綻しています。あの家の息子らは立派な混乱を作りだしていますね？」

これがクロスビーがリリー・デールを捨ててえた家族だった！ 彼のただ一つの素朴な野心が伯爵の義理の息子になることだった。彼はこれを達成するため我が身を悪党にする必要があった。これを達成するためあらゆる種類の汚れと不名誉にまみれてきた。愛していないとわかっている女と結婚した。愛した娘、今も愛している娘、しかしあまりにも傷つけたので、どんなことがあっても二度と話し掛けることができない娘のことを、彼はほとんど絶えず考え続けていた。ここにいる弁護士は彼と同じような結婚をした。弁護士は人をむかつかせるあの恩着せがましい――この種の男が熟知する問題を話すとき身につける――態度を取って、向かいに座り、数千ポンドの借金について彼に話した。――しかし、この弁護士は自分が何をしているかよくわかっていた。期待していたものをすべて結婚で手に入れていた。しかし、クロスビーは何を手に入れていたのか？

「彼らは悪い連中です、――悪い連中です」と、クロスビーは苦々しい思いのなかで言った。

「あの家の息子たちはそんなもんですよ」と、ゲイズビーはとても落ち着いて言った。

「う――む」とクロスビー。息子たちだけでなく娘たちも必ずしも理想には至らないという、そんな思いを友人が表しているのを、ゲイズビーは明らかに見て取った。しかし、その非難の一部が彼の妻にも及ぶと思われるのに、ゲイズビーは怒らなかった。

「伯爵夫人に悪意はありません」とゲイズビーは言った。「しかし、伯爵夫人はつらい生活を送ってきたんです。——とてもつらい生活ですよ。伯爵が妻の悪口を言って、居合わせた石炭運搬夫がぎょっとしたという話を聞いたことがあります。本当に聞いたんです。しかし、伯爵はまもなく死ぬでしょう。そうしたら卿夫人は快適になります。年三千ポンドの寡婦給与がありますから」

夫はまもなく死ぬ。そうしたら妻は快適になる！　それは結婚生活の一面だ。クロスビーはこの言葉を噛み締めたとき、野原でリリーがした、彼のためなら何でもするという約束を思い出した。リリーの口づけや、指の感触や、銀鈴を鳴らすような低い笑い声を、ぴったり体を寄せたときのドレスの感触を思い出した。それから、アリグザンドリーナが快適になるように、彼も死んだほうがいいのではないかと考えた。妻と母は金をたくさん持って、バーデン・バーデンでとても快適に暮らせるだろう！

アリントンの郷士やデール夫人やレディー・ジュリア・ド・ゲストはずっと居心地の悪い思いをしていた。今もそうだ。なぜならクロスビーに何の罰もくだされていないからだ。——大きな罪を犯したのにまだどんな復讐も行われていないからだ。彼らは何と状況を知らないことだろう！　たとえ告発され、十二か月の重労働つきで監獄に入れられても、罰は彼の現状ほど重くはなかっただろう。監獄に入れられたら、彼は少なくともレディー・アリグザンドリーナから逃れられただろう。

「ジョージ夫婦がロンドンに来る予定です。一週間くらい私たちのところに来るように招待してはいけませんか？」と、妻はうちに帰る一頭立て貸し馬車に乗るとすぐ彼に言った。

「駄目だ」とクロスビーは怒鳴った。「そんなことはしない」家に着くまで、この件についても、ほかの話題についてもそれ以上一言も話されなかった。家に着いたとき、レディー・アリグザンドリーナは頭痛があって、すぐ自室にあがった。クロスビーは食堂の残り火の前の椅子に身を投げ込み、ド・コーシー家の全員と縁を切ろうと意を固めた。妻は妻として彼に従わなければならない。妻は従わなければならない。——従わないなら、彼を捨てて好きなようにし、彼女の道を歩むほかはない。年千二百ポンドの収入がある。六百ポンドを自分用に確保して昔の生活に戻ることができたら、そのほうがいいのではないだろうか？　昔の安楽はもちろん手に入らないだろう。社交クラブのディナーの贅沢は楽しめるかもしれない。それでも、社交クラブのディナーの贅沢は楽しめるかもしれない。——周囲の男たちの昔の尊敬や敬意も手に入らないだろう。それでも、社交クラブのディナーの贅沢は楽しめるかもしれない。平穏な——自由にすごせる——夕べが、彼のものになるかもしれない。妻と別れても、隣人と同じように幸せに見える多くの男たちを知っていた。それから、彼は今夕のレディー・アリグザンドリーナが何と醜かったか思い出した。偽の宝石が一杯ついた金ぴかの宝冠をかぶって、風邪で鼻を赤くしていた。退屈が原因のだらしなさもこの結婚生活のなかで彼女にしっかり染みついていた。彼女は本当に醜かった！　彼はそう胸に言い聞かせて、寝床に就いた。彼が受けた罰は充分厳しかった、と私は思いたい。

翌朝、妻はまだ頭痛を訴えていた。それで、一人で朝食を取った。兄を招待したいという申し出に夫が与えたあの明確な拒絶以来、夫婦のあいだにほとんど会話がなかった。「頭が割れるようです。あなたがお気になさらなかったら、セアラに紅茶とトーストを上に持って来させてください」

彼は少しも気にしないで、普段の朝食よりも喜びを味わいつつ一人で朝食を取った。

現在の生活の満足が役所の仕事から来ていることを、彼ははっきり知っていた。慰めの源が日々与えられていなければ、生活することが難しい男がいる。彼はそんな男だった。生活のなかに喜びの目で見ることができるページがなければ、ほとんど生活に堪えることができなかった。いつも仕事が好きだったから、今は以前にも増して仕事を好きになろうと決めた。しかし、そうするためには仕事でかなり思い通りにする必要があった。役所の考え方によると、役員の指示をただ受けて、それが実施されるのを見届けることが、秘書官としての彼の職務だった。前任の秘書官は仕事を厳密にその範囲に限定していた。しかし、彼はすでにそれ以上のことをしており、役員会をほとんど牛耳るという野心を抱いていた。役員らよりも秘書官の仕事と彼らの仕事をどちらもよく知っていると、ちょっとしたやり繰りで彼らの主人になれると、彼はうぬぼれていた。パディントン駅の喧嘩がなかったら、そういうこともやり遂げられたかもしれない。しかし、みんなが知っているように、農家の中庭を支配する雄鶏はずっと支配者でいなければならない。そいつがいったん翼を泥で汚して苦汁の外見を与えてしまったら、他の雄鶏はそいつを二度と尊敬しようとしない。オプティミスト氏とバターウェル氏は秘書官が制裁を受けたことをよく知っており、そんなふうに扱われた秘書官に身を委ねることができなかった。

「ああ、ところで、クロスビー」と、バターウェルは部屋に入って来て言った。一人だけの朝食のその日、役所に到着した直後のことだった。「君に少し言いたいことがあるんだ」バターウェルは回れ右をして、ドアを閉め、以前には掛けたことがない錠を掛けた。クロスビーはさほど考えなくても、次に続く会話の性質をすぐ予知した。

「君は知っているかい――」とバターウェルは始めた。

「座りませんか?」とクロスビーはそう言いながら座った。戦いが必要なら、最善の戦いをするつもりだった。鉄道駅で示したよりも、ここでは立派な勇気を見せるつもりだった。バターウェルは座って、相手から言われた通り座るという行為が、いくぶんおのが力を削ぐことになると感じた。クロスビーを彼の部屋に呼びつけるべきだった。他人を叱りつけたい人はいつもその人が支配する雰囲気の力を借りるべきだ。

「荒を捜すつもりはないんだが」とバターウェルは切り出した。

「そんなところが見つからなければいいと思います」とクロスビー。

「いやいや。そんなところがあるとは言ってないよ。だが、役員会は考えているんだが――」

「やめてください、バターウェル。不快なことを言われるんなら、役員会から言われるほうがいいです。もっとしっかりした心構えで受け取れます。本当にそっちのほうがいいんです」

「役員会で起こることは公式のものになるよ」

「少しも気にしません。ほかのかたちでよりも公式のもののほうがむしろいいです」

「ただこういうことだよ。――君が仕事をたくさん抱え込みすぎていると私たちは思うんだ。確かにいいほうに解釈される欠点だね。仕事をきちんとしたいという君の気持ちから出たことだから」

「もし私がしなかったら、誰がするんでしょうか?」とクロスビーは尋ねた。

「役員会は会にかかわることをちゃんと処理することができるよ。いいかい、クロスビー、君と私は長年に渡る知り合いだね。私たちが口論するとしたら、残念なことだ。公式に問題にされたら不快だろうから、私はこういうかたちで君のところに来たんだ。オプティミストは怒るのが好きじゃない。しかし、彼は昨日本当に怒ったんだ。君は私の言うことを冷静に受け取ったほうがいい。そして、少し穏やかにやっていくほうがいい」

しかし、クロスビーは穏やかにそれを受け入れる気分になれなかった。感情を完全に害していたから、出会う人みなに殴りかかりたかった。「私は能力の限り義務をはたしてきました、バターウェルさん」と彼は言った。「私はちゃんとやってきたと信じています。誰から教えられるよりも、ここの職務を知っていると思います。私が分担以上の仕事をしたとしたら、ほかの人々が彼らの分担をしなかったからです」彼がそう言ったとき、額の上に黒雲が生じていた。役員は秘書官がひどく怒っていることを感知した。

「まあ！　よろしい」とバターウェルは椅子から立ちあがりながら言った。「そんな事情なので、私は局長にただ伝えるだけだ。局長は役員会で考えていることを君に言うだろう。君は馬鹿だと思うよ。本当にそう思う。私としては、ただ君に親切にしようとしただけだからね」バターウェル氏はそのあと立ち去った。

その日の午後二時と三時のあいだに、クロスビーはいつものように役員会室に呼び出された。これは毎日の出来事で、彼はいつも三人の役員のうち二人と約一時間会議をした。役員がビスケットと一杯のシェリー酒で景気づけをしたあとでのことだ。今回の場合、通常の量の職務がなされたのに、足並みがいつものように揃っていないと、クロスビーは感じた。三人の役員はみなそこにいた。局長は重々しい気取った声で指示を出したが、上機嫌なときには決してそんな声を出さなかった。少佐はほとんど何も言わなかった。目には得心した皮肉な光があった。役員会はどこかうまく運ばなかったから、少佐は喜んでいた。バターウェル氏は非常に礼儀正しく振る舞って、いつもよりもきびきびしていた。一日の通常の仕事が終わるとすぐ、オプティミスト氏は椅子に座ったまま足をもぞもぞ動かし、立ちあがり、また座った。彼は眼鏡を掛けて手近にある多数の書類に目を通した。それから、彼は一枚を選んで、眼鏡を取り、椅子にもたれて、話を始めた。

「クロスビーさん」と彼は言った。「仕事で見せる君の熱意や努力に私たちはみなとても満足している。――本当にとても満足している」

「ありがとうございます、局長」とクロスビー。「私は仕事が好きなんです」

「そう、その通り。私たちはみなそれを感じている。しかし、君は仕事を背負い込みすぎていると、もし私が言ったら、おそらく言わなくてもいいことまで言っていると思う」

「言わなくてもいいことは言わないでほしいですね、オプティミストさん」クロスビーはそう言ったとき、一瞬の勝利感でかすかに目を輝かせた。フィアスコー少佐も同じように目を輝かせた。

「いや、いや、いや」とオプティミスト氏は言った。「君のように非常に優秀な公務員には多くを言わなくてもわかるだろうから。しかし、私の言いたいことは確かに理解してくれたかな?」

「はっきりわかったとは言えません。もし私がたくさん仕事を背負い込んだんなら、やりすぎたのは何だったんです?」

「君はまず上司の許可をえるべき多くの場面で、自分で指示を出してきたね。それが一例だよ」選ばれた書類がすぐ取り出された。

秘書官が成文律に従ってはっきり過ちを犯したとされる問題だった。彼はその過ちを手柄によって弁護することができなかった。

「上司のはっきりした指示に、私の仕事を厳密に絞ることをお望みなら」と彼は言った。「そうします。ですが、あなたはそれが不便だとわかると思います」

「それがいちばんいい方向だろう」とオプティミスト氏。

「わかりました」とクロスビーは言った。「そうします」彼はすぐ持てる力の限り部屋の三人の紳士に不快な態度を取ろうと決めた。かなり不快な態度を取ることができたと同時に、彼らにとってと同様彼もそれを大きな負担に感じた。

今は何一つ思い通りにならなかった。どっちを向いても満足をえることができなかった。家へ帰る途中ぶらりとセブライトに立ち寄ったものの、その日のささやかな出来事について誰にも話し掛けることができなかった。うちに帰ると、妻は起きていたが、まだ頭痛の不平を言った。

「私は一日じゅう家からそとに出ませんでした」と妻は言った。「それでよけいに頭痛がひどくなったんです」

「あなたが歩かないんなら、どうやって外出ができるんだね。馬車はないよ」と彼は答えた。

それから、食事の席に着くまで彼らは何も言わなかった。

アリントンの郷士はすべてを知ったら、クロスビーに加えられた罰に満足したかもしれない、と私は思う。

註

（1）ホイストの三回（あるいは五回）戦勝負。トロロープが好きな気晴らしだった。

（2）ロンドンの社交休閑期は八、九、十月。最盛期は春の五、六月。

（3）ガンプション・ゲイズビー・アンド・ゲイズビー法律事務所のこと。

第四十九章　引っ越しの準備

「母さん、この手紙を読んで」

話し掛けたのはデール夫人の長女で、彼らは「小さな家」の居間に二人でいた。デール夫人は手紙を手に取って、非常に注意深く読んだ。母はそれから手紙を封筒に戻して、ベルに手渡した。

「とにかくいい手紙で、本当のことが書いてあると思います」

「本当でないことが少しだけ書いてありますね。母さんが言うように、よく書けている手紙です。彼が真面目なときはいつも上手に書きます。でも――」

「でも、何です、あなた?」

「手紙は心情よりも知性が勝っています」

「もしそうなら、彼の苦しみは少ないわけです。つまり、もしあなたがこの件で気持ちを固めているならね」

「私は気持ちを固めています。彼は少し苦しむと思いますね。もし彼がこの結婚を願わなかったら、わざわざこんな手紙を書かなかったでしょうから」

「とても真剣に結婚を望んでいます。彼がひどく失望するのは確かですね」

「結婚以外の場合でも、計画が実現できなかったら、同じように失望します。それだけです」

もちろん手紙はベルの従兄のバーナード・デール大尉からのものであり、ベルとの結婚を渾身の力で求めていた。バーナード・デールはこんな嘆願の場合、直接会って話すよりも手紙のほうが上手に処理することができた。彼は考える時間を少し与えられると、うまくことをやり遂げる人だった。しかし、手に入れたいものを求めるとき、人を雄弁にするあの情熱の力を持ち合わせていなかった。今回の手紙は長くて、上手に書かれていた。たとえ情熱的な愛情はなくても、快いお世辞がたくさんあった。バーナードはベルにこの結婚が両家にとっていかに有利であるか告げた。ベルが身近にいないことで結婚したいと思う気持ちが強くなったとはっきり言った。彼の未来の行動の保証として、自慢することなく過去の経歴に触れた。もしこの結婚が整えば、叔母がリリーと一緒に「小さな家」を出る必要はなくなると説明した。ベルに対する愛情は彼の存在を夢中にさせる情熱だと言った。この手紙が彼の求婚について第三者から好意的な判断をえる目的で書かれたものなら、本当にとてもよく書けた手紙だった。しかし、そこにはベル・デールのような娘の心を揺り動かす文言が一言もなかった。

「優しく返事を書いてあげて」とデール夫人。

「できる限り優しく書きます」とベルは言った。「母さんが返事を書いてくれたらいいのに」

「そんなことは駄目です。私が書いたら、彼にもう一度求婚してみようという気を起こさせるだけです」

デール夫人はバーナードの求婚に望みがないことを――数か月前から――よく知っていた。母娘で議論したことはなかったけれど、クロフツ先生がいつ再び現れて娘の手を求めても、先生が拒絶されることはないと、夫人は信じて疑わなかった。夫人は二人の男性のうちどちらかと言うとクロフツ先生のほうがよかった。とはいえ、二人とも嫌いではなかった。世俗的な観点から言うと、一方はとてもみじめな縁組であり、他方はどの観点から見てもすばらしい縁組だと考えずにいられなかった。夫人は娘に影響を及ぼすような発言をいっさいしようとしなかったし、娘に何を言っても役に立たないと悟っていた。それでも、そういう状況が残念だとの思いを拭い捨てることができなかった。

「母さんが私にどうしてほしいかわかります」とベル。

「一つだけ願いがあるんですよ、あなた。あなたの幸せのためです。どうか神がリリーのような運命をあなたにお与えになりませんように。私が従兄に優しい返事を書くように言うとき、彼の誠実さに報いるには親切な返事がふさわしいと思っているからです」

「できるだけ親切に返事を書くようにします、母さん。でも、ある女性が舞台で言う台詞はご存知でしょう。――『いいえ』というあの刺すような言葉から針を抜く(1)のはとても難しい仕事なんです」それから、ベルはしばらく一人で散歩して、戻って来ると机に向かい、手紙を書いた。手紙はきわめて断固とした決定的なものだった。ベルは「『いいえ』という鋭い、刺すような言葉から」針を抜くあの知恵を持っていなかった、と私は思う。「私も真剣であることを彼に納得させるほうがいいんです」とベルは独り言で言った。彼女はこんな心構えで手紙を書いた。「私が書いていることが薄情だなんてどうか思わないでください」と、彼女は追伸でつけ加えた。「あなたがどんなにいい人か知っています。お断りするものの価値がどれほど大きいか知っています。でも、この件であなたに純粋な真実を伝えるのが、私の義務でなければなりません」

「小さな家」からゲストウィックへの引っ越しは五月一日以降になることを、デール夫人と郷士は取り決めていた。三月にリリーを「小さな家」から運び出すのは賢明ではないという、クロフッ先生の判断を受け入れるとき、郷士は引っ越し計画自体を放棄するように雄弁の限りを尽くしてデール夫人を説得した。郷士は「小さな家」を彼以外の身内の者に居住権がある場所として見てきたこと、いつもそんなかたちで身内が住んできたこと、長年アリントンの郷士は一人としてそこの家賃を取ったことがないことを夫人に訴えた。「特別に好意を示しているわけではない。――えこひいきなんかしていない」と、彼はいつもと変わらぬ、鋭い、無愛想な口調で言った。

「好意、たいへんなひいき、大きな気前のよさがあります」とデール夫人は答えた。「私はこれまであまりに誇りをなくしていたので、これを受け入れてきました。でも、ゲストウィックに住んだほうが幸せになれると私たちが言うとき、あなたに私たちを引き止めることはできません。リリーはあの家で大きな打撃を受けました。ベルのためよかれと思うあなたの願いにベルは背いていると思っています。――とてもご親切な願いにね」

「これについてはもう言う必要はないな。ここにとどまればすべてがうまくいくのに」

しかし、デール夫人は「すべて」がうまくいかないと思うので、持説に固執した。固執しないで、郷士の願いに屈したと娘たちに言う勇気が夫人にはなかった。郷士がリリーの持参金について伯爵と言わば交渉していたのは、まさにこの時点だった。郷士はすこぶる寛大にデール母娘に尽くしているとき、こんなふうに彼らから敵対されるのをつらいと感じた。しかし、引っ越しのことを議論するとき、郷士はリリーあるいはリリーの将来の見込みについては何も触れなかった。

母娘は五月一日に引っ越す予定だった。四月の第一週はもうすぎた。たった今触れたデール夫人との話し合い以降、郷士は引っ越しの件を話題に取りあげなかった。郷士はこの別れにいらだち、苦痛を感じ、この拒絶に示される感情によって傷つけられたと思った。郷士は「小さな家」の母娘への義務――実際義務以上のもの――をはたしていると思った。それなのに、今母娘は郷士が課す恩義の重荷に堪えられないので家を出ると言う。しかし、本当のことを言うと、郷士は彼らを理解していなかったし、彼らも郷士を理解していなかった。郷士は立場のせいで母娘の親密な友人となる特権をえ、父代理あるいは夫代理となる権威を与えられたと感じて、厳しく当たることはなかったにせよ、時々威張った態度を取った。バーナードの求婚問題では、ベルが従兄を断る前に郷士の願いを考慮するのが当然であるように話した。郷士はデール夫人を叱る役を引き受けて、そのため娘たちの怒りを買った。この時許すことはまったく不可能だと娘たちから思われてしまった。

しかし、「小さな家」の母娘も郷士同様この件をすんなり納得していなかった。いざ引っ越しの段になると、母娘はその主張から後退することはなかったにしろ、郷士を残酷に扱っていると感じた。引っ越しの決定がなされるとき――決定がなされているあいだ――、郷士は母娘に厳しく冷徹だった。それ以来、郷士はリリーの悲運によって心を和らげ、母娘がそばからいなくなるとき訪れる孤独の予想によって心を和らげた。母娘のために最善を尽くしているとき、邪険にされることを彼はむごいと感じた! 母娘も郷士がどの程度まで踏み込んで奉仕したがっているか見極められなかったが、彼に邪険にしていると感じた。母娘は暖炉の回りに座って引っ越しの計画を練っているとき、郷士に対して堅く心を固めて、自立を主張する決心をした。しかし今、行動を起こす時が来たとき、郷士に対する不満はすでに大いに和らいでいると感じた。このため母娘がすることなすことに悲しみが混じった。それでも、彼らは引っ越しの準備を続けた。

引っ越しの準備がどれだけたいへんなものか(2)知らない人がいるだろうか? 荷造りしなければならないものがどれだけ無数にあるか、荷造りの期間がどんなに言葉にできぬほど不快であるか、こんなふうに移動状態にあるとき、人の持ち物がどれほど哀れで安っぽいか、知らない人がいるだろうか? 世故に長けて金も持っている最近の人々は、こんな難儀を避け、金を払って引っ越し業者の手に仕事を委ねる方法を知っている。陶器類は食器戸棚に、本は本棚に、ワインは貯蔵庫に、カーテンは掛けたままで、頭のいい家族は二週間ばかりブライトンへ行く。二週間たつと、陶器類は別の食器戸棚に、本は別の本棚に、ワインは別の貯蔵庫に心地よく収まっている。カーテンは別の竿から掛けられ、すべてが整えられている。しかし、デール夫人と娘たちはそんな引っ越しの方法を知らなかった。村の大工が作った多くの木箱を一杯にするとき、二人の使用人の助け以外に、その大工の援助しか手に入れる方法を知らなかった。すべての物を家族の手を通して移動させなければならなかった。やらなければならない作業の範囲に圧倒されたので、必要以上に早く作業を始めた。その結果、母娘は作業を進めるにつれ、家具が取り除かれた混乱と、木箱と収納ケースのあいだで、結局ひどく退屈な、愚かな、不快な一週間をすごさなければならないことがわかった。

当初リリーは何もしてはいけないと指示された。彼女は病人だったから、甘やかされて、安静にしていなければならなかった。しかし、この指示はすぐ無効になった。リリーは母や姉よりもよく働いた。彼女は事実もう病人ではなかったから、病人扱いをしてほしくなかった。今は絶え間ない仕事だけが過去を振り返るみじめさから救ってくれると感じた。――仕事がきつければきついほどいいと思った。本棚から本を取り、リンネルを折り畳み、昔の隠れ場所から長く忘れられていた家族の小さな品を取り出しているあいだに、彼女は昔のように快活になった。頬を赤くし、目で笑いながら、埃まみれの残骸のなかに立ってよく仕事の進み具合のことを話した。それで、母はリリーの内面が好転したと一瞬思った。しかし、別の瞬間には反動が来て、何もよくなっていないように思った。リリーは静かに頭を使う手仕事を持ち、暖炉の前でおっとり座って、理性的に、穏やかにお喋りすることができなかった。まだそれができなかった。しかし、彼女は――内面的には快方に向かっていた。病気のあいだ悲運に殺されるつもりはないと胸に言い聞かせてきたように、みじめさを克服するぞと自分を叱咤して、今克服する途上にあった。甘い希望が挫折させられたからといって、世界が終わったわけではないと独り言で言った。心の傷は深く、とても痛んだが、患者の体は良好、健康で、血液もきれいだった。こういう症例の知識を持つ医者は、症状をじっくり診たあと治癒が可能だと断言しただろう。母がこの娘をいちばん身近で見ていた医者だった。母は時々疑念に駆られたものの、娘が生き延びて、苦悩なしに恋の物語を思い出すようになるとの希望を日ごとに強めた。

　誰もあのことに触れてはいけない。――これがリリーが打ち出した決めごとだった。彼女は多くの言葉を費やして友人らにその趣旨の依頼をしたのではなく、それが決めごとであることをいろいろな身振りで示した。彼女はその趣旨の言葉を伯父に話した。――おそらく読者は覚えておられるだろう。伯父はその言葉をじつに忠実に守っていた。クロスビーの不実の知らせが届いた直後、彼女は重荷に押しつぶされていないかのように振る舞おうと、小さな世界に――まず教会に、それから村の人々のあいだに――出て行った。村の人々はそれを充分理解して、立ち入った無遠慮な話はしないで彼女の話を聞いたり、答えたりした。

「あらあら」と郵便局長の――アリントンでいちばん気難しいと思われている――クランプ夫人は言った。「あんたを見るときはいつもね、ミス・リリー、あんたがきっとこのあたりでいちばん美しい若い娘だと思いますよ」

「そして、あなたがいちばん不機嫌なお婆さんね」と、リリーは笑いながら郵便局長に手を差し出した。

「そうです」とクランプ夫人は言った。「その通りね」それから、リリーはその田舎家に座って、クランプ夫人の病気の具合を尋ねた。ハーン夫人についても同じだった。ハーン夫人はすでに述べた最初の出会いのあと、リリーを抱いたりなでたりするだけで、悲運にはそれ以上触れなかった。リリーがボイス夫人を二度目に――しかも大胆に一人で――訪問したとき、ボイス夫人は改めて憐れみの言葉を掛け始めた。「最愛のリリー、私たちはみなひどく悲しい思いをしているんです――」夫人はここまで言うと、リリーの近くに座り、表情を覗き込もうとした。しかし、リリーはわずかに顔を赤らめ、ボイス家の娘の一人のほうにさっと振り返って、夫人の憐れみをずたずたに寸断した。「ミニー」とリリーはとても大きな声、ほとんど少女のような歓喜の声で言った。「昨日タタールが何をしたと思います？　生涯あんなに笑ったことはありません」それから、リリーは郷士の野卑なテリアの滑稽な話をした。そのあと、ボイス夫人でもそれ以上あの話に触れようとはしなかった。デール夫人とベルは二人ともこれが決めごとだと――彼らにとっても決めごとだと理解した。リリーは時々あの話についてみずから母と姉に――一度に一人ずつ――憂鬱なあきらめの一語で切り出して、それから意中を明らかにするまで話し続けた。しかし、彼らのほうからあの話を始めることはできなかった。今、荷造りに忙しい日々のなかで、あの話は完全に追放されたように見えた。

「母さん」とリリーは言った。梯子のいちばん上に立って、食器棚からグラス類を手渡していたときのことだ。「これらが私たちのものだというのは確かなんですか？　いくつかは郷士のものだと思います」

「少なくともその深鉢は間違いなく私たちのものです。というのは、私が結婚する前に母のものでしたから」

「まあ、ねえ、もし壊したら、どうしましょう？　何か大切なものを扱うとき、いつも落して壊してしまうんじゃないかと思うのよ。あら、ほとんど壊してしまうところでした、母さん。でも、これは母さんのせいです」

「注意しなければ、あなたのほうが落ちてしまいます。何かにつかまりなさい」

「まあ、ベル、ここにあなたが三年間ないと嘆いていた台つきインキ壺があります」

「三年も嘆いてなんかいません。でも、いったい誰がそんな上に置いたのかしら？」

「受け取って」とリリーは言って、畳んだ絨毯の上に壺を投げた。

その時、足音が玄関に聞こえて、郷士が開いたドアを通って部屋に入って来た。「みんなちゃんと仕事しているようじゃな」と郷士。

「はい、仕事中です」とデール夫人が羞恥を含む口調で答えた。「やらなければならないんなら、さっさと終えてしまったほうがいいんです」

「その仕事がわしをひどくみじめにするんじゃ」と郷士は言った。「じゃが、それを話しに来たわけじゃない。レディー・ジュリア・ド・ゲストの手紙を持って来たんじゃ。伯爵の手紙もある。わしらみなにあそこへ行って、復活祭のあと一週間滞在してほしいそうじゃ」

デール夫人と娘たちはこの突然の招待がなされたとき、みなその場に固まって、一瞬言葉を失った。ゲストウィック・マナーへ行って一週間滞在する！　それも家族全員で！　これまでマナーと「小さな家」の交流はごくまれな朝の訪問に限られていた。デール夫人は一度もそこでディナーをいただいたことがなくて、最近は朝の訪問も娘たちに任せていた。ベルは一度そこで郷士と一緒にディナーの席に着いたことがあり、リリーも一度伯父のオーランドーとそこへ行ったことがあった。これも姉妹がまだ社交界に出る前で、かなり昔のことだった。姉妹はそんな時子供の重々しい畏怖の念を込めてその情景を見た。ゲストウィックのどこか小さな粗末な家へ引っ越す今、母娘はマナーへの訪問が終わりになるだろうと心積もりしていた。イームズ夫人は一度も朝の訪問をしたことがなかった。母娘はイームズ夫人のレベルにまで落ちていくのだ。「おそらく私たちは獲の獲物を送ってもらえます。それがイームズ夫人よりもましなところです」とリリーは言った。社会的地位の落下のまさにこの時、母娘はマナーに一週間来てすごすように招待された。レディー・ジュリアと一週間ともにすごすなんて！　たとえ女王が母娘をウィンザー城に招待するためチェンバレン卿を送り込んだとしても、その知らせの第一撃で今の母娘ほど驚かせはしなかっただろう。郷士が部屋に入って来たとき、ベルは畳んだ絨毯の上に座っていたが、今また同じ場所に座り直した。リリーはまだ梯子の天辺に立っており、デール夫人はリリーの服に片手を掛けて梯子の下にいた。郷士は不意に話を始めた。彼は伝える話があるとき、最初の瞬間にすべてをぶちまけて、ぶっきらぼうに話す以外に話し方を知らなかった。

「私たちみなに！」とデール夫人は言った。「みなというのは何人なんです？」それから、夫人は梯子の下の位置から動かないまま、レディー・ジュリアの手紙を開いて読んだ。

「私にも見せて、母さん」とリリー。手紙はリリーに手渡された。もしデール夫人が問題をじっくり考えたら、おそらく手紙をしばらく誰にも渡さなかっただろう。しかし、すべてがあまりにも突然だったので、問題をじっくり考えることができなかった。

親愛なるデール夫人（と手紙は書いていた。）

兄からデール氏宛ての手紙に、私はこの手紙を同封しました。私たちはあなたと二人の娘たちに特に今月十七日から一週間、私たちのところに来てほしいんです。私たちの近い関係を考えれば、過去何年かにあった以上にもっとお互いに会っておくべきでした。もちろん私たちの責任です。でも、やり方を改めるのに遅すぎることはありません。過ちを認める私の告白をあなたが愛情に満ちた真の精神で受け取ってくださるように、私たちのところに来ることで善意を見せてくださるように願っています。私は心から好意を抱く二人の娘たちのため、屋敷を楽しくするようにできることは何でもします。

ジョン・イームズが同じ週にここに来ることも教えておかなければいけません。兄は彼がとても気に入っており、当代随一の立派な若者だと思っています。彼は私の英雄の一人でもあることを認めなければなりません。

とても誠実にあなたのものである、

リリーは梯子の上に立って、手紙を注意深く読んだ。郷士はそのあいだ下に立って、義妹と姪に一言二言話し掛けていた。リリーが窓のほうへ顔を向けたので、誰もその顔を見ることができなかった。彼女が話し出したとき、顔を背けたままだった。「私たちが行くのは不可能ですね、母さん。――つまり、私たちみなが行くというのはね」

「なぜ不可能なんじゃ?」と郷士。

「家族みんなで!」とデール夫人。

「それが彼らが望んでいることじゃ」と郷士。

「たとえ母さんとベルが行くとしても」とリリーは言った。「私は一週間何よりも一人でうちに残っていたいです」

「それじゃ話にならんよ」と郷士は言った。「レディー・ジュリアは特にあんたが一行の一人になることを望んでおるんじゃ」

事態は上手に扱われていなかった。レディー・ジュリアが手紙でジョン・イームズに触れていたので、リリーはすぐ計画の全容を察知した。そんな洞察をえたので、デールとド・ゲスト両家が連合してどんな影響力を使おうと、彼女をマナーへ引きずって行くことはとてもできそうもなかった。

「どうして行けないか、ですか?」とリリーは言った。「家族みんながそんなふうに出掛けることはできません。でも、ベルが行くのはとてもいいことです」

「いいえ、そうでもありません」とベル。

「もっと鷹揚に構えてほしいね、あんた」と郷士はベルのほうを向いて言った。「レディー・ジュリアは親切にしたいんじゃ。じゃが、ねえ、あんた」と、郷士は再びリリーのほうに向き直って、最近よくあることだが、リリーにはほとんど煩わしいと思える愛情を込めて話し掛けた。「じゃが、ねえ、あんた、どうしてあんたは行けないんじゃ？　ちょうど体調が戻ってきているときじゃから、こんな転地はあんたの体にとても役に立つじゃろう。メアリー、娘たちに行くように言ってくれ」

デール夫人は黙って立って、手紙を読み返した。リリーは梯子から降りて来た。彼女は床に降りるとすぐ伯父のところへ行き、彼の手を取って、一緒に窓のほうへ振り向かせた。それで、二人は部屋に背中を向けて立った。「伯父さん」と彼女は言った。「どうか私を怒らないでください。私は行けません」それから、彼女は顔をあげて、彼に口づけした。

郷士は前屈みになり、彼女に口づけした。まだ手を握ったまま、姪の顔を覗き込んで、そこにあるものを読んだ。なぜ彼女が行くことができないのか、あるいはむしろなぜ彼女が行くことができないと思っているのか、郷士は今よくわかった。「行けないのかね、ねえ、あんた」と彼。

「はい、伯父さん。とても親切なご招待です。――とても親切な。でも、私は行けません。まだどこへ行くにもふわさしい状態じゃありません」

「じゃが、その気持ちを克服しなければいけないね。努力しなくては」

「努力しています。いつかは克服します。でも、すぐ克服することはできません。とにかく私はあそこへ行けません。レディー・ジュリアによろしくお伝えください。私が不機嫌で行かないのではないことを彼女にわからせてください。おそらくベルは行きます」

訪問の目的が実現できないのなら、ベルが行くことに何の意味があるだろうか？　あるいはそれ自体が退屈な訪問をして、郷士が骨を折ることに何の意味があるのか？　伯爵とその妹はリリーとイームズを引き合わせる明白な意図を持って招待を計画した。リリーがこの意図に逆らう決意は固いように見えた。もしそうなら、全体が駄目になるほうがましだろう。郷士はいらだったけれど、リリーに腹を立てているわけではなかった。彼は近ごろあらゆることでみなから反対された。意図した家族の取り決めはみなうまくいかなかった。しかし、郷士はこういうことではめったに怒らなかった。歪められることにあまりにも慣れていたので、成功を期待しなかった。リリーに第二の恋人を提供するこの計画では自発的に動いていたわけではない。隣人の伯爵から懇望されて、その懇望にもちろん寛大に応えただけだ。実現を真に願って熱心にそれを試みる気になった。しかし、彼の全計画がそうだったように、このことでも敵対と失敗に直面した。

「あとはあんたらのあいだで話し合うといい」と郷士は言った。「じゃが、メアリー、あんたは返事を送る前にわしに会うほうがいいね。あんたが来たら、ラルフに午後二通の手紙を一緒に持って行かせよう」郷士はそう言うと、「小さな家」を去って、孤独な家に帰った。

「リリー、あなた」と、デール夫人は玄関のドアが閉まるとすぐ言った。「これはあなたに示された思いやり――とても愛情のこもった思いやりなんです」

「わかっています、母さん。母さんはレディー・ジュリアのところへ行って、私にはそれがわかっていると伝えてくれなければ。彼女によろしくお伝えください。本当に私は彼女が好きです。でも――」

「行けないんですね、リリー？」とデール夫人が懇願するように言った。

「ええ、母さん。もちろん私は行きません」それから、彼女は部屋から逃げ出した。次の一時間母にも姉にも彼女のところへ行く勇気がなかった。

註

（1）劇作家・詩人サー・ヘンリー・テーラー（1800-86）が書いた二部構成のブランク・ヴァースによる史劇『フィリップ・ヴァン・アルテヴェルデ』（1834）からの引用。第一部第一幕第二場でエイドリアーナ・ヴァン・メレスティンは恋人を傷つけずに拒絶する方法を考える。

本当に
あらゆることで、特に恋において
快くいやと伝えるのは難しい仕事ね。ああ悲し！
「いいえ」という鋭い、刺すような言葉から
針を抜くだけの知恵が私にはない。

（2）トロロープは一八五九年十二月にダブリンのドニーブルックからハートフォードシャーのウオルサム・クロスに引っ越した。

第五十章　デール夫人が朗報を神に感謝する

その日母娘は「小さな家」で早めのディナーを済ませた。荷造りが始まってからそうするのが習慣になっていた。ディナーのあと、デール夫人は手に手紙を持って庭を抜け、もう一つの家へ向かった。夫人は手紙のなかでレディー・ジュリアにたくさん感謝したあと、リリーは病みあがりの身ですぐには外出できないこと、夫人自身もリリーと一緒にとどまらなければならないことを述べた。引っ越しの仕事が進行中で、夫人は招待をお受けすることができないことも説明した。しかし、もう一人の娘は伯父に同道してゲストウィック・マナーへ喜んで行く、と夫人は書いた。それから、夫人は手紙の内容が郷士の考え方に合うかどうか決めてもらうため、封印しないで彼のところへ持参した。郷士はベル一人とだったら、ド・ゲスト卿のところへ行きたくないと言い出すこともあるかもしれない。

「手紙のことはわしに任せてくれ」と郷士は言った。「つまり、もしあんたが反対しなければの話じゃ」

「ああ、あなた、それは駄目です！」

「あんたにごまかしのない真実をすぐ言うつもりじゃよ、メアリー。わしはみずから手紙を持って行って、伯爵に会うよ。それから、伯爵とのあいだで相談することに従って、わしは招待を断るか、受けるか決める。リリーが行ってくれたらいいのに」

「いいえ！　娘はとても行けません」

「行ってくれたらなあ。行ってくれたらいいのに。行ってくれたらなあ」郷士がそれを何度も繰り返したとき、その声に熱意があったから、デール夫人は彼に対する優しい思いで心を満たされた。

「本当のことを言うと」とデール夫人は言った。「娘はそこへ行ってジョン・イームズに会うことができないんです」

「うん、わかる」と郷士は言った。「それはわかるんじゃ。じゃが、それこそまさしくわしらがリリーにしてほしいと思うことなんじゃ。わしらみなが気に入っている誠実な若者と、どうして彼女は同じ家で一週間すごしてくれんのじゃろう」

「娘にはそうしたくない理由があるんです」

「ああ、同じように、できれば彼女にそこへ行くように説得する理由がわしらにもあるんじゃ。おそらくあんたには全部話しておいたほうがいいじゃろう。ド・ゲスト卿はイームズの手を取って、リリーと結婚させようとしている。伯爵は一生安楽にする収入を彼に設定することを約束したんじゃ」

「それはずいぶん気前がいいですね。ジョンのため、そうなれば嬉しいです」

「それに彼は役所で昇進したんじゃ」

「まあ！　じゃあ彼は成功するんですね」

「彼は立派に成功するじゃろう。今は長官の個人秘書官になっている。それに、メアリー、もしこの結婚が整うなら、リリーを手ぶらにしないため、わしは年百ポンドを彼女に、イームズを受け入れるなら、彼女とその子供にね、設定することを引き受けたんじゃ。さて、あんたにはみな伝えた。伝えるつもりはなかったんじゃが。じゃが、あんたには判断する材料があるほうがいいじゃろう。もう一方の男は悪党じゃった。今度の男は誠実じゃ。姪は彼が好きになってくれればいいんじゃがな？　あのもう一方の男がここのわしらのあいだに入って来る前に、姪はイームズがずっと好きじゃった、とわしは思う」

「娘はずっと彼が好きでしたよ――友人としてね」

「あれほどいい恋人は手に入らんじゃろう」

デール夫人は黙って座って、もう一度考えた。郷士が言ったことはみな本当だった。それはもっとも好ましい、有益な治療法であり、彼らみなにとって有利な取り決めであり、心からリリーに望まれる行く末だろう。――ただしもし可能ならの話だ。もし娘がジョン・イームズを第二の恋人として一、二年以内に受け入れてくれたら、すべてがうまくいくとデール夫人は確信した。クロスビーはその時に忘れられるか、もしくは悔恨なんかなしに思い出されるだろう。リリーは幸せな家庭の女主人になるだろう。しかし、道中に物理的あるいは実体的な邪魔がないのにたどり着くことができない地点というものがある。そんな逆境に生じているものは、悲しみを生み出すものに対して心が構える固い偏見だ。もし心が柔軟で、感情が制御できるなら、愛情が出会う様々な逆境に苦しめられる人なんかいない。死は何の悲しみも生まないし、忘恩は針を失うし、愛の裏切りは世俗的な面で及ぼす影響を越えて害をもたらすことはない。しかし、心は柔軟ではないし、感情は制御できないのだ。

「娘には無理なんです」とデール夫人は言った。「残念ながら無理です。性急すぎるんです」

「六か月たったろ」と郷士は主張した。

「何か月ではなく、何年もかかります」とデール夫人。

「姪は若さを失ってしまう」

「はい。あの男の裏切りのせいで起こったことです。でも、もう起こったことで、取り消すことはできません。娘はこれまで同様深くまだあの男を愛しています」

それから、郷士は小声で何か――クロスビーをののしる叫び――をつぶやいた。思わず漏らしたものだが、無意識の叫びとしても非常に無作法だった。デール夫人はそれを聞いて、その無作法にも、その温かさにも腹を立てなかった。「でも、わかるでしょう」と夫人は言った。「娘はそこへ行く気になれないんです」郷士はこぶしで机を叩いて、繰り返し叫んだ。レディー・アリグザンドリーナがどれほど不快に振る舞っているか、もし郷士が少しでも知っていたら、おそらくこれほど激しく苦しむことはなかったかもしれない。クロスビーが今ド・コーシー家との縁組をどう見ているか、もし郷士が知り、納得することができたら、そこから慰めがえられただろう、と私は思う。私たちを怒らせる人々は一般にその罪に対して罰せられる。しかし、私たちは復讐を遂げたと知る満足をしばしば味わい損なう！　害を与えた者は罰せられるように、害を受けた者は復讐の願いを満たされないように、明らかに仕組まれているようだ。

「それで、あなたはこれからゲストウィックへ行くつもりですか?」とデール夫人。

「手紙を持って行く」と郷士は言った。「明日あんたに結果を知らせるよ。伯爵がじつに親切に振る舞っているから、わしはあらゆる配慮を払うべきじゃろう。ありのまま事実を伝え、伯爵の願いに従って、招待に応じるかどうか決めたほうがいいじゃろう。わしは応じる意味がわからん。ゲストウィック・マナーで何をすればいいんじゃ？　わしらがみなでそこへ行くんなら、問題を癒せたかもしれんがね」

デール夫人は帰るため立ちあがったところで、郷士が家族のためしてくれたことに感謝しないで立ち去ることができなかった。「問題を癒せた」という言葉で郷士が言おうとしたことがよくわかった。一週間ゲストウィックで一緒に暮らしたら、アリントンから引っ越ししようという考えを母娘から払拭できるかもしれない、と郷士は言おうとしたのだ。義兄は引っ越しの意向に対するお返しとして夫人の頭に炭火を積み(1)、恨みに報いるに徳をもって答えているように今デール夫人には思えた。夫人は郷士が娘たちにしてくれた援助のお返しとして、彼の厳しさに堪えるべきだったとほぼ認め、自分がしていることをいくぶん恥ずかしく思った。娘たちの非難を恐れなかったら、夫人は今でも郷士に譲歩しただろう。

「あなたのご親切にどう言っていいかわかりません」

「何も言わなくてもいいんじゃ、――わしの親切にも、不親切にもな。じゃが、あんたには今いるところにとどまってもらって、お互いを悪意にではなく善意にとらえて、キリスト教徒らしく生きようじゃないか」愛情と自制の精神を表す優しい、慈愛に満ちた言葉だった。しかし、それは耳障りで思いやりのない声で伝えられた。話し手はその言葉を発したとき、暖炉の火を陰気に見詰めていた。じつのところ、郷士はそう言ったとき、自分の言葉の温かさを恥ずかしく思った。

「私は少なくとも悪意にはとらえていません」と、デール夫人は手を郷士に差し出しながら答えた。そのあと、夫人はその場を去って、うちに戻った。引っ越しの計画を取りやめて、「小さな家」にとどまるにはあまりにも手遅れだった。しかしながら、夫人は庭を横切るとき、引っ越しを後悔していることをほとんど認めた。

冷たい早春のこのごろ、芝生から応接間のフランス窓を通る入口はまだ開いていなかった。家庭菜園を回って道路に出て正面玄関から入るか、裏のドアを抜けて台所から入るかしなければならなかった。デール夫人は今後者の入り方を選んだ。夫人が玄関広間に向かっているとき、リリーがとても静かな足取りで居間から合流して、行く手を阻んだ。リリーは警告でもするかのように指を立てるとき、顔に笑みを浮かべていた。その姿を見る人は誰も、彼女が今難儀を抱えているとは思わなかっただろう。「母さん」と、彼女は応接間のドアを指さしてほとんど囁き声で言った。「あそこに入っちゃ駄目よ。居間のほうへ行って」

「誰がいるんです？　ベルはどこ？」デール夫人はそう言いながら言われた通り居間に入った。「あそこには誰がいるんです?」と夫人は繰り返した。

「彼よ!」

「彼って?」

「ねえ、母さん、馬鹿はやめて!　もちろんクロフツ先生です。もう一時間近くずっとね。先生が今どうしているか私は知りたいんです。あそこには畳んだ古い絨毯しか座るものがありません。部屋には瀬戸物が散らばっているし、ベルはあんな格好なのよ!　姉さんは母さんの格子縞のエプロンをつけて、先生が入って来たとき、茶色の包装紙に炉辺用具を包んでいるところでした。姉さんがあんなにとっ散らかした姿をしていたことはないと思います。一つだけ確かなのは、先生が姉さんの手に口づけできないっていうことね」

「馬鹿なのはあなたのほうよ、リリー」

「でも、先生は確かになかにいるんです。窓か煙突から出て行ったりしない限りね」

「どうして二人だけになったんです?」

「私は先生とここの廊下で会って、今までにないくらい真剣に話し掛けられました。『なかに入って』と私は言ったんです。『ベルが火かき棒や火ばしの荷造りをしているのを見てください』『なかに入りますが』と先生は言ったんです。『あなたは一緒に来ないでください』先生はとても真剣でした。きっとずっとあのことを考えているんです」

「なぜ先生が真剣でなくてはいけないんです?」

「あら、当然でしょ。もちろん彼は真剣でなくてはいけません。でも、嬉しくないんですか、母さん?　私はとても嬉しいのよ。私たちはこれから二人だけで住むことになります、母さんと私でね。でも、姉さんは私たちのすぐ近くにいます!　私はね、誰かが何かを仕掛けない限り、先生はずっと居間にいるんじゃないかと思います。私は待つのに飽きてしまったから、母さんを捜していたんです。ひょっとすると先生は姉さんの荷造りを手伝っているのかもしれません。入ってみるほうがいいと思います？　それともそんなことしたら意地悪かしら？」

「リリー、早とちりはしないで。あなたの早合点かもしれませんからね。コップと唇のあいだで、目的達成の直前で、たくさん行き違いがありますから」

「そうね、母さん。その通りね」とリリーは手を母の腕のなかに差し込んで言った。「本当にその通りです」

「あら、ねえあなた、ごめんなさい」と母は言った。今使った古い諺が娘に無慈悲だったことに突然思い当たったのだ。

「気にしないで」とリリーは言った。「私は気を悪くしたりしません。私のためになります。つまり、母さん以外に誰もいないときならね。でも、神のお助けがあれば、今度のにはそんな行き違いはありません。姉さんは幸せになるのよ。それが大急ぎでなされた結婚と、熟慮のうえでなされた結婚との違いです。でも、私たちがなかに入らなかったら、二人は永久にあそこにいますね。さあ、母さん、ドアを開けてくださ い！」

それから、デール夫人はなかの二人が近づく人の存在に気づくように、取っ手で注意の予告を与えてからドアを開けた。クロフツは窓からも煙突からも逃げておらず、部屋の真ん中にある木箱の上に座って、畳んだ絨毯の上に座るベルのちょうど向かい側にいた。ベルは妹が説明した通り、まだ格子縞のエプロンをつけていた。ベルの手がどんな状態だったか、私はあえて言うつもりはないが、恋人がその手に何か不都合なところを見つけたとは思わない。「ご機嫌いかがですか、先生」とデール夫人は言った。夫人は普段の声を出すように努めて、先生の訪問に特別重要なところはないような表情をした。「『大きな家』からちょうど帰って来たところです」

「母さん」とベルは飛びあがって言った。「もう先生と呼んではいけないんです」

「いけないんですか？　医者の資格を剥奪されたんですか？」

「もう、母さん、わかっているくせに」とベル。

「私はわかっています」とリリーは言って、先生のところに近づいて、口づけさせるため頬を差し出した。「この人は兄になるんです。この瞬間から兄になるように求めます。彼が私たちのためどんなことでもしてくれ、一瞬も彼の時間だと言わないように望みます」

「デール夫人」と先生は言った。「もしあなたの同意がえられるなら、ベルはそうなることに同意しました」

「確かに同意します」とデール夫人。

「私たちは金持ちにはなりません――」と先生は口を切った。

「金持ちになるのは嫌いです」とベルが言った。「金持ちになる話はするのもいやです。そんなことを考えるのは男らしくないと思います。きっと女らしいことでもないんです」

「ベルはいつも貧乏を礼賛する狂信者なんですよ」とデール夫人。

「いいえ、狂信者なんかじゃありません。稼いだ金はとても好きです。やり方さえわかれば、私もいくらか稼ぎたいんです」

「女性の患者を往診するためベルをそとで巡回させましょう」とリリーは言った。「アメリカの女医さん(2)がするようにね」

それから、彼らはみな談話室へ行き、暖炉を囲んで座ると、すでに一つの家族であるかのように話をした。若い娘——非常に美人であり、いい生まれと知られている娘——が求婚され、与えられるという状況の本質を考えると、この婚約の手続きはいくぶん月並みな仕方で、平凡と言われてもいい具合になされた。クロスビーが求婚したときと何と違っていることだろう！　リリーはその時しばらく頂点——危険かもしれないが、とにかく高い頂点——に立っていた。クロスビーは何とすてきなスピーチで迎えられたことだろう！「小さな家」の運気が上昇していることを——実際わずかなおののきとともに、それでも、胸に確かな勝利感をもって——関係者みながどれほど感じたことだろう！　起こったことに対する驚嘆でリリーを茫然とさせたその場面は、何と際立っていたことか！　今はそんな際立った場面も驚嘆もなかった。クロフツ先生以外に誰も勝利感を感じた者はいなかった。しかし、彼らはみなとても幸せで、その幸せが揺るがぬものだと確信していた。彼らのうちの一人が、恋人の裏切りによって乱暴に地にはわされたのはつい先日のことだったが、この恋人の裏切りを恐れる者は一人もいなかった。ベルはゲストウィックの慎ましい家にすでに連れて行かれたかのように、彼女の人生の定めを確信していた。デール夫人は先生を息子と見なしていた。暖炉のまわりに座っている四人はまるで一つの家族のように集っていた。

しかし、ベルは恋人の隣に座っていなかった。リリーはクロスビーをいったん受け入れたら、いくら近づいても近づきすぎることはないと思うように見えた。リリーはちょっとした愛撫の仕草で手を動かしたり、彼の腕に寄り掛かったり、顔を覗き込んだりして、恥じることなく絶えず愛情を表した。まるで彼の存在をはっきり確認したいと望んでいるかのようだった。ベルの場合、まったくそんなことはなかった。ベルは愛し愛されることで幸せを感じていても、愛情の外的証拠を求めなかった。クロフツが結婚前にインドへ行って帰って来る突然の必要が生じたとしても、ベルが不幸になることはない、と私は思っている。結婚は決まったのであり、ベルはそれでよかった。しかし一方、彼がすぐ結婚するほうが好都合だと言ったとき、ベルは何の異議も唱えなかった。母が新しい住まいに移ろうとしていたので、その住まいは三人ではなく二人の必要に対応するもののほうがよかった。それで、彼らはじつに非ロマンティックな、家庭的な、実用的な仕方で、椅子やテーブル、絨毯、台所について話し合った。彼らが今去ろうとしている家の家具のかなりの部分が郷士のもの、あるいはむしろ――そんなふうに言う習慣があった――家自体に属するものだった。もっと古い、もっと頑丈なもの――半世紀の消耗に堪える家庭内の品物――は、彼らが入居したときすでに「小さな家」にあった。それゆえ、ゲストウィックの家に新しい家具を買う問題、デール夫人のようなつつましい収入しかない人にとってはかなり重要な問題があった。彼らは初めの一、二か月下宿で生活するため、所有物はある親切な人の倉庫に保管することにした。こんな状況では、ベルのことで下宿の問題を複雑化しないように結婚を取り決めるほうがいいのではないか？　これがクロフツ先生からなされた最後の提案だった。先生は受け取った大きな励ましに応えてこれを言った。

「そんなことはほとんど不可能でしょう」とデール夫人は言った。「結婚の準備に三週間は必要です。――それに家はこんな状態で！」

「ジェームズは冗談を言っているんです」とベル。

「私は冗談なんか言っていません」と先生。

「ボイスさんを呼べばいいんです。後ろに添え鞍を置いてすぐ姉さんを運び去ればいいでしょう？」とリリーは言った。「あなたやベルみたいな原始的な人がするにはぴったりです。でも、ベル、あなたはこのうちからお嫁に行くことができたらいいのにね」

「たいした違いがあるとは思いません」とベル。

「もし姉さんが夏まで待てさえしたら、芝生の上ですてきなパーティーを開くことができるのに。下宿からお嫁に行くなんて何だかとてもいやな感じです。そうじゃない？　母さん」

「少しもいやな感じじゃありません」とベル。

「姉さんが結婚したら、私は平凡夫人と呼びますね」とリリー。

それから、彼らはお茶を飲み、お茶が終わるとクロフツ先生は馬に乗って、ゲストウィックに帰って行った。

「さて、先生のことを話してもいいかしら？」と、リリーは先生の背後でドアが閉まるやいなや言った。

「いいえ、あなたは話さなくていいんです」

「私はまるで二人のことを知らなかったかのようにずっと沈黙を守ってきました！　ばらしたら、私はしつこく厳しく姉さんから叱られたはずです。その叱責に私は一言も答えられないんです。そんな状態に堪えるのって骨の折れることじゃないかしら」

「ベルが厳しかったことなんかあったかしら」とデール夫人。

「リリーが沈黙を守っていたとも思えません」とベル。

「でも、もうみんな決着が着きました」とリリーは言った。「私は本当に嬉しい。こんなに満足したことはこれまでありませんでした――一度もよ、ベル！」

「私もです」と母は言った。「この朗報を心から神に感謝します」

（1）「箴言」第二十五章第二十一節から二節に「もしあなたのあだが飢えているならば、パンを与えて食べさせ、もし乾いているならば水を与えて飲ませよ。こうするのは、火を彼のこうべに積むのである」とある。第五十七章の註（2）参照。

（2）トロロープは『アリントンの「小さな家」』を書き始めるときアメリカから帰国したばかりだった。『彼はプロペンジョイか？』（1878）ではオリヴィア・Q・フリーボディというヴァーモントのフェミニストの女医を登場させている。

第五十一章　ジョン・イームズはすべきではないことをした[1]

ジョン・イームズはサー・ラフル・バフルと取引することに成功した。彼は四月の終わりに二週間休暇をもらうという条件で個人秘書官の仕事を引き受けた。彼はこの取り決めのあと、昇進に大いに心を動かされたラヴ氏と愛情のこもった別れをし、大部屋で惜別の黒ビールを楽しんだ。そこでは、老ハフルの隅々まで理解するようにと多くの励ましを与えられた。大きな控え帳を両手で持って廊下を急いでやって来たキッシング氏と出会ったとき、彼は最後に痛烈な冗談を飛ばした。それから、フィッツハワードが明け渡すように強いられた心地よい肘掛け椅子に座った。

「ほかの連中には言うなよ」とフィッツハワードは言った。「ぼくはここと関係を完全に断つつもりさ。親父は個人秘書官以外の職ではぼくをここに置いてくれそうもないんだ」

「なるほどあなたのお父さんは名士なんですね」とイームズ。

「それはわからないけれどね」とフィッツハワードは言った。「親父はもちろん家族にかなりの縁故を持っている。ぼくのいとこが次の選挙でセント・バンギー[2]から立候補する予定なのさ。そうしたら、ぼくはここに残るよりもいいいんだ」

「それは当然ですね」とイームズは言った。「もしぼくのいとこがセント・バンギー選出の国会議員だったら、ホワイトホール[3]の東側にはいないでしょうね」

「ぼくもそのつもりさ」とフィッツハワードは言った。「この部屋はご覧のようにとてもすばらしいね。でも、毎日シティに入って来るのはうんざりだ。それに使用人のように呼び鈴を鳴らされるのもいやだね。君に仕事への嫌気を起こさせるつもりはないんだが」

「ぼくは呼ばれても平気です」とイームズは言った。「あまり気難しい人間じゃありませんから」それで、二人は別れた。イームズは美しい肘掛け椅子とサー・ラフルの靴を運ぶように依頼される危険を引き継いだ。一方、フィッツハワードは家族の一員がセント・バンギー選挙区選出の国会議員になるまで大部屋の空の机に着いた。

しかし、イームズは黒ビールを飲んだり、フィッツハワードを冷やかしたり、キッシングを愚弄したりしながらも、新しい肘掛け椅子に座るとき、真剣な考察を怠らなかった。彼はこれまでの彼のロンドンの経歴が誇らしく振り返れるようなものではないことに気づいていた。尊敬できない友人らと交わって、怠惰であるか、時には怠惰であるよりも悪かった。彼は本当の愛情を感じたことがない一人の女性を愛している振りをして行動の自由を妨げられた。その女性から心にまだ重くのしかかる様々な愚かな約束をだまし取られた。彼はサー・ラフルの手紙を前に置いて座るとき、ほとんど恐怖を覚えつつバートン・クレッセントの男女のことを考えた。クレーデルと知り合っておよそ三年たった。彼は心の友として選んだ男がいかに貧相な人間であるか思い起こして身震いした。私たちがクレーデルのためにする言い訳を、彼自身はすることができなかった。状況によって友人を選ぶように促されたこと、求める友人の必要条件が何か知る前だったことを心に納得させることができなかった。この男と三年間ごく親密に暮らしてきて、今友人の性格の本質に目を開きつつあった。クレーデルは三つ年上だった。「彼を切り捨てるつもりはない」とイームズは一人つぶやいた。「けれど、彼は貧相な人間だ」ルーペックス夫妻とミス・スプルースとローパー夫人についても考えて、もしリリー・デールがこういう人々のなかに入ったら、どうするだろうと想像しようとした。リリーがこういう人々のなかに入ることは考えられなかった。リリーにローパー夫人の応接間に座るように求めるよりは、酒場でジンを飲むように求めるほうがましだった。リリーを彼のものと呼ぶ幸運が彼に待ち受けているとするなら、生活様式を一変させる必要があった。

実際、彼は蛇が脱皮するように奥手の性質から脱却し、男らしい多くの感情といくつかの知識を獲得しつつあった。彼は将来の生活が重大な関心事であることを認め始めていた。ロンドンに最初にやって来たとき、そんなことは考えもしなかった。今の世代の両親は若者のことでとても気をもむ一方で、その内面についてはほとんど理解していない、と私は思う。両親は若者が持っていない多くのものを持っていると思い、若者が持っている多くのものを持っていないと思う！　両親は若者に子供であるのに大人の分別——思考力から来るあの分別——を持つことを期待する。それなのに、両親は若者には思考力——よい行動を唯一最終的に生み出すことができる思考力——がないと思う。しかし、若者は一般に深く思いにふける。年上の人々よりも思いにふけるけれど、ただ思考力の果実をまだ持ち合わせていないのだ。一方、十九か二十歳でロンドンに放り出される若者の娯楽については、両親はほとんど考慮していない。息子が毎晩薄汚い部屋に一人で座って、ひどいお茶を飲みながら、いい本を読むことをいったいどうして母は期待することができようか？[4]　しかし、母はそれを期待しているように見える。——若者の思考力の欠如を言うまさにその母がだ。ああ、息子が毎年毎年世の危険のなかに放り出されていくのを見るあなた方母よ。立派な忠告とか、フランネルの肌着とか、信心の本とか、歯磨き粉とかについてはあれほど注意深いあなた方母よ。息子の娯楽とか、ダンスとか、パーティーとか、女性との交際の興奮や慰めとかについても、備えが必要であることにどうしてあなた方は思い至らないのか？　息子が味わう興奮については、母がある種のものを提供しなければ、息子が別種のものをきっと調達するだろう。もし私が息子を世に送り出す母だったら、心の最大の問題は、いい相手と恋をさせるため、最良の娘らで一杯のどの家に息子を入れるかということだろう。

哀れなジョン・イームズは置かれた状況のせいで、悪い相手と恋を楽しむように仕向けられていた。実情はそういうことだと今はっきり気づいた。ゲストウィック・マナーへの出発まであと二日しかなかった。サー・ラフルの手紙に束になるほど返信を書いたあと、彼は息をつきながら座っているとき、ここを発つ前にローパー夫人に通知して、ロンドンに帰ったら、もうバートン・クレッセントには戻らないことを伝える決心をした。この下宿との絆を完全に断つつもりだった。それで何か罰を受けなければならないとしたら、できる限り礼を尽くしてその支払いをするつもりだった。彼はアミーリアに悪い振る舞いをしてきたことを認め、この点について実際に犯した以上の罪を告白した。彼は思い切ってリリー・デールに申し込む前に、この方面で適切な足場に身を置かなければならない。それはとにかく疑問の余地がなかった。

イームズはこの点で明確な結論に達したとき、サー・ラフルのテーブルにいつもある小さな呼び鈴が鳴って、大人物の前に呼び出された。「ええと」とサー・ラフルは言うと、仕事に一息つき、肘掛け椅子に背をもたせかけて、背伸びした。「ええと、そうだな！　あんたはあさってロンドンを発つんだったな」

「はい、サー・ラフル、あさってです」

「ふん！　とても困ったことだ。本当にとても困ったことだ。だが、こういう場合にわしは自分のことは考えない。そうしたことは一度もないし、これからも考えることはないと思う。それで、あんたは旧友のド・ゲストのところへ行くんだろ？」

新しい後ろ盾となったサー・ラフルが伯爵との古い友情を話すとき、イームズはいつも腹を立てたから、その話を促すことはなかった。「ぼくはゲストウィックへ向かいます」と彼。

「うん、そう。ゲストウィック・マナーだろ？　そこへ行ったことは思い出せないな。おそらく行ったことがあるかもしれない。そういうことは忘れるものだから」

「ド・ゲスト卿がそれを話すのを聞いたことがありません」

「え、あんた、そうかね。どうして彼の記憶が私のよりも優れているんだろう？　古い親交を新たにすることができたら、わしがどんなに嬉しいか、卿に伝えてくれないか。年のうち退屈なころ――たとえば九月か十月ごろ一、二日卿のところへくだって行くのはわしにはなんでもないことだ。わしら二人があんたに関心を抱くなんてかなり偶然じゃないかね、どうだい？」

「必ず卿に伝えます」

「頼んだよ。卿は完全に独立した貴族の一人なんだ。わしは卿をとても尊敬している。ええと、わしは呼び鈴を鳴らさなかったかね？　ほしかったのは何だったんだろう？　呼び鈴を鳴らしたと思うが」

「呼び鈴を鳴らしました」

「ああ、そうだ。思い出した。わしは出かけるところで、長靴がほしかったんだ。ラファティに持ってくるように言ってくれないか――長靴をね？」そこで、ジョニーは小さいほうではない別の呼び鈴を鳴らした。

「わしは明日はここに来ない」とサー・ラフルは続けた。「手紙はスクエア(5)へ送ってくれたら感謝する。もし大蔵省から手紙が来たら、――だが、大蔵大臣が書くだろうから、その場合はもちろん特別な使者を出して、すぐ手紙を転送してくれ」

「ラファティが来ました」とイームズは言った。サー・ラフルの長靴のことを口に出して唇を汚すようなことはすまいと腹を決めていた。

「おお、ああ、そうか。ラファティ、わしの長靴を持って来てくれ」

「何かほかにご用件は？」とイームズは聞いた。

「いや、もうない。もちろんあんたは仕事をそのままあとに残すように気をつけてくれ」

「はい。そのままあとに残します」それから、イームズはサー・ラフルと長靴のあいだで交わされる会話を聞かないようにするため引きさがった。「あいつはわしの靴を持って来ようとしないな」とサー・ラフルは一人つぶやいた。「どうしてもそれがいやなんだろう。あいつはすばやくない。――活力もない。あの地位にふさわしい男じゃないな。伯爵がなぜあいつの肩をあんなに持つのか知りたいもんだ」

その長靴の一件のあと、イームズはすぐ役所を出てバートン・クレッセントに一人で歩いて帰った。彼はサー・ラフルの部屋で勝利を勝ち取ったと感じた。しかし、そこの勝利は簡単だった。勝利をえるのがずっと難しいと思うもう一つの戦いを今抱えていた。アミーリア・ローパーは役員会の長よりも一回り恐るべき相手だった。彼は敵に致命傷を与える必要が生じたら、頼りになる一本の強い矢を矢筒に入れていた。先週アミーリアは彼女を捨てた前の恋人に罰を与えるため、クレーデルに強く言い寄った。できることなら、彼女の前で面と向かってクレーデルを槍玉にあげたくはなかった。しかし、勝つことがどうしても必要だった。もし最悪の事態になったら、彼は運命と戦争の偶然から手に入れたそんな武器を使わなければならなかった。

彼は入ってすぐローパー夫人を食堂で見つけて、すぐ仕事を始めた。「ローパー夫人」と彼は言った。「ぼくはあさってロンドンを発ちます」

「あら、そうですね、イームズさん、知っています。ド・ゲスト伯爵の壮大な邸宅に客人として行かれるんでしょう」

「屋敷が壮大かどうかわかりませんが、田舎に二週間ほど行きます。ぼくが戻ったら――」

「あなたがこちらに戻って来られたとき、イームズさん、部屋がもっと快適になっているといいんですが。

部屋はあなたのような紳士にふさわしいものじゃなかったと思っています。この間ずっとそれを考えていました――」

「けれど、ローパー夫人、ぼくはもうここに戻って来るつもりがないんです。あなたに伝えたかったのはそのことです」

「クレッセントに戻って来ないって！」

「はい、ローパー夫人。ご存知でしょうが、男は時々引っ越しをしなければなりません。ぼくは長い間あなたに忠実だったと思います」

「でも、どこに行かれるんです、イームズさん？」

「ええと、まだ決めていません。つまり、それはぼくがこれからすること、――田舎のぼくの友人らが言うことによりますね。あなたと喧嘩してお別れするのではないことがおわかりですね、ローパー夫人」

「出て行かれるのはあのルーペックス夫妻のせいね」と、ローパー夫人は深く悲嘆して言った。

「いえ、本当に、ローパー夫人、誰のせいでもありません」

「いえ、彼らのせいです。あなたを責めるつもりはありませんよ、イームズさん。あなたのようなきちんとした若い紳士の住まいを、彼らのような連中がいかがわしいものにしてしまうんです。私はずっとそう感じていました。でも、私のように夫に先立たれた女には手に負えないことじゃないかしら、イームズさん？」

「けれど、ローパー夫人、ルーペックス夫妻はぼくが出て行くことと何の関係もありません」

「あら、いいえ、あるんです。全部わかっています。でも、私にどうすることができるでしょう、イームズさん？　この半年毎週彼らに警告してきました。でも、私が警告すればするほど、彼らは出て行こうとしないんです。警官を呼んで、騒ぎでも起こさない限り――」

「けれど、ルーペックス夫妻のことで不平を言っているんじゃありません、ローパー夫人」

「理由もなく出て行くことはないはずです、イームズさん。まじめな結婚生活に入るつもりじゃないんですか、イームズさん？」

「身に覚えはありません」

「教えてくれてもいいでしょう、ええ、本当に。人には言いません、――誰にもね。アミーリアのことは私の責任じゃありません。本当に私の責任じゃありません」

「責任があるなんて誰が言いました？」

「私にはわかるんです、イームズさん。もちろん私が干渉しても効き目はありませんでした。娘はあなたから好かれたら、どんな若者も勝ち取ったことがないようないい妻になると私は思います。娘は数ポンドを並の娘よりも長持ちさせることができるんです。あなたは母の気持ちがわかるでしょう。もし何かが起こりそうなら、それを台無しにはできません。ねえ、そうでしょう？」

「けれど、何も起こりそうにはありません」

「私はこの数か月娘にそう言ってきたんです。あなたを責めるようなことを言うつもりはありません。でも、若い男はもちろん気難しいんです。当然気難しいんです」若い娘も当然同じようにとても気難しいと、ジョニーは悲嘆に暮れる母に口に出して言う気はなかったが、そう考えた。「娘がここに帰って来なければいいのにと、イームズさん、私は何度も願いました。本当にそう願ったんです。でも、母はいったいどうしたらいいんでしょう？　娘を家のそとに放り出すことなんかできなかったんです」それから、ローパー夫人はエプロンの裾を目元まで引きあげて、すすり泣き始めた。

「ぼくがいざこざを起こしたんなら、とても申し訳ありません」とジョニー。

「あなたのせいじゃありません」と哀れな女将は続けた。涙が制御できなくなるにつれて、真の感情と女性らしい性質が思わずにじみ出て来た。「私のせいでもありません。でも、娘がやっているやり方を見たとき、どういうことになるかわかっていました。私はそう娘に言いました。あなたが娘のような女に我慢できないことはわかっていました」

「本当に、ローパー夫人、ぼくはいつも彼女に、そしてあなたにも、大きな敬意を払ってきました」

「でも、あなたは娘と結婚する気にはなれなかったんです。私は娘にずっとそう言ってきました。娘にそんなことをしないように請うてきました、――ほとんどひざまずいて。でも、娘は私の助言を受け入れようとしなかったんです。どうしてもね。娘はいつもひどくわがままですから、私と一緒にいるよりも離れているほうがよかったんです。娘は家のなかではいい女ですけれどね。――本当にそうなんです、イームズさん。――あんなに一生懸命働く人手は家のなかにはありません。でも、話しても無駄でしたね」

「害はなかったと思いますが」

「いえ、害はあります。大きな害がね。結局、この下宿をお上品(6)でない場所にしたんです。最悪の犯人はルーペックス夫妻です。ミス・スプルースも害を受けました。私が下宿を始めてからずっと――九年間――一緒だったのに、彼女は田舎に引き込むつもりだと今朝私に言ってきました。みな同じ理由からなんです。私は理解できます。わかるんです。下宿は当然お上品でなければならないのに、お上品ではなかったんです。あなたのお母さんがすべてを知ったら、当然私に腹を立てるでしょう。私はお上品にやろうとしたんです、イームズさん。本当にそうしようとしたんです」

「ミス・スプルースは思い直してくれますよ」

「私が苦しまなければならなかった状況があなたには理解してもらえません。規則正しく下宿代を払おうとする人は誰もいなかったんです。――彼女とあなた以外には。彼女はまるでイングランド銀行のようでした、ミス・スプルースはね」

「残念ながら、ぼくはあまり規則正しくなかったと思います、ローパー夫人」

「いえ、あなたはちゃんと払ってくれました。いつか払ってもらえることがはっきりしていたら、四半期の終わりに一、二ポンド多かろうが少なかろうが気にしません。肉屋は――私と同じくらい下宿人のことがわかっているんですが――本当に金が入ってくるんなら、待ってくれます。でも、肉屋は金の当てがないルーペックス夫妻のような人たちを待ってはくれません。それから、クレーデルがいます。あの人が私に二十八ポンドの借りがあることが信じられます?」

「二十八ポンドですって!」

「はい、イームズさん、二十八ポンドです! 彼は馬鹿なんです。彼の金を持ち去るのはルーペックス夫妻です。私は知っているんです。彼は支払いについては知らん振りで、逃げてしまいます。私のもとには彼とルーペックス夫妻が残されるんです。そうなったら、執達吏が入って、家中のあらゆるものを売り飛ばしてしまうでしょう。執達吏に駄目とは言えません」それから、女将は古い馬毛の肘掛け椅子に身を投げ出すと、女らしい悲しみに暮れた。

「上にあがってディナーの準備をさせようと思います」とイームズ。

「あなたは戻って来たら、出て行かなければいけないんですか?」とローパー夫人。

「はい、残念ながら出て行かなければいけません。ぼくは今日からひと月の予告をするつもりでした。もちろんその月のお支払いをします」

「あなたにつけ込むことはしたくありません。本当にしたくありません。でも、持ち物は置いて行ってくれたらと思います。好きなときにいつでも取りに来たらいいんです。もしチャンペンドがあなたとミス・スプルースが二人ともいなくなったことを知ったら、きっと金の支払いを要求し始めますね」チャンペンドは肉屋だった。しかし、イームズはこの哀れな嘆願に返事をしなかった。次の一、二週間古い長靴をバートン・クレッセントに残せるかどうかは、今晩彼がアミーリア・ローパーに迎えられる態度に懸かっているに違いない。

彼が応接間に降りて来たとき、ミス・スプルース以外に誰もそこにいなかった。「いい天気ですね、ミス・スプルース」と彼。

「そうですね、イームズさん。ロンドンにしてはいい天気です。でも、田舎の空気のほうがすばらしいと思いませんか?」

「ぼくはロンドンのほうがいいです」とジョニー。彼は哀れなローパー夫人にできれば愛想のいい取りなしの言葉を捧げたかった。

「あなたは若いんです、イームズさん。でも、私はただの老婆です。違いはそこなんです」とミス・スプルース。

「そんなに違いはありません」とジョニーは礼儀正しくしようとして言った。「ぼくが負けて逃げ出すのが嫌いなようにあなたも嫌いでしょう」

「私は上品でありたいんです、イームズさん。私はいつも上品にしてきました」と、老婆はこれをほとんど囁くように言って、ドアが聞き耳を立てている人に向かって開かれていないことを不安げに確かめた。

「ローパー夫人はとても上品だとぼくは思いますよ」

「ええ、ローパー夫人は上品です、イームズさん。でも、ここには何人かとても――しっ、静かに！」老婦人は指を唇に運んだ。ドアが開いて、ルーペックス夫人が泳ぐように部屋に入って来た。

「こんにちは、ミス・スプルース。あなたはいつもここにいちばん乗りですね。若い紳士を捕まえる機会をえるためだと思います。今日のシティのニュースは何ですか、イームズさん？　今のあなたの地位なら、当然ニュースはみな聞いているんでしょう」

「サー・ラフル・バフルが新しい靴を手に入れました。はっきりとはわかりませんが、彼がそれを履くのにかかった時間でそう推測しました」

「まあ、今あなたは鼻で笑っていますね。ちょっと出世したら、それがあなた方紳士がいつも使う手口なんです。女性には冗談か嘲笑以外に話し掛ける値打ちがないと思っているんです」

「ぼくはサー・ラフル・バフルに話し掛けるよりもずっとあなたにね、ルーペックス夫人、話し掛けるほうがいいです」

「あなたがそう言うのはそれでとても結構です。でも、私たち女はそんなお世辞がどういうものか知っています。――そうでしょう、ミス・スプルース？　私のように五年も――いや六年と言っていいかもしれません――結婚している女は、若い男の注目なんかあまり期待していません。結婚したとき私は若かったけれど、――つまり、年齢的には若かったけれど――、あまりに多くのものを見、あまりに多くのことを経験していたので、心が若かったとはとても言えません」ルーペックス夫人はこれをほとんど囁くように言った。しかし、ミス・スプルースはそれを聞いて、バートン・クレッセントはもはや上品ではないとの思いを確認した。

「あなたがそのころどうだったかぼくは知りませんが、ルーペックス夫人」とイームズは言った。「けれど、あなたは今でも非常にお若いです」

「イームズさん、残っている私の若さを全部安値で、――とても安い値段でお譲りします。もし私が信じることができるなら――」

「何を信じることができるならです、ルーペックス夫人？」

「私が愛する人の分割されない完全な愛情です。それが女性の幸せに必要なすべてなんです」

「ルーペックス氏にはないん――」

「ルーペックスですって！　でも、しっ、気にしないで。気を許して心のうちを漏らしたら、失態を演じるところでした。あなたの友人のクレーデルさんがいますね。あなたがあの男とあんなに親しくしているのは、あの男に何を見出したからなのか、時々知りたいと私が思っているのがわかりますか？」ミス・スプルースはすべてを見、すべてを聞き、ダリッジ(7)のあの二つの小部屋に引っ越すことを心に決めた。

ディナーの前、イームズとアミーリアはほとんど言葉を交わさなかった。アミーリアはまだクレーデルにご執心だった。ジョニーはあの矢がいざという時に強い武器になりうると見ていた。ローパー夫人が食堂の食卓のいつもの席に座っているのが見えた。イームズは女将の頬の涙の跡に気づいた。哀れな女！　女将が置かれた立場くらい堪え難い立場はこの世にほとんどなかった！　女将は払うことができない金を払えと言って下宿人にせっつき、彼女が払うことができない金をせっつかれた。女将は上品のための上品を希求し、上品が手の届かない贅沢だと認めるよう求められた。儲けをえるため評判の悪い関係に堪え、しかもその儲けをえられないうちに、えようとしたことで破滅したと感じずにはいられなかった！　毎年社会から沈み、落下して、どこへ行くのか誰からも知られないローパー夫人のような人がいったい何人いるのだろう！　つぶれたボンネットと薄いガウンを着て、ショールの残骸を肩に掛けたそんな人が通りの角に時々いて、まだ遠い上品のかすかな名残をどこかにとどめているような表情をする。人はそんな姿を見たように思う。そんな人はあたかも通りで別の下宿人を捜しているかのように熱心な目で見回している。彼らはどこで毎日のパン切れを、薄いお茶の——おそらく運がよければ少量のジンを加えた——数杯を手に入れるのだろう！ローパー夫人はこんな状況の鮮明な理解に到達した。今、哀れな女、つまり女将はルーペックス夫妻のせいでこの理解に到達したことを残念に思った。現在の場面で、女将は黙って肉の骨の継ぎ目を切り分け、彼女のもとを去っていくいい客にも、あとに残る悪い客にも無感情の公平さで切り身を差し出した。ある下宿人をひいきにし、別の下宿人を疎んじて何の役に立つというのか？　金を払っている人にも、払っていない人にも羊肉を食べさせよう。もしチャンペンドがこの朝言った脅迫の通りに行動したら、女将はもうこの下宿であんなにたくさん骨付き肉を切り分けることはないだろう。

読者はおそらく食堂の談話室の奥の小さな部屋を覚えていることだろう。そこはかなり前にアミーリアと恋人の対話を描く場面の舞台だった。ローパー夫人の下宿の重要問題にかかわる対話が行われるのはこの部屋だった。様々な内容のことを話す対話のための特別室はどんな家庭にも必要だ。男が妻と二人で暮らしていれば、好きなところで対話することができる。息子や娘がたとえ成人に達しても、ほとんど対話室の必要は生じない。娘が年頃になったり、自立の気質を持ったりするなら、その必要は感じられるかもしれない。しかし、家族がこれより複雑になるとき、たとえば、もし余分な若者が家のなかに入り込んで来たら、もしくは叔母が転がり込んで来たら、あるいは前妻の成人した子が家のなかのわかりやすさを侵害したら、こういう対話室は不可欠になる。こんな部屋なしに下宿人を受け入れようと考える女将はいないだろう。ローパー夫人の下宿にはこの部屋が——食堂談話室のすぐ後ろ、台所階段の向かい側にあって、とても小さく薄汚いけれどそれで充分だった。ここにアミーリアはディナーのあと呼び出された。彼女はその時ルーペックス夫人とミス・スプルースのあいだに座っていた。ここに残ろうとする前者との戦いに備え、ここから出て行こうとする後者との戦いに備えていた。その時、使用人の娘から呼び出された。

「ミス・ミーリア、ミス・ミーリア、――し――い――っ！」アミーリアはあたりを見回して、大きな赤い手が手招きしているのを見た。「彼があそこにいて」と、ジェマイマは若女将が合流するとすぐ言った。「あなたと個人的に話がしたいそうです」

「彼ってどっち？」とアミーリアは囁き声で聞いた。

「あら、ヒームズさんに決まっています。もう一人の彼には会って話さないでください、ミス・ミーリア。どうかそんなことはしないで。彼はよくありません。本当によくないんです」

アミーリアは踊り場に少しじっと立ったまま、会ったたほうがいいか、断ったほうがいいか考えた。彼女は二つの目的、いやむしろ二面的な目的を抱えていた。もちろんジョン・イームズを自暴自棄にしたかった。イームズをすぐ自暴自棄にする効果をあげられなかったら、ちょっと手管を加えてクレーデルを確実なものにしたかった。彼女はジェマイマの批判とほぼ同意見だったけれど、クレーデルがぜんぜんよくないと考えるところまではいっていなかった。イームズが手に入るなら、イームズほうがいい。イームズが手に入らない場合、もう一本の弓のつるを使えるように用意しておくほうがよかった。哀れな娘だ！　彼女は苦悩のなかでそんな結論に達していた。彼女は情の深い人で、そんな深情けでジョン・イームズを愛していた。しかし、世間からは厳しく当たられ、あちこち無慈悲にこづき回され、今もそうだが、手に入れているごくわずかなよいものも脅し取られそうだった。娘がこんな状況に置かれたら、情のみに耳を傾けている余裕はない。今の場面でも彼女はイームズに会うまいとほとんど決意した。そんなふうに拒絶したら、彼がいっそう自暴自棄になるだろうし、クレーデルが家のなかにいて、会うのを断った話を聞くだろうと思った。

「彼があそこで待っています、ミス・ミーリア。どうして降りて行かないんです？」ジェマイマはそう言って若女将の腕を引っ張った。

「行くわよ」とアミーリアは言って、威厳のある足取りで面会へと降りて行った。

「彼女が来ました、ヒームズさん」と娘は言った。それで、ジョニーは恋人と二人だけになった。

「私を呼び出したんでしょ、イームズさん」と彼女は頭を少しつんとそらせ、顔を背けて言った。「上で用があったけれど、特別呼び出されたんだから、降りて来なければ無作法だと思ったのよ」

「うん、ミス・ローパー、あなたに特別会いたかったんです」

「まあ、何よ！」と彼女は叫んだ。イームズは呼称がいつも彼女を呼ぶときに使う洗礼名ではなかったことに、その叫びが起因するのだとはっきり了解していた。

「ディナーの前にあなたのお母さんに会って、あさってここを発つことを伝えました」

「そんなことはみな知っていることよ。もちろん、伯爵のところね！」それから、彼女はもう一度頭をつんとそらせた。

「バートン・クレッセントにもう戻って来ない心積もりでいることもお母さんに伝えました」

「どういうこと！　この家を完全に出て行くの！」

「うん、そうです。男は時々住まいを変えなければいけませんからね」

「それでどこへ行くつもり、ジョン？」

「まだわかりません」

「本当のことを教えて、ジョン。あなたは結婚するつもり？　あなたはあの若い娘、クロスビーさんのおこぼれと――結婚する――つもりなの？　すぐ答えてちょうだい。あなたは彼女と結婚するつもり？」

彼はアミーリアから何を言われても怒るまいと心を固めていた。それでも、「クロスビーのおこぼれ」と言われたとき、怒りを抑えるのが難しかった。

「ぼくら以外の人のことを話しに」と彼は言った。「来たんじゃないんです」

「そんな言い逃れは私には通用しません。そんなふうに好きなように娘を扱うことはできません。――ああ、ジョン！」それから、彼女はあたかも相手に飛び掛かって口づけで覆いたいのか、飛び掛かって髪を引きむしりたいのかわからないようにジョンを見た。

「ぼくがこれまでちゃんとした態度を取ってこなかったことは承知しています」と彼は始めた。

「ああ、ジョン！」と彼女は頭を横に振った。「では、彼女と結婚するつもりだと私に言いたいのね？」

「そんなことを言うつもりはないんです。ぼくはただバートン・クレッセントを出て行くと言いたいだけです」

「ジョン・イームズ、あなたがどうしようと思っているのか知りたいわ。この質問に答えてくれる？　私はあなたから約束を――明確な約束を何度も何度も――もらったことがあるのではないかしら、それともないのかしら？」

「明確な約束なんか知りません――」

「おや、おや！　あなたは一度言ったことから後退しない紳士だと思っていたのに。私はそう思っていたのよ。権利以上のものを求めていないことを証明するため、若い娘に手紙を裏付けとして提出させるような迷惑を掛ける人じゃないと思っていたのに！　知らないって！　しかも、私たちのあいだにあれだけのことがあったあとで！　ジョン・イームズ！」アミーリアが今にも飛び掛かって来るように彼には思えた。

「ぼくが立派に振る舞ってこなかったことは承知していると言いました。それ以上何が言えるんです？」

「それ以上何が言えるかって？　ああ、ジョン！　そんなこと私に聞くなんて！　あなたが男なら、ほかに何が言えるかよくわかっているはずよ。あなた方個人秘書官って嘘つきね、嘘をつくのは火の粉が上へ飛ぶようなものよ[8]。でも、私はあなたを軽蔑する。本当よ。本当に軽蔑するわ」

「あなたがぼくを軽蔑するんなら、ぼくらは握手してすぐ別れたほうがいいですね。おそらくそれがいちばんいいんです。人はもちろん軽蔑されたくない。けれど、時にはどうしようもないときがあります」そう言って、彼は手を差し出した。

「それで、これがすべて終わりというわけ？」と彼女は手を取りながら言った。

「うん、そうです。そう思います。ぼくを軽蔑しているとあなたは言いました」

「辛辣な言葉をとらえて、そんなふうに哀れな娘をなじってはいけません。――私のように苦しんでいるときはね。あなたがちょっと考えてくれさえしたら、――私がずっと期待していたものを考えてくれさえしたら！」今アミーリアは泣き始めて、あたかも彼の腕に倒れ込もうとするかのような表情をした。

「本当のことを言うほうがいいんです」と彼は言った。「そうでしょう？」

「でも、きっと本当のことじゃありません」

「いえ、本当なんです。うまくいかなかった。きっとぼく自身を破滅させ、あなたも破滅させてしまいます。ぼくらはきっと幸せになれません」

「私は幸せになれます。――きっととても幸せにね」この時、哀れな娘の涙に気取りはなかった。言葉にも作ったところはなかった。一、二分間彼女の心――本心――が勝ちを占めた。

「ありえないことです、アミーリア。さよならを言いませんか？」

「さようなら」彼女はそう言ってジョンにもたれかかった。

「あなたには幸せになってほしいと思います」と彼は言った。それから、彼はアミーリアの腰に腕を回して、口づけした。その口づけは明らかに彼がすべきことではなかった。

彼は面会が終わったあと、下宿を出て、クレッセントに立った。広場――ウォーバーン・スクエア、ラッセル・スクエア、ベッドフォード・スクエア――を抜けて、ロンドン中心部へ向けて歩くとき、ほとんど勝利の高揚感に包まれた。彼は苦境からきれいに抜け出した。今、リリーに愛の物語を語る用意ができた。

註

（1）『祈祷書』の朝夕の祈りの一般告白に「私たちはなすべきであったことをなさないままにし、なすべきでなかったことをなしてきた。私たちに健康はない」とある。
（2）サフォーク州の地名だが、「地獄」の意がある。
（3）サマセット・ハウスのこと。
（4）この部分は十三年後に書かれた「自伝」第三章に酷似している。「このような生活のなかで若者はきっと仕事のあとうちに帰り、夕べの長い時間をいい本を読んだり、お茶を飲んだりしてすごす」とある。「自伝」第三章はジョン・イームズを念頭に置いて読むとおもしろい。
（5）パーラメント・スクエアのこと。
（6）この部分に見られる「上品な」（respectable）という語の反復は、本書の翌年に出たディケンズの『互いの友』（第四巻第七章）におけるチャーリー・ヘクサムのお上品とよく比較される。
（7）ロンドン南東部地区。大部分はサザーク区に、一部はランベス区に属する。
（8）「ヨブ記」第五章第七節に「人が生まれて悩みを受けるのは、火の粉が上に飛ぶに等しい」とある。当たり前のことの意。

第五十二章　ゲストウィック橋への最初の訪問

ジョン・イームズがゲストウィック・マナーを訪問したとき、レディー・ジュリアからまず歓迎された。「これは、これは、イームズさん。あなたに会えて私たちがどんなに嬉しいか言葉に表せません」そのあと、ジュリアは彼を常にジョンと呼び、訪問のあいだ特別親切にもてなした。彼女は雄牛のあの一件でこういう好意をある程度イームズに抱いていたことは疑いない。リリー・デールの恋人として受け入れられればいいと願う男性に親身になっていたことも間違いない。しかし、クロスビーを打ちのめしたという事実が、私たちの英雄に対するレディー・ジュリアの愛情のもっとも有力な根拠だった、と私は思う。女性たち――とりわけレディー・ジュリア・ド・ゲストのような思慮深い老女たち――は、どうしても平和主義的な考え方に傾いて、あらゆる種の暴力を非難する。レディー・ジュリアはクロスビーを襲うようにイームズを教唆する人がいたら、その人を非難しただろう。それでも、勇気ある行動はやはり女性の心には身近なものだ。女性はどんなに老いて思慮があっても、殴るという手段によってなされる手っ取り早い正義を理解し、称賛する。レディー・ジュリアは意見を求められれば、クロスビー氏を殴った点で過ちを犯したと間違いなくイームズに言っただろう。しかし、その行為はなされてしまったことであり、レディー・ジュリアはジョン・イームズがとても好きになっていた。

「上へあがりたければ、ヴィッカーズに部屋を案内させます。でも、もしそとへ出たければ、兄が家の近くにいるのがわかります。兄を最後に見てから、三十分もたっていませんから」しかし、ジョンは肘掛け椅子に座って暖炉の火に当たりながら、女主人に話し掛けることで満足しているように見えた。それで、二人とも動かなかった。

「今個人秘書官をされて、お仕事の具合はいかがですか?」

「仕事はとても気に入っていますが、上司が気に食わないんです、レディー・ジュリア。けれどこんなことは口にすべきではありません。なぜなら、上司はお兄さんの親友ですから」

「セオドアの親友ですって! ――サー・ラフル・バフルが!」レディー・ジュリアは背中をこわばらせ、真剣な表情をした。ド・ゲスト伯爵にそんな親友がいると言われて、必ずしも喜んでいなかった。

「とにかく彼は日に四回もそう言うんです、レディー・ジュリア。彼はとりわけ次の九月にここに来たがっています」

「そう言ったんですか?」

「そう言ったんです。彼がどんなに馬鹿かわかると思います! それから、彼の声は割れた鐘のように聞こえるんです。あれはこれまでに聞いたいちばん不快な声です。それに、ええと、何か紳士にふさわしくないこと、――わかりますか、使い走りがするようなこと――を彼から指示されないようにいつも警戒していなければいけません」

「威厳が損なわれることを恐れすぎてはいけませんね」

「いいえ、ぼくは恐れていません。もしド・ゲスト卿から靴を持って来るように言われたら、ゲストウィックへ走って、靴を取りに戻っても、少しも気になりません。卿はぼくの友人なんですから、ぼくに取りに行かせていいんです。でも、サー・ラフル・バフルのため、そんなことをするつもりはありません」

「本人に靴を取りに行かせればいいんです！」

「それはフィッツハワードの仕事でしたが、あいつはそれが嫌いでした」

「フィッツハワードさんはセント・バンギー公爵夫人の甥ではありませんか？」

「甥か、いとこか、何かです」

「何とまあ！」とレディー・ジュリアは言った。「あなたの上司は何てひどい人でしょう」このようにしてジョン・イームズと老令嬢は親しくなっていった。

その日マナーのディナーの席には伯爵とその妹と一人の客以外に誰もいなかった。伯爵は入って来ると、とても温かく客を歓迎して、若い友人の背を叩き、上機嫌にさえない冗談を言った。

「最近誰かを殴ったかい、ジョン？」

「特別誰も」とジョニー。

「戸外でうたた寝するため就寝用帽子は持って来たかね？」

「いえ。けれど、雄牛用に大きなステッキを持って来ました」とジョニー。

「なあ！　言っておくが、それはもう冗談にならんよ」と伯爵は言った。「あいつを売らなければならなくなった。心が張り裂けそうだったよ。あいつがどうしてああなったかわからないが、あのあと手に負えなくなった。ダーヴェルを敷きわら囲い地で突き倒したんだ！　売りたくなかった。――本当に売るのはいやだった！　さあ、行って着替えておいで。あの日君がどんな格好でディナーの席に降りて来たか覚えているかね？　クロフツが君をどんなふうにじろじろ見ていたか私は決して忘れないね。いいかい、君には二十分しかないぞ。君らロンドンの男はいつも一時間かかるからな」

「今彼は個人秘書官なんですから、丁寧な扱いをしなければ」とレディー・ジュリア。

「おお！　そうだ。忘れておった。いいかい、個人秘書官さん、今日は派手なネクタイでもったい振る必要はないからね。私たち以外にここにいないんだから。明日そんなネクタイを締めるチャンスをやるよ」

それから、ジョニーは部屋付きの使用人に引き渡され、きっかり二十分後再び応接間に現れた。

ディナーのあとレディー・ジュリアが出て行くとすぐ、伯爵は来たる戦いの作戦計画を説明し始めた。

「私が決めてきたことを話すぞ」と彼は言った。「郷士が明日ここに来ることになっている。上のほうの姪、――つまり君のミス・リリーの姉――を連れてね」

「えっ、ベルとですか？」

「ああ、ベルとだ。名がベルというならね。彼女もとても美人だな。結局、彼女のほうが美人だと私は思う」

「それは人によりますね」

「そうだな、ジョニー。まあ、君は好みの人を貫きなさい。彼らはここに三、四日滞在する予定だ。レディー・ジュリアはデール夫人とリリーにも依頼したんだ。彼女をリリーと呼ばせてくれるかな？」

「ああ！　あなた！　そんな許可を出す資格がぼくにあったらいいと思うんですが」

「それは君が戦わなければならない戦いだね。だが、母と妹はどうしても来ると言わない。レディー・ジュリアはそれでもいいと言う。――当然のことながら、君がここにいると聞いたら、リリーは来ようとしないだろうとさ。私にはさっぱり理解ができんがね。私が若いころ、若い娘は恋人に会える場所に来るのをためらうことなんかなかった。それだからといって、娘たちのことを悪く思ったことは一度もないがね」

「彼女は来なくてもいいです」とイームズ。

「レディー・ジュリアも同じことを言っている。この種のことについて妹はいつも正しいことを言うんだ。

妹によると、リリーがここで同じ家にいるよりも、君があそこへ行くほうがチャンスが大きいと言っている。もし私が娘に言い寄るんなら、もちろん彼女を身近に――同じうちのなかに――置くほうがいいね。それがいちばん楽しいと思う。ダンスやその種のことがみなできるかもしれないから。だが、リリーに来させることはできなかった。わかるかね」

「ああ、いいんです。もちろんいいんです」

「レディー・ジュリアはこのかたちがいちばんいいと思っている。君はあそこへ行って、わかるね、できれば母を味方につけなければならない。事実はこういうことだと思う。――こう言ったからといって、いいかい、私に腹を立てないでおくれ」

「それはないので安心してください」

「リリーはあの男、クロスビーを愛していたと思う。あの男からあんな扱いを受けたあとだから、おそらく今はそれほど愛してはいないはずだ。だが、彼女はあの男を愛したよりも、君のほうを本当は愛していたと今告白するのは難しいだろう。もちろんそれこそ君が彼女に言わせたいことだろうがね」

「ぼくの妻になると彼女に言わせたいです。――いつか」

「彼女がいつかそれに同意したら、君はすかさず日取りに同意するように迫るわけだろ。――え、君？君が彼女の説得に成功すると信じているよ。哀れな娘！　どうして彼女が胸を引き裂くような思いをする必要があるんだ。彼女を幸せにすることができたら、君みたいなまともな男が嬉しくてたまらないというときにだ！」伯爵がこんなふうにイームズに話し掛けたので、後者は困難が前途から消えてなくなるとほとんど信じた。「リリー・デールが二週間もすると、ぼくを未来の夫として受け入れている」と、彼は寝床に就く前に心でつぶやいた。「ありえることだろうか？」その時、彼はクロスビーが二人の娘と一緒に母の家を訪ねて来たあの日のことを思い出した。その日、彼は苦々しい感情に取り憑かれて、クロスビーを常に敵と見なすと誓った。その時以来、万事がうまく運んで、彼にはもはやクロスビーに対する苦々しい感情はなかった。パディントン駅のプラットホームでその感情を処理したからだ。今もしリリーから受け入れられたら、クロスビーと握手してもいいと感じた。彼とリリーの人生においてこの挿話はやはり苦痛として残るだろう。それでも、親切な運命が最後に二人の恋人のうち、いいほうを与えてくれたとリリーが信じるようになれたら、彼は後悔なくこの挿話を振り返れるようになるだろう。「残念ながら彼女はクロスビーが忘れられないと思います」と彼は伯爵に言った。「もし君がこの試みを始めるように彼女を説得することができたら」と伯爵が答えた。「彼女は喜んであの男を忘れるよ。もちろん最初はとても難しい。――世間がみな知っているからね。だが、哀れな娘、彼女はそれだからといって永久にみじめなままとどまってはいない。自信を持って仕事に取り掛かりなさい。君の思い通りになると信じている。みんなが味方についている。――郷士、彼女のお母さん、そしてみんながね」こんな言葉が耳のなかで響いているとき、どうして彼が希望や自信を持たずにいられようか？　彼は寝室の暖炉の火に当たりながら居心地よく座っているとき、伯爵が言うようにしようと腹をくくった。しかし、朝起きて、風呂からあがり、震えながら立っているとき、同じ自信を感じることができなかった。「もちろんぼくは彼女のところへ行って」と彼は独り言を言った。「はっきり話をするつもりだ。けれど、彼女の答えはわかっている。彼女はきっとクロスビーが忘れられないと言うだろう」それで、彼のクロスビーに対する感情は昨晩ほど友好的ではなかった。

イームズはその日、つまり帰省の翌日「小さな家」を訪問しなかった。ゲストウィック・マナーでまず郷士とベルに会うほうがいいと思った。それで、デール夫人への訪問は翌朝まで延期することにした。

「好きな時に行きなさい」と伯爵は言った。「ここにいるあいだ好きに使っていい茶色いコブ種の馬があるよ」

「母に会いに行こうと思います」とジョンは言った。「けれど、今日はコブ種はいりません。明日使わせていただけるなら、アリントンへ乗って行きます」それで、彼はゲストウィックへ一人で歩いて行った。

彼は歩いている土地を隅々まで知っていた。少年時代からあらゆる門、踏み越し段、芝生を覚えていた。昔よく来た場所を今進むとき、若き日の散歩のとき心を満たした思いを振り返らずにはいられなかった。私がこの本のどこかで前に述べたように、少年の散歩ほど考え事に満ちた散歩はない。この世は彼にとってじつに厳しいものになると、努力以外にこの世に頼るべきものはないと、しかもその努力は不幸にも賢さを伴うわけではないと、そう彼は人生初期に理解するように教えられた。彼が馬鹿だと言う者はいなかった、と私は思う。しかし、一部には本人の控え目のせいで、また一部にはきっと際立った母の自信欠如のせいで、彼はほかの若者よりも馬鹿だと思い込むようになっていた。多くの若者の場合よりも遅れて、彼が賢くなってきたというのがおそらく真実だろう。彼は壁の日向側で育ったわけではなかった[1]。所得税庁の職を手に入れる前は、とてもお粗末な職の見込みしかなかった。――望ましい職は提供されなかった。彼は営利目的の学校で教師[2]になる努力をしたことがあった。羽振りのいい先生にはとてもなれそうもないと思い始めたとき、幸運にも算数に欠陥があることがわかった。バジル・アンド・ピッグスキン社というなめし皮卸問屋に入るチャンスがあった。しかし、そこの紳士から職業訓練への謝礼を要求されたとき、母はその支払いに応じる金を持たなかった。母は腰を低くして田舎の――この家族を何年にも渡って知っている――事務弁護士に職を請うた。未亡人は涙を溜め、ほとんどひざまずき、ジョニーの手を取って、事務員にしてくれるように頼んだ。しかし、弁護士はジョニー・イームズ君が賢くないことを発見して、相手にしようとしなかった。イームズは唯一の楽しみとしてゲストウィックの小道をさまよい、彼以外の誰の目にも触れない何百というリリー・デール賛歌を作った。あの当時、ぶざまな、損ばかりしている、褒められることのない時代、彼は我が身をほとんど世の厄介者と見るようになっていた。誰からも必要とされていない存在と思った。母はとても心配した。しかし、彼はその心配を、息子を排除したいと思う母の絶えざる願望の表れと見なした。彼は何時間も何時間も心のなかに空中楼閣(3)を描き出した。それはすばらしい成功の夢物語であり、リリー・デールがいつもその中心で女王として君臨していた。想像力によって同じ物語を月単位で保ち続け、そんな理想的な幸せにひたり切っていた。彼にもしこの想像力がなかったら、人生にどんな慰めがあっただろうか？　勉学に楽しさを見出したり、読書にいそしんだり、他の精神の産物でくつろぐ十七歳の若者がいる。彼らはのちに教養のある人々になるだろう。ジョン・イームズの場合はそうではなかった。彼は勉強が好きになれなかった。小説の熟読は当時の彼にはもたもたしすぎた。詩はあまり読まなかったが、読んだものをすべて正確に記憶した。彼は他人の目には非ロマンティックな若者に見えたけれど、己のための己のロマンスを作った。彼は――いちばんよく知る人々からはたわごとと思われている――多くの思いを抱きながら、ゲストウィックの森をさまよった。今やはりそんな思いを抱きながら、彼はなつかしい実家へ向けて遠回りして進んだ。――とても遠回りして、というのは、細い小道を通って森を抜け、反対方向へ進んだからだ。小道は町からすぐ小川に続いており、その小川には手すりのついた歩行者用の木橋が架かっていた。彼は厚板の中央のよく知っている場所に立つと、手すりを手でこすり、水しぶきで生えた数インチの植物をわずかの幅取り除いた。木に荒々しく彫り込まれたリリーという文字がまだそこにあった。その文字を彫り込んだとき、彼女はほとんど子供だった。「彼女をここに一緒に連れて来て、文字を見るように促すことができるだろうか」と彼は思いを漏らした。それから、ナイフを取り出すと、文字の刻みをきれいにした。それが終わると、手すりにもたれかかって、流れる水を見おろした。この世の様々なことが彼にとって今何と都合よく進んでいることか！　何と都合よく！　しかし、もしリリーが彼のところに来てくれなかったら、事態はどうなるだろう？　この世のことが彼にとって何と都合よく進んでいることか！　彼は昔娘の名を刻みながらそこに立っていたとき、みんなからひどい厄介者と見られ、本人もそう見ていた。今彼は多くの人々からうらやましがられ、多くの人々から尊敬され、世間で高く評価される人々から友人として手を取られていた。彼は昔散歩でゲストウィック・マナーの近くに来たとき、――しかし、気難しい老卿から捕まって叱られないように、いつも屋敷から大きな距離を保つようにしていた――、その気難しい老卿とこんな親しい間柄になろうとは夢にも思わなかった。ほかのどんな人によりもその老卿に私的な思いを打ち明けることになろうとは、思いも寄らなかった。しかし、事実はそういうことになった。彼は今リリー・デールから受け入れられようと受け入れられまいと、気難しい老卿から資産の贈り物をやると言われた。「本当に手続きは済んだ」と老卿は言って、ポケットから書類を引っ張り出した。「君は配当の時が来たら、配当金を受け取らなければならない」それから、ジョニーがそんなことはしないように説得に掛かったとき、――実際、状況から見て説得以外にほかに選択の余地がなかったから――、伯爵は口をつぐむように荒々しく彼に命じて、ロンドンに帰ったらすぐ、サー・ラフルの長靴を取りに行かなければならないと言った。それで、会話はたちまち――二人がともに大いに満足してあざ笑う――サー・ラフルの話題に移った。「もしサー・ラフルが九月にここに来ることになったら、あるいは別の月でもいいんだが、ジョニー君、君は私に道化師帽(4)をかぶせてもいいよ。思い出せないだって、本当に！　大の男が自分をそんな浅ましい馬鹿者にするなんて、すばらしいじゃないか？」イームズが橋に寄り掛かっているとき、こういうことをみな脳裏に甦らせた。彼は他人の発言を覚え、ほかの多くの言葉――将来の見込みについて彼の胸をわびしさで満たした昔の言葉――を覚えていた。この世における彼の展望は絶望的だと、パンを稼ぐことは永久に彼の力の及ばぬことだと、そう予言する点で友人らは一致しているように思えた。今測り縄はとても快適な場所に落ちて、彼は世間がかわいがろうと決めた人々の一人だった。しかし、もしリリーが彼の幸せを分かち合ってくれなかったら、事態はどうなるだろう？　彼が手すりにあの名を刻み込んだとき、リリーに対する愛は観念だった。今はおそらく苦痛で一杯になるかもしれぬ現実となっていた。もしそうなら、——もしそれが彼の求婚の結果となるなら——、あの夢見る昔の時代のほうが今の——成功の——時代よりもいいのではないだろうか？

彼が母の家に到着したのは一時だった。母と妹が不安な、当惑した様子でいるのを見つけた。「もちろんあなたは知っているんでしょう、ジョン」と母は最初の抱擁が終わるとすぐ言った。「今晩私たちはマナーでディナーをいただくんです」しかし、彼は伯爵からも、レディー・ジュリアからも、そのことは何も知らされていなかった。

「もちろん私たちは行くんです」とイームズ夫人は言った。「とてもご親切にしてくださって。でも、長年あんなお屋敷へ行ったことがないのでね、ジョン、それで私、とても興奮しているんです。結婚直後に一度あそこでディナーをいただきました。でも、それ以来一度もあそこへ行ったことがないんです」

「私が心配しているのは、伯爵じゃなくて、レディー・ジュリアのほうです」とメアリー・イームズ。

「いちばん気立てのいい女性だよ」とジョニー。

「まあ、兄さん。でも、みんな彼女はとても不機嫌だと言っています！」

「みんな彼女を知らないからさ。ぼくが知っているこの世でいちばん優しい心根の女性は誰かと、もし聞かれたら、きっとレディー・ジュリア・ド・ゲストと答えるね。きっとそうすると思う」

「そうなの！　でも、あなたは気に入られているからです」と息子に感心している母は言った。「あなたが卿の命を救ったからです。——神のご配剤のおかげでね」

「それは変な思い込みだね、母さん。クロフツ先生に聞いておくれ。先生もぼくと同じくらい彼らをよく知っているから」

「クロフツ先生はベル・デールと結婚するんです」とメアリー。それで、会話はレディー・ジュリアの美点と伯爵の威光から切り替わった。

「クロフツがベルと結婚するって！」とイームズは叫んだ。彼はこの知らせにほとんど仰天した。彼がまるでヤコブのように絶えずリリーに求婚を続けている一方で、こんなふうに突然ベルに受け入れさせた先生の幸運を考えた。

「そうです」とメアリーは言った。「噂ではベルは従兄のバーナードを拒否したそうです。それで、郷士は母娘から家を取りあげるという話です。知っているでしょうけれど、彼らはみなゲストウィックに引っ越しするそうなんです」

「うん、引っ越しの話は知っている。けれど、郷士が家を取りあげるなんてぼくは信じないね」

「じゃあ、なぜあの母娘はこっちへ引っ越しして来るんです？　なぜあんなに魅力的な場所をあきらめるんです？」

「あそこなら家賃を払わなくてもいいんです！」とイームズ夫人。

「彼らが引っ越しをしなければならない理由はわからない。けれど、郷士が彼らを追い出しているなんてぼくは信じないね。少なくともそんな理由は信じない」郷士は進んでジョンの求婚を支持してくれた。それゆえ、ジョンは郷士に味方して戦う義務があった。

「郷士はとても厳しい人なんです」とイームズ夫人は言った。「かわいそうなリリーのあの件以来、郷士はこれまで以上に母娘に不機嫌になっているという噂です。私が知る限り、リリーに落ち度はなかったのにです」

「かわいそうなリリー！」とメアリーは言った。「彼女に同情します。もし私が彼女だったら、みんなの前にどうやって顔を出したらいいかわかりません。本当にわかりません」

「へえ、どうして彼女が顔を出せないっていうんだい？」と、ジョンは怒った声で言った。「何をしたからって彼女が恥じ入らなければならないんだね？　顔を出せないって、本当に！　ある女がほかの女に時々見せる悪意がぼくには理解できないね」

「悪意はありません、ジョン。そんなこと言うなんて兄さんはとても意地悪ね」とメアリーは自分をかばって言った。「でも、娘が婚約を破棄されるなんてとてもいやなことね。リリーが彼と婚約していたのは世間が知っていることです」

「そして、世間が知っているのは――」世間が知っているのは、クロスビーがその卑劣さのゆえにしっかり制裁を受けたということだ、とジョンはつけ加えようとしたが、やめた。母や妹の前でも、彼がそれを言うのは当をえていなかった。世間が――あの件について何か知りたがっている世間が――それを知っていた。――リリー・デール本人を除いてだ。パディントン鉄道駅のあの出来事のことを誰もまだリリー・デールに伝えていなかった。友人らがじつに口が堅いのはジョンにとって都合のいいことだった。

「ええ、もちろん兄さんが彼女の擁護者だということです」とメアリーは言った。「私は意地悪なんか言うつもりはなかったんです。本当になかったんです。もちろんあれは不幸なことでした」

「あんな――野郎と結婚せずに済んだというのは、彼女にとっていちばんすばらしい幸運だったと思うね」

「まあ、ジョン！」とイームズ夫人は制止した。

「ごめん、母さん。けれど、あんな男を――野郎と呼ぶのは悪態には入らないね」彼は下品な単語を特に強調してそう言った。それによって意味を加え、下品さを取り除けると思った。「けれど、あの男についてはもうこれ以上口にしないことにしよう。あの男の名さえぼくは嫌いなんだ。顔つきからならず者だとわかったから、最初に会った瞬間から嫌いになった。郷士があの母娘に不機嫌な態度を取っているという話は信じられないね。事実、郷士が母娘に対して不機嫌とは正反対の態度を取っているのをぼくは知っている。それで、ベルはクロフツ先生と結婚するんだね！」

「それについては疑問の余地がありません」とメアリーは言った。「バーナード・デールは連隊と一緒に海外へ行こうとしているという噂です」

それから、ジョンは個人秘書官としての職務のことや、ローパー夫人の下宿から出て行く意志について母と議論した。「あの下宿は今のあなたにとって、いいところではないと思いますよ、ジョン」と母。

「本当のことを言うとね、母さん、あそこはあまりよくなかったんだ。あそこにはまともな人が――。けれど、ぼくが立派になったからといって、あそこの人たちを鼻先であしらっているとは思わないでおくれ。ぼくはみながローパー夫人の下宿で暮らしていたように暮らしたい。けれど、夫人は好ましくない人たちを入れたんだよ。ルーペックス夫妻っていうんだ」それから、彼はバートン・クレッセントの生活の一端を説明したけれど、アミーリア・ローパーについてはあまり話さなかった。アミーリア・ローパーがゲストウィックに現れるかもしれないと、彼は恐れたことがあったが、一度も姿を現さなかった。それゆえ、人生におけるこの挿話を今母に知らせる必要はなかった。

彼がマーナー・ハウスに戻ったとき、デール氏と姪が到着していることを知った。彼が家族の居間に入ったとき、二人はレディー・ジュリアと座っていた。ド・ゲスト卿は暖炉のそばに立って彼らに話し掛けていた。彼らのあいだに入ったとき、イームズは愛の告白をするためわざわざロンドンからやって来たと、そこにいる人みなから知られている立場をひどく意識した。――事実みながそのことを知っていた。ベルは誰からも直接言葉でそれを告げられなかったのに、ほかの人たちと同じようにそれを心得ていた。

「マタドール[5]の殿がやってきたぞ」と伯爵。

「違いますよ、伯爵。あなたが殿です。ぼくはあなたのいちばんの従者にすぎません」ジョンはその言葉が陽気に聞こえるように工夫したものの、一方でおどおどした表情を見せた。彼が手を郷士に差し出したとき、老人の顔をまっすぐ見るようにすることができたのは、必死にもがいたあげくのことだった。

「会えてとても嬉しいよ、ジョン」と郷士は言った。「本当にとても嬉しい」

「私もです」とベルは言った。「あなたが職場で昇進したと聞いて、とても嬉しいです。母さんも喜んでいます」

「デール夫人はお元気でしょうね」とジョンは言った。「それから、リリーも」この言葉は発せられたけれど、あまりにも意識的に努めて発せられたので、部屋にいるみながそれに気づいた。ベルが短い答えを用意するまでみなが息を詰めた。

「妹はご存知のようにひどい病気だったんです。――猩紅熱でね。でも、めざましい速度で回復して、今ではほとんどよくなっています。あなたが行ってあげたら、とても喜ぶと思います」

「はい、きっと行きます」とジョン。

「さて、ミス・デール、あなたをお部屋にご案内しましょうか?」とレディー・ジュリア。それで一同は解散した。堅苦しい雰囲気もほぐれた。

註

（1）サー・ヘンリー・テーラー作『フィリップ・ヴァン・アルテヴェルデ』（1834）からの引用。第一部第一幕第二場に

しかし、少年がまだただの少年であるとき、私たちはすでに女です。
私たち女は少年よりほぼ六年早く成熟し、知恵をえるよう
神の恵みを受けています。私はこの点で神に感謝します。
私たちは壁の日の当たる側で成長するのです。

とある。ここではクレアラ・ヴァン・アルテヴェルデがほぼ同年の小姓と議論している。

（2）トロロープは一八三四年十九歳のときブリュッセルで六週間古典語の教師をしたことがあった。ハロー校の前校長の息子ウィリアム・ドルリー師が経営する学校だった。

（3）ジョン・イームズの白昼夢はトロロープの『自伝』第三章に呼応している。

（4）物覚えの悪い生徒にかぶせる馬鹿帽子。

（5）牛にとどめを刺す主役の闘牛士。

第五十三章　ホプキンズが話し始める

郷士は姪のベルがクロフツ先生を受け入れたと聞いて、そういうことなら、クロフツ先生に反対する理由はないと、その取り決めを黙認する態度を示した。彼は今やほとんど習慣的になった抑制された悲しみの表情と憂鬱な口調でこの件を話した。これを話したのはデール夫人にだった。「あんたもよく知っているじゃろうが」と郷士は言った。「違うかたちの結婚じゃったらと、わしは願っておった。違うかたちじゃったらと願う家族内の理由があったんじゃ。じゃが、今この結婚に反対する理由はない。クロフツ先生を姪の夫としてわしの家へ迎え入れよう」デール夫人はこれよりもずっとひどい反対を予想していたから、郷士の親切に感謝を表して、夫人も娘が従兄と結婚するのを見るほうがいいと思っていたと言った。「でも、こんな問題で決定は全面的に娘に委ねられなければなりません。そう思われませんか？」

「わしには姪の意志に反して言うことは何もない」と郷士は繰り返した。それで、デール夫人は彼と別れたあと、彼が結婚の知らせを受け取った態度は、伯父としてとても好意的だったと娘に伝えた。「あなたは伯父さんのお気に入りでした。でも、今はリリーもお気に入りなんです」とデール夫人。

「私のことはいいんです。――むしろ、あらゆる点から見てリリーがお気に入りになるほうが望ましいと思います。でも、悪いほうの姪が出て行って、いいほうの姪が母さんと一緒に残るということになると、母さんはこの家を出て行くのが残念なんじゃありませんか？」

デール夫人は確かに残念だと思ったが、今それを言うことはできなかった。「あなたはリリーがこの家に残ると思うんですね」と母。

「ええ、母さん。きっと残ると思います」

「あの子はいつもジョン・イームズが好きでした。——そして、彼は羽振りよくやっています」

「それはもう言っても無駄ですよ、母さん。妹はジョンが好きなんです。——とてもね。ある意味彼を愛しています。——非常に愛しているので、彼の名を言うとき、必ず昔の子供っぽい思いと空想を胸に呼び起こすんです。彼がクロスビーさんより前に来ていたら、妹にとってすべてがうまくいっていたでしょう。でも、今妹はジョンを選ぶことができません。気持ちがそれを許せても、自尊心がそれを許せないんです。ああ！　母さん。私は前にいろいろ言ってきたあとで、こんなことを言うのはとても心得違いなんですが、母さんがこの家から出て行かないことをほとんど願っています。クリストファー伯父さんは以前よりも厳しくないように思えます。私は罪人だし、処分されていなくなりますから——」

「引っ越しを取りやめるにはもう遅すぎますよ、あなた」

「私たちには二人ともリリーにそれを言い出す勇気がないんです」とベル。

翌朝郷士は事務的な問題で相談する必要があるとき、いつもそうするように義妹を呼んだ。こういうことは二人のあいだで完全に了解されていた。義妹はこんな呼び出しがデール氏の礼儀の欠如を示すものとは思わなかった。デール夫人が席に着くと、彼はすぐ「メアリー」と言った。「わしはリリーに申し出ていたことをそのままベルにもするつもりじゃ。もちろんかつてはそれ以上のことをするつもりじゃった。じゃが、その分はみなバーナードのポケットに入るじゃろう。じつのところ、わしは姉妹のあいだで差別をつけるつもりはない。姉妹にそれぞれ年百ポンドをやることにする。——つまり結婚するときにじゃ。クロフツに私のところに話に来るように言いなさい」

「デールさん、先生はそんなことは予想もしていません。一ペニーも期待していなかったんです」

「それなら先生はいっそう喜ぶじゃろう。実際、ベルも喜ぶじゃろう。ベルが金銭的支援をもたらすからといって、先生がベルを家に入れないというようなことはないじゃろう」

「私たちはこんなご好意を想像もしていませんでした。——私たちの誰も。申し出があまりにも突然なので、何とお礼を言っていいかわかりません」

「何も——言わなくていい。このお返しをわしにしたければ——。じゃが、わしは義務と思うことをしているだけじゃ。お返しに親切を求める権利はわしにはない」

「でも、私たちはどんな親切をあなたに示せばいいんでしょう、デールさん？」

「あの家にとどまっていなさい」郷士はこの言葉を言うとき、あたかも怒っているかのように、——居丈高に命令するかのように、——郷士に負う義務、夫人に課される義務をさとすかのように言った。相変わらず声は厳しく、顔は気難しかった。郷士は親切を求めていたけれど、きっとこれほど有無を言わせぬ声で親切を求める人はいなかっただろう。「あの家にとどまっていなさい」それから、それ以上何も言うことがないかのようにテーブルのほうを向いた。

しかし、デール夫人は今になってやっと郷士の心と真の性格をいくぶんか理解し始めた。郷士は与えるとき、情愛深く、我慢強かったのとは対照的に、求めるとき、厳しくする以外に方法を知らなかったのだ。事実、彼は求めることができず、ただ強要することしかできなかった。

「もうかなり荷造りをしてしまいました」とデール夫人は弁解し始めた。

「いや、いや、いや。わしはそんなことを言うつもりはなかった。荷物は詰めるよりも解くほうが簡単じゃからな。じゃが、――気にしないでおくれ。ベルは今日の午後わしと一緒にゲストウィック・マナーへ行くことになっている。二時にはここに来るように言っておくれ。荷物はグライムズに持って行かせようと思う」

「ええ、はい。もちろん」

「それから出発前にベルにこの金の話はしないでおくれ。話してもらいたくないんじゃ。――わかるじゃろ。じゃが、クロフツに会ったら、わしのところに来るように言っておくれ。この話を進めたければ、本当にすぐ先生はわしのところに来たほうがいい」

デール夫人が郷士の最後の言葉に含まれる命令に従うつもりがなかったことは、容易に理解されるだろう。夫人が娘たちのところに戻って、伯父との朝の面会の結果を伝えないことは考えられなかった。先生の慎ましい家庭で年百ポンドの金があれば、豊かさと欠乏の違い、慎ましい豊かさと堪えなければならない欠乏の違い、くらいの違いを生むだろう。夫人はもちろん娘たちにこれを話して、知らない振りをしてごまかすようにベルに言い含めた。

「すぐ伯父さんにお礼を言います」とベルは言った。「こんなご厚意は予想もしていなかったけれど、受け取れないほど私の自尊心は高くないと伯父さんに伝えます」

「どうかそんなことはしないで、あなた。今はしないで。私はあなたたちに打ち明けて、約束を破ってしまったんです。――ただ一人で秘密にしていることができなかったからよ。郷士には心配事が多すぎるんです！　今彼は何も言わないけれど、あなたとバーナードのことで心が張り裂けそうなんです」それからまた、デール夫人は郷士がたった今どんな要求をしたか、その要求をしたときの態度がどうだったか、娘たちに話した。「郷士が話す口調のせいで私は泣いてしまいました。荷造りなんかしなければよかったと思いました」

「でも、母さん」とリリーは言った。「伯父がこの家にとどまるように言ったからといって、これまでとどんな違いがあるっていうんです？　私たちが近くにいることがいつも伯父には迷惑だったのがわかるでしょう。伯父は本当のところ私たちを必要としていなかったんです。ベルが彼のお気に入りと結婚すると思ったから、ベルを家に入れたかったんです」

「思いやりのないことを言わないで、リリー」

「思いやりのないことを言うつもりはないんです。バーナードが伯父さんのお気に入りなのは当然なんです。私はバーナードがとても好きよ。クリストファー伯父さんがバーナードを気に入っているのが、伯父さんのいちばんいいところだといつも思っていました。ベルとのことがうまくいかないことがわかっていましたからね。もちろんわかっていました。もう一人のことについて——私はよく知っていましたから。でも、バーナードが伯父さんのお気に入りなんです」

「伯父さんはあなた方二人を彼なりの仕方で愛しているんです」とデール夫人。

「でも、彼は母さんを愛しているかしら？　そこが問題なんです」とリリーは言った。「私たちは伯父さんから何をされても許せるし、どんなことを言われても我慢できます。なぜなら、私たちは子供と見られているからです。伯父さんはたとえ年百ポンドをベルにくれても、もしまだ威張り散らすんなら、この家にいる母さんを不快にするでしょう。もしご近所さんが隣人に値する人なら、近所づき合いはとてもすばらしいものになります。でも、クリストファー伯父さんは隣人らしくなかったんです。彼は母さんには兄と呼べる存在ではなかったのに、私たちには伯父以上の存在になりたかったんです。ベルと私はそんな条件で与えられる彼の厚意を受けるに値しないといつも感じていました」

「私たちは誤解していたようです」とデール夫人は言った。「でも、じつのところ私たちの引っ越しが彼にとってこんなに重要なことだとはまったく思っていませんでした」

ベルが出発したあと、デール夫人とリリーは過去数日間手がけてきた荷造りの仕事を精力的に続ける意欲をすっかりなくしてしまった。荷造りを最初に始めたとき、仕事には活気と興奮があった。しかし、今は疲れる、退屈な、いやなものになった。実際、仕事の大部分は終わっていたので、最後に縛ったり、締めたりということ以外、手が掛かる仕事はほとんどなかった。残ったがらくたを集める仕事は出発間際になるまでできそうもなかった。荷物は詰めるよりも解くほうが簡単だと郷士は言った。デール夫人は詰め籠やケースのあいだを歩きながら、すべてのものを元に戻す仕事が不快かどうか考え始めた。夫人はこれについてリリーには何も言わなかった。リリー自身はどんな思いを抱いていたにせよ、母にそれをほのめかすことはなかった。

「私たちがいなくなったら、誰よりもホプキンズが寂しがると思います」とリリーは言った。「ホプキンズは叱る相手がいなくなるからです」

ちょうどその時ホプキンズが居間の窓に現れて、相談したいことがあると身振りで示した。

「あなたは回って来なければ」とリリーは言った。「あまりにも寒いので、フランス窓を開けられません。彼を家のなかへ入れるのが私はいつも好きです。なぜなら、彼は椅子やテーブルにまごつくから。おそらく彼が困りはてるのは絨毯の上よ。そとの砂利道ではあんなにひどい暴君で、温室ではほとんど人を無視するのにね！」

ホプキンズは居間のドアに現れたとき、素振りから見るとリリーの判断が正しいと思われた。彼は声の調子でもあるいは物腰でも横柄とは一転して、椅子やテーブルに払える敬意をありったけ払っているように見えた。

「それで、あんたらは本気で出て行くつもりなんだね、奥さん」と、彼はデール夫人の足元を見降ろして言った。

デール夫人がすぐ返事をしなかったので、リリーは言った。「ええ、ホプキンズ。数日するとさっさと私たちは出て行きます。ゲストウィックのあたりで時々あなたに会えたらいいですね」

「ふうん！」とホプキンズは言った。「本当に出て行くんだね！　こんなことになろうとは思ってもいなかったよ、あんた。本当に思ってもいなかった。――これ以上進めてはいけない。だが、もちろんおれが口出しするようなことじゃないが」

「人は時々住まいを変えなければいけませんからね」とデール夫人。夫人はイームズが下宿を出るときローパー夫人にした言い訳と同じ主張を用いた。

「ねえ、奥さん。おれが口出しするようなことじゃないが、これは言っておこう。ご存知のように、デール夫人、おれはここで生まれたから、少年のころから生涯をここ、郷士の土地で生きてきた。今までここでおれが見てきたすべての悪いことのなかで、これが最悪だね」

「まあ、ホプキンズ！」

「すべてのなかで最悪だね、奥さん。最悪だね！　これはきっと郷士を殺してしまう！　それに疑いの余地はない。老人に死をもたらすだろう」

「馬鹿げたことよ、ホプキンズ」とリリー。

「そうかな、あんた。しかし、おれは馬鹿げたことじゃないと言うね。いずれわかるよ。バーナードさんがいたが、――いなくなってしまった。――誰に聞いても、彼はもうここの家のことを心配しなくなった。彼はインドへ行こうとしているという噂だ。ミス・ベルは結婚しようとしている。――それはもちろんあるべき姿だな。どうしてベルが結婚してはいけないだろう？　どうしてあんたも結婚してはいけないだろうか、ミス・リリー？」

「おそらく私もいつか結婚します、ホプキンズ」

「今と同じような日は二度と来ないね、ミス・リリー。おれに言わせてもらうとね、あの男を殴ったやつがおれは気に入ったよ」ホプキンズがその場の勢いで言ったことをリリーはまったく理解できなかった。デール夫人は彼の話を聞いて身震いし、説明の言葉は一言も発さなかった。「だが」とホプキンズは続けた。「まだ相手が決まったわけじゃないからね、ミス・リリー。あんたはほかの人と同じように神の御手にある」

「その通りよ、ホプキンズ」

「だが、なぜあんたのお母さんは出て行くのかね？　彼女は誰とも結婚する予定はないだろう。ここに家があって、そこに彼女がいて、そこに郷士がいる。どうして彼女は出て行くのかね？　こんなにたくさん一度に出て行って、何の意味があるんだね。ただすべてを壊してしまうだけで、誰にも何もいいことはない。おれは出て行かないから、我慢できんよ」

「ねえ、ホプキンズ、もう決まったことなんです」とデール夫人は言った。「残念ながら、元に戻すことはできないんです」

「決まったことだって。――ふん。じゃあ教えてくれ。デール夫人。あんたは郷士が不機嫌な言葉を投げ掛ける相手もなしに、一人であそこに住んでいられると思うかね？――おれとかディングルズがいなければの話だ。というのは、ジョリフはすごく不機嫌で、いないも同然だからな。当然郷士は我慢ができないだろう。あんたがいなくなったらね、デール夫人、バーナードさんが十二か月以内にここの郷士になるだろう。その時にはインドから帰って来ると、おれは思うんだがどうだろう？」

「義兄がそんなふうになるとは思えませんね、ホプキンズ」

「ああ、奥さん、あんたは郷士のことがわかっていない。——おれが理解しているようにはね。——郷士の裏表、しわからひびまでの一部始終をね。四十年世話してきた古いリンゴの木を知るように、おれは郷士のことを知っている。病気の古い木々にはたくさん悪い部分がある。それらの木々は立っている土地に値しないとある人々は言う。しかし、おれは樹液がどこを流れているか知っている。実をつける花が咲くとき、どこがいちばん甘い実になるか知っている。そんな古い木の一本を殺すのにたいして時間はかからない。——だが、それらの木々がちゃんと手入れされるなら、そこにはまだ命があるんだ」

「義兄の命が長く保たれることをせつに願います」とデール夫人。

「それなら、ゲストウィックのぞっとする下宿なんかに、奥さん、出て行かないでくれ。デール家の人間にとってそこはぞっとするようなところだとおれは言う。もちろんおれが口を出すことではないがね、奥さん。おれは温室からどんなものがほしいか、ちょっと聞くために寄ってみただけなんだ」

「ええ、何もいりません、ホプキンズ、ありがとう」とデール夫人。

「おれが温室で摘めるいちばんいいものをあんたらに持って行くように彼から言われたから、そうするつもりだ」ホプキンズはそう言うとき、郷士のことを指していることを頭の動きで示した。

「それを置いておく場所が今はありません」とリリー。

「ちょっとあんたらを励ますためにね、あんた、これからも少し送ってやらなければならない。あんたらがあそこでとても悲しみに沈むんじゃないかと心配している。先生のところにはいわゆる本物の庭がないからね。家の裏の狭い土地以外にね」

「でも、私たちは愛する懐かしい場所から盗みを働くことはできません」とリリー。

「そうしたら、どういうことになるだろう？　郷士はひどく自暴自棄になって、羊をここに入れて、ここの土地を破壊してしまうだろう。あるいは庭を掘り返させるだろう。きっとそうするよ。この土地については、あんたらが出て行ったら、土地は完全に死んでしまうだろう。郷士が見知らぬ人に『小さな家』を貸すと考えてはいけない。郷士はとにかくそんなことをする人ではない」

「まあ、どうしましょう」とデール夫人はホプキンズが出て行ってすぐ叫んだ。

「どうしたの、母さん？　彼は愛すべき老人ですが、彼の言うことがそこまで母さんを悲しませるとは思えません」

「人がどう行動すべきか知るのはとても難しいことです。私はわがままになるつもりはなかったのに、私がいちばんわがままなことをしていたように思えます」

「いいえ、母さん。決してわがままはしていません。それに、引っ越しを始めたのは私たちで、母さんじゃありません」

「ホプキンズが言った昔ながらの生活を壊すというそんな感情を私も持っていたことを、リリー、あなたは知っています。私はこの土地から逃げられたら嬉しいと思っていたけれど、今その時が来たら、それがひどく怖いんです」

「母さんは後悔しているんですね？」

デール夫人は取り消すことのできない言質を与えることを恐れて、すぐ娘に返事をしなかった。しかし、夫人はついに言った。「そうです、リリー。私は後悔しています。まずいやり方をしたと思います」

「じゃあ元に戻しましょう」とリリー。

その日のゲストウィック・マナーのディナー・パーティーは晴れやかなものではなかった。伯爵はお客を楽しませるため全力を尽くした。それでも、当然家のなかをにぎやかにすることはできなかった。この家はこれから見るように、コーシー城のもう一人の伯爵の住まいとは、まったく正反対の性格を持つ場所だった。ド・コーシー卿夫人はとにかく屋敷に一杯の人々を受け入れ、もてなす方法を心得ていた。実際、そうすることが家庭内の人々の私生活に難しい問題を生じさせてもだ。レディー・ジュリアはそんな方法を知らなかった。とはいえ、レディー・ジュリアは追加の使用人の出費をまかなうように迫られたり、ほぼ週に二度誰がワイン商の請求書に支払うか聞かれたりすることはなかった。ド・ゲスト伯爵とレディー・ジュリアは最大限のもてなしの努力をした、と私は思う。しかし、たまさかの客にとってこの屋敷は退屈だと、私は認めないではいられない。今伯爵のテーブルに集まっている人々が一緒に活発に交際することはほとんど期待できなかった。郷士は普通交際があまり好きではなかったし、テーブルに一杯の人々を楽しませることに慣れていなかった。郷士は今の場合レディー・ジュリアの隣りに座って、時々国の状態について二言三言つぶやいた。イームズ夫人はそこにいるみなをひどく恐れており、特に隣りに座っている伯爵を恐れていた。夫人は伯爵を絶えず「閣下」と呼んでいたが、その声はそう呼ぶ当の声の響きにおびえていることを表していた。ボイス牧師夫妻がその場にいた。牧師はレディー・ジュリアのもう一つの隣りに座り、牧師の妻は伯爵のもう一つの隣りに座っていた。ボイス夫人はくつろいでいることを熱心に示そうと、おそらくほかの誰よりもよく喋った。しかし、ボイス夫人はそのお喋りで見事に伯爵を退屈させたから、翌朝伯爵はジョン・イームズに彼女が雄牛よりももっと手がつけられないと言った。牧師はディナーの席では食前と食後のお祈りのあいだほとんど、もしくはぜんぜん話さなかった。彼は重々しい、思慮深い、おっとりした人で、己のことも己の力もよくわかっていた。「珍しくおいしいビーフシチューだった」と牧師は帰るとき言った。「どうしてうちではあんなビーフシチューが食べられないんだろう」「私たちが料理番に年六十ポンド払わないからです」とボイス夫人。「十六ポンドの女も六十ポンドの女と同じくらい上手にビーフシチューを作ることができるだろ」と牧師は言った。「うちの料理番はただ面倒を見てもらいたいだけなんだ」伯爵自身にはある種の快活さがあった。伯爵はしばしば一人の相手の心地よい連れとなる精神的な明るさを具えていた。ジョン・イームズは伯爵を今時のもっとも快活な老人――ほとんど少年のように陽気にはしゃぐ老人だと思った。しかし、この精神的な明るさはジョン・イームズの前では現れても、ジョン・イームズの母や妹を――アリントンの郷士や牧師夫妻までをも――楽しませるには至らなかった。それで、伯爵はこの時客を楽しませる重荷を背負いすぎて、ディナーの席で輝いていなかった。クロフツ先生も招待されており、ベル・デールの隣りという今や特別の席を確保して、疑いなく幸せそうだった。若い女性もまた幸せなのだと思いたい。しかし、二人はテーブル全体の喜びを高めることにほとんど貢献しなかった。ジョン・イームズは妹と牧師のあいだに座って、その席に不満を感じていた。幸せな二人が彼の向かい側に座り、彼は先生の喜びをたっぷり見せられたから、リリーがいないせいでむごい扱いを受けていると思った。

ゲストウィック・マナーのディナーがいつもそうであるように、そのパーティーはやはりとても退屈だった。悲しくもなく不満でもなく、概して陽気に毎日の生活を繰り広げているのに、ディナー・パーティーを開くことができない、あるいはパーティーを開こうという気になれない――と言ってよい――、そんな家がある。そんな家の主人は一般に事情をよく知っており、友人らが恐れるのと同じくらい彼のパーティーを恐れている。主人は客にみじめな夜を提供し、当人にはとても堪えられない長い煉獄の時間を用意することになるのを知っている。しかし、主人はパーティーを開く。使われもしないのに、どうしてあんな長いテーブルや余分のグラスやナイフやフォークがあるのか？　これやこれと同類の議論がこのみじめなパーティーを開かせる。今回の場合、確かに言い訳はあった。郷士と姪は特別な理由で招待されていた。この二人はいてもよかった。ついでに先生がいても何の害もなかった。イームズ夫人と娘に与えられた招待も善意のものだった。手違いは牧師夫妻にあった。その夫妻がそこにいる必要はなかった。パーティーが行われているという理由以外に彼らがそこにいる理由はなかった。ボイス夫妻はそのディナー・パーティーに加わって、親睦の輪を破壊した。レディー・ジュリアは招待状を送ってすぐ、失敗したと思った。

その夜、私たちの物語に関係することは何も話されなかった。何かに関係することは何も話されなかった。伯爵は郷士と若いイームズを接近させる公然たる目的を持っていた。しかし、こんな陰気な状態で人と人が接近するはずがない。二人はごく近くでポートワインをするけれど、心も感情も遠く離れていた。ゲストウィックの一頭立て貸し馬車がイームズ夫人のため、ポニーのフェートンが牧師とボイス夫人のため来たとき、大きな安堵が感じられた。しかし、残った人々はみじめさがあまりにも深かったので、その夜はどんな反応も示すことができなかった。郷士はあくびをし、伯爵もあくびをした。それから、その夜は終わりを迎えた。

第五十四章　ゲストウィック橋への二回目の訪問

もしジョン・イームズがアリントンに来て妹に会ってくれたら、妹はとても喜ぶだろうと、ベルは断言した。彼はもちろん会いに行くと答えた。言わばそこまでお膳立てされていたから、彼は伯爵のディナー・パーティーの翌朝、朝食のテーブルでその訪問を当然のこととして話すことができた。「あなたにはわしと一緒に土地を回って、わしがしていることを見てもらわなければならないよ、デール」と伯爵は郷士に言った。それから、伯爵は馬に鞍をつけるように命じたいと言った。しかし、郷士は歩くほうを好んだ。こうして二人は朝食後すぐいなくなった。

ジョンはベルを三十分捕まえて、二人だけで話し合うつもりでいた。しかし、レディー・ジュリアはたまたま熱心に女主人としての義務をはたした。あるいは、おそらくこちらのほうが真実だったろうが、ベルが彼に会うのを避けた。彼は午前中ずっと応接間をうろついていたけれど、ベルに会うチャンスはなかった。「あなたはもう昼食会を待ったほうがいいですよ」とレディー・ジュリアは十二時ごろ彼に言った。しかし、彼はこれを断って、人目を避け、一時間半引きこもった。この間に、馬に乗るか歩くかどちらがいいかじっくり考えた。もしリリーから何か色よい返事がえられるなら、陸軍元帥のように意気揚々と馬で帰ることができる。その時は馬のほうが楽しいだろう。しかし、もしリリーから何の希望も与えられないなら、――その日完全に拒絶されるのが彼の運命なら――、その時馬はひどく悲しみを邪魔するものになるだろう。拒絶されたら、休みたいときに休み、走りたいときに走って、広く野原をうろつき回る以外にいったいどうすることができようか？　「彼女はほかの娘たちとは違う」と彼は独り言を言った。「彼女は汚れた長靴を気にすることはない」それで、結局歩くことに決めた。

「大胆に彼女に立ち向かえよ、おい」と伯爵は以前彼に言った。「本当に、何を恐れることがあるんだね？娘はたくさん求める男にたくさん与えるというのがわしの信念だ。男がおどおどするのがいちばん娘に背を向かせる」いったいどうして伯爵がこれだけのことを知っているのか、伯爵にその方面でほとんど成功した印がないのを見ると、私にはよくわからない。しかし、イームズは忠告を正しいものとして受け入れて、それに従って行動する決心をした。「どんな決心をしても役には立たないだろう」と彼は歩きながら、胸に言い聞かせた。「その時が来たら、彼女の前で震えているのがわかる。彼女はその震えに気づくだろう。けれど、気づくからといって、彼女がそれで影響を受けるとは思わない」

ジョン・イームズは「小さな家」の裏の芝生の上で彼女を最後に見た。クロスビーへの情熱が最高潮に達している時のリリーだった。イームズは希望のない愛を彼女に打ち明けたいとの愚かな願望に駆り立てられてそこに来た。リリーはこの世の誰よりもクロスビー氏を愛していると彼に答えた。その時はそう答えるのが当然だとはいえ、それでもその答え方は残酷であるように思えた。彼もまた残酷だった。彼はクロスビーを憎んでいることを伝えて、「あの男」と呼び、どんなことがあっても「あの男の家」に入るつもりはないと彼女に言い切った。それから、彼はあらゆる種類の邪悪がクロスビーに降りかかるように陰鬱に祈りつつ歩き去った。彼があの男に降りかかるように祈った邪悪なことがみな実際に降りかかったのは奇妙なことだった。クロスビーは恋人を失った！　あの男は名にさえ触れられないほど悪党であることを証明した！　不名誉にも打ちのめされた！　それでも、もしあの男のイメージがまだリリーの心のなかでいとしいものとして残っているなら、そんなことがみな何の意味があるだろうか？　「ぼくにはその時愛する権利がなかったけれど」と彼は胸でつぶやいた。「彼女を愛していると言った。とにかく今は愛していると言う権利がある」

彼はアリントンに着いたとき、街道からそれる脇道を通って「小さな家」の玄関に至る、村を抜けるアリントン通りを避けた。教会の門で曲がると、郷士のテラスを越え、庭を抜けて「大きな家」のそばを通った。彼はここでホプキンズに出会った。「おやおや、イームズさんじゃありませんか！」と庭師は言った。「ジョンさん、失礼ながらよろしいでしょうか！」ホプキンズはそう言いながら汚い手を差し出した。イームズはこの新しい愛情の原因を知らないままもちろんその手を取った。

「ちょっと『小さな家』を訪問するつもりなんです。この道はどうかと思って」

「なるほど。この道であれ、あの道であれ、どの道であれ、あんたよりも歓迎したい人はいないよ、ジョンさん！　おれはあんたが羨ましい。誰よりもあんたが羨ましい。もしおれがあの男の首根っ子を捕まえることができたら、害虫のようにあの男を扱ってやるね。――そうしてやるよ、本当に！　あの男は害虫なんだ！　おれはいつもそう言っていた。おれはいつもあの男が大嫌いだった。本当に大嫌いだったよ、ジョンさん、あの男があの汚いボールをよく木槌で打って、まるで来年はシャクナゲの花は咲かないかのように、ボールをシャクナゲのなかに打ち込んだ最初の瞬間から大嫌いだった。あの男は一度も人をキリスト教徒であるようには見なかった。そうだろ、ジョンさん？」

「ぼくもあの男が好きじゃありませんでした、ホプキンズ」

「当然あんたはあの男が嫌いだったろうね。好きなやつがいるだろうか？　――ただ彼女だけだね、かわいそうな若い娘。彼女はもうよくなるよ、ジョンさん、ずっとよくなる。あの男は健全な恋人じゃなかった。

――あんたのようなね。教えてくれよ、ジョンさん、あの男を捕まえたとき、しっかり食らわしてやったかね？　あんたは食らわしてやったと聞いたよ。――目に二つの黒あざと、顔じゅうどろどろの血糊！」それから、ホプキンズは決して若者ではなかったが、しっかりファイティング・ポーズを取った。

イームズは小さな橋を越えて進んだ。その橋は大工の優しい世話を受けていなかったから、今や使用期限が尽きようとしており、急速に腐っていくように見えた。彼は庭に進んで、リリーに最後に別れを告げた地点でぐずぐずした。まだそこにリリーを見つけられると期待しているように見回した。しかし、庭には人影も、人声もなかった。一歩ごとに捜している女性に近づくにつれ、彼はますます使命が絶望的になるのを意識した。リリーから一度も愛されたことがなかった。今愛してほしいとどうしてあえて求める必要があろうか？　ほかの人々との約束があったから、我慢しなければならないという思いがなかったら、彼は引き返していただろう。これをすると約束したからには、約束を守るつもりでいた。しかし、成功を求める勇気はなかった。こんな気持ちでゆっくり芝生を横切って進んだ。

「あらまあ、ジョン・イームズがいます」と、デール夫人は居間の窓から最初に彼を見つけて言った。

「一人にしないで、母さん」

「私にはわかりませんが、おそらくあなたを一人にしたほうがいいんです」

「駄目よ、母さん、駄目。会って何の役に立つんです？　何の役にも立ちません。私は誰よりも彼が好きです。心から彼を愛しています。でも、会っても役に立ちません。彼をここに入れて、そして優しくして。でも、私たちだけにしないでここに残っていて。もちろん彼が来ることはわかっていました。彼に会えてとても嬉しいです」

それから、デール夫人は別の部屋へ回って、応接間のフランス窓から訪問者を招き入れた。

「ひどい混乱のなかにいるんです。ジョン、そうじゃありません？」

「じゃあ、本当にゲストウィックに住むつもりなんですか？」

「まあ、そう見えるでしょうね？　でも、内緒の話をすると、――ただし、本当に秘密なんですよ。ゲストウィック・マナーで言っては駄目よ。ベルさえ知らないんです。――私たちは荷物をほどいて、今いるところにとどまる決心をほぼしたところです」


イームズは彼の目的にあまりにも集中しており、目の前の仕事の難しさにあまりにも心を奪われていたので、デール夫人の知らせをそれにふさわしい関心を持って受け取ることができなかった。「また全部荷ほどきするですって」と彼は言った。「それはとても面倒ですね、リリーはご一緒ですか、デール夫人？」

「はい、居間にいます。会ってください」それで、彼はデール夫人のあとについて玄関広間を通り、恋人の前に出た。


「こんにちは、ジョン」「こんにちは、リリー」こんな出会いがどう始まるか、私たちはみな知っている。二人とも――それぞれ違う仕方で――相手に優しくし、愛情を示したいと思った。しかし、二人とも最初の挨拶に優しさを込める仕方を知らなかった。

「それで、あなたはマナー・ハウスに泊まっているんですね」とリリー。

「はい、そこに泊まっています。あなたの伯父さんとベルも昨日の午後到着しました」

「ベルのことはお聞きになりました？」とデール夫人。

「ええ、はい。メアリーから聞きました。とても嬉しいです。ぼくはクロフツ先生がいつも大好きでした。まだベルにお祝いを言っていません。なぜなら、秘密かどうかわからなかったからです。けれど、クロフツ先生も昨夜あそこにいました。秘密にしては、先生はそれを隠そうとしていないように見えました」

「秘密ではないんです」とデール夫人は言った。「そんな秘密が嫌いなんです」しかし、夫人はそう言ったとき、クロスビーの婚約――これもみんなに知られていた――とその結果のことを想起した。

「式はすぐなんですか?」と彼は尋ねた。

「ええ、そう、そう思います。もちろんまだ何も決まっていません」

「とてもおかしいのよ」とリリーは言った。「ジェームズは結婚の申し込みに一、二年かかったのに、婚約のあとは明日にでも結婚したがっているんです」

「いいえ、リリー、必ずしもそうじゃありません」

「でも、母さん、そうなんです。先生は今週にも式を済ませられると思っていました。それで、私たちをとても幸せにしてくれたんです、ジョン！　先生くらい兄にしたい人はいません。あなたが先生が好きでとても嬉しい。――とても嬉しい。あなた方がずっと友人でいてほしいです」この発言にはちょっと優しいところがある――とジョンは認めた。

「きっとぼくらは友人になります。――先生がよければね。つまり、なかなか彼には会えません。ロンドンに来ることがあったら、ぼくにできることなら何でもします。もし彼がロンドンに住むことになったら、デール夫人、すばらしいことじゃありませんか?」

「いいえ、ジョン。そんなことになったら、とてもひどいことです。どうして先生から娘を奪われなければいけないんです?」

デール夫人は長女のことを話していた。しかし、娘を奪われることについてこんなふうに言われて、ジョン・イームズは顔を真っ赤にし、髪の毛の根本まで熱くなり、しばらく口が利けなかった。

「先生はロンドンに出るほうがいい仕事に就けると思いますか?」と、リリーは優れた冷静さを保って聞いた。

リリーは彼と二人だけにしないように母に求めたとき、確かに難点のある判断を示した。デール夫人はすぐそれに思い当たった。ジョンの求婚はなされなければならない。デール夫人が無理やり割り込むような予防策でそれを防ぐことはできない。デール夫人はちゃんとそれに気づいていた。それに、ジョンには申し開きをする資格があると感じた。そんな機会を与えても何の役にも立たないかもしれない。それでも、彼が望むなら、当然そうすべきだった。しかし、デール夫人には立って、部屋を出て行く勇気がなかった。出て行かないようにリリーから請われていた。現在の時点でリリーの要請はみな神聖だった。彼らはしばらくクロフツとベルの結婚の話を続けた。その話題が終わると、彼らは起こりうる――今は起こりえないように見える――ゲストウィックへの引っ越しのことを議論した。「私たちが引っ越しをしないと言うのは」とリリーは言った。「言いすぎですね、母さん。母さんがそれを提案したのはほんの昨夜のことじゃありませんか。本当のことを言うとね、ジョン、ホプキンズがやって来て、とてもすばらしい弁舌を振るったんです。ホプキンズに立ち向かう勇気のある人はいません。彼は私たちをほとんど泣かせてしまいました。彼はとても感動的な話をしたんです」

「彼はついさっきぼくにも話し掛けてきました」とジョンは言った。「郷士の庭を通って来たんです」

「彼はあなたと何を話したんです?」とデール夫人。

「ああ、それがあまりよくわからないんです」しかし、ジョンはこの時庭師と話した内容をみなよく覚えていた。リリーはクロスビーとのあの争いを知っているだろうか?　もし知っていたら、それをどういうふうに見ただろうか?

彼らは一時間一緒に座っていた。イームズはまだ一インチも目的に近づいていなかった。彼は「小さな家」を去る前にリリーに妻になるように必ず求めようと誓っていた。もし求婚しなかったら、伯爵に嘘をついたように感じた。ド・ゲスト卿はジョンが求婚できるように、家を開放して、デール家の全員を呼び、まじめなディナー・パーティーという卿にとっては残酷な神殿で身を犠牲に供した。金銭面でもささやかな、容易な犠牲を払ったことは言うまでもない。こんな状況があるからには、イームズはじつに誠実な男だったので、たとえどんなに困難が大きくても、求婚しないではいられなかった。

彼は一時間そこに座っていた。デール夫人はまだ娘に付き添っていた。勇気を出して大胆に立ちあがり、リリーにボンネットをかぶって庭に出るように求めてはどうだろうか？　そんな考えが頭に浮かんだから、彼は立ちあがって帽子を手に取った。「ゲストウィックに歩いて帰るつもりです」と彼。

「わざわざ私たちに会いに来てくださってとても嬉しいです」

「歩くのはいつも好きです」と彼は言った。「伯爵はぼくが馬に乗ることを望んだんですが、ぼくはここのように土地をよく知っているときは、徒歩が好きです」

「帰る前にワインはいかがです？」

「いいえ、飲めないんです。郷士の地所を抜け、教会の白い門から脇道に出て帰ります。小道はもう乾いています」

「たぶん乾いていますね」とデール夫人。

「リリー、ぼくと一緒にそこまで歩いてくれませんか」彼がこう誘ったとき、デール夫人はほとんど歩けと懇願するように娘を見た。「歩きましょう。どうかお願いです」と彼は言った。「散歩にはいい天気です」

ジョンが申し出た小道は野原を通っていた。その野原はリリーが婚約から解こうとクロスビーに申し出たとき、彼を連れ出したところだった。彼女がここをまた別の恋人と一緒に歩くなんて考えられるだろうか？

です」

「いえ、ジョン」と彼女は言った。「今日は駄目だと思います。疲れていますから、外出しないほうがいいん

「歩いたら、体にいいですよ」とデール夫人。

「歩きたくないんです、母さん。そのうえ、一人で帰らなければならなくなります」

「一緒に帰ってあげます」とジョニー。

「ええ、そうしたら、またあなたと一緒に行かなければなりません。でも、ジョン、今日は本当に歩きたくないんです」それで、ジョン・イームズはまた帽子を置いた。

「リリー」と彼は言って、それから話すのをやめた。デール夫人は窓のところへ歩いて行って、娘と客に背を向けた。「リリー、あなたと話をするためここに来たんです。実際には、ただあなたに会うため、ロンドンからやって来たんです」

「そうですか、ジョン?」

「はい、そうなんです。ぼくがあなたに言わなければならないことはみなよくご存知ですね。あの男があなたに会う前からぼくはあなたを愛していました。今あの男がいなくなったので、今まで以上にあなたを愛していています。いとしいリリー!」そして、ジョンは片手を彼女に差し出した。

「駄目よ、ジョン、駄目です」と彼女は答えた。

「いつも答えは駄目なんですか?」

「その問いにはいつも駄目です。駄目以外の答えがあるでしょうか? 私が別の人を愛しているとき、私を結婚させることはできません!」

「けれど、あの男はいなくなりました。別の女性を妻に娶りました」

「彼が変わったからといって、私は自分を変えることができません。あなたが私に優しくしてくれるなら、これでわかったことにしてください」

「けれど、あなたはぼくに思いやりがなさすぎます！」

「いえ、違います。ああ、私はあなたに優しくしたいんです！　ジョン、ほら、私の手を取って。この手はあなたを愛する、これからもずっとあなたを愛する友の手です。愛するジョン、私はあなたに何でもします。——結婚という一つのもの以外なら何でもね」

「その一つしかありません」と彼は言った。まだリリーの手を取ったまま、顔を彼女から背けていた。

「そんなことを言わないでください。その一つしかないとは、あなたは私よりも困っているんですね？　私は結婚というその一つを手に入れることができませんでした。私はあなたよりも胸のあこがれに近づいたんです。今はその一つを手に入れることができません。でも、ほかのものがいろいろあることを知っています。ですから、悲しみにひたる気にはなれません」

「あなたはぼくよりも強いんです」と彼。

「強いんじゃなくて、確かなんです。私と同じくらい自分を確かなものにしてください。あなたも強くなれます。そうじゃない、母さん？」

「私はそうじゃなければいいと願っています。——そうじゃなければいいとね！　もしあなたが彼に何か希望を与えることができたら——」

「母さん！」

「また来たらいいと言ってください。——一年後に」と彼は懇願した。

「そう言うことはできません。もう来なくてもいいんです。——こんなかたちでならね。以前私が庭で言ったこと、ほかの誰よりも彼を愛していると言ったことを覚えていますか？　それは今でも同じです。私はほかの誰よりもまだ彼のことを愛しています。それなのにどうして私があなたに希望を与えることができるでしょう？」

「けれど、それが永遠に続くわけじゃないでしょう、リリー？」

「永遠に続くんです！　その永遠が訪れるとき、彼は彼女のものだけじゃなくて私のものにもなるんじゃありません？　ジョン、あなたは愛することが何か理解できたら、これについてもう何も言わないはずです。私の思いをあなたにわかってもらいたいから、ほかの誰に話すよりも、母さんに話すよりも、私はこれについて率直にあなたに話しました。もしほかの男の愛をあのあとで、――あのあとで認めたら、きっと私は私の目にさえ面目を失ってしまいます。まるで私はほとんど彼と結婚したのと同じです。私は彼を責めてはいないんです、覚えておいて。こういうことは男性とは違うんです」

彼女はジョンの手を取ったままだった。この話をするとき、目を床に落として古い椅子に座っていた。彼女は小さな声でゆっくり、かろうじて話した。それでも、澄んだ明確な声ではっきり言葉に出したので、イームズも、デール夫人もそれを正確に記憶した。彼にとって、このような明言のあとで求婚を続けることは不可能であるように思えた。デール夫人にとって、それは娘がこの先ずっとやもめであることを告げる、予想したよりもずっと大きな苦悩を告白するひどい言葉だった。リリーが今ジョン・イームズに話したように、これほど多くのことを母に話したり、気持ちをこれほどはっきり母に説明したりしたことがなかったのは本当だ。「もしほかの男の愛を認めたら、きっと私は私の目にさえ面目を失ってしまいます！」ひどい言葉だったが、じつに容易に理解できた。デール夫人はイームズが早く来すぎたと、伯爵と郷士が二人して打撃のあとあまりにも性急に傷を癒そうと努力したと、娘には回復する時間が与えられなければならないと、最初から感じていた。しかし、今その試みがなされて、リリーの唇からその言葉が無理矢理引き出された。リリー自身がそう言ったことを決して忘れないだろう。

「そういうことだろうとわかっていました」とジョン。

「ええ、そうね、あなたにはわかっていますね。あなたの心は私の心を理解していますから。あなたはもう私に腹を立てることも、手に負えない残酷な言葉を遣うこともありません。あなたが前に一度したようにはね。私たちは互いに相手を思いやって、ジョン、互いによかれと祈って、いつも相手を愛していましょう。私たちが会うとき、互いに会えて嬉しいと思いましょう。あなたよりも親しい友人を持つことはありません。あなたはとても誠実で正直です！　あなたが結婚するとき、何という限りない祝福を神が奥さんに与えたか言ってあげます」

「あなたにそれはさせません」

「いえ、そうします。あなたが言いたいことはわかります。でも、私はそうします」

「さようなら、デール夫人」と彼。

「さようなら、ジョン。もし娘の返事が別のかたちでしたら、私がここでいちばんに祝福をあげたのに。息子として心からあなたを愛したのに。それでも、今あなたを愛しています」夫人は唇をあげて、彼の顔に口づけした。

「私もあなたを愛します」と、リリーはもう一度手を彼に差し出して言った。彼はまるでリリーも口づけすると思っているかのように、ものほしそうに彼女の顔を覗き込んだ。それから、彼はリリーの手に唇を押しつけると、それ以上別れの言葉を言うこともなく、帽子を取って部屋を出た。

「かわいそうな人！」とデール夫人。

「彼らはジョンをここに来させてはいけなかったんです」とリリーは言った。「でも、彼らはわかっていないんです。私がおもちゃをなくしたと思って、善意のつもりで、別のおもちゃをくれるんです」リリーはこのあとすぐ部屋を出て、何時間も一人で座っていた。彼女がお茶の時間にまた母と一緒になったとき、ジョン・イームズの訪問のことはもう何も話さなかった。

彼は玄関ドアからそとに出ると、教会境内を抜け、リリーに一緒に歩こうと誘った野原へ出た。郷士の家からかなり離れるまで、起こったことを考えることができなかった。墓石のあいだを進むときは、まるでそれに関心があるかのように立ち止まって、一つの銘を読んだ。塔の下にちょっと立って、時計を見あげ、それからあたかも一方の時計で一方を確かめるかのように懐中時計を取り出した。彼は先ほどの場面の事実を頭のなかから無意識に取り除こうともがき苦しみ、五分か十分かは成功した。彼はサー・ラフルと手紙について一言二言独り言を言い、勲爵士に靴を運んで来るラファティの姿を思い出して笑った。さらに道を半マイル進んでから、思い切って立ち止まり、人生の大きな目的で失敗したと一人つぶやいた。

そうだ、彼は失敗した。永久に失敗したことを厳しい自責の念とともに認めた。悲しんでいる彼女に無作法な愛を押しつけてしまったと気づき、愚かであるだけでなく度量が狭かったと自分を責めた。友人の伯爵から勝利する英雄だとおどけて呼ばれ、おだてられたから、求婚が成功すると思い込むほど常識はずれになっていた。そんな成功はありえなかったと今つぶやくとき、彼をこんな状況に追い込んだ伯爵をほとんど憎んだ。勝利する英雄って、まさか！　いったいどうやってマナー・ハウスのみんなのところに意気消沈し、うなだれてこそこそ帰ることができようか？　みんなが彼が出掛けた用向きを知っており、みんなが失敗したことを知るに違いない。たくさんの見物人の前でこんな仕事を引き受けるなんて、どうしてそんな馬鹿になれたのだろう？　恥辱を受ける可能性のほうがずっと大きかったのに、凱旋しか考えないほど、浅はかにも成功を期待していた。それが事実ではなかったか？　彼はほかの人の物笑いの種になり、あまりにも我が身を物笑いの種にしたので、今あらゆる希望も喜びも失ってしまった。どうにかしてすぐ田舎から逃げ出して、――ロンドンに帰ることはできないだろうか？　これ以上誰にも何も言わないで抜け出すことはできないだろうか？　最初に彼の心を占めたのはそんな思いだった。

彼は郷士の土地の端っこ、アリントン教区と伯爵の家があるアボッツ・ゲスト教区の境界で道路を横切った。雄牛と出会った野原を囲む低木林に沿って帰り道を進み、大庭園の裏手にある高い木々の森へと入って行った。そうだ、やはり馬で来なかったのはよかった。街道に沿って馬で帰り、マナー・ハウスの馬屋に入るのは、今の状況ではほとんど不可能だった。事実、彼は伯爵の家の元の場所に戻ることは不可能だと思った。どうしたらあの二人の老人の前で平素の態度を保つ振りができるだろう？　母のうちに帰り、――そこからマナーに伝言を送って、ロンドンに逃げ帰るほうがいいだろう。彼はそう考えながら決心が着かないまま、森を抜けて進み、町へ向かって丘をくだり、再び小川に架かる小さな橋まで戻って来た。そこで立ち止まって、昔刻んだ文字が目に触れないようにその上に幅広の片手を広げ、しばらくじっとしていた。「ぼくは何て馬鹿だったんだろう。――いつも変わらず！」と彼はつぶやいた。

彼が考えていたのは最近の失望だけでなく、過去の全生活だった。クロスビーの手中に落ちる前にリリーを手に入れることができなかった奥手――男らしさになかなか到達しないあの遅れ――を彼は意識した。それを意識するとき、クロスビーに出会ったら、またあの男を殴りつけてやろうと思った。良心に恥じることなく殴って叩き出すことができるなら、しっかり殴ってこの世から叩き出してやろうと、胸中で断言した。クロスビーのあとを追ってこの世から出て行くように求められようとかまわなかった。彼ら二人にとって――リリーと彼にとって――あの男の不誠実のせいで、こんな罰を受けなければならないのは堪え難いことだった。彼はこんなふうに考えながら橋の上に十五分立っていた。それから、ナイフを取り出すと、横木に深く、荒々しく切り込んで、リリーの名を削り落とした。

　彼はこれをやり終えたあと、木屑が流されていくのを見た。その時緩やかな足音が近づいて来た。彼は振り返って、レディー・ジュリアが橋の上にいるのを見た。彼女は間近にいて、彼の手仕事をすでに見ていた。

「彼女はあなたを傷つけたんですか、ジョン?」と彼女。

「ああ、レディー・ジュリア!」

「傷つけたんですか、ジョン?」

「断られました。すべて終わりです」

「断られることはあるかもしれません。でも、すべてが終わりではありません。あなたが名を削り取ったのは残念です、ジョン。心のなかからも名を削り取るつもりですか?」

「それは決してしません。できれば削り取りますが、それはしません」

「大きな宝のようにそれをだいじにしていなさい。それは何年かあとになって、あなたにとって悲しみではなく喜びとなります。たとえ片思いに終わっても、誠実に愛したことは私の年になったとき、慰めとなります。恋人を持ったことはかけがえのないことです」

「そんなこと、――わかりません。恋人なんか持たなければよかった」

「ジョン。――彼女の気持ちが今私にはわかります。実際、よくよく考えてみると、彼女を求めるのがあまりにも性急すぎたんです。でも、いつか彼女があなたの願いを考え直すときが来るかもしれません」

「いえ、いえ。来ません。今彼女のことがわかり始めたんです」

「あなたが変わらぬ愛情を保ち続けるなら、いつか彼女が手に入るかもしれません。彼女がどれだけ若いか、あなた方二人がどれだけ若いか、思い出してください。二年たったらまた来なさい。その時彼女が手に入ったら、あなた方二人にとって私がいいお婆さんだったとあなたに言わせます」

「彼女を勝ち取ることはありませんよ、レディー・ジュリア」彼がこの言葉を口にしたとき、涙が両頰からこぼれ落ちた。彼は連れの前で隠すことなく泣いた。悲しんでいる目の前にレディー・ジュリアが来てくれたことは、彼にとっていいことだった。相手から涙を見られたといったん知ったあと、彼は悲しい話を全部彼女に打ち明けた。そうしたあと、彼女は黙って彼を家に連れ帰った。

第五十五章　結局あまりおえっ、おえっ、ではない

ハートルトップ家とオムニアム家のあいだに恐ろしいことが起こりそうだと、予言されていたことをおそらく読者は思い出すだろう。プランタジネット・パリサーから話し掛けられるとき、ダンベロー卿夫人はいつもほほ笑んだ。パリサー氏は政治だけでは不充分だと思い、彼の幸福の全量を満たすには愛が必要だと確認した。ダンベロー卿は近ごろ背の高い公爵の跡継ぎの姿を目に留めると、しかめ面をした。公爵――普段は沈黙するときにこそはなはだ威圧的なあの有力者――自身がすでに口を開いていた。ド・コーシー卿夫人とクランディドラム卿夫人はことが完全に取り決められていると確信していた。それゆえ、パリサー氏とダンベロー卿夫人の愛――禁じられた愛――について世間が噂している、と私が述べてもまったく正当と言えるだろう。

噂はダンベロー卿夫人が生まれたあの立派な田舎の牧師館にも入り込んだ。卿夫人はその牧師館から今彼女が生活していることで栄誉を与えているあの高貴なお屋敷へお輿入れをした。世間の噂はその牧師館プラムステッド・エピスコパイへと侵入した。そこにはまだグラントリー大執事、卿夫人の父が住んでいた。噂はバーチェスターの聖堂参事会長邸にも届いた。そこには卿夫人の叔母と祖父が住んでいた。噂が誰の無作法な舌によってこれら聖職者の領域に広がったか今は言っても無駄だ。しかし、コーシー城はバーチェスターからそれほど離れておらず、ド・コーシー卿夫人は枡の下に光を隠すこと(1)を好まなかったことは覚えて

おいてもいい。

それはひどい噂だった。娘についてのそんな噂は、どんな母にとっても恐ろしいものに違いない。噂はグラントリー夫人の耳に、どんな母の耳によりも恐ろしく響いたに違いない。娘のダンベロー卿夫人は確かに完全に世俗的な女性だった。しかし、グラントリー夫人はせいぜい半分しか世俗的ではなかった。夫人の性格、習慣、願望の半分がそれ自体善なるもの——すなわち宗教や慈善や誠実な高潔さ——と結びついていた。夫人は生活の必要に応じて神とマモンの両方に仕えるように促された(2)。それゆえ、娘が侯爵の世継ぎと結婚したので大いに得意になったのは本当だ。夫人はプラムステッド・エピスコパイの労働者の子供に手ずから聖書や教義問答を配り続ける一方、娘が貴族の身分に昇ったことを非常に喜んだ。グリゼルダがダンベロー卿夫人になった当初、娘が新しい地位の要請に堪えられないのではないかと母は少し恐れた。しかし、娘は地位が要請する以上の力を持つことを証明して、目もくらむ成功の高みに登って行った。それが母に大きな栄光と、また同時に大きな恐れをもたらした。グリゼルダが侯爵の娘たちのなかに混じっても群を抜いて輝いている、と思うと母は嬉しかった。とはいえ、万一失墜したら！——そんな高みからの失墜がどれほど恐ろしいものか考えると震えた。

しかし、母はそんな失墜があろうとは夢にも思っていなかった！　宗教原理がグリゼルダにあまりにもしっかり植え込まれていたので、外面的、世俗的な問題で左右されることはないと、母は大執事によく言った。——実際しばしばそう言った。それはとりもなおさず、プラムステッド・エピスコパイの教えが娘をじつにしっかり常識的慣習に結びつけていたので、ハートルベリーで将来どんな教えを受けようと、それがその結び目を解く力を持ちえないとの確信をおそらく表していた。母がこんなふうに自慢するとき、娘が夫の家から逃げ出すなどという発想がそこに入り込むはずがなかった。とはいえ、その悪徳に似た同種の悪徳

——常識的慣習にしっかり縛りつけられていない他の貴婦人が時々陥る悪徳——を話題にすることはあった。母は次のように自慢してはばからなかった。——母があまりにも上手に神と富の両方に仕えたので、娘は天上の様々なことに害を及ぼすことなく世に出て世俗的なものを享受できるのだと。そんな時、この噂が母の耳に届いた。大執事は噂に注意を払うように促されたこと、グリゼルダが今にも夫のもとを逃げだそうとしているという話が世間に知れ渡っていることを、しゃがれた囁き声で妻に告げた。

「何があっても私はそんなことを信じません」とグラントリー夫人は言った。しかし、夫人はそのあと応接間に一人で座り、震えた。それから、妹のアラビン夫人、聖堂参事会長の妻が牧師館にやって来て、半分ひそひそ話で同じ話をした。妹はそれをプラウディ夫人、主教の妻から聞いたという。「あの女は偽りの父(3)と同じくらい嘘つきです」とグラントリー夫人は言った。しかし、夫人はいっそう震えた。夫人は教区の仕事を準備するとき、娘のこと以外に何も考えることができなかった。もし万一そんなことが起こったら、夫人の生活はどうなるだろう？　夫人の過去のすべてはどうなるだろうか？　夫人はそんな噂をどうしても信じられなかったが、娘の出世のことを思い、グリゼルダが今属する世界ではそんなことがよく起こっていることを想起するとき、いっそう震えた。ああ、あんなに高く頭をもたげなかったら、そのほうがよかった！　夫人は隣りの教会境内の墓のあいだを一人で歩いて、もう一人の娘(4)が眠っている墓の前に立った。その娘の運命のほうが幸せというようなことがあるだろうか？

夫人と大執事はこの件についてほとんど言葉を交わさなかった。それでも、どうにかしなければならないと、夫婦間で合意していたように見える。大執事はロンドンに上京して、娘に会った。——とはいえ、この件に触れる勇気を持ち合わせなかった。ダンベロー卿は大執事の前では不機嫌で、すこぶる無口だった。事実、大執事もグラントリー夫人も、娘の家の居心地の悪さに気づいていた。グラントリー夫妻は自分の階級に充分誇りを持っていたので、義理の息子にもてなしを強要したいとは思わなかった。しかし、大執事はカールトン・ガーデンズの家のなかが必ずしもうまくいっていないことを察知した。ダンベロー卿は妻に無愛想だった。男たちの会話のなかに、というよりも沈黙のなかに何かがあって、それが届いた噂の正しさを証明するように思えた。

「彼は必要以上にそこにいた」と大執事は言った。「少なくともこれだけは確かだが、ダンベローはそれが気に入らないんだ」

「娘に手紙を書きます」とグラントリー夫人はついに言った。「まだあの子の母なんですから、――手紙を書きます。あの子は人々から何と噂されているか知らないかもしれません」

それで、グラントリー夫人は手紙を書いた。

プラムステッドにて、一八六――年四月

最愛のグリゼルダ

あなたは私からあまりにも遠いところへ移されてしまったので、あなたの日常生活のことをもう心配する権利が私にはないように時々思えます。今のあなたが私に助言か、同情を求めることは不可能だとわかっています。あなたが私たちと同じ地位の紳士と結婚していたら、それを求めていたでしょうがね。でも、私の子が母を忘れることはないと、母の愛を必ず思い返してくれると、もし娘が厄介なことに巻き込まれたら、私が愛し、いつくしんだほかの子にするように、娘に話し掛けることを許してくれると、確信しています。あなたのまわりにそんな厄介事があると思う、私が間違っているように神に祈ります。もし間違っているのなら、私の心配性を許してください。

噂が一か所以上のところから届きました。――ああ、グリゼルダ、私が書かなければならないことをどんな言葉で隠し、どんな言葉で言い表したらいいかわかりません。あなたが公爵の甥のパリサーさんと親しくしているという、あなたの夫がひどく腹を立てているという噂です。私が噂を信じたとは思わないようにとあなたに警告したあとで、すべてをはっきり言うほうがいいでしょう。あなたがパリサーさんの保護のもとに身を置くと見られるという噂です。最愛の娘、私がどんな苦しみにさいなまれながらこの言葉を書いているか、――この言葉となる思いを心に抱く前にどんなにひどい悲しみに苦しめられたか、あなたには想像できると思います。そんなことがバーチェスターでは大っぴらに話されています。父さんはロンドンに上京して、あなたに会ったのですが、私に安らかな気持ちでいろと言うことができないと感じています。

夫と決別するとき、あなたを襲う世俗的な損害について、私は一言も言うつもりはありません。そんな恐ろしい措置の結果がどんなものになるか、私が示すのと同じくらいあなたにははっきりわかると信じます。父さんの心をずたずたに引き裂き、母を墓場に送るでしょう。――私がいちばん言いたいのはそれではなく、こういうことです。――あなたは女が犯せる最悪の罪で神を怒らせ、神の前で悔悟することが不可能な、人の前で逃れることが許されない深い汚名に身を落とすんです。

私は噂を信じません、私の最愛の、最愛の子、――一人だけ生き残った私の娘。噂が私に言ったことを信じません。でも、私には母として中傷を無視する勇気がありませんでした。もしあなたが手紙を書いて、噂を否定してくれるなら、たとえ疑ったことについてあなたから非難されても、もう一度私は幸せになれます。

いつも、どんな状況でも私が昔と同じように、今もなおあなたを愛する母であることを信じてください。

スーザン・グラントリー

さて、私たちはパリサー氏に戻ることにしよう。彼はオールバニーの独身者用アパートに座って、愛について考えているところだ。公爵から警告され、公爵の代理人から諫言されていた。彼は自立自尊の気位の高い感情に支えられている一方で、ほとんどおびえていた。年数千ポンドの手当が、また彼の社会的地位が依存するすべてが、風前の灯火だった。彼はおびえていたが、堪える決意をしていた。彼にとって統計は乾いたものになり、愛はとても甘かった。統計が愛と混ぜ合わされさえしたら、統計はいままで通り魅惑的なものになると彼は思った。ダンベロー卿夫人を愛していると考えるだけで、人生――彼のものにする方法がわからなかった人生――に刺激がえられるように思えた。ダンベロー卿夫人と彼の会話がこの本で取りあげられたもの以上に温かくなかったところから見ると、彼がまだあまり純粋な愛の恵みを享受したことがないのは本当だ。しかし、想像力は働いていた。ダンベロー卿夫人が今カールトン・ガーデンズに完全に納まっていたので、彼は都合のいい最初の機会に情熱をはっきり伝える決意をした。世間が彼にそうするように期待していること、世間が彼の段取りの遅さにすでに少しけちをつけたがっていることは明らかだった。

彼は社交シーズンが始まってから、カールトン・ガーデンズを一度訪れて、くだんの女性からいちばん甘い笑顔を向けられた。しかし、一分の半分しか彼女と二人だけになれなかった。彼はその一分の半分で、今は社交シーズンのためロンドンにとどまっているんでしょう、としか聞くことができなかった。

「ええ、そうです」と卿夫人は答えた。「私たちは七月までここにとどまります」彼もまた統計を集める必要があり、七月までとどまることができた。それゆえ、彼は巧みにことを運び、目的をはっきりさせ、将来の出来事に備えるため、三か月とまではいかなくても、まるまる二か月を利用できた。ド・コーシー卿夫人の応接間で、ある夜ダンベロー卿夫人に会えることがわかった。そこで最初の優しい言葉を掛けようと思っている朝、彼は郵便で一通の手紙を受け取った。その手紙の筆跡と言いたい内容がよくわかった。公爵の代理人フォザーギル氏からで、一定の金額が彼の銀行口座に振り込まれたことを教えていた。しかし、手紙はさらに進んで、次の四半期の支払いがなされる前に公爵のほうから特別な訓示が必要だと伝えられたことを知らせていた。フォザーギル氏はそれ以上何も言っていなかったが、パリサー氏はみな察して、心臓のまわりを血が冷たく巡るのを感じた。それでも、その夜ド・コーシー卿夫人にした約束をたがえまいと決心していた。

ダンベロー卿夫人も同じ朝手紙を受け取った。手紙を読んだとき、身繕い中だった。手紙を読むあいだ、奥様は心の動揺をお付きのメイドらに少しも表さなかった。心の動揺を見せないだけでなく、最高の世話をメイドらから引き出すため油断を怠らなかった。とはいえ、彼女はとても注意深く手紙を読んだ。メイドらの着付け道具一式に囲まれて座り、もたらされた知らせについて深く考えた。誰にも腹を立てなかったし、――誰にも感謝しなかった。手紙に出て来る誰に対しても特別愛情を感じなかった。「ああ、私の主人にして夫！」とか、「ああ、私の恋人！」とか、「ああ、母さん、子供時代の友！」とか、彼女が胸中で言葉を発することもなかった。それでも、考えるべき問題を突きつけられたと気づいていた。「ダンベロー卿によろしくと挨拶してから」と、彼女は着付けがほぼ終わったころ言った。「私の朝食の時間に来てくれたら、嬉しいと伝えてください」

「はい、奥様」そのあと、「卿夫人のもとへきっと参上する」との伝言が帰って来た。

「ガスタヴァス」と、彼女は椅子に慎重に座るとすぐ言った。「母から手紙をもらいました。あなたも読んだほうがいいと思うのです」彼女はそう言って手紙を夫に手渡した。「母からこんな疑いを受けるようなことはした覚えはありません。母は田舎に住んでいて、おそらく意地の悪い人々からだまされたのです。とにかく読んで、どうしたらいいか私に言ってほしいのです」

私たちはこのことから見て、パリサー氏があの岩に船を乗りあげて身を破滅させるチャンスはとても小さいと、彼は意に反して伯父の怒りを買わずに済むだろうと断言していい。ダンベロー卿は手紙を手に取ると、背を暖炉に向けて立ち――実際そうしていた――、とてもゆっくり読んだ。卿はとてもゆっくり読んだ。妻は直接夫のほうに顔を向けなくても、夫が顔を赤くしていること、面食らって途方に暮れていること、答えの用意ができていないことを見て取ることができた。彼女はこの三か月間夫の態度が前とはずいぶん変わってしまったこと、二人だけのとき彼女に対する発言が前よりも荒々しくなったこと、まわりに人がいるとき夫の心遣いが前よりも丁寧でなくなったことに気づいていた。しかし、その変化に気づいていることを表す言葉を夫に掛けたり、不平を言ったりしたことはなかった。そのうえ、彼女は夫の変化の原因を知っていたから、ずいぶん考えたあと、これからの行いで償いをしようと決意していた。疑いを掛けられるようなことは何もしていないし、何も言っていないとはっきり心に確認していた。それゆえ、彼女は態度を変えることも、疑われていると意識していることをそとに表すこともしなかった。しかし、今――母の手紙を手に持つとき――、彼女は夫の嫉妬をずっと感じていたことを夫に気づかせることなく、この間の変化の説明を夫に強いることができた。彼女にとって、母の手紙は大きな助けだった。手紙はこのような場面を自然に作り出し、彼女流のやり方で戦えるようにしてくれたのだ。パリサー氏のような人と駆け落ちするとか、彼女が勝ち取った地位を放棄するとか――ふん、とんでもないことだ！　そんなことができないほど彼女はしっかり常識的慣習に縛りつけられていた！　母はそんな恐れを抱いたとき、娘の性格の堅実さについて無知であることを曝け出してしまった。

「ねえ、ガスタヴァス」と彼女はとうとう言った。「何と答えたらいいか、返事を出すべきかどうか、あなたが言ってくれなければなりません」しかし、夫は彼女に指示を出す用意がまだできていなかった。それで、夫は手紙を開いて、もう一度読んだ。彼女は手ずからお茶を一杯入れた。

「じつに深刻な問題だな」と夫。

「ええ、深刻です。母からこんな手紙をもらったら、深刻だと思わずにはいられません。母以外の人からの手紙だったら、あなたをわずらわせることはなかったと思います。本当に私の母くらい近い人からの手紙でなかったら、わずらわせませんでした。実際、あなたは私が正しいと感じるはずです」

「正しいって！　うん、そうだね。あなたは正しい。——私に話したのはじつに正しい。あなたは当然私にすべてを話すべきだね。忌ま忌ましいやつらめ！」しかし、夫は誰を非難するつもりだったか説明しなかった。

「とりわけあなたをわずらわせるのは嫌いなのですが」と彼女は言った。「最近小さなことに気づいていました」

「あの男はあなたに何か言ったことがあるのかね？」

「誰が、——パリサーさん？　何も言っていません」

「あの男はこの種のことを何もほのめかさなかったのかね？」

「何も言っていません。もし彼がそんなことを言ったら、二度と彼を私の応接間に入れないように、あなたに知らせていたに違いありません」それから、夫はまた手紙を読んだか、読む振りをした。

「お母さんは善意で忠告しているんだよ」と夫。

「ええ、そうです。母に悪意はありません。母は届いた噂を信じるほど愚かでした。——とても愚かでしたから、私を動かしてあなたをこんなわずらわしい目にあわせたのです」

「ああ、そんなことは何とも思っていないよ。そうだとも、何ともね。いいかい、グリゼルダ、かたをつけておこう。ほかの連中がこの噂をしたから、私は不幸だった。今、あなたにすべて知られてしまった」

「私があなたを不幸にしていたのですか?」

「いや、違う。あなたではない。真実をすべてあなたに打ち明けるとき、私に厳しく当たらないでおくれ。愚か者や獣のような連中は私をいらだたせる噂を囁いてきた。やつらは悪魔が連れ去るまで囁いているかもしれない。が、二度と私を悩ますことはないね。口づけしておくれ、おまえ」夫は断固として両腕を差し出して、妻を抱き締めた。

「お母さんに親切な手紙を書いて、五月に一週間こちらに来るように招待しなさい。それがいちばんいいと思う。そうしたら、わかってもらえるよ。おやまあ、十二時だね。出掛けるよ」

ダンベロー卿夫人は夫に勝ちを収めたこと、母の手紙が貴重な仲介役となってくれたことをよく承知していた。しかし、手紙を充分利用し尽くしたから、二度と読むことはなかった。彼女は快適に落ち着いて朝食を取った。そうしながら婦人帽販売店のフランス語の散らしにざっと目を通した。それから、手紙を書く時間が充分取れるときが来ると、机に着いて、母の手紙に返事を書いた。


親愛なる母さん(と彼女は書いた。)

私は母さんの手紙をダンベロー卿に見せるのがいちばんいいと思いました。世間の人は意地が悪いのだと卿は言って、こんな噂をばらまかれるのは致し方がないと考えているように見えました。母さんについて、卿は少しも怒っていません。母さんと父さんに来月終わりに一週間こちらに来たほうがいいと言っていました。来てください。私たちは二十三日にかなり大きなディナー・パーティーを開く予定です。王族が来られます。父さんは殿下に会いたいと思います。あのとても上に伸びるボンネットがすたれたのに気づきましたか？　私はあれが嫌いでした。パリからヒントをえたので、あれを低くするため全力を尽くしています。あなた方がこちらに来るのを邪魔するものがないことを願っています。

あなたを愛する娘
G・ダンベロー

カールトン・ガーデンズにて水曜

グラントリー夫人は手紙を受け取った瞬間、娘を不当に疑ったと悟った。娘が手紙に書いた言葉、あるいは言外に示した推論をただちに信じた。夫人は間違いを犯し、間違えて嬉しかった。それにもかかわらず、手紙のなかには理由を説明することができなかったけれど、夫人を当惑させ、いら立たせるものがあった。夫人が書いた言葉に全身全霊を込めたのとは対照的に、娘は書いた言葉に心の痕跡さえも見せなかった。グラントリー夫人が娘を教育するとき、非常に見事に推し進めた神とマモンのあの和解において心を必要としなかったので、娘の心は消滅はしなかったにせよ、使われずにしぼんでいた。

「あそこへは行くまいと思います」とグラントリー夫人は夫に言った。

「そうだね、おまえ、確かにそう。おまえがロンドンへ行きたければ、部屋を取るよ。殿下については――！　私は殿下を大いに尊敬しているが、少なくともダンベロー卿のテーブルでは殿下に会いたくないね」

それで、プラムステッド・エピスコパイの住人に関してこの件は落着した。

ダンベロー卿は十二時[5]にあんなに急いで妻の部屋から出たとき、どこへ行ったのだろうか？　ハイド・パークでも、タタ―サルでもなく、下院の委員会室でも、社交クラブの張り出し窓でもなかった。卿はラドゲート・ヒルの大きな宝石店へまっすぐ向かい、そこですばらしい緑のネックレスを買った。そのネックレスはとてもまれな手の込んだもの——純金の中に三列の緑のしずく石が埋め込まれて、重さと大きさの点でほとんど宝石のついた胴鎧に等しいもの——で、あらゆる展示会に出ていた、とても高価で、壮麗なものだった。ダンベロー卿夫人が夕方まだドレスを着替えているうちに、この宝石が復活した信頼の印として卿の挨拶とともに届けられた。ダンベロー卿夫人は宝石の数を数えるとき、内心勝ち誇って、うまくことを処理したと一人つぶやいた。

しかし、彼女が夫との完全な和解の結果である宝石の数を数えているあいだ、哀れなプランタジネット・パリサーはまだ何もわからぬまま震えていた。グラントリー夫人の手紙と卿夫人の回答、卿の贈り物を彼が見ることができたらよかったのに！　しかし、見ることは許されなかった。彼は待ち受ける愛に興奮してぞくぞくし、待ち受ける破滅に震えながら、ブルーム型の馬車(6)でド・コーシー卿夫人の家に運ばれた。もし何かがなされるとするなら、それは今なされるべきだとの結論にとにかくたどり着いた。愛の言葉を伝え、受諾に合わせて将来の用意をするつもりだった。

彼が到着したとき、ド・コーシー伯爵夫人の部屋はとても混雑していた。この社交シーズン最初の大きな雑踏パーティーで、世界中がポートマン・スクエアに集まっていた。ド・コーシー卿夫人はまるで伯爵に歯がないかのように——じつは歯があって凶暴なのだ——、まるで長男が幸せに暮らしているかのように、ド・コーシーの関係者がみなうまくいっているかのようにほほ笑んでいた。レディー・マーガレッタは苦々しい内面を抱えながらも外見をもの柔らかくして、卿夫人の後ろにいた。レディー・ロジーナもダンスがなかったので、(7)世の虚栄と華美を甘んじて受け入れ、少し離れてそこにいた。この家の既婚の娘たちもまたそこにおり、疑いのない生まれのよさを頼みとして地位を維持しようと頑張っていた。しかし、彼女らの事実上の身分の低さのせいで、鼻であしらわれるといった仕打ちを受けていた。ゲイズビーは縁故という確かな事実をえて、義理の息子まで延長された配慮に恵まれ、喜々としてそこにいた。クロスビーもまた部屋のなかにいた。――伯爵夫人に付き添ってご機嫌を伺うのはもうやめようと、一家の浅ましさから身を引き離そうと、一人誓っていたとはいえそこにいた。一家と一家のやり方を捨てたら、ほかに何が彼に残るというのか？　それゆえ、彼はここに来て、すべてが空だ(8)とつぶやきながら、部屋の隅に一人不機嫌に立っていた。そうだ。うぬぼれの強い者にとってはすべてが空であり、心の貧しい者にとってはすべてが貧しい。

ダンベロー卿夫人は小さな奥の部屋で、この家に最初に到着したとき案内された――結局ここを離れるまでずっといた――長椅子に座っていた。時々とても高貴な人物、あるいは高位の人物が彼女の前に来て、言葉を掛け、彼女は別の言葉でそれに答えた。しかし、彼女と会話をしようと試みる者は誰もいなかった。ダンベロー卿夫人は会話をしないということが周知されていた、――時々パリサー氏と会話を交わす以外にはだ。

彼女はパリサー氏がそこに会いに来ることをよく知っていた。パリサー氏は伯爵夫人の招待に応じるかどうかずいぶん気を遣って彼女から聞き出したあと、彼も出席するとはっきり伝えていたからだ。「私はおそらく出席します」と彼女はその時答えた。たとえ母の手紙と夫の行動があっても、彼女が約束を破る理由はないと思っていた。たとえパリサー氏が我を「忘れて」も、彼女は夫に何を言えばいいか心得ていたように、パリサー氏に何を言えばいいか心得ていた。我を忘れるって！　パリサー氏が過去数か月に渡って我を忘れる決意をしてきたことを彼女ははっきり見抜いていた。

彼は卿夫人のところに来て、すぐ前に立つと、口では言えない気持ちを表情で表した。しかし、口では言えない気持ちが表情にちゃんと表されていたのに、まったく卿夫人の注意を引かなかった。彼は溶鉱炉のように溜息(9)をつくこともなく、まるで天空の二つの太陽のように目を卿夫人に向けて見開くこともなく、胸を叩くことも、髪を掻きむしることもしなかった。パリサー氏は静穏を喜ぶ学校、すなわち生徒には崇高にも、滑稽(10)にも身を委ねることを許さない学校で教育を受けた。彼は口では言えない気持ちを一つか、二つ表情で表した。しかし、彼はあまりにも礼儀正しい目でそうしたので、卿夫人はじつに正確にそれを読み取って、まだパリサー氏が「我を忘れた」状態だと断言することができなかった。

長椅子には彼女の隣りにスペースがあった。彼はハートルベリーで一、二度思い切って隣りに座ったことがあった。しかし、今の場合明らかに卿夫人のドレスの上に乗らずに座ることができなかった。卿夫人はその気になれば、今よりももっと大きな長椅子に座ることも、スペースを空けることもできただろう。それで、彼は前に立ったままで、卿夫人からほほ笑み掛けられた。何というほほ笑み！　死のように冷たい、誰をも喜ばせない笑み、無意味な、非現実的な優美さのせいで少しも怖くない笑みだ。ああ！　機械的にほほ笑む女性のその笑みを私がどれほど嫌っていることか！　その笑みはパリサー氏を居心地悪くした。――が、彼はそれを分析することもなく堪えた。

「ダンベロー卿夫人」と彼は言った、声はとても小さかった。「ここであなたに会うのを楽しみにしていました」

「そうですか、パリサーさん？　ええ。私がここに来るかどうかあなたから聞かれたのを覚えています」

「聞きました。ふむ、――ダンベロー卿夫人！」彼は崇高と滑稽の両方を避けるように教えた教育の境界外にほぼ接近した。しかし、まだ我を忘れた状態にはなっていなかった。それで、卿夫人は再びほほ笑んだ。

「ダンベロー卿夫人、私たちが生きるこの世界では二人で話ができる時を見出すのはとても難しいんです」

卿夫人がドレスを動かしてくれるものと彼は期待したけれど、そうはしてくれなかった。

「でも、そうかしら」と彼女は言った。「人はしばしばそれほど話したがらないと思います」

「ええ、そう。しばしば話したがりませんね、おそらく。しかし、話したいときは！　こんな雑踏する部屋を私がどれほど嫌っていることか！」しかし、彼がハートルベリーにいたとき、彼の唯一のねらい場所はロンドンの大きな家の雑踏する応接間だと決めていたのではなかったか。「雑踏する応接間以外の場所にいたいとあなたが思ったことがあるかどうか知りたいです」

「ええ、あります」と彼女は言った。「でも、パーティーが好きなのは認めます」

パリサー氏はあたりを見回して、誰からも見られていないと思った。どうするか決めていたから、それをすることにした。彼はドルシネア(11)に言い寄って即座にさらって行くあの連中の手早さをまったく持ち合わせていなかった。しかし、厳かに自分に誓ったことをしなかったら、不名誉に感じるくらいの勇気は具えていた。できれば座って思いを告げたかったが、席が与えられなかったので、仕方なく立ったままで頑張るほかなかった。

「グリゼルダ」と彼は言った、――声の調子が悪くなかったのはよかった。その言葉は柔らかく彼女の耳に染み込んだ。小さな雨粒が苔に染み込むようにだ。ほかの人の耳には入らなかった。「グリゼルダ！」

「パリサーさん！」と彼女は言った。――彼女は騒ぎ立てないで、ただ一度ちらりと彼を見ただけだが、彼は間違いを犯したことを知った。

「そう呼んではいけませんでしたか？」

「もちろんいけません。私の家の者がいるかどうか見てくれませんか？」彼は躊躇して一瞬卿夫人の前で立ち尽くした。「私の馬車の用意のことです」卿夫人はその指示を出すとき、もう一度彼をちらりと見た。それから、彼は指示に従った。

彼が戻って来たとき、卿夫人は席を離れていた。卿夫人の名が階段で呼ばれるのを聞いたとき、彼は群衆を抜けて優雅に進む彼女の後ろ頭をちらりと見た。彼は二度と卿夫人に言い寄ろうとはしなかった。それで、ド・コーシー卿夫人やプラウディ夫人、クランディドラム卿夫人の期待を完全に裏切った。

私はパリサー氏の運命に関心を抱いた人々に彼の恋の冒険の最終的な成り行きを知ってほしいと思う。[12]残り少ないこの本のなかで、彼の恋愛事情に立ち入る余裕がもうないので、私はちょっと先を急いで、このロンドンの社交シーズンが終わる前に、運命が彼をどうしたか伝えても許してもらえると思う。この春レディー・グレンコーラ・マクラスキーが社交界にデビューしたことは誰でもよく知っている。故アイルズ卿の一人っ子である彼女が、当代の大女相続人であることも同じくよく知られている。スカイ島とスタッファ島、[13]マル島、アラン島、ビュート島の世襲的所有が、ケースネス[14]とロスシャー[15]の領地と爵位とともにオールドリーキー侯爵に引き継がれたのは本当だ。しかし、ファイフ[16]とアバディーン、パース、キンカーディンシャー[17]の——これらの州の大部分を含む——資産と、ラナーク[18]の炭鉱と、グラスゴー市の法外に大きな土地は限嗣相続になっておらず、レディー・グレンコーラの所有となった。彼女は色白金髪、輝く青い瞳、ウェーブした——目にじつに優しい——短い亜麻色の髪の娘だった。レディー・グレンコーラは背が低いのと幸せそうな丸顔のせいで、おそらく女性美の最高の優雅さには届かなかった。しかし、顔にはいつ見てもとても快い笑みを浮かべていた。彼女はダンスをしたり、話したり、提供されるあらゆる娯楽を追求したりするとき、強い関心を示して非常に魅力的だった。乗用馬をとても寵愛した。ああ、彼女は何と心からその馬を愛したことか！　また、馬とほとんど同じくらい愛している小さな犬も飼っていた。彼女の若いころの友人サブリナ・スコットは、——ああ、何という娘だったろう！　そして、彼女の従弟、アイルズ小侯子、侯爵の跡取りはとても優雅で、美しいので、彼女からいつも口づけ責めにあった。不幸なことにこの子

スコットランド旧州
ロス・シャー
ケースネス
ロスシャー
スカイ島
アバディーンシャー
キンカーディンシャー
パースシャー
スタッファ島
マル島
ファイフ
エディンバラ
グラスゴー
ラナーク
アラン島
ビュート島

はたった六歳だったので、資産を一つにする可能性はなかった。

しかし、レディー・グレンコーラはとても魅力的だったから、社交界へのこのデビューにおいて友人らを大いに心配させ、オールドリーキー侯爵を大いに当惑させ、慌てさせた。ロンドンにすこぶるハンサムな男がいた。この男は人からもらう金を一銭残らず使い、ブランデーがとても好きで、ニューマーケット(19)でよく知られる信用されない男だった。あらゆる悪徳に深く染まっていたと言われ、父からは話し掛けられることもなかったという。――この男とレディー・グレンコーラはダンスをして決して飽きることがなかった。ある朝、彼女は叔父の侯爵に煌めく瞳――丸い青い瞳は煌めいていた――で、バーゴ・フィッツジェラルドは犯した罪よりも悪く言われていると言った。家族の資産の運命を心配する後見人の侯爵は、こんな状況でどうしたらよかっただろうか?

しかし、その社交シーズンが終わる前、侯爵と公爵は二人とも幸せになった。レディー・グレンコーラもまた満足したと思いたい。プランタジネット・パリサー氏は彼女と二度ダンスをして、心を打ち明けた。彼は侯爵と会って、際立った満足のうちに対面を終え、すべてが決着した。グレンコーラはバーゴ・フィッツジェラルドからあの純金の指輪をどうやって受け取り、どうやって返したか、きっとパリサーに打ち明けただろう。しかし、バーゴが宝物を入れる容器にまだ持っているあのウェーブした金髪の巻き毛のことを彼女は話していないのではないか、と私は思う。

「プランタジネット」と公爵はいつにない温か味のある口調で言った。「あらゆることでもそうだが、これについてもおまえは私の願いをすべてかなえてくれた。全資産とともにマッチング・プライオリーをすぐおまえのものにすると、私は侯爵に伝えた。私が知っているもっとも心地よい田舎家だよ。グレンコーラにはホーンズを結婚の贈り物としてあげよう」

しかし、フォザーギル氏の温和な、率直な喜びがパリサー氏をいちばん喜ばせた。パリサー家の跡取りは義務をはたした。フォザーギル氏は心底幸せな男だった。

註

（1）「マタイによる福音書」第五章第十五節に「あかりをつけて、それを升の下に置く者はいない」とある。
（2）「マタイによる福音書」第六章第二十四節に「あなたがたは神と富とに兼ね仕えることはできない」とある。
（3）「ヨハネによる福音書」第八章第四十四節に「彼が偽りを言うとき、いつも自分の本音をはいているのである。彼は偽り者であり、偽りの父であるからだ」とある。
（4）『慈善院長』で描かれたフロリンダのこと。
（5）第二代キングストン公爵の前馬丁リチャード・タターサルが一七六六年にハイド・パーク・コーナーに創設した競馬馬の競売所。一八六五年に賃貸借契約が切れて施設は取り壊され、ニューマーケットに移された。
（6）一頭立ての二人または四人乗り四輪箱馬車。
（7）福音主義者はダンスを否定した。
（8）「伝道の書」第一章第二節に「空の空、空の空、いっさいは空である」とある。
（9）『お気に召すまま』第二幕第七場ジェイキスの「七つの時代」のせりふに出る。
（10）「崇高と滑稽の差は紙一重」とは一八一二年モスクワから退却したときのナポレオン一世の言葉。
（11）ドン・キホーテは百姓の娘アルドンサ・ロレンソにドルシネア・デル・トボーソという名を与えて理想化した。
（12）トロロープは一八六三年二月に『アリントンの「小さな家」』を完成させたあと、八月にパリサー小説群の最初の小説『彼女を許すことができるか？』を書き始めた。この部分で次の小説の舞台と登場人物の紹介をしている。
（13）マル島の西方にある小島で、フィンガルズ・ケイヴで有名。
（14）スコットランド北東端の旧州、現在のハイランド州北部。中心地はウィック。
（15）イースター・ロスとウエスター・ロスからなる州で、インヴァネス北西ディングウォールが中心。

（16）スコットランド東部の旧州で、グレンロセスが中心。
（17）スコットランド東部の旧州で、中心はストーンヘイブン。
（18）スコットランドのセントラル・ベルトに位置する小さな町で、旧ラナークシャーの州都。
（19）第二十六章註（3）参照。

第五十六章　クロスビー氏がどのように再び幸せな男になったか示す

ド・コーシー卿夫人が四月の終わりにロンドンでどんな大きなパーティーを催したか前章で述べた。それゆえ、ド・コーシー家はうまくいっていたと思われるかもしれない。ところが、その推論は間違いだ、と私は思う。少なくともレディー・アリグザンドリーナはうまくいっていなかった。というのは、彼女は母がロンドンに到着するとすぐポートマン・スクエアへ駆けつけて、長々と苦境を訴えたからだ。

「ねえ、母さん！　信じないでしょうけれど、彼はめったに私に話し掛けてこないんです」

「あなた、男にはそれよりもっと悪い欠点がありますよ」

「私はあそこで一日じゅう一人ぼっちなんです。そとに出たことがありません。彼から馬車を雇ってやろうとも言われません。先週は一度雨が降っているのに一緒に散歩しようと彼から誘われたんです。雨が降るまで彼が待っているのを見ました。ちょっと考えてみてください。アミーリアのうちへ行ったのを除くと、今月は夜三回しか外出していないんです。今彼はもう二度とアミーリアのうちへは行かないと言っています。貸し馬車が高すぎるというんです。うちがどれだけ居心地が悪いか母さんにはわからないでしょう」

「あなたがあの家を選んだと思いますよ」

「家は見ました。でも、もちろんどんな家がいいか知らなかったんです。アミーリアはよくないと言っていましたね。でも、彼は手に入れようとしたんです。彼はアミーリアが嫌いなんです。それは確かよ。というのは、姉とゲイズビーさんを鼻であしらうためなら彼は何でも言うからです。彼はゲイズビーさんとはとにかく同類ですね。母さんはどう思います？　彼はリチャードに出て行くように警告したんです。母さんはリチャードに会ったことはありませんが、とてもいい使用人なんです。警告したのよ。それなのに彼は別の使用人を手に入れる話をしません。仕えてくれる使用人がいなければ、私は彼と一緒に生活することなんかできません」

「ねえあなた、彼と別れるようなことを考えてはいけませんよ」

「でも、それを考えるんです、母さん。あの家の私の生活がどんなものか、母さんにはわからないでしょう。彼は私に話し掛けてこないんです。――決してね。彼はディナーの前六時半に帰宅して、姿を見せたらすぐ化粧室へ行くんです。ディナーのあいだはいつも黙っていて、ディナーが済むと寝るんです。十一時まで役所に出ないことがわかっているのに、朝食はいつも九時で、九時半には家を出ます。私が何かほしがっても、そんな余裕はないって言います。彼がけちだなんて前には思いもしませんでしたが、今は確かに心底守銭奴に違いないと思います」

「浪費家よりはましですよ、アリグザンドリーナ」

「ましだとは思いません。彼がいくら私を不幸せにするとしても、今の私くらい不幸せにすることはできません。不幸せという言葉がふさわしくないんです。あんなうちに朝九時から夕方六時まで一人閉じ込められて、私に何をしろっていうんです？　みんな彼がどんな人間か知っていますから、誰も私を訪ねて来ません。はっきり言いますね、母さん、私は我慢ができません。母さんが助けてくれないんなら、ほかの人に助けを求めます」

ド・コーシー家のその分家はうまくいっていなかったと言える。実際には、ほかの分家もうまくいっていなかった。ポーロック卿は結婚したけれど、人生の伴侶を貴族階級の粒のなかから選ばなかった。卿夫人は長男に味方して一言口添えしたとき、伯爵からあまりにも悪態をつかれたので、こんな虐待にはもう堪えられないとはっきり夫に言わずにいられなかった。夫が痛風で部屋から動けないあいだに、卿夫人は夫の指示に逆らってロンドンに上京し、絶望してこそこそ逃げたと陰口を叩かれないように、夫に挑戦してパーティーを開催したのだ。

「イギリスのどんな女性が堪えたよりも長く」と卿夫人はマーガレッタに言った。「私は堪えてきました。娘が結婚するまでと考えていたあいだに――」

「ああ、それは言わないで、母さん」と、マーガレッタは少し自嘲を込めた口調で言った。母からといえども、結婚のチャンスがなくなったことをほのめかされるのはあまり嬉しくなかった。しかし、本人は結婚を完全にあきらめたとしばしば母に言っていた。

「ロジーナはアミーリアのうちへ行きます」と伯爵夫人は続けた。「ゲイズビーさんはそれが望ましいと満足してくれるでしょう。出費をまかなう充分なものが彼女の手に入るように、彼が面倒を見てくれます。あなたと私は、ねえ、バーデン・バーデンへ一緒に行ってはどうかと思うのです」

「金はどうするんです、母さん?」とマーガレッタ。

「ゲイズビーさんが何とかしてくれるに違いありません。父さんはいろいろ言っているけれど、金はあるに違いないと思います。今よりもそのほうがずっと出費は少なくなります」

「そうしたら、父さんはどうするかしら?」

「仕方がないのです、あなた。私が堪えなければならなかったことは、誰にも理解してもらえません。もう一年続いたら、私は死んでしまいます。伯爵の言葉遣いはどんどん悪くなっているのです。私は伯爵から松葉杖で叩かれるのではないかと毎日おびえているのです」

こんな状況では、ド・コーシーの関係者が盛運にあるとはとても言えなかった。

しかし、ド・コーシー卿夫人はバーデン・バーデンへ行く決心をしたとき、末娘を一緒に連れて行くつもりは少しもなかった。卿夫人は何年も堪えた。今アリグザンドリーナは六か月も堪えることができなかった。そのうえ娘のおもな嘆きは――夫が黙っているということだけだった。それくらいの悲しみで、うるさく不平を言う権利はどんな女にもないと母は感じた。伯爵がそれくらいの罪を犯したのなら、彼女は伯爵に最後まで添い遂げて満足しただろう！

しかし、アリグザンドリーナの生活が母のそれよりもつらくなかったと言えるかどうか、私にはわからない。アリグザンドリーナが夫から一度も言葉を掛けられないとこぼしたとき、それなりに真実を告げていた。慰めのない新しい家のなかで、彼女は非常に長い時間をすごした。――とても長くて退屈な時間をだ。結婚は彼女が期待していたものとは違っていた。母と家にいたとき、彼女のまわりにはいつも人がいた。しかし、そんな人は必ずしも彼女が連れとして選びたい人ではなかった。彼女は結婚したとき、気心のあった人を選んで、まわりに置けると思った。しかし、誰も近寄って来ないことがわかった。彼女よりももっと賢い姉は、明確な考えを持って結婚生活を始め、それを実現した。しかし、この哀れな妹は言わば自分が座礁してしまったことがわかった。彼女はいったん夫に怒りを抱いたら、――一緒になって一週間もしないうちに抱くことになったが――、夫のところに再び帰る愛情を持ち合わせなかった。彼女は夫が部屋に入って来たら、嬉しそうな顔をして、夫の姿によって幸せがもたらされていることを伝える義務があることを知らなかった。妻は新しい家に到着する前から憂鬱になり、その憂鬱を克服することができなかった。もし家庭の慰めが手の届くところにあるように思えたら、夫はそれをえようと手を伸ばしただろう。が、そんな慰めをえることはできなかった。夫は現状をいちばんうまく補強することができると信じて、家庭内に礼儀正しさを確立しようともがいた。しかし、夫はますます難しい課題を抱え、妻はますます憂鬱を濃くした。夫は妻の不幸を考えないで、自分の不幸を考えたが、それは妻が夫の退屈を考えないで、自分の退屈を考えたのと同じだ。「こんなものが家庭の至福なら！」と、夫は肘掛け椅子に腰掛けて、本に注意を向けようと努めながら、心でつぶやいた。

「もしこれが結婚生活の幸せとするなら！」と、妻は本を言い訳に利用するのではなく、ティーカップに隠れて、大儀そうに思った。妻はロンドンの広場の歩道を回る運動が嫌いで、夫と散歩しようとしなかった。夫は妻のため馬車を雇って、借金に陥るような真似はすまいと意を固めていた。夫は金に関してはけちん坊でも、守銭奴でもなかった。しかし、彼は伯爵の娘と結婚して、貧乏になったと思っていたから、借金まみれにはなるまいと決心していた。

母と姉がバーデン・バーデンへ逃げ出そうとしていると聞いたとき、花嫁は突然自分もその逃避行に同行できるのではないかという希望にとらわれた。彼女は夫と別れるつもりはなかったし、少なくとも仲違いがあったと世間から思われるような別れ方をするつもりはなかった。ただ去って、長い訪問――非常に長い訪問――をするだけだった。母とマーガレッタとともにバーデン・バーデンに二年前に行ったとするなら、魅力的なものがそこにたくさんあるとは思わなかっただろう。しかし、今彼女の目にそれは楽園の生活のように思えた。実際、プリンセス・ロイヤル・クレセントの退屈さはひどく重苦しかった。

しかし、どうしたらうまくドイツへの旅を実現することができるだろうか？　彼女はパーティーの前日に母と会話を交わした。ド・コーシー卿夫人は当惑してそのあとマーガレッタに末娘の話をした。

「もちろん彼は手当を出してくれます」とマーガレッタは平然と言った。

「でも、あなた、彼らは結婚してたった十週間よ」

「結婚したからといって、完全に不幸にならなければいけない理由が私にはわかりません」とマーガレッタは答えた。「妹に別れろと説得する気はないけれど、妹が言うことが本当なら、そんな生活は本当に気詰まりでしょう」

クロスビーはポートマン・スクエアのパーティーに来ることに同意したが、その愉快な催しをあまり喜ばなかった。彼は不機嫌な様子で立って、誰にもほとんど言葉を掛けなかった。この数か月で人生の様相が一変してしまったように思った。彼が得意の絶頂を経験したのはここ、こんな場所でだった。彼はこんな時すばらしい経歴のせいで特別な光で輝いて、鈍く不活発に立つまわりの多くの人々をうらやましがらせた。しかし、今この部屋で彼ほど活気のない、黙りこくっている、人が寄りつかない人はいなかった。とはいえ、彼は高貴な家の義理の息子としてそこに根をおろしていた。「かなりゆっくりした出だしですね？」と、ゲイズビーは話し掛けた。ずいぶん苦労して隅にいる義弟のところにたどり着いたあとのことだ。クロスビーはこれに答えてただうなっただけだった。「私としては」とゲイズビーは続けた。「スリッパを履いて書類を相手にしているほうが、むしろくつろいでいられます。この種の集まりは既婚者には合わないように思いますね」クロスビーはまたうなって、それから別の隅へ逃げた。

クロスビーと妻は――二人とも黙り込んだまま――辻馬車で一緒に帰宅した。アリグザンドリーナは辻馬車を嫌った。――しかし、彼女はこんな乗り物で、しかもこんな乗り物でしか、出歩くことができないとはっきり夫から指示されていた。彼は翌朝きっかり九時に朝食の席に着いた。が、彼女は夫が役所に出掛けたあとまで姿を現さなかった。そして、彼女はそのあとすぐ母と姉のところへ出向いた。その後、彼が帰宅して妻に会うため入って来たとき、彼女は応接間に怖い顔をして座っていた。彼は挨拶と見なしてよい言葉を掛けてから、化粧室へ退こうとした。しかし、ちょっと話したいことがあると妻から呼び止められた。

「もちろんです」と彼は言った。「着替えをしようとしただけです。三十分近くありますから」

「長く引き止めません。たとえディナーが数分遅れても、たいしたことではないでしょう。母さんとマーガレッタがバーデン・バーデンへ行く予定です」

「バーデン・バーデンへ、ですか？」

「そうです。そこにとどまるつもりなんです。――かなり長くね」少し間があった。アリグザンドリーナはさらに発言の用意をする必要があると思って、小さく咳払いし、声を澄ませた。彼女はある提案をしようと決心しながらも、それが最初どう受け取られるかかなり気掛かりだった。

「コーシー城で何かあったんですか？」とクロスビーは尋ねた。

「いえ、つまり、そうです。父さんと母さんのあいだでいさかいがあったようです。でも、私がちゃんと知っているわけではないんです。とはいえ、それは今問題ではありません。母さんは行って、今年の残りのあいだそこにとどまるつもりなんです」

「ロンドンの屋敷は放棄するんですね」

「そうだと思います。でも、それは父さんがどうするかによります。私が母さんと一緒に行くことにあなたは反対なさいます？」

結婚して十週間しかたっていない花嫁が何という問いを発するのだろう！　夫と新しい家に移ってひと月もたっていなかった。それなのに今彼女は無期限の月数――おそらく永久に――その家を出る、夫のもとを去る許可を求めていた。しかも、彼女がそれを夫に頼み込むとき、何の心の動揺もそとに表していなかった。悲しみも、後悔も、希望も、その顔にはなかった。彼女は個人所有に見えるように飾り立てた馬車を週二回使っていいかと夫に聞いたとき、生気に満ちていた。その時の生気の半分も今は具えていなかった。クロスビーがその時非常に厳しい態度を見せてはっきり馬車を拒絶したとき、彼女はすすり泣いた。しかし、今すすり泣くことはなさそうだった。彼女は出て行くつもりだった。――与えてくれれば許可をえて、拒絶されれば許可なしにだ。金の問題は確かに重要だったが、ゲイズビーが何とかしてくれるだろう、――そういうことはみな彼がやり繰りしていたから。

「バーデン・バーデンへ一緒に行くんですか?」とクロスビーは聞いた。「どれくらい長くです?」

「そうね、ある程度の長さがなければ、役に立たないでしょう」

「どのくらいの長さを考えているんですか、アリグザンドリーナ? 言いたいことをはっきり言ってください。一か月くらい?」

「ええと、もっとです」

「二か月とか、半年とか、彼女らが滞在するあいだとか?」

「私がそこに着いて、あとでそれを決めたらいいんです」この間、夫は妻をしっかり見ていたのとは対照的に、妻は一度も夫の顔を見なかった。

「つまり」と彼は言った。「私から逃げたいということですね」

「ある意味、確かに逃げることになります」

「ですが、それが普通の意味でしょう? そうじゃありませんか? バーデン・バーデンへ無期限の月数行くと言うとき、あなたに帰って来る気はあるんですか?」

「ロンドンに帰って来るっていう意味ですか?」

「私のところに、私の家に、妻としての義務にですよ! 何が望みかなぜすぐ言うことができないんですか？　私から別れたいんですか？」

「私はここで幸せじゃありません。――この家で」

「誰が家を選んだんです？　私がここに来ることを望みましたか？　ですが、問題はそれではありません。もしここで幸せになれないんなら、幸せになるため、ほかの家なら何がえられるっていうんです？」

「誰も来てくれる人もなく一度に七、八時間この部屋に一人でいたら、私の言いたいことがわかります。そのあともたいして変わらないんです。あなたが帰って来ても、話し掛けてくれません」

「誰も来てくれる人がいないことが私の責任ですか？　事実はね、アリグザンドリーナ、あなたは私の収入に見合った生活に自分を合わせることができないんです。あなたはハイド・パークを馬車で周回させることができないから、憂鬱なんです。私はあなたに馬車を提供することができないし、そうする気もないんです。あなたがそうしたいんなら、バーデン・バーデンへ行けばいい。――つまり、お母さんがあなたを連れて行きたいんならね」

「もちろん私の分の費用を出さなければなりません」とアリグザンドリーナ。しかし、彼はその時これに返事をしなかった。彼は許しを与えるとすぐ椅子から立ちあがり、部屋から出ていこうとしたので、戸口でやっと妻の語尾をとらえた。結局、これが彼にとって考えられるいちばん安あがりな取り決めではないだろうか？　彼は計算するあいだ、化粧室の炉棚に肘をついて立っていた。妻が彼と一緒にいて不幸だったと言うから、彼は妻を叱りつけた。しかし、彼も妻と一緒にいて同じように不幸だったのではないか？　こんなふうに穏やかに、人に気づかれぬように別れたら、――別れて二度と一緒にならなかったら――、そのほうがいいのではないか？　こんな取り決めの利点を損なう小クロスビーの誕生の見込みがこれまでにないことも、彼には幸運だった。たとえ妻に年四百ポンドを与え、不動産上の債務の支払いのため、さらに年二百ポンドをゲイズビーに払っても、彼はまだ六百ポンドを手元に残しており、ロンドンで充分生活を楽しめる。もちろん結婚前の幸せなころのように生活することはできない。金のことは別としてもそんな幸せは手の届かないものになる。それでも、ディナーをするため社交クラブへ行ける。贅沢な葉巻も吸える。あらゆる決心にもかかわらず、ほとんど堪えられなくなっているこの木造の家にも縛られずに済む。彼はそんなふうに計算して、花嫁を行かせるのがいいと思った。家と家具をゲイズビーに譲って、それらを勝手に処分させよう。もう一度独身に戻って、下宿を借り、年六百ポンドを私用に使おう。彼はそれが今あまりにも幸せな見込みに見えたので、着替えをするとき、ほとんど上機嫌になった。妻をバーデン・バーデンへ行かせよう。

ディナーではこの件について何も話されなかった。使用人が応接間のテーブルに茶道具を残して去るまで、彼はこの件を持ち出すことはなかった。「あなたが望むなら、お母さんと一緒に行っていいよ」と彼はそれから言った。

「それが最善だと思います」と彼女は答えた。

「おそらくそうでしょう。とにかくあなたに好きなようにさせます」

「金のことは?」

「その件でゲイズビーと話をするのは私に任せてください」

「それでいいです。紅茶はいかがかしら?」それで、すべてが終わった。

彼女は翌日昼食後母の家へ行き、二度とプリンセス・ロイヤル・クレセントには帰って来なかった。その午前中、彼女は荷造りしたいものをみずから荷造りした。それから、彼女のものと思われるものは何でも持ち帰るよう指示して、家に昔からいる使用人とともに姉らを送り込んだ。「何とまあ」とアミーリアは言った。「二人のためこれらのものを集めるのにどんなに苦労をしたことか。しかもほんの数日前のことです。妹が出て行くのは間違いだと思わずにはいられません」

「それはわかりません」とマーガレッタは言った。「妹は結婚した相手があなたほど幸運な相手ではなかったんです。妹が彼を操るのはどうせ難しいだろうと感じていました」

「でも、あなた、妹は操る努力さえしていないんです。すぐ諦めてしまいましたから。欠けていたのは夫を操ることじゃなかったんです。事実は、アリグザンドリーナが始めたとき、自分が受け入れたものに対する覚悟が欠けていました。私は覚悟していたんです。妻になることはすべてがパーティーへ行ったり、その種の遊びに加わったりすることではないのを知っていました。でも、クロスビーはやはりモーティマーと同類の人間ではなかったと言っていいでしょう。私でも彼とはうまくやっていけなかったと思います。あの小さな本は持ち帰ったほうがいいです。彼は本なんか頓着しませんよ」こんなふうにしてクロスビーの家は裸にされた。

アリグザンドリーナは二度と夫に会わなかった。というのは、彼がポートマン・スクエアに別れの訪問をしなかったからだ。彼は役所に届けられた手紙を読んだ。「私はここに母さんと一緒にいます。今お別れを言っておくほうがいいでしょう。私たちは火曜に発ちます。手紙を書きたいときは、ここの家政婦に手紙を送ってください。あなたがこれから心地よくすごせて、健康でいられるように願っています。愛情をこめてあなたのものである、A・Cより」彼はこれに返事を出さないで、その日は外出し、社交クラブでディナーを取った。

「最近あなたにお目に掛かりませんでしたね」とモンゴメリー・ドブズが言った。

「そうです。妻が義母と海外へ行っているんです。妻がいないあいだ、ここにまた戻って来ます」

彼はそれ以上聞かれることはなかったし、誰からも家庭問題をほじくり出されることはなかった。妻や家族について尋ねてくるほど親密な友人は、一人もいないように思えた。妻が去り、ひと月もすると彼はまたマウント・ストリートに戻って、――年六百ポンドではなく、五百ポンドで生活を始めた。というのは、ゲイズビーが清算したとき、今それ以上の収入は不可能だと彼に示したからだ。伯爵夫人は長いあいだ年四百五十ポンドというささやかな支給をレディー・アリグザンドリーナに出していなかった。――そのうえ継続中の保険があるではないか？

しかし、彼はたとえ年三百ポンドでも自由を受け取るほうに同意しただろう、と私は思う。――安堵が彼にはとても大きかった。

第五十七章　リリアン・デールが母を論破する

デール夫人はジョン・イームズが娘に求婚する面会のあいだその場に立ち会っていたが、そこではほとんど何も口を出さなかった。求婚者が成功すればいいと願っていたのに、それを口に出す勇気も、部屋を出る勇気も持ち合わせなかった。イームズはこんなふうに第三者の前で愛情を告白するように強いられるのはつらいと感じた。しかし、彼はそれをやり遂げて、答えをもらい、立ち去った。リリーは彼の求婚が終わったあと、母と言葉を交わすこともなく、その場を立ち去り、夕方までずっと姿を現さなかった。夕方になれば、当然母娘はまた一緒になるだろう。デール夫人はこんなふうに一人になると、娘の手を求めるこの新しい求婚のこと以外、何も考えることができなかった。これが実現しさえしたら！　そんな結果をもたらす効果的な言葉を母がリリーに掛けることができたら！　しかし、これまでのところ母は発言を恐れて一言も口を開かなかった。

母はその実現が難しいことに気づいていた。イームズがあまりにも早く来すぎたと、――求婚の試みがあの難破のあとあまりにも早くなされすぎたと、何度も一人つぶやいた。船材があんなに荒々しく酷使されて痛んでいるのに、船をまたすぐ海へ出航させるなんてどうしてできようか？　今や求婚の試みがなされ、イームズが願いを言い、回答を与えられて追い返されたので、母はもしこの件で話すとすれば、すぐリリーに話をしなければならないと感じた。娘とその心のうちは完全に把握していると思った。リリーがそんな心変わりを受け入れることができるようになる前に、克服しなければならない抵抗の大きさを母は理解した。しかし、イームズとの結婚が実現したら、リリーは幸せになれるだろう。いったんそれが実現したら、あらゆる点で祝福となるだろう。もし実現しなかったら、リリーの人生は最後までうつろで、孤独で、愛のないものになってしまうのではないか？　デール夫人は思い切って務めに踏み込むことをまだためらっていた。

「荷物を全部また荷ほどきしなければならないことと、母さん、下宿を借りる計画をあきらめることは、決まったものと見ていいんですね」

「まだわかりませんよ、あなた」

「ええ、でも、わかります。――先ほどの母さんの発言がありますからね。みんなが私たちを何たる馬鹿（ガチョウ）と思うでしょう！」

「私たちが自分を馬鹿だと思わなければ、あるいはあなたの伯父さんがそう思わなければ、私はそんなことはぜんぜん気にしません」

「伯父さんは私たちを白鳥と言うと思います。私たちが白鳥だと伯父さんがじつに真剣に思っていたこと、私たちがここにいることを伯父さんがずっと望んでいたこと、そういうことを知っていたら、『小さな家』を出ることに私は賛成なんかしませんでした。でも、伯父さんはとても奇妙なんです。怒っていると思うときに愛情が深くて、優しく親切にしてくれると思うときに意地が悪いんです」

「とにかく伯父さんの愛情を確信することができました」

「私たち娘に対する伯父さんの愛情について、私は一度も疑ったことがありません。でも、母さん、ボイス夫人には合わせる顔がありませんね。ハーン夫人とクランプ夫人に会うのも、とても気まずいです。ホプキンズは私たちが屈服したことを知ったら、ひどく非難するでしょう。でも、ボイス夫人が最悪でしょうね。

夫人がお祝いの言葉を言う口調が想像できます？」

「私はボイス夫人を乗り越えてたぶん生き残ると思います」

「ええ、そうね。夫人のところへ行って、説明しなければなりませんね。昔から母さんが臆病なのは知っていますよ、そうでしょう？　ベルは恋人が一緒だから少しも恐れません。ベルにはボイス夫人なんか何でもないんです。矛先はみな私なんです。まあ、気にしませんけれどね。ここで母さんが幸せになれると約束するなら、私はここにとどまることに賛成します。ねえ、母さん、母さんが幸せでいられるなら、私は何でも賛成します」

「あなたは幸せになれるんですか？」

「はい、とても幸せです。ただし、ベルに会えなくなるのは残念ですけれどね。ちょうどあの距離に住んでいたら、なかなか会えません。長い滞在には近すぎるし、短い滞在には遠すぎます。こうしたらどうかしら。互いに中間まで歩いて、ド・ゲスト卿の森の角で落ち会う取り決めをするんです。ベンチを取りつけさせてくれるかな。小さな家を借りて、サンドイッチやビールを持ち込んでもいいと思います。そんなふうに会うことはできないかしら？」

　母娘はこうしてゲストウィックへ引っ越す計画を捨てることにした。二人はティー・テーブルでこの件を話し続けた。デール夫人はその夕方ジョン・イームズの件を思い切って切り出すことができなかった。

　しかし、母娘は家を元の家に戻す仕事を始める気力をまだ取り戻していなかった。それを始める前にベルが帰って来る必要があった。また郷士の明確な同意を公式にもらわなければならなかった。デール夫人はある意味間違いを認め、不従順の罪の許しを請わなければならなかった。

「私たち二人は庭でホプキンズに会うとき、荒布をまとい、灰を額にかぶって(1)行ったほうがいいですね」

とリリーは言った。「彼は朝早くエンドウ豆のお皿を送ってきて、私たちの頭に燃えさかる炭火を積むと思います。[2] 狩猟管理人のディングルズは雉を一羽送ってくるでしょう。ただし雉は五月には増えないんですけれどね」

「荒布をまとっても、雉よりも不格好でなかったら、私は気にしません」

「それは母さんが繊細な感情を具えていないからです。それから、クリストファー伯父さんの感謝にも立ち向かわないと！」

「ええ、それは感じます」

「でも、母さん、ベルが帰るまで待って、姉さんに決めさせましょう。姉さんは家を出て行くんですから、偏見にとらわれることはありません。もし伯父さんが家にペンキを塗ると申し出てきたら、――伯父さんはきっとそうすると思います。――そうしたら私は身を地面に伏せて、ちりにまみれます」[3]

それでも、デール夫人は心にいちばん引っ掛かる問題について何も口を開かなかった。リリーがふざけて母の臆病を責めたとき、夫人はすぐこの問題を心に思い浮かべて、自分は臆病だと独り言を言った。どうして我が子に助言を与えることを恐れる必要があろうか？　クロスビーの行動について娘に一言も意見しないで見すごしたら、義務をおろそかにするように思われた。クロスビーは悪党だった、そんなやつとして心のなかから切り捨てなければならないことを娘に強制すべきではないだろうか？　実際、リリーがこれまでこの婚約の問題については母と扱ったよりも、もっと開けっ広げにジョン・イームズと扱ったと言うとき、たんに本当のことを言っていた。デール夫人はその夜寝床に就く前に自室に座って、こういうふうに考えたあと、翌朝母が見たようにリリーに見させ、母が考えたようにリリーに考えさせようと決意した。

夫人は課題を始める前に朝食を何事もなく済ませ、その時でもすぐそれに取り掛かろうとはしなかった。

ティーカップが片づけられたとき、リリーは座って仕事に取り掛かり、デール夫人はいつものように台所へ向かった。居間に座るころにはほぼ十一時になっており、その時でも夫人は裁縫箱を前に置いて、針を取り出した。

「ベルはレディー・ジュリアとうまくやっているかしら」とリリー。

「きっと仲よくやっていますよ」

「レディー・ジュリアが姉に噛みつかないことくらいわかります。背の高い従僕に会った姉の当惑も、今頃までには収まっているでしょう」

「あのうちに背の高い従僕がいるとは知りませんでした」

「それなら背の低い従僕です。――私の言いたいことはわかるでしょう。高貴なお屋敷に属するあらゆるもののことです。戸惑わないようにしっかり心を固めていても、きっと初めは戸惑うに違いありません。たんに貴族だからといって、貴族を恐れるのはなるほど卑しいことです。それでも、もし私があのお屋敷に泊まったら、ド・ゲスト卿にさえ最初はきっとおびえるでしょう」

「それじゃ行かなくてよかったです」

「ええ、そう思います。ベルは私よりもしっかりした強い心を持っていますから。たぶん二日目にはおびえを克服します。でも、姉はあそこで何をするのかしら？　あんなお屋敷でもストッキングを直すものか知りたいです」

「人目に触れるところではたぶん直さないと思います」

「とても大きなお屋敷ではストッキングは履き捨てだと思うんです。それについて考えたことがあるのよ。首相が靴を靴直しに送らせることがあると思います？」

「おそらくまともな靴屋なら敬って首相の靴を直しますね」

「じゃあ靴は直されると思うんですね？　でも、誰が注文するんでしょう？　小さな穴があきそうなとき、私がするように首相自身が調べるのかしら？　大主教は手袋を年にたくさん自分で調べるのかしら？」

「たぶんあまり厳密には調べないと思いますよ」

「つまり、こういうことになると思うんです。大主教は手袋が必要なとき、いつでも新しい手袋が手に入るんだと。でも、その必要がどうしてわかるんでしょう？　手袋は次の日曜も大丈夫だと大主教自身が言うのかしら？　主教が一度ここに来たことがあります。手袋の親指の先に穴があいていました。私は堅信礼を受けるところでしたが、主教はもっと賢くなくてはと思ったのを覚えています」

「どうして私が直しますと申し出なかったんです？」

「そんな勇気がぜんぜんなかったんです」

会話はデール夫人の課題にあまり役立ちそうもない仕方で始まった。リリーがいったんある話題を話し始めたら、そこから離れるように簡単に仕向けることができなかった。リリーが心を一つの方向によじったら、よじり返すのが難しかった。彼女は今私たちの貴族や権力者に特徴的な小さな社会習慣を考えることに熱中しており、王室の子はポケットに半ペニー貨を入れたことがあると思うか、それとも四ペンス貨まで入れたことがあると思うか母に聞いた。

「ほかの子供と同じようにポケットはあると思うんです」とリリー。

しかし、母は急に娘の話を止めた。――

「リリー、ジョン・イームズのことであなたにちょっと言いたいことがあるんです」

「母さん、今は王室のことについて話したいんです」

「でも、あなた、私がこの話をしても、許してくれなければいけません。ずいぶん考えてきたんです。私が義務だと思うことをするとき、あなたは反対しないと思います」

「ええ、母さん。もちろん反対しません」

「あなたがクロスビーの行動を知ってから、私はあなたの前でめったにその名に触れませんでした」

「そうですね、母さん、触れていません。親切にしてくれて、母さんを深く愛しています。母さんがどれだけ寛大だったか私が理解していないとか、知らないとか思ってはいけません。あなたのようにすばらしい母はいません。私はみんな承知して、毎日そのことを考え、あなたの信頼による沈黙に心から感謝しています。もちろん私には母さんの気持ちもわかっています。彼がしたことのせいで、彼を悪いと思い、憎んでいると思います」

「できれば人を憎みたくはありませんよ、リリー」

「ええ、でも、母さんは彼を憎んでいます。私があなたなら、彼を憎みます。でも、私はあなたではないので、彼を愛しています。彼の幸せを毎朝毎晩祈っています。彼女の幸せもね。私は彼を完全に許しています。彼は正しかったと思います。私がそうしてもおかしくないほど年を取ったとき、彼のところへ行って、そう言います。できれば、彼の業績や成功のすべてを耳にしたいんです。こんなふうに見方に違いがあるとき、いったい母さんと私が彼について話すことができるでしょうか？　不可能です。あなたは沈黙しており、私も沈黙していました。――沈黙したままでいましょう」

「私が話したいのはクロスビーのことではありません。でも、彼がしたような行動は世間の人みなから強く非難されるものであることを知るべきだと思います。あなたは彼を許してもいいんですが、次のことは認めるべきです――」

「母さん、私は何も認めたくありません。――彼については何もね。議論できないことがありますからね」デール夫人は今のこの問題こそ議論の余地のない問題だと感じた。「もちろん母さん」とリリーは続けた。「どんなことでもあなたに反対するつもりはありません。でも、このことについては沈黙を守りたいと思います」

「私は当然あなたの将来の幸せだけを考えています」

「わかっています。でも、母さんが不安に思う必要はないということをどうか信じてください。私は不幸になるつもりはありません。もちろん悲しみました。――とても悲しみました。胸が張り裂けると思いました。でも、それも終わりました。今はまわりの人と同じように幸せになれると信じています。子供のころ母さんがよく言っていましたが、私たちはきっとみな災難にあうんです」

デール夫人は話の切り出し方を間違えたと思い、クロスビーの名に触れるのを避けていたら、もっと話をうまく進めることができたと感じた。夫人は自分の言いたいことが何か、――娘の前で詳細に説明したい議論が何か、正確に理解していた。しかし、夫人はどんな言葉を遣ったらいいか、思いをどううまく表現したらいいか、心得ていなかった。夫人はしばらく話をやめた。リリーは会話が終わったかのように仕事を続けた。しかし、会話は終わっていなかった。

「私があなたに言いたいのはクロスビーさんのことではなくて、ジョン・イームズのことなんです」

「まあ、母さん!」

「あなたは私が義務だと思うことをするとき、邪魔をしてはいけません。イームズがあなたに言ったことを聞き、あなたが答えたことを聞いて、私の頭はもちろんそのことで一杯なんです。どうしてあなたはあんなに断固とした態度で彼をはねつけたんです?」

「私がほかの人を愛しているからです」と彼女は大声で答えた。この発言がふさわしくないことを承知しているとはいえ、――それでも発言しなければならないと決意しているような、いくぶん大胆な、ほとんど強情な、落ち着いた口調だった。

「でも、リリー、その愛はまさにその性質上終わらなければなりません。あるいはむしろ、その愛は彼の妻になろうと思ったとき、あなたが感じていた愛と同じではありませんよ」

「いいえ、同じです。もし彼女が死んで、クロスビーが五年たって私のところに帰って来たら、私は依然として彼を受け入れます。私は彼を受け入れる義務があると思います」

「でも、彼女は死んでいないし、死にそうもありません」

「どちらでも違いはありません。私を理解していませんね、母さん」

「理解していると思います。あなたも私を理解してほしいんです。あなたの立場がどれだけ難しいか、あなたの気持ちがどうか、わかっています。でも、これもわかっているんです。もしあなたが納得して、遅れないうちにジョン・イームズを親しい友人として受け入れる気になりさえすれば、――」

「私は親しい友人として彼を受け入れました。当然受け入れます。彼は親しい友人です。私は彼を心から愛しています。――母さんと同じようにね」

「私が言いたいことがわかりますね？」

「ええ、わかります。でも、それは不可能だと言っているんです」

「もしあなたがそれを試みたら、この不幸はみなすぐ忘れられます。もし彼を友人――夫になれるかもしれない友人――と見なす気になれたら、すべてが変わります。――私はたぶんあなたが幸せになるのが見られます！」

「母さんは奇妙なことに私をうちから追い出したいんですね！」

「そうですよ、リリー。――そんなふうにあなたを追い出したいんです。あなたが将来の妻として手を彼の手に委ねるのを見ることができたら、私はこの世でいちばん幸せな女になれると思います」

「母さん、私はそんなふうにあなたを幸せにすることができません。もし母さんが本当に私の気持ちを理解していたら、あなたが提案するように私が行動したら、きっとあなたは不幸になります。私は大きな罪――ほかのどんな罪よりも女が警戒しなければならない罪――を犯すことになります。心のなかで私はあのもう一人の男と結婚しています。私は身を彼に捧げ、彼を愛し、彼の愛を喜びました。彼が私に口づけするとき、私も彼に口づけし、彼の口づけを待ちこがれました。彼から愛撫されるためだけに生きているように思えました。その間ずっと私は一度も私が間違っているとは感じませんでした。――なぜなら、彼は私にとってすべてだったからです。私は彼のものでした。その事情が一変して、――私を不幸のどん底に陥れたんです。でも、ああいうことがもとに戻せたり、忘れられたりするはずがないんです。私は彼がここに来る前の私に戻れるはずがありません。まるでなかったかのように埋めて、視野から消してしまうことなんかできないものがあるんです。私はあなたと同じよ、母さん、――やもめなんです。でも、あなたには娘がいて、私には母がいます。もしあなたが充足していられるなら、私も充足していられます」それから、彼女は立ちあがって、母の首に身を投げ掛けた。

　デール夫人はそれ以上もう議論することができなかった。今リリーがしたような訴えに対して、母が返答することは不可能だった。そのあと、沈黙が必要であることを受け入れる気になった。歳月がたつにつれて、多少変化はあるかもしれないが、どんな理屈も娘には役に立ちそうになかった。母は娘を抱き締めて、娘を思ってすすり泣いた。――一方、リリーの目に涙はなかった。「あなたに好きなようにさせます」とデール夫人は囁いた。

「ええ、私が好きなようにね。思い通りにします。それが私の望むことです。母さんに暴君のように君臨して、どんなことでも私の命令を実行させるんです。行儀のいい母がしてくれるようにね。でも、厳しい命令は出しません。もし母さんが従順でいさえすれば、あなたに親切にします！　ホプキンズがまた来ました。また話をして、私たちを叩きのめし、踏みつぶすためかしら」

ホプキンズはたった一つの部屋しか今は住める状態でないので、どの窓から来たらいいかよく知っていた。彼は食堂に来て、窓ガラスで鼻をほとんど押しつぶした。

「まあ、ホプキンズ」とリリーは言った。「ここです」デール夫人は顔を背けた。というのは、まだ頬に涙が残っているのを知っていたから。

「はい、お嬢さん、見えるよ。お母さんとお話がしたいんだ」

「回ってください」とリリーは言った。母をすぐ人前に出すのを避けたかった。「寒すぎるので、窓を開けることができません。回って入ってください。ドアを開けます」

「寒すぎるって！」とホプキンズは歩きながらつぶやいた。「ゲストウィックの下宿はもっと寒いことがわかるよ」しかし、彼は台所を回り、玄関でリリーと会った。

「さあ、ホプキンズ、何の用かしら？　母さんは頭痛なんです」

「頭痛かね？　おれはお母さんの頭痛を悪くしやしないよ。新鮮な空気くらい頭痛にいいものはない。それがおれの考えだ。ただし一分も風に当たるのに堪えられない人がいるがね。もし温室で多少とも毎日光を通さなかったら、植物は育たない、まったくね。葡萄についても同じだ。引き返して、お母さんに会えなかったと言おうか？」

「入りたかったら、どうぞ。ただ穏やかになさってくださいね」

「おれはいつも穏やかじゃないかね、お嬢さん？　おれが怒鳴っているのをどなたか聞いたことがあるかね？　よろしければ、奥さん、郷士が帰って来ましたよ」

「何？　ゲストウィックから帰って？　ミス・ベルも連れてですか？」

「郷士一人だけ帰って来たよ。馬に乗ってね。すぐまた戻るつもりでいるというのがおれの考えだね。だが、郷士はあなたに来てほしいと言っている、デール夫人」

「はい、すぐ向かいます」

「郷士は優しく愛情を込めて言うようにおれに命じたよ。そうしたからといって、違いがあるかどうかわからんがね」

「とにかく私は行きますよ、ホプキンズ」

「頭痛のことは気にしなくてもいいのかな？」

「何のことです？」とデール夫人。

「いえ、いえ、何でもありません」とリリーは言った。「母さんはすぐ行きます。行って伯父さんに伝えてください、いい人ね」彼女は手をあげて、庭師を部屋のそとへ後ずさりさせた。

「夫人はぜんぜん頭痛ではなかったと思うな」とホプキンズ。彼は敷地の裏を戻りながらぶつぶつ文句を言った。

「良家の人々は何という嘘をつくんだろう！　仕事で出て行かなければならないとき、もしおれが頭痛だと言ったら、何と言われるだろう？　だが、貧乏人は嘘をついても、酒を飲んでも、何をしてもいけないんだ」庭師はそんなふうに伝言を持って帰った。

「なぜ伯父さんは帰って来たのかしら?」とデール夫人。

「ただ牛の面倒を見て、豚がみな死んでないか確認するためよ。不思議なのは、伯父さんが出掛けて行ったことのほうです」

「すぐ行かなければなりません」

「ええ、もちろん」

「引っ越しについて何と言えばいいかしら?」

「引っ越しの話ではありませんよ。――少なくともそう思います。母さんが話し出すまで、伯父さんがその件をまた持ち出すとは思えません」

「でも、もし持ち出してきたら?」

「神の摂理を信じなければ。私が今ホプキンズに言ったように、ひどい頭痛がすると強く言ったらいいんです。ただしそんなことをしたら、分別に欠けるといって、母さんは私を見捨ててしまいますね。橋まで一緒に歩きましょう」そこで、母娘は芝生を横切って一緒に出掛けた。

しかし、リリーはすぐ一人取り残されて、母の帰りを待ちながら散歩を続けた。砂利道を巡って歩くとき、母に言った言葉を思い出した。彼女も母と同じ未亡人だと言い切った。「それは間違ってはいません」と彼女は胸中で議論して言った。「状況や便利さや快適さが求めるまま、心があちこちに動いたら、心にいったいどんな価値があるというんでしょう? 彼がここで私を腕に抱いたとき」――彼女はそれを脳裏によみがえらせるとき、二人が立っていたまさにその場所にいるのを思い出した。――「ああ、私のいとしい人!」と彼女は口づけに応えるとき彼に言った。「ああ、私のいとしい人、私の恋人、私のいとしい人!」――「彼がここで私を腕に抱いたとき、夫だからいいと思った。彼は変わってしまったけれど、私は変わっていない。私は彼を愛するのをやめ、やめると彼に伝えるべきだったのに、そうしていないのかもしれない。彼が変わったように、私も変わるべきだったのに、変わっていないのかもしれない」しかし、彼女はここまで考えてきたとき、レディー・アリグザンドリーナのことを思い起こして身震いした。「彼はとても手が早かった」と彼女はまだ独り言を続けた。「とても、とても変わり身が早すぎたんです。それでも、男性は女性とは違います」彼女はどこにいるか忘れるほどひたむきに歩き続けた。そのあいだクロスビーを夫でかつ主人と見なすようになったあのいろいろなことがあった数か月の、あらゆる小さな思い、あらゆる小さな言葉を思い出す毎日の作業をした。彼女はいちばん不幸なときを克服したと言った。それでも、みじめさでほとんど狂おしくなるときがあった。「彼を忘れろって！」と彼女は言った。「ずっと忘れられないたった一つのことなんです」

彼女はついに母の足音が郷士の庭を横切って近づいて来るのを聞き、橋の上の持ち場に着いた。「止まれ、有り金をみな出せ」と、彼女は母が橋の厚板に足を掛けたとき言った。「つまり、何か出すに値するものを持っていればの話です。何か決まったことはあります？」

「うちに入りましょう」とデール夫人は言った。「全部話します」

註

（1）「エステル記」第四章第一節や第三節に嘆きや悔い改めの表現として、「荒布をまとい」「灰」をかぶる場面が描かれている。「ネヘミヤ記」第九章第一節にも「イスラエルの人々は集まって断食し、荒布をまとい、土をかぶった」とある。

（2）「ローマ人への手紙」第十二章第二十節に「そうすることによって、あなたは彼の頭に燃えさかる炭火を積むことになるのである」とある。善をもって悪に報いるとの意。第五十章の註（1）参照。

（3）「詩篇」第四十四章第二十五節に「まことに我らの魂はかがんで、ちりに伏し、我らのからだは土につきました」とある。

第五十八章 「小さな家」の運命

デール夫人は娘にうちに入るように誘って、ニュースという財布をそこで差し出すと言った。その口調には何か含むものがあって、それがリリーのひょうきんな言葉をすぐ沈黙させた。母はたっぷり二時間「大きな家」にいた。その間、リリーは最後には母の足音が待ちきれなくなるまで、庭を巡る散歩を続けた。その長い二時間に伯父と母のあいだで何か重要なことが話されたに違いない。デール夫人が時々「大きな家」に呼び出される対話はいつも二十分を越えることはなかった。結果は庭を一巡りか、二巡りするあいだに娘たちに伝えられた。しかし、デール夫人は今回うちのなかで席に着くまで、話をしようとしなかった。

「伯父さんはわざわざ母さんに会うため帰って来たんですか?」

「そうです、あなた、そう思います。あなたにも会いたがっていました。でも、私が先に話すまで待ってくれるように彼にお願いしたんです」

「私に会いたいって、母さん? 何かしら?」

「あなたに口づけして愛してくれるように言う。ただそれだけです。彼はあなたを困らせるようなことは少しも考えていません」

「それなら私も伯父さんに口づけして愛します」

「ええ、私からみな聞いたあとで、そうすればいいんです。ゲストウィックへ移るという考えを完全に捨てると正式に彼に約束しました。これで引っ越しは終わりです」

「あら、あら！　すぐ荷ほどきを始めてもいいんですね？　一生のなかでも何という挿話でしょう！」

「もちろん荷ほどきをしていいんです。というのは、彼に誓ったんです。彼はゲストウィックへ自分で行って、下宿について処理することにしています」

「ホプキンズは知っていますか？」

「まだ知らないと思います」

「ボイス夫人も知りませんね！　母さん、私が来週生き残れるとは思えません。私たちとても馬鹿に見えるでしょうね。これからどうするか言いましょうか。――仕事に取り掛かってベルが帰って来る前に全部元に戻すんです。ベルを驚かせるためにね」

「何ですって！　二日で？」

「ねえ、いいでしょう。ホプキンズを呼んで手伝わせます。そうしたら、彼はあまりひどく私たちに当りませんから。すぐ始めて毛布とベッドから取り掛かります。なぜって、それなら私でも荷ほどきできるからです」

「でも、まだ私の話の半分しか終わっていません。彼と話し合ったことをどうあなたに伝えたらいいかわかりません。彼はバーナードの件でとても悲しんでいました。バーナードは外国へ行こうと決めています。何年も帰って来ないかもしれません」

「軍務をだいじにするからといって責められませんね」

「責められません。郷士はただ年を取って一人取り残されるのがとても悲しいと言ったんです。それは私たちが『小さな家』に残る話をする前のことでした。彼はここに残るように私たちにもう一度頼み込むことはすまいと決めているように見えました。それが目に表れていたし、声の調子からもわかりました。彼はあなたとベルの二人をどれだけ愛しているか口にして、不幸なことにあなた方についての彼の希望は実現されなかったと言ったんです」

「あら、でも、伯父さんはもともとそんな希望を持つべきじゃなかったんです」

「いいですか、あなた、あなたが彼に腹を立てることはないと思います。あなた方にとって『大きな家』が快適だったことはないと、彼は感じていると言ったんです。それから、たとえ私が思い出すことができたとしても、とても繰り返して言うことができない言葉が続いたんです。彼は私のことをたくさん話しました。私たちのあいだの感情がもっと思いやりのあるものにならなかったことを後悔してね。『じゃが、わしの心のなかは』と彼は言ったんです。『言葉よりもずっと優しかったんじゃ』と。それで、私は座っていたところから立ちあがって、彼のところへ行って、私たちはここに残りますと伝えたんです」

「そしたら、伯父さんは何と言いました?」

「何と言ったかわからないんです。私が泣いていたのと、彼が口づけしたのはわかるんです。それは初めてのことだったんです。彼が喜んだのはわかります、――とても喜んだのがね。彼はしばらくすると快活になり、非常に多くのことをしようと言い出したんです。あなたが言ったあのペンキ塗りも約束しました」

「あら、そう。わかりました。ホプキンズは明日ディナーの前にエンドウ豆を持って、ディングルズは両肩にウサギを担いでここに来ますね。それから、ボイス夫人よ！　母さん、伯父さんはボイス夫人のことは考えなかったでしょうね。もし考えたら、彼は慈悲深い人ですから、まだ悲しみに包まれているはずです」

「それなら、彼はボイス夫人のことは考えなかったんです。というのは、私が帰るとき、彼は少しも悲しんでいませんでしたから。でも、私の話はまだ終わっていません」

「あら、母さん、まだあるんですか?」

「私は話の順番をまったく間違っていました。というのは、私がこれから伝えなければならないことは、引っ越しのことについて一言も話されていないうちに言われたことです。彼はバーナードについて言ったあと、すぐこの話を切り出したんです。バーナードがもちろん跡継ぎになると彼は言いました」

「もちろん彼が跡継ぎです」

「それから、郷士はあなた方娘たちへの支援を資産に負わせるのは間違いだと思うと言ったんです」

「母さん、今まで誰も支援について――」

「聞いて、リリー、聞きなさい。できるなら、彼に心を和らげて優しくしてあげて」

「心は和らいでいます。ただあまり金を手に入れる見込みがないなんて私は言われたくないんです。まるで金をほしがっているみたいでしょう。私はバーナードの下男、メイド、雄牛、ロバ、あるいは彼のどんなものも羨ましいと思ったことがありません[1]。本当のことを言うと、私は金がベルのものになることも願わなかったんです。なぜなら、姉にはバーナードよりも、もっと好きになれる誰かさんがいることを私はよく知っていたからです」

「まだ私の話は終わっていませんよ」

「ええ、母さんが頑張るなら、話は最後まで聞きます」

「要するにこういうことです。彼はベルに三千ポンド、あなたにも三千ポンドを出してくれたんです」

「でも、どうして私に、母さん?」リリーはそう言うとき、頰が赤くなった。ジョン・イームズのことはできれば話題にされないほうがよかった。口を開く必要があるにしろ、ないにしろ、とにかく舌で災いを招かないようにしよう。「でも、どうして私に、母さん?」

「なぜなら、彼が私に説明したところによると、あなた方それぞれに同じにするのが正しいと思うからだそうです。その金はこの瞬間にもうあなたのものです。――お好きなようにヘアピンが買えます。彼があんなに多額の金を自由にできるとは思いませんでした」

「三千ポンド！　伯父さんがこの前くれた金は半クラウンでした。ずいぶんけちだと思いました！　何よりも十シリングほしかったんです。もしすてきな新しい五ポンド札をくれたら、今はそのほうがずっとよかったのに」

「彼にそう言ったらいいです」

「いえ、言ったら今度はきっとそれもくれるでしょう。でも、五ポンドもあったら、それで好きなことができるという気になります。――化粧道具入れを買ったり、リスの運動器具を買ったりね。でも、そんなふうに楽しめるように娘に金をくれる人はいません」

「まあ、リリー、なんて恩知らずな子なんでしょう！」

「いえ、違います。恩知らずじゃありません。とても感謝しています。なぜなら伯父さんが心を和らげたから、――なぜなら彼が泣いて母さんに口づけしたから。私はこれから彼にとても親切にします！　でも、三千ポンドくれたことでは、彼にどう感謝したらいいんでしょう。わかりません。これは私の日常的なレベルをまったく超えた出来事なんです。別世界で訪れるまだ必ずしも望んでいないことのようです。感謝しているんですが、漠然とした当惑するような感謝なんです。この金のおかげで、どれくらい待てばバルモラル・ブーツ(2)が手に入るか教えてくれませんか？　もしそれが手元に届いたら、感謝の気持ちが高まると思います」

郷士は馬に乗ってゲストウィックに戻るあいだに、デール夫人が説明したあの快活さからまた普段の陰鬱な気分に落ち込んだ。彼は過去をじっくり見詰め直して、彼の心のなかはそとに出る言葉よりもずっと優しいと義妹に言ったことが真実だと確認した。しかし、世間は、あるいはこの世で彼にいちばん近い人々は、いつもみな彼の心のなかよりも言葉で判断した。世間は郷士が支配者である心のなかの事実よりも、郷士が意のままにできない、変えられない外見のほうで解釈した。彼は親戚みなに優しくしなかっただろうか？しかし、彼に好意を寄せてくれる人はいただろうか？「母娘があそこにとどまるのは気の毒じゃ」と彼はつぶやいた。「母娘をがっかりさせることはわかっている」しかし、彼はマナー・ハウスでベルに会ったとき、快活に話し掛けて、ゲストウィックへの引っ越しが中止になったと、満足の表情で言った。

「とても嬉しいです」とベルは言った。「私が引っ越しを願ってからだいぶたちます」

「お母さんは今引っ越しを願っていないと思う」

「きっと母は願っていません。最初からみな誤解でした。私たちの誰かがあなたの願いに必ずしも沿うことができなかったとき、引っ越しをしたほうがいいと思ったんです――」それから、ベルは自説にこだわったら、窮地に落ち込んでしまうとわかって間を置いた。

「それについてはもう言わないことにしよう」と郷士は言った。「それは終わったことじゃ。こんなに心地よいかたちで決着してわしはとても嬉しい。昨日クロフツ先生に話したところじゃ」

「そうですか、伯父さん？」

「そうじゃ。彼は結婚の前日うちへ来て泊まる予定なんじゃ。それをみな取り決めた。『大きな家』で朝食を取ることになっている。ただしあんたが日取りを決めなければならない。五月のどこかがいいな。それにあんた、あんたはきれいにする必要がある。ここに少し金がある。結婚前に使うんじゃよ」それから、彼はよろよろと立ち去った。彼は一人になるとすぐ悲しくなり、落ち込んだ。彼は生涯の終章まで穏やかな悲しみと途切れぬ落胆にとらわれていると予告していい。

　私たちはレディー・ジュリアから保護されたところでジョン・イームズのもとを離れた。彼は小川に架かる橋の手摺りからリリーの名を削り取っているとき、レディー・ジュリアに不意を突かれた。彼はマナー・ハウスにはもう戻らないで、ゲストウィックの母のうちへ逃げ、そこからロンドンに帰ることを考えた。しかし、レディー・ジュリアの足音を聞き、その姿を間近に見たとき、そんな退却の見込みが絶たれたことを知った。それで、彼は穏やかに身を任せてマナー・ハウスに連れて行かれた。レディー・ジュリアとは問題全体を隠し立てなく議論して、――希望はついえ、幸福はうせ、心は半分張り裂けたと打ち明けた。求婚に成功して祝福を受けることになったら、レディー・ジュリアにはおそらく会いたくなかっただろう。が、彼は伯爵の家にいるほかの誰のよりも彼女の慰めと同情に従順になることができた。「あなたのお兄さんにぼくは何と言ったらいいかわかりません」と、ジョンは彼女が入ろうとしている通用口の近くで囁いた。

「兄に結果を知らせるのは私に任せてくれませんか？　そのあともちろん兄はあなたと話をします。でも、兄を恐れる必要はありません」

「デールさんもいますね？」とジョニーは言った。「みんなが結果を聞きます。ぼくがどんなに馬鹿な真似をしたかみんなが知ります」レディー・ジュリアは伯爵のほうから郷士に話をさせようと提案し、誰も馬鹿とは思わないと彼を安心させて、それから一人で寝室にあがらせた。彼は寝室に入ると、不在のあいだに届けられたクレーデルの手紙を見つけた。しかし、その手紙の内容は次の章までお預けにするほうがいいだろう。内容は彼に慰めを与えるようなものでも、悲しみを助長するようなものでもなかった。

　ディナーのおよそ一時間前にドアにノックがあって、どうぞという声に応えて伯爵が部屋に入って来た。伯爵はいつもの農作業用の服を身につけていた。卿は家に帰って来る途中レディー・ジュリアに捕まって、若い友人に直接会いに来たのだ。心優しい妹から何を言ったらいいかしかるべき薫陶を受けていた。しかし、卿がその場面の発言のすべてで厳密に妹の教えに従ったと、私ははっきり言うことができない。

「さて、君」と卿は口を切った。「若い娘が強情を張っているそうだね」

「はい、伯爵。正確に言うと。強情を張っているのかどうかわかりません。もうおしまいです」

「それはどうとも言えないな、ジョニー。私の知っている限り、初めての求婚で恋人を受け入れる娘は半分もいないからね」

「二度と彼女には申し込みません」

「うん、いや、申し込むよ。拒絶されて彼女に腹を立てているわけじゃないだろ」

「これっぽっちも立てていません。腹を立てる権利なんかありません。こんな馬鹿だった自分に腹を立てているんです、ド・ゲスト卿。この件でここに来る前に死んでいればよかったと思います。今考えてみると、結果がどうなるか確信させる多くの材料があったのがわかります」

「そんなことは私にはぜんぜん理解できんね。もう一度来なさい。――そうだな――今は五月だから。たとえば、九月に銃猟が始まるころ来なさい。どうしても君に休暇を取らせることができなかったら、老バフルにも来させよう。ただし、畜生、バフルは私たちみなを撃ち殺すかもしれないね。だが、気にするな。私たちがそれは何とかしよう。九月まで士気を高く保っていなさい。それから、別の仕方で戦おう。郷士には、花嫁のためささやかなパーティーを開かせよう。リリーお嬢さんはその時は来るに違いない。君を彼女と会わせよう。それから、私たちは郷士の土地で猟をするんだ。君たちをそんなふうにして一緒にするつもりだ。私たちがやらないかどうかいずれわかるよ。あきれちゃったね。一度断られたって！　私の信じるところ、最近の娘は六回断るまで、その男のことはまったく考えないよ」

「リリーはまったくそんなタイプじゃないと思います」

「いいかい、ジョニー。私はミス・リリーのことを悪く言うつもりはないんだ。彼女がとても気に入っている。私が知るいちばんいい娘の一人だと思っている。君の奥さんになるとき、彼女が許してくれるなら、私は心から彼女を愛するよ。だが、彼女はほかの娘と同じ素材でできあがっているから、同じように行動する。君たちの関係は少し迷い道に入っていて、ちっとやそっとでは正道には戻らないな。彼女は今君の気持ちがどんなものか知っているから、君のことを考え続けて、最後にはきっとあのもう一人の男よりも、君を心の中心に置くようになるだろう。彼女が人生の盛りにあんな嘘偽りに満ちた男に出会うほど運が悪かったからといって、いかず後家になるなんて私に言わないでくれ。少し時間はかかるかもしれないが、もし君が落胆せずに頑張るなら、最後にはうまくいくことがわかるよ。あっという間に望みのものが手に入るとは限らないんだ。君が結婚して二、三年たったとき、こういうことで君をどんなふうに冷やかしていることだろうね！」

「彼女にもう一度申し込むことはできないと感じます。申し込んでも、彼女の答えは同じだと確信しています。彼女はたくさんの言葉を使ってぼくに説明しました。――けれど、気にしないでください。彼女の言葉を繰り返すことはできません」

「繰り返してもらいたくなんかないね。君はその言葉に額面以上の注意を払ってはいけない。リリー・デールはとてもかわいい娘だね。賢い、とも思う。きっといい人なんだろう。だが、彼女の言葉がほかの男や女の言葉よりも神聖だというわけではない。今彼女が君に言うことはきっと本気なんだろう。だが、男や女の気持ちは変わりやすいからね。特にそんな変化が本人の幸せに直結するときはね」

「少なくともぼくはあなたのご親切を忘れません、ド・ゲスト卿」

「もう一つ君に言いたいことがあるよ、ジョニー。男は何事に出会っても、しょぼくれてはいけない。――外見上はね。ほかの人の前では」

「けれど、どうすればしょぼくれずにいられるんでしょう？」

「勇気があればそうしないでいられる。君は吠える牛を恐れなかった。鉄道駅で打ちのめしたとき、あの男も恐れなかった。君はその種の勇気を充分具えている。君は別種の勇気も具えていることを今示さなければならない。仕事着の下でオオカミが噛んでいても、声をあげない少年の話[3]を知っているかね。たいていの人がどこかに私たちを噛むオオカミを抱えている。しかし、私たちは普通世間から見られないように服の下で噛まれる。世間から察知されないように、それに堪えるのが私たちの義務だ。我が身がみじめだと触れ回る男は、みじめであるばかりでなく、見さげはてたやつでもある」

「けれど、オオカミは服の下でぼくを噛んだことがありません。みんなそれを知っています」

「それなら、それを知っている人たちに、君がそとにうめき声を漏らすことなく、そんな傷に堪えられる男であることを教えてやろう。私は腑抜けた恋人に同情することができないことを、君にはっきり言っておくよ」

「ぼくはみんなに愚かな姿を曝したのを知っています。ここに来なければよかった。あなたに会わなければよかったと思います」

「それを言ってはいけない、君。だが、こんな助言もあると思って受け入れておくれ。私が言うことを覚えておいておくれ。君の深い悲しみには同情する。だが、その外面的な表れには同情しない。――沈痛な表情にも、悲しい声にも、みじめな足取りにも同情しない。男はいつでもワインを飲むことができ、それを楽しんでいるように見せなければいけない。もしそれができなければ、できる場合よりも男らしさに欠けることになる。ある人たちが思うほど男らしくないことになる。さあ、着替えなさい。君、そして何事もなかったかのようにディナーに降りて来なさい」

伯爵がいなくなるとすぐ、ジョンは懐中時計を見て、ディナーまでまだ四十分あるのを知った。十五分あれば着替えには充分だろう。それで、彼は肘掛け椅子に座って、状況を考える時間を充分取った。友人が腑抜けた恋人に同情できないと言ったとき、彼は一瞬怒りを感じた。意地の悪い発言だった。発言を聞いたとき、そう感じた。その椅子に座っている三十分ずっと意地が悪いと考え続けた。しかし、その発言は伯爵がこれまで口にしたどの言葉よりも――伯爵に駆使できるほかのどんな言葉よりも――彼にいい影響を与えた。「腑抜け！　ぼくは腑抜けじゃない」と、彼は声を漏らして椅子から飛びあがり、すぐまた座った。「ぼくは卿に何も言わなかった。何も知らせなかった。どうして卿はぼくのところに来たんだろう？」彼はド・ゲスト卿を非難しようと努めたけれど、ド・ゲスト卿が正しく、自分が間違っていることを知っていた。自分が腑抜けだったことを知って、自分を恥じた。難儀なんかなかったかのように以後身を処そうとすぐ決意した。「ぼくは卿の言葉をそのまま受け入れて、酔っ払うまでワインを飲む素直な心を持っている」それから、彼は[4]歌で勇気を奮い立たせようとした。

もし彼女が私のことを思ってくれなければ、
いくら美しくても何を気をもむ必要があろうか？

「けれど、ぼくは気をもむね。男が詩を書いて、そこにこんな嘘を歌うなんて何という才能の欠如なんだろう！　気をもむことは誰だって知っている。――つまり、その人が無慈悲な獣でなければね」

しかし、それでも彼は応接間に降りて行く時間になったとき、友人から助言されたようにしようと努力し、伯爵やレディー・ジュリアが予想したしょんぼりした表情を見せることもなく部屋に歩いて入った。二人はすでにそこにおり、郷士もいた。ベルは一分もしないうちに彼のあとから入って来た。

「君は今日クロフツに会っていないだろ、ジョン?」と伯爵。

「はい、先生には近づいていません!」

「先生に近づくって! 先生はどこへでも行く、と私は思うね。ディナーに来るように言ったが、先生は同じ家で二日続けてディナーをいただくのはよろしくないと思ったようだ。それが彼の考え方なのかね、ミス・デール?」

「私にはわかりません、ド・ゲスト卿。少なくとも私の考え方ではありません」

それで、彼らは宴会に向かった。ジョン・イームズはここで食べる最後のディナーが終わるまでに、羊肉のローストを楽しむ振りをすることができた。

今難儀に直面して、彼がまわりの人々に事情をみな知られていると思うことで、不幸の苦しみをいっそう増大させているのは間違いないと思う。非常に心が温かくて感じやすい若紳士は、熱情を捧げる娘から拒絶されても、一緒に食べている人々からその拒絶を知られていなければ、きっとすばらしいディナーを味わえる。しかし、その同じ非常に心が温かくて感じやすい若紳士は、ささやかな不幸の事実を会食者のみなから知られていることに気づいたら、本物の食欲あるいは美食の楽しみで、その儀式を切り抜けるのはとても難しい。一般にそんな状態の若者は一人社交クラブへ行ってディナーを取るか、あるいは隣接するリッチモンドかハンプトン・コートの暗がりで慰めを求めるものだと考えていい。若者はそこで黙って自己の状態を熟慮し、最終的にシラウオとカツレツと適度のシェリー酒というささやかな料理を楽しむ。彼はおそらく劇場へ一人で行って、最前列の一等席で、いくぶん苦々しい皮肉を込めて世のむなしさを思う。それから、確かに悲しいけれど、かなり抑えられた悲しみを抱えて帰宅し、開けた窓で葉巻の煙をくゆらせ、おそらく手元に慰めとなるブランデーの水割りを置いて、――「いやはや、とにかくもう一度やってみよう」と己に誓うのだ。若者はこんなふうに一人で、あるいは彼を知らない群衆のなかで、自分を慰める。しかし、ジョン・イームズの立場が厳しかったのは確かだろう。彼はリリー・デールに求婚するためこちらに招かれ、郷士とベルはその求婚に立ち会うように求められた。ことがうまく運んでいたら、これほどすばらしいことはなかっただろう。彼は時の人になっただろう。みなが彼のため勝利の歌を歌っただろう。しかし、必ずしもすべてがうまくいくわけではなかった。彼は腑抜け状態でしか振る舞えないと思った。とはいえ、概して彼が精一杯努力したので、伯爵はその振る舞いが優れていると認めて、夜別れるとき、彼は立派な男だと、すべてがこれからうまくいくと言った。

「君に厳しいことを言ったからといって私に腹を立ててはいけないよ」と卿。

「少しも腹を立てていません」

「いや、立てたね。むしろ君が怒るように仕向けたんだ。しかし、不機嫌な心地のままここを立ち去ってはいけない」

彼はマイナー・ハウスに一日長く滞在して、それから所得税庁の彼の部屋に、サー・ラフルの不快な音――小さな呼び鈴――に、サー・ラフルのもっと不快な音――大声――に戻った。

（1）「出エジプト記」第二十章第十七節に「隣人の妻、しもべ、はしため、牛、ろば、またすべて隣人のものをむさぼってはならない」とある。
（2）重い編みあげ靴。
（3）あるスパルタの少年は狐（オオカミではない）を盗んで問いただされたとき、服の下で狐に噛まれて死んでも、罪を白状しなかったという。スパルタ人の自制心の喩えとして引用される。プルタルコス作『リュクルゴスの生涯』が出典とされる。
（4）イギリスの詩人でパンフレット作者ジョージ・ウィザー（1588-1667）の詩集『汚れない美徳、フィラレートの女主人』（一六二二年）に収められた「恋人の決意」からの引用。『バーセット最後の年代記』第七十七章にもこの詩からの引用がある。

一人の女性が美しいからといって、私は絶望でやつれて死ぬのか？
女性の頬が薔薇色だからといって、私の頬を心労で青白くするのか？
たとえ彼女が陽の光よりも美しく、五月の花盛りの草原よりも美しいとしても、
もし彼女が私のことを思ってくれなければ、
いくら美しくても何を気をもむ必要があろうか？

第五十九章　ジョン・イームズが男になる

イームズはロンドンにのぼる途中列車のなかでポケットから手紙を取り出して読んだ。旅の前半部分ではほかのことをずっと考えていた。しかし、当座はもうそのことを考えないほうがいいと徐々に心を固めた。それゆえ、思いを散じるつもりで手紙に頼った。クレーデルからの手紙で、次のように書いてあった。――

所得税庁にて、一八六――年五月――日

親愛なるジョンへ、――

ぼくがこれから伝えなければならない知らせで、君を怒らせなければいいと、これから言うことで、君との大きな友情をぼくが裏切ったと思わないでほしいと願っている。ぼくくらい君の好意を高く評価している人はいない。（人に強調の傍線が引かれていた。）君が多くの場面で話すのを聞いてきたことから判断すると、君にはぼくを不快に感じる正当な根拠はないと思う。しかし、心の問題ではほかの人の気持ちを忖度するのはとても難しいからね。一人の女性の愛情がからむとき、時々喧嘩になることはよく知っている。

（イームズは最初に熟読してここまで読んできたとき、次に何が書かれているかよくわかった。「かわいそうなコードル！」と彼は一人つぶやいた。「あいつは引っかかってしまった。二度と釣り針から逃れられないだろう」）

だが、それはともあれ、問題はぼくがもうかなり深入りしてしまって、小さな理由では状況を変えられなくなってしまっていることなんだ。友情の要請はとても強いけれど、愛の要請は至上のものだろ。もちろん君とアミーリア・ローパーのあいだにあったことはみな知っている。ぼくはその大部分を君から前に聞いていたが、彼女が今残りの部分を話してくれた。彼女の性格のいちばん顕著な特徴である純真な誠実さでね。彼女は一時期君に愛情を感じていたと、君の頑張りによって身を君の情婦と見なす気になっていたと告白したんだ。（クレーデルはここで使った上品な言葉と比較すると、おそらく英語の単語を下品だと思ったのだ。）だが、今君とのあいだのそういうことはみな終わりにしなければならない。アミーリアはぼくのものになると約束した。――（ここにも強調の傍線が引かれていた。）――そして、ぼくは彼女をぼくのものにするつもりだ。このことが引き起こす失望に対して、君はL・Dの優しい笑顔に慰めを見出してほしい。それが君の真の友人の熱心な願いだ。

ジョゼフ・クレーデル

追伸――おそらく君には全部話しておいたほうがいいだろう。ローパー夫人は下宿のことで厄介事に巻き込まれている。家賃に少し滞納があって、いくつかの請求書が未払いになっている。女将はあの恐ろしいルーペックス夫妻のせいでこうなったのだと説明した。それで、ぼくは下宿をぼくの手に引き受けることに同意して、少額の手形を一、二の商人に渡した。もちろん女将は手形を買い取ってくれるだろう。欠けていたのは信頼だからね。女将は下宿を続けるとともに、ぼくが事実上の所有者になる。君が今下宿に残るのは適切じゃないと思う。だが、ぼくは仲間の五、六人のためにここを心地よくするとは思わないかい。それがローパー夫人の考えなんだ。ぼくは確かに悪い考えじゃないと思う。まずぼくらが頑張るのはルーペックス夫妻を排除することだ。ミス・スプルースが来週出て行く。その間、ルーペックス夫妻に食べるものが渡らないように、ぼくらはみな自室に食事を持ってあがる。それでも、夫妻は気にしていないように見えて、まだ居間といちばんいい寝室に陣取っている。火曜以降は夫妻を閉め出して、荷物はみな公共の保管所に送るつもりだ。

哀れなクレーデル！　イームズは座席に深く座り直して、友人が落ちた悲運の深さを考え、自分の立場はまだましだと思い始めた。イームズは間違いなくみじめだった。人生に生きる価値のあるものを一つだけ持ちながら、それを手に入れることができなかった。蒸気機関車の前に身を投げようと、この三日間ずっと考えており、身を投げないという確信を持てなかった。しかし、それでも彼の居場所は哀れなクレーデルが選んだ場所と比べれば神々の居場所に等しかった。アミーリア・ローパーの夫になるだけでなく、花嫁の持参金として未来の義母の全借金を引き受けさせられるなんて！　下宿の片手落ちの所有者――出る利益については所有者ではないのに、責任については所有者――になるなんて！　しかも、いっそう悪いことに、仕事の手始めとしてルーペックス夫妻を背負い込まされるなんて！　本当に哀れなクレーデル！

イームズはロンドンを発つ前、下宿から荷物を運び出していなかった。それで、到着したらすぐバートン・クレッセントへ行こうと決めていた。一晩もそこに泊まるつもりはなかったけれど、みなにさよならを言い、アミーリアにお祝いを伝え、ローパー夫人と清算の手続きをするつもりだった。これは前章で説明しておくべきことだったが、伯爵は別れ際にリリーとのあいだで成功が欠けているからといって、金まで欠けている必要はなかろうとイームズに言った。ジョンはもちろん伯爵の説得にかかって、何も必要としていないし、現在の状況で何も受け取るつもりはないと言った。しかし、伯爵は思い取りにする仕方を知っている人で、この件でも意志を通した。それで、私たちの友はロンドンに戻って来たとき、金持ちになっていたから、役所に着いたらすぐ、ささやかな残金を小切手で送るとローパー夫人に言うことができた。

彼は真昼に到着した。政府の役人は通常役所に姿を現さなければならない時間の、せいぜい三十分前に首都に到着するように工夫する。彼は帰京の時間をそんな通常の仕方では考えなかった。しかも、予定よりも二日前に、まるで五月のロンドンが森や野原よりもずっと心地よいところででもあるかのように、田舎から急いで戻って来た。つまり、彼が戻って来るのにはロンドンも、森や野原も無関係だった。彼はリリー・デールの足元に身を投げ出すため田舎にくだった。今認めるけれど、ほとんど勝ち誇るような希望を持ってくだって行った。リリーが足元に置いてくれなかったから、帰って来ただけだ。「私はこの世の誰よりも彼を愛したんです――彼、クロスビーを。それは今でも同じです。まだこの世の誰よりも彼を愛しています」彼はこの言葉によってロンドンに送り返された。そんな言葉で送り返されたので、役所に一、二日早かろうが遅かろうがたいした問題とは思わなかった。シティの小さな事務室は、たとえサー・ラフルの小さな呼び鈴や大声がおまけについているにしろ、レディー・ジュリアの応接間よりも今は性に合っていた。それゆえ、彼はまさしくその午後サー・ラフルの前に姿を現して、ある出しゃばり屋を席から追放した。しかし、その前に彼はバートン・クレッセントに立ち寄って、ローパー夫人の下宿の人々に別れを告げた。

ドアは信頼できるジェマイマによって開けられた。「ヒームズさん！　ヒームズさん！　まあ、まあ、何とまあ」哀れな娘は下宿の事件でいつも彼の味方だったから、両手を高くあげて、事件からお気に入りを遠ざけていた運命を嘆いた。「あなたはみな知っていると思いますが、ジョニーさん？」ジョニー氏はみな知っていると思うと言って、下宿の女将のことを聞いた。「はい、在宅です。あのルーペックス夫妻のせいで、あまりそとに出る勇気がないんです。これって何かおもしろい遊びなんでしょうか？　ディナーもなし、何もなしなんです！　あの荷物箱はミス・スプルースのものです。彼女は今にも出て行こうとしているんです。みんな上の応接間にいます」彼はそれで上の階の応接間へ行って、そこに母娘を見つけ、一緒にいるミス・スプルース——ボンネットとショールで身を固めている——も見つけた。「駄目よ、母さん」とアミーリアは言っていた。「そんなふうに説得して何になるのよ？　行きたいんなら、行かせてあげよう」「でも、彼女とはもう何年も一緒に住んできたんです」とローパー夫人はすすり泣きながら言った。「いつも彼女に何でもしてきたんです！　そうでしょう、ねえ、サリー・スプルース？」イームズは二年間下宿の住人だったが、その未婚女性の洗礼名をこれまで聞いたことがないのにすぐ気づいた。イームズが部屋に入ったとき、ミス・スプルースが彼を最初に目に止めた。イームズを目に止めなかったら、彼女はローパー夫人の哀調によって同情を掻き立てられていたかもしれない。しかし、彼女は若い男の姿を目に止めて、いつもの不活発な状態に戻ってしまった。「私はただの老婆ですから」と彼女は言った。「ほらイームズさんがまた戻って来ました」

「こんにちは、ローパー夫人。こんにちは、——アミーリア。こんにちは、ミス・スプルース」彼はみんなと握手を交わした。

「おやまあ」とローパー夫人は言った。「とてもびっくりしました！」

「おやまあ、イームズさん。こんなふうに帰って来るなんて思いもしなかったわ」とアミーリア。

「おや、どうやってぼくは帰って来たらよかったんです？　ドアをちゃんとノックしたのに聞こえなかったんです、それだけですよ。それで、ミス・スプルースは本当に出て行くんですか？」

「ひどいですよね、イームズさん？　十九年私たちは一緒だったんです。——二つの家を一つにしてね、ミス・スプルース、本当にそうでした」ミス・スプルースはこの時問題の期間が本当はたった十八年だったと、ジョン・イームズを説得しようと懸命に努力した。しかし、ローパー夫人は権威ある態度を見せて、それを許そうとしなかった。「確かに十九年です。私が知らなかったら、誰が知っているっていうんです。私以外にあなたの生活の仕方を理解する人はこの世にいません。あなたの寝室まで毎夜付き添いませんでしたか、私の手を貸してね――」しかし、女将はそこで自分を抑えた。あまりにも善良な人だったので、若者の前で老嬢への夜の世話がどんなものだったか言うことができなかった。

「ここ以外にどこへ行っても快適には暮らせないと思いますよ、ミス・スプルース」とイームズ。

「快適に！　もちろん快適には暮らせないわよ」とアミーリアは言った。「でも、あたしが母さんなら、もう口を出しません」

「私が考えているのは金のことじゃなくて、心の問題なんです」とローパー夫人は言った。「この下宿はおそらくとても寂しくなります。わかりませんがね。今はとてもいいかたちで事態が決着して、ルーペックス夫妻も火曜に出て行くに違いありません。――こうしたらどうかしら、サリー。馬車賃は私が払います。私は明日乗合馬車でダリッジへ出掛けて、私の金で先方を納得させて来ます。本当にそうしますよ。さあ、馬車が来ました。私が降りて行って、御者を追い返します」

「ぼくがやりますよ」とイームズは言った。彼が部屋から出て行くとき、「六ペンスだけですよ、客待ち場から来ただけですから」とローパー夫人が声を掛けた。しかし、御者は一シリングを受け取った。ジョンは戻って来たとき、ジェマイマがミス・スプルースの荷物箱を部屋に戻しているところを見た。「哀れなコードルにはそのほうがいいな」と彼は一人つぶやいた。「下宿屋稼業に入ったからには、金を払ってくれる客がいるのはいいことだ」

ローパー夫人はミス・スプルースに付き添って階段をあがって行ったので、ジョニーはアミーリアと取り残された。「彼があなたに手紙を書いたでしょ、わかっているの」と彼女は少し顔を背けて言った。彼女はなるほどとても美しかったけれど、固い、不機嫌な、ほとんどすねた表情をしており、そのため顔立ちに心地よさを欠いていた。とはいえ、彼にすげない態度を取るつもりはなかった。

「うん」とジョンは言った。「これからどういう状況になるか連絡してくれました」

「それで?」と彼女。

「それで?」と彼。

「あなたが言いたいことはそれだけ?」

「言わせてくれるなら、お祝いを言います」

「ふん。お祝いって! そんな嘘は嫌いよ。あなたが言葉に感情を込めていないんなら、あたしも込めることはできません。本当に感情なんて何の役に立つのかしら。感情が私の役に立ったことは一度もなかったわ。あなたはL・Dと婚約したの?」

「いや、していません」

「あたしに言うことはほかにないの?」

「ありません、——あなたの幸せを願う以外にはね。ほかに何を言えるでしょう? あなたは友人のクレーデルと婚約しました。幸せな結婚になると思います」

彼女はいっそう顔を背けて、さらに不機嫌な表情をした。この瞬間でもまだ彼女がイームズを取り返したいと思っているというのは、考えられることだろうか?

「さようなら、アミーリア」と彼は手を差し出して言った。

「これがこの下宿であなたに会う最後になるのね!」

「いや、それはわかりません。あなたが結婚しても、よければ、ここを訪ねて来ます」

「そうね」と彼女は言った。「下宿に喧嘩と騒音と嫉妬が巻き起こるようにね。――ちょうど上の階のあの邪悪な女が巻き起こしたようにね。もってもほかよ、駄目ね。来ないでちょうだい！　ジョン・イームズ、あたしはあなたに会わなければよかった。初対面のとき、一緒に死ねたらよかったのに。あなたを好きになったように男を好きになる気はもともとなかったの。そんな恋ってゴミで、たわごとで、愚行よ。それがわかるわ。生涯応接間で座っていられる若い女性には、恋はそれでいいんでしょ。でも、女が進むべき道を持つとき、それは愚行でしかないの。私が進む道のような厳しい道では愚行よ！」

「けれど、もうそれは厳しくないでしょう」

「厳しくない？　でも、厳しいと思うわ。できたら、あなたが試してみてくれたらよかったのに。不平を言うつもりはないのよ。あたしは仕事を苦にしたことがない。連れについては、どんな人でも我慢できる。この世はあたしのような人間には必ずしも踊ったり、バイオリンを弾いたりではないの。それはよくわかっている。でも、――」それから、彼女は間を置いた。

「その『でも』はどういうことです、アミーリア？」

「あたしに聞くって、あなたらしいのね？」彼はじつはその質問をすべきではなかった。「気にしないで。あなたとはもう話をするつもりはないの。あなたが悪党だったら、あたしは愚か者だった。愚か者のほうが悪いのよ」

「けれど、ぼくは悪党だったとは思いません」

「あたしは悪党で、愚か者だった」と娘は言った。「両方だったのに何の役にもたたなかったわ。いろいろあったあとで、あなたは去って行く。あたしは自分が何者かあなたに言ったところよ。あなたのどこが悪かったかは、あなたの判断に任せるわ。あんなに馬鹿だったのは、あたし本来の私じゃないと思った。あたしをいらだたせるのはそれよ。気にしないで、あなた。もう全部終わったの。さよならを言いたいわ」

ジョンが別れ際に彼女にもう一度口づけする理由は少しもなかった、と私は思う。しかし、彼はそうした。彼女はそれに逆らうこともなく、不機嫌に堪えて受け入れた。「これが最後ね」と彼女は言った。「さようなら、ジョン・イームズ」

「さようなら、アミーリア。彼のいい奥さんになるように努めてください。そうしたら、あなたは幸せになれます」彼女はこれを鼻であしらって、言葉では表現できない軽蔑の表情をした。それでも、彼女はそれ以上何も言わなかった。それから、彼は部屋を出た。居間のドアのところでローパー夫人と会って、別れの挨拶をした。

「あなたが来てくれてとても嬉しいんです」と女将は言った。「ミス・スプルースを引き留めたのはまさしくあなたの言った言葉でした。彼女は馬車賃を用意していたんですから！　それで、あなたは娘からクレーデルのことをみな聞いたんでしょう。娘は彼のいい奥さんになります、本当に。あなたが思っている以上にいい奥さんにね」

「とてもいい奥さんになると思います」

「おわかりでしょう、イームズさん。あなたとのことは終わりました。お互いに理解し合えますね？　娘があなたの気を引いて射止めようとしているとき、私はとても悲しくなりました。本当にね。私の娘でしたから、逆らえませんでした。――娘に逆らえたかしら？　でも、根っから合わないことがわかっていました。ええ、違いはわきまえています。娘はクレーデルさんとなら週の何曜でもぴったりですね、イームズさん」

「彼女は土曜でも、日曜でも――」と、ジョニーは何と言っていいかわからずに言った。

「娘はぴったりです。もし彼が娘への義務をはたせば、娘が彼への義務で迷うことはありません。あなたについてはね、イームズさん、あなたを下宿に置くことができたのは栄誉で、喜びだと私はいつも感じていました。あなたが役所の若い事務官を私の下宿に送り込んでくれるとき、一言色よい言葉を使ってくれたら、私は母がするようにその若い人たちに尽くします。あのルーペックス夫妻のことでは悪かったと思いますが、それで私は苦しんだじゃありませんか、イームズさん？　夫妻がどんな人たちか前もって知ることは難しかったんです。あなたとアミーリアに関する限り、たとえあなたが若い事務官を試しに送り込んでくれても、その種の困った問題になることはもうありませんね。下宿が理想通りにいかなかったのはわかります。――つまり、あなたに関してはね。でも、去って行く前に、私が正直だったとあなたが言うのを聞きたいんです。私は正直にしようと努めました、本当に」

イームズは女将が正直だったと確信していると、あの不幸な人たち、ルーペックス夫妻の件でも、その他の問題の件でも、女将の性格に疑いを差し挟んだことはないと保証した。「若い事務官から下宿について相談されることはないと思いますが」と彼は言った。「女将の役に立てるなら、やります」それから、彼は女将にさよならを言い、忠実なジェマイマに半ソヴリン貨を与えて、バートン・クレッセントに長い別れを告げた。アミーリアは結婚したら、会いに来るなと言っていた。彼はアミーリアの言葉通りにしようと決めた。それで、彼は必ずしも足のちりを払い落とすこと(1)なくクレッセントを去った。この先ちりも汚れもかぶるまいと決意していた。彼は確かにそこで汚れに出会った。ローパー夫人の下宿の住人は、賢明な若者が憩いの場に求める相手ではなかった。彼は今そう思えるほど年を取っていた。しかし、彼は比較的無傷で火事から抜け出した。友人が身に受けたひどい火傷、これから身に受けようとしているひどい火傷に、彼がほとんど同情しなかったのは残念だ、と私は言おう。彼はローパー夫人が見るように、問題を正確に見ることで満足した。アミーリアはジョゼフ・クレーデルにとって——週のどの曜日でも——ぴったりだった。哀れなクレーデルはこのあとこの本での登場を終える！　クレーデルの場合、罪の大きさに比較して正義の厳しい措置が割り当てられた、と私は考えざるをえない。彼は私たちの友である主人公よりも弱く、愚かだったが、私の知る限り、邪悪ではなかった。しかし、罰が落ちるのは虚栄心の強い愚か者にだ。——罰はそういう連中にあまりにも厚く絶えず落ちるので、思索家は虚栄と愚かさがあらゆる罪のなかでもいちばん許されない罪だと考えるように促される。クレーデルについては、彼がアミーリアと結婚したこと、ローパー夫人のテーブルの末席でいくぶん誇りをもって下宿の主人の地位に就いたこと、ローパー夫人の全借金の保証人になったことを私は断言していい。彼の未来の運命についてはこの本で語る余地がない。

クレッセントを歩いて去ったあと、イームズは役所に急いで、四時にみんなが退庁しているころ、そこに到着した。クレーデルが帰っていたので、彼はその午後友人に会うことができなかった。とはいえ、ラヴ氏と握手する機会に恵まれた。ラヴ氏から、役所の若い大物に対するにふさわしい満面の笑みと礼儀正しさで扱われた。——というのは、個人秘書官は完全な大物ではないにしろ、半大物であり、一定の尊敬を受ける資格があったからだ。腕の下にいつものように大きな控え帳を抱えて急いでいるキッシング氏とは、廊下ですれ違った。キッシング氏は実際急いでいたのに、引きずっていた足を止めた。しかし、イームズはただ彼を見て首肯しただけで、挨拶をほとんどしなかった。しかし、キッシング氏は怒らなかった。長官の個人秘書官が伯爵の客であることを知っていたからだ。首肯以上の何が期待できただろう？　そのあと、ジョンは威厳のあるサー・ラフルの前に出て、大人物がフィッツハワードの前で靴を履いているのを見た。フィッツハワードは赤くなった。しかし、彼はのちに機会を作ってジョン・イームズに知らせたように、靴には触っていなかった。

サー・ラフルは満面の笑顔と礼儀正しさで彼を迎えた。「あんたが戻って来てくれて嬉しいよ、イームズ。本当に嬉しい。わしとフィッツハワードはあんたがいないあいだすばらしく仲よくやっていた。そうだろ、フィッツハワード?」

「ええ、そうです」とフィッツハワードは声を引き延ばす気取った言い方をした。「イームズがいないあいだくらいは仕事が苦になりませんでした」

「あんたはあまりにも怠惰だから、根気よく続けられないな。だが、あんたはほかのところでは楽に暮らせるだろう。だから、たいした欠点ではない。公爵夫人に会ったら、よろしく伝えてくれ」フィッツハワードはそう言われて出て行った。「私の旧友はどうしていた?」と、サー・ラフルはあたかも誰に対するよりも強い古い愛情を、ド・ゲスト卿に抱いているかのように聞いた。しかし、長官はジョン・イームズが実情を長官夫人と同じくらい理解していることを知っていたに違いない。しかし、貴族や侯爵をわが友と呼ぶことに強い満足をえる人々がいる。彼らは言うことがいかに誰からも信じてもらえないか、受ける不評がいかに大きいか、彼らの虚栄が他者に生み出す嘲りがいかに長く続くか知っている。それにもかかわらず彼らは貴族に擦り寄るのだ。そんな擦り寄りはあらゆる貴族社会の外郭部に蔓延する軽い狂気だ。それはかなり迷惑だとしても、生ぬるい喜びももたらすから、あまり厳しく扱われてはならない。

「私の旧友はどうしていた?」イームズは旧友は元気だったと、レディー・ジュリアも元気だったと、なつかしい好きな場所も変わりなかったと彼を安心させた。サー・ラフルはあたかも「なつかしい好きな場所」をよく知っているかのように話した。「獲物はうまく取れたかね? 娘は手に入りそうかね?」サー・ラフルは親しげな愛情ととても強い熱意を見せた。「それはそうとイームズ。あんたは今どこに住んでいるんだね?」

「ええと、決まっていません。今はグレート・ウエスタン・レールウェイホテルにいます」[2]

「すばらしいホテルだ、とてもね。ただし、ひとシーズンまるまるそこにいたら高いよ」ジョニーは一泊以上そこに泊まるつもりはなかったが、それについて何も言わなかった。「ついでだが、明日私たちのところに来てディナーを一緒にしてはどうかね。バフル夫人はあんたのことをとても知りたがっている。あと一人か二人客が来るだろう。友人のダンベローを招待したんだが、国会で馬鹿げたことが進行中でね。卿はそこから抜け出せないと思っている」ジョニーはダンベロー卿よりも愛想がよかったから、招待を受け入れた。

「バフル夫人ってどんな人だろう」と、彼は役所を歩いて出るとき思いを漏らした。

彼はどこにうちを探したらいいかまだわからなかったので、グレート・ウエスタン・ホテルに入っていた。ここで私たちは彼とお別れすることになる。彼は目にはとても快くても、実際には慰めのないテーブルの一つで羊肉の切り身を食べた。慰めのないというのは、今名をあげたすばらしいホテルの食事のことではなく、一般的なそんなテーブルでの食事のことを言っている。ホテルの喫茶室で羊肉の切り身を一人で食べるのは、神が羨ましがるような饗宴ではない。たとえ羊肉の切り身がスープや魚、小さな皿、大きな皿、その他に変わっても、事情はますます悪くなり、よくはならない。あの馬素折りの椅子に一人で座って、部屋のなかを見詰め、給仕がタオルをさっと動かすのを見るとき、どんな慰めがえられるというのだろう? イギリス人以外に誰もそんな立場に身を置こうと思う者はいない! しかし、ここで私たちはジョン・イームズとお別れすることになる。そして、お別れするまさしく今、この瞬間彼が男になったとはっきり言うことを私に許していただきたい。彼はこれまで奥手だった。彼は言わば普通の子牛以上に年を食って子牛性を引きずってきた。それだからといって彼はおそらく他の子牛と比較して悪い雄牛になるわけではなかった。彼は今のところこの本に記されている通り、人生でどんな煌びやかな成功も収めていない。主人公の役をはたすように促されたにもかかわらず、その役にはほとんど不適格だった。奥手にこんな卓越した地位を与えたのは間違いだったと、クロスビー氏を画布の上でもっと際立たせたら、物語をもっとうまく語れたと私は感じている。クロスビー氏はとにかく妻をえた。——主人公がいつもそうするようにだ。一方、私は哀れな友ジョニーを結婚の見込みもないまま取り残さなければならない。

イームズはホテルの喫茶室で一人ふさぎ込んでテーブルに着いているとき、我が身のことを考えたのはこんなかたちでだった。彼はこれまで男ではなかったとみずから認めるとともに、この日から男らしく生きる助けとなる——と私が信じる——ある決意をした。

註

（1）「マタイによる福音書」第十章第十四節に「もしあなた方を迎えもせず、またあなた方の言葉を聞きもしない人があれば、その家や町を去るときに、足のちりを払い落としなさい」とある。

（2）グレートウエスタン・ロイアル・ホテルはパディントン駅の南面に一八五二年フィリップ・ハードウィックによって建てられた。

第六十章　結末

リリーがホプキンズについて嘆願するため「大きな家」の伯父のところへ行ったのは六月の初めだった。――「大きな家」の筆頭庭師としての特権をホプキンズにすべて返すようにとの嘆願だった。ホプキンズが実際には一度も特権を放棄したことがなかったのを見ると、これには多少馬鹿げたところがあった。しかし、口論は次のようになされた。

当時何年も前からある困った問題がホプキンズと土地管理人ジョリフのあいだに起こっていた。――馬屋の肥料の問題だった。ホプキンズは許可をえなくても農場から必要なものを取る権利があると主張していた。ジョリフはそれに対して、もしそういうことなら、ホプキンズが全部取ってしまうと言った。「だが、あんなものは食べられん」とホプキンズ。ジョリフはただぶつぶつ不平を言った。ジョリフの不平が意味するところは、庭師が五十フィートの長さ、十五フィートの高さの肥料の山を食べる――口を通して体に入れる――ことはできなくても、個人的に利用できるものに変えることができるということだ。ホプキンズはそう理解した。それで、大きな確執になった。不幸な郷士はもちろん仲裁するように求められた。郷士は考えつくあらゆる工夫を凝らして決定を引き延ばしにしていたあげく、割り当てられたもの以外に取ってはならないと、ついにホプキンズに言うようにジョリフから強いられた。ホプキンズは決定を主人から伝えられたとき、何も言わずに老いた唇を噛み、老いたかかとで回れ右をした。「ほかのところでもそうなっているのがわかる」と郷士は弁解がましく言った。「ほかのところでもって！」とホプキンズは嘲った。どこで彼のような庭師がほかのところで見つけられるというのか？　彼がそんな命令なんか守るまいとその時決意したことは言うまでもない。命令が守られなかったことをジョリフは翌朝郷士に知らせた。郷士はいらだち、ぷりぷり腹を立て、問題の山の下にジョリフがしっかり埋まってくれればいいと願った。「みんながみんな好きなようにしたら」とジョリフは言った。「誰も他人を気遣わなくなるだろう」郷士はいったん与えた命令には従ってもらわなければいけないと思ったので、胸中でたくさんうめき声をあげながら、ホプキンズを相手に戦争を遂行する腹をくくった。

　翌朝郷士は、老人が農場から家庭菜園へ肥料を乗せた大きな手押し車を押しているのを見つけた。さて、ホプキンズは通常みずからそういった種の仕事をしなくてもよかった。彼は木を切ったり、水を運んだり、手押し車を押したりする男を――いつも配下に一人、しばしば二人抱えていた。郷士は老人を見たとき、彼が悪事を働いていると知り、路上で止まるように命じた。

「ホプキンズ」と郷士は言った。「どうしてほしいものを取る前にくれと言わなかったんじゃ？」老人は手押し車を地面に降ろして、主人の顔を見あげ、両手につばを吐き、それからまた手押し車を持ちあげた。

「ホプキンズ、それは駄目じゃ」と郷士は言った。「今いるところに止まりなさい」

「何が駄目って？」とホプキンズは言った。手押し車を地面から持ちあげていたが、まだ前進していなかった。

「降ろしなさい、ホプキンズ」ホプキンズはそれを降ろした。「おまえはわしの指示に従っていないことがわかっているな？」

「郷士、おれはここにほぼ七十年いるんだ」

「たとえおまえが百七十年いたとしても、二人も主人がいるのは駄目じゃ。わしがここの主人で、最後までそのつもりじゃ。肥料を農場に戻しなさい」

「農場に戻せって?」とホプキンズはじつにゆっくり言った。

「そうじゃ。農場に戻しなさい」

「何だって、――みんなが見ている前で?」

「そうじゃ。おまえはみんなが見ている前でわしに逆らったんじゃろ?」

ホプキンズは一瞬ためらい、郷士から顔を背け、まるで深い思索を必要としているかのように頭を横に振った。しかし、深い思索の助けを借りてついに正しい結論に達した。それから、彼は手押し車を再び押し始め、駆け出して、奪ったものを家庭菜園へと運び去った。そのスピードでは、郷士はとても彼を止めることができなかっただろう。たとえ止められたとしても、デール氏は使用人との衝突を願わなかっただろう。とはいえ、郷士はひどく怒って老人の背に言葉を浴びせた。もし従わなかったら、不従順な使用人は永久に後悔するぞと。ホプキンズはその場に臨んでも動じなかったから、走りながら頭を横に振り、キュウリの育苗用骨組みの足元に荷を放り出した。それから、すぐ主人のところに引き返して、温室の鍵を差し出した。

「郷士」とホプキンズ。息を切らせていたので、何とか口を利くことができた。「ほら――鍵だ。もちろんおれに解雇通告なんかいらない。今週の給与についてもどうでもいい。夜になる前に田舎家を出るよ。救貧院についてはは郷士から一言言ってもらえたら、すぐ入れてもらえると思う」

さて、ホプキンズが三百か、四百ポンド持っていることを郷士はよく知っていたから、救貧院のほのめかしが芝居じみたものであることに気づいていた。

「馬鹿なことを言うな」と郷士はほとんど歯ぎしりしながら言った。

「おれがあの肥料の件で馬鹿げたことをしているのはわかっている」とホプキンズは言った。「思いが胸に一杯込みあげてきて、おれにはもう手に負えなかった。胸に一杯思いが込みあげてきて手に負えなくなったら、そいつはただ立ち去って、死ぬまで救貧院で横になっていたほうがいい」それから、彼はまた鍵を差し出した。しかし、郷士はそれを受け取らなかった。それで、ホプキンズは続けて言った。「あなたがもういいと言うまで、おれが照明やその他のものに気をつけていたほうがいいと思うね、デールさん。葡萄が全部腐ってしまうのは残念だから。言ってみれば、テーブルに出すのにふさわしい粒ぞろいの葡萄がね。これまで見た葡萄のなかでも飛びっきりいい収穫なんだ。おれはあまりにも注意を払ってきたので、二月からまともに夜の睡眠が取れていないほどだ。葡萄のことがわかる人間がここにはいないし、近くのどこにもそんな人間はいない。郷士の管理人はじつに無知だな。たとえよく知っていても、もちろんここに来ることはないんだ。鍵はあなたがもういいと言うまで、おれが持っていたほうがいいと思うね、デールさん」

それから二週間庭園に空白期間があった。アリントンの記録では前代未聞のことだ。ホプキンズは事実田舎家に住んで、たゆまず葡萄の世話をした。葡萄の世話をしながら温室の手入れもした。しかし、彼はその庭園とは関係を持とうとせず、給与を受け取らず、送られてきた全額を郷士に返して、みなに解雇されたと主張した。彼は恐ろしい園芸用の器具をいつも手に持って歩き回った。それで、ジョリフを襲うつもりなのだと噂された。しかし、ジョリフは用心深く彼の行く手を避けた。

デール夫人とリリーがアリントンの「小さな家」の引っ越しを取りやめると決めたあと、リリーはそれをホプキンズにすぐ伝えた。

「お嬢さん」と彼は言った。「おれがあんたとお母さんに意見を言ったとき、道理には従ってくれると思っていたよ」

これはリリーが予想したことにすぎなかった。ホプキンズが議論で勝ちを占めたと誇らかに主張するのは当然だった。

「はい」とリリーは言った。「とどまることに決めました。伯父さんはそれを願っています」

「それを願っているって！　おやおや、お嬢さん、郷士だけの願いじゃない。おれたちみなの願いなんだ。なあ、ほら、ものの道理を見てくれ。ここにこのうちがあって――」

「でも、ホプキンズ、決まったことなんです。私たちはとどまるつもりです。私が知りたいのはこういうこと――あなたがすぐ来て、荷物を解くのを手伝ってくれるかどうかなんです」

「何だって！　この夕方にかい、これからおれは――」

「はい、これから。私たちは彼らがゲストウィックから帰って来る前に、荷物を元に戻したいんです」

ホプキンズは子供っぽいと思われる提案に屈したくなくて、頭を掻き、ためらった。しかし、彼はそれ自体がいい仕事だと感じてついに折れた。デール夫人もリリーの愚かな考えを受け入れるとき笑いながら同意した。このようにして荷物はじつにすばやく解かれた。リリーとホプキンズの協力関係は一時的にとても強くなった。荷物解きと再び居着くこの作業がまだ終わっていないころ、肥料の戦いが勃発した。こういう事情があったから、ホプキンズは「肥料のことで」胸に一杯思いが込みあげてきたとき、ついにリリーの前に現れて、六十年あまりのすべての重荷、すべての名誉を彼女の足元に曝け出し、事態を正してほしいと嘆願した。「アスパラガスの切り方を見て、おれは死にそうになったよ、お嬢さん、本当にね。ありゃあまったく切るっていうんじゃない。ありゃあ飛節[1]の腱を切ってかたわにするようなもんだ。――食卓に出せるもんも、出せないもんもみな一緒くただ。おれがその植物をそこに植えるつもりじゃないことを知っていながら、やつらはそこに植えるんだ。おれは傍観していてね、お嬢さん、何も言わなかった。できればすぐ死にたいよ。だが、ミス・リリー、肥料の件でおれの胸に一杯思いが込みあげてきて手に負えなくなったとき、おれの苦しみがどれほどだったか——わかるだろ、お嬢さん——誰も知らない。誰も——誰も——誰もな」それから、ホプキンズは顔を背けて泣いた。

「伯父さん」とリリーは椅子にそっと近寄って言った。「大きな頼み事があるんです」

「大きな頼み事って。うん、あんたの頼み事を今わしが断れるとは思わんね。屋敷に伯爵を招待する話じゃないかね?」

「伯爵ですって!」とリリー。

「そうじゃ。聞いていないのかね? ミス・ベルが今朝ここに来て、ド・ゲスト卿とその妹を結婚式に招待するように主張したんじゃ。ベルとレディー・ジュリアのあいだで何かたくらみがあったように見えるな」

「もちろん伯父さんは招待してくれますね」

「もちろん招待しなければならん。それしか選択の余地はない。恋人とウェールズに出掛けるベルにとっては、とても結構なことじゃ。しかし、二人が新婚旅行に出たあと、わしは伯爵とレディー・ジュリアをどう扱ったらいいかわからんのじゃ。来てわし助けてくれんかね?」

リリーはこれに答えてもちろん来て助けると約束した。「もちろんです」と彼女は言った。「みんなその日には何かしら仕事があると思います。さて次は、私の頼み事です。伯父さん、かわいそうなホプキンズを許してあげなければいけません」

「許すじゃと、馬鹿馬鹿しい!」と郷士。

「ええ、でも許さなければいけません。彼がどれだけ悲しんでいるかわからないんです」

「わしを許そうとしない男をどうして許すことができよう？　あいつは何もしないで屋敷を徘徊し、給与を送り返し、まるで誰かを殺そうとしているような顔つきをしている。それもみなあいつが言われた通りにしないからなんじゃ。そんな男をどうしてわしが許せるじゃろう？」

「でも、伯父さん、許してあげたら？」

「あいつがわしを許すほうが先じゃろう。あいつは好きなときに戻れることをよく知っている。実際あいつは一度も出て行っていない」

「でも、彼は本当に悲しんでいるんです」

「あいつを幸せにするためわしに何ができるというんじゃ？」

「ただ彼の田舎家へ行って、許すと言えばいいんです」

「そうしたら、あいつはわしに口論を吹っ掛けてくるじゃろう」

「いいえ。口論なんかしないと思います。あまりにも落ち込んでいるので、今は口論なんかできる状態じゃありません」

「ああ！　あんたはわしのようにあいつのことがわかっていないな。たとえ世界じゅうの悲しみがあの男に押し寄せてきたとしても、あいつのうぬぼれは止められないね。もちろんあんたから頼まれるんなら、わしは行くよ。じゃが、わしはみんなから降参を強いられているように見える。他人の感情についてはずいぶん聞かされるけれど、わしの感情についてはあまり考慮されたことがないと思うな」郷士は必ずしも幸せな気分ではなかった。リリーは持説に固執したことを後悔した。しかし、彼女は庭園を越えて田舎家へ郷士を連れ出すことに成功した。二人で一緒に歩いていたとき、彼女はいつも――いつも郷士のことを思っていることを約束した。ホプキンズとの場面は今説明することができない。なぜなら、それを説明するには、残り少ないページをたくさん使うことになるからだ。どうやら私は認めなければならないが、話し合いの結果は郷士にとって勝利というよりも、せいぜい受け入れられる協定程度のものに終わった。ホプキンズはずいぶん自分を咎めて、胸に一杯思いが込みあげてきて手に負えなかったことを認めた。そのあと庭師が見せた挑発といったら！　彼はこの件について黙っていることができなくなって、実際罪の告白と同じくらいたくさん自己弁護をした。実質的な勝利は完全に庭師のものだった。というのは、農場で彼がすることに誰も二度とあえて干渉しようとする者がいなくなったからだ。彼はだらだらすごした二週間分の給与を受け取ることで、おもに主人への恭順の意を表した。

リリーはこのささやかな出来事のおかげで、引っ越し中止の件ではホプキンズから予想したよりも悩まされなかった。しかし、ハーン夫人、クランプ夫人、そして何よりもボイス夫人からはそんな救いをえられなかった。彼女らはみな多かれ少なかれホプキンズの騒動に強い関心を払った。しかし、「小さな家」における引っ越し中止のほうにずっと強い関心を抱いた。家が内部だけでなく外部もペンキで塗られるのか聞きたいという好奇心に取り憑かれているとき、庭師が給与をしつこく拒否する話でハーン夫人を追い払うことはできないことがわかった。「そうね」とハーン夫人は言った。「私もゲストウィックに下宿を見に行って、寝具を荷造りしてみようと思います」リリーはこれが予期していた罰の一部だと感じたので、何も答えなかった。「まあまあ」とクランプ夫人はデール姉妹に言った。「きっと私たちはあなた方がいなくなったら、寂しくなります。あなた方の代わりがあそこに入ったら、おそらく状況はもっと悪くなっていたでしょう。でも、どうしてあなた方は荷物を全部大きな箱に詰め込んで、またそれを全部ほどいたりするんです？」

「考えが変わったんです、クランプ夫人」とベルはかなり厳しく言った。

「ええ。あなた方が考えを変えたことはわかっています。ええ、あなた方のような人たちならそれはそれでいいんです。でも、私たちが考えを変えたら、ただでは済みませんね」

「そう、そう思います。ただでは済みません！」とリリーは言った。「でも、気にしないでください、クランプ夫人。手紙を早く送ってもらえるかしら？　そうしたら、口論をしなくてすみますから」

「あら、手紙ね！　忌ま忌ましい手紙。手紙なんかなかったらいいのに。昨日図々しい態度の監督官がここに来たんです。どこから来たのか知りません。──ロンドンからでしょう。これは間違いだ、あれも間違いだ、全部間違いだって言って。それから、上に報告して私を業務から解雇させるって言ったんです」

「おやまあ、クランプ夫人、あなたを解雇しても何の役にも立ちません」

「業務から解雇させるって！　日当が二と四分の一ペンスなんですよ。それで、私は彼のほうを解雇するって、彼の肩から古い包みと荷物を取りあげるって言ったんです。手紙なんて何よ！　郵政省が日当二と四分の一ペンスよりもましな支払いができなければ、女郵便局長にいったいどんな仕事をさせることができるでしょう？」このようにして、リリーとベルは監督官に対するクランプ夫人の怒りの嵐に保護されて、それがなかったら彼女らの頭上に落ちたに違いない多くの批判を免れた。しかし、ボイス夫人がまだ残っていた。クランプ夫人の話を先に終わらせると、女郵便局長が「業務から解雇される」ことはなかったこと、国からまだ二と四分の一ペンスの日当を受け取っていることを、私はここでつけ加えておきたい。「邪険な老婆ですね」と監督官は御者に言った。「そうです、あなた。みんな夫人については同じことを言いますよ。クランプ夫人からあれよりもいい扱いを引き出せる人はいません」と御者。

ベルとリリーは一緒にボイス夫人のところへ行った。「もし夫人があまりにも不快な態度を取ったら、誰が姉さんの結婚式を取り仕切ることになるか言いますね」とリリー。

「反対はしません」とベルは言った。「ただ、そう言って何か効果があるかどうかわかりませんよ。医者を結婚させるのはごく普通のことですから」

「牧師を結婚させるよりはまれなことよ」とリリー。

「ええ、それはそうね。牧師の結婚式はたいていとても盛大な催しになります。州の人々に浸透して、生活に定めとして入り込むからです。医者はそうじゃないし、弁護士も違います。弁護士は田舎では結婚しないで、ロンドンで結婚すると見られています。でも、田舎の医者の結婚式はたいして話題にはなりません」

ボイス夫人は来るべき結婚式を会話の最初の話題に選ばなかったところを見ると、こういう見方をおそらく受け入れているのだろう。二人の娘が席に着くとすぐ、夫人は引っ越しの話題に飛びついて、引っ越し計画の突然の中止についてとても大きな驚き――驚きと喜び――を表明し始めた。「引っ越しなんかしないほうがずっといいんです」と夫人は言った。「親戚と一緒ならいろいろなことが快適ですから」

「いろいろなことが私たちの場合いつもほどほどに快適でした」とベル。

「ええ、そうね。それは確かです。あなた方と伯父さんが一緒にいるのを見るのは、とても嬉しいと私はいつも言ってきました。ですから、あなた方みながここを出て行かなければいけないと聞いたとき――」

「でも、私たちは出て行く必要がなくなったんです、ボイス夫人。母がゲストウィックのほうがもっと快適にすごせると思ったので、出て行こうと思いました。私たちはみんな今クランプ夫人が言う『気を変えた』ので、出て行くつもりはありません」

「家にペンキが塗られるって本当ですか?」とボイス夫人が尋ねた。

「本当だと思います」とリリー。

「うちもそうとも?」

「いつか塗られるに違いありません」とベル。

「ええ、きっとそうでしょう。でも、そんなことをしてくれる郷士は気前がいいと言わなければいけませんね。あなた方の家にはたくさん木造部がありますから。『教会委員会』[2]が私たちの家にもペンキを塗ってくれればいいんですが。でも、聖職者のためには誰も何もしてくれません。あなた方がとどまるとわかって本当に嬉しいと思いました。ボイス氏に言ったように、あなた方がいなくなったら、いったい私たちはどうなっていたでしょう？　郷士はあそこを貸し出さない腹を固めたのだと思います」

「郷士はあそこを貸したことは一度もないと思います」

「誰もあそこに住まなかったら、あそこが荒廃してしまうでしょ、そうじゃありません？　あなたのお母さんはゲストウィックで契約した下宿にいくらか支払わなければならなかったんですか？」

「私はまったく知りません。クロフツ先生が清算しましたから、ベルがそのことについては私よりもよく知っています」こういうことで会話の方向が変わった。ボイス夫人はそれ以上どんな謎があっても、その場で解明されることはないことを理解させられた。

クロフツ先生とベルは六月中旬に結婚することが決まった。郷士はできる限り恩恵を施そうと意を定めて、式の日に屋敷を開放することを決めた。ド・ゲスト卿とレディー・ジュリアは前に説明した通り、老令嬢とベルのあいだの特別な取り決めに従って招待された。大佐もレディー・ファニーとともにトーキーからやって来た。これは長年に渡る留守のあと大佐が父の家を訪れる初めての機会となった。バーナードは父と同道しなかった。彼はまだ国外に出ていなかったが、結婚式の場に出づらい状況を抱えていた。式はボイス氏によって執り行われた。補助役を務めたのは州の年代記が伝えるところによると、最近までケンブリッジのジーザス・カレッジにおり、現在ゲストウィックのノースゲートにある聖ピーター教会の副牧師である修士ジョン・ジョセフ・ジョーンズ師だった。結婚のささやかな告示の欠陥は次の点にあった。――ビラを読む人は誰もジョン・ジョセフ・ジョーンズ師の肩書きを越えて読むだけの忍耐力を持っておらず、ベルとクロフツ先生の結婚の事実は望まれたほど広く宣伝されなかった。

結婚式はとても順調に行われた。郷士はいちばん行儀よく振る舞い、本当に喜んでいる様子で客を玄関に歓迎した。ホプキンズは勝ちを収めたことを意識していたから、花と緑を混ぜた細工で古い部屋をせっせと注意深く飾って、二人の娘を非常に喜ばせた。花輪を作り、美しく飾るこの作業のあいだにささやかな感情のやり取りがあったから、私はこの最後のページで語っておこう。ベルがちょっといなくなっていたとき、リリーは老人の作業を励ました。

「これがあんたのためだったらよかったのに！」と老人は言った。「あんたのためだったらね！」

「ベルのためのほうがずっといいんですよ、ホプキンズ」とリリーは真面目腐って答えた。

「けれどあの男とではないよ」と彼は続けた。「あの男とではない。おれはあの男のためなら大枝なんか吊るさなかった。だが、もう一人の彼とだったら」

リリーはそれ以上何も言わなかった。彼女はホプキンズがまわりの人々の願いを代弁しているのを知って、それ以上何も言わなかった。やがてベルが彼らのところに戻って来た。

しかし、結婚式ではリリーほど陽気な人はいなかった。――とても陽気で、とても明るくて、とても結婚式にふさわしかった。彼女は老伯爵といちゃついたので、伯爵から結婚したいと言い出された。過去の経緯を知らないでその夜のリリーを見た人は、彼女が六か月前か、八か月前に残酷に捨てられていたことが想像できなかっただろう。彼女を知っている人は、婚約破棄の苦しみがあまりにもひどかったので、回復なんか不可能だと思われたことが想像できなかっただろう。彼女はどんな回復も見込めないと信じられていたけれど、――確かに戦場で右腕を失った兵士のようだったが、それでもその右腕とともに世界をなくしたわけではなかった。ひどく傷つけた銃弾は、命には触れなかった。彼女は受けた傷の不平を、言葉か表情かで世間に触れて回ることを軽蔑した。「妻は夫を失っても、食べたり笑ったりする」と彼女は胸に言い聞かせた。「彼はそんな夫のように死んだわけではない」それで、彼女は幸せにしていようと決意した。彼女が決意を実行するように見えただけでなく、それを本当にはたしたことを、私はここで断言する。「あなたは魅力的ないい人です。姉をだいじにしてくれることはわかっています」と、リリーはクロフツ先生に言葉を掛けた。ちょうど先生が新婚旅行に出掛けようとしていたときだ。

「とにかくやってみます」と先生は答えた。

「あなたが私もだいじにしてくれたらいいと思います。あなたが家族全体と結婚したことを覚えておいてください。あの悪い男が小説のなかで義母について書いたこと[3]を信じてはいけません。あの男は大きな害悪をばらまいて、イギリス夫人の半分を娘たちの家から閉め出してしまったんです」

「私のうちからデール夫人を閉め出すような真似はしません」

「閉め出すようなことはしないと言ったことを覚えておいてね。それじゃ、さようなら」そこで、花嫁と花婿は出発した。リリーはド・ゲスト卿と取り残されて、いちゃついた。

私は疲れはてたペンを置く前にほかの人々についても一言二言触れる必要があるだろう。郷士はずいぶん考えてもがいたあと、ふさわしい親切な扱いをこれまで義妹にしてこなかったことを認めた。郷士はそれを認めて、過去の過ちを是正するため最善を尽くそうとした。その方面での郷士の努力はデール夫人から感謝をもって受け取られたと、私は言っていいと思う。それゆえ、「大きな家」と「小さな家」の両方でアリントンの生活は、じきに以前よりも楽しいものになると思いたい。リリーはバルモラル・ブーツをすぐ手に入れたか、ブーツを望み通りに手に入れる力をえたことをすぐ学んだかした。それで、彼女はリスを入れる籠を買うことさえ口にした。彼女の突拍子もない考えがそこまで実現されたかどうか私は知らない。

ド・コーシー卿は痛風と不機嫌にひどく苦しみながらコーシー城に一人で取り残された。そう、本当に一人で！　晩年の卿の生活が快適なものに恵まれているようには見えなかった。妻は今避難先からどんなことがあろうと戻る気はないと義理の息子に断言した。――「たとえ餓死しようとね！」と卿夫人は言った。その言葉で、卿夫人はたとえ馬車と馬を失うことになろうとも、戻らぬ決意が固いことを言おうとした。哀れなゲイズビー氏はコーシーへくだって、伯爵とひどい面会をした。しかし、問題はついに取り決められて、卿夫人は半分餓死状態でバーデン・バーデンにとどまることになった。すなわち、卿夫人は馬車に一頭の馬しかつけられなかった。

クロスビーについては、彼が再び役所で権力を回復した、と私は信じたい。彼はバターウェル氏の主人であり、オプティミスト氏の主人であり、少佐の主人だった。彼は仕事を知っており、仕事ができた。おそらく公正に言ってほかの三人の誰よりもたくさん仕事をした。こんな状況だから彼はきっと持ち札を有利に使いこなして、再び最初に札を出す立場に就くだろう。しかし、彼の運命の星はほかのところでは優位性を取り戻すことができなかった。ほぼ毎日社交クラブでディナーを取って、いつもまわりに人々がいて小さな輪を作った。しかし、彼は以前のクロスビー――ベルグレーヴィアとセント・ジェームズ・ストリート[4]で知られるクロスビーではなかった。彼は勇敢にも遠洋に小舟を乗り出し、幸運に恵まれているあいだはうまく航行した。しかし、成功のせいで怠慢になり、航海の規則を忘れた。[5]測鉛すなわち鉛の重りを使わず、前方に見張り番を置かなかった。それゆえ、出会った最初の岩が三本マストの帆船を震わせ、粉々にした。妻のレディー・アリグザンドリーナはバーデン・バーデンにいて、母とともに一頭立ての馬車に乗っていた。

終わり

註

（1）馬の後ろ脚のかかと、人間なら膝に見える部分。
（2）トーリーの首相サー・ロバート・ピールがイギリス国教会を改革するため一八三五年に召集した「教会聖務歳入委員会」のこと。
（3）あの悪い男とはサッカレーを指す。サッカレーは意地の悪い義母ショー夫人に手を焼いて、『虚栄の市』のサウスダウン伯未亡人や『ニューカム家』のマッケンジー夫人、『フィリップ』のベインズ夫人などで繰り返しこのタイプの女性を風刺した。
（4）ピカデリーとペル・メルを南北に結ぶ通り。
（5）投げ入れて水の深さを測る器具。綱の先に鉛のおもりをつけたもの。

あとがき

アンソニー・トロロープは『アリントンの「小さな家」』(一八六四年四月連載終了)をバーセットシャー年代記から一時はずしていた。しかし、最終的にきちんと装丁したセットでは出版社チャップマン・アンド・ホールの勧めに従ってこれを年代記に加えている。本書には年代記でおなじみのハーディング氏やハイラム慈善院、プラウディ夫人、オムニアム公爵、フォザーギル氏が登場する。プラムステッド・エピスコパイ教区にいる大執事とグラントリー夫人も、ダンベロー卿夫人となった娘の悪い噂を心配して姿を見せる。西バーセットシャーのド・コーシー伯爵家の全体像も描かれる。

トロロープは本書連載中にパリサー小説群六作の第一作『彼女が許せるか?』(一八六五年八月連載開始)を執筆しており、本書では年代記と政治小説群との橋渡しとしてプランタジネット・パリサー氏がダンベロー卿夫人に仕掛けた駆け落ち未遂事件を扱っている。また、パリサー氏とレディー・グレンコーラの結婚も予告(第五十五章)している。

トロロープはジョン・イームズに若き日の自伝的要素を色濃く投影している。作者は思春期を長く引きずって大人になれない発達の遅さに苦しんだが、イームズもそんな奥手(hobbledehoy)として描かれている。作者は『自伝』第三章で若いころ夢想癖を持っていたことを告白しているが、イームズも引っ込み思案で、胸中に空中楼閣(第十章)を築いている。作者は一八三四年に逓信省に入省した。イームズも作者のように官庁に務め、役所内の張り合いや昇進へのやっかみ、上司の威圧的な叱責や貴族への擦り寄りなどを体験している。借金や飲み屋や女性の誘惑に彩られたローパー夫人の下宿生活にも作者の体験が込められている。

作者は本書で牧歌的なアリントンとロンドンを対照的に扱っている。「小さな家」の芝地でスカートを広げ、花のように咲くリリー・デールの姿は印象的だ。ロンドンには上はド・コーシー伯爵夫人の豪華なディナー・パーティー、ポーキンズのホテル、セブライトやボーフォートという社交クラブから、委員会総局や所得税庁などの官庁（代表はサー・ラフル・バフル）、下は下宿生活と下層の人々（代表はルーペックス夫妻）までのパノラマがある。

本書でもっとも問題とされるのは、リリーがクロスビーによって婚約破棄されたあと、まわりの人々みなが望むイームズとの結婚を拒否する部分だ。

トロロープは『自伝』第十章で次のように述べている。『アリントンの「小さな家」』には「私の読者がいちばん愛した作中人物リリー・デールが登場する。彼女が読者から歓迎された熱意に満ちた愛情を私は共有しない。彼女がいくぶん堅苦しい女と感じるからだ。彼女は最初俗物［クロスビー］と婚約して、捨てられた。彼女はその悪い男をやはり本当に愛していたから、最初の大きな挫折を克服することができなかった。彼女は愛してはいても尊敬し切れない別の男［イームズ］の妻になる決心ができなかった。彼女は堅苦しい女ではあっても、老いも若きも無関係に多くの読者の心に受け入れられて、私は今日までそんな読者からずっと手紙を受け取ってきた。内容はいつも私にリリー・デールをジョニー・イームズと結婚させるように請うものだった。しかし、もし私がそうしていたら、リリーはその運命について作者に手紙を書かせるほど読者から好かれることはなかっただろう。読者がリリーを愛したのは彼女が難儀を乗り越えることができなかったからだ」
　ジョン・イームズはド・ゲスト伯爵や郷士の支持をえてリリーに求婚し、拒絶される。その場面に立ち会っていたデール夫人は、それでもイームズと結婚してほしいとリリーに訴える。デール夫人はイームズとの結婚がクロスビーによって与えられた娘の傷を癒すと信じたからだ。しかし、リリーは母の提案の通りに行動したら、「大きな罪——ほかのどんな罪よりも女が警戒しなければならない罪——を犯す」ことになると言う。リリーは心のなかですでにクロスビーと結婚していると言う。「ああいうことがもとに戻せたり、忘れられたりするはずがないんです。私は彼［クロスビー］がここに来る前の私に戻れるはずがありません。まるでなかったかのように埋めて、視野から消してしまうことなんかできないものがあるんです。私はあなたと同じよ、母さん、——やもめなんです。でも、あなたには娘がいて、私には母がいます。もしあなたが充足していられるなら、私も充足していられます」（第五十七章）
　リリーはクロスビーと婚約して、二週間後に捨てられた。それでも、リリーはアリントンでクロスビーとすごした「天国」を神聖なものと見なして、すでに彼と結婚しているから、イームズを受け入れたら、姦通の罪を犯すことになると考える。リリーはまるで正式に牧師を通してクロスビーと結婚式を挙げたかのようだ。トロロープがいう「堅苦しい女」の意味は、「状況や便利さや快適さが求めるまま、心があちこちに動いたら、心にいったいどんな価値があるというんでしょう?」というリリーの言葉に端的に表されている。
　しかし、リリーについてはクロスビーと婚約する前から、その結婚が起こらないことを予想させる言動があることが批評家によって指摘されている。リリーは賢いので、クロスビーの強引さ、計算高さ、世俗性、真の力の欠如を見抜いている。しかし、失望と別れが確実に待ち受けるのを知りながら、一気に恋にのめり込んでいる。まるでアポロ＝太陽の火に飛び込む蛾のようだ。彼女は婚約後クロスビーの裏切りを予想するかのように、自分のほうから彼に別れを申し出ており、別れたあともみなから強く望まれるイームズとの結婚を拒否している。性的対象とならない年上の独身者ド・ゲスト伯爵やホプキンズとは仲がいい。リリーは常に冗談を飛ばす生気溌剌とした娘だが、性的自虐、性的禁忌をひそかに抱えている。

本書には後家のデール夫人、イームズ夫人、ローパー夫人、ハーン夫人、未婚のレディー・ジュリア・ド・ゲスト、レディー・ロジーナ、レディー・マーガレッタ、ミス・スプルース、別れたレディー・アリグザンドリーナ、郷士クリストファー・デール、ド・ゲスト伯爵、クロスビー、ホプキンズなど多くの独身、あるいは独身に近い人々が登場する。これはイームズとリリーが独身のまま置かれそうなことと深く関係するようだ。

訳者紹介

木下善貞（きのした・よしさだ）

1949年生まれ。1973年、九州大学文学部修士課程修了。1999年、博士（文学）（九州大学）。著書に『英国小説の「語り」の構造』（開文社出版）。訳書にアンソニー・トロロープ作『慈善院長』『バーチェスターの塔』『ソーン医師』『フラムリー牧師館』『バーセット最後の年代記（上）』（開文社出版）。現在、福岡女学院大学教授。

アリントンの「小さな家」　（検印廃止）

2015年5月25日　初版発行

訳　　者	木下善貞
発行者	安居洋一
印刷・製本	モリモト印刷

〒162-0065　東京都新宿区住吉町 8-9

発行所　開文社出版株式会社

電話 03-3358-6288　FAX 03-3358-6287

www.kaibunsha.co.jp

ISBN 978-4-87571-080-6　C0097